HEYNE ENCORE

SABRI LOUATAH

Die Wilden

Eine französische Hochzeit

Roman

Aus dem Französischen
von Bernd Stratthaus

Wilhelm Heyne Verlag
München

Die Originalausgabe erschien unter dem Titel
Les Sauvages
bei Flammarion, Paris

Die Originalausgabe erschien in zwei Bänden unter den Titeln *Les Sauvages – Tome 1* und *Les Sauvages – Tome 2* bei Flammarion.

Redaktion: Leena Flegler
Umschlaggestaltung: Johannes Wiebel / punchdesign, München,
Umschlagabbildung: Johannes Wiebel unter Verwendung von Motiven von Shutterstock.com (PHOTOCREO Michal Bednarek, Nik Merkulov)
Satz: Satzwerk Huber, Germering
Druck und Bindung: CPI books GmbH, Leck
Printed in Germany

ISBN: 978-3-453-27119-7

www.heyne-encore.de

SAMSTAG

Die Familie Nerrouche

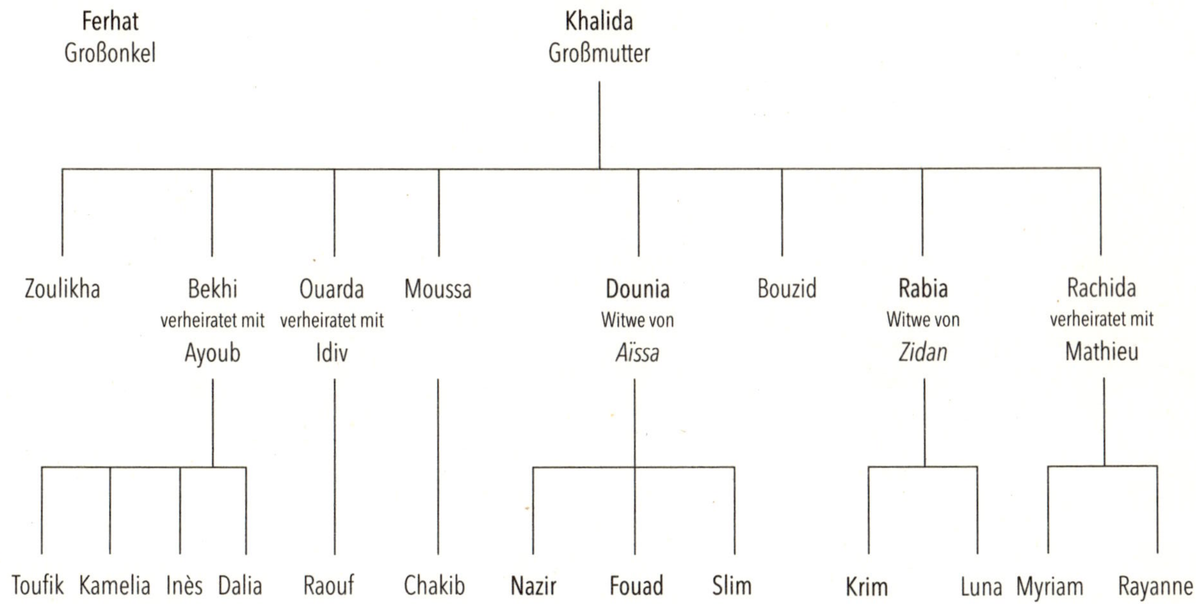

KAPITEL 1

Krim

1.

Man würde sich bald entscheiden müssen, wer »in Ruhe« im Festsaal bleiben dürfte und wer zum Rathaus mitkommen müsste. Die Familie der Braut war zu groß, sie würden unmöglich alle auf einmal ins Rathaus passen. Vor allem war der Bürgermeister nicht gerade für seine Geduld in derartigen Situationen bekannt. Sein Vorgänger (ein parteiloser Linker) hatte Hochzeiten am Samstag einfach ganz verboten, um den ruheliebenden Anwohnern des Stadtzentrums das Hupkonzert, den Raï und den Autokorso mit den weiß-grünen Fähnchen zu ersparen. Der neue Bürgermeister hatte dieses Verbot zwar aufgehoben, drohte aber ohne zu zögern, wann immer ein aufgekratzter Familienklan ein öffentliches Gebäude auf den Kopf stellte, es wieder in Kraft zu setzen.

Zu denen, die keine Lust mehr hatten, sich auch nur einen Zentimeter wegzubewegen, gehörte Tante Zoulikha. Sie saß auf ihrer Couscoussière und fächelte sich mit der aktuellen Ausgabe von *20 minutes* Luft zu. Die Titelseite mit dem Schlagwort »JAHRHUNDERT-WAHL!« hatte der alte Ferhat abgerissen. Er trug eine irrwitzige graugrüne Uschanka, eine Fellmütze, die ihm den Schweiß über die Ohren trieb. Einer seiner jungen Neffen hatte versucht, ihn zur Vernunft zu bringen, doch sobald jemand das Thema ansprach, wies Ferhat ihn mit einem kurzen Runzeln des Kinns ab und murmelte dann in einem leisen, fast professoralen Tonfall, den man sonst von ihm nicht kannte, seine Analyse der letzten Umfragen vor sich hin.

An diesem Nachmittag waren alle ein bisschen komisch drauf. Angeblich ging die Zahl der Gäste seitens der Brautfamilie in die Hunderte. Außerdem war es für einen 5. Mai zu heiß. Das Ergebnis des ersten Wahlgangs hatte das Land in einen Dampfkochtopf verwandelt, und es schien, als wäre Cousin Raouf die einzige Schraube, die ihn noch am Explodieren hinderte. Er besprühte sich mit Wasser aus einem Zerstäuber und tippte dabei auf seinem iPhone herum. Seine Großmutter warf ihm einen ratlosen Blick zu – sie verstand diese jungen Menschen einfach nicht, deren Leben sich nur mehr über zwischengeschaltete Bildschirme abspielte. Raouf folgte dem Twitterfeed einer Frau, die ganz vernarrt in Umfragen war, und dem Liveticker einer politischen Webseite. Er zündete sich eine Zigarette nach der anderen an und kommentierte die Wahlprognosen, die ein Kollege – ebenfalls Geschäftsführer eines Halal-Restaurants in London – auf seiner Facebook-Seite postete.

Raouf galt wegen seiner Nadelstreifenanzüge für tausend Euro als besonders elegant. Heute trug er allerdings – und zwar schon seit zwei Tagen – ein bedrucktes T-Shirt, auf dem das lächelnde Gesicht des sozialistischen Präsidentschaftskandidaten prangte: ein schlecht geschnittenes tailliertes Shirt, das unter seinem Sakko Falten schlug. Er hatte die Ärmel hochgekrempelt, sodass seine sehnigen Unterarme zu sehen waren. Es wirkte fast, als pochte der Puls der ganzen Nation in seinen Adern.

Die Großmutter, die ihn dafür getadelt hatte, nicht von Anfang an einen Anzug zu tragen, hatte inzwischen weder Kraft noch Lust, wem auch immer noch irgendetwas vorzuwerfen. Stumm thronte sie in Raoufs blitzblankem Audi. Er hatte die Klimaanlage angeschaltet und lauschte mit halbem Ohr den kabylischen Liedern, die aus den festtäglich geschmückten Autos drangen. Die Großmutter streckte eines ihrer dünnen Beine aus dem Fahrzeug und ließ den Blick über den Parkplatz schweifen, auf dem die Sprösslinge ihres Klans in kleinen Grüppchen herumstanden.

Mit ihren ungefähr fünfundachtzig Jahren (niemand kannte ihr genaues Geburtsdatum) genoss die Großmutter einen besonderen Status innerhalb der Familie: Alle wurden von ihr terrorisiert. Sie war schon seit einer Ewigkeit verwitwet, und niemand hatte je erlebt, dass sie Mitleid zeigte, Milde walten ließ oder auch nur ein freundliches Wort zu irgendeinem Menschen sagte, der die Pubertät bereits hinter sich hatte. Wie ein fleischgewordener Vorwurf stand sie zwischen ihren schnatternden Töchtern und wurde von ihrer außergewöhnlichen Zähigkeit angetrieben. Diese schien zugleich von einem Pakt mit dem Teufel herzurühren und aus der Gewissheit gespeist zu sein, dass sie sie noch alle überleben würde.

Während die versammelte Gesellschaft wartete, fingen die Jungs, die sich um die Musik kümmern sollten, mit dem Soundcheck im Festsaal an, und die Großmutter zog sich wieder in die wattige Stille des Audi zurück.

»Warum seid ihr denn schon hier?«, wandte der DJ sich an Raouf.

»Wir brauchten einen Treffpunkt, bevor wir zum Rathaus fahren.« Er machte sich nicht mal die Mühe, die Kopfhörer abzunehmen. »Wir sind gleich wieder weg, wir warten nur noch auf die anderen Gäste.«

Der DJ schien immer noch skeptisch zu sein. Ihm hing ein Stück Salat zwischen den Zähnen – zwischen sehr großen Zähnen –, und er roch nach Zwiebel.

»Ihr seid die Familie des Bräutigams, oder? Also, ihr müsstet mal die Musik in den Autos abstellen, wenn's euch nichts ausmacht. Die Nachbarn sollen vor heute Abend nicht zu sehr gestört werden. Und die Frau da mit der Couscoussière …«

»Was ist mit ihr?«

»Ich dachte, ihr hättet ’nen Partyservice engagiert?«

Raouf wusste nicht, was er darauf antworten sollte. Er hob verlegen die Hände und wandte sich zu seiner Tante Zoulikha um. Sie saß wie eine ehrwürdige bauchige Flasche aus rosigem Fleisch stoisch und makellos da und atmete unter der Kastanie, deren knospende Zweige sie kein bisschen vor der prallen Sonne schützten, angestrengt ein und wieder aus. Drei weitere Tanten, die im spärlichen Schatten einer Pappel ungeduldig von einem Fuß auf den anderen traten, unterhielten sich über ihre jüngste Schwester, das Sorgenkind Rachida, während Dounia, die Mutter des Bräutigams, zwischen den einzelnen Grüppchen hin- und herlief und langsam unruhig wurde, weil niemand Lust zu haben schien, die Fahrt zum Rathaus anzutreten.

»Dann wird ja nur *ihre* Verwandtschaft da sein«, jammerte sie. Ihr Schleier flatterte, als sie mit ihrem Handy herumfuchtelte. »*Wallah,* das ist wirklich eine Schande, das macht man nicht … und Fouad«, rief sie – ihr zweitältester Sohn, der eigens aus Paris anreisen wollte, um Trauzeuge seines Bruders zu sein –, »Fouad, den erreiche ich nicht mal telefonisch!«

Onkel Bouzid nahm die Mütze ab, um sich über den kahlen Schädel zu wischen. Er hatte eine eigenartige Glatze, irgendwie ungleichmäßig und sehnig. Sie war von vorn bis hinten von einer Vene durchzogen, die so deutlich hervortrat, dass jeder stets befürchtete, ihm stünde ein Schlaganfall bevor.

»Jetzt beruhige dich mal, Dounia. Die Zeremonie im Rathaus beginnt doch erst in einer Stunde, und Slim ist noch nicht mal hier. Dafür immerhin alle anderen, oder nicht? Du hast dir so viele Sorgen gemacht – und jetzt sind wir eine ganze Stunde zu früh hier. Also, ganz ruhig. Ruhig!«, brüllte er fast, bevor er mit einem schiefen Lächeln hinzufügte: »Glaubst du wirklich, dass sie die Mutter des Bräutigams nicht reinlassen? Das Rathaus ist doch keine Diskothek. ›Ah, tut mir leid, geschlossene Gesellschaft.‹ Ich bitte dich! Jetzt rede mal ein bisschen mit Rab'. Die Arme steht da drüben ganz allein.«

Mit dem Handy am Ohr knetete Rabia ihre Löckchen und kicherte von Zeit zu Zeit wie ein kleines Mädchen. Sie war jung Mutter geworden. Sie selbst war vierzig, ihr ältester Sohn gerade achtzehn Jahre alt geworden. Sie beendete ihr Telefonat, um ihn anzurufen, aber er ging nicht ran. Also gesellte sie sich zum Grüppchen ihrer Schwager, die sich über Technik, die Präsidentschaftswahlen und die Sportergebnisse unterhielten und dabei gelegentlich ihre Frauen anschnauzten, die ihrerseits mit ihren überdrehten Rasselbanden alle Hände voll zu tun hatten.

2.

Und dann war da ganz hinten, hinter der Turnhalle, in der die Leute morgen wählen würden, weit weg vom Raï und all dem Geplapper Krim. Krim mit dem schläfrigen Blick, Krim mit den dichten, trotzigen, feindseligen Augenbrauen, Krim mit den merkwürdig platten Wangenknochen, mit denen er – das sagten alle – einem kleinen Chinesen ähnelte.

Er lehnte an einer Plakatwand, auf der nur noch zwei Wahlplakate klebten, und rieb ein silbernes Feuerzeug am fluoreszierenden Streifen seiner Trainingshose, als seine Mutter Rabia auf ihn zueilte, um ihn zu fragen, warum er nicht an sein Handy ging. Vor allem wollte sie aber wissen, ob er zum Rathaus mitkommen würde. Er steckte das Feuerzeug in die Tasche und zuckte mit den Schultern, vermied es aber, seine Mutter direkt anzusehen.

»Weiß nicht.«

»Wie, du weißt nicht? Was drückst du dich überhaupt schon wieder hier herum? Hast du wieder Hasch geraucht? Lass mich mal deine

Augen sehen … Du hast mir versprochen, damit aufzuhören. Was soll ich jetzt davon halten? Dass man dir gar nicht trauen kann … Hast du Sarkozy das Hitlerbärtchen aufgemalt? Schau mich an! Warst du's?«

»Nein, nein, war ich nicht.«

»Na gut. Du kommst schon mit, oder?«

»Ach, keine Ahnung«, maulte Krim. »Ich hab dir doch gerade gesagt, dass ich's noch nicht weiß.«

»Also wirklich, wenn du's jetzt nicht weißt, dann kommst du sicher nicht mit. Willst du deinen Cousin im Rathaus gar nicht unterstützen? Denk nicht lang darüber nach! Sag schon, ist es dir wirklich so egal, ob du ihn unterstützt?«

»Was willst du denn von mir?«, fauchte Krim sie an. »›Unterstützt du deinen Cousin?‹ Als wären wir im Krieg! Warum machst du mich hier überhaupt so an?«

Rabia blickte vom Display ihres Handys auf und zog ihren Sohn an der Hand zum Eingang der Umkleidekabinen. Der Hausmeister hatte dort gerade aufgeschlossen, um einige Stühle zu holen. Rabia steuerte geradewegs die Duschen an und drohte ihrem Sohn mit lauter Stimme: »Krim, du fängst jetzt nicht mit deinen kleinen Katzbuckeleien an. Nicht heute, das sag ich dir gleich.«

»Jetzt mach mal halblang und reg dich ab. Außerdem bedeutet ›Katzbuckeleien‹ was anderes.«

»Was?«, rief sie mit weit aufgerissenen Augen.

»Schon gut.«

»Und wieder ist es meine Schuld. Wenn ich so eine schreckliche Mutter wär, würdest du mir jetzt die Füße küssen. *Reddem le rehl g'ddunit,* geschieht mir ja ganz recht. Wenn man zu nett ist, ist man immer die Dumme. Aber gut, *chai,* ich werd's mir merken …«

Zum zehnten Mal in den letzten fünf Minuten prüfte sie die Liste der eingegangenen Nachrichten. Sie war zwar erst vierzig, trotzdem waren Handys für sie ein Buch mit sieben Siegeln. Sie ging beinahe furchtsam damit um – mit ausgestreckten Fingern, die sie im rechten Winkel aufsetzte, um ja keine falsche Taste zu erwischen. Sie hob den zerstreuten Lockenkopf und sah ihren Sohn an. In all den Jahren, die sie jetzt schon mit den Knirpsen in der städtischen Tagesstätte arbeitete, hatte sie gelernt, nie ernst dreinzublicken oder irgendwas mit strenger Stimme zu sagen. Sie war selbst flatterhaft und kindlich geworden. Sie ähnelte den Mädchen mit den Grübchen und den großen Kulleraugen, die sie den ganzen Tag lang mit den Kleinen malte. Die Kinder liebten sie – vielleicht schon deshalb, weil sie nie aufgehört hatte, eine von ihnen zu sein.

»Also, mein Schatz, du kommst schon mit, hm?«

»Mensch, du nervst! Du nervst! Verstehst du das? Du nervst!«

»Versprich mir, dass du mit dem Hasch aufhörst«, redete sie ihm noch mal ins Gewissen. »Denk an deine Schwester. Wenn du schon nicht an deinen Vater denken willst, dann denk an deine Schwester.«

»Schon gut, ich hab's kapiert.«

»Was soll denn aus dir werden, wenn du …«

»Schon gut!«

»Papa hatte recht. Du verwandelst dich noch in einen Esel, wie Pinocchio.«

»Ich hab gesagt, es ist gut!«, brüllte Krim. »Es ist gut!«

Mit dem Blick, den Schultern, den Händen, seinem ganzen aufgewühlten Körper suchte er nach einem Fluchtweg.

3.

Rabia bestand auf dem Rathaus, weil Krim (der mit vollem Namen Abdelkrim hieß) zweiter Trauzeuge des Bräutigams war, vor allem aber derjenige seiner zwölf Cousins ersten Grades, der dem Bräutigam am nächsten stand. Rabia und Dounia, ihre Mütter, waren beste Freundinnen, Schwestern im Blut und im Schicksal (Liebesheirat, früh verwitwet), und trotz der zwei Jahre Altersunterschied und ihrer grundverschiedenen Leben waren Slim und Krim schon immer unzertrennlich gewesen. Früher hatte man sie scherzhaft Mohammed und Hardy genannt, die zwei Kanaken von Saint-Christophe. »Kanake« war – zumindest damals – Slims Lieblingswort gewesen. Er hatte es bei einem seiner Onkel aufgeschnappt und so oft gehört, dass es für ihn am Ende gar nichts mehr bedeutete: Schau mal, wie der Kanake rennt. Die Blondchen sind vielleicht Kanaken. He, du hast 'nen Kanaken am Schuh.

Sie hatten zusammen alles erlebt: Räuber-und-Gendarm-Spiele in der Siedlung der Großmutter. Grillfeste im Freien, bei denen ihre Väter bei der Dreierwette auf ihre Geburtsdaten gesetzt hatten. Die gefährlichen »Wir sehen uns draußen«-Momente, zu denen sie um fünf Uhr nachmittags Seite an Seite aufbrachen, mit gerecktem Kinn wie Westernhelden. Dann der genagelte Dielenboden im Büro des Schulaufsehers, die Hochzeiten, auf denen sie ihre kleine Cousine ärgerten, und schließlich und vor allem der Geruch der Pinien im Ferienlager, die sie erst anpinkelten, bevor sie gegenseitig ihre vorhautlosen Pimmel begutachteten.

Slim würde sich sein ganzes Leben an den Tag erinnern, an dem Krim in der Umkleide mit dem untrüglichen Beweis in der Hand brüllte, endlich habe er einen Männerschwanz.

»Pff, Angeber! Das soll ein Männerschwanz sein?«

»Na, mach schon, dann zeig mal deinen.«

»Pff! Wenn ich dir mein Rohr zeige, fällst du in Ohnmacht.«

Aber Krim hörte schon nicht mehr zu, zu fasziniert war er von seinen langen, gelockten Haaren, die er fast noch hätte abzählen können und die dieses neue olivfarbene Geschlechtsteil umgaben, das tatsächlich bereits eine beachtliche Größe aufwies.

Man hatte Abdelkrim, ohne dass seine Umgebung je groß darüber nachgedacht hätte, immer Krim oder Krikri gerufen, bis die Pubertät – eine Fee, die ihn früh besucht und ihn für sein Empfinden auf fast schon zweifelhafte Weise verschwenderisch bedacht hatte – den Umfang seiner Unterarme auf das Doppelte hatte anwachsen und auf seiner Oberlippe einen bedrohlichen Flaum hatte sprießen lassen. Ab diesem Zeitpunkt war dann alles ganz eindeutig bergab gegangen.

Am Ende der achten Klasse wurde er in einen Zug mit technischer Ausrichtung gesteckt, und das nicht etwa, wie auf der Lehrerkonferenz und seinen Eltern erklärt wurde, aufgrund seiner Leistungen in Technik, die kaum weniger mittelmäßig waren als die in den anderen Fächern, sondern aufgrund des Interesses, das er angeblich für die Funktionsweise von Maschinen aufbrachte. Man habe seinen Weg für ihn gefunden, und es sei übrigens dumm, um nicht zu sagen fahrlässig, ihn weiterhin von einem handwerklichen Beruf abbringen zu wollen. Es war die gleiche Ansprache, die sich seine Tanten dreißig Jahre zuvor hatten anhören müssen, bevor man sie zu einer Lehre gezwungen hatte. Eine ganze Generation war inzwischen vergangen und hatte daran nichts ändern können.

Sein neues Collège lag ein gutes Stück außerhalb und war architektonisch eine Zumutung: ein Riegel aus Beton, der auf einem Hügel inmitten eines Industriegebiets thronte und neben dem eine Fahne wehte. Sie erinnerte so sehr an eine Totenkopfflagge, dass das Collège Eugène Sue auch unter dem Beinamen »Titanic« bekannt war. Tatsächlich schienen die vier Schornsteine bei Tagesanbruch im Nebel zu treiben, die Fenster waren bis hinauf zur dritten Etage vergittert. In der vierten befand sich dann die Schulverwaltung.

Zu Beginn des Schuljahrs lernte Krim, der handgreiflich wurde, sobald ein Fremder ihn Krikri rief, einen Jungen kennen, den sein Vater – ein sanfter Mann von labiler Gesundheit – später Lucignolo taufen sollte, nach dem charismatischen Gauner, der Pinocchio vom rechten Weg abbringt. Krim wurde zu seinem Adjutanten und fing an zu rauchen. Er ging nicht mehr zum Fußball und auch nicht mehr zum

Klavierunterricht, für den er sich plötzlich schämte. Seine Mutter hatte ihn dort angemeldet, weil seine Lehrerin, die selbst Geige spielte, in der dritten Klasse behauptet hatte, dass er nicht nur ein enormes Talent besitze, sondern auch das, was sie mit irritierender Ehrfurcht »das absolute Gehör« nannte.

Im selben Winter stellte ein HNO-Arzt in Lyon bei Krim eine Hyperakusie fest: Er hörte mehr und besser als alle anderen, was vermutlich die Ursache für seine schlimmen Kopfschmerzen war. War das heilbar? Nein. Sie kauften Ohropax und dickere Vorhänge, und dann wurde nicht mehr darüber gesprochen.

Einige Wochen später, mitten in den Weihnachtsferien, in denen zum ersten Mal seit Jahren der Schnee liegen geblieben war, starb Krims Vater an den Folgen eines Arbeitsunfalls. Er hatte giftige Dämpfe eingeatmet.

Schnee, das ist bekannt, dämpft Geräusche, stillt den Schmerz und verleiht, solange er liegt, allem eine besondere Würde. Doch der Tod des Vaters schwelte und überdauerte die Zeit und beförderte Krim bald an den Rand eines Systems, das alles in allem ausgerechnet denen nicht viel brachte, die sich an die Regeln hielten.

Fast wie von selbst wurde alles immer schlimmer – bis zu dem Tag, an dem Krim den Zorn einer Autorität auf sich zog, die noch viel brutaler war als der Staat. Mouloud Benbaraka war ein unangreifbarer Gangsterboss, der »Bernardo Provenzano des 42. Departements«, wie ihn die *Tribune-Le Progrès* getauft hatte. Krim hatte für seine Kumpane Schmiere gestanden, er hatte die Eingänge zu den Treppenhäusern überwacht, in denen Drogen verkauft wurden, und den Schrei einer Eule nachgeahmt, sobald er ein Zivilfahrzeug der Polizei hatte kommen sehen. Mit sechzehn verdiente er auf diese Weise fünfzehnhundert Euro pro Monat, eine Summe, die sein Vater selbst in seinen besten Jahren nicht heimgebracht hatte. Eines Tages gelang es ihm, fünfzig Gramm vom besten Shit zu klauen, den man in der Gegend seit Jahren zu Gesicht bekommen hatte. Mouloud Benbaraka bestellte ihn ein und zog ihm erst mal die Löffel lang. Krim wehrte sich und fing sich daraufhin ein paar Ohrfeigen ein. Als Mouloud Benbaraka sich ihm mit seinem Schakalkopf näherte, um sich seine Erklärungen anzuhören, biss Krim ihm ins linke Ohrläppchen, dass es blutete. Nazir, Slims mächtiger großer Bruder, musste all sein diplomatisches Geschick aufwenden, um den Zorn des Herrschers über die Unterwelt von Saint-Étienne zu besänftigen, der trotzdem schwor, Krim zu Hackfleisch zu verarbeiten, sollte er ihm jemals wieder zufällig über den Weg laufen.

4.

Rabia wusste natürlich nichts von diesem Vorfall, übrigens genauso wenig wie Slim. Es war, wie Nazir sich ausdrückte, eine Sache zwischen Krim und ihm, auch wenn der dicke Momo, Krims bester Freund, inzwischen eingeweiht war. Krim hatte gelernt, mit diesem Damoklesschwert über dem Kopf zu leben. Schließlich verschwinden selbst die schlimmsten Ärgernisse von allein, wenn man nicht den ganzen Tag an sie denkt. Und an den Abenden, an denen ihn die Angst quälte, schloss er irgendwann die Augen und wiederholte im Kopf eine der Sonaten, die er auf dem E-Piano spielte, das ihm sein Großvater geschenkt hatte. Die Musik reinigte und erleuchtete die Windungen seines Geistes und ließ keinen Platz mehr für das Chaos in der Welt.

Trotzdem gab es ein Problem: Luna, seine Schwester, die er auf seine Weise – seine grobe, schnörkellose Weise – stets verwöhnt hatte und die jedes Mal wie ein Schlosshund heulte, wenn ihre Mutter wegen Krims neuester Dummheit wieder aufs Kommissariat gerufen wurde. Es gelang ihm einfach nicht, sich dieser seltsamen Zone des Aufruhrs zu entziehen, die Lunas Traurigkeit für ihn verkörperte. Noch Jahre später sprach seine kleine Schwester in einem so moralisierenden Ton mit ihm, als hätte er irgendwas an sich, was sie unweigerlich zu Predigten und Vorwürfen herausforderte.

»Warum hast du Mama gesagt, dass auf Facebook ein Nacktfoto von mir steht?«

»Was?«

Luna war zu einer jungen Frau herangewachsen. Sie hatte ihr elegantestes schwarzes Kleid angezogen, das mit so vielen Pailletten bestickt war, dass es sogar absurd glitzerte, als im Schatten des Gebäudes nichts als ihre Wangenknochen zu sehen waren. Für einen Moment glaubte Krim, dass er sie wegen des Lärms der Anlage falsch verstanden hätte, die gerade getestet wurde, indem irgendjemand immer lauter wahllos Raïstücke anspielte.

Er verzog das Gesicht, weil ihn ein besonders blendender Lichtreflex erwischt hatte, und machte ein paar Schritte zur Seite.

»Was laberst du da von Facebook?«

»Hast du mein Konto gehackt? Nein, dafür bist du zu blöd. Hast du dich mit einer meiner Freundinnen angefreundet und dir dann meine Videos angesehen? Das glaub ich auch nicht. Weißt du, was du jetzt machst? Du gehst zu Mama und erzählst ihr, dass du das alles nur erfunden hast. Ist mir egal, wie, denk dir was aus, aber …«

Inzwischen lächelte Krim. Der Joint, den er in seiner Hand verbarg, entfaltete allmählich seine Wirkung.

»Armes Schwein«, warf Luna ihm an den Kopf, bevor sie sich wieder Richtung Sporthalle davonmachte.

Sie hatte einen trotzigen Gang, der fast sofort in einen Laufschritt überging, hielt die Fäuste geballt und die Arme angewinkelt, als müsste sie am Ende des Wegs über ein Pauschenpferd springen. Krim hatte sich immer noch nicht daran gewöhnt, dass ein fünfzehnjähriges Mädchen muskulöser als die meisten Jungen seines Alters sein konnte. Das Fitnessstudio hatte ihren Bizeps, ihre Bauchmuskeln, die Trapezmuskeln und sogar die Deltamuskeln gestählt. Wenn sie wie heute ein ärmelloses Oberteil trug, traten die Venen an ihren Unterarmen und vor allem ihr Trizeps hervor, selbst wenn sie die Arme einfach nur seitlich am Körper herabhängen ließ.

Als hätte sie die Gedanken ihres Bruders gelesen, stürmte Luna mit einem Mal zu ihm zurück, drohte ihm mit dem Finger und hielt den eigenwilligen Schädel, der ein bisschen an einen Widder erinnerte, leicht gesenkt. »Wenn du Mama nicht erzählst, dass du das mit meinen Facebook-Fotos erfunden hast, wirst du es bereuen, das schwör ich dir.«

»Ach ja? Seit wann kennst du denn das Wort ›bereuen‹?«

»An deiner Stelle würd ich mich in Acht nehmen.« Und dann, ganz plötzlich, ein bisschen zögerlicher und unfähig, ihm direkt in die Augen zu sehen, fügte sie hinzu: »Ich hab Sachen gegen dich in der Hand, wenn ich also du wäre …«

»Mach schon, hau ab, *wallah,* ich hör dir nicht mal zu.«

»Glaubst du, ich hätte dich letzte Woche nicht mit dem dicken Momo gesehen?«

»Ach, hau schon ab, du fieses Stück.«

Doch statt darauf zu warten, dass sie ging, machte er sich lieber selbst in Richtung der dichten Büsche davon, die um die Sporthalle herum wuchsen.

5.

Auf dem Weg betrachtete er die Stacheln der Stechpalmen, die kleinen, ungenießbaren Beeren und die Ranken mit den auffälligen Blüten, deren Name er nicht kannte. Vom Eingang zu den Umkleidekabinen, in denen er sich so oft aufgehalten hatte, führte ein Weg hinauf zu einem Kunstrasenplatz, aber um dort hinzugelangen, musste man erst eine Art Pflanzenlabyrinth durchqueren. Dort suchte Krim sich ein

Plätzchen, um weiter in Ruhe rauchen zu können. Er lauschte mal diesem Geräusch, mal jenem, sich plötzlich aus dem Gemurmel lösenden Stimmen, dem Zwitschern der Vögel. Ein Presslufthammer dröhnte ein paar Häuserblocks weiter, wahrscheinlich von der Schnellstraße her. Der Basso continuo war schwer erträglich. Außerdem lärmte ein Stück weiter noch der Motor eines Laubbläsers und spielte ein sich ständig wiederholendes, dramatisches Begleitmotiv, das eine Melodie ankündigte, die allerdings nie einsetzte.

Nach einer Weile vernahm Krim eine Stimme, die ihm bekannt vorkam.

»Das Schlimmste ist, dass die Hälfte der Leute, die heute Abend hier sind, sich nicht mal um einen Wahlschein gekümmert haben. Das macht mich ganz verrückt … Aber was soll man machen, soll ich sie zum Wählen zwingen? Ach, du meinst, weil sie Ausländer sind?«

Das war unverkennbar Raouf, und aus den Pausen, die den Fluss seiner Sätze immer wieder unterbrachen, folgerte Krim, dass sein Cousin telefonierte. Raouf war der Geschäftsmann der Familie. Krim konnte ihn zwar nirgends sehen, aber er stellte ihn sich in einem braunen Rollkragenpullover, einem gestreiften Sakko und mit einem perfekten Zahnpastalächeln vor.

»Nein, nein … Na ja, doch, Ausländer sollten natürlich wählen dürfen. Bei den Kommunalwahlen und … Ach, scheiß drauf, nein, bei allen Wahlen …«

Raouf war nach London gezogen, hier hatten sie ihn seit einer Ewigkeit nicht mehr zu Gesicht bekommen. Krim fragte sich, ob er es mit dem Rauchen nicht ein bisschen übertrieb. Das Gesicht seines Cousins konnte er sich gerade beim besten Willen nicht mehr vorstellen.

Er schluckte und verlagerte das Gewicht, wobei er sich bemühte, so wenig Lärm wie möglich zu machen. Durch die Zweige hindurch konnte er jetzt Raoufs Gestalt ausmachen, der ins Leere kickte, während er am Fuß der Sportplatzumzäunung in ein Headset sprach.

Tatsächlich war er nur ein paar Meter von ihm entfernt. Krim spitzte weiter die Ohren und fragte sich, ob er es schaffen würde, nicht länger an den Joint zu denken, an die braunen Tabakkrümel, die sich mit jeder Sekunde zusehends in Rauch auflösten.

»Außerdem sind die meisten gar keine Ausländer. Ich meine, wie nennt man jemanden, der seit fünfzig Jahren hier lebt? Irgendwann muss es auch mal gut sein … Wenn du hier Steuern zahlst, solltest du auch wählen dürfen, und fertig … Mein Parteibuch für die Sozialisten? Ja. Nein, aber jetzt wart mal, hör mal zu, das ist nicht mehr wie vorher, das hier ist doch irgendwie ein historischer Moment. Ich bin in den PS nur wegen der Rechten eingetreten, du weißt schon, die Begegnung eines Mannes mit seiner Epoche. Ah, ah … Verdammt, ich hab nichts hier, keine Ahnung, wie ich es bis Montag aushalten soll … Was? Na klar. Machst du Witze? In den Umfragen steht es 52 zu 48 Prozent, sogar in der vom *Figaro,* und Brice Teinturier hat auf TF1 gesagt, dass das Bündnis zwischen Villepin und Mélenchon das Fass zum Überlaufen gebracht hat. Nein, das ist sicher. Außerdem ist seit der Debatte die Stimmung in der Öffentlichkeit umgeschlagen. Auf der einen Seite Sarkozy, der so nervös war wie noch nie und der mit dem Finger auf ihn gezeigt hat und ausgerastet ist. Und auf der anderen Seite Chaouch, der … Na, auf der anderen Seite Chaouch eben.«

Wenn er sich nur konzentrierte, dachte Krim, könnte er sicher erraten, mit wem Raouf sprach. Aber der Cousin ließ seinem Gesprächspartner kaum die Gelegenheit, auch nur Luft zu holen.

»Nein, daran glaub ich nicht mehr, die wollen uns mit ihren durchsichtigen Vorsichtsmaßnahmen doch nur verwirren. Immer dieses Blabla von wegen Wahlgeheimnis … Ach, Scheiße, er war doch Zweiter im ersten Wahlgang! Das hab ich doch nicht geträumt! Er hat eine perfekte Kampagne hingelegt – total positiv – und hat sogar kaum Sarkos Namen in den Mund genommen. Außerdem kann ich nicht glauben, dass … dass … hab vergessen, was ich sagen wollte … Die Franzosen sind doch wirklich Dumpfbacken. Ah, ah … Nicht schlecht … Nein, ich meine, die Leute lügen doch, wenn's um den Front National geht, da ist es in Ordnung, da muss sich was ändern. Weil sie sich schämen. Das sind Protestwähler, da sind wir einer Meinung. Aber jetzt ist es doch genau das Gegenteil! Das ist eine Wahl der Hoffnung, die Leute sind stolz darauf – endlich ein paar Ideale, ein bisschen Schwung und Optimismus in dieser Welt voller Schwachköpfe und Bürokraten. Und Chaouch, der ist schließlich der Inbegriff der Tatkraft. Wenn die Leute ihn im Fernsehen sehen, dann sehen sie sich nicht, wie sie sind, so kleinkariert und hinterfotzig. Sie sehen sich so, wie sie sein *wollen*, sie fassen wieder Vertrauen in ihr Leben, in die Zukunft …«

Raouf schien von seiner überschwänglichen, fieberhaften Vorstellung schier überwältigt zu werden. Sein Blick huschte von rechts nach links, blieb nirgends hängen, er schaute sich genauso um, wie er redete: flüchtig und so rasend schnell, dass er aus der Ferne betrachtet gleich abzuheben schien.

»Wovor soll ich mich in Acht nehmen? Vor der Ernüchterung? So nach dem Motto, man macht einen poetischen Wahlkampf, und dann regiert man wie … Ach, Quatsch. Ich nehm mich gar nicht in Acht. Ich hab die Schnauze voll davon, ständig misstrauisch zu sein …«

Krim lag inzwischen gut gelaunt und der Länge nach ausgestreckt auf der Böschung und sah den bauschigen Wolken nach, die anmutig vor einem matt, fast weich azurblauen Himmel vorbeizogen. Er sah aus wie eine bequeme Matratze und schien alle einzuladen, wie es bestimmt auch mit dem Himmel über dem Paradies der Fall war.

Während Krim darauf wartete, dass Raouf weitersprach, drehte er sich noch einen Joint für später. Hinter den Büschen warf die Sonne den gezackt dreieckigen Schatten einer Tanne auf die abschüssige Wiese, und zwar so scharf, dass man sogar die kreuzförmige Spitze erkennen konnte. Hier im Schatten war es angenehm kühl, wie in einer Oase. Krim hatte nicht weniger als den perfekten Ruheplatz gefunden:

irgendwas zwischen einem Versteck und einem Aussichtspunkt – ein idealer Schlupfwinkel unter freiem Himmel.

6.

»Okay, Moment noch«, sagte Raouf plötzlich leise und sah sich vorsichtig um, »ich muss dich um was bitten, wenn du zwei Minuten hast. Weißt du noch, wie wir das letzte Mal über MDMA gesprochen haben? Also, es gibt da so'n Mädel, 'ne Freundin von mir in London, die das genommen und auf Twitter gepostet hat, wie krass das war ... Liebesdroge? Nein, wusste ich nicht. Aber was heißt das, so in der Art, man nimmt's, und dann liebt man alle?«

Raouf zog an seiner Zigarette, und unwillkürlich bekam Krim eine Gänsehaut. Es war ein sattes, feuchtes Geräusch, ähnelte halb einem Saugen, bestimmt durchnässte Raouf gerade den Filter. Anscheinend hatte seine Nervosität gerade eine neue, kritische Schwelle überschritten.

»Jetzt mal ehrlich. Du musst mir helfen. Ich werd ohne irgendwas die zwei Tage mit dieser ganzen Sippschaft wirklich nicht durchstehen ... Ach ja, ich wollt dich sowieso fragen: Warum kommst du denn nicht? Wegen Fouad, stimmt's? Nein. Jetzt aber mal ernsthaft, euer Scharmützel wird doch wohl nicht hundert Jahre dauern! Hallo? Nazir? Ja. Nein, du warst irgendwie weg, ich hab nur gefragt, warum du nicht kommst, aber okay, ich weiß schon. Ach, Scheiße, immerhin heiratet dein kleiner Bruder ...«

Darauf folgte langes Schweigen, so lange, dass Krim abschaltete. Er fing erst wieder an zu lauschen, als er seinen Namen aus Raoufs Mund zu hören glaubte. Aber das hatte er sich sicher eingebildet, Raouf sprach jetzt erneut von Fouad, ihrem Cousin, dem Schauspieler, der seit Beginn des Jahres fünfmal die Woche im Fernsehen zu sehen war.

»Jetzt wart mal – als ich Anfang des Jahres nach Paris gekommen bin, nur für einen Abend, haben wir uns nicht mal getroffen! Und das letzte Mal, als ich im Facebook-Chat war, morgens um vier, war da erst keiner, und plötzlich ist Fouad aufgetaucht. Ich hab ihm geschrieben, aber er hat nicht geantwortet. Das ist später dann noch mal passiert. Aber viel schlimmer ist doch: Jedes Mal, wenn er auftaucht und meinen Namen in der Liste sieht, loggt er sich sofort wieder aus. Scheiße noch mal, du willst mir doch nicht erzählen, dass er das nicht absichtlich macht oder dass er morgens um vier was Besseres zu tun hat! Ach was … Hör zu, wenn ihn das jetzt ankotzt, mit seinen Cousins zu reden, wenn wir für ihn jetzt alle Bauern sind, weil er plötzlich ein Star ist, dann soll's mir recht sein. Herzlichen Glückwunsch für ihn. Was soll ich sagen?«

Von dem Joint, den er durchgezogen hatte, bevor er in sein Versteck abgetaucht war, hatte Krim ein pelziges Gefühl im Mund. Mit ein wenig Mühe stand er auf und schlenderte zu den Umkleidekabinen zurück, um etwas zu trinken, ohne erst jemanden darum bitten zu müssen. Doch die Tür war mittlerweile abgeschlossen. Mit der Hand an der Klinke grübelte er über eine andere Lösung für sein Problem nach, als Raouf vom Sportplatz auf ihn zumarschierte, ihm zuzwinkerte, ihn bei den Schultern packte und um einen Gefallen bat.

Zuerst tauschten sie die üblichen Höflichkeitsfloskeln aus. Wie es so ging, mit der Gesundheit, der Familie. Allerdings schien Raouf die einsilbigen Antworten seines kleinen Cousins gar nicht hören zu wollen. Als er endlich zur Sache kam, war es an Krim, ihm nicht mehr zuzuhören, so sehr faszinierten ihn die Tics des Kokainsüchtigen. Das glatt rasierte Gesicht seines geschäftstüchtigen Cousins schien ständig und in rasender Geschwindigkeit in Bewegung zu sein – ein Gesicht, das bleich geworden war: durch die Anzüge, durch die Abendessen in der Stadt, die Nähe zum Nordpol und den Umgang mit einer reichen, blutleeren, unnachgiebigen blonden Meute.

»He, hörst du mir überhaupt zu, Krim? Ich hab dich gerade gefragt, ob es möglich wäre, mir noch vor heute Abend was zu besorgen.«

»Was denn?«

»Ein bisschen Shit zum Beispiel«, erwiderte Raouf und fügte nach kurzem Zögern hinzu, während er sich weiter in einem fort auf der Lippe herumkaute: »Kennst du dieses neue Zeug – MDMA?«

»Nee. Was soll das sein?«

»Schon gut, vergiss es. Ist so 'ne Art Ecstasy, nur besser.« Raouf legte sich die Hand in den Nacken und fügte geistesabwesend hinzu: »Angeblich eine Liebesdroge …«

Bei dem Gedanken an die Liebesdroge schob er die Hand in die Tasche und zog einen Fünfzig-Euro-Schein heraus, den er Krim in die Hand drückte.

»Falls du was findest. Wenn nicht, ist es auch egal. Kannst du behalten. *Sadakha*. Ist nur 'ne Kleinigkeit.«

Er werde ihn auf dem Laufenden halten, erwiderte Krim. Raouf ließ sich seine Nummer geben und rief ihn dann kurz an, damit er umgekehrt auch seine Nummer hatte. Anschließend tauchten beide in die gedämpfte Unruhe ein, die noch immer auf dem Parkplatz herrschte.

7.

Wenig später schrieb Krim in Onkel Bouzids Auto an den dicken Momo, er solle sich über MDMA schlaumachen. Während er auf die Antwort wartete, spürte er, dass er allmählich seine Superkräfte verlor. Gesichter, an die er sich nicht mehr erinnerte, Stimmen, die er verwechselte – bald würde er wahrscheinlich nicht mal mehr eine falsche Note heraushören, und mittelfristig würde er anfangen, den näselnden Gesang von diesem Cheb zu mögen, der Onkel Bouzids Autoradio zum

Knistern brachte. Der drehte die Musik ein bisschen leiser und drückte auf den Zigarettenanzünder.

»Also, Krim. Ich hab deiner Mutter versprochen, dass wir uns mal ein bisschen unterhalten. Du bist jetzt siebzehn Jahre alt. Wann hast du Geburtstag?«

»Gestern.«

»In Ordnung. Seit gestern bist du also achtzehn Jahre alt. Jetzt hör mir mal gut zu …«

Krim wusste genau, worum es sich drehte. Er schaltete auf Durchzug und nickte ab da alle fünfzehn Sekunden.

Während er sich Vorwürfe darüber anhörte, dass er seinen McDonald's-Job nach nur zwei Tagen geschmissen, seine Chefin mit der Hochsteckfrisur damit komplett vor den Kopf gestoßen hatte und seine Mutter so langsam zur Verzweiflung brachte, freute er sich insgeheim an der sanften Art seines Onkels, die ihn an seinen Vater und an die Abende erinnerte, an denen er sich, weil alle so gut gelaunt gewesen waren, auf den Beifahrersitz hatte setzen und dort die Unebenheiten der mondbeschienenen Straße hatte genießen dürfen. Krim hatte das Gefühl, als spielte er *Grand Theft Auto IV:* Er nahm keine Aufträge mehr an, hielt sich von Missionen, Polizisten und Dieben fern und begnügte sich damit, endlos in den verzweigten virtuellen Städten herumzufahren, wo die Welt wie in der guten alten Zeit stillzustehen schien und die Erde noch eine Scheibe war, begrenzt von einem Ozean, den man nur vom Hörensagen kannte und jenseits dessen ein Leben für einen selbst undenkbar war.

Onkel Bouzid fuhr – wie sein Vater und wie er, wenn er am Steuer eines Wagens aus Pixeln saß – weite, großzügige Kurven. Bei seinem Onkel rührte das zweifellos von seinem Beruf her: Als Busfahrer bei der STAS, der Verkehrsgesellschaft von Saint-Étienne, fuhr er auf der berüchtigten Linie 9, die Montreynaud, einen sozialen Brennpunkt, mit dem Stadtzentrum verband. So wie er abbog, ohne sich um die

Markierungen zu kümmern, war nur zu klar, dass er an weite Abstände und ein dreimal so großes Lenkrad gewöhnt war. Manche dieser Abbiegemanöver jagten Krim einen wohligen Schauer über den Rücken. Er fühlte sich gut, würdevoll und wichtig neben Männern, die ihr Fahrzeug so souverän steuerten. Dabei gab er sich der Illusion hin, dass irgendeines Tages das Gleiche auch für ihn gelten würde – nur dass es in Wahrheit so nicht funktionierte, in Wahrheit fing Onkel Bouzid nämlich an, sich aufzuregen. Er sah immer häufiger in den Rückspiegel und immer seltener zu Krim.

»... und dann muss man irgendwann ein bisschen Ehrgefühl entwickeln, *néf, tfam'et?* Ich hab doch auch Blödsinn gemacht, als ich noch jung war, was glaubst du denn? Dass du der Einzige bist? Das haben wir alle hinter uns. Aber irgendwann musst du auch mal erwachsen werden. Und dann musst du aufhören, dich mit deinen kleinen Kumpels aus der Vorstadt rumzutreiben. Die Leute sagen: Sarkozy ist wie ein Kärcher. Aber in Wahrheit hat er doch recht! Ich würd die ganzen rotznasigen Gangster auch wegkärchern. Ich seh sie ja den ganzen Tag, diese kleinen Vorstadtrowdys, und ich kann dir sagen, wenn einer von denen sich bei mir im Bus eine Kippe ansteckt oder eine alte Dame belästigt, dann kriegt er es mit mir zu tun. Ja, glaubst du vielleicht, dass am Ende die Gangster die Gesetze machen? Gut, jetzt zeigst du mal ein bisschen mehr Verantwortung. Vor allem jetzt, wo Chaouch vielleicht gewählt wird. Du hast hoffentlich deinen Wahlschein, hm? Du bist doch jetzt achtzehn, und da ist es doch so weit, hm? Du kannst wählen gehen. Nein, irgendwann musst du auch mal ...«

Als das Auto gerade die Schnellstraße verließ und auf die Serpentinenstraße fuhr, die auf den Hügel und nach Montreynaud hinaufführte, bekam Krim eine Nachricht. Er verdeckte den leuchtenden Bildschirm mit der Hand.

Erhalten: Heute um 16.02 Uhr.
Von: N
Morgen ist der große Tag, ich hoffe, du bist bereit.

Krims Miene verfinsterte sich. In den letzten Monaten hatte Nazir ihm im Schnitt zehn Nachrichten am Tag geschickt, die von »Läuft's?« bis zu philosophischen Sinnsprüchen à la »Allein die Hoffnung macht die Menschen unglücklich« reichten.

Krim hatte gelernt, sich ein eigenes Bild zu machen, seit er sich seinem älteren Cousin angenähert hatte. Womöglich hatte er ihm zu verdanken, dass er überhaupt noch am Leben war. Mouloud Benbaraka hätte ihm vielleicht nur die Augen ausgestochen oder die Eier abgeschnitten, allerdings ging auch das Gerücht, er habe einen Typen angezündet, der seiner alten Mutter nicht den nötigen Respekt entgegengebracht hatte …

Nazir hatte mit ihm verhandelt und so die Haut seines kleinen Cousins gerettet – immerhin war Nazir aus demselben Holz geschnitzt wie Mouloud Benbaraka: Er machte sich keine Illusionen, er sah die Dinge, wie sie waren, statt sich irgendwelchen Hirngespinsten hinzugeben. Was er Krim geschrieben hatte, war der Beweis dafür, und Krim hatte all die Nachrichten trotz eines aus- und nachdrücklichen Verbots sorgfältig archiviert. Er war sogar so weit gegangen, die wichtigsten auf einen gefalteten Zettel zu schreiben, den er immer in der Tasche seiner Jogginghose bei sich trug.

Auf Nazirs jüngste Nachricht antwortete Krim schlicht, dass es ihm gut gehe und er sich bereit fühle. Dann hielt der Wagen an einer roten Ampel direkt vor einem Plakat von Chaouch, der Krim direkt anzusehen schien. Krim wandte den Blick ab. Er fügte seiner Nachricht noch ein »Was ist MDMA?« hinzu, was er auf den Shit schob und worauf Nazir seltsam trocken antwortete:

Erhalten: Heute um 16.09 Uhr.
Von: N
Muss dich nicht interessieren. Und außerdem: heute keine Drogen.

8.

Das Viertel, in dem sein Onkel wohnte, war womöglich das heruntergekommenste der ganzen Stadt – und es war Mouloud Benbarakas Reich. Aus Angst, entdeckt zu werden, drückte Krim sich unwillkürlich tiefer in den Sitz.

Die Straßen auf dem Hügel trugen die Namen berühmter Komponisten, die Häuserblocks die von Singvögeln: Drosseln, Rotkehlchen, Meisen … An den Hochhäusern – an ganzen Hochhausblocks – waren Tausende von Fenstern mit Parabolantennen gespickt, die beim Vorbeifahren in der drückenden Sonne aufblitzten. Der Beton bröckelte von den Balkons, Vorhänge und Wände bleichten aus. Trotz der Kinderwagen voller Einkäufe, die die Eingangstüren blockierten, und trotz der Mütter, die sich von der Straße aus mit den durchgeknallten Nachbarn aus dem ersten Stock stritten, hatte man das Gefühl, als könnten die Hochhäuser jeden Moment wie im Fernsehen explodieren. Zwanzig Stockwerke, die urplötzlich in sich zusammenfielen – niemand hätte sich darüber gewundert. Die Umgebung war trostlos. Sie schrie regelrecht nach einer Abrissbirne, wie der Regenwald nach Regen schreit.

»Na los, wir haben keine Zeit zu verlieren«, drängelte Onkel Bouzid und kletterte über die Reste einer zertrümmerten Tür am Eingang seines Hochhausblocks, an der ein A4-Zettel die Kleinkriminellen der Wohnsiedlung immer noch warnte: »HIER GIBT ES NICHTS MEHR ZU STEHLEN.«

Onkel Bouzid stürzte die Treppe hoch und in seine Einzimmerwohnung, in der es penetrant nach Fußschweiß roch. Darüber lag die Note eines moschuslastigen Aftershaves, das er seit seiner Jugend in den Siebzigerjahren benutzte.

»Probier den mal an«, forderte er Krim auf und zeigte auf einen grauen Anzug und ein blaues Hemd, das er von der Kleiderstange seines Schranks gepflückt hatte.

Die linke Schranktür wies Spuren von Gewalteinwirkung auf, wahrscheinlich von Faustschlägen, die vielleicht noch gar nicht lange her waren. Während Krim sich im Badezimmer umzog, verriet Bouzid ihm sein großes Geheimnis. Er stand direkt hinter der Tür, hatte aber vergessen, dass zusammen mit dem Badezimmerlicht auch der ohrenbetäubende Ventilator ansprang, weshalb Krim nur noch drei von vier Wörtern verstehen konnte.

Als er mit dem Sakko in der Hand wieder herauskam – leicht benommen durch den Hunger, der ihn seit dem Joint langsam zu quälen begann –, blickte der Onkel ihn wie ein geprügelter Hund mit großen braunen Augen an. Sein Kinn zitterte wie das von Charles Ingalls in *Unsere kleine Farm*, und er sah vollkommen fertig aus.

»Bis an mein Lebensende werd ich zahlen müssen. Fünfhundert Euro pro Monat, und *zarma*, das alles nur wegen einer lächerlichen Kneipenschlägerei.«

Krim wusste nie, wie er auf große Ansprachen reagieren sollte. Seine Mutter hielt auch oft welche, mit ähnlich weit aufgerissenen Augen, die einen davon zu überzeugen versuchten, dass wir letztendlich doch alle zum selben großen Blumenkohl der Menschheit gehörten. Peinlich berührt von der ganzen Ernsthaftigkeit schlug Krim die Augen nieder und stellte im selben Moment fest, dass er noch anständige Schuhe brauchte. Ob sein Onkel Bouzid daran wohl gedacht hatte?

»Du musst mit den Dummheiten aufhören, Krim. Verdammt, du bist noch jung, du bist intelligent, du bist bei guter Gesundheit, *ham-*

dullah, du hast das Leben doch noch vor dir. Versprich mir, dass du damit aufhörst.«

»Ja, ja, ich versprech's dir.«

»Nein, nein, ich meine es ernst. Schwör mir, dass du aufhörst.«

»Ja, ist ja schon gut. Ich schwöre es.«

»Na gut«, schnaufte der Onkel und klopfte ihm auf die Schulter. »Du wirst schon sehen, alles wird gut. Und denk daran, morgen ist Wahl. Freut dich das nicht, dass Chaouch Präsident wird, *inch'Allah?* Ein arabischer Präsident, *wallah,* und wenn's auch nur ist, um die Gesichter der Franzosen auf der Arbeit zu sehen. Ich freu mich schon drauf, dass er gewählt wird. Du etwa nicht?«

»Doch, doch.«

»Na, komm schon, jetzt suchen wir dir noch Schuhe und eine Krawatte. Hattest du schon mal eine Krawatte an? Das muss sein, hm? Slim heiratet schließlich nicht jeden Tag.« Plötzlich hielt er inne und betrachtete den Aufzug seines Neffen genauer. »Okay, er ist ein bisschen zu groß. Aber das geht schon. Du musst auch mal ein bisschen was essen, oder willst du irgendwann aussehen wie Slim? Der arme Tropf, er ist wirklich ganz mager.«

Während sein Onkel den Kopf in die Abstellkammer gleich neben der Eingangstür steckte, musterte Krim die Wohnung, in der sein Onkel lebte, seit ihn seine letzte Freundin verlassen hatte. Bouzid ging nur mit Französinnen aus, und nach jeder neuen Liaison »blieb nur der Saft einer Merguez«, wie er sich ausdrückte: Sie meinten es nie ernst und seien gemein zu ihm, und er schwor jedes Mal beim Leben der Großmutter, dass es nun wirklich das letzte Mal sei; dass er sich jetzt ein gutes Mädchen suchen werde, sprich eine Muslimin, eine sanfte und fruchtbare Muslimin.

»Kennst du Aït Menguellet?«, fragte er Krim, der gerade mit der Fingerspitze über eine CD fuhr. Auf dem Cover war ein Mann abgebildet, der seinem Vater zum Verwechseln ähnlich sah, ein rund

Vierzigjähriger mit einem langen, schmalen, offenen, tragischen und schnauzbärtigen Gesicht.

Krim schüttelte den Kopf.

»Na, dann schenk ich sie dir. Du hattest doch Geburtstag. Wir können sie uns im Auto anhören, wenn du willst. Ist mal was anderes als dieser ewige Raï. Ich sag dir jedenfalls gleich, diese Kameltreibermusik kommt uns heute Abend noch zu den Ohren raus …«

Krim stopfte die CD in die Tasche seines neuen Sakkos. Es war das erste Mal, dass er ein Sakko mit Achselklappen trug – und eine Stoffhose mit einem ziemlich komplizierten Reißverschluss. Sein Oberkörper in Grau, Blau und Braun mit der schmalen Krawatte gefiel ihm, im Gegensatz zu seinen Beinen, an denen die schwarzen Mokassins sich mit der hellen Hose bissen, wie es weiße Socken mit dunkler Kleidung getan hätten.

Onkel Bouzid schob ihn aus der Wohnung und verriegelte sorgfältig alle drei Sicherheitsschlösser an der Tür.

»Und das Militär? Hast du schon mal übers Militär nachgedacht? Da gibt es eine ganze Menge Möglichkeiten, sag ich dir. Oder bei der Marine. Koch bei der Marine. Man muss sich Ziele setzen, verstehst du? Das Wichtigste ist, dass man Ziele hat.«

Fast schon gerührt betrachtete Krim Bouzids glänzenden Schädel. Dann hörte er die Stimme eines Mädchens am anderen Ende des Treppenhauses. Sie spurtete los, um mit einem einzigen Satz die sechs Stufen zu nehmen, die zum Fahrstuhl führten.

Die Staubkörner auf dem Flur flimmerten im Sonnenlicht, das von den zerbrochenen Scheiben des Dachfensters bis zu den karamellfarbenen Beinen des Mädchens quer durchs Treppenhaus fiel.

Als die Kleine zum Sprung ansetzte, hatte Krim erst den vagen Eindruck, dann eine Vorahnung und war sich bald absolut sicher, dass dies das letzte Mal war, dass er seine Füße in dieses Gebäude gesetzt hatte.

KAPITEL 2

Im Rathaus

1.

Mit schmerzhaft verdrehtem Nacken hob Zoran beide Hände in Richtung der vierten Etage. Die kleine Katze, mit der er den Vormittag verbracht hatte, durfte sich unter keinen Umständen aufs Sims hinauswagen. Er gestikulierte ebenso ausladend wie vergebens und flüsterte eindringlich, weil er sich nicht traute zu schreien, damit er das Tier nicht erschreckte.

»Gaga, Gaga, geh rein, geh wieder rein!«

Marlon hatte das Kätzchen Gaga getauft, und zwar als Hommage an die damals neue Königin der Popmusik, aber auch, weil er gerade erst in einem Pappkarton ein Buch seines Vaters gefunden hatte: den Versuch einer umfassenden Enzyklopädie des Gaga – des Dialekts von Saint-Étienne –, der bei ihm zu einem halbstündigen hysterischen Lachanfall geführt hatte. Zoran hatte nur verstanden, dass er nun ebenfalls lachen sollte.

Das war vor dem Streit gewesen. Jetzt musste Zoran von hier weg. Aber weil er so überstürzt aufgebrochen war, hatte er vergessen, das Fenster der Einzimmerwohnung zu schließen. Noch mal nach oben gehen konnte er nicht. Marlon hatte darauf bestanden, dass er die

Schlüssel drinnen zurückließ. Er selbst wäre nicht vor Sonntag zurück, wahrscheinlich sogar erst am Montag. Zoran dachte kurz darüber nach, die Feuerwehr zu rufen, doch die Katze hatte sich bereits wieder auf den Rückweg gemacht. Wahrscheinlich war sie von einem Taubenpärchen verscheucht worden, das auf einer Rohrleitung vor sich hin gurrte.

Zwei Passanten drehten sich nach Zoran um. In diesem Stadtviertel konnte er in seinem Aufzug auch nur auffallen. Er hatte diesmal sämtliche Register gezogen, ohne groß darüber nachzudenken. Dazu entschlossen hatte er sich im letzten Moment vor dem verspiegelten Kleiderschrank, in dem er seine Gestalt betrachtet hatte, wie er dastand, mit dem Gewicht auf einem Bein und vor der deprimierenden Kulisse dieser unordentlichen Wohnung, aus der er übers Telefon hinausgeworfen worden war. Sein Look bestand aus einer Hüftjeans mit heller Waschung auf den Oberschenkeln, schimmernden Ballerinas sowie einem T-Shirt, auf dem ein Union Jack aus Pailletten aufgestickt war. Er hatte es selbst abgeschnitten und gekürzt, damit jeder seinen flachen Bauch und das Bauchnabelpiercing bewundern konnte.

Die Jeans war das Geschenk eines Typen gewesen, den er in Lyon kennengelernt und der an ihm eher einen weiblichen Kleidungsstil gemocht hatte. Was das Oberteil und die Ballerinas betraf, die eigentlich Marlons Schwester gehörten, hatte er sie sich einfach aus dessen Kommode genommen und dabei auf Rumänisch zu sich selbst gesagt – vielleicht auch zu Gaga, mit der er sich in letzter Zeit immerhin genauso oft unterhalten hatte wie mit Marlon: »Wenn man schon für einen Dieb gehalten wird, kann man auch gleich stehlen.«

Nachdem er herausfordernd in Richtung eines Typen genickt hatte, der zuvor stehen geblieben war, die Hände in die Hüfte gestemmt und ihn begafft hatte, nahm Zoran seinen Koffer und sah ein letztes Mal zum angelehnten Fenster hoch. Friedlich spiegelte sich darin der schnurgerade weiße Streifen, den ein Flugzeug oder ein anderes motorisiertes Gefährt am kristallklaren Himmel hinterlassen haben musste.

Er ging am Friedhof vorbei, der oben auf dem Hügel lag und auf den er seit drei Wochen von seinem Fenster aus hinabgeblickt hatte. Dann lief er zu der Bar hinunter, in der er sich um Punkt 16 Uhr verabredet hatte. Ein Ultimatum. Er war ein bisschen spät dran, trotzdem war von dem Mann, den er hier treffen wollte, weit und breit nichts zu sehen. Auch sein Lieblingskellner stand nicht hinterm Tresen, und seine Vertretung, eine rothaarige Frau, schien schlechte Laune zu haben.

»Das hier ist bloß der letzte Rest aus den Fässern«, warnte sie ihn gleich und kippte ein Glas voll gelblichem Schaum ins Spülbecken.

Zoran zögerte kurz, ehe er die paar Meter zum Tresen zurücklegte. Er hasste diesen Fliesenboden, auf dem die Stuhlbeine quietschten.

»Gib mir Whisky«, sagte er und ließ seinen Koffer neben einen der Barhocker fallen. Dann schob er sich mit einer Pobacke auf den Hocker und sah ihr direkt in die Augen. »Gib mir Whisky.«

»Hast du überhaupt Geld?«

»Ja.«

»Zeig's mir.«

»Warum ich muss zeigen? Warum er muss nicht zeigen?« Er wies zu einem Stammgast hinüber, der am anderen Ende des Tresens saß und mit Daumen und Zeigefinger die Spitzen seines aschblonden Schnurrbarts glattstrich.

»Hör zu, wenn du hier einen Aufstand machen willst, dann kannst du dir das gleich wieder abschminken. Ich hab die Schnauze voll von …«

»Von was?«

»Von euch allen halt! Wann geht ihr wieder zu euch nach Rumänien zurück? Ihr seht doch, dass ihr hier nicht bleiben könnt. Kein Platz hier, keine Arbeit! Ihr kommt doch, um zu arbeiten?«

»Keine Arbeit in Rumänien.«

»Hier auch *no* Arbeit, gar nichts, *nada*. Ganz ehrlich …«

Der Schnurrbartträger knurrte. Wollte er der Kellnerin signalisieren, dass sie nicht zu weit gehen, oder ihr bloß mitteilen, dass sie leiser sprechen solle?

Zoran starrte die furchtbare Frau herausfordernd an. Sie hatten hier beide die gleichen Rechte. Aber die Schwierigkeiten, die es ihm bereitete, Sätze in dieser unmöglichen Sprache zu bilden, führten dazu, dass er gegen seinen Willen zu stammeln begann und die Augen niederschlug.

»Ich treffe Mann, vier Uhr, er zahlen tausend Euro. Wenn ich tausend Euro, ich auch zehn Euro. Also, gib Whisky. Teuer Whisky.«

Die Kellnerin verdrehte die Augen und tippte sich an die Stirn. »Was erzählst du da von tausend Euro? Das hier ist kein Stundenhotel, kapiert? Also, raus jetzt! Raus! Los, verschwinde!«

In diesem Moment tauchte ein Kunde auf, ein kleiner Mann im Anzug, der stark schwitzte. Er kam aus Richtung der Treppe, die zu den Fremdenzimmern hinaufführte; vielleicht auch nur vom Klo. Zoran sah ihn eindringlich an, während die Kellnerin ihn freundlich verabschiedete und er die Bar verließ. Zoran hätte sie am liebsten umgebracht, als er sah, wie ihr Blick sich sofort wieder angewidert auf ihn richtete.

»Also, du musst jetzt gehen. Sonst ruf ich die Polizei.«

Zoran rutschte von seinem Barhocker und beschimpfte die Kellnerin dabei auf Rumänisch. Dann fragte er den Trinker, der schlaff überm Tresen hing, doch der hatte hier seit dem frühen Nachmittag niemanden gesehen. Es war jetzt 16.30 Uhr. Sein Ultimatum hatte also nicht funktioniert.

2.

In der Hoffnung, auf den Mann zu stoßen, der ihn reich machen sollte, irrte Zoran ziellos im Stadtzentrum umher. So gut wie jeder, der ihn an diesem Nachmittag sah, drehte sich nach ihm um und konnte sich einen abschätzigen Kommentar – sei es mit Gesten oder leise gemurmelt – nicht verkneifen. Einige sprachen sogar laut genug, dass er es hörte: ein bärtiger Lebensmittelhändler, eine Mutter, die an ihrem Kinderwagen rauchte, ein paar arabische Jugendliche in Jogginganzügen, zwei Bauarbeiter, die gerade Pause machten, eine kleine Alte, die wahrscheinlich auf der Präfektur arbeitete, und ein Elektriker mit behaarten Schultern.

Sie alle hassten ihn von dem Moment an, da sie begriffen, dass er kein Mädchen war, aber ihr Hass speiste sich vor allem aus der Tatsache, dass er auch nicht mit absoluter Sicherheit *kein* Mädchen war, dass er noch lange nach dem ersten Eindruck eine sexuelle Zweideutigkeit verkörperte: von seinem provokanten Hüftschwung bis zur kleinsten Gesichtsregung. Sein karminroter Nagellack, den er die ganze Zeit demonstrativ anpustete, trug ebenso zum Hass bei wie sein trotzig herausfordernder Blick und die bebenden Nasenflügel, die ständig Probleme zu wittern schienen.

Außerdem hatte er einen Schönheitsfleck unter dem linken Auge. Wenn uns jemand ganz besonders unangenehm ist, kann es passieren, dass sich unsere ganze Feindseligkeit, die er in uns erregt, auf einen Leberfleck konzentriert. Zorans Schönheitsfleck war bläulich, erschreckend rund und schrie förmlich nach Aufmerksamkeit für dieses ganze verunsicherte Wesen. Zorans Vater hatte ihn wegen dieses Flecks oft verprügelt.

In der Öffentlichkeit wirkte er selbstsicher, ja attraktiv. Mit seinen gelblichen Augäpfeln, den enorm breiten Schultern und seiner dunklen, unreinen Haut war er nicht schön, aber bei den Männern, deren

Aufmerksamkeit er erregen wollte, brauchte man nicht schön zu sein, es genügte, jung und gut geschminkt zu sein, schmale Hüften und einen unbehaarten Oberkörper zu haben und eine tierische Hitze auszustrahlen, einen Geruch nach Stall und Sünde.

Nachdem er sich Kaugummis gekauft hatte, begab er sich auf den Platz vor der Kathedrale, auf dem sich ein paar Kinder um einen alten Brummkreisel zankten. Dann glaubte Zoran plötzlich, von einem Mann in einer beigen Jacke verfolgt zu werden, und lief in die Mitte des Kirchenvorplatzes, wo ihm nichts passieren konnte. Drei Reihen aus jeweils vier Wasserfontänen sprudelten aus einer unsichtbaren Quelle unter dem Pflaster hervor. Nachdem die Sonne kurz hinter einer Wolke verschwunden war, zeigte sie sich nun wieder. Zoran betrachtete den Schatten, den eine der senkrechten Fontänen warf und der über die grauen Bodenplatten lief. Dort schien er langsamer als das Wasser zu versickern, als gehörte er in eine andere Wirklichkeit. Sein eigener Schatten schien sich wenig später ebenfalls zeitversetzt zu bewegen, sodass er ihn aufmerksam betrachten konnte. Und genau in diesem Augenblick – als er seine Schultern, seinen ganzen Körperbau und sein Geschlecht verfluchte – hörte er das Hupkonzert.

Alle auf dem Platz hielten inne, um dem mit rosafarbenen und weißen Bändern geschmückten Autokorso und den dunkelhäutigen, lächelnden Gesichtern nachzusehen, die lauthals ein arabisches Lied mitsangen. Zoran folgte der Gesellschaft und fand sich unversehens inmitten einer kleinen Menge Schaulustiger wieder, die das Spektakel auf dem Rathausplatz verfolgen wollten. Ein Typ machte einen Schritt zur Seite und trat ihm dabei auf die glänzenden Schuhe. Zoran stieß ihn grob weg, und der Typ zog sich ohne Weiteres zurück. Vielleicht war es keine Absicht gewesen. Zoran spuckte seinen Kaugummi aus, um sich eine Zigarette anzuzünden, und stellte fest, dass er gar keine Zigaretten mehr hatte. In unmittelbarer Nähe rauchte niemand, mal abgesehen von einem großen Kerl, der allerdings nicht aussah, als wäre mit ihm gut Kirschen essen. Also nahm er sich einen weiteren Kaugummi und machte zum Spaß Blasen.

Ein paar Augenblicke später, während immer mehr gut gekleidete Menschen am Fuß der Treppe herumstolzierten und sich dabei sehr wichtig vorkamen, zeigte ein dickes blondes Mädchen mit dem Finger auf Zoran. Die Mutter beugte sich zu ihr herunter, damit sie ihr etwas ins Ohr flüstern konnte. Die kleinen grünen Augen, die von ihrem pausbäckigen Gesicht fast verschluckt wurden, funkelten wie zwei Diamanten in einer verbotenen rosigen Grotte. Zoran wollte sie gerade zum Lachen bringen, indem er noch ein paar Grimassen schnitt, als er in der Menschenmenge das vertraute Gesicht des Mannes entdeckte, mit dem er eine halbe Stunde zuvor verabredet gewesen war.

»Slim!«, rief er.

Er wich dem Blick des Mädchens aus und versuchte, sich einen Weg zu bahnen. Es war tatsächlich Slim. Sein Herz schlug schneller, und die Hitze erschien ihm plötzlich unerträglich. Er wollte Slim, den er nun zweifelsfrei identifiziert hatte, bereits die Hand auf die Schulter legen, wurde dann aber von einem kahlköpfigen Mann beiseitegerempelt, der ihn hatte kommen sehen.

»Ich ihn kennen«, protestierte Zoran und zeigte auf den jungen Araber.

Doch der Glatzkopf schob ihn ohne großes Aufhebens in die Menge zurück, so wie es ein Bodyguard getan hätte. Und als hätte er eine Vorahnung, was im nächsten Moment über ihn hereinbrechen würde, hielt Zoran sich schützend beide Hände über den Kopf und ging so schnell in die Hocke, dass er seine Jeans reißen hörte.

Ein, zwei Paar starker Arme hoben ihn vom Boden hoch und trugen ihn durch die Menge davon. Er hatte nicht einmal mehr Zeit, um Hilfe zu rufen, sich irgendwie zu wehren und zumindest zu versuchen, sich zu befreien. Der Typ, der ihn gepackt hatte, verfrachtete ihn auf den Rücksitz eines Autos, das mit einem Kavaliersstart anfuhr und davonraste, allerdings ohne quietschende Reifen. Alles ging so schnell, dass es für Zeugen dieser Szene ein Leichtes war, sich wieder ihrer Beschäftigung zuzuwenden und so zu tun, als wäre nichts passiert.

3.

»Erinnerst du dich noch an Bachir? Bestimmt – Aïchas Sohn, Krim, *allouar!* Krim, erinnerst du dich noch an Bachir? Krim, ich rede mit dir!«

Es war so unerklärlich, dass sich in der Familie niemand mehr den Kopf darüber zerbrach. Vielleicht war es Tante Rabias Lebensfreude, die ihre Nichten, Schwestern und die Männer ansteckte und die keine Beleidigung je schmälern konnte. Krim war der Einzige, der inzwischen immun dagegen war. Der unfassbare Redefluss seiner Mutter erzeugte in ihm nur noch ein vages Gefühl der Ermüdung. Während er eine Nachricht tippte, beobachtete er seine Mutter, die zwischen den Verwandten hin- und herflatterte. Sie redete mit den Händen, ja sogar mit den Haaren. Sie hatte hohe Wangenknochen, die Spur eines südfranzösischen Akzents, dessen Ursprung sich niemand erklären konnte, und vor allem ein herzliches Lachen, das ihr die Tränen in die Augen trieb. Es wurde ganz unwillkürlich von einem vertraulichen Tätscheln der Schulter ihres Gegenübers begleitet. Frauen desselben Temperaments, die sozial auf einer höheren Stufe standen, hätten sich damit begnügt, den Ellbogen des Gesprächspartners zu streifen oder ganz nebenbei kurz ein, zwei Fingerglieder zu drücken.

»… na, und Bachir hat also eine Therapie gemacht, bei diesem Psychologen, wie heißt er gleich, bei Doktor Bousbous, Basbous, ich weiß nicht mehr, ich glaub, er stammt aus dem Libanon, vielleicht ist er auch Jude, Boulboul, Bouboul … Zu ihm ist Rach' auch gegangen, und er hat nichts gemacht, ich schwör es dir, ganz ehrlich, was machen diese Psychologen eigentlich für einen lächerlichen Kram? Man kommt hin, man redet, *wallah,* wozu soll das gut sein? Ich sag dir, man sollte besser in Ruhe zu Hause bleiben und sich mit seinem Ehemann unterhalten, stimmt's oder stimmt's nicht, *khalé?*«

Sie hatte sich an einen Schwager gewandt. Müde sechzig, mit einem schmalen Gesicht, ein bisschen wie ein Affe, freundliche Augenbrauen, der starke algerische Akzent seiner Generation. Sie nannte ihn aus Respekt und wegen seines Alters »Onkel«, auch wenn sie gar nicht blutsverwandt waren. Rabia hatte immer einen Onkel bei der Hand, den sie als Ohrenzeugen benutzte und an dem sie demonstrierte, dass alles, was sie von sich gab, interessant war. Sie lud ihn ein, am Gespräch teilzunehmen, und lachte lauthals selbst über die kleinste Bemerkung.

»Ah, hab immer schon gesagt, dass Psychologen nix taugen.«

»*Ahtek'm sara* – genau. Was ich sagen wollte, ach ja, er ist also zu Doktor Abitboul gegangen, so hieß er, Abitboul, und jedes Mal musste er ein-, zweihundert Euro hinblättern, ich schwör es dir, das war schlimmer als im Kasino, *matéhn,* und eines Tages sagt der Doktor so zu ihm: ›Wir sind fertig, Sie sind geheilt.‹ Der arme Bachir, er bedankt sich beim Doktor, kehrt zurück in sein kleines Leben, in seinen Alltagstrott, und dann eines Tages geht er in den Waschsalon, das ist wirklich wahr, okay, er geht also in den Waschsalon, wirft eine Münze in diesen kleinen Kasten, um den Waschgang anzuwerfen, und *wallah,* beim Grab meines Großvaters, bei Krims Leben, da fällt er tot um, steckt eine Münze in den kleinen Kasten, einfach so, und …«

Rabia hielt inne, als ein paar Meter hinter ihr Tumult zu hören war. Zwischen zwei Gästen der Brautfamilie hindurch, die sich ebenfalls umgedreht hatten, konnten Rabia und ihre kleine Gruppe sehen, wie die Großmutter Dounia anschrie. Onkel Bouzid eilte auf sie zu und versuchte, seine Mutter zu beruhigen, die unbarmherzig mit dem Finger auf Dounia zeigte, ohne sich um die Fremden zu kümmern, die so taten, als sähen sie nichts.

»Was ist los, Bouz'?«, fragte Rabia.

»Es gibt ein Problem. Fouads TGV hat Verspätung.«

»Wie viel denn?«

»Ich weiß nicht, eine Stunde, vielleicht mehr. Er ist Slims Trauzeuge, aber die Familie der Braut sagt, wir können nicht mehr auf ihn warten.

»Lass mich mit Doune sprechen.«

Rabia hätte die Sache sofort in die Hand genommen, doch die Großmutter versperrte ihr den Weg. Dann packte sie ihre Tochter am Handgelenk und zog sie weg, während sie auf Kabylisch auf sie einschimpfte: »Oh, nein, nein, also, das reicht jetzt mit den Skandalen, es wird sich jetzt nicht jeder um alles kümmern. Komm, lass sie selbst sehen, wie sie das löst.«

»*Yeum, yeum,* jetzt lass sie doch los, was machst du denn da, *archoum* …«

»Doune, ist Krim nicht zweiter Trauzeuge?«

»Ja. Wo ist er?«, fragte Dounia und stellte sich auf die Zehenspitzen.

4.

Während sie nach Krim Ausschau hielten, lief Slim auf sie zu. Er hatte seit dem Morgen nicht mehr aufgehört zu lächeln – seine ganze Gestalt lächelte: seine weißen Zähne, sein weißer Anzug, seine schönen, schmalen, hellen Hände. Er trug eine breite wattierte Krawatte und weiche Slipper, die es ihm erlaubten, von Grüppchen zu Grüppchen zu schwirren und mit allen in einem leichten, verbindlichen Tonfall zu sprechen. Er hatte die gleichen großen dunklen und femininen Augen wie seine Brüder: erstaunlich lange Wimpern, die Konturen wie mit Kohlestift gezogen, und eine unfassbar große Iris, die das Weiß des Augapfels auf einen kleinen Winkel hinter dem Lid beschränkte, der kaum dunkler war.

Krim lehnte an einer Straßenlaterne und sah die ganze Sippschaft in geordneter Formation heranrücken. Am liebsten hätte er Reißaus genommen. Er ließ die Zigarette fallen, die er sich gerade erst angesteckt hatte.

»Was, ich?«, entgegnete er, als er gebeten wurde, Fouad zu ersetzen.

»Komm schon, *raichek,* stell dich nicht so an.«

»Oh Mann, quatsch mich nicht zu – ich hab dich doch um nichts gebeten! Scheiße, ich wusste es …«

Hinter seiner Tante tauchte Slim auf. Er nahm Krim beiseite und erläuterte ihm die Situation. Ein paar Augenblicke später kauerte Slim mit dem Rücken an der Wand des Rathauses neben Krim. Sie blickten jetzt beide in dieselbe Richtung, nur dass Krim – anders als die Hauptperson des heutigen Tags – nicht die ganze Zeit versuchte, die Beine in dieser unnötig akrobatischen Position erst übereinanderzuschlagen und sie dann wieder nebeneinander abzustellen.

Während er in die entgegengesetzte Richtung wie sein Cousin blickte, wechselte Slim unversehens das Thema. »Ach, und dann hat Mama mir auch noch das mit dem Arbeitsamt erzählt. Das ist scheiße.«

Krim zog die Augenbrauen hoch. Dann zündete er sich die nächste Zigarette an und nestelte in der Hoffnung, dabei wie ein amerikanischer Schauspieler auszusehen, an seiner Krawatte herum.

»Weißt du schon, was du jetzt machen willst?«

»Ach ja, das wird schon.«

»Verdammt, du bist schon wieder total drauf, Krim. Scheiße, wann wirst du endlich erwachsen?«

Krim nahm den Filter seiner Zigarette zwischen Daumen und Zeigefinger und betrachtete schweigend das glimmende Ende.

»Und bei dir, läuft's sonst?«, nuschelte er. »Gehst weiter zur Uni, oder was?«

»Nein, ich werd wohl arbeiten müssen, und sei es nur, um … Okay, ich verrat dir jetzt was, Krim, aber …«

Krim schwieg weiter, und zwar so hartnäckig, dass Slim sich verpflichtet fühlte, weiterzusprechen und ihm etwas Überraschendes anzuvertrauen.

»Ich hab das noch keinem gesagt, auch nicht meiner Mutter, aber … ich hab Angst, dass ich es mit ihr nicht schaffe, weißt du.«

»Mit wem?«

»Mit Kenza. Du darfst das jetzt echt keinem weitererzählen, es ist einfach zu seltsam, aber ich hab den Eindruck, dass ich nie mit ihr … verstehst du …«

Verblüfft fixierte Krim einen Punkt am Horizont. Das Ende der Welt stand in Flammen, und keiner außer ihm konnte es brennen hören.

»He, warum sagst du denn nichts?«

»Hm. Keine Ahnung.« Krim war tatsächlich erschrocken. »Keine Ahnung.«

»Ich hab den Eindruck, dass ich sie nicht glücklich machen kann«, fuhr Slim fort. »Ich versuch es ja und so, aber … Du hörst mir ja gar nicht zu.«

Slim richtete sich auf und ließ den Blick über die Wipfel der umstehenden Bäume schweifen. Die Stille, die sich über die beiden kleinen, festlich gekleideten Gestalten senkte, wurde zusehends unangenehm. Zu seiner großen Überraschung war es Krim, der das Wort zuerst wieder ergriff.

»Nein, jetzt mal ehrlich. Mach dir darüber keine Sorgen. Du bist ein guter Typ, weißt du, das klappt sicher.«

»Danke, Krim«, antwortete Slim und sah ihn dabei direkt an. »Danke.«

Krim verabscheute diesen zugleich ernsten und weinerlichen Tonfall. Wenn es das war, was Erwachsenwerden bedeutete, wenn das hieß, dass man den Dingen mit einer solch bescheuerten Ernsthaftigkeit begegnen musste, dann wollte er wirklich lieber für den Rest seines Lebens ein Kind bleiben.

»Okay, und dann hab ich auch noch von der ganzen Scheiße gehört, in der du gerade steckst. Hat Nazir dir deshalb einen Umschlag mitgeschickt?«

Krim antwortete nicht. Stattdessen kürzte er das Gespräch ab.

»Nein, alles okay. Darüber will ich heute echt nicht sprechen. Es ist doch dein Hochzeitstag, hm?«

Slim umarmte seinen Cousin und ließ sich von ihm die linkischsten Küsschen auf die Wangen drücken, die er jemals bekommen hatte.

5.

Von der Treppe aus, auf der sie immer noch stand und plauderte, sah Rabia, wie Slim Krim einen Umschlag zusteckte. Krim wirkte erst überrascht und küsste dann seinen Cousin auf beide Wangen, ehe er sich die Hand aufs Herz legte.

»Was war das für ein Umschlag, Krim?«, fragte sie ihn, als er sich wieder zu ihr gesellt hatte.

»Was geht dich das an?«

»*Zarma.* ›Was geht dich das an?‹ Warum bist du so? Was hab ich dir getan, dass du mich vor aller Welt wie eine räudige Hündin behandelst?«

»Jetzt geht das wieder los …«

Sie strich ihrem Sohn mit der Hand über den Kopf. Und dann leuchteten ihre Augen auf und funkelten vor Aufregung, die beinahe erwachsen an ihr wirkte.

»Komm schon, willst du mir nicht sagen, was das war, Dummerchen?«

»Ach, ist doch nur mein Geschenk für gestern, alles klar? Und jetzt mach schon, kannst es allen erzählen … Ich schwör's dir, du bist echt wie ein kleines Mädchen.«

»Ja, und darauf bin ich auch stolz! Alle Leute halten dich für meinen kleinen Bruder. Du solltest dich beim lieben Gott dafür bedanken, dass du so eine jugendliche Mutter hast. Ach ja, und was war das eigentlich für eine Geschichte mit Luna auf Facebook?«

»Das ist doch echt nicht wahr«, brauste Krim auf. »Deine Tochter zeigt sich Millionen von Leuten, und dir ist das vollkommen egal, oder was?«

»Oh, komm schon, du verkappter Islamist.«

»Ja, genau darum geht's.«

»Krim, jetzt hör mir mal zu. So sind Mädchen eben, sie flirtet ein bisschen …«

»Sie flirtet, klar. Du wirst schon noch den Tag erleben, an dem sie vergewaltigt wird.«

»Bar ed chal!«, kreischte Rabia. »Geht's noch? Was fällt dir ein, so was zu sagen?«

Doch ihr Zorn verflog genauso schnell wieder, wie er gekommen war – weil sie eine von Dounias französischen Freundinnen begrüßen musste. Nachdem sie ein paar höfliche Floskeln ausgetauscht hatten, kam sie wieder zu ihrem Sohn zurück und knöpfte ihm das Hemd bis obenhin zu.

Krim schnappte nach Luft.

»Das ist zu eng, ich muss gleich kotzen.«

»Nein, nein, lass es so, so trägt man das. Lass es so, hab ich gesagt, vertrau mir einfach. Was glaubst du eigentlich? Dass eine Milliarde Menschen, die Krawatten anziehen, brechen müssen? Ach was. Das geht vorbei, mach dir keine Sorgen.«

Während er sich damit abfand, die Kehle zusammengequetscht zu bekommen, betrachtete Rabia ihn stolz. Ihr Ältester in Anzug und Krawatte. Doch sobald er sich wieder umdrehte und zu Slim gehen wollte, verwandelte sich ihr Stolz in Traurigkeit, und zwar so plötzlich, dass sie die Tränen zurückhalten musste, damit ihre Wimperntusche nicht verwischte.

Die Familie der Braut hatte die Stufen zum Rathaus schon vor der Ankunft von Slims Familie besetzt, doch die Sonne brannte inzwischen unerbittlich wie an den Hundstagen auf den Platz nieder, sodass sie sich in den Schatten der Platanen und Zürgelbäume zurückzogen.

»Schau mal, letztendlich sind es doch gar nicht so viele«, flüsterte Dounia Bouzid ins Ohr.

»Du wirst schon noch sehen. Das hier ist ja nur das Standesamt, und sie sind jetzt schon dreimal so viele wie wir. Aber das wird schon alles, mach dir mal keine Sorgen.«

Eine Dame aus dem anderen Lager kam auf Dounia zu und gratulierte ihr, indem sie den Kopf neigte. Sie trug ein Empirekleid aus bedruckter Seide, und ihre schwarzen Haare waren geglättet und mit blonden, kastanien- und schokoladenbraunen Strähnen durchsetzt. Rabia stellte ihr Krim vor.

»Na, jetzt sag schon Guten Tag, Krim, benimm dich nicht wie ein Wilder!«

Krim konnte es nicht ertragen, wenn seine Mutter ihren – wie er es nannte – französischen Akzent benutzte. Sie bemühte sich dann um eine offenere Aussprache des A, um ein gemäßigteres R, zog die Diphthonge in die Länge und ging sogar so weit, anders zu lachen.

»Hicham, mein Sohn«, sagte die Dame und zeigte auf einen stämmigen Jungen, der stolz ein zu enges Hemd aus grauem Satin zur Schau trug.

Hicham drehte sich um. Er hatte das Gesicht zu einem Playboylächeln verzerrt. Mit dem Telefon am rechten Ohr streckte er Rabia die linke Hand entgegen, die sie packte, um ihn zu sich heranzuziehen und ihm Küsschen auf beide Wangen zu drücken.

»Ah, bei uns küsst man viermal!«

Hicham studiere zusammen mit Kenza Jura, erklärte die Dame. Als sie das leichte Unverständnis in Rabias Blick bemerkte, fügte sie hinzu: »Kenza, die Braut.«

»Ja, ja, natürlich, ich weiß. Übrigens … Krikri, du siehst sie doch gleich, oder?« Und dann verkündete sie in Richtung der Dame: »Abdelkrim ist der Trauzeuge des Bräutigams.«

»Ah, na dann, bravo, meine herzlichsten Glückwünsche!«, sagte die Frau, während sie diesen stocksteif dastehenden »Trauzeugen« mit einem Lächeln im kunstvoll geschminkten Gesicht aufmerksam taxierte.

Krim, den diese ganze Verlogenheit anwiderte, ließ die beiden unvermittelt stehen. Am liebsten hätte er sein Handy hervorgeholt, um so zu tun, als hätte er einen wichtigen Anruf erhalten, doch nachdem er seinen Rückzug bereits eingeleitet hatte, kostete er nun in vollen Zügen die Wirkung aus, die sein seltsames Verhalten bei seinem Publikum erzeugte.

6.

Auf der Treppe wurde es allmählich unruhig. Bouzid fragte seine Schwestern, wo Ferhat und Zoulikha steckten. Seine Schwestern gerieten prompt in leichte Panik. Mathieu, Rachidas Ehemann, war im Festsaal geblieben, um den beiden Alten Gesellschaft zu leisten, und Bouzid schlug sich mit der flachen Hand an die Stirn. Er hatte vollkommen vergessen, dass ein paar Gäste dort hatten warten wollen. Er lief los und erstattete der Großmutter Bericht, die mit ihrer kleinen, trotzigen und energischen Gestalt einer ganzen Reihe von Gästen auf der Freitreppe den Weg versperrte.

»Was gaffst du mich so an, willst du ein Foto von mir?«, keifte sie ihn an. »Hol sie endlich, du dummer *arioul!*«

»*Wallah,* deine Ausdrucksweise ist wirklich unmöglich …«

»Geh schon und schick Toufik los, geh schon, statt dich hier herumzudrücken!«

Bouzid wischte sich den Schweiß von der Stirn, als er sich im Laufschritt einen Weg durch die dichte Menge bahnte. Er erkannte niemanden darin wieder.

Erst ein bisschen abseits entdeckte er Krim, der umherschlenderte und dabei seine Schuhspitzen betrachtete. Er nahm sogar einen Umweg in Kauf, um ihn anzublaffen.

»Was treibst du hier? Du müsstest schon längst oben sein!«

»Aber da sind zu viele Leute, da kommt man nicht durch.«

»Aber sicher doch – mach schon, du musst jetzt durch, haben sie dir noch nicht den Ring gegeben?«

»Nein.«

»Wo ist Toufik?« Bouzid hielt sich die Hand über die Augen und sah sich suchend um. »Warte hier auf mich«, rief er Krim zu und lief weiter, um dem dienstfertigen Toufik Anweisungen zu geben: »Du musst zurück zum Festsaal, hier, nimm mein Auto, und dann bringst du Onkel Ferhat und Tante Zoulikha zu Großmutter.«

Mit offenem Mund betrachtete Toufik die Schlüssel, die ihm gerade in die Hand gedrückt worden waren. Bouzid, der Schreckliche, runzelte die Stirn.

»Hast du mich verstanden?«

»Ja, ja. Aber warum soll ich sie zu Großmutter bringen?«

»Was interessiert dich das? Nach dem Standesamt fahren wir zu Großmutter, und du bringst sie dorthin, okay?«

Toufik nickte. Er war mit Abstand der älteste der Cousins, sogar älter als manche Ehemänner seiner Tanten, man hätte ihn also mit »Onkel« ansprechen müssen, doch er hatte etwas zu Jugendliches an sich, als dass man sich dazu hätte durchringen können: runde Wangen, glatt und glänzend, einen unruhigen Blick, der ununterbrochen nach Bestätigung suchte, und den Gang eines Mannes, der es gewohnt war zu tun, was man ihn hieß, selten weniger und niemals etwas anderes.

Er lief auf die Autos zu, die in zwei Reihen parkten, während Bouzid wie ein Bodyguard die Menge teilte, um Krim an sein Ziel zu geleiten.

Vor Bouzids Peugeot 307 kauerte ein junges Mädchen. Toufik war wie gebannt von ihrem endlos langen blonden Haar, das alles Licht des Himmels in sich aufzusaugen schien. Er räusperte sich, weil er nicht wusste, wie er sie ansprechen sollte, und sich nicht vorstellen konnte, dafür einen so lächerlichen Ausdruck wie »Fräulein« zu verwenden.

»Ist das Ihr Auto? Meine Katze will einfach nicht darunter hervorkommen«, erklärte sie, ohne aufzustehen. Immerhin drehte sie ihm den Kopf zu.

»Miez, miez«, säuselte Toufik, während er fast unter den Wagen kroch.

»Sie heißt nicht Miez.«

»Na, keine Ahnung. Wie heißt sie denn?«

Die Laune des Mädchens schlug auf fast unbegreifliche Weise um. Sie hatte mandelförmige Augen und eine kindlich gewölbte Stirn. Man konnte sie nicht wirklich als hübsch bezeichnen, womöglich weil sie aufgrund ihres verdrehten Halses so sehr das Gesicht verzog.

»Er heißt Barrabas.«

»Aber das ist doch kein Name für eine Katze, Barrabas.«

»Ach, und was ist dann ein Name für eine Katze?«

»Hm, keine Ahnung …«

Er dachte fieberhaft über eine passende Antwort nach – vergebens. Statt ihm eine Brücke zu bauen, musterte das Mädchen ihn jetzt auch noch von Kopf bis Fuß.

»Weiß nicht …«

»Und Beethoven? Finden Sie, dass das ein passender Name für einen Hund ist?«

Toufik verstand nicht, womit er diese Feindseligkeit verdient hatte. Was hatten denn heute nur alle gegen ihn?

»Beethoven, ja, das klingt schon nach einem Hund.«

»Und wenn Sie einen Papagei hätten, wie würden Sie den nennen?«

»Hm, keine Ahnung. Jacquot vielleicht.«

Das Mädchen brach in Gelächter aus – ein schrilles, trockenes Lachen, das nicht bis zu den Augen reichte. Toufik fragte sich, ob sie vielleicht verrückt war.

Er verzichtete darauf, sich erneut hinzukauern, und wartete stattdessen ab, was als Nächstes passieren würde. Glücklicherweise nahm die Katze zur anderen Seite hin Reißaus. Erst da fiel Toufik auf, dass sie schwarz war. Der Arme würde bis zum Ende des Tages den Gedanken an dieses böse Omen nicht mehr loswerden.

7.

Um fünf Uhr läuteten die Glocken der Kathedrale Saint-Charles. Die Grüppchen, die bis zum Eingang des Rathauses zurückgedrängt worden waren, warteten geduldig, während ein Freund der Braut sorgsam seine Fotoausrüstung aufstellte. Ein Paar von der Nerrouche-Seite, das sich nicht in das Gerangel auf der Treppe stürzen wollte, kam neugierig näher, wurde dann aber enttäuscht: Der Typ – vielleicht fünfundzwanzig Jahre alt – gab ihnen auf lakonische, ja beinahe arrogante Art Auskunft, ohne sie auch nur eines Blickes zu würdigen. Er trug eine riesige Brille und riss hektisch blinzelnd den Mund weit auf und zog die Nase kraus, um das Gestell wieder nach oben zu befördern.

Dann erschien die Brautmutter auf den Stufen und rief dem Fotografen zu: »William! Was machst du denn? Komm her und mach hier einen Film!«

Verwirrt drehte William sich um. Er konnte seine Hightech-Ausrüstung doch nicht unbeaufsichtigt zurücklassen. Während er noch darüber nachgrübelte und dabei die Nase krauszog, entblößte er die obere Zahnreihe, was ihm ein dümmliches Aussehen verlieh.

»William! Wo bleibst du denn?«

Er klemmte sich eilig die Kamera unter den Arm, die Menge teilte sich, um ihn durchzulassen, und gemeinsam gesellten sie sich an die Spitze der Menge, die sich in Bewegung gesetzt hatte, um den Saal zu betreten.

Die hohe Decke, der Kronleuchter, die Stuckaturen, die Vergoldungen und vor allem das glänzende Parkett riefen bei Krim schlechte Erinnerungen hervor, der die Amtsgebäude der Republik bis jetzt vor allem in Gestalt des Jugendgerichts kennengelernt hatte. Er setzte sich neben Slim und begegnete dem Blick der Brautmutter, in dem er eine besonders hemmungslose Missbilligung wahrzunehmen glaubte.

Sie war ganz offensichtlich eine böse Frau, eine dieser verbitterten Mütter, die jede Gelegenheit ergriffen, ihre Nächsten zu erniedrigen. Krim folgerte dies aus den riesigen Schmuckstücken, die sie überall dort angelegt hatte, wo Platz gewesen war – aber auch und vor allem aus der Art, wie sie ohne Unterlass die Armreifen richtete, die sich um ihr dickes Handgelenk spannten. Sie trug ein Kleid aus rosa Musselin mit einem schwindelerregenden Streifenmuster, das sich über drei Schichten Volant ausbreitete. Krim hatte gehört, wie seine Mutter und seine Tanten sich über diese Volants in sehr unfeinen Worten ausgelassen hatten.

Neben der Dame entblößte eine Frau – anscheinend die älteste Tochter – ihre feisten Schenkel unter einem kurzen Kleid im Kaftanstil, das von einem mit vergoldeten Perlen bestickten Gürtel zusammengehalten wurde. Tragischerweise war durch das Kleid ihr pistaziengrüner Unterrock zu sehen. Krims Blick schweifte weiter in die zweite Reihe zu dem orientalisierenden Zopfmuster eines Seidenkleides mit seitlich eingesetzten Animal-Print-Streifen. Er kam zu dem Schluss, dass all diese Frauen aus Oran nicht böse geworden waren, weil sie so abstoßend waren, wie er zunächst intuitiv angenommen hatte. Sondern sie waren abstoßend, weil sie böse waren.

Durch eine Seitentür trat der Standesbeamte ein, und jetzt sah Krim auch erstmals jene Frau aus nächster Nähe, mit der Slim gleich geloben würde, den Rest seines Lebens zu verbringen. Er sah sie lediglich schräg von vorn. Ihr Haar wurde von einem Schleier verdeckt, der zu dem langen weißen Kleid passte. Aus seiner Perspektive wirkten ihre Augen größer, als sie es tatsächlich waren. Aber es bestand kein Zweifel daran, dass sie hübsch war. Dabei profitierte sie unbestreitbar von dem Kontrast zu den fetten, ordinären Frauen in ihrer Familie, doch ihr Gesicht war wirklich ausnehmend hübsch, wie er bemerkte, als er ihr schließlich offiziell vorgestellt wurde. Ihr Gesichtsausdruck war offen und großherzig, einfach und klar, sie hatte ein recht prominentes Kinn, aber auch bemerkenswert symmetrische Züge, Augen, die man beinahe als hervorstehend bezeichnen konnte, und volle Lippen, die kein bisschen wulstig wirkten. Vor allem aber hatte sie einen ehrlichen Blick, der ihr alles in allem einen leicht burschikosen Charme verlieh.

»Na, dann wollen wir mal anfangen, hm?«, erklärte der Standesbeamte.

Während seines gesamten Vortrags konnte Krim den Blick nicht von der Braut abwenden. Ihm gefiel, wie sie die Augen niederschlug, als ihr Name, Kenza Zerbi, genannt wurde, und dann peinlich berührt wie ein Schulmädchen lächelte, das vor der versammelten Klasse gelobt worden war.

Als Krim dann die Heiratsurkunde unterschreiben sollte, war er kurz abgelenkt, weil draußen auf der Straße ein Motorrad vorbeiknatterte. Während es beschleunigte, verschob sich das Dröhnen in Es um einen Halbton nach oben. Flüchtig betrachtete er Slims Unterschrift. Sie war geschmeidig, elegant, genauso sanft wie seine Stimme. Dann setzte er seine eigene in das dafür vorgesehene Kästchen, mit seiner großen, linkshändigen Schrift, der Schrift eines Menschen, der nicht mal das Collège erfolgreich abgeschlossen hatte.

»Ich will Sie auch nicht länger aufhalten«, schloss der Standesbeamte und hob sich mit seiner trockenen, geschäftsmäßig guten Laune vom allgegenwärtigen Schluchzen und Schniefen im Saal ab. »Ich möchte nur noch kurz erwähnen, dass heute ein besonderer Tag ist – der Vortag eines ebenfalls besonderen Tages – und dass ich Ihnen nun viel Glück wünsche. Sie dürfen die Braut jetzt küssen.«

Es entstand ein peinlicher Moment, den der Beamte, der bereits seine Papiere ordnete, nicht zu bemerken schien. Für jungvermählte Muslime war es natürlich ausgeschlossen, einander vor den versammelten Familien die Zunge in den Hals zu stecken. Ein bisschen ungeschickt, aber nicht ohne Zärtlichkeit hob Slim Kenzas Schleier, um ihr dann einen züchtigen, raschen Kuss auf die gerötete Wange zu drücken.

8.

Am Ausgang entdeckte Rabia, die ebenfalls ein paar Tränchen verdrückt hatte, Krim auf der Lehne einer Bank. Er hatte sich eine Zigarette hinters Ohr geklemmt und rieb sich mit den Daumen über die Augenwinkel.

»Ach, das erinnert mich alles an Papa. Wir haben auch hier geheiratet, weißt du, in demselben Saal – genau hier, da, auch mit einem Standesbeamten … Ach ja …« Als er keinerlei Reaktion an den Tag legte, fügte sie hinzu: »Oh, ist alles in Ordnung, Krim? Du siehst ganz blass aus.«

»Ich hab ein bisschen Kopfweh.«

»Soll ich dir eine Aspirin besorgen?«

»Nein, nein, lass mal.«

»Bist du dir sicher? Komm schon.« Sie fasste ihn bei den Schultern und raunte ihm mit leiser Stimme zu, während sie sich gleichzeitig umsah, als handelte es sich bei ihren Worten um ein Staatsgeheimnis: »Wir fahren jetzt zu Großmutter, hm? Und danach direkt zum Festsaal. Der Onkel bringt dich in der Zwischenzeit woandershin. Du kannst dann später mit ihm zusammen nachkommen …«

Krim schnaufte verärgert. »Was denn noch? Kannst du mich nicht mal für zwei Minuten in Frieden lassen?«

Zum ersten Mal seit Monaten antwortete Rabia nicht sofort. Ihr Schweigen kostete sie sehr wahrscheinlich große Mühe – bis zu jenem Moment, da es für sie so bequem wie ein Sessel wurde, von dem aus sie ihrem Sohn die Schuld geben konnte, ohne dass sie etwas anderes tun musste als zu warten.

»Mach schon«, grollte Krim. »Mach mich ruhig fertig.«

Rabia zog ein Papiertaschentuch hervor und tupfte sich damit die Ränder ihrer Augenlider ab. Für Krim kam das einer Offenbarung gleich. Es hatte achtzehn Jahre gedauert, bis er in diesem Augenblick verstand, dass man den Heulsusen in Filmen nicht deshalb ein Taschentuch reichte, damit sie sich schnäuzten, sondern damit sie sich die Tränen trocknen konnten, ehe ihnen die Wimperntusche verlief. Diese simple Erkenntnis machte ihn seltsam bedrückt. Alles in dieser niederen Welt hatte also einen Zweck, alles hatte seinen Platz. Es gab *für alle Fälle* zwei Trauzeugen – zwei für jeden der beiden Eheleute –, und Taschentücher, um die Natur daran zu hindern, die Maskerade der Frau zu zerstören.

»Du bist im Moment echt komisch, Krim. Warum fragst du mich nicht mehr nach Geld?«

»Was denn – du wirfst mir vor, dass ich dich nicht mehr anpumpe?«

»Du lässt dir doch nicht etwa gerade irgendwelche Flausen in den Kopf setzen?«, hakte Rabia nach und legte ihm die Hand ans Kinn. »Sieh mich an. Du lässt dich doch hoffentlich nicht von irgendwem indoktrinieren?«

»Ja, genau. Ich bete fünfmal am Tag.«

»Was machst du da im Keller mit dem dicken Momo?«

»Was glaubst du denn? Wir beten.«

»Pass auf, hm? Sei kein *ke'ddeb,* lass dich nicht in irgendwas reinschwatzen, okay? Und sei wachsam, hm? Der Islam ist wie eine Sekte, *wallah,* es ist immer das Gleiche. Was glaubst du denn, was Religionen sind? Verkappte Sekten, mein Kleiner, oh ja, weil …«

Die wahrscheinlich total verrückte Erklärung, die nun folgte, hörte Krim sich nicht mehr an. Er schaltete auf Abnickmodus und hörte nur noch die so charakteristische Melodie des Geschnatters seiner Mutter, Variation auf einen verminderten Akkord, orientalisierend, vier Noten, die sie manchmal wirklich eine nach der anderen sang – la la la la, D A C Dis –, um zum Beispiel jemanden zu kritisieren, der sich für nichts genierte, oder auch in einer empörenden Situation, mit der sich alle anderen abgefunden hatten.

Irgendwann vibrierte sein Handy. Er überflog die Nachricht und musste sich ernsthaft zusammenreißen, um seiner Mutter gegenüber nicht seine Verwirrung zum Ausdruck zu bringen. Zum Glück war sie zu sehr in ihren eigenen Monolog vertieft, um zu bemerken, dass die Knie ihres ältesten Sohnes zu zittern und seine Ohren zu glühen begannen.

Empfangen: Heute um 17.49 Uhr.
Von: N
Eine gute und eine schlechte Nachricht. Mouloud Benbaraka kommt heute Abend auf die Feier, damit war zu rechnen. Ich hab zwar mit ihm geredet, gib aber trotzdem acht. Und mach keinen Blödsinn. Heute ist nicht der Tag, um Rechnungen zu begleichen, OK?

KAPITEL 3

Rabin☺uche

1.

Nachdem Onkel Bouzids Auto nicht zur Verfügung stand, musste Krim gekleidet wie ein Pinguin durch das gesamte Stadtzentrum spazieren. Er ertappte mehrere Leute dabei, wie sie – wahrscheinlich spöttisch – grinsten, allerdings war er sich nicht sicher, wofür er sich gerechterweise am meisten schämen sollte: für seinen Anzug, der ihm inzwischen furchtbar unpassend erschien, oder für den Gang seines Onkels, der mit gewölbter Brust und stolz vorgerecktem Kinn nach links und rechts Blicke warf wie ein Polier auf einer Baustelle: selbstbewusst, selbstzufrieden und von oben herab, als thronte er in einer Sänfte auf einem Elefanten.

»Dann wollen wir doch mal die Gelegenheit nutzen, dass du so gut aussiehst, ordentlich und alles, hm?«

Sie marschierten am großen schwarzen Gebäudekomplex des Theaters von Saint-Étienne bergan in Richtung des Viertels, in dem die Großmutter wohnte. Die Hochhäuser im stalinistischen Stil – uneinnehmbare Verwaltungsbastionen – sahen inmitten der Baustellen und der flacheren, heruntergekommenen Wohnblocks noch einigermaßen gut aus. Hier war es weniger heiß als auf dem Rathausplatz, und hinter einer Brachfläche glaubte Krim sogar, auf seinen Wangen kurz das Streicheln einer frischen, frühlingshaften Brise zu spüren.

Als sie vor der Metzgerei ankamen, legte Bouzid, der Krim bis dahin kein einziges Mal angesehen hatte, ihm die Hand auf die Schulter und forderte ihn auf diese Weise auf einzutreten. Die Schaufenster waren über und über dekoriert mit Chaouch-Fotos, und im Verkaufsraum trugen die Metzger an den Revers der weißen Kittel Anstecker mit der Aufschrift »CHAOUCH PRÉSIDENT«.

Der Chef, dessen Gesicht Krim bekannt vorkam, holte aus der Kühlkammer ein beeindruckendes Stück gefrorenes Lamm, an dem lediglich der Kopf, die Füße und die Haut fehlten. Während er sich mit den Käufern – einem älteren Ehepaar – unterhielt, fing er an, das Tier mit sicheren und kräftigen Bewegungen zu zerteilen. Dafür bediente er sich mehrerer Messer, deren Schärfe er zunächst mit der flachen Hand testete, und sogar einer Säge, um die widerspenstigsten Knochen und Gelenke zu durchtrennen.

Sein Gehilfe sah aus wie ein junger Jamel Debbouze, zwar etwas schlanker, aber allem Anschein nach eine ebenso große Stimmungskanone.

»Vier Hühnerbeine«, rief er, während er sie auf die Waage warf. »Das macht viertausend Euro.«

»Ach, immer wird alles *rlei*, alles wird teurer«, kommentierte sein Kunde mit einem breiten Lächeln.

»Was soll man machen, wir stecken halt in der Krise.«

»Viertausend Euro ist aber trotzdem …«

Es hätte noch fünf Minuten so weitergehen können, doch der junge Metzger fand einen Weg, das Geplänkel elegant abzuschließen: »Man spricht ja vom Huhn, das goldene Eier legt. Hier, dein Wechselgeld.« Und dann fügte er hinzu, sodass alle anderen es hören konnten: »Und vergiss nicht, morgen zur Wahl zu gehen!«

Wild gestikulierend erklärte Onkel Bouzid, dass er hier sei, um mit dem Chef zu sprechen. Jamel Debbouze, der in Gedanken immer noch bei seinem Witz war, versuchte, sich einen weiteren zurechtzulegen. Doch die neue Situation bot sich dafür nur mittelmäßig an, sodass er sich mit einem kläglichen »Na, dann lass ich euch mal mit dem Big Boss allein« begnügte.

Letzterer hatte Bouzid, seit er eingetreten war, keines Blickes gewürdigt. Als Krim seinen Onkel ansah, bemerkte er zum einen, dass der errötete, und zum anderen, dass er auffällig kleine Ohren hatte. Im nächsten Moment wandte Bouzid sich an Krim und tat so, als würde er ein Gespräch von draußen fortsetzen, damit die Situation nicht gar so unbeholfen wirkte.

»Und sonst? Wie geht's dir?«

»Wie's mir geht?«

»Ja, was hast du Schönes zu erzählen? Stimmt denn die Geschichte, dass du vom Arbeitsamt bald keine Hilfe mehr bekommst?«

Krim wandte sich ab und biss sich auf die Unterlippe. Das ganze Fleisch in der Auslage erzeugte in ihm ein gewisses Unbehagen, allerdings nicht annähernd so sehr wie das Gesicht seines Onkels: puterrot, feindselig und am Rande des Nervenzusammenbruchs. Die zornigen Prophetenbrauen standen in so deutlichem Kontrast zu Bouzids bemüht beiläufigem Ton, dass Krim sich bereits fragte, ob er nicht wirklich ein bisschen verrückt war. Seine Mutter behauptete das oft, doch sie verbesserte sich dann immer sofort, indem sie das alte Argument der heißblütigen Nerrouches bemühte, das ihre Familie genauso treffsicher beschrieb wie die Hakennase und der Hang, aus einer Mücke einen Elefanten zu machen.

»Und deshalb gibt es da auch etwas, was du jetzt lernen musst, *dalguez*. Du bist kein Kind mehr. Du musst endlich einsehen, dass deine Mutter irgendwann ein neues Leben beginnen will. So ist das eben – mit einem anständigen Mann, ganz ehrenhaft und wie es sich gehört.«

Krim klinkte sich aus der Moralpredigt aus. Er konzentrierte sich auf das Klingeln der Straßenbahn, das er gar nicht hätte hören dürfen, wo die Hauptstraße doch so weit entfernt war, das ihm aber doch durch Mark und Bein fuhr wie der Vorbote einer Katastrophe.

2.

Irgendwann war auf dem Verkaufstresen des Metzgers nur mehr ein fleischloses Skelett übrig. Er dankte dem älteren Ehepaar herzlich, doch sein Lächeln gefror, als er sich seinen nächsten Kunden zuwandte. Offensichtlich gab es ein Problem.

»*Salam aleikum,* Rachid.«

»*Salam*«, antwortete der Metzger misstrauisch.

»Weißt du noch, wie du mir letzte Woche in der Moschee erzählt hast, dass du einen Lehrling suchst?«

»Ja, das weiß ich noch gut.«

Rachid war ein wenig älter als Bouzid. Die Metzgerei gehörte seiner Familie, den reichsten Kabylen von ganz Saint-Étienne, wie Rabia immer sagte. (»Die sind Millionäre«, hatte sie wiederholt behauptet und dabei das Mi von »Millionäre« betont.) Vielleicht rührte es ja nur von diesem Ruf her, aber Krim fand tatsächlich, dass dieser Metzger eine ziemlich bürgerliche Ausstrahlung hatte: zusammengepresste Lippen, ordentlich frisiertes, grau meliertes Haar, eine zu dünne Nase, um ein ehrlicher Mann zu sein. Seine Mutter behauptete auch, dass sie Harki-Nachkommen seien – Erben jener Kämpfer, die sich im Krieg auf die Seite der französischen Kolonialherren geschlagen hatten. Als Rachid wieder aus der kleinen Kammer kam, in der er sich die Hände gewaschen hatte, fiel Bouzid nichts Besseres ein, als zu wiederholen, was er gerade schon gesagt hatte: »Also, letzte Woche hast du mir erzählt …«

»Ja, ich weiß, was ich dir erzählt habe.«

Rachid sah ihn dabei nicht einmal an. Er tat so, als würde er seine Arbeitsplatte aufräumen, und beschäftigte sich mit Nebensächlichkeiten, bei denen man kein Metzgerlehrling sein musste, um zu erkennen, wie unnütz sie waren.

»Warte draußen auf mich«, flüsterte Bouzid Krim ins Ohr. »Geh schon!«

Krim verließ den Laden und zündete sich eine Zigarette an.

Nachdem Bouzid sich versichert hatte, dass sein Neffe nicht zu ihnen hereinsah, verschärfte er den Ton. »Was ist hier los, Rachid? Warum erweist du mir vor dem Jungen nicht den nötigen Respekt?«

Rachid warf seinem Assistenten einen knappen Blick zu, und weil keine Kunden mehr im Verkaufsraum waren, trollte der sich ins Hinterzimmer. Rachid wartete noch, bis er die Tür geschlossen hatte, und knotete sich die Schürze auf.

»Es tut mir leid, Bouzid, aber ich werde dir nicht helfen können.«

»Ach? Und warum nicht?«

»Es tut mir wirklich leid, aber ich muss dich bitten, dein *aksoum* künftig woanders zu kaufen. Wir können euch hier nicht mehr bedienen, tut mir leid.«

»Jetzt hör schon auf, die ganze Zeit zu sagen, dass es dir leidtut. Sag mir lieber, was hier vor sich geht!«

Dass Rachids Ruhe nur gespielt war und er jeden Moment explodieren konnte, war von Anfang an spürbar gewesen.

»Was hier vor sich geht? Dass ich ein paar Dinge erfahren habe – das geht hier vor! Hör zu, jeder ist für sein Leben selbst verantwortlich, und ich will da auch kein Urteil sprechen, aber das ist nicht gut, *wallah*, es ist nicht gut.«

»Wovon redest du denn da?«

»Von Karten! Was soll das – den Leuten die Karten zu legen und sie zu betrügen! Meine arme Tante hat Alzheimer. Und Khalida – deine

Mutter – nutzt das aus und legt ihr die Karten? *Wallah,* ich hab euch immer respektiert, ihr wart eine gute Familie, dein Vater, *ater ramah rebi,* er war ein guter Mann und respektabel, wie man sagt. Aber das, nein, ich schwöre dir, Bouzid, das ist *halam.*«

Bouzid verschlug es die Sprache. Er spürte, oder zumindest erzählte er das eine Viertelstunde später seinen Schwestern in der Küche der Großmutter, dass er den Metzger umgebracht hätte, wenn er noch eine Sekunde länger in dem Laden hätte bleiben müssen. Die aufgebrachte Schwesternschar davon zu überzeugen kostete ihn wenig Mühe. Er hatte sich schon oft geprügelt, und welche schlimmere Beleidigung konnte man einem Sohn gegenüber aussprechen, als seine alte Mutter als Hexe zu beschimpfen?

Wortlos hatte er die Faust gehoben, den Zeigefinger ausgestreckt und auf Rachid gezeigt, und auf seinem Gesicht machte sich ein angewiderter Ausdruck breit.

Als er nach draußen ging, war von Krim nichts mehr zu sehen. Er rief ein paarmal vergeblich nach ihm und setzte sich dann auf eine Bank, bis er sich ausreichend beruhigt hatte, um Rabia anzurufen.

3.

Krim hatte sich zum höchsten Punkt im Viertel Beaubrun davongemacht. Er lief gerade die Straße entlang, an der die Kunstakademie lag, als er an einem Studierendenpärchen vorbeikam. Der Typ sah leicht überheblich aus, wie die Franzosen gern mal aussahen, und er hatte weiche Gesichtszüge. Ihm standen alle Möglichkeiten offen, die das Leben nur zu bieten hatte. Als sein amüsierter Blick auf Krim fiel, drehte der sich sofort zu ihm um.

»Was lachst du? Hast du ein Problem?«

Unter seinem Borsalino schauten Dreads hervor. Er verdrehte kurz die Augen, als würde ihm diese Art von Missverständnis ständig widerfahren. Seine Freundin hatte ihm den Arm um die Hüfte geschlungen und drängte ihn dazu, einfach weiterzugehen. Doch Krim wollte das nicht so stehen lassen. Er lief ihnen ein paar Meter nach und schloss zu ihnen auf. Er hatte schon die Faust geballt und war drauf und dran, auf das blasse Gesicht des Studenten einzuschlagen.

»He, ich rede mit dir, Arschloch. Ich rede mit dir.«

»Ist ja schon gut, schon gut.«

Der Student traute sich nicht, Krim direkt anzusehen. Sein Gesicht war mittlerweile feuerrot, und Schauder liefen ihm über den Rücken. Seine Freundin war mutiger. Auch ihre Wangen waren rot gefleckt, orangefarbene Strümpfe schmiegten sich um ihre muskulösen Waden, in ihrem Blick lag die Sturheit eines Mädchens, das unter Jungen aufgewachsen war.

»Jetzt ist aber gut. Geh einfach weiter.«

»Mit dir red ich nicht.«

»Lass uns in Ruhe.«

Krim zögerte keinen Augenblick. Er schnippte dem Studenten unter die Hutkrempe, und der bückte sich sofort, um seinen Hut wieder aufzuheben.

»Pff«, machte das Mädchen. »Jämmerlich. Komm schon, Jérem', gehen wir.«

Krim sah ihnen nach. Die Hand des Mädchens war von der Hüfte auf den Rücken ihres Freundes gewandert. Dann fing sie an, ihn tröstend zu streicheln.

Ein paar Meter weiter gabelte sich die Straße, dazwischen öffnete sich ein von Tannen gesäumter Platz. Krim hörte, wie von dort nach ihm gerufen wurde.

»Léon! Léon!«

Das war sein Spitzname. Warum gerade Léon, hatte er nie so recht begriffen. Vielleicht weil er so schweigsam war, auf merkwürdige Weise eindringlich, weil er oft für einen Franzosen gehalten wurde, weil er unfähig war, diverse arabische Laute korrekt auszusprechen – das Kh, das Ha, das A in Ali –, vielleicht weil er dieses gewisse Etwas hatte, das ihn von Djamel und vom dicken Momo unterschied. Sie kreisten ihn ein wie die Geier und machten sich über seinen Anzug lustig, indem sie ihn an den Ärmeln zupften.

»*Wesh,* Alter. Léon! James Bond! Bei Mekka, man könnte dich für James Bond halten!«

»Oh Mann, hast du einen Clown gefrühstückt?«

Krim hatte nicht die geringste Lust, mit ihnen abzuhängen, außerdem riskierte er einigen Ärger, wenn er sich bei der Zusammenkunft seiner Sippschaft bei der Großmutter zu sehr verspätete.

Djamel zog das Kinn in den Kragen seines Oberteils. Dann schob er die Brille auf der Nase hoch und nickte in Krims Richtung. »Wer heiratet denn?«

Er hatte einen kahlrasierten Schädel, spitz zulaufend, dogmatisch. Wie alle Schlägertypen, die gleichzeitig Brillenträger waren, hielt er es für notwendig, seine Stimme lächerlich und übertrieben hart klingen zu lassen.

»Mein Cousin.«

»Der Schwule?«

»He, *wallah,* halt's Maul, sag das noch mal, und ich schwör beim Leben meiner Mutter, dann mach ich dich fertig.«

»Komm schon, ganz ruhig. Was hab ich denn gesagt? Ist er nicht schwul? Außerdem sag ich das nicht«, fuhr Djamel fort, »sondern …«

»Halt die Schnauze«, brüllte Krim und stieß ihn grob vor die Brust. »Ich mach dich alle, bei Mekka, ich mach dich alle.«

Der dicke Momo schob sich zwischen die beiden, um eine Keilerei zu unterbinden, doch Djamel hatte offenbar schon Fahrt aufgenommen.

»Du bist doch selbst 'ne Schwuchtel, deine ganze Familie besteht doch nur aus Schwuchteln, was glaubst du denn – dass er heiratet und dann plötzlich keine Schwuchtel mehr ist? Was, glaubst du, sind Schwuchteln – freischaffende Schwanzkünstler?«

Krim wand sich am dicken Momo vorbei und stürzte sich auf Djamel, doch gerade noch rechtzeitig packte der dicke Momo ihn von hinten und riss ihn vom Boden hoch. Mit seinem bärenstarken Körperbau war der dicke Momo bedächtig und ehrbar, jedenfalls mehr als diese Schmeißfliege Djamel, der ein Schwanzlutschen nachahmte, kaum dass er wieder zu Atem gekommen war.

4.

Krim entfernte sich ein bisschen, um sich wieder zu beruhigen, und bat kurze Zeit später den dicken Momo um einen Gefallen. »He, Bruder, hast du nicht was für mich?«

Weil er am Telefon immer in Codes und Euphemismen sprach, hatte Krim sich angewöhnt, das Wort »Shit« überhaupt nicht mehr in den Mund zu nehmen. »Es ist nicht mal für mich«, erklärte Krim, »beim Leben meiner Mutter, es ist für meinen Cousin. Erinnerst du dich noch an Raouf?«

»Ja, ja, aber, *wallah,* ich hab nichts. Vielleicht später. Was machst du heute Abend?«

»Was glaubst du denn? Dass ich in diesem Aufzug zur Messe gehe?«

»Wir machen's so: Du rufst mich so um sieben, acht rum an, und ich sag dir Bescheid. Hast du noch Guthaben? Sonst ruf ich dich zurück, das ist besser. Also, mach schon«, fügte er hinzu und gab ihm einen freundschaftlichen Klaps auf den Bauch, »schöne Hochzeit und *bsartek.* Gratuliere.«

»*Wesh,* okay.«

»Und wart mal kurz. Wegen dem Kaliber – willst du heute noch schießen gehen?«

»Du weißt genau, dass ich nicht kann. Warum fragst du mich das?«

»Nur so. Ich hab nur gedacht, dass dafür schönes Wetter ist, und außerdem ... Ach was, schon gut, vergiss es.«

»Ehrlich, ihr seid heute alle komisch. Ich weiß echt nicht, was los ist.«

»Ach Quatsch«, gab Momo beschwichtigend zurück. »Jetzt geh schon und pass auf dich auf, hm?«

Krim spürte, dass Momo irgendwas verheimlichte, aber er hatte nicht den Nerv, ihn dazu zu bringen, es auszuspucken. Wie üblich tat der dicke Momo das von ganz allein.

»Der andere Verrückte da. Benbaraka.«

»Na und? Der ist mir scheißegal«, blaffte Krim.

»Ja, aber wie machst du das heute Abend? Der ist irgendwie der Großonkel des Mädchens, das Slim heiratet. Der wird auf jeden Fall da sein, *wallah,* auf jeden Fall.«

»Ach was. Er war auch nicht auf dem Standesamt. Okay dann«, verabschiedete sich Krim und machte sich wieder auf den Weg.

Er ging dieselbe Straße entlang, die er gekommen war. Seine Faust zitterte, und ihm war ein bisschen schlecht. Er kam an einem Schaufenster vorbei, das teils mit grauer Farbe übermalt und teils gegen Spiegelglas ausgetauscht worden war. Er nutzte die Gelegenheit, um den Schaden zu begutachten, den er angerichtet hatte. Zum Glück war er nur minimal: ein grüner Fleck am Oberschenkel und ein paar Tannennadeln am Rücken.

Sein Handy vibrierte. Er hatte fünf verpasste Anrufe von seiner Mutter. Er schrieb ihr, dass er auf dem Weg sei, blieb dann aber vor der Kirche Saint-Ennemond stehen, um nachzudenken. Die Kirche wurde von zwei Straßen eingerahmt. Die rechte führte hinauf zur Mediothek, der gegenüber seine Großmutter wohnte. Die linke führte zum Parkplatz. Er nahm die linke und lief um die Mediothek herum, um sicherzugehen, dass niemand ihn vom Balkon aus sah. Der Wind war aufgefrischt, die Schäfchenwolken vom Beginn des Nachmittags waren inzwischen einem dicken Schleier aus perlgrauem Rauch gewichen.

Als er den Boulevard périphérique hinabging, roch er das Feuer. Auf der anderen Seite der Bahngleise verbrannte ein Mann in Shorts Abfälle in einem Kupferfass. Hinter ihm befand sich am Fuß der Anhöhe, die in der Familie nur »die zwei Berge bei Oma« genannt wurde, eine Ansammlung kleinerer heruntergekommener Häuschen. Tatsächlich handelte es sich bei den zwei Bergen um Halden der Mine du Clapier. Es gab kaum etwas weniger Natürliches als diese Schuttberge, trotzdem waren an ihren Hängen Bäume gewachsen, deren Spitzen sich leicht kräuselten. Nur die Kuppen waren kahl, als wollten sie gegen ihr Dasein als Abraumhalden Einspruch einlegen.

Krim erinnerte sich noch gut daran, wie er sie zum ersten Mal gesehen hatte. Es war am Tag des Begräbnisses seines Vaters gewesen – allerdings aus einer anderen Perspektive. Vom höher gelegenen Friedhof von Côte-Chaude aus hatten die beiden unschuldigen Berge bei Oma auf ihn wie Vorposten der Hölle gewirkt. Der Förderturm, unter dem einstmals die Aufzüge in der Mine verschwunden waren, hatte für ihn an jenem Nachmittag die unschuldige Postkarteneinfalt verloren. Seither war er nie wieder der kleine zweite Eiffelturm, sondern nur mehr die teuflische Metallstruktur, die er in all den Jahren gewesen war, als sein Rad noch dazu diente, Menschen in die Tiefe zu schicken.

Krim versuchte, die Gänsehaut zu unterdrücken, die der tragische Anblick ihm über den Rücken jagte. Jeder Blick darauf war ihm seither wie ein Betrug erschienen. Er lief durch den kleinen rückwärtigen Park weiter hinauf, konnte dann aber dem Drang nicht widerstehen, sich auf dem Hügel hinzulegen, der sich genauso gut im Teletubby-Land hätte erheben können.

Wieder vibrierte sein Handy. Diesmal war es kein Anruf, sondern eine Nachricht, natürlich von seiner Mutter, die allerdings gar nicht für ihn bestimmt war. Krim musste sie dreimal lesen, um sicherzugehen, dass er nicht träumte.

> Empfangen: Heute um 18.13 Uhr.
> Von: Mama
> Ich habe den Eindruck, dich schon auswendig zu kennen, obwohl wir uns noch nie begegnet sind, das ist so seltsam! Ich kann es nicht erwarten, dich heute Abend kennenzulernen. Endlich!!! Außerdem, dämliche Frage: Wie erkenne ich dich überhaupt!? Tausend Küsse, Rabin☺uche.

Er kam abrupt auf die Beine und presste sich die Hände an den Kopf, suchte seine Umgebung nach irgendetwas ab, was er kaputt machen konnte. Doch die Bank war offensichtlich fest verankert, und der nächste Mülleimer befand sich erst am Ausgang des Parks.

In der halben Minute, die er bis dorthin brauchte, war seine Wut wieder verraucht. Daher begnügte er sich damit, verstört den Inhalt des durchsichtig grünen Plastiksacks anzustarren. Daneben stand ein Schild mit einem Slogan, für den ein Werbetexter unzählige Verwaltungsbeamte überzeugt haben musste. Unter Garantie war dies der beste Slogan seiner ganzen Karriere: »POUBELLE LA VILLE – SCHÖNERE MÜLLEIMER FÜR DIE STADT«.

5.

Von allen Anweisungen, die Farid und Farès nicht befolgt hatten, erschien Farès diejenige am wichtigsten, die eine beige Jacke betraf. Mithilfe dieser Jacke hinderte er Zoran gerade daran zu sehen, wo sie hinfuhren. Aber erregten Zwillinge in gleichen Jacken wirklich doppelt so viel Aufmerksamkeit wie Zwillinge in verschiedenfarbigen Jacken?

Farès brauchte gut zwanzig Minuten, bis er diese Frage stellte. Zwischen dem Erkennen des Problems (verärgert angesichts des Überwachungsauftrags), dessen Formulierung im Geiste (bei ihm ein neuralgischer Punkt) und der konkreten Äußerung (die umso zögerlicher kam, als er eine Erkältung ausbrütete) war ihr weißer Kangoo mit dem Logo aus zwei kämpfenden Schlangen, die ein Doppel-S bildeten, schon in der Vorstadt angekommen. Dort befand sich der Hauptsitz des Sicherheitsdiensts, bei dem sie angestellt waren. Doch statt einer Antwort und trotz all der Mühe und der ganzen Abenteuer bekam er zu hören: »Schnauze! Siehst du nicht, dass wir gleich da sind?«

Farid presste die Nase fast an die Windschutzscheibe, damit er nicht die richtige Abzweigung verpasste, was ihm regelmäßig passierte. Er konnte dann immer erst am Kreisverkehr wenden, der einen ganzen Kilometer weit entfernt war.

Das Viertel war von außergewöhnlicher Gleichförmigkeit: Die Wohnhäuser bestanden alle aus dem gleichen hellen Beton, und an jeder Kreuzung schützte die gleiche Buchsbaumhecke den gleichen Vorgarten mit gleicher Garage vor unerwünschten Blicken von der Straße.

»Vielleicht sollten wir mal nach einem Navi fragen, oder?«

Auch wenn Farid nichts erwiderte, konnte Farès im Rückspiegel sehen, wie das Augenlid seines Bruders kurz zuckte. Er beugte sich nach vorn, um dessen Gesicht zu sehen, als das Auto unvermittelt bremste. Absichtlich rumpelte Farid über den Straßenrand und befahl Farès dann, sofort auszusteigen.

»Aber …«

»Steig aus, hab ich gesagt.«

Farid legte die Hände hinter den Kopf und streckte den Rücken durch. Direkt neben ihnen stieg aus dem Furan ein Gestank nach Kanalisation und feuchtem Holz auf. Unermüdliches Vogelgezwitscher begleitete das Plätschern. Farid beugte sich vor, um die Tiefe des Bachs abzuschätzen.

Er war nicht so kräftig wie Farès, wirkte aber bedrohlicher. Im Fitnessstudio hatte Farès sich eindrucksvolle Muskeln antrainiert, während Farid damit angab, nie auch nur ein Gramm Gewicht gestemmt zu haben, um seine Muskulatur zu erhalten, die trotzdem mehr als bemerkenswert war.

Farès betrachtete nun seinerseits das Flüsschen, als Farid sich urplötzlich umdrehte – und zwar so schnell, dass Farès glaubte, er würde ihn gleich am Ohr packen. Damit hatte er vor ein paar Jahren angefangen und es erst in der vergangenen Woche zum letzten Mal gemacht, angeblich ohne Absicht, beim Schlafwandeln.

»Ich stelle dir jetzt eine Frage, und du antwortest darauf mit Ja oder Nein, kapiert?«

»Äh … kapiert«, erwiderte Farès, der das Spiel offenbar immer noch nicht verstanden hatte.

»Glaubst du eigentlich, dass das, was wir hier gerade tun, normal ist? Sag einfach, was du glaubst, denk nicht darüber nach. Ja oder nein?«

Farès ahnte, dass es sich um eine Fangfrage handelte, und hielt mit halb offenem Mund inne, um nicht sofort eine Dummheit von sich zu geben. Dann hob er langsam seinen Zeigefinger an die Lippen, und Farid versetzte ihm einen heftigen Schlag in den Nacken.

Anders als er hatte Farid die großen Augen ihres Vaters geerbt, eines reizbaren und problematischen Mannes – was bedeutete, dass in seiner Umgebung jeder früher oder später zum Problem wurde.

»Was glaubst du eigentlich, was wir hier gerade machen? Kapierst du überhaupt, dass das hier kein Witz ist, dass wir dafür ins Gefängnis wandern könnten? Kapierst du das?«

Jede Atempause zwischen Farids Fragen schien durch das Gurgeln des Baches verstärkt zu werden.

»Hörst du mir zu, du Vollidiot?«

»Ja, ja. Beruhige dich mal. Und außerdem, warum …«

»Was? Was hast du noch zu sagen?«

»Warum … Nein, nein … nichts …«

Farids Handy vibrierte in seiner rechten Hand.

»Ist er das? Was macht er?«

»Na, das siehst du doch, er ruft mich an! Setz dich ins Auto. Ich frag ihn, wann er sich mit uns trifft.«

Farès setzte sich wieder auf die Rückbank, wo ihr Gefangener inzwischen damit angefangen hatte, in einer Mischung aus Rumänisch und Französisch zu sprechen, die wohl an ihn gerichtet sein musste. Zoran hatte eine unangenehme Stimme – klagend, jämmerlich –, die einem das Ohr beschmutzte, wie das Klingeln, das einen am Nachdenken hindert, während man mit dem Kopf an der Scheibe darauf wartet, dass der Bus wieder losfährt, nur als wäre dieses Klingeln ein Gerinnsel aus feuchtem Dreck. Aus dem Fitnessstudio kannte Farès eine Frau, eine erfolgreiche Bodybuilderin, die eine ganz ähnliche Stimme hatte. Irgendwie zugleich männlich und weiblich. Die Betonung und Wörter wie von einem Mädchen, nur dass sie aus einem Brustkorb hervordrangen, der so sehr in die Breite gegangen war, dass es anscheinend auch die Stärke ihrer Stimmbänder verändert hatte.

»Halt die Fresse!«, brüllte Farès und schlug dem Gefangenen mit der flachen Hand über den Schädel, der sich unter der Jacke abzeichnete.

Als Farid sich wieder ans Steuer setzte, machte er einen zerstreuten Eindruck. Er gab Gas und bog in die erste Straße ein, die den Hügel hinaufführte. Sie waren hier nicht mehr in Saint-Étienne, sondern in der Gemeinde Saint-Priest-en-Jarez. Hinter einem trübseligen Grundstück befand sich ein halb in den Hang hineingebautes Haus mit einem Parkplatz für drei Fahrzeuge, auf dem bereits ein Pick-up und ein weiterer Kangoo abgestellt waren. Auf einem rechteckigen Schildchen unterhalb der Gegensprechanlage stand der Name des Sicherheitsdiensts: SECURITAS. Das Logo mit dem Doppel-S tauchte hier nirgends auf, sodass außer den wenigen Dienstwagen, die seit der

Firmenpleite den Parkplatz nicht mehr verlassen hatten, rein gar nichts darauf hinwies, dass es sich hier um eine Firma handelte und nicht um das Zuhause eines verschrobenen Rentners, der einfach nur wenig für Blühpflanzen übrighatte.

Farid parkte den Wagen so, dass er direkt wieder würde wegfahren können, ohne den Rückwärtsgang einlegen zu müssen. Dann wandte er sich an Zoran. »He, hör mir zu. Wenn du was sagst, ohne dass ich dich was gefragt hab, hau ich dir eine rein. Hast du verstanden? Du hast 'nen Mund, du dreckige Zigeunerschwuchtel, also sag mir, ob du mich verstanden hast?«

Zoran zitterte zu sehr, um sprechen zu können. Mühsam zwang er sich zu einem Nicken und ließ sich dann aus dem Auto bugsieren.

»Ich polier dir die Fresse, *wallah,* ich polier dir die Fresse«, wiederholte Farid mehr zu sich selbst als an seinen Gefangenen gewandt, während Farès nicht den Eindruck erweckte, als wäre er mit der Wendung zufrieden, die die Ereignisse gerade nahmen.

6.

Die drei Männer betraten das Haus, in dem seit Wochen kein Staub gewischt worden war. Farid warf die Schlüssel auf den Tresen, der die offene Küche vom Wohnzimmer trennte, und blaffte seinen Zwillingsbruder an: »Such den für den Schuppen. Ich glaub, es ist der rote.«

Farès schob Zoran in den abgetrennten Küchenbereich und machte sich auf die Suche nach dem roten Schlüssel. Theoretisch war das Auffinden eines roten an einem Bund von zehn Schlüsseln eine Aufgabe, die selbst ein achtjähriges Kind bewältigen konnte. Doch wie immer gab es im Moment der Ausführung einfach keinen roten Schlüssel. Bestimmt zehnmal ging Farès alle Schlüssel durch und war mit den

Nerven am Ende. Am ähnlichsten kam noch einer mit orangefarbener Kappe. Als Farid von der Toilette wiederkam, hielt Farès ihn hoch.

»Ich hab rot gesagt, du Schwachkopf!«

Doch nach ein paar Sekunden musste selbst Farid zugeben, dass an dem Bund, den er seinem Bruder gegeben hatte, kein roter Schlüssel hing. Halbwegs ratlos lief er die Treppe hinunter und wies Farès und Zoran an, ihm zu folgen. Eine Energiesparlampe erhellte mit deprimierend blauem Licht das Untergeschoss. Als Zoran stolperte, konnte Farès ihn gerade noch festhalten. Weil sie den Schuppen ohne Schlüssel nicht betreten konnten, zog Farid die Türen zu den anderen Räumen auf. Alle waren mit Kartons und Akten vollgestellt. Dass sie abschließbar waren, hatte er sich wohl nur eingebildet, denn keines der vier Zimmer verfügte über eine Schließvorrichtung. Kurzerhand wandte er sich zu Farès um und zeigte auf die verriegelte Hintertür mit heruntergelassenen Jalousien, die zum Garten hinausführte. Weil sie obendrein schalldicht war, würden sie kein Risiko eingehen, wenn sie Zoran hier unten warten ließen.

Doch Farès hatte die Hoffnung immer noch nicht aufgegeben, in den Schuppen zu gelangen – den Raum links neben der Hintertür, der ebenfalls zum Garten hinaus lag. Hier lagerten die Waffen, die Walkie-Talkies und der Tresor. Er bückte sich, um unter die Fußmatte zu schauen, und entblößte dabei seine Poritze, die von zwei grotesk symmetrischen Muttermalen eingerahmt war.

Er grunzte wie ein Schwein, als er sich unverrichteter Dinge wieder aufrichtete.

Farid schüttelte den Kopf und bugsierte Zoran kurz entschlossen in die kleine Kammer unter der Treppe.

»Wenn du dich rührst, hau ich dir eine rein, dreckige Scheißschwuchtel.«

Dann beugte er sich ganz nah zu Zoran heran, dessen Gesicht von getrockneten Tränen, die sich mit Rotz vermischt hatten, verschmiert war. Zoran nickte panisch, wagte aber nicht, den Blick auf seinen Peiniger zu richten.

Als Farès sich mit seinem Bruder im Schlepptau oben in der Küche niederließ, seufzte er, als wäre er gerade von einem langen, anstrengenden Arbeitstag zurückgekehrt. Im nächsten Moment fing sein Handy an zu klingeln. *L'Amérique, l'Amérique, je veux l'avoir, et je l'aurai!*

»Wer ruft dich denn seit heute Morgen ständig an?«, regte Farid sich auf, während er die Schränke nach Alkohol durchsuchte. »Hab ich dir nicht gesagt, dass du dein Handy lautlos stellen sollst?«

Farès stammelte eine Entschuldigung und schaltete das Handy aus. Dann trat er auf eine Schublade zu, die Farid noch nicht durchsucht hatte. Doch der kam ihm zuvor und fand darin eine Packung Kaffeefilter und eine Mühle. Während Farid den Kaffee vorbereitete, setzte Farès sich an einen Schreibtisch und spielte an dem Telefon herum, auf das gleich mehrere Rufnummern liefen.

Er seufzte. In diesem verdammten Haus gab es ganz einfach nichts zu tun. Hier konnte er weder fernsehen noch zocken. Die firmeneigenen Laptops lagen im Schuppen. Er konnte sich nicht mal auf Facebook herumtreiben, wo er seit mittlerweile drei Monaten mit einer Jiu-Jitsu-Trainerin flirtete, die allerdings im Département Haute-Loire lebte. Sie hatte ihm schweinische Fotos geschickt, und im Gegenzug hatte er all ihre Statusmeldungen gelikt und sie auf den aufreizenden Fotos auf seiner Seite markiert.

Der Kaffee kochte stoßweise auf. Farès musste an die vier Frauen denken, mit denen er mal etwas gehabt hatte: eine ältere Kellnerin, die seine Unschuld ausgenutzt hatte. Eine depressive Witwe, die dennoch einen Weg gefunden hatte, ihn zu verführen. Eine Sexbombe aus dem Fitnessstudio, die ihm irgendwann gestanden hatte, dass sie mit ihm und Farid gleichzeitig Sex haben wolle. Und schließlich die unvermeidliche Nordafrikanerin mit grünen Augen, eine schlangenhafte und durchtriebene Kreatur, die ihn nur wegen der Papiere hatte heiraten wollen und die es glatt geschafft und ihn in ein unmögliches Leben voller vorgezeichneter Erniedrigungen geführt hätte, wenn sein Bruder nicht gewesen wäre und ihm die Augen geöffnet hätte.

Im Keller fing Zoran an zu stöhnen. Farès marschierte in die Mitte des Raums und machte ein paar Liegestütze. Als Zorans Stöhnen immer lauter wurde, wich er in den offenen Bereich aus, wo er darauf wartete, dass Farid ihm befahl nachzusehen, was ihr Gefangener von ihnen wollte.

Doch Farid kümmerte sich um den Kaffee, schrieb nebenbei eine Nachricht und sah aus, als wollte er dabei nicht gestört werden. Allmählich fühlte Farès sich berechtigt, auch sein eigenes Handy wieder anzuschalten. Eilig ging er die Nachrichten durch, die er in den letzten Tagen erhalten hatte.

Die seines kleinen Neffen Jibril brach ihm jedes Mal das Herz, wenn er sie las. »Danke trozdehm, Onkel.«

In einem seiner Anfälle von Großzügigkeit, die seinen Bruder und seine kleine Schwester immer wieder aus der Fassung brachten, hatte Farès beschlossen, Jibril mit zu einem Spiel des AS Saint-Étienne ins Geoffroy-Guichard-Stadion mitzunehmen. Allerdings hatte er nicht daran gedacht, auch Plätze zu reservieren, sodass sie sich vor den Toren in die Schlange hatten stellen müssen.

Noch zwei Wochen später brannte ihm die Erinnerung daran im Magen. Die Umgebung des Stadions war schwarz vor Menschen gewesen, doch keiner hatte sich um sie gekümmert – die Arroganz all dieser Leute, die in Eile waren, die verlogene Fürsorge derer, die dem Spiel zusehen würden und denen es vermeintlich leidtat … In Wahrheit spürte er es nicht so sehr im Bauch, sondern weiter oben in der Speiseröhre, dort wo die Kehle anfing. Es war ein Geschmack von Schande, von Verschwendung, Misserfolg, der anhaltende Eindruck von Unwohlsein, als bestünden Gedanken und Sekunden aus demselben undurchdringlichen Blei.

Die Aussicht auf einen Kaffee machte ihm wieder Mut, und fast hatte er das Gefühl, es wäre gut so, wie es war. Alles in allem hatte Jibril doch einen schönen Abend verbracht: Er hatte eine Merguez mit Pommes vor dem riesigen Bildschirm der Sportbar verputzt, – das war doch schon was anderes als die langweiligen Freitage, an denen er sich sonst nicht zwischen Hausaufgaben und *Survivor* im Fernsehen entscheiden konnte. Und wie der Kleine selbst mit fast schon erwachsener Miene bemerkt hatte, wie sie mitunter auf dem Gesicht eines begeisterten Kindes auftauchen kann: Ein Unentschieden bei einem Heimspiel war gar kein so schlechtes Ergebnis, wenn man den dreizehnten Tabellenplatz zum Ende der Saison in Betracht zog.

Leicht beschwipst von seiner plötzlichen guten Laune ging Farès ins Bad, um sich das Gesicht zu waschen. Als er wieder zurückkam, stand Farid kerzengerade im Zimmer.

»Also gut. Wir müssen uns jetzt vorbereiten. Er kommt in zehn, fünfzehn Minuten vorbei.«

»Und was machen wir dann?«, fragte Farès.

»Na, keine Ahnung? Woher soll ich das wissen?«

»Was hat der arme Kerl eigentlich angestellt? Warum sollten wir ihn einfach so kidnappen – obwohl er gar nichts wollte?«

Als Farid nicht antwortete, trat Farès ans Fenster und zog vorsichtig den Vorhang zur Seite. Draußen war es ruhig, und die Straße glänzte wie ein Spiegel. Hatte es angefangen zu regnen? Er hörte davon allerdings nichts. Die Laternen mit den weißen Birnen, die streng die schnurgerade Straße säumten, flackerten nach und nach auf. Farès spitzte angestrengt die Ohren und hoffte, einen Flügelschlag zu hören, den er an manchen Sommerabenden an den Laternen der Gemeinde wahrnahm. Im nächsten Moment durchbrach ein Flugzeug die Schallmauer, und gleichzeitig fing Zoran an, wie am Spieß loszuschreien. Bevor er sich zur Treppe umwandte, krempelte Farid sich die Ärmel hoch, ohne seinen Dummkopf von einem Bruder auch nur eine Sekunde aus den Augen zu lassen, ganz so als wollte er ihm eine Lektion erteilen, ihm zu verstehen geben, dass sie nicht zum Spaß hier waren.

7.

Gekrönt von einem Wasserreservoir in Form einer Schüssel thronte die Tour Plein Ciel düster majestätisch auf dem Gipfel des Hügels von Montreynaud. Der Wohnturm war in den Siebzigerjahren errichtet worden, um Familien maghrebinischer Arbeiter eine Bleibe zu geben, die in großer Zahl in die Slums und die Sozialwohnungen für Migranten, die Foyers Sonacotra, geströmt waren. Zu Beginn des 21. Jahrhunderts war der Abriss des Turms per Volksentscheid beschlossen worden; sieben Jahre später waren die Kameras und Bulldozer immer noch nicht da. Man konnte den berühmten Turm mit der Schüssel vom Bahnhof aus sehen, wenn man von Lyon kam, und viele Einwohner von Saint-Étienne betrachteten ihn – zumindest bis zu jenem Vorfall mit dem Minarett von Saint-Christophe – in doppelter Hinsicht als den Kulminationspunkt der Stadt: wegen seiner vierundsechzig Meter Höhe, mit der er die sechs anderen Hügel der Stadt überragte. Aber auch als Sinnbild für ein unübersehbares stadtplanerisches Desaster und eine Stadt, die sich mit ihrer Deindustrialisierung abgefunden hatte.

An diesem Abend verschwendete Alizée in der achtzehnten und obersten Etage des geisterhaften Turms keinen Gedanken an Fragen der Krisenarchitektur. Sie beäugte sich in den grau verspiegelten Gläsern der Fake-Gucci-Sonnenbrille, die sie sich von ihrem ersten Gehalt gekauft hatte, und versuchte, ihr Make-up in Ordnung zu bringen, während sie ein stummes Gebet zum Himmel schickte, dieses alles überragende Drecksloch bald verlassen zu dürfen.

Der Mann, dem sie es zu verdanken hatte, dass sie hier wohnen konnte – dem sie es zu verdanken hatte, dass sie nicht unter einer

Brücke schlafen musste –, kam gerade von der Toilette, streckte sich auf dem Bett aus und streichelte seine kleine schwarze Katze.

Alizée schnappte sich ihre Schachtel Mentholzigaretten. Sie winkelte ihr kräftiges Serviererinnenhandgelenk ab, sodass es ihr regelrecht anmutig vorkam, und fühlte sich ermutigt, nach ein paar Zügen das Wort zu ergreifen.

»Also, ich hab das immer noch nicht ganz verstanden. Wer ist denn jetzt der Boss, du oder Nazir?«

Mouloud Benbaraka richtete sich auf dem Bett auf und musterte seinen jüngsten Neuzugang. Angeblich war sie achtzehn Jahre alt, hatte zarte Haut, einen deutlichen Provinzakzent, große Zähne, breite Schultern und einen kompakten, robusten Körper.

»Sehe ich aus, als hätte ich einen Boss?«

Alizée verzog das Gesicht. Dann machte sie ihren mit silberfarbenen Rechtecken besetzten Gürtel zu und sah sich nach ihren Schuhen um.

»Jetzt sag schon«, beharrte Benbaraka. »Antworte mir. Sehe ich aus, als hätte ich einen Boss?«

»Nein, nein. Es ist nur … Ich hab mich das eben einfach gefragt.«

»Tja, also, deine Fragen kannst du künftig für dich behalten.«

Alizée setzte sich auf die Bettkante und betrachtete ihr neues Paar Wildlederschuhe, das am anderen Ende des Zimmers stand. Sie war den Tränen nah.

»Hab ich denn noch meinen Job?«

»Na klar. Du musst nur lernen, von Zeit zu Zeit mal den Mund zu halten.«

»Und die Katze?«

Benbaraka hatte sich verspätet, weil er ihr eine Katze mitgebracht hatte, die ihm in der Nähe des Rathauses über den Weg gelaufen war. Die Katze hatte sich als ziemlich wild erwiesen – genau wie Alizée, die sie auf den Namen Foufou getauft hatte, wegen ihrer Pirouetten und der Fluchtversuche.

Mouloud Benbaraka packte die Katze am Nacken und hob sie sich vors Gesicht. Für einen Moment glaubte Alizée, er würde seine Reißzähne in die zarte, pelzige Kehle des armen kleinen Kätzchens schlagen.

»Geschenk«, flüsterte er.

Bei so viel Bösartigkeit hatten Alizées Lippen angefangen zu zittern. Ihr schrecklicher Wohltäter war ein großer, reizbarer Mann mit einer scharf hervorspringenden Nase, weiten Nasenlöchern und einem knappen, harten, wie eine Säbelklinge nach oben gebogenen Lächeln, das jeden Versuch zunichtemachte, ihm dauerhaft Sympathie entgegenzubringen. Er war ungefähr fünfzig Jahre alt, vielleicht ein wenig älter, hatte die blau schattierten Wangen eines Mannes, der sich zweimal täglich rasieren muss, und um die Stirn einen Wildwuchs aus Haaren, die ihm Ähnlichkeit mit einer Wüstenspringmaus verliehen.

»Mach ihr eine Leine um«, trug er dem Mädchen auf.

»Eine Leine? Für eine Katze? Aber das ist doch schrecklich!«

»Hör endlich auf, mir auf den Sack zu gehen, und tu, was ich dir sage. Geh zum Schrank im Flur. Da drin müsste noch die Leine von dem Hund liegen, den ich früher hatte.«

Als Alizée einen Augenblick später mit der Leine zurückkam, schaute Mouloud Benbaraka sich Fotos auf seinem Handy an.

»Eigentlich wollte ich die Katze meiner kleinen Nichte Kenza schenken, aber sie spielt zu sehr verrückt. Meine Nichte heiratet heute, willst du Fotos sehen?«

Alizée rollte sich an der Seite ihres Wohltäters zusammen und streckte ihren kräftigen Nacken, um die Fotos betrachten zu können.

»Sie ist echt hübsch, hm?«

»Oh ja«, erwiderte Mouloud Benbaraka, »anders als du. Also dann, hol mir mein Jackett und mach hier mal ein bisschen sauber. Die Wohnung ist wirklich ein Saustall.«

Doch bevor er ging, bestand der Gangsterboss noch darauf, einen Joint mit seinem neuen Schützling zu rauchen. Alizée kniete sich neben ihn, und Benbaraka konnte das Missfallen nicht verhehlen, das er angesichts ihrer tölpelhaften Unterwürfigkeit empfand. Er hatte in diesem Turm etwa zehn Mädchen untergebracht. Das Wohnungsamt, zu dem sein Pariser Geschäftspartner gute Verbindungen unterhielt, wusste darüber Bescheid. Als Gegenleistung für dieses kleine widerrechtliche Entgegenkommen hatte sich Benbaraka dazu verpflichtet, die Hausbesetzer-Bohemiens und die Punks mit ihren Hunden zu verjagen. Sie waren in den Turm eingefallen, sobald die letzten Mieter umgesiedelt worden waren. Das hatte die Kameras von France 3 angelockt und diejenigen, die für den Abriss verantwortlich gewesen wären, in die unbequeme Situation gebracht, sich für die außerplanmäßige Verzögerung rechtfertigen zu müssen.

»Ich bin hier der Boss«, sagte Mouloud Benbaraka unvermittelt und blies auf das glühende Ende des Joints. »*Mir* bist du Rechenschaft schuldig.«

»Ja, ja. Ich weiß.«

»Hat Nazir dich angerufen? Redet ihr miteinander?«

»Nein … Wie kommst du darauf?«

»Einfach so«, entgegnete der Chef. »*Mir* bist du Rechenschaft schuldig, okay?«

»Okay«, erwiderte Alizée.

Als der Gangsterboss weg war, befreite Alizée Foufou wieder von der Leine und setzte sich ans Fenster, um auf die Stadt hinunterzusehen, über die allmählich rosa und cremig der Abend hereinbrach. Bekifft und aufgewühlt blieb sie dort bis zur letzten blauen Sekunde am Himmel sitzen – und bis die sechs Türme der Hochhaussiedlung auf dem gegenüberliegenden Hügel ihr wie von Nebel und Romantik umwehte Burgfriede eines monströsen Dornröschenschlosses vorkamen.

8.

Mouloud Benbaraka hielt vor dem weißen Tor zum Parkplatz, auf dem die drei Fahrzeuge seiner bankrotten Firma abgestellt waren. Er warf einen Blick auf den Rücksitz, wo er den Käfig abgestellt hatte. Der Alarm seines BMW plärrte wegen der offenen Tür, während Benbaraka auf das Logo mit dem Doppel-S starrte, das sein Partner selbst entworfen hatte.

»Arschloch«, stieß er hervor und spuckte auf den Reifen des Kangoo.

Als Benbaraka eintrat, trommelte Farès mit den Fingern auf seine Knie. Farid bedeutete ihm aufzuhören und stand auf, um seinen Boss zu begrüßen. Farès ahnte, dass dies der Moment war, um etwas zu sagen, doch Farid gebot ihm mit erhobener Hand Einhalt. Farès schlug wie zu einem Gebet die Augen nieder und schwieg.

Benbaraka stellte den Käfig vor dem Tisch ab.

Irgendetwas Großes, Braunes bewegte sich darin.

Farid erstattete Bericht. Dann rieb er sich zum Zeichen, dass er fertig war, über den Nacken, sodass sich sein dicker linker Bizeps wölbte. »Das wär's so weit. Wir haben ihn nicht zu sehr malträtiert. Aber um ehrlich zu sein, bin ich mir nicht sicher, ob er große Lust hat zu reden.«

»Das werden wir schon sehen«, entgegnete Benbaraka und wandte sich zur Treppe.

Farid trug den Käfig hinter ihm her die Treppe hinunter, reichte ihn dann an Farès weiter und zerrte Zoran aus der Kammer. Er verpasste ihm ein paar Ohrfeigen, und Zoran blieb die Luft weg. Er drohte beinahe umzukippen.

Auf Benbarakas grausamem Gesicht mit den leicht zusammengekniffenen Augen brach sich ein Grinsen Bahn. Er hielt Farid zurück und packte Zoran an den Schultern.

»Aber was sind das denn für Umgangsformen? Ich muss doch um ein wenig Respekt für unseren Gast bitten. Also komm, komm mit ins andere Zimmer. Da haben wir mehr Platz, um uns zu unterhalten.«

Er sprach von einem fensterlosen Raum, in dem ein Sofa mit einem Bezug aus Seidensamt und ein Ausziehbett standen, ein Sekretär, der von Kerzenständern flankiert wurde, und eine verstaubte Stehlampe. Farid nahm die Kartons vom Ausziehbett, auf dem hin und wieder Benbarakas Geschäftspartner übernachtete, wenn er in Saint-Étienne vorbeikam. Einmal aufgeräumt, ähnelte das Zimmer dem Arbeitszimmer eines Gelehrten – eines Mannes aus einem anderen Jahrhundert.

Benbaraka grinste immer noch und rieb sich die Hände, als er sich auf das rot-orangefarbene Sofa fallen ließ. Zoran wurde auf das Bett gedrückt, während Farès leicht betreten im Türrahmen stehen blieb.

»Also«, fing der Gangster an, »wir werden hoffentlich nicht stundenlang brauchen. Du sagst mir einfach, was du vorhin am Rathaus getrieben hast, einverstanden?«

Zoran zog die Nase hoch und schluckte lautlos. Farid schüttelte den Kopf und wartete schon auf die Anweisung, ihm die Fresse zu polieren.

»Meine beiden Mitarbeiter hier sind dir schon seit ein paar Tagen auf den Fersen. Es ist ja nicht kompliziert. Wir wollen doch einfach nur wissen, warum du dich in der Nähe meiner Nichte und ihres Ehemanns herumtreibst. Wenn du es uns sagst, lassen wir dich laufen, und ich kann ruhigen Gewissens auf die Feier gehen.«

Mouloud Benbaraka stand auf und trat an den Sekretär. Er drehte sich um und ließ die Gelenke in den Fingern, im Rücken und im Nacken krachen. Man hätte ihn für eine Schlange halten können, der gerade eine neue Wirbelsäule, Gelenke, ein ganzes Knochengerüst verpflanzt worden war, an dem sie sich nun wie ein Kind an einem neuen Spielzeug erfreute.

»Hör zu, wir haben oben noch ein, zwei Kleinigkeiten zu erledigen. Wir lassen dich also einen Augenblick nachdenken. Nicht allzu lange, hm?«

Zoran zitterte noch immer. Seine weit aufgerissenen Augen – zwei malvenfarbene Monde, in die Blut und Schrecken geschossen waren – waren auf die Stehlampe gerichtet.

»Mein kleiner Freund hier bleibt bei dir, in Ordnung? Er soll dir ein bisschen Gesellschaft leisten. Wenn du dann so weit bist und mir erzählst, woher du Slim kennst, der gerade meine Lieblingsnichte geheiratet hat, können wir alle wieder zu unseren kleinen Geschäften zurückkehren. Jedem das Seine und mir das Meiste, okay?«

Frustriert darüber, dass er der Tunte keine reinhauen durfte, stellte Farid den Käfig mitten im Zimmer ab und öffnete das Gitter einen Spaltbreit. Eine einen Meter lange Biberratte streckte die Schnauze hervor und floh dann unter den Sekretär.

Zoran brüllte wie am Spieß, während Farid die Tür mit zwei vollen Kartons versperrte.

Farès und Benbaraka waren bereits wieder nach oben gegangen. Benbaraka schenkte sich eine Schale Kaffee ein und tippte eine Nachricht. Als Farid sich einen Moment später zu ihnen gesellte, konzentrierte er sich auf das Display seines Blackberry.

»Wie macht man denn so ein kleines gelbes Gesicht in eine Nachricht?«

Eifrig sprang Farès auf. Er war überglücklich, etwas tun zu können.

»Es gibt da normalerweise ein Ding für die Smileys …«

»Hier, mach du mal.«

Benbaraka lehnte sich auf seinem Stuhl zurück und begutachtete zufrieden den Stoff seines neuen Jacketts. Dann blickte er zu Farès auf, der sich zitternd an der Tastatur des Blackberry zu schaffen machte. Die Schreie dieses armen Tropfs, Zoran, versuchte er zu verdrängen.

»Stimmt es, dass du dir sämtliche Zahlen merken kannst?«, fragte Benbaraka unvermittelt.

»Wer, ich?«

Farès spürte, wie er bis über beide Ohren rot anlief.

»Das hat Nazir mir erzählt. Du hast ein Gedächtnis wie ein Computerspeicher. Ich sag dir eine Zahl, und du merkst sie dir. Stimmt das?«

Farès gluckste und nickte mit gesenktem Kopf, damit es nicht so aussah, als lobte er sich selbst.

»Und weißt du auch, was Nazir gerade so treibt?«, fragte Benbaraka süßlich. »Am Telefon war er ganz aufgeregt. Ich frage mich, ob er nicht gerade dabei ist, irgendein krummes Ding zu drehen. So in der Art – sich vom Acker machen, nachdem er uns wie eine Weihnachtsgans ausgenommen hat … Was glaubst du, Farid? Entschuldigung. Farès?«

»Ich? Ich glaub da gar nichts, nein, echt. Keine Ahnung.«

Interessiert sah Farid seinem Bruder beim Lügen zu.

»Ich weiß auch nicht, warum«, fuhr Benbaraka fort und schlenderte zum Fenster, »aber ich hab so einen vagen Eindruck, dass mein werter Partner aus Paris versucht, mich übers Ohr zu hauen.«

Farès brachte keinen Ton heraus. Seine Ohren glühten, während er noch immer auf das Display starrte, ohne es wirklich wahrzunehmen.

Mouloud Benbarakas Stimme ließ ihn aufschrecken. »Weißt du, Farès, in dieser Stadt gibt es zwei Sorten von Menschen: diejenigen, die für mich arbeiten, und die anderen, die gegen mich arbeiten. Also hör mir jetzt gut zu, ich stell dir eine einfache Frage, und was soll ich sagen, ich lass dir sogar ein paar Sekunden Zeit, um darauf zu antworten. In Ordnung?«

»Aber …«

»Hier ist meine Frage. Und noch mal: Ich bestehe darauf, dass du nachdenkst, bevor du mir eine Antwort gibst. Würdest du eher sagen, dass du für oder dass du gegen mich arbeitest?«

Panisch wandte Farès sich zu seinem Zwillingsbruder um.

»Lass dir Zeit, lass dir Zeit. Denk gut über die Frage nach.«

Farès sammelte seinen Speichel, um für die Antwort einen weniger trockenen Mund zu haben. Zorans Schreie drangen bis zu ihnen herauf, ohne auch nur ansatzweise leiser zu werden. Aber wie es bei der Gewöhnung nun mal ist, rissen die Schreie Farès nicht mal mehr aus seiner Konzentration. Fieberhaft dachte er darüber nach, was er Benbaraka antworten sollte.

»*Für* dich. Ähm … Ich arbeite für dich.«

»Gut«, erklärte Benbaraka, »das war die richtige Antwort. Und jetzt gib mir das Handy.«

Farès eilte zu ihm hinüber und zeigte ihm eine Auswahl von Smileys für die Nachricht, die Benbaraka zuvor verfasst hatte und die auf ein unverständliches »Das Erkennungszeichen ist das Wort *Fräulein*. Kuss, Omar« endete.

Benbaraka biss die Zähne zusammen, während er die parkenden Autos auf dem Hof betrachtete. Mit einer ungeduldigen Geste entschied er sich für das herkömmlichste der Gesichter: ☺.

KAPITEL 4

Bei der Großmutter

1.

Von der halben Milliarde Namen, die ihn theoretisch in der Suchleiste von Facebook erwarteten, interessierte Krim nur ein einziger. Er warf einen Blick über die Schulter, um sicherzugehen, dass Aboubakr, der sich um das Geschäft kümmerte, mit seiner sudanesischen Musik beschäftigt war, und tippte den Vornamen des Mädchens ein: A, U, R, É, L, I, E. Mehrere mögliche Familiennamen tauchten auf, und er wählte denjenigen aus, neben dem das Foto eines Mädchens mit kastanienbraunen Haaren zu sehen war. Wagner. Aurélie Wagner.

Wann immer er den Account seiner Schwester kaperte (ihr Passwort lautete »papounet«), hatte er dank einer gemeinsamen Freundin – einer kleinen Turnerin aus Hyères – Aurélies Fotos, Videos und vor allem die persönliche Startseite sehen können, auf der sie postete, was sie bewegte, und ihre Lieblingsclips verlinkte. Doch diesmal war da nichts. Als er auf ihr Profil klickte, war zwar das Foto sichtbar, aber es ließ sich nicht vergrößern. Er sah die Liste ihrer 647 Freunde und den Info-Button, der jedoch nirgendshin führte. Unerbittlich erschien die immer selbe Nachricht:

Um zu sehen, was sie mit Freunden teilt, sende ihr eine Freundschaftsanfrage.

Krim stützte den Kopf auf und massierte sich eine Weile die Schläfen, während er über eine Lösung nachdachte. Dann klickte er erneut auf Aurélies Profilfoto und versuchte vergeblich, es zu vergrößern. Auf dem Bild stand Aurélie auf einer Wiese und hielt den Eiffelturm zwischen Daumen und Zeigefinger. Indem sie in einer anmutigen Geste die andere Hand vor den Mund schlug, brachte sie vorgeblich ihre Verblüffung angesichts des Perspektivenspiels zum Ausdruck. Doch ihre verschiedenfarbigen Augen strahlten aufrichtig, und das machte sie unwiderstehlich.

Tatsächlich gab es drei Möglichkeiten: Entweder hatte Aurélie Lunas Turnerfreundin von ihrer Freundesliste gestrichen. Oder Luna selbst hatte sie aus ihrer Liste entfernt. Oder aber – eine Möglichkeit, die Krim einen Schauder über den Rücken jagte, es war wirklich eine apokalyptische Vorstellung: Aurélie hatte sich dafür entschieden, ihr Profil zu sperren und die Freuden ihres bonbonrosa Alltags nur noch mit einem eingeschränkten Kreis von Freunden im vor-facebook'schen Sinn zu teilen.

Krim rief sich zur Vernunft. Die dritte Möglichkeit war so gut wie ausgeschlossen. Also verbrachte er – ein echter Akt des Glaubens – die nächste halbe Stunde damit, die Seite von Lunas Freundin Manon durchzuscrollen. Womöglich hatte sie ja etwas auf Aurélies Seite gepostet, sodass er sich über diesen Link heimlich Zutritt zu der Festung verschaffen könnte, zu der das Profil seiner entschwundenen Prinzessin geworden war.

Unglücklicherweise war der einzige Link, den er finden konnte und der ihm vielleicht Zugang zu Aurélies Profil hätte verschaffen können, nicht anklickbar. Insofern bestätigte sich also doch die letzte seiner drei Hypothesen: Aurélie hatte den Zugang zu ihrem Profil absichtlich beschränkt. Vielleicht war sie sogar gerade dabei, sich ganz von Facebook abzumelden.

Während er darauf wartete, dass ihm noch eine weitere Erklärung einfiel, klickte Krim sich durch Lunas Fotos – zwanzig Alben, von denen gut die Hälfte aus Bildern von Wettkämpfen bestand: Luna im schimmernden Gymnastikanzug auf dem Schwebebalken, Luna im schimmernden Gymnastikanzug am Stufenbarren, Luna im schimmernden Gymnastikanzug, wie sie mit dem ganzen kraftvoll geschwungenen Körper die Punktrichter grüßte, Luna im schimmernden Gymnastikanzug, wie sie vom Rand des Bodens aus eine Léa, eine Margaux, eine Héloïse, eine Chelsea im schimmernden Gymnastikanzug anfeuerte …

Andere Fotos zeigten sie mit einer Reihe bester Freundinnen, die sie in den Informationen ihres Kontos feierlich zu ihren Schwestern erklärte: gemeinsamer Nachmittag, gemeinsamer Sport im Park, irres Rumalbern in der Bahn, Wettkampf, Julies Geburtstag, fünfzehnjähriges Jubiläum von Hélo, mit den Sportmädels, ich (das umstrittene Album, in dem sie aufreizende Posen auf dem Pauschenpferd einnahm), Abend des 22. November bei Jennifer, Collège!, zwei *FarmVille*-Alben und ein weiteres, in dem nur virtuelle Herzen abgespeichert waren, Herzen in sämtlichen Formen und Farben, auf denen diejenigen, die ihr besonders wichtig waren, markiert worden waren und von Formeln aus Smileys begleitet wurden, die sowohl dem Laien als auch den nur oberflächlich Eingeweihten gleichermaßen unverständlich blieben.

Mit dem Herumklicken auf Facebook ist es genau wie mit dem Zappen durch Fernsehsender: Da können Stunden vergehen, ohne dass man sich dessen bewusst wird. Krim spürte, wie das Handy in seiner Tasche vibrierte. Er schloss die schwindelerregende Fotogalerie, in der es sowieso keine Chance gab, auf Aurélies kleines Gesicht zu stoßen. Als er wieder auf Lunas Profilseite war, fand er einen Eintrag, der ihn aufmerken ließ. Luna hatte – erst gestern Abend – eine App heruntergeladen, die anzeigte, welches die zehn Freunde waren, die ihr Profil am häufigsten besuchten. Man hätte meinen können, dass eine ihrer Turnfreundinnen den ersten Platz einnehmen würde, doch er war von »Nazir Nerrouche« belegt. Krim fragte sich kurz, welches Interesse Nazir wohl am Profil seiner unbedeutenden kleinen Cousine haben mochte, und entschied am Ende, dass die App wohl nicht wirklich vertrauenswürdig war.

Der Hunger trieb ihn schließlich aus dem Internetcafé, dessen Inhaber ablehnte, dass er bezahlte. Dass er sich derart in Schale geworfen habe, müsse doch auf ein glückliches Ereignis hindeuten, und daher bestand der große Sudanese mit der dunklen Haut und dem so sanften Blick darauf, ihm die Stunde, die er gerade gesurft hatte, zu schenken.

2.

Bei seiner Großmutter platzte er in den Klassiker der Klassiker hinein: eine ausufernde Debatte über den Unterschied zwischen Kabylen und Arabern. Die Luchsaugen seiner Mutter (die an der Diskussion wie immer in vorderster Front teilnahm) hatten ihn inmitten seiner Cousins, die dicht gedrängt im Flur herumstanden, sofort erspäht.

»Krim, Krim, komm, komm her, mein Liebling. Der Arme muss doch Hunger haben.«

Krim schlängelte sich zwischen seinen Tanten und Onkeln hindurch, um sich auf den winzigen Platz zu setzen, den seine Mutter für ihn auf dem Sofa organisiert hatte. Es gab auch andere Neuankömmlinge: Rachida, die jüngste seiner Tanten, saß auf einem Stuhl ein wenig abseits des Gewusels rund um den Couchtisch und kaute an ihren Fingernägeln. Von Zeit zu Zeit rief sie etwas zu Myriam oder Rayanne hinüber, die geräuschvoll mit ihrem Vater Mathieu spielten. Im Nebenzimmer gab es noch weitere Cousins sowie die dritte der »Großen«, deren Ehemann vor Kurzem einen Herzinfarkt erlitten hatte.

»Sag Guten Tag, Krim, sag *khalé* Guten Tag.«

Onkel Ayoub hielt ihm die Wange hin, ohne auch nur eine Pobacke aus dem Sessel zu heben. Er war ein Mann von beträchtlichen Ausmaßen – breite Schultern und eine breite Brust, fast eins neunzig groß. Sein undankbares Leben auf unzähligen Baustellen hatte ihn früher nie daran gehindert, in der Öffentlichkeit in gut geschnittenen grauen Anzügen, geputzten Slippers und mit sauberen Fingernägeln aufzutreten. Ausgerechnet an seinen Nägeln sah man inzwischen, dass er seinen Zenit überschritten hatte. Manche von ihnen waren schwarz gerändert, die Mehrzahl war nicht geschnitten, und zwei oder drei waren richtig schmutzig. Mit seiner enormen Pranke packte er Krim am Nacken und wandte sich an eine unsichtbare Person zwischen Rabia und Toufik auf dem Sofa gegenüber: »*Laïbalek*. Groß ist er geworden, hm?«

Krim wusste nicht, wie er darauf reagieren sollte: Er hatte seine heutige Größe schon vor mindestens vier Jahren erreicht, doch dem nachsichtigen Blick, den Tante Bekhi ihm mit halb gesenkten Lidern zuwarf, entnahm er, dass der alte Löwe vielleicht nicht mehr all seine Sinne beisammenhatte.

»Komm her, Krim, nimm schon, iss! Was willst du? Eine Zlabia? Ein Makroud?«

Doch bevor er essen konnte, musste er erst noch Toufik begrüßen, was eine Herausforderung darstellte, denn Toufik hatte die Angewohnheit, seine vier Küsschen in einer ziemlich feuchten Variante auszuführen und einem die Lippen so rechtwinklig auf die Wange aufzusetzen, als ginge es um wirkliche Schmatzer.

»Es gibt eine Überraschung«, gluckste Rabia ihrem Sohn ins Ohr. Sie war offenbar nicht in der Lage, ihre Aufregung noch länger im Zaum zu halten.

Krim vermutete, dass es sich dabei um Bekhis und Onkel Ayoubs Töchter handelte: Kamelia, Inès und Dalia, die fröhliche Dreifaltigkeit, die Pariser Großcousinen, eine schöner als die andere. Auf Festlichkeiten und Begräbnissen waren sie der ganze Stolz der Familie. Allerdings konnte Krim sie nirgends entdecken und vor allem nicht hören. Dass sie für gewöhnlich selbst den unbedeutendsten Kommentar hinausschrien, ihre verrückten Ausrufe, der Pariser Akzent und die Lachsalven, die sie manchmal auslösten und bis zum Ende orchestrierten, schufen eine überaus spezielle akustische Grundierung, die, selbst wenn sie sich kurz entfernten, weiter bestehen blieb. Es war wie ein cooler, lebensfroher Vibe, den Krim wahrscheinlich mit Händen hätte greifen können, wenn sie die angekündigte Überraschung gewesen wären.

Stattdessen entdeckte er in der Küche Bouzids Ehrfurcht gebietenden Schädel. Der Onkel sprach immer noch erzürnt mit seinen Schwestern.

Im letzten vorhandenen Zimmer der Wohnung kümmerte sich die Großmutter um die Jüngsten – Myriam, Rayanne und Luna. Letztere fuhr sich, als ihr Blick auf Krim fiel, mit dem Finger über die Kehle. Die Großmutter mochte in dieser ganzen Familie wirklich nur die Kinder. Sie hatte eine Xbox auf den Fernseher in ihrem Schlafzimmer gestellt und für Myriam und Luna ein paar altmodische Puppen (blonde Locken, große königsblaue Augen, unendlich lange Wimpern) aus einer Kommode hervorgeholt. Ihre Schränke waren ansonsten bis zum Rand mit Handschuhen, Bettlaken und Handtüchern vollgestopft, die seit zwei Jahrzehnten niemand mehr benutzte, die sie jedoch weiterhin einmal wöchentlich wusch und mit Kölnisch Wasser besprengte.

Und dann entdeckte Krim plötzlich Zoulikha, die älteste Schwester, die unruhige Blicke in Richtung Küche warf. Normalerweise waren alle daran gewöhnt, dass sie sich dort zu schaffen machte. Die alte Tante Zoulikha war diejenige, der man traditionellerweise das erste *Youyou* in der Küche widmete. Sie weichte immer schon am frühen Morgen des Vortags die Kichererbsen ein, polierte bis Mitternacht ihre beiden Couscoussièren und ihren Schmortopf und fand am Vormittag des Folgetags auch noch die Zeit, selbst die Säcke mit extrafein gemahlenem Couscous auszusuchen, die sie dann mit ihrem Caddie von dem Kabylen heimschleifte, der sieben Straßenbahnhaltestellen entfernt sein Geschäft hatte, nur damit sie nicht zu dem Marokkaner in ihrer eigenen Straße gehen musste. Dort hatte sie eines Tages zwei Kakerlaken über die Kasse des kurzsichtigen Verkäufers spazieren sehen. Zoulikha – die die Tücher, Kellen und Gerätschaften vorbereitete, die sonst vielleicht gefehlt hätten, die dafür sorgte, dass Frauen ihrer Statur passende Kleider bekamen und dass die Männer die richtigen Fleischstücke kauften. Zoulikha – die diesmal nichts von all dem hatte tun können, weil die Brautmutter entschieden hatte, dass ein Caterer engagiert würde. Punkt.

Traurig stellte Krim fest, dass an ihren rosigen, dicken Händen keine Couscouskrümel klebten. Tante Zoulikha war eine alte Jungfer, die man gern für eine Witwe hielt, die aber schon länger nicht mehr darunter zu leiden schien, die einzige von sechs Töchtern zu sein, die nie einen Deckel für ihren Topf gefunden hatte. Nach dem Tod der Frau ihres Cousins Ferhat im Jahr 1999 war sie bei ihm eingezogen, damit der ins neue Jahrtausend hinüberkippen und weiterhin die Füße unter den Couchtisch strecken konnte, Linsensuppe serviert bekam und erst PPDA – den er mit seinem arabischen Akzent immer wie »Pipidea« aussprach – und dann denjenigen folgte, die den früheren Nachrichtensprecher empörenderweise ersetzt hatten. Dieses bemerkenswerte Arrangement hatte zunächst für Gerede gesorgt. Doch irgendwann fand sich die Familie damit ab, weil Zoulikha wohl nie etwas anderes als ein Paar kraftvoller, schweigender Hände gewesen war und das auch immer bleiben würde. Mit diesen Händen war sie in der Lage, ohne mit der Wimper zu zucken, Dutzende Gerichte für Hochzeiten, Beerdigungen und Beschneidungen vorzubereiten, und sie hörte sich dabei auch noch die glühendsten Geständnisse an, ohne in ihnen auch nur das kleinste bisschen Tratsch aufzuspüren, das es wert gewesen wäre, weitererzählt zu werden.

Neben ihr, das sah Krim erst jetzt, stand Großonkel Ferhat. Krim hatte nicht einmal bemerkt, dass er eingetroffen war, und zum ersten Mal seit Monaten war ihm zum Heulen zumute. Der alte Mann hatte seine Pelzmütze den ganzen Tag über nicht abgesetzt. Er hatte keine Haare mehr im Nacken und die traurigsten Augen, die Krim je gesehen hatte. Früher war Ferhat ein fröhlicher, schalkhafter alter Mann gewesen und ein Musiker, den man mitunter augenzwinkernd wegen seiner Knauserigkeit aufgezogen hatte, der aber – behauptete zumindest Krims Mutter – weit weniger rückständig war als all die anderen Onkel zusammen.

Noch letztes Jahr zu Weihnachten hatte er die Mandoline ausgepackt, die er früher immer dabeigehabt hatte, um sich auf den Bänken vor der Kirche von Saint-Ennemond die Zeit zu vertreiben. Sämtliche Stammkunden der benachbarten Metzgerei hatten wenigstens einmal seine hübschen Arpeggios vernommen. Dann war die Metzgerei eines Tages durch einen Gebetsraum ersetzt worden. Die Bänke waren herausgerissen worden, damit die Gläubigen nach dem Gebet nicht gestört wurden, und Onkel Ferhat, der für seine geringe Frömmigkeit bekannt war, wurde aufgefordert, mit seiner großen, eigenartigen Gitarre weiterzuziehen und woanders zu spielen.

3.

»Chaouch«, kreischte Rabia gerade, »der ist zum Beispiel Kabyle und kein Araber.«

Einer der alten Onkel hatte hörbar Mühe, seinen Tonfall zu mäßigen: »Er ist Algerier, *rlass*.«

»Ja, aber auch Kabyle. In seiner Familie wird Kabylisch gesprochen. Und er trägt den Namen Idder, nicht Mohammed. Tut mir leid!«

»Rabia, du weißt doch nicht mal, was ›Idder‹ bedeutet«, neckte sie der alte Onkel.

»Idder? Na, das heißt Idir – das ist genau das Gleiche.«

»Ja, aber was *heißt* es?«

»›Er lebt‹, oder nicht?«, fragte Dounia, die sich nicht traute auszusprechen, wovon sie wusste, dass es die Wahrheit war. »Ich glaube, es bedeutet: ›Er ist lebendig‹, ›Er lebt‹, aber vielleicht stimmt das auch nicht.«

»I'dder«, wiederholte Rabia mit einer blumigen Geste. »Hm, *I'dder!*«

In die Art, wie sie das Handgelenk verbog, legte sie zwar die gesamte Kabylei, aber das reichte nicht, um den alten Onkel zu überzeugen. Er beugte sich zu seiner Frau hinüber und flüsterte ihr eine scherzhafte Bemerkung ins Ohr. Rabia, die nur *elomien* – »die Franzosen« – verstehen konnte, schloss messerscharf, und Gott allein wusste, warum, dass sie die Zielscheibe seiner Bemerkung wäre. Ohne das geringste bisschen Elan einzubüßen, fuhr sie fort: »Okay, na und? Das Wichtigste ist doch, dass wir nicht gleich sind, das ist alles, das muss man doch beim Namen nennen. Das heißt nicht, dass wir besser oder schlechter sind, sondern einfach, dass wir nicht gleich sind. Wir sprechen nicht dieselbe Sprache, haben nicht dieselben Bräuche. Hören nicht dieselbe Musik.«

Dounia kam mit Tee und Kaffee aus der Küche.

»Doune, sag du es ihnen!«

»Bitte, ich hab jetzt keine Lust, mir darüber Gedanken zu machen, ob … Nein, nein, mein Lieber«, unterbrach sie sich, als sie den kleinen Rayanne dabei entdeckte, wie er einen Regenschirm im Flur aufspannen wollte. »Regenschirme darf man nicht im Haus aufmachen. Das bringt Unglück.«

»Das ist wie mit dem Pfeifen«, witzelte Raouf und beugte sich seinerseits über den kleinen Jungen. »Großmutter sagt, dass es den *Shetan* anlockt, wenn man pfeift.«

»Was ist das, der *Shetan?*«

»Na, der Teufel.«

»Psst!«, machte Dounia leise und zog missbilligend die Augenbrauen zusammen.

Raouf entschuldigte sich mit einem Lächeln, half seiner Tante dabei, das Tablett abzuräumen, und räusperte sich, um selbst etwas einzuwerfen, doch sein Vater kam ihm zuvor.

»*Wallah,* das ist doch alles nicht wichtig. Die Wahrheit ist, dass wir alle Algerier sind. Das ist alles. Und dass wir zusammenhalten und vorangehen müssen, immer weiter voran.«

»Wie die Juden«, meldete sich eine Frauenstimme, die jedoch von den Kinderschreien verschluckt wurde.

»Und außerdem hat er die Schnauze voll von der Vergangenheit, Scheiße noch mal«, fügte Raouf hinzu. »Irgendwann muss man auch mal aufhören. An Chaouch ist das Wichtigste doch nicht, ob er Kabyle oder Araber ist, sondern dass er sich der Zukunft zugewandt hat, dass er die Jungen dazu motiviert, eigene Firmen zu gründen … und vor allem – tut mir leid, aber Chaouch ist doch weder Kabyle noch Araber, sondern Franzose! Wie du, wie ich, wie alle oder wenigstens fast alle, die hier um den Tisch sitzen.«

Darauf folgte zwar kein allgemeiner Ausbruch von Heiterkeit, denn es hatten nicht alle zugehört, aber Rabias Schwager legte die Hand auf die Schulter seines Sohns und bedachte ihn mit einem langen schiefen Lächeln, als müsste er über dessen rührende Naivität nachdenken.

Raouf goss sich mit einer übertriebenen Geste Tee ein. Er hatte sein T-Shirt mit Chaouchs Konterfei gegen einen schwarz-blauen Anzug getauscht, der dreimal so viel wert war wie das Kunstledersofa, auf dem er sich nun einen Platz erkämpfte.

Die Diskussion drohte zu verebben, und kurzerhand ergriff Rabia das Wort: »Ach, also ich, *wallah,* ich hab Chaouch bei der Debatte genial gefunden!«

»Ja, aber warum war er so genial?«, hakte Raouf nach und wandte sich dabei an alle Anwesenden im Esszimmer. »Warum?«

Offensichtlich war das eine ernst gemeinte Frage. Toufik war das peinliche Schweigen unangenehm, das sich jetzt ebenso deutlich über das Zimmer herabsenkte wie der Kaffeeduft.

»Na, er war so genial, weil es ihm gelungen ist, Sarko auf die Nerven zu gehen!«

»Nein«, entgegnete Raouf, wahrscheinlich ohne ihm überhaupt zugehört zu haben. »Er war so genial, weil er kein Linker ist. Ganz einfach. Er weiß genau: Wenn wir weiter die Steuern für die mittelständischen Betriebe erhöhen, dann machen es die Jungen genau wie ich. Sie wandern aus nach England. Tja.«

»Na ja, schon, aber er hat auch noch von etwas anderem gesprochen«, wandte Toufik ein und errötete bis zu den Wurzeln seiner krausen Haare. »Er hat doch ziemlich klargemacht, dass er der Präsident sein will, der die Franzosen vereint, statt sie weiter zu spalten.«

»Ja, sicher«, räumte Raouf ein. »Er hat deutlich gezeigt, dass er sich in die Tradition der französischen Geschichte einreiht. Er hat über die Vorstädte gesprochen und … und, nein, es stimmt, dass das nicht *nichts* ist. Also, glaubt jetzt nicht, ich würde Fouad nach dem Maul reden, aber er ist jedenfalls ein Kandidat, der sich mitten in einer Debatte mit Sarkozy erlaubt hat, Keynes, Proust und Saint-Simon zu zitieren …«

Man konnte diejenigen an einem Ringfinger abzählen, die hier um die Teekanne saßen und schon einmal von Keynes, Proust und Saint-Simon gehört hatten. Ohne jede Boshaftigkeit verstellt Tante Rabia die Stimme und zitierte vornehm und leicht schrill aus *Titanic:* »Wer ist dieser Keynes? Ein Passagier?«

Alle brachen in Gelächter aus. Raouf wollte nicht abwarten, bis sich die Wolke aus Heiterkeit wieder verzogen hatte, und setzte nach: »Aber es ist doch auch egal, ob er seine Bildung zur Schau stellt. Was zählt, ist doch …«

Sanft fiel seine Mutter ihm ins Wort: »Oh nein, das ist uns nicht egal. Immerhin beweist er so den Franzosen, dass er genauso kultiviert ist wie sie.«

»Falsch, Mama«, widersprach Raouf, der sich allmählich ein bisschen in Rage redete. »Er muss den Franzosen gar nichts beweisen. Er ist nämlich *selbst* Franzose!«

»Und er hat einen Abschluss von der ENA«, murmelte Toufik, der ganz selig war, weil er in dem ganzen Stimmengewirr endlich eine brauchbare Information loswerden konnte.

Seine Monobraue verzog sich kurz zu einem Victoryzeichen.

4.

Die drei ruhmreichen Buchstaben – E, N, A – erfüllten Dounia und Rabia mit Stolz. Mit geschwellter Brust lächelten sie einander an, während auf dem stumm geschalteten Fernseher die Nachrichtensendung von iTélé Bilder des charismatischen Chaouch zeigte, wie er ohne Krawatte mit Arbeitern aus der Textilbranche sprach, die im Halbkreis vor ihm standen.

In einer Ecke, unter einem ganzen Pulk von Beratern und Leibwächtern, fand die iTélé-Kamera das verschlossene Gesicht der Tochter des Kandidaten, einer blassen jungen Frau mit Hakennase, die Rabia zu missfallen schien.

»Dieses Mädchen ist seltsam«, raunte sie Dounia zu. »Weißt du vielleicht, warum sie nie lächelt?« Sie rutschte auf ihrem Sitz hin und her und starrte auf den Fernsehbildschirm.

»Weil sie Vampirzähne hat«, erklärte Rabia. »*Wallah,* das schwör ich dir.« Und als ihre Schwester darauf nicht reagierte, fügte sie hinzu: »Ganz ehrlich, man würde sie doch nicht für eine Kabylin halten. Vielleicht noch die Nase. Aber tatsächlich hat sie die von ihrer Mutter. Du weißt, dass Chaouchs Frau Jüdin ist, oder?«

Nach und nach wandten alle ihre Aufmerksamkeit dem Fernseher zu. Dem Kriechtitel zufolge, der stetig durchs Bild lief, war der Wahlkampf offiziell tags zuvor um Mitternacht zu Ende gegangen. Ein alter Onkel ergriff die Initiative und drehte die Lautstärke hoch, und alle lauschten der hübschen Moderatorin, die erklärte, dass die jüngsten Umfragen für den zweiten Wahlgang Chaouch den Sieg mit 51,5 Prozent voraussagten, dass jedoch die Wahlbeteiligung die große Unbekannte des Urnengangs blieb. Es hatte am Vortag einer zweiten Runde zur Präsidentschaftswahl noch nie so enge Umfragewerte gegeben. Die vorangegangene Wahl war schon Mitte der ersten Woche zwischen den beiden Wahlgängen entschieden gewesen – mit 55 zu 45 Prozent, an denen sich nichts mehr geändert hatte.

Onkel Ayoub, von dem eigentlich alle geglaubt hatten, dass er schlief, richtete sich auf seinem Sessel auf. »*Wallah,* den wählen sie doch nicht …« Und sein Anfall von Defätismus schien mit einem Mal auf alle Anwesenden überzugreifen.

Rabia gab Toufik ein Zeichen, er möge den Ton wieder leiser drehen, und fragte Dounia nach Neuigkeiten von Nazir. Deren Miene verfinsterte sich, als sie an ihren Ältesten dachte.

»Ach, ich kann dir sagen, die beiden machen mir wirklich Sorgen!«

»Angeblich ist er doch auf einer Hochzeit in Paris und konnte deshalb nicht kommen?«

»Ich weiß es auch nicht, im Moment redet er nicht viel mit mir. Und außerdem ist er so komisch, er fragt mich ständig, ob ich auch auf den Friedhof gehe, ob ich von Zeit zu Zeit noch mal den Turm besuche. Man könnte meinen, er will, dass ich weiter in der Vergangenheit lebe.«

»Du weißt doch, wie Nazir ist. Er ist unnachgiebig.«

»Er ist hart«, verbesserte Dounia sie mit merkwürdig verschleiertem Blick. »Zu hart.« Ihre Lippen blieben zwar einen Spaltbreit geöffnet, doch es folgte nichts mehr.

»Jedenfalls kannst du ja nicht drei gleiche Söhne haben«, philosophierte Rabia. »So viele Söhne, so viele Charaktere.«

Dounia hatte ihre drei Kinder in der Tour Plein Ciel in Montreynaud großgezogen, in der dreizehnten Etage, Aufzug B. Fouad hielt den Wolkenkratzer für eine vollständige Verirrung und ärgerte sich jedes Mal darüber, dass man ihn noch nicht abgerissen hatte, während Nazir der Ansicht war, man sollte ihn als Symbol bewahren. Doch weil die beiden Brüder seit drei Jahren nicht mehr miteinander redeten, hatten sie auch nicht die Gelegenheit, darüber zu diskutieren – zum großen Kummer ihrer Mutter, die für ihre ausgleichende Art bekannt war, aber zugeben musste, dass ihr der Bruderzwist über den Kopf gewachsen war. Außerdem hatte sie die Ursache nie verstanden.

»Aber sie werden sich doch irgendwann wieder versöhnen«, flüsterte Rabia ihr warmherzig zu und gab ihrer Lieblingsschwester einen Kuss. »*Mezèl,* hab ein bisschen Geduld.«

»Was? Sich versöhnen? Die beiden? Die verfeindeten Brüder … *Wallah,* die verfeindeten Brüder. Der Tag, an dem sie sich miteinander aussöhnen, *malat'n g'r' ddunit,* ist der Tag, an dem die Welt anfängt, sich andersherum zu drehen! *Wallah,* warum sind sie nicht wie Slimane, so einfach …«

Über diese letzte Bemerkung dachte Rabia eine Weile nach. Es stimmte, Slim war einfach. Entgegenkommend, großzügig, höflich und sanftmütig. Wo war er überhaupt?

»Er wollte mit seinem Bruder noch eine Runde drehen. Sie sehen sich nicht mehr so oft, aber sie werden sicher bald hier sein, *inch'Allah,* wir treffen uns doch alle in einer halben Stunde in Saint-Victor.«

Rabia hielt kurz inne und flüsterte dann ihrer Schwester zu, sie wolle gern mit ihr unter vier Augen sprechen. Die beiden traten hinaus auf den Balkon. Erst tauschten sie dort ein paar Belanglosigkeiten über die Braut aus, die sie für sehr hübsch hielten, sehr freundlich und auch sehr glücklich darüber, dass sie an einen so sanftmütigen, friedfertigen Jungen wie Slim geraten war. Dann holte Rabia mit einem Lächeln auf den Lippen einmal tief Luft. Sie richtete ihre großen, dunklen, listigen Augen auf ihre Schwester, ihre Vertraute, seit sie in ein Alter gekommen waren, um Geheimnisse zu haben.

»Doune, ich hab im Internet jemanden kennengelernt. Ich hab Luna gebeten, mich auf diesem Ding da anzumelden, Meetic. Normalerweise mag ich so was nicht, du kennst mich, aber letzten Endes sind es doch nur E-Mails. Man schreibt ein paar Kleinigkeiten, er antwortet, man antwortet ihm wieder …«

»Aber hast du ihn denn schon gesehen?«, fragte Dounia, ohne ihre Überraschung verbergen zu können.

»Nein. Nein, noch nicht. Meinst du über Webcam? Nein, nein. Aber er hat mir seine Nummer gegeben, und wir schreiben uns Nachrichten.« Dann nahm sie die nächste Frage ihrer Schwester vorweg und fügte hinzu: »Er heißt Omar. Wie Omar Sharif.«

»Auch noch ein Araber?«

»Nein, jetzt hör aber auf. Außerdem ist das niemand Dahergelaufenes. Er ist immerhin schon in einem gewissen Alter. Eine Art Geschäftsmann, weltgewandt und alles, hm, du musst nicht glauben … Nein, nein. Er ist kultiviert, das schwör ich dir.«

»Ich glaub doch gar nichts, ich hör dir nur zu. Omar.«

»Gut, aber das ist noch nicht alles«, quiekte Rabia und zog die Schwester in die hinterste Ecke des Balkons. »Rate mal! Er kommt heute Abend auf die Hochzeit. Ich hab nicht ganz verstanden, warum er eingeladen ist … aber egal. Ich werde ihn heute Abend kennenlernen!«

»Aber wie willst du ihn denn erkennen, wenn du ihn noch nie gesehen hast? Hat er denn wenigstens ein Foto auf seiner Meetic-Seite?«

»Ach, nein, wer braucht denn Fotos? Wenn man einen *zarma* Typen kennenlernen will, der einen umhaut, dann geht man doch auch in die Disco, stimmt's oder etwa nicht?«

Doch Dounia war alles andere als beruhigt. Sie hatte Unheil gewittert, presste die Oberlippe auf die Zähne und enthielt ihrer Schwester das warme Lächeln vor, mit dem sie ihr sonst ihren Segen gab und das deren große Augen ungeduldig zu erwarten schienen.

»Na also, das trifft sich ja gut«, sagte Dounia stattdessen und strich ihrer Schwester leicht über die Hände. »Ich muss dir allerdings auch ein Geheimnis anvertrauen … Es geht um Fouad.«

5.

Krim betrachtete sein Spiegelbild in der Teekanne und fragte sich, warum sein Vater nicht hier sein konnte. Selbst fünf Jahre danach war es für ihn immer noch unerklärlich. Andere lernten, die Vergangenheit hinter sich zu lassen – aber nicht Krim. Er wollte nicht einfach so weitermachen. Würde man da von Leiden sprechen? Er war sich nicht sicher. Es fühlte sich eher an wie eine Art körperlicher Widerstand, der das erträgliche Maß überschritten hatte. Wie der Gedanke, herzhaft in ein Stück Seife zu beißen.

Irgendjemand stellte einen Teller vor ihm ab, kleine Häuflein, die mit Puderzucker bestäubt und mit silberfarbenen Kügelchen dekoriert worden waren. Unter Zoulikhas zufriedenem Blick verschlang Krim die Hälfte.

Dann begann das Handy in seiner Hosentasche zu vibrieren.

Empfangen: Heute um 19.20 Uhr.
Von: N
M kann dich nicht erreichen. Habt ihr heute trainiert?

Seine Hand zitterte. Er stand auf und versuchte, Onkel Bouzids Objektiv zu entgehen, der – endlich in fast entspannter Stimmung – Fotos der Familienmitglieder auf dem Sofa schoss, einem jener zusammengestückelten Sofas, die man bei maghrebinischen Familien so häufig vorfand und die lediglich aus einem harten Bett und einer Rückenlehne aus steifen, mit orientalischen Mustern verzierten Kissen bestanden. Die kleine Myriam hatte sich daraufgestellt und unterhielt die versammelte Mannschaft, indem sie mit ihrer kristallklaren Stimme den Jingle eines Werbespots sang: *»Les produits laitiers sont nos amis pour la vie!«*

Bouzid forderte sie auf, noch mal von vorn anzufangen, damit er sie dabei filmen konnte. Dann machte er sich wieder ans Fotografieren und wanderte auf der Suche nach der besten Perspektive im Wohnzimmer umher. Krims Blick blieb an seinen faltigen Wangen hängen, und er sah die Rührung in seinem Gesicht, als er Toufik und Zoulikha dazu animierte, sich nebeneinanderzusetzen, damit er sie per Handykamera unsterblich machen konnte. Raouf und Rayanne kamen aus dem anderen Zimmer, und Onkel Bouzid gab auch ihnen ein Zeichen, sich zu den anderen zu gesellen: »Ah, das ist gut, das wird schöne Fotos geben«, sagte er mit brüchiger Stimme.

In der Art und Weise, wie sein Onkel die kleinen Neffen mit Blicken umfing, meinte Krim zu erkennen, wie sehr der Onkel es bedauerte, selbst keine Kinder bekommen zu haben. Jetzt war es dafür zu spät.

Mitleid machte Krim das Herz schwer. Er schnappte sich sein Päckchen Camel, und wo sollte er sonst rauchen als auf dem Balkon? Doch er wollte seiner Mutter nicht dabei zuhören, wie sie immer noch über Kabylen und Araber schwadronierte.

Im selben Moment wehte ein Lachen aus dem Zimmer herüber, das die Großmutter den Kindern überlassen hatte. War das nicht eine seiner Pariser Cousinen?

»Krikri! Krikri, mein Schatz! Komm, komm mal für zwei Minuten her. *Allouar!*«

Und tatsächlich: Kamelia spielte dort mit der kleinen Myriam. Luna sah demonstrativ weg, als er das Schlafzimmer betrat.

»*Wesh,* Krimo, was läuft denn so bei dir? Komm schon, setz dich zu mir!«

Krim nahm neben ihr auf dem Bett Platz, während Kamelia ihm herzlich über den Schädel rieb.

»Na, geht's dir gut? Du siehst nicht gerade glücklich aus.«

»Doch, doch. Ich bin nur ein bisschen müde.«

Er traute sich kaum, seine ältere Cousine anzusehen, und ihm fiel auch nichts ein, was er ihr hätte erzählen können. Dann kam ihm eine Idee. »Sind Inès und Dalia gar nicht hier?«

»Nein«, erwiderte Kamelia in einem Ton, als müsste sie das gerade zum fünfzehnten Mal wiederholen. »Sie konnten nicht kommen. He, aber du musst uns endlich mal in Paris besuchen! Ich zeig dir alles, wenn du kommst, ganz ehrlich, ich versprech dir, wir gehen zum Eiffelturm, zu Sacré-Cœur. Da warst du noch nie, oder?«

»Nein, nie, aber …«

»Aber was?«

»Ach, nichts. Ich hab tatsächlich vor, bald mal vorbeizukommen. Ich … Ich hab da einen Onkel väterlicherseits, Onkel Lounis, weißt du noch? Er wohnt im Dreiundneunzigsten.«

»Das ist doch toll! Ich wusste gar nicht, dass ihr noch Kontakt habt.«

»Doch, doch, aber, na ja, ehrlich gesagt hab ich ihn schon lang nicht mehr gesehen, aber …«

Krim verstummte. Wann immer er an Onkel Lounis dachte, meinte er, den Duft von Holz zu riechen. Sein Vater und Lounis – diese trockenen, kleinen, drahtigen Männer – waren Holzfäller gewesen, als Krim noch am Daumen lutschte. Dieser kräftige Duft nach Holz, die berauschenden Ausdünstungen der Tannenschonungen, der herbe, dunkle, feuchte Geruch der Kastanien, unter denen sie zu Herbstanfang spazieren gegangen waren – all das schien ihm das einzig wahrhafte, das einzig ungeteilte Glück im Leben gewesen zu sein.

Irgendwann waren sie im Wald nicht mehr gebraucht worden. Krims Vater hatte eine Anstellung bei Monsieur Ballerine gefunden, einer Art Trödel- und Altwarenhändler, dessen Ali-Baba-Höhle gleich neben der Autobahn lag. Krim hatte die Kleinigkeiten, die sein Vater von dort mitbrachte, wie seinen Augapfel gehütet: eine alte Kaffeekanne aus unbeschädigter weißer Emaille, einen dicken Buddha aus Kupfer mit glänzender Wampe, eine Kaffeemühle aus gegossenem Aluminium oder auch eine Skulptur mit den berühmten drei Affen – demjenigen, der sich die Augen zuhielt, demjenigen, der sich die Hände vor den Mund schlug, und dem dritten, der sie sich über die Ohren legte.

Es hatte aber auch Gegenstände aus Holz gegeben, die es seinem Vater ermöglicht hatten, ihm zum ersten Mal so schöne Wörter wie »Wildkirsche« oder »Buche« vorzusprechen, außerdem kleine Zinnfiguren, ein Flamenco-Tanzpaar mit abgespreizten Zeigefingern und im typischen Kostüm sowie eine ganze Anzahl von Bildern, auf denen violette Sonnenuntergänge und einsame Bötchen an Seeufern zu sehen waren und jede Welle eine Kruste bildete, die man ein bisschen abkratzen, beschneiden oder ganz auslöschen konnte, ganz nach eigenem Gutdünken. Als seine Mutter mal einen Kartoffelschäler und ein Sitzkissen mit orangefarbenem Fell entsorgt hatte, die in ihr zu viele Erinnerungen wachriefen, hatte Krim keine Gnade gekannt.

»Du musst mich dann aber auch besuchen, hm?«, riss Kamelia ihn aus seinen Grübeleien.

»Wo?«

»Schläfst du, oder was? In Paris, nicht auf dem Mond!« Kamelia setzte die kleine Myriam auf den Boden und stand auf, um sich die Lederjacke auszuziehen. Sie trug ein ärmelloses schwarzes Kleid mit einem hoch sitzenden Oberteil, das von gepunktetem Tüll bedeckt war. Der Tüll war durchsichtig, und Krim musste mit aller Kraft dagegen ankämpfen, ihr nicht auf die großen, vollen und glatten Brüste zu starren. Nur die feinen Fältchen im Dekolleté verrieten, dass sie einer Dreißigjährigen gehörten.

Er fühlte sich unwohl und spürte, wie sich zwei feine Rinnsale aus Schweiß gleichzeitig unter den Achseln lösten.

»Gut. Und sonst so, wie läuft's? Hast du eine Freundin?«

Krim lief puterrot an.

Luna, die alles mit angehört hatte, entschloss sich, nun Rache an ihm zu nehmen: »Ja, er hat 'ne Freundin, auch wenn sie nur N heißt.«

Krim sprang auf und wollte seiner Schwester schon eine Ohrfeige verpassen, doch sie war schneller als er, und seine Hand zischte ins Leere.

»Sie ruft ihn ständig auf dem Handy an, und er hat so große Angst, dass wir erfahren könnten, wer sie ist, dass er nicht mal ihren Namen ausschreibt. Was soll N denn heißen?« Sie sprang aufs Bett und von einer Seite zur anderen, um dem Bruder auszuweichen. »Natalie? Najet? Ninon? Nichtderredewert?«

Als Krim aus dem Zimmer stapfte, tadelte Kamelia ihre kleine Cousine.

»Hör mal, er ist doch selber schuld – erzählt Mama, dass ich auf Facebook einen auf Flittchen mache. Was hätte ich denn tun sollen? Ihn einfach davonkommen lassen?«

6.

Zorans Schreie hatten sich in einen Weinkrampf verwandelt. Er hatte sich auf den höchsten Punkt des Sofas geflüchtet und war kurz davor zu ersticken. Es war die blanke Angst, die ihn seit der Entführung fest im Griff hielt und daran hinderte, die Tür aufzustoßen, damit diese riesige Ratte endlich abhaute. Stattdessen huschte sie im Zimmer auf und ab und stieß dünne, klagende, sinnlose, furchtbare Laute aus.

Ein Nachtfalter ließ sich unter der Decke in einer Ecke nieder. Zoran beobachtete seinen Flügelschlag und versuchte, sich daran zu orientieren, um ruhiger zu atmen. Doch die Augen der Biberratte fixierten ihn, glitzerten im Halbdunkel, löschten alles andere im Universum aus. Es gelang ihm einfach nicht, sich eher auf den Falter als auf die große Ratte zu konzentrieren. Mittlerweile hatte er sogar Schluckauf. Seine schwache Lunge würde das nicht mehr lange mitmachen. Er folgte mit dem Blick den eleganten Bewegungen des Falters und untersagte sich, stattdessen das Monster anzusehen.

Wenn er auch nur an die Biberratte dachte, sah er das Böse, das Gestalt angenommen hatte und sich bewegte – den leibhaftigen Teufel. Diese sehnigen Regungen, diese pelzigen Gesten – im Gegensatz dazu war der Falter ein Geschöpf des Himmels. Der den Himmel mit seinem Blumenduft herantrug. Die Farben des Lebens in der Schwere der Felder und der Erde. Dieser Falter war zwar nur grau, allerdings von einem dichten, reichhaltigen, beinahe schon leuchtenden Grau.

Als er sich endlich dazu durchringen konnte, die Augen zu schließen, hörte Zoran das Murmeln des Bachs, der in nur wenigen Metern Entfernung am Haus vorbeifloss.

Der Falter fand den Weg zur Stehlampe und bezog unter ihrem flauschigen Schirm Stellung. Während Zoran zusah, wie der Schatten des Insekts über das rot-orangefarbene Sofa tanzte, bemerkte er plötzlich, dass er wieder normal atmete. Er schniefte und hielt den Blick nach oben gerichtet. Warum sollte dieses Tier aus der Tiefe bleiben, wo es war? Doch Zoran fand noch einen anderen Weg, nicht mehr an die Biberratte zu denken: Er spitzte die Ohren und versuchte, das Gespräch dieser anderen Monster zu belauschen.

Der Chef sprach von einer Hochzeit und beschrieb den Ort, an dem die Feier stattfinden sollte: mit dem Auto eine Viertelstunde entfernt, in Richtung der Autobahnausfahrt und des Foir'Fouille-Supermarkts.

Statt sich mit einer Biberratte einsperren zu lassen, hätte Zoran Slim die tausend Euro längst abgepresst und sich nach Norden aufgemacht haben können, schoss es ihm durch den Kopf. Nach Paris zum Beispiel, wo seine Schwester monatsweise ein Pensionszimmer gemietet hatte.

Die Biberratte rief sich wieder brutal in Erinnerung, als sie ihren Käfig umstieß. Zoran ertappte sich dabei, wie er sie von Neuem fixierte, und wieder fing er an, heftig zu weinen. Allerdings erweckte das Tier nicht den Anschein, sich sonderlich um ihn zu scheren. Es marschierte in dem kleinen Rechteck umher, in das es hingesetzt worden war, und machte zu keinem Moment Anstalten, auf das Sofa zu klettern. Angesichts seiner monströsen Größe und der fast schon amphibienhaften Geschmeidigkeit hätte es das sicher tun können. Doch es schnüffelte lieber an seinem Käfig, am Fuß der Kartons oder unter dem Sekretär herum, unter dem es nach einiger Zeit einen kleinen roten Schlüssel hervorschob, den es sich mit beiden Vorderpfoten vor die weißen Schnurrhaare hielt.

Zum ersten Mal zeigte es dabei seine Zähne.

Und prompt schrie Zoran wieder los. Zuvor schienen die Schreie das Tier nicht gestört zu haben, doch nun wollte es sich verteidigen.

Schreiend sprang Zoran aufs Bett, und dann schaffte er es, die Stehlampe genau auf das Biest zu kippen. Damit war allerdings auch der Stecker gezogen – und jetzt blieb Zoran nur noch eine Lösung: Er musste durch die Tür entkommen und hoffen, dass die Kartons, mit denen sie verrammelt war, nicht zu schwer wären. Wenn die Tür blockiert wäre und er mit diesem Tier auch nur eine Minute länger im Stockfinsteren verbringen müsste, würde zweifellos sein Herz stehen bleiben, bevor das Nagetier überhaupt Gelegenheit dazu hätte, ihm die ersten Bisswunden zuzufügen.

7.

Als er an der Küche vorbeikam, verspürte Krim schlagartig einen Bärenhunger. Er knabberte ein paar Kekse und versuchte, seine Gedanken zu sortieren. Den Kühlschrank würde er nicht öffnen. Sämtliche Gäste spechteten doch insgeheim auf diese dicke weiße Tür, davon war er überzeugt, und wenn er sie aufmachte, würde er die allgemeine Aufmerksamkeit auf sich ziehen. Als er sich schließlich doch dazu durchrang, stellte er verwundert fest, dass er sich getäuscht hatte. Er goss sich eine Schale Milch ein und stippte Kekse hinein. Doch davon wurde es nicht besser, jetzt hatte er Lust auf etwas Salziges. Verstohlen griff er nach einer Tube Mayonnaise. Während er die Schränke nach Brot durchsuchte, hörte er den Jingle von France Info, der die Nachrichten um 19.30 Uhr ankündigte.

Endlich entdeckte er den altmodischen Brotkorb, an dem eine Strebe fehlte und in dem die Großmutter immer tagelang ihre Baguettes lagerte. Sie hatte das Haushalten wirklich zur Wissenschaft erhoben. Sie schnitt Produktverpackungen auseinander und schickte Coupons ein, um beim nächsten Einkauf im Supermarkt einen Rabatt zu bekommen. Damit konnte sie Stunden verbringen – kam so aber auch im Jahr auf mehrere Hundert Euro Ersparnis.

Noch während er versuchte, das Brot aus drei Plastiktüten zu angeln, die es vor Feuchtigkeit schützen sollten, begehrte etwas in Krim auf. Wie die Großmutter die Tüten verknotete, war doch wahnsinnig.

Er hatte nicht mal Mühe, sie sich vorzustellen, wie sie die einzelnen Knoten anlegte, damit nur ihre langen Finger mit den wilden Fingernägeln in der Lage waren, an den Inhalt zu gelangen.

Als er sich endlich über ein paar Mayonnaisebrote hermachen konnte, war aus dem Nachbarzimmer eine ziemlich abwegige Straßenumfrage zu hören. Es schien fast, als wollten alle für Chaouch stimmen. Dann hörte Krim, wie wieder ins Studio zurückgeschaltet wurde, wo ein Sicherheitsexperte über Warnungen vor einem Attentat durch die AQMI sprach, die »ein vollwertiger Akteur im Wahlkampf« geworden sei, wie er merklich stolz formulierte. Die Journalistin unterbrach ihn, um zu erklären, dass AQMI für die Organisation »al-Qaida im Islamischen Maghreb« stehe. Der Experte, der offenbar nicht an derlei Unterbrechungen gewöhnt war, hatte Schwierigkeiten, den Faden wieder aufzunehmen. Er beschrieb zunächst die terroristische Gruppierung als solche und kam dann so schnell wie möglich wieder auf die aktuelle Lage zu sprechen. Zweifellos könne man von einer Bedrohungslage reden, doch der Zivilschutz sei im Hinblick auf einen terroristischen Anschlag ohnehin aufs Maximum erhöht worden, und zwar schon weit im Vorfeld des ersten Präsidentschaftswahlgangs.

»Außerdem sollte man sich klarmachen«, fuhr der Experte mit wiedererlangtem Selbstbewusstsein fort, »dass die Bedrohung sich weniger auf den Präsidenten bezieht, wie man meinen könnte, als auf den Gegenkandidaten Chaouch. Es ist ein Paradox, das im Grunde keines ist. Die letzte Nachricht der AQMI benennt Idder Chaouch ausdrücklich als einen – ich zitiere – ›verräterischen Hund, der dem Islam abgeschworen hat und deshalb den Tod verdient‹. Wer weiß, wie empfindlich der Kandidat des PS auf derlei Fragen reagiert, und seine Einstellung gegenüber einem ihn stark einschränkenden Sicherheitskonzept kennt, versteht insofern auch, dass es Anlass zur Sorge gibt. Ich möchte nur auf die Kündigung vor der ersten Wahlrunde erinnern …«

»Kurz, bitte«, unterbrach ihn die Journalistin knapp, aber freundlich.

»Ja, die Kündigung des Sicherheitschefs, des Verantwortlichen für seinen Personenschutz, der genug davon hatte, ständig seine Belegschaft zu reduzieren, ist in der Presse nicht so sehr aufgegriffen worden. Aber ich möchte das doch unterstreichen und darauf hinweisen, wie grundlegend das ist – eine echte Premiere für die Fünfte Republik. Und es gibt wirklich Grund … Weil …« Der arme Experte war ganz verwirrt. »Genau. Und die Sache mit dem Minarett von Saint-Étienne Anfang des Jahres, die steht bestimmt noch allen lebhaft vor Augen – die Botschaft der AQMI erwähnt sie sogar ganz ausdrücklich …«

Krim war ganz gerührt, den Namen seiner Stadt in einer landesweiten Nachrichtensendung zu hören, ganz so wie damals, als er noch klein war und seine Mutter immer alle vor dem Fernseher zusammentrommelte, sobald Bilder von Saint-Étienne in den Abendnachrichten zu sehen waren. Es war nur ein- oder zweimal vorgekommen, aber Rabia hatte sogar ein riesiges Gewese darum gemacht, wenn die zwei Minuten Lokalnachrichten im Dritten liefen, zwei Minuten, die ausschließlich Saint-Étienne gewidmet waren und nur von den Einwohnern der Stadt verfolgt wurden. Da wurden dann die Hauptstraße, das Rathaus oder die Place Jean-Jau gezeigt, und die Erwähnung auf diesem geheimnisvollen animierten Bildschirm – und sei sie noch so flüchtig – verlieh auch noch den herkömmlichsten und alltäglichsten Dingen Würde und eine magische, aufregende Präsenz.

Unwillkürlich erinnerte er sich an ein Ereignis, das er nicht einmal mehr datieren konnte: Slim und er hatten in der Straßenbahn gesessen, und irgendwelche Typen – genau wie Djamel vorhin – hatten ihnen gegenüber angedeutet, dass Slim eine Schwuchtel sei. Krim wollte schon eine Nachricht an Djamel schreiben und ihn daran erinnern, dass Schwule untereinander heirateten und sich keine Frauen nahmen. Er schrieb dann aber doch lieber an Nazir. Immerhin hatte der ihn dazu ermuntert, sobald Fragen zu welchem Thema auch immer auftauchten. Also schrieb er, dass die Leute schon wieder redeten und Sachen über Slim in die Welt setzten.

Eigentlich hätte er umgehend Nazirs Antwort erwartet. Doch es kam keine. Während er nachprüfte, ob seine Nachricht wirklich durchgegangen war, wäre Krim beinahe über den kleinen Rayanne gestolpert, der ihn trübselig und Daumen lutschend musterte. Krim ging vor ihm in die Hocke und hielt ihm sein leuchtendes Handy und das schöne silberne Feuerzeug hin. Der Kleine schien sich mehr für das Feuerzeug zu interessieren.

»Willst du es mal anzünden?«

Nicht dass er irgendwas verstanden hätte. Trotzdem nickte Rayanne, nahm das Feuerzeug zwischen die kleinen Stummelfingerchen und schaffte es, die metallene Kappe aufzuschieben. Doch gerade als er auf den Knopf drücken wollte, bekam er einen elektrischen Schlag und fing an, wie am Spieß zu brüllen. Es war aber auch ein hinterhältiges Feuerzeug. Krim hatte es gestohlen, nachdem er diese einzigartige Eigenschaft daran bemerkt hatte – man bekam tatsächlich einen kleinen Stromstoß, wenn man es an der falschen Seite anfasste und betätigte.

Rachida war sofort zur Stelle. »Sag mal, geht's noch?«, schimpfte sie auf Krim ein. »Du bist wohl geisteskrank!«

Im Nachbarzimmer hielt sich Onkel Ayoub die Ohren zu, während seine Frau Bekhi ebenfalls herbeieilte, um Rachida zu beschwichtigen. Sie hatte die Situation sofort erfasst und verteidigte Krim, indem sie sich mit ruhiger, beherrschter Stimme an Rachida wandte: »Rachida, *raichek,* willst du jetzt wegen eines Feuerzeugs den Hundertjährigen Krieg vom Zaun brechen, hm? Er wollte doch nur mit dem Kleinen spielen, das ist alles. Lass sie doch spielen …«

»Oh bitte«, empörte sich Rachida, »sag du mir doch gleich auch noch, wie ich meine Kinder großzuziehen habe, wo du schon dabei bist! Also, komm schon, Rayanne. Rayanne! Du sollst herkommen, hab ich gesagt! *Rayaaaaanne!*«

8.

Krim brauchte jetzt eine Zigarette. Er platzte auf den Balkon hinaus, wo Dounia, als sie ihn kommen sah, abrupt verstummte. Die großen, dunklen Augen hatten alle drei Söhne von ihrem vor drei Jahren verstorbenen Ehemann geerbt. Dounias Augen waren eher länglich und schmal, gutmütig, grünbraun, ein bisschen traurig, und ihr Gesicht war wohl das kabylischste der gesamten Familie: große Nase, blasse Haut, helle Augen. Sie schien vorzeitig gealtert zu sein, womöglich weil sie sich in einem Pflegeheim im Stadtzentrum um Alte kümmerte. Ihr zu einem Knoten gebundenes kastanienbraunes Haar war schon seit einer Weile von weißen Strähnen durchzogen, und ihre durch das Rauchen ohnehin angegriffene Haut wies an manchen Stellen bereits die gräuliche Blässe einer Sechzigjährigen auf – dabei war sie ganze fünfzehn Jahre jünger.

Rabia forderte Krim auf, die Balkontür zu schließen, und dirigierte ihn in das Eckchen, wo er rauchen konnte, ohne dass er riskierte, von den Onkeln gesehen zu werden.

»Mach schon, Doune, erzähl weiter. Krim wird nichts verraten, er ist verschwiegen wie ein Grab.«

»Bist du dir da sicher?«

»Natürlich, er sagt nichts. Nein, nein, du kannst ihm vertrauen.«

Dounia nahm das rasierte Kinn ihres Neffen zwischen die Finger und schüttelte es liebevoll. »Na gut. Also, ich hab dir doch gesagt, dass er letzte Woche mit mir darüber gesprochen hat und ich so dumm war, weiter darüber zu reden …«

»Worum geht's denn überhaupt?«, fragte Krim.

»Bist du dir sicher?«

»Ja, ja«, antwortete Rabia.

»Okay … Es gibt Gerüchte, dass Fouad mit einer … wie soll ich sagen … Person aus höheren gesellschaftlichen Sphären ausgeht.«

»Und mit wem?«

»Jasmine Chaouch.«

Krim wäre beinahe hintübergekippt. »Chaouchs Tochter? Die wir vorhin im Fernsehen gesehen haben?«

»Ernsthaft, Krim, das darfst du niemandem erzählen, hm? Schwör es beim Leben deiner Mutter.«

»Ja, ja, ich schwöre es. Wow.«

Rabias Augen hatten noch nie so sehr geglitzert. »Jetzt hör aber mal, daran ist doch wirklich nichts Komisches, oder? Fouad, das hab ich immer gesagt. Er ist der Schönste in der ganzen Familie, oder etwa nicht, Krim? Und außerdem ist er Schauspieler. Die Frauen mögen Schauspieler, das ist bekannt, die liegen ihnen reihenweise zu Füßen! Schau dir doch nur mal diesen Doktor aus *Emergency Room* an, wie heißt er gleich wieder?«

»Doug Ross.«

»Genau, Doug Ross. Der macht jetzt Kaffeewerbung, mein Schatz.«

Dounia wandte sich zu Krim um und bat ihn um einen Zug von seiner Zigarette. »Aber das darfst du niemandem verraten, mein Lieber, hm? Sonst führt das noch zu Eifersüchteleien. Die Leute tratschen. Bei deiner Mutter ist das nicht dasselbe, wir erzählen uns alles, aber du darfst es niemandem verraten, okay? Ich vertraue dir.«

»Krim, mach aus, mach aus, *khalé* kommt!«

Krim versteckte die Zigarette erst in seiner Hand, warf sie dann allerdings doch nach unten, als er sah, dass es sich um Onkel Ferhat handelte. Der Alte machte einen verlorenen Eindruck, und unter der Russenmütze sah sein Gesicht noch hagerer aus als sonst. Sie machten ihm ein bisschen Platz, während er auf Kabylisch erklärte: »Ich muss ein bisschen frische Luft schnappen.«

Damit es nicht so wirkte, als wäre mit seiner Ankunft schlagartig Stille auf dem Balkon entstanden, forderte Rabia ihn auf, die Mütze abzunehmen. »*Khalé,* es ist doch viel zu heiß, um eine Mütze zu tragen! *Miskine khalé,* du Armer …«

»Ach was«, murmelte der Onkel und atmete tief durch.

»Aber klar! Du merkst doch, dass du fast erstickst«, beharrte Rabia.

Ferhat mobilisierte die letzten schwachen Kräfte, die ihm noch zur Verfügung standen, um sich gegen Rabia zur Wehr zu setzen. »Lass die Mütze. Lass *amméhn!*« Dann schwankte er leicht und musste sich erst einmal hinsetzen.

Rabia warf Dounia einen vielsagenden Blick zu. Auch sie hatte den feuchten Film bemerkt, der die Lider des Greises bedeckte.

Als er den Balkon wieder verließ und sich ins Wohnzimmer schleppte, hatte man ihm dort seinen Platz weggenommen. Rabia wollte schon hinterhergehen und Toufik auffordern, dem alten Mann Platz zu machen, doch Dounia hielt sie mit einem bedächtigen Blinzeln zurück. Toufik würde ganz sicher von selbst daraufkommen.

»Lass mich noch mal ziehen, mein Lieber«, bat sie stattdessen Krim. »*Wallah,* ich weiß auch nicht, was heute mit mir los ist, dabei huste und spucke ich die ganze Zeit!«

Krim zündete sich eine neue Zigarette an und hielt sie seiner Tante hin. Entzückt von seiner Höflichkeit und vielleicht auch von seiner geschmeidigen Geste beugte Rabia sich nach vorn, um ihrem Sohn einen Kuss auf den Kopf zu drücken. Genauso geschmeidig wie zuvor entwand er sich und sah dann demonstrativ weg, ohne sich zu erklären. Und mit einem Mal beschlich Rabia der Verdacht, dass er Bescheid wusste.

»Wir müssen aufhören, Rab'«, erklärte Dounia, nachdem sie einen so tiefen Zug genommen hatte, dass der Filter nicht nur rot von ihrem

Lippenstift, sondern auch vollends verformt war. »*Wallah,* das ist unmöglich. Wir rauchen zu viel. Rabia?«

Doch Rabia hatte ihr nicht zugehört. Sie klopfte ein wenig Staub von der Jacke ihrer Schwester, befeuchtete sich den Finger und rieb über einen Fleck auf deren Schulterklappe.

»Trotzdem«, fügte Dounia mit einem desillusionierten Lächeln hinzu, »dass wir uns in unserem Alter noch auf dem Balkon verstecken müssen, um zu rauchen …«

Mit einer Geste der Entschuldigung wandte Rabia sich ab und lief zur Toilette, um sich auch des letzten Zweifels zu entledigen. Als sie jedoch dort die Liste ihrer letzten versandten Nachrichten durchging und statt Omar den Vornamen ihres geliebten Sohnes entdeckte – umrahmt von spanischen Ausrufezeichen –, entgleisten ihr die Gesichtszüge.

KAPITEL 5

Der Mann des Spiels

1.

William kletterte den grasbewachsenen Hang hinauf, um nicht den fünfundzwanzig Meter langen Umweg über die Serpentine machen zu müssen. Er hatte grüne Flecken auf seiner Anzughose, doch das war nicht weiter schlimm. Seine Intuition hatte ihn nicht getrogen, und der Aussichtspunkt, an dem er sich inzwischen befand, war zehnmal besser als die Restaurantterrasse, von der aus man zwar direkte Sicht auf den See hatte, wo aber die zwei bereits verblühten Kirschbäume den Blick auf den Turm des Wassersportzentrums verstellten. Er hätte keinerlei Schwierigkeiten, die Brautmutter davon zu überzeugen, auch wenn er dafür lügen oder auf irgendwelche wolkigen Umstände würde hinweisen müssen wie die Qualität des natürlichen Lichts, die Dichte des Nebels oder den Höhenunterschied.

»Gut, also müssen wir jetzt nur noch auf sie warten.«

Kenza, die Braut, war erst seit einer knappen Stunde von Slim getrennt und spürte bereits, wie sie wieder in die Einflusssphäre ihrer Mutter geriet.

Das versprengte Trüppchen verließ den Parkplatz in Richtung des Aussichtspunkts, den William ausgesucht hatte.

Kenza fror langsam ein bisschen. Die Windböen kräuselten die Wasseroberfläche und wehten die Blüten von den Bäumen. William hatte sich direkt vor sie gestellt, trotzdem schien sie sich nicht konzentrieren und ihm zuhören zu können. Er hatte eine so lange Nase, dass sie, wenn er einen direkt ansah, einen Schatten auf die Oberlippe warf, der tatsächlich an ein Hitlerbärtchen erinnerte.

Er wandte sich zum See und setzte Daumen und Zeigefinger beider Hände zu einem imaginären Rahmen aufeinander.

»Weißt du, man muss den Turm dort sehen können.«

Kenza verschränkte die Unterarme vor dem Bauch, um einen Kälteschauder zu unterdrücken, und sah in die Richtung, die William ihr gewiesen hatte. Das Wassersportzentrum verfügte über rund fünfzehn Stege, die zum großen Teil verlassen dalagen und halbherzig von einem Kontrollturm mit blau gefärbten und von außen undurchsichtigen Glasscheiben überwacht wurden, in denen sich gerade die letzten Sonnenstrahlen brachen.

Sie würden sich tatsächlich beeilen müssen. Kenza ahnte, dass das zarte Apricot des Sonnenuntergangs schon bald hinter den Klippen verschwunden wäre. Auf dem Rasen zu ihren Füßen wurden die Schatten bereits länger, und man musste mittlerweile zweimal hinsehen, um irgendeinen Umriss zu erkennen.

»Okay, sie kommen«, murmelte ihre Mutter. Sie blickte zum weiter unten gelegenen Parkplatz.

Kenza war überrascht, dass sie nur zu dritt waren (Slim, sein Bruder Fouad, der Schauspieler, und ihre Mutter), und sie war enttäuscht, dass sie keinerlei Erklärung dafür abgaben. Das Fotoshooting war dann nach allseitiger Auffassung ein voller Erfolg, selbst wenn William in seinen künstlerischen Ambitionen hatte gebremst werden müssen. Alle zwei Minuten war er mit einer neuen verrückten Idee gekommen. Für eine dieser Ideen hatte er allerdings schwergewichtige Unterstützung erhalten, nämlich diejenige der Brautmutter. Das Brautpaar hatte sich direkt hinter einem Blumenbeet symmetrisch zueinander hinlegen, dann den Kopf aufstützen und eine rote Rose zwischen die Zähne klemmen müssen.

»Na ja, immerhin sind wir ja nicht dazu verpflichtet, es auch zu behalten«, murmelte Dounia, doch die Brautmutter hatte sie gehört und warf ihr einen vernichtenden Blick zu.

Nach einer halben Stunde gingen William langsam die Ideen aus, außerdem war es fast dunkel. Slim und Kenza sonderten sich ab, während die anderen dem Künstler dabei halfen, seine Ausrüstung zu verstauen. Der See zu ihren Füßen war kein richtiger See, sondern ein besonders breiter Arm der Loire, an dem die Bewohner von Saint-Étienne so tun konnten, als wären sie am Strand.

Slim erinnerte sich noch an wilde Grillpartys, die sie hier gefeiert hatten, als er noch aufs Lycée ging, und er erinnerte sich auch noch gut an den Tag, an dem Onkel Bouzid zu weit hinausgeschwommen und von einem Strudel erfasst worden war. Die Kavallerie hatte ausrücken müssen, und der Typ, der mit nacktem Oberkörper das Schnellboot gelenkt hatte, war wirklich heldenhaft gewesen.

»Woran denkst du, mein Liebling?«

Slim nahm seine junge Frau in seine schmächtigen Arme und drückte sie mit ganzer Kraft an sich, bis er ihre zusammengedrückten Brüste nicht mehr spürte. Dann gab er ihr einen leidenschaftlichen Kuss und wünschte sich etwas – nein, es war mehr als ein Wunsch, eher ein richtiges Gebet, von dem jedes einzelne Wort seine Gehirnwindungen versengte.

2.

Ein paar Minuten später kam Fouad auf ihn zu. »Na, zufrieden mit dem Fotoshooting?«

Slim wirkte ungewöhnlich nervös. Fouad fasste ihn am Ellbogen, und die beiden Brüder liefen ein Stück am Aussichtspunkt entlang.

»Was ist eigentlich mit Krim los?«, fragte Fouad. »Letzte Woche hat Tante Rabia mich angerufen und erzählt, dass er seine Chefin bei McDonald's geschlagen hat, dass er kein Arbeitslosengeld mehr kriegt, dass er im Keller komische Sachen treibt …«

»Keine Ahnung, ich seh ihn gar nicht mehr so oft.«

»Ich versuch nachher mal, mit ihm zu sprechen.«

»In Ordnung.« Slim war regelrecht außer Atem, als er sich dem Thema zuwandte, das ihn eigentlich beschäftigte. »Fouad, ich hab dir nicht alles über Kenza gesagt.«

»Was denn? Erzähl.«

»Ich weiß nicht, wie ich es dir erklären soll, ich glaube …«

»Nimm dir Zeit.«

Fouad war stehen geblieben und sah seinen Bruder nachdenklich an. Womöglich würde er ihm ja ansehen, worum es ging, noch ehe Slim es aussprach und bevor es zu dem schmerzlichen Schauspiel kam, vor dem er sich fürchtete.

»Na gut, also …« Slim atmete erneut tief durch. »Ich werde dir jetzt eine Frage stellen. Vergiss, dass sie etwas mit mir zu tun hat. Gib mir einfach eine Antwort, okay?«

»He, Slim, jetzt hör aber auf. Sag mir, was los ist.«

»Ist es möglich, dass eine Frau bei einem Mann bleibt, obwohl … obwohl sie es nicht machen?«

Fouad war niemand, der es gut ertragen konnte, wenn sich jemand vor ihm quälte, nur weil er sich nicht offenbaren wollte. Lieber nahm er die verhältnismäßig unangreifbare Position desjenigen ein, der aufmerksam zuhörte und alles auf sich zukommen ließ.

»Willst du mir damit sagen, dass ihr noch nie miteinander geschlafen habt?«

»Psst, hör auf! Nicht so laut!«

»Aber ist es das? Noch nie?«

»Ich kann das noch nicht, Fouad. Ich kann es nicht. Ich bin mit ihr zusammen, anfangs funktioniert es auch ein bisschen, und dann hab ich Bilder im Kopf. Ich denke an was anderes. Es ist schrecklich – ein Albtraum. Aber es ist stärker als ich.«

»Du denkst an etwas anderes? Oder an jemand anderen?«

Fouad spürte, dass sein kleiner Bruder drauf und dran war, in Tränen auszubrechen. Er legte ihm den Arm um die Schultern und sah ihn mit seinen schwarzen Augen eindringlich an.

»Habt ihr denn schon mal darüber gesprochen?«

»Schon, aber ...«

»Und was hat sie dazu gesagt?«, wollte Fouad wissen.

»Na, sie hat gelacht. Sie hat gesagt, das sei nicht weiter schlimm ... dass wir uns halt die Zeit nehmen müssen, einander besser kennenzulernen.«

Fouad verzog das Gesicht, nicht so sehr wegen der erschütternden Naivität seines kleinen Bruders, sondern weil er das A im Dialekt von Saint-Étienne aussprach, fast wie ein O, ganz anders als er selbst, der schon vor langer Zeit seinen Akzent abgelegt hatte.

»Woran denkst du?«, fragte Slim.

Fouads Miene verfinsterte sich, und Slim dämmerte, dass sein Bruder an Nazir dachte. Er konnte es ihm regelrecht ansehen – erst leicht geöffnete Lippen, dann vollkommen verkrampfte Kiefer.

»Ich wusste es!«, brauste Slim auf und schlug im nächsten Moment die Augen nieder. »Du denkst wie Nazir – du denkst: Die kleine Schwuchtel soll sich lieber in den Arsch ficken lassen, als alle Welt an der Nase herumzuführen und ein Mädchen zu heiraten.«

»Hör auf, so einen Unsinn zu erzählen, und sieh die ganze Sache realistisch. Es ist deine Entscheidung, Slim. Es ist dein Leben. Liebst du Kenza?«

»Natürlich, sie ist die Frau meines Lebens.«

»Na dann, das ist doch schon alles«, schloss Fouad und fühlte sich wie ein Betrüger. »Dann gibt es doch nichts weiter darüber zu sagen. Wenn sie dich auch liebt – und ich hab gesehen, dass sie dich liebt, ich bin mir sicher, dass sie ein gutes Mädchen ist –, dann müsst ihr einfach miteinander reden. Als Paar sagt man einander alles. Und außerdem …«

»Was?«, hakte Slim flehentlich nach, als könnte das größte Problem seines Lebens von seinem Bruder mit einem Zauberspruch gelöst werden.

»Nein, was ich meine, ist doch: Früher haben die Paare auch gewartet, bis sie verheiratet waren, bevor sie … zur Sache gekommen sind. War gar nicht mal schlecht, wenn man darüber nachdenkt …«

Fouad wandte sich wieder dem Wassersportzentrum zu. Der letzte Sonnenstrahl des Tages versiegte im blauen Plexiglas des Kontrollturms. Er hatte sich seit Jahren nicht mehr so machtlos gefühlt, wahrscheinlich seit dem Tod ihres Vaters.

Als er wieder auf die schmächtige Gestalt seines kleinen Bruders blickte, hatte er für einen Augenblick den Eindruck, als hätte der arme Junge überhaupt kein Gewicht im Universum mehr, als könnte er jederzeit weggefegt und in alle Winde verstreut werden. Er hatte nicht wenig Lust, ihn ins Gesicht zu schlagen, ihn abzuhärten, ihm Gewicht zu verleihen, damit er sich den Gewalten des Lebens stellen konnte. Doch stattdessen nahm er ihn in die Arme und streichelte ihm über den Hinterkopf, so vorsichtig, als handelte es sich dabei um den noch nicht ganz fertigen Kopf eines Neugeborenen.

3.

Krim wollte den Balkon gar nicht mehr verlassen. Es wurde langsam dunkel, und die Scheiben verwandelten sich in Spiegel. Ein Wolkengebirge, hinter dem die Sonne verschwunden war, verband sich in verwaschenen Farben mit den Hügelketten am Horizont, und trist und immerwährend türmten sich hinter der Mediothek die Halden auf.

Er lehnte sich mit dem Rücken gegen die Brüstung und sah nach drinnen. Inzwischen brannte Licht, und die Leute standen gerade auf, um Fouad und den Bräutigam zu begrüßen. Nur Tante Zoulikha blieb sitzen, fingerte an Rayanne herum und nahm zufrieden jedes seiner Babyspeckpölsterchen in Augenschein. Tante Zoulikha setzte Gewicht mit Gesundheit gleich und kannte nur eine einzige französische Redensart, die sie zu den unpassendsten Gelegenheiten wiederholte, und zwar mit einem Lächeln, das an ein Zähnefletschen erinnerte und in dem das schüchterne, reizlose Mädchen aus der Gironde wieder zum Vorschein kam, das sie Mitte des vergangenen Jahrhunderts gewesen war und das niemand hatte haben wollen: »Wie man so schön sagt: besser fett als faltig.«

Rabia oder eine ihrer jüngeren Schwestern brachen daraufhin stets in Gelächter aus, warfen den Kopf in den Nacken und schafften es manchmal sogar, die Tante zu korrigieren, wenn das Lachen nicht zu lang andauerte. Zoulikha hatte die feinen Regeln zwischenmenschlicher Empfindlichkeit einfach nie richtig beherrscht.

Der dicke Momo rief nun schon zum fünften Mal in Folge an. Krim murmelte spontan einen Fluch in sich hinein und ging ran. »Was? Warum rufst du hier zehn Millionen Mal an?«

»He, beruhige dich mal. Willst du nicht mit in den Wald zum Training kommen?«

»Wo ist die Knarre?«

»Na, im Keller, was glaubst du denn?«

Krim wollte sich gerade eine weitere Zigarette anstecken, als Fouad ihn entdeckte und auf ihn zukam. Fouad sah wirklich gut aus. Unwillkürlich musste Krim an Chaouch denken: groß gewachsen, kräftig, ohne dick zu sein, ein sympathisches Lächeln, genau im richtigen Maß gelocktes Haar. Ein Siegertyp.

»Mach schon«, blaffte er ins Telefon, das er im rechten Winkel an sein Kinn hielt. »Ich hab echt noch was anderes zu tun.«

»Ach, komm schon, hier ist total tote Hose, ich hab nichts zu tun.«

»Oh nein, jetzt mach mal halblang. Außerdem musst du sie jetzt loswerden. Wirf sie in den Furan. Beim Leben meiner Mutter, wirf sie in den Furan.«

»Was?«

»*Wallah,* ich schwör auf den Koran, ich will davon nichts mehr hören. Wirf sie in den Furan!«

Als Fouad auf den Balkon hinaustrat, legte Krim auf.

»Was rauchst du da?«

Krim musste zweimal schlucken, bevor er wieder sprechen konnte. Dass jemand ihn derart beeindruckte, dass es ihm die Sprache verschlug, war ihm unangenehm. Er versuchte, sich einzureden, dass es ganz normal war, Respekt gegenüber einem so viel älteren Cousin zu haben, zumal der seit einem Jahr unter der Woche jeden Abend im Fernsehen zu sehen war.

»Camel.«

»Gibst du mir eine?«

»Wenn du willst.«

Fouad betrachtete Krims Schuhe.

»Slim hat mir erzählt, dass du letztendlich sein Trauzeuge warst. Danke. Es hat einen Unfall auf der Strecke gegeben, der Zug hatte zwei Stunden Verspätung.«

»Ja, so was ist nervig. Ich meine, das mit dem Zug.«

»Wir müssen bald los zum Festsaal. Wenn du willst, quatschen wir später ein bisschen. Aber erst muss ich meine Schuhe putzen. Was meinst du?«

Er hatte eine klare, kräftige Stimme. Trotzdem war Krim beinahe gerührt von der Wärme, die aus ihr sprach und die nur ihm zu gelten schien. Von drinnen sahen die anderen gerade hinaus auf den Balkon, und Krim verspürte einen gewissen Stolz.

»Klar, warum nicht.«

»Ehrlich gesagt«, fügte Fouad hinzu, »muss ich mit dir über deinen Kumpel Mohammed sprechen.«

»Hat er was angestellt?«

»Ach was, nein, nichts. Ich bin nur auf Facebook mit ihm befreundet. Er hat mir die Anfrage geschickt. Er ist echt ziemlich witzig.«

»*Wesh,* der ist echt durchgeknallt, der dicke Momo.«

»Der dicke Momo, so, so. Die ganze Zeit am Flirten, so was hab ich echt noch nie gesehen. Er flirtet sogar mit *meinen* Facebook-Freundinnen.«

»Aber das musst du ihm doch sagen«, ereiferte sich Krim.

»Ach was. Ist doch lustig. Mir ist das egal. Letztes Mal hat er eine seiner Freundinnen auf einem Foto markiert und sich gleich mit, obwohl sie allein drauf war.«

Krim lachte gezwungen, obwohl Fouads Geschichte noch nicht zu Ende war.

»Das Mädel hat ihn dann gefragt: Wo bist du denn da drauf? Und weißt du, was er geantwortet hat?«

»Nein, sag's mir.«

»In deinem Herzen.«

Krim senkte den Kopf. Er war unfähig, sich gehen zu lassen und zu lachen, ohne dass es geheuchelt klang.

»Na dann. Ich mach mal weiter die Runde, und wir sehen uns dann später drinnen, okay?«

»Okay.«

»Und wart mal, eine Sache noch«, schob Fouad mit einem schiefen Lächeln nach. »Was soll denn in den Furan geworfen werden?«

»Ach, nichts … nur irgend so ein Typ, der Scheiß macht, keine Ahnung. Er will, dass ich mitkomme, aber … aber mir ist das egal.«

Krim hätte nicht sagen können, wie seine Lüge angekommen war, aber nichts an Fouads Gesichtsausdruck gab Anlass zu befürchten, dass er das, was er gerade gehört hatte, anzweifelte. So war das immer: In Fouads Zügen lag kein Vorwurf. Immer nur Freude und Zutrauen.

Er drückte die halb gerauchte Zigarette aus, zwinkerte seinem kleinen Cousin vielsagend zu und verließ beschwingt den Balkon.

»Da ist er ja! Ein richtiger Filmstar!«, rief Rabia und drückte ihm demonstrativ ein Begrüßungsküsschen auf die Wange.

»Eher Fernsehstar … ein Sternchen auf der kleinen Leinwand … das bin ich.«

»Ich verpasse keine Folge, *wallah*, es ist einfach zu toll! Ach, und dieser andere da, der Böse mit der Warze? Oje, wie ich den hasse! Kennst du ihn?«

»Oh, ach, François. Im echten Leben ist er der netteste Typ der Welt.«

Im Handumdrehen hatten sich die Tanten um das Wunderkind versammelt. Zehn Minuten lang ging es nur noch um *L'Homme du match* – den Mann des Spiels –, die Serie, für die Fouad seit dem vergangenen Herbst vor der Kamera stand und in der er die Rolle des Trainers eines fiktiven Fußballvereins spielte – des populärsten Klubs des ganzen Landes. Er hatte in der Serie so schnell eine zentrale Rolle eingenommen, dass sein Name mittlerweile schon im Vorspann zu lesen war. *L'Homme du match* auf M6 hatte *Plus belle la vie* vom Thron gestoßen, das zur selben Zeit auf France 3 lief. Es war *der* Sensationserfolg des vergangenen Fernsehjahrs gewesen, der sich sowohl an Fußballfans wandte, die sich für das Geschehen hinter den Kulissen des Sports und für dessen realistische Darstellung begeisterten, als auch an ihre Frauen, die sich eher für die Gefühlsverwirrungen interessierten.

»Sag schon«, wagte Rabia sich vor. Sie schien der glühendste Fan in der ganzen Familie zu sein. »Kommst du vor Ende der Staffel noch mit Justine zusammen?«

»Tut mir leid«, gab Fouad charmant zurück, »ich hab eine Verschwiegenheitsklausel unterschrieben. Über solche Sachen darf ich mit niemandem sprechen.«

»Eine Verschwiegenheitsklausel«, rief Rabia amüsiert. »*Zarma,* du unterschreibst jetzt schon Verschwiegenheitsklauseln! So, so, so, so ... He, vergiss nicht, dass ich dir die Windeln gewechselt hab, also gibt es vor mir keine Verschwiegenheitsklausel!«

Fouad lachte laut auf. Einen Teil dessen, was er wusste, könne er sicher verraten.

Obwohl er sich eigentlich wohlfühlte und keinerlei Verlegenheit verspürte, hatte er kurze Zeit später das Gefühl, er müsste allen erzählen, für wie armselig er die Serie tatsächlich hielt. In Wahrheit begriff er sie höchstens als Broterwerb und hätte dies auch gern erzählt und seinen nachhaltigen Eindruck geteilt, besann sich dann aber schnell eines Besseren. Seine Tanten hätten nicht verstanden, dass ausgerechnet er ihre Lieblingsserie in den Dreck zog, für die sie alle den unantastbaren David Pujadas um 20 Uhr geopfert hatten. Außerdem konnten sie mit der Serie kontern, sobald die eine oder andere Freundin anfing, sich damit zu brüsten, dass ihr Kind Medizin studierte oder so wahnsinnig viel Geld im Import-Export verdiente, dass sie in ihrem Heimatdorf bauen und die Ferien in Dubai verbringen konnten.

4.

Ein paar Augenblicke später war die Fieberkurve schon wieder ein wenig gesunken, oder vielmehr hatte sich die Aufregung ins Schlafzimmer der Großmutter verlagert. Dort hatten sich die Jüngsten um Fouad versammelt, und alle gemeinsam sahen Myriam zu und applaudierten ihr für die Tanzeinlage zu einem etwas älteren Katy-Perry-Song, den sie auswendig gelernt hatte. Derzeit war ihr Traumberuf Backgroundtänzerin. Sie trällerte den Text von *Firework* mit, riss die Arme in die Höhe und seitwärts und pustete sich in einem fort die kastanienbraunen Locken aus dem Gesicht. Dann kam der Refrain, und sie mimte das Feuerwerk, das im Musikvideo aus den Herzen der Personen sprüht: *Cause baby you're a firework, come on, show 'em what you're worth. Make 'em go »Oh, oh, oh!«*

Nun drängelte sich auch Rayanne ins Rampenlicht zu seiner Schwester und lieferte sich mit der kleinen Tänzerin ein ganz ähnliches Battle, wie sie es auf ihr Drängen hin immer heimlich in ihrem Kinderzimmer aufführten. Myriam pustete mit einer ulkigen Wildheit in seine Richtung, als wäre er Teil ihrer Lockenmähne.

Als Krim wieder die Wohnung betrat und die Balkontür hinter sich zuschob, stellte Luna gerade auf Kamelias MacBook ein improvisiertes Musikquiz zusammen. Nach dem Schlag, den sie ihm versetzt hatte, hätte sich Krim niemals ins selbe Zimmer wie sie verirrt, wenn er nicht dieses unwiderstehliche Bedürfnis verspürt hätte, Fouads Nähe zu suchen. Es war wie eine Sehnsucht – ihn einfach nur zu sehen und von ihm gesehen zu werden –, ein heftiger Drang, blindwütig, aber auf eigenartige Weise nicht gewalttätig. Er vermochte ihn weder einzudämmen noch zu begreifen und gab ihm nach, wie man sich in einem kalten Meer dem Sog der warmen Unterströmung überlässt.

»Geh auf Spotify«, riet Kamelia Luna, die sich jetzt ihr Handy geschnappt hatte.

Sie stemmte sich auf den gusseisernen Heizkörper an der Wand und versicherte sich, dass in der spiegelnden Fensterscheibe hinter ihr nicht die Fotos der Sänger zu sehen waren, deren Musik sie gleich abspielen würde.

Kamelia und Fouad setzten sich nebeneinander, Myriam hockte sich davor, lehnte den Kopf gegen die Knie des Stars, und Rayanne setzte sich daneben. Die älteren Cousins hatten sich auf dem Bett verteilt. Raouf rückte für Krim ein Stück zur Seite.

»Und?«, flüsterte er seinem potenziellen Dealer ins Ohr.

»Okay … die Wahrheit: Es ist tote Hose. Vielleicht in einer Stunde, im Festsaal.«

Dann setzte Krim wieder seine unbewegte, gelangweilte Miene auf, die Miene eines Menschen, der lieber nicht anwesend wäre, woanders jedoch auch nichts Bestimmtes zu erledigen hat. Trotzdem gefiel es ihm im tiefsten Inneren, hier mitten unter seinesgleichen zu sein und mit ihnen gleich auf die Hochzeit zu gehen. Das alles hätte niemals aufhören sollen.

Kaum waren die ersten beiden Noten erklungen, rief er: »Michael Jackson!«, und alle wirbelten zu ihm herum.

Die Musik spielte weiter, und tatsächlich waren sich nach weiteren zehn Sekunden alle einig, dass es sich um *I'll Be There* handelte.

»Wow«, kommentierte Kamelia. »Krimo: eins. Alle anderen: null.«

Diese Wendung behagte Luna nicht. Als Nächstes wählte sie absichtlich einen Song aus, den er unmöglich kennen konnte. Nach einer geschlagenen Minute hatte ihn dann überhaupt niemand erkannt – außer Kamelia, die Myriam die Antwort ins Ohr flüsterte. Es wurde höflich applaudiert, Myriam verzog ihr kleines Gesicht, winkelte unbeholfen die Hände ab und versteckte sich hinter Fouad.

»Weiter! Das nächste!«

Luna widmete sich wieder dem MacBook und beschloss, neben ihren Qualitäten als Zeremonienmeisterin nun auch unter Beweis zu stellen, dass sie einen guten Musikgeschmack hatte. Doch wieder genügten Krim drei Töne, bis er ausrief: »Drake.«

Und in der nächsten Runde: »Kanye West, natürlich.«

Und schließlich: »Sexion d'Assaut.«

Also musste Luna ihre Taktik ändern. Verzweifelt suchte sie nach französischen Liedern, die alle kannten, sodass es sich bei dem Quiz nur noch um eine Frage der Schnelligkeit handeln würde. Allerdings ließ die Spannung dank Daniel Balavoine und Francis Cabrel zusehends nach, bei denen man eher Lust hatte mitzusingen, als zum nächsten Song zu springen.

Als Krim dämmerte, dass er auf jeden Fall gewonnen hatte, entschloss er sich, die anderen singen zu lassen, auch wenn alle fast schon entzückt darüber zu sein schienen, dass seine fünfzehn Minuten Ruhm durch keinerlei Zögerlichkeit beeinträchtigt gewesen waren.

5.

Im Nachbarzimmer nutzten die Älteren Fouads Abwesenheit, um über seinen älteren Bruder zu sprechen. Dass er nicht hier war, war zwar bedauerlich, trotzdem mussten sie anerkennen, dass Nazir viel Gutes getan hatte, als er vor anderthalb Jahren von einer langen Auslandsreise zurückgekommen und wieder bei seiner Mutter eingezogen war.

»Ach, ja, ja«, warf einer der Onkel ein, der es aus nächster Nähe miterlebt hatte, »was er mit den muslimischen Gräbern von Côte-Chaude und Crêt de Roch gemacht hat, war wirklich toll, *wallah*. Und er war wirklich mutig, ist einfach zur Friedhofsverwaltung und aufs Rathaus marschiert, hat mit ihnen gesprochen, ich schwöre euch, man hätte meinen können, ein Politiker!«

»Ja, das ist sicher«, meldete Dounia sich zu Wort, »mutig ist er.«

Allein schon wenn sein Name erwähnt wurde, breitete sich in der Familie oft diese Art von Stille aus, die wie eine Ölpest in die Gehirne stieg und alle dazu veranlasste, die Worte erst siebenmal hin- und herzuwenden, ehe sie ausgesprochen wurden.

Rabia beschränkte sich für ihren Teil auf zwei Wendungen, bevor sie ihre Meinung kundtat. »Nein, wirklich, und die Wahrheit ist auch, dass es gut ist, was er für Chakib getan hat. Nein, aber das muss schon auch gesagt werden, er war dazu ja nicht verpflichtet, und er ist der Einzige, der … Nein, aber ist doch wahr!«

»*Wallah,* bei mir ist die Wahrheit, dass ich wegen Nazir Arbeit hab.«

Auf Toufiks Bemerkung nickten alle ernst. Wenn Dounia nicht anwesend gewesen wäre, hätte man sich jetzt entspannen und von dem Skandal reden können: Nazir, der nicht mal zur Hochzeit seines kleinen Bruders gekommen war.

Stattdessen erzählte irgendjemand, wie es Nazir gelungen war, einen Termin beim Bürgermeister zu bekommen, indem er drei Stunden lang unter dessen Fenster im Rathaus gewartet hatte.

Als Fouad die Tür einen Spaltbreit aufschob, hörte er, dass sein Bruder Thema war. Er wollte schon zur Party im Schlafzimmer zurückkehren, als er sah, wie Mathieu, Rachidas Mann, ihm dezent zunickte, und daraufhin im Flur stehen blieb, damit sie miteinander sprechen konnten. Sie unterhielten sich eine Weile über die Schulden, über Griechenland und über Chaouchs Wirtschaftspolitik. Fouad mochte Mathieu gern, die ganze Familie mochte Mathieu, trotzdem fühlten sich alle schlecht, weil sie ihm ein unlösbares Problem überantwortet hatten – seine Frau. Sie hatten inzwischen zwei Kinder, zwei hübsche kaffeebraune Kinder, die jetzt schon traurig dreinblickten. Es stand also nicht mehr zur Diskussion, Mathieu das Einzige zu raten, was in seinem eigenen Interesse gewesen wäre: die Beine in die Hand zu nehmen.

Während er sich gerade für einen stärkeren Protektionismus aussprach (er selbst war als Facharbeiter unter die Räder der galoppierenden Globalisierung geraten, als sein Unternehmen den Sitz nach Schanghai verlagerte), schlich Rachida immer näher auf das kleine Eckchen im Halbdunkel zu, positionierte sich im Blickfeld der beiden Männer und wartete nur darauf, zu ihrem geheimen Zirkel dazu gebeten zu werden. Um sich darüber nicht aufzuregen, begnügte Fouad sich damit, ihr ein vages Lächeln zuzuwerfen, sah dabei aber verstohlen zu ihrem jungen Ehemann. Er hatte runde Augen, helle Brauen, die ihm einen Ausdruck von Ernsthaftigkeit verliehen, und dieses leicht irre, aber fest entschlossene Aussehen, das Klarinettisten manchmal während einer Passage haben, in der nur hohe Töne gespielt werden. Tatsächlich ähnelte er aber mit seinem langen, mageren Hals und seinem schmalen Gesicht, das von winzigen Pickelchen übersät war und auf dem stets eine dünne Schweißschicht glänzte, vor allem wenn seine Augen wie gerade jetzt in pädagogischem Eifer aufflackerten, eher der Klarinette als dem Klarinettisten selbst.

»Wenn du so willst, ist das das Hauptproblem. Warum sollten alle anderen Länder der Welt das Recht haben, sich zu schützen, während wir uns ohne jeden Widerstand über den Tisch ziehen lassen?«

»Redest du schon wieder über diesen Quatsch«, brummte Rachida ihm zu. »Ich bin dann mal weg, das geht mir alles auf den Zeiger. Und wann brechen wir überhaupt zu dieser Hochzeit auf?«

Im selben Moment trat Slim zu ihnen. Er hatte sich von Anfang an bei den Älteren aufgehalten. »Möchte noch jemand einen Tee?«

»Gehen wir denn nicht bald los zum Festsaal?«

»Großmutter sagt, in einer Viertelstunde. Es hat ja keinen Sinn, dort aufzutauchen, bevor sie da ist. Allerdings muss ich gleich los, ich muss den Saal ein bisschen vorbereiten und nachsehen, ob alles in Ordnung ist.«

»Jedenfalls bravo, Slim«, sagte Mathieu und legte ihm die Hand auf die Schulter. »Sie ist bildhübsch und macht einen guten Eindruck, einen ernsthaften außerdem.«

Slim bedankte sich herzlich bei ihm, während Rachida zu schmollen begann – einzig und allein, weil sie hoffte, dass irgendjemand es bemerken und sie nach dem Grund dafür befragen würde. Rachida war ganz und gar rund: runder Rücken, runde Lippen, runde Augen – der Blick stets am Rande des Bemitleidenswerten. Doch jetzt flammte ein böser Funke darin auf. »Also, Fouad, wenn wir jetzt anfangen, über Nazir zu reden, gehst du aus dem Zimmer?«

»Rach', hör auf.«

Doch Mathieu hatte ihr gar nichts zu sagen.

»Was glaubst du? Dass ich es nicht gesehen habe? Ich sehe alles. Ich sage nichts, aber ich sehe alles.«

»Na ja, Tantchen, tut mir leid, dich enttäuschen zu müssen, aber ich war im Nebenzimmer, ich wusste also gar nicht, dass ihr über ihn gesprochen habt.«

»Siehst du, du willst nicht mal seinen Namen aussprechen!«

»Oje«, seufzte Fouad, ohne zu lächeln.

»Mach schon, sprich ihn aus.«

»Wen denn?«

»Den Namen deines Bruders!«

»Warum sollte ich ihn denn aussprechen?«

»Nazir. Na-zir. Er ist immerhin dein Bruder! Freunde kommen und gehen, aber die Familie … So sagt man doch, oder? Außerdem ist er noch vor zwei, drei Jahren hier gewesen, pff, du wirst schon sehen, was er alles gemacht hat! Oh, du wirst Augen machen … Ganz allein hat er das gemacht! Hat den Leuten Geld gegeben, hat Toufik eine Arbeitsstelle besorgt. Hm? Nur dürfen wir all das jetzt nicht mehr sagen. Aber mir sind die ganzen Tabuthemen egal. Er ist sogar auf Kreuzzug gegangen, um die muslimischen Friedhöfe zu vergrößern. Ich schwör's dir, er war ein Wohltäter für die gesamte Menschheit, beim Leben deiner Großmutter, ein echter Revolutionär!«

»Ein Salonrevolutionär vielleicht.«

Mathieu stand kurz vorm Ersticken. Vor Fouads Augen tat er, was er sich nie zuvor vor wem auch immer getraut hatte: Er packte seine Frau am Arm und führte sie in ein anderes Zimmer, um ihr eine Standpauke zu halten. Rachida war darüber so verblüfft, dass sie nicht wusste, wie sie reagieren sollte. Ein strenger Blick vonseiten ihres Ehemanns, und ihr halbherziger Protestversuch verpuffte. Anscheinend hatte Mathieu zu guter Letzt genug davon, als Schlaffi zu gelten.

»Jetzt lass mich los«, flüsterte sie mit Nachdruck. »Lass mich halt los!«

Fouad und Slim waren nebeneinander stehen geblieben und trauten sich nicht, etwas zu sagen. Slim sah aus dem Augenwinkel, dass sein großer Bruder die Fäuste ballte und die Kiefer aufeinanderpresste. Doch im nächsten Moment trat er ins Licht des Wohnzimmers und brachte die versammelte Mannschaft zum Lachen, als wäre nichts geschehen. »Also, liebe Erwachsene, ich hoffe, ihr habt hier so viel Spaß wie wir im Schlafzimmer!«

6.

Bevor sie aufbrachen, überredete Kamelia die Großmutter, ein Video auf ihrem riesigen Fernseher abzuspielen. Auf ihre Bitte hin nahm Toufik die nötige Verkabelung vor, damit der alte Rekorder die VHS-Kassette lesen konnte, die Kamelia gerade erst im Regal gefunden hatte. Toufik war vom Fach, und sein selbst erdachtes System funktionierte entsprechend einwandfrei, sodass die Erwachsenen im Nu vor sich sahen, wie Krim als vielleicht Neunjähriger – dokumentiert durch den eifrigen Großvater – gerade auf dem E-Piano übte, das er zu Weihnachten geschenkt bekommen hatte.

Erst bemerkte er es nicht einmal. Ganz ohne Noten spielte er Griegs *In der Halle des Bergkönigs* und verspielte sich nur ein einziges Mal.

Schlafwandlerisch passte er den Moment ab, in dem die linke Hand aufhört, abwechselnd die beiden Noten des Akkords anzuschlagen, und stattdessen dramatisch in die Tiefe wandert, was für die meisten Klavierschüler kontraintuitiv ist. Im selben Moment, da er mit der Linken wieder stärker anschlug und ein paar Triller hinzufügte, bemerkte er die Kamera seines Großvaters und hob unsicher grinsend die Arme vor die Augen. Darunter konnte man die glänzenden Lippen sehen – und dass dem kleinen Jungen die beiden oberen Schneidezähne fehlten.

»Oh, wie niedlich«, kommentierte Kamelia. »Ein richtiger kleiner Mozart!«

»Er ist immer schon schüchtern gewesen«, fügte Dounia hinzu, während eine ihrer Schwestern, die allerdings eher deshalb gerührt war, weil sie die Stimme ihres eigenen Vaters wiederhörte, blinzelte, um zu verhindern, dass ihr die Tränen kamen.

»Erinnerst du dich noch? Wir haben ihn immer den kleinen Chinesen genannt!«

Und zwar aufgrund seiner flachen Wangenknochen und seiner wie zusammengekniffen wirkenden Augen. Jetzt schob sich der erwachsene Krim rechts neben dem Fernseher ins Blickfeld der Familie. Der Kontrast zwischen dem kleinen Chinesen, der sich über die Klaviatur beugte, und dem problemgebeutelten Jugendlichen mit dem fast kahl rasierten Schädel und der abwärts gebogenen, aggressiv wirkenden Unterlippe war geradezu erschütternd.

Bestimmt hatte Griegs berühmte Melodie – oder eher die falschen Noten – ihn herbeigelockt. Er war gefeiert worden. Kamelia rückte auf die Armlehne ihres Sessels, damit er sich neben sie setzen konnte, doch Krim blieb lieber stehen.

Im nächsten Augenblick überredete der Großvater auf dem Bildschirm mit warmer, sanfter Stimme seinen Enkel, etwas *für* die Kamera zu spielen. Für die Nachwelt. Die Szene spielte sich im Wohnzimmer der Wohnung ab, in der er zur Welt gekommen und aufgewachsen war. Im Hintergrund war die junge Rabia zu sehen, die gerade Fleischbällchen zubereitete, und dann ganz kurz ihr Mann, der *Paris-Turf* las und dabei Luna neckte – Luna zu einer Zeit, in der sie das Wertvollste in Krims Leben gewesen war: Maskottchen und lebendiges Spielzeug, ein kleines, lebhaftes und explosives Geschöpf. Jede ihrer Gesichtsregungen, jeder Wutanfall, der kleinste Überschlag, das winzigste Bäuerchen war damals zu einer großen Meldung in dem vergnüglichen Nachrichtenstrom geworden, der ihre glückliche Kindheit beschrieb.

Während der kleine Krim auf dem Bildschirm umständlich Notenblätter einklemmte, kochte Rabia elf Jahre später Kaffee in der Küche. Ihr Blick verlor sich im Schillern der grünen Keramik, und sie presste die Lippen aufeinander und schüttelte leicht den Kopf, um nicht loszuweinen. Als der Wasserkocher schließlich röhrte, schreckte sie zusammen. Der Dampf, der geräuschvoll aus dem hellgelben Gefäß pfiff, erzeugte in ihr ein unerklärliches Gefühl katastrophalen Versagens.

Die Großmutter trat auf sie zu. »Aber nein, nein, warum machst du denn noch Kaffee? Wir müssen doch gleich los!«

Währenddessen lief Krim ins Badezimmer, um sich selbst nicht dabei zuhören zu müssen, wie er Mozarts *Sonata facile* massakrierte. Er schloss ab und betrachtete sich in dem dreiflügligen Spiegel des Resopalschränkchens, das über dem Waschbecken angebracht war. Die Flügel konnten wie bei einem Altartriptychon ein- und ausgeklappt werden, und er machte sich einen Spaß daraus, die anderen Krims zu mustern: im Profil, im Halbprofil, von schräg hinten, einer hässlicher und lächerlicher als der andere. Trotzdem hatten sie alle über Jahre hinweg heimlich zusammen mit seinem gewöhnlichen Gesicht existiert, das er gerade nicht mehr wiederzuerkennen schien.

Seine Mutter hatte ihm gern mit leicht abwertender Zärtlichkeit erklärt, er habe einen »sehr kleinen BPD«, wie alle Algerier, einen biparietalen, sprich: Scheiteldurchmesser. Das war nur einer dieser medizinischen Fachbegriffe, die sie beiläufig verwendete, als spräche sie über seine Nase, den Fuß oder den Unterarm.

Krim riss den Mund auf, als müsste er brechen, betrachtete seinen kleinen Adamsapfel und das störende Muttermal, das in der Kuhle zwischen den Schlüsselbeinen saß. Er bemühte sich, Haltung anzunehmen und den Blick eines Kerls aufzusetzen, dem man nicht dumm kommt. Doch an seinen breiten Wangenknochen, den flachen Schläfen und Wangen, der fast schon weiblichen Kieferform und der abgerundeten Oberlippe wurde deutlich, dass er noch immer ein Kind war, ein kleiner Araber, von denen es Millionen gab – der aber nicht mal zehn Sekunden lang dem eigenen Blick im Badezimmerspiegel seiner Großmutter standhalten konnte.

7.

»Krim! Komm raus, wir müssen los!«

Einer der Onkel war auf den Imam zu sprechen gekommen, der am Vortag alles für die Eheschließung vorbereitet hatte. Er konnte sich gar nicht mehr beruhigen: »Nein, also, was soll das denn heißen? Hundert Euro, obwohl wir ihm Couscous machen?«

»Kost und Logis«, bestätigte Toufik, ohne genau zu wissen, wovon die Rede war.

»Ganz ruhig, hm«, hielt ihn seine Mutter zur Mäßigung an. »Du hast gar nichts beigetragen …«

»Was ist denn jetzt schon wieder los?«, rief irgendwer auf Kabylisch dazwischen.

»Das Übliche. Wer sind die Gekniffenen? Wir! Was soll man da machen, so ist das Leben.«

»So ist das Leben.«

»Wie sagt man? Gott hat uns mit dem Rücken gemacht. Wie hat sie gesagt, *yeum, sisch?*«

»Ah, Gott hat uns hinter seinem Rücken gemacht, *zarma,* nicht mit dem Herzen. Wir sind eine verfluchte Rasse.«

Auf der Treppe geriet Dounia ein bisschen außer Atem. Sie stützte sich auf den Handlauf und schien über irgendetwas nachzugrübeln.

»Alles in Ordnung, Doune?«, fragte eine ihrer Schwestern besorgt.

»Nein … Ich hab an Zouzou denken müssen. *Wallah,* die bereitet mir wirklich Kopfschmerzen. Weißt du, was Toufik mir erzählt hat? Dass sie vorhin mit ihrer Couscoussière am Festsaal aufgetaucht ist, *die Arme.*«

»Ja, das hab ich auch gehört, *yeum* hatte nicht schlecht Lust, sie umzubringen.«

»Aber wusste sie denn nicht, dass es einen Caterer gibt?«

»Doch, aber, na ja, was willst du machen?«

»Was mir am meisten das Herz bricht, ist, sie zu sehen, sie und Ferhat. *Wallah,* sie wirken älter als *yeuma!* Das letzte Mal, dass ich Zouzou auf dem Friedhof gesehen hab, am Grab von *vev' – ater ramah rebi.* Hocine, der Typ, der sich um den Friedhof kümmert, *néhn,* hat mir erzählt, dass sie jeden Tag kommt. Jeden Tag! Und Ferhat, der Arme …«

»*Miskine* Ferhat, der Arme mit seinem Hut da, mit dieser Pelzmütze … Alle reden auf ihn ein, aber er will sie einfach nicht abnehmen. Die Wahrheit liegt wahrscheinlich im Unglück des Alters …«

Der Wind hatte aufgefrischt und fegte heftig durch die Parkplatzreihen. Zu Beginn des Tages hätte sich niemand vorstellen können, dass es zu regnen beginnen würde, doch aktuell sah es ganz danach aus.

Durch einen glücklichen Zufall landete Krim in Dounias Auto. Während seine Mutter auf dem Beifahrersitz Platz nahm, setzte er sich auf den Rücksitz neben Fouad. Dounia legte eine CD von Matoub Lounès ein. Krim, dem Fouads Anwesenheit erstaunliches Selbstvertrauen verlieh, fragte seine Tante, ob sie nicht zufällig etwas von Aït Menguellet habe.

»Du kennst Aït Menguellet?«

Krim errötete vor stiller Freude, und ganz unwillkürlich verzog sich sein Mund zu einem Lächeln, und in dem Bemühen, seine Lippen wieder unter Kontrolle zu bekommen, trat sein eitler Stolz umso deutlicher zutage. Als Fouad ihm daraufhin über den Schädel rieb, hatte Krim das Gefühl, wieder zum Kind zu werden.

Dounia durchwühlte das Handschuhfach, während Rabia vergeblich versuchte, das Gesicht ihres Sohnes im Rückspiegel zu betrachten.

»Worum geht es in dem Lied denn?«

Aït Menguellet sang a cappella, zumindest fast (beim ersten Stück begleitet von den Arpeggios einer Mandoline). Es handelte sich um die längere Einleitung zu einem Stück namens *Nnekini s warrac n lzayer*. Tante Dounia reckte konzentriert das Kinn in Richtung Autoradio.

»Zeig mal die CD. Also, der Titel bedeutet *Wir, die Kinder Algeriens*, aber … Rab', verstehst du ihn? Ich versteh nur einzelne Wörter.«

»Aber das ist doch Kabylisch, oder?«, wunderte sich Krim.

»Ja, aber in Bougie sprechen wir das Kabylisch der Kleinen Kabylei. Er scheint mir aus der Großen Kabylei zu stammen, mein Lieber. Da musst du die Älteren fragen.«

»Tante Bekhi?«

»Ja, oder einen Onkel.«

»Onkel Ferhat?«

Dounia nickte und fing an, auf dem Lenkrad den Takt mitzuklopfen und den Kopf zu wiegen, wann immer die Mandoline eine Sequenz spielte. Bald darauf stimmten Darbukas mit ein. Bis das Lied richtig losgehen würde, wären zweieinhalb Minuten vergangen, doch Krim hätte am liebsten geweint, so schön war sie, diese Sprache – seine Sprache, in der ein »th« wie im Englischen ausgesprochen wurde und die alles sanft, gleichförmig, gleichberechtigt und edel zu machen schien, wie ein armseliges Stadtviertel, das durch Schnee und Sonnenschein verklärt wird.

»Ah«, rief Dounia plötzlich, »jetzt versteh ich, was er singt! *Zarma,* wir, die Kinder Algeriens, sind die Sieger der Welt, aber auf der Galeere sind wir die Könige des Elends. *Zarma,* Galeerensklaven, *tfam'et?*«

Dass nur ein einziger Buchstabe verschoben werden musste, um aus einem *algérien* einen *galérien* zu machen! Das war sie, dachte Krim, die wahre Rolle seines Volks.

»Aber du musst zugeben«, fuhr Dounia fort, »wenn schon Loser, dann doch wenigstens der König der Loser, *wallah.*«

»Tantchen«, wandte Fouad sich besorgt an Rabia, »hat man dir die Zunge herausgeschnitten? Es ist das erste Mal in deinem Leben, dass du seit über einer Minute schweigst!«

»Ich bin bloß ein bisschen erschöpft«, flunkerte sie. Dann drehte sie sich zu ihrem Neffen um und forderte ihn auf, sich vorzubeugen, damit sie ihm einen Kuss auf die Stirn drücken konnte.

Krim hielt den Blick gesenkt, damit er seiner Mutter nicht in die Augen sehen musste. Fouads Slipper glänzten, und mit einem Mal fiel ihm wieder ein, dass er seinem Cousin ein Gespräch unter vier Augen versprochen hatte. Ihm kam ein schrecklicher Gedanke: Was, wenn Fouad zu den Menschen gehörte, die ständig etwas versprachen, es aber nie hielten? Vielleicht tat er nur so, als würde er sie alle mögen. Schließlich war es sein Beruf, in verschiedene Rollen zu schlüpfen.

Vorsichtig spähte er zu seinem älteren Cousin hinüber, der ein angedeutetes cooles Lächeln aufgesetzt hatte. Sie hatten den obersten Punkt der Anhöhe erreicht und fuhren jetzt wieder hinab in Richtung Montreynaud. Der Festsaal lag am Rand des Stadtviertels. So steil der Anstieg gewesen war, so langsam ging es hügelabwärts – fast wie bei einem trägen Landeanflug. Die Nacht roch nach dem warmen Leder der Autositze, von denen aus Krim und sein Cousin dasselbe vor sich sahen: die Lichter der Stadt, die weit unter ihnen vorbeizogen, rot, gelb, vielfältig, unendlich.

Mit einem Mal regte sich etwas in Fouads Gesicht – als hätte er eine Erleuchtung. Offensichtlich dachte er das Gleiche wie Krim: Auch er mochte die Nacht in der Stadt und ihre Versprechen, die ebenso freudig waren wie das Glück selbst. Ein solches Aufgewühltsein konnte man nicht spielen. Krim konnte gar nicht anders, als seinen Cousin voller Zuneigung leicht gegen das Knie zu stupsen. Und Fouad reagierte sofort: mit einem Lächeln, das bis in die Augen reichte – mit diesem überwältigenden Lächeln der Augen, das die Lider verengte, für winzige Lachfältchen an den Augenwinkeln sorgte und einem versicherte, der Vertraute eines Prinzen zu sein und zu den besten Menschen auf der ganzen Welt zu gehören, den Königen, den Rittern, den Barden und den Propheten.

8.

»Gehen wir jetzt nach unten?« Verärgert schaute Farid auf das Display seines Handys.

Mouloud Benbaraka hob die Hand und warf seinem Handlanger einen vernichtenden Blick zu.

»*Mezèl, mezèl.* Je länger er wartet, desto besser.«

Er teilte den Rest der Flasche Ballantine's, die er von Farès aus dem Kofferraum seines BMW hatte holen lassen, ungleich auf drei Gläser auf. Anschließend bot er den Zwillingen eine Zigarette an, doch Farid hatte das Rauchen gerade aufgegeben, und Farès zog Sport und gutes Essen dem dekadenten Genuss des Nikotins vor.

»He, sieh mich an«, befahl Benbaraka, nachdem er einen einschüchternd großen Schluck Whisky hinuntergestürzt hatte. »Erzähl mir lieber, worum er dich gebeten hat.«

»Wen meinst du?«, fragte Farès.

»Was glaubst du denn? Der Großmufti von Jerusalem.«

Farès blieb stumm. Nazir hatte ihm in den letzten beiden Tagen sicher zwanzigmal eingebläut, dass er mit niemandem über die Mission sprechen durfte, nicht mal mit seinem eigenen Bruder. Doch Benbarakas Intuition und der nicht mal sonderlich eindringliche Blick hatten genügt, und seine Entschlossenheit hatte sich in Luft aufgelöst.

Dann hatte er eine Idee. »Nein, aber, *wallah,* das hat gar nichts mit der Firma zu tun.«

Farid runzelte die Stirn.

»Jetzt antworte schon, verdammt!«

»Nein, aber es ist doch gar nichts – ich soll doch nur eine Karre nach Paris bringen. Das ist alles. Er hat mir gesagt, ich soll 'ne Karre abholen und sie dann halt nach Paris bringen.«

Benbaraka schlug unter dem Tisch die Beine übereinander und stellte dann sofort wieder die Füße nebeneinander ab.

»Und dafür bezahlt er dich? Wie viel zahlt er dir?«

Farès verlor sich in Gedanken. Benbaraka musste mehrmals mit den Fingern vor seiner Nase herumschnippen, doch letztlich war es das erneute Gebrüll ihres Gefangenen, das ihn aus dieser seltsamen Melancholie riss, in die ihn die Frage seines Chefs und vor allem die Antwort darauf gestürzt hatten. Er wusste nicht, wie viel Nazir ihm dafür zahlen würde. Ehrlich gesagt war von Bezahlung nie die Rede gewesen.

Im Stockwerk unter ihnen war Zoran immer noch nicht so weit, die Flucht zu ergreifen. Trotz größter Anstrengung hatte er die Stehlampe nicht wieder aufrichten können. Stattdessen hatte er sich auf den Sekretär hinaufgehievt und kauerte jetzt mit schmerzenden Knien da, um nicht mit dem Kopf gegen die Decke zu stoßen. Die Biberratte rauschte immer noch ohne Unterlass hin und her. An die Finsternis hatte sich Zoran zwar ein wenig gewöhnt, aber immer noch nicht genug, um zu erkennen, wie viel Abstand wirklich zwischen der rettenden Tür und dem Tier lag.

Als die Biberratte gegen einen Fuß des Ausziehbetts polterte, schloss Zoran, dass sie sich am entgegengesetzten Ende des Raums aufhalten musste. Er kletterte vom Sekretär und trat auf einen Schlüssel. Nachdem er ihn aufgelesen hatte, drückte er so leise wie möglich die Tür auf und erstarrte, weil er sich vorstellte, dass seine Kerkerwächter oberhalb der Treppe auf ihn warteten und gleich über ihn herfallen würden.

Doch auf der Treppe war niemand. Von oben hörte er die scheppernde Stimme des Chefs, der Fragen stellte, und einen der Zwillinge, der antwortete. Den anderen hörte er nicht.

Auf Zehenspitzen schlich er auf das rückwärtige Zimmer zu, das die Zwillinge nicht hatten öffnen können. Er steckte den Schlüssel ins Schloss und beglückwünschte sich stumm dazu, dass die Diskussion im oberen Stockwerk weiterging.

Zoran betrat das geheimnisvolle Zimmer und schloss hinter sich ab. Prompt schien es ihm, als hätten sie oben aufgehört zu reden. Er presste das Ohr gegen die Tür und hoffte, auf der Treppe keine Schritte zu hören.

Seine Hände zitterten so sehr, wie sie noch nie zuvor gezittert hatten, als er das Fenster öffnete, das zu einem anarchischen Fleckchen Rasen führte. Er stieg aufs Fensterbrett und spürte die kühle Abendbrise auf seinem tränenverquollenen Gesicht. Statt über den Rasen zu laufen, kletterte er auf das Mäuerchen und fand sich im benachbarten Garten wieder.

Weniger als eine Minute später war er am Ufer des Bachs angelangt und nur noch wenige Schritte von der Straße entfernt. Zwei Autos fuhren an ihm vorüber. Als er sich an die Biberratte erinnerte, begann Zoran erneut zu schluchzen – bis er plötzlich ein Zittern am Ufer wahrnahm und erstarrte. Es war, als hätten der Geruch des Tiers und dessen monströse Präsenz einen albtraumhaften Staub über seine Haut gelegt, den er nie mehr ganz loswerden würde.

Die Baumstümpfe, zwischen denen er hindurchlief, mussten hier schon seit der Schneeschmelze vor sich hin modern. Sie verströmten einen Geruch, den Zoran unwillkürlich mit Gewalt in Verbindung brachte, mit der Härte des Lebens, mit der Natur, sofern sie unerbittlich war, sich nicht um uns scherte, und sofern ein Baby, das man in einem Tragekorb dem Lauf eines Flusses überließ, deutlich größere Chancen darauf hatte, an Felsen zerschmettert zu werden, im eisigen Wasser zu ertrinken oder von Wasserratten verschlungen zu werden, als auf eine Wölfin mit bronzefarbenen Augen zu treffen, die für das Kind Verantwortung übernahm.

Statt zur Straße zu gehen und zu versuchen, dort irgendwen auf sich aufmerksam zu machen, duckte er sich unter der Brücke hindurch und blieb am Ufer des Furan. Er hatte beschlossen, dem Lauf zu folgen – weitab von all den Menschen und den Straßenlaternen –, um seine Verfolger hoffentlich in die Irre zu führen. An der ersten Flussbiegung wurde das Ufer gangbarer. Hier war es von Tannen gesäumt; etwa zweihundert Meter weiter verschwand der Fluss schließlich hinter einem von Büschen bewachsenen Hügel. Zoran kletterte die Böschung hinauf, blieb aber in Deckung.

Sein Blick fiel auf den berühmten Turm von Montreynaud, der in weiter Ferne genau wie in seiner Erinnerung von einer gigantischen Schüssel gekrönt war, aus der sich der blutrote Abendhimmel ergoss.

KAPITEL 6

Das Fest

1.

Als sie den Saal betrat, wurde Slims Familie wie alle anderen geladenen Gäste von der unvermeidlichen Brautmutter empfangen und zu den drei Tischen geführt, die für sie reserviert worden waren. Allerdings gab es da ein Problem: Die drei Tische standen ganz hinten im Saal und weit entfernt von der Bühne.

Kurz entschlossen ergriff die Großmutter die Initiative und wandte sich an die Hausherrin – in akzentfreiem Arabisch, also in deren Sprache: »Warum setzt du uns getrennt von allen anderen hierhin? Immerhin sind wir die Familie des Bräutigams. Warum behandelst du uns wie räudige Hunde?«

Die Brautmutter ließ ihr Geschmeide klimpern, während sie auf die betreffenden Tische gleich vor der Bühne wies. Dort hatte sich bereits eine Gruppe junger Leute im Anzug niedergelassen. Die Musik dort sei zu laut, daher sei entschieden worden, die wesentlichen Beteiligten so weit wie möglich von der Musikanlage entfernt zu platzieren.

Die Großmutter glaubte ihr kein Wort. Sie wollte schon nachlegen, als die Brautmutter ihr mit erhobener Hand Einhalt gebot und dann in ihr Headset-Mikrofon sprach. Sekunden später entschuldigte sie sich mit einem süßlichen Lächeln und eilte davon, um neu eintreffende Gäste zu begrüßen.

Erst nachdem die ganze Familie an den drei länglichen Tischen saß, die sie zuvor aneinandergeschoben hatten, bemerkte Toufik, dass sie sich für den Moment selbst würden bedienen müssen, wenn sie etwas essen oder trinken wollten. Augenblicklich gab er Raouf und Kamelia ein Zeichen, und die drei Cousins eilten zum Büfett, auf dem allerlei Süßigkeiten, alkoholfreie Getränke und maghrebinisches Gebäck auf Silbertabletts angerichtet waren.

Der Festsaal wurde von einem Kuppeldach überwölbt, der die Musik noch verstärkte, die für Onkel Ayoub allerdings auch so schon zu laut gewesen wäre. Sobald man nicht mit ihm sprach, verstopfte er sich eilig die Ohren. Neonlichter und Scheinwerfer in allen erdenklichen Farben erhellten die im Moment noch spärlich bevölkerte Tanzfläche, und eine Discokugel hing über der Bühne. Diese wurde von vier gewaltigen Boxen und einer ausgeklügelten Anlage eingenommen, über die der DJ wachte, mit dem Raouf sich schon früher am Nachmittag unterhalten hatte. Er hatte auch ein Mikrofon auf einem Ständer besorgt, doch bis die Brautmutter sich auf das Podium begab und den DJ darum bat, den Ton leiser zu drehen, war es noch nicht genutzt worden.

»Darf ich um Ihre Aufmerksamkeit bitten?«

Seit die Nerrouches im hinteren Teil Platz genommen hatten, hatte sich der Saal zusehends gefüllt. Unauffällig stieß Toufik Raouf mit dem Ellbogen an und nickte dezent zu Kamelia hinüber, die von einem Schnösel mit Goldkette angeflirtet wurde.

»Oh, Moment … Ich muss kurz weg«, entschuldigte sich der Schnösel plötzlich.

Kamelia antwortete, indem sie die Fingerglieder ihrer linken Hand mit einstudierter, aber wirkungsvoller Lässigkeit beugte.

»Wer ist das?«, fragte Toufik beunruhigt.

»Geht dich nichts an«, entgegnete seine Schwester, doch als sie bemerkte, dass sie ihn damit verletzt hatte, fügte sie hinzu: »Das ist Yacine, der Bruder der Braut. Nicht schlecht, hm?«

Einen Augenblick später verloschen die Lichter. Es war für Dounia und Rabia schon schwer gewesen, sich durch die Menge zu schlängeln, um den Hochzeitszug vorbeikommen zu sehen. Also versuchten sie gar nicht erst, auch noch Platz für ihre aufgebrachten Schwestern zu schaffen. Manch einer stieg auf seinen Stuhl, während andere nicht zögerten, die Ellbogen einzusetzen und ihren Nebenleuten auf die Füße zu trampeln, um sich einen besseren Platz zu erkämpfen.

Dann trugen acht Männer den Doppelthron herein – darunter auch Yacine, der es sich nicht nehmen ließ, Kamelia im Vorbeigehen zuzuzwinkern. Kamelia riss entsetzt die Augen auf – und zwar nicht wegen Yacines etwas ungehobeltem, wenn auch charmantem Wagemut, sondern weil der Thron wie ein Sarg auf Schulterhöhe getragen wurde.

Als Nächstes kam das Hochzeitspaar aus einem angrenzenden Raum, in dem sich Kenza im Lauf des Abends noch ein halbes Dutzend Mal umziehen würde. Slim lächelte verkniffen wie die Queen; er hatte nur die untere Gesichtshälfte unter Kontrolle, die obere war ganz einfach starr vor Angst. Die Braut wirkte etwas entspannter, schien sich in ihrem algerischen Kleid, das so bunt bestickt war, dass man keine Farbe einzeln identifizieren konnte, aber auch nicht wirklich wohlzufühlen.

Im Hintergrund beklagte sich ihre Mutter über den DJ, der ihrer Ansicht nach zu lange brauchte, um die Musik anzuwerfen. Als Boxen, Wände und Onkel Ayoubs Trommelfelle endlich unter dem ersten Lied erzitterten, führte die Zarin des Festes höchstpersönlich die Prozession an, ergriff die zur Gratulation hingestreckten Hände und nahm die *Youyous* entgegen, die ganz allein ihr zu gelten schienen.

Als sie zu Slim emporblickte, wurde ihr regelrecht übel. Der Bräutigam tanzte nicht! Gefechtsbereit stemmte sie sich beinahe auf

Yacines Schultern, um Slims Aufmerksamkeit zu erregen, und als der seine gesamte Körperlänge fast zu ihr herabgefaltet hatte, um zu hören, was sie ihm derart Wichtiges mitzuteilen hatte, schrie sie ihm ins Ohr: »Du musst tanzen! Tanz, Slimane! Beweg dich! Beweg den Kopf und die Hände! Mach schon, los!« Dabei vollführte sie selbst ungelenke Armbewegungen, die all die Metallwaren zum Klimpern brachten, die sie um die Handgelenke trug.

Slim fügte sich, doch das Ergebnis war erbärmlich. Mit halb geschlossenen Augen und verzerrtem Gesicht drehte er den Kopf von rechts nach links und hob dabei die kleinen geballten Fäuste. Er sah aus wie ein Typ, der zum allerersten Mal im Leben den Fuß in einen Club gesetzt hatte – oder vielmehr noch wie ein Mädchen, das zum allerersten Mal im Leben den Fuß in einen Club gesetzt hatte und sich nun dazu verpflichtet fühlte, einen auf verrucht zu machen, indem es weit ausladend mit den Schultern rollte. Irgendwann dämmerte ihm das offenbar selbst, denn schlagartig hörte er auf, mit den Hüften zu kreisen, um eine männlichere und – wie es schien – allgemein akzeptiertere Körpersprache an den Tag zu legen. Er streckte die Hände wie zum Gebet empor und zog die Arme wieder an, als flehte er mit dieser Geste: *Donnez, donnez, do-onnez,* gebt, gebt mir, gebt, gebt, geeebt, vergelte es Gott.

2.

Bald war man der Meinung, dass die Prozession nun lange genug angedauert hatte. Der DJ stellte sich auf die Zehenspitzen, um sich einen Überblick zu verschaffen, und wechselte zu etwas sanfterer Musik, zu einer aktuellen R&B-Nummer, die sofort alle mitriss. Das Manöver, das nun folgte, war zwar am Vortag geprobt worden, deshalb aber nicht weniger gefährlich. Die beiden Throne würden in der Luft auseinandergenommen werden – womöglich um eine kurzzeitige Trennung darzustellen, vielleicht aber auch, um sie heraufzubeschwören. Möglicherweise sollten so auch einfach nur die Besonderheiten der Konstruktion dieses Doppelthrons demonstriert werden.

Vier Männer trugen die Braut zu einem Altar im Stil von Tausendundeiner Nacht, wo ihr Teil des Throns sich nahtlos einfügte. Dann erst gesellte sich der Bräutigam unter den Hochrufen der Gäste wieder zu ihr. Von ihren Sitzen aus hatten sie nun einen geradezu königlichen Zugang zur Tanzfläche. Ein Paravent mit vergoldeten Gittereinlässen verbarg die Eingangstür zum Nebenraum, sodass die Braut sich ohne Schwierigkeiten jederzeit umziehen gehen konnte.

Ein Gong ertönte, und der DJ drehte die Lautstärke herunter. Zehn livrierte Männer hatten sich am Ende eines schmalen Korridors vor der Bühne aufgestellt. Sie hielten silberne Tabletts in den Händen, von denen sie beinahe perfekt synchron die Deckel abnahmen.

Hatte man sie darum gebeten, einen so dramatischen Gesichtsausdruck aufzusetzen? Mit ihren glänzenden Schuhen, den schmalen schwarzen Krawatten und den verschlossenen Mienen erinnerten sie an Draculas Hofstaat, der im nächsten Augenblick die überlangen Eckzähne blecken würde. Doch stattdessen warteten sie nicht sonderlich selbstsicher, bis die Gäste sich im Raum verteilt hatten, bevor sie die Vorspeisen servierten.

Krim war Fouad die ganze Prozession über gefolgt, er hatte sich sogar dazu hinreißen lassen zu klatschen und zu pfeifen, als Slim zu seiner Braut gebracht worden war. Jetzt kehrten sie zu ihren Tischen zurück, und Krim richtete es so ein, dass er sich zwischen Fouad und Kamelia setzen konnte, was Luna nicht entging. Sie quittierte es mit einer hochgezogenen Augenbraue.

»Na, wie man so schön sagt, sie haben keine Kosten und Mühen gescheut«, rief Rabia und sah Zoulikha dabei um Zustimmung heischend an. »Geht es dir gut, Zouzou?« Dann verzog sie den Mund zu einem Lächeln, doch die Verlegenheit war um den ganzen Tisch herum zu spüren.

Die anderen Gäste lachten und applaudierten den Kellnern, sodass diese langsam ihre Ernsthaftigkeit ablegten. Während der eine oder andere sich über die zu laute Musik beschwerte, zogen die Kellner sich zu den Fenstern zurück, die abwechselnd mit dicken gelben und apfelgrünen Gardinenbahnen verhängt worden waren.

Krim drängte sich auf dem Weg zur Toilette an einer Frau im Sari vorbei. Drei Plätze vor ihm in der Schlange erspähte er Raouf, der irgendetwas in sein Telefon schrie, während er sich mit der freien Hand nervös auf den Bauch trommelte. Um jeder weiteren Befragung zu entgehen, ging Krim hinter der schuppenbedeckten Schulter des Typen vor ihm in Deckung, doch Raouf hatte ihn bereits bemerkt und gab seinen Platz in der Schlange auf, um sich zu ihm zu gesellen.

»Gehst du mir jetzt aus dem Weg? Vergiss es übrigens, ich hab schon wen gefunden, hm? Es scheint da irgendeinen Typ zu geben, der das hat, was ich gesucht hab.«

»MDMA?«

»Ja – psst, aber jetzt leise. Und Danke, okay?«

Dann kämpfte er sich mit den Ellbogen wieder zurück an seinen vorherigen Platz in der Schlange.

»Was treibst du denn schon wieder? Hast du nicht langsam genug, immer den Kauz zu spielen?«

Demonstrativ blickte Luna sich um. Sie wollte nicht den Eindruck erwecken, ihm allzu viel Aufmerksamkeit zu schenken.

»Hör mal zu, ich muss dich was fragen.« Krim packte ihren nackten, muskulösen Arm. »Jetzt hör mal auf damit, ich mein es ernst. Es geht um Mama. Sag mir, was du weißt.«

Luna versuchte vergeblich, sich aus dem Griff ihres großen Bruders herauszuwinden.

»Es ist Belkacem, oder?«

Belkacem war der Nachbar, der über ihnen wohnte. Erst im vorigen Monat hatte er freundlicherweise ihre Wohnung neu gestrichen.

»Was soll mit ihm sein?«

»Mama hat was mit ihm, oder?«

Lunas Schultern sackten leicht nach unten, und sie streckte ihm die Zunge raus.

»Sag mal, ist dir das nicht langsam selbst zu blöd? Lass sie doch ihr Leben leben. Was willst du eigentlich?«

Krim sah sie voller Abscheu an, ließ sie los und ballte die Fäuste. Hinter einer Kiste am Fuß der Bühne kauerten einige Kinder. Ein kleines Mädchen in einer rosafarbenen Bluse, offenbar die Anführerin, verteilte Stifte an die anderen, die an diesem Abend wohl ihre Schüler spielen sollten. Als sie sich bückte, um ebenfalls etwas zu zeichnen, bildeten sich vier Grübchen auf ihrer kleinen Faust. Krim hätte heulen können. Er rückte ein Stück in der Warteschlange vor. Flecken und Punkte flimmerten von links nach rechts und wieder zurück durch sein Blickfeld und kündigten eine Migräne an. Es hatte wie so oft ein falscher Gedanke genügt, als schliefe in seinem Hirn ein Panther, der sich neben einem weiß glühenden Feuer zusammengerollt hatte, dem Feuer der Migräne, das von überflüssigen Dezibel genährt wurde.

Er rief sich Bilder ins Gedächtnis, die ihn für die winzige Zeitspanne, die sie ihm vor Augen standen, von dem höllischen Treiben im Festsaal ablenkten. Zuerst sah er einen endlosen, verschneiten Tannenwald, in dem in der Polarnacht heimlich Tausende dickbäuchiger Tiere ermordet wurden. Dann eine Erinnerung an seine Sommerferien im Süden, Aurélies Haut, die sanfte Rundung ihrer noch jungen Brüste, auf denen erste Rötungen zu sehen waren, darüber ein indigofarbener Anhänger in Form eines Delfins. Und dann sah er schließlich, immer noch mit denselben rätselhaften Augen seines Geistes, die Gestalt seiner Mutter, die am Ende einer bewegten Nacht verausgabt auf ihrem

Bett lag. Eine Lichterkette blinkte rhythmisch an der Decke, und mit einem Mal war Krim davon überzeugt, dass dies das Ende wäre und er sich verabschieden müsste.

Diese letzte Vision schilderte er Nazir, der umgehend mit einem Ratschlag reagierte, der eher wie ein Befehl klang: »Lass dich jetzt nicht ablenken.«

3.

Krim schätzte, dass er sein Wasser wohl noch ein bisschen würde halten können, und kehrte zu seinem Tisch zurück. Dort hatte seine Mutter das Gespräch an sich gerissen und stänkerte lebhaft in Richtung der Brautmutter.

»Nein, aber *wallah,* das reicht doch jetzt wirklich! Und diese Musik, die ist zu laut, das muss ihnen doch jemand sagen. Schau dir *khalé* an, den Armen! Er hat sich schon die Ohren zugestopft! Ich schwör dir, diese Leute aus Oran … In Wahrheit ist das ein ganz dreckiger Menschenschlag, die aus Oran!«

Rabia warf ihre üppige Lockenmähne von links nach rechts, sodass ein kleines Muttermal neben der wütenden Ader an ihrem Hals sichtbar wurde.

Krim bemerkte einen Typen am Nebentisch, der gerade einen Song erkannt hatte und auf die Tanzfläche eilte, während er ihm Zeichen gab. Krim tippte sich fragend an die Brust und erwartete irgendeine Reaktion des anderen, doch der fuhr einfach nur damit fort, ihm »Komm, komm!« zuzurufen. Den Worten fügte er die entsprechende Geste hinzu und ruckte mit den Ellbogen, den Handgelenken, dem Hals so leidenschaftlich, als gäbe es kein Morgen. Plötzlich erhob sich Kamelia von ihrem Platz, und Krim dämmerte, dass die Gesten des Typen von Anfang an ihr gegolten hatten.

Inzwischen tanzten vielleicht zehn Personen zu *Sobri Sobri Sobri*. Anscheinend hatte Kamelia gelernt, ihre Brüste nicht allzu sehr in Szene zu setzen, während sie die Hüften schwang, doch für Krim änderte das nichts. Er sah nur noch sie – diese unglaublich großen Brüste. Sie verwandelten ihre Besitzerin – ein Wesen aus Fleisch und Blut mit einer Sozialversicherungsnummer, ganz wie andere Menschen auch – in eine einmalige, unvergleichliche Halbgöttin der Fruchtbarkeit, des Frühlings, der Liebe und all dessen, was die Welt an Schönstem und Schrecklichstem aufzubieten hatte.

Um ein Gespräch im Keim zu ersticken, das er auf kurze Sicht für unheilvoll hielt, trank Fouad eilig sein Glas Limonade aus und mischte sich ein: »Komisch, ich dachte wirklich, der Text ginge: *Cholé, cholé, cholé, les Algériens danger …*«

»Pff«, murrte Rabia, »diese Kameltreibermusik hat doch gar keine Bedeutung …«

»Rabia, *sesseum*«, wies ihre große Schwester sie zurecht.

»Was denn? Das ist doch nicht normal, die ganze Zeit spielen sie nur ihre eigene Musik! Dabei ist der Ehemann Kabyle. Normalerweise heißt das halbe-halbe – zur Hälfte arabische Lieder, zur Hälfte kabylische. Das wär doch nur gerecht!«

»*Wallah,* die wird uns noch in Schwierigkeiten bringen!«

Fouad legte seiner Tante den Arm um die Schultern, bevor sie noch zum Sündenbock des ganzen Tisches erklärt wurde. Dann gab er ihr ein Küsschen auf die Wange und fragte sie, ob sie tanzen wolle.

»Moment, ich bin noch nicht fertig!«

»Du kannst ja später weitermachen.«

Er zerrte sie zur Tanzfläche, auf die jetzt immer mehr Menschen strömten. Fouad parodierte einen Flamenco, während sich neben ihm ein überdrehter Typ mit wilden Vokuhila-Locken bei jedem Takt, der durch einen Trommelschlag akzentuiert wurde, nach vorne warf. Bald fand er sich in der Mitte eines kleinen Kreises wieder, in dem die

Leute klatschten und ihn mit einem rhythmischen »Eh-eh-eh!« anfeuerten. Eine ältere Frau schmetterte ein paar *Youyous*, und mit den ersten Akkorden von Cheb Mamis *Au pays des merveilles* war der Augenblick des Ruhms für den Typen gekommen: *Mon cœur est au pays des merveilles! Mon cœur est au pays des merveilles! La la la la la, ahouma djaou s'habi ou djirana!*

»Na, du wolltest doch ein kabylisches Lied!«, schrie Fouad seiner Tante ins Ohr.

»Ja, nur ist das nicht einmal die Originalversion! Normalerweise heißt es: *E y azwaw* …«

Dann hielt sie inne, damit Fouad sich den tanzenden Typen anschauen konnte. Der Kreis um ihn herum war um weitere fünfzehn Personen angewachsen, die ihn verblüfft ansahen und teils belustigt verfolgten, wie er vor ihren Augen etwas erfand, was Fouad später den »Kopfnuss-Tanz« taufen sollte, denn es sah ganz danach aus, als imitierte er Zidanes berühmte Attacke gegen Materazzi. Seine ganze Person bewegte sich dabei auf dem schmalen Grat zur Lächerlichkeit: sein langes, fröhliches Gesicht, seine großen hervortretenden Augen, die schweißnassen Vokuhila-Löckchen, die Art und Weise, wie er jedes Mal die Hände dramatisch ausstreckte, wenn er die Richtung und das Ziel wechselte, ein bisschen wie beim Tanz des Rabbi Jacob.

»Ha, ha«, lachte Rabia, »der ist unglaublich!«

Sie war dann auch die Erste, die auf die Idee kam, ihn zu imitieren. Ihr schloss sich eine kleine Gruppe von Tänzern an, diverse junge Männer und dann auch Kinder, die sehen wollten, worüber man sich in der Mitte der Tanzfläche so köstlich amüsierte.

Eine etwa vierzigjährige Frau wandte sich an Fouad: »He, dich kenn ich doch aus dem Fernsehen! Bist du nicht der Schauspieler aus dieser Serie da … Verdammt, wie heißt sie noch mal? He, Boubouche, Boubouche, schau mal!«

Boubouche war zugekleistert wie ein gestohlenes Auto, wahrscheinlich um von ihrer krummen Nase und von ihrem Kinn abzulenken, das schier epische Ausmaße hatte.

»Ayouuuu, aber ja doch!«

»Aber ja, das ist er, oder? *L'Homme du match!*«

Im selben Moment näherte sich Slim in Begleitung seiner Frau und umgeben von einer Schar aus Kindern in dreiteiligen grauen Anzügen.

»Oh ja, das ist der große Schauspieler Fouad Nerrouche! Aber vor allem ist er mein Bruder!«, rief er, griff nach dessen Hand und führte dann inmitten der Kinder einen orientalischen Tanz auf.

Es war nicht das erste und sicher auch nicht das letzte Mal, dass Slim eine derart peinliche, überbordende Zuneigung an den Tag legte. Während Fouad lediglich stumm in sich hineinlächelte, kehrte Rabia an ihren Tisch zurück, um sich zu erfrischen. In ihrer Aufregung bemerkte sie nicht einmal den Trübsinn, der die Tanten und Onkel in der Zwischenzeit ergriffen hatte, ganz im Gegensatz zu ihr selbst.

»Doune, komm mit! Gehen wir ein bisschen tanzen!«

Dounia ließ sich von Rabias guter Laune anstecken und band sich einen Schal um die Taille. Ihre Schwestern schnappten sich ihrerseits ein Tuch und banden es sich um, um einen Bauchtanz aufzuführen, ganz wie sie es früher auf den Festen immer getan hatten.

»Krim! Komm! Komm mit tanzen!«

Krim hatte sich auf seinen neuen Platz am Ende des Tisches gefläzt und saß wieder zwischen Zoulikha und Ferhat, deren bemühtes Lächeln sich in eine Grimasse verwandelt hatte. Er fragte seinen Großonkel, ob er *Nous, les enfants d'Algérie* auf seiner Mandoline spielen könne. Der alte Mann strich seinem Großneffen über die Wange. »*Umbrad, umbrad,* mein Sohn.«

Später, später. Ferhat glaubte offenbar, Krim hätte ihn darum gebeten, es jetzt gleich zu spielen.

»Oh, oh, ist da jemand? Erde an Mond? Krim?«

Zornig sah Krim zu seiner Mutter auf.

»Okay, bei dir müssen wir uns nicht die Mühe machen … Loulou, mein Liebling, tanzt du mit uns?«

Luna sprang von ihrem Stuhl auf und gesellte sich für die nächste Viertelstunde zu Kamelia auf die Tanzfläche.

»Wer ist denn diese kleine Prinzessin?«, fragte Yacine und lockerte den Knoten seiner Krawatte. Sein Satinanzug glänzte trotz der Dunkelheit auf der Tanzfläche. Kamelia flüsterte ihm etwas ins Ohr und tanzte dann weiter mit ihrer kleinen Cousine, die wiederum nur Augen für den hübschen Yacine hatte. Er war ungefähr zwanzig Jahre alt, vielleicht sogar ein wenig jünger, hatte leuchtende Augen und ein kantiges Kinn.

»Darf ich mit ihm tanzen?«

»Mit Yacine? Oh, là, là, meine Liebe, aber bitte. Dann hab ich endlich eine Verschnaufpause!«

Luna dachte nicht weiter darüber nach, was ihre Cousine damit andeuten wollte, und tanzte zu Yacine hinüber, der seinerseits der kurvigen Kamelia nachsah.

4.

Nach einer Stunde, die er mit quietschenden Reifen und heulendem Motor auf den friedlichen Straßen des Viertels unterwegs gewesen war, wo seine Firma lag, stieg Mouloud Benbaraka auf die Bremse, parkte halb auf dem Gehweg und rief Farid in seinem Auto an. Ein paar Minuten später war er da. Unverrichteter Dinge stiegen die Zwillinge aus.

»Das ist doch nicht möglich«, regte Benbaraka sich auf. »Er kann doch nicht einfach so im Verkehr verschwunden sein!«

Angesichts der Wut Benbarakas war Farès wie erstarrt. Er schlug die Augen nieder, wackelte verlegen mit den Zehen und versuchte zu erkennen, ob sie sich im Obermaterial seiner Schuhe abzeichneten. Farid wollte schon einen Vorschlag machen, doch Benbaraka schnitt ihm das Wort ab und trat gegen den Reifen seines BMW.

»Ich muss jetzt allmählich zu dieser Hochzeit! Verstehst du das? Also machen wir jetzt Folgendes: Ihr trennt euch und sucht weiter nach ihm. Du bleibst hier in der Gegend und versuchst, sämtliche Wege abzuklappern, bis zur Terrasse und zum Nordkrankenhaus, okay? Und du«, fuhr er an Farès gewandt fort. »Sieh mich an! Du läufst ins Stadtzentrum, zur Place Marengo, wo die Scheißzigeuner ihr Lager aufgeschlagen haben. Dort fragst du überall nach. Scheiße, das kann doch nicht so schwierig sein! Diese Scheißtunte ist doch so sichtbar wie die Nase mitten im Gesicht!«

Mit erhobenem Finger meldete Farès sich zu Wort. »Aber was ist denn mit der Hochzeit? Warum suchen wir ihn nicht direkt dort?«

Mouloud Benbaraka hatte seine geringen Geduldreserven vollends aufgebraucht, doch Farid ging dazwischen.

»Farès, wie kannst du nur so dämlich sein? Wenn es einen Ort gibt, an dem er sich garantiert nicht blicken lässt, dann bei der Hochzeit! Er hat ja wohl verstanden, dass wir ihm Fragen darüber gestellt haben. Da wird er sich doch nicht in die Höhle des Löwen begeben, du hirnloser *arioul!*«

»Wegen der Autos ... Du behältst deins, und du, du nimmst dir den zweiten Kangoo aus der Firma.«

»Und Nazir?«, hakte Farid nach.

Doch statt zu antworten, sprang Mouloud Benbaraka in seinen BMW. Mit quietschenden Reifen fuhr er davon, zündete sich eine Zigarette an und wählte Nazirs Nummer.

Nur Augenblicke später rief der ihn zurück. Ihr Gespräch dauerte knapp zehn Minuten, bis Benbaraka auf dem Parkplatz der Festhalle ankam. Er kochte innerlich vor Wut und hatte nicht einmal den Motor abgestellt, als er schließlich explodierte. »Aber das ist doch Erpressung!«, brüllte er in den Hörer. »Für wen hältst du dich, dass du mir ...«

Ein Satz von Nazir genügte, um ihn zum Schweigen zu bringen.

Als er aufgelegt hatte, prügelte er heftig auf sein Lenkrad ein, ohne die Hupgeräusche auch nur wahrzunehmen, die er hinaus ins Nichts schickte. Ein paar Leute, die auf dem Parkplatz standen und rauchten, drehten sich zu ihm um.

Dann rief Benbaraka Farès an. »Vergiss den Kangoo und die Schwuchtel. Ich hab gerade mit Nazir gesprochen. Fahr nach Hause, ruh dich aus, spring unter die Dusche, und dann tu, was er von dir verlangt hat.«

Er zündete sich noch eine weitere Zigarette an und blieb dann eine Weile reglos hinter dem Steuer seines Wagens sitzen. Leute gingen im Festsaal ein und aus, manche tanzten sogar noch auf dem Parkplatz. Seine Cousine, Kenzas Mutter, hatte inzwischen ein knappes Dutzend Mal auf seinem Handy angerufen. Er überlegte kurz, ob er sich noch eine Krawatte anlegen sollte, entschied sich dann jedoch dafür, einfach den Kragen aufzuknöpfen.

Als er die Tanzfläche erreichte, erkannte man ihn sofort. Er begrüßte all diejenigen, die er begrüßen musste, und fragte sich dann durch zur Familie des Bräutigams. Seine Cousine wies auf ein abgelegenes Eck und ein paar Personen, die sich auf der Tanzfläche tummelten.

»*Zarma,* diese Kabylen«, fügte die Brautmutter abschätzig hinzu.

Trotzdem mischte er sich erst einmal unter die Tanzenden. Er näherte sich einer Frau von etwa vierzig Jahren, die er zwischen zwei Liedern fragte: »Fräulein? Rabia?«

Die Frau schüttelte den Kopf und wies auf eine andere mit großen, dunklen Augen, die sich eine Serviette in den Bund gesteckt hatte, lachte und sich mit der flachen Hand Luft zufächelte.

Kurz sah er sich die Leute in ihrer unmittelbaren Nähe an, schätzte vor allem die Männer ab, die sich möglicherweise zwischen sie stellen würden, trat dann kurz entschlossen auf sie zu und flüsterte ihr ins

Ohr: »Würden Sie mir die Ehre des nächsten Tanzes erweisen, *mein Fräulein?*«

Beim Anblick der Goldkette, die auf Benbarakas Brust prangte, zuckte Rabia zurück, als gehörte das Schmuckstück an den Bug eines Piratenschiffs, von dem er es geraubt hatte. Dann beugte sie sich zu dem Frechling hinüber und schrie: »Omar? Bist du das?«

Mouloud Benbaraka nickte so knapp, dass es genauso gut ein Kopfschütteln hätte sein können. Ohne viel Aufhebens griff er nach Rabias Hand und zog sie ein Stück zur Seite. Rabia lief zwar hinterher, sah sich aber nach Fouad und den anderen um, die in einigen Metern Entfernung weitertanzten. Sie versanken im Halbdunkel, während bunte Lichter weiter Zickzackmuster über die entfesselten Körper und auf die verschwitzten Gesichter malten – außer auf das von Omar. Darauf machte sich ein unerwartetes Raubtiergrinsen breit.

5.

Wieder zurück am Tisch fiel Kamelia auf, dass die Jüngeren verschwunden waren – mit Ausnahme von Rachida, die gerade versuchte, ihre Tochter zum Essen zu bewegen, und Krim, der einen deprimierten Eindruck machte.

»Krim, Krim, Krim! Mein kleiner Krimo, tanzt du gar nicht?«

»Nein, tanzen mag ich nicht so.«

»Oh … Geht's dir denn sonst gut? Du bist ganz rot im Gesicht. Ist dir nicht zu warm?« Doch noch bevor er antworten konnte, wandte sie sich auch schon an Ferhat, der am Rande eines Hitzschlags stand: »Onkel, du musst jetzt aber wirklich deine Mütze abnehmen!«

Vielleicht hörte er sie nicht, vielleicht ignorierte er sie auch absichtlich, jedenfalls reagierte Ferhat nicht, bis es ihn am Ohr juckte. Er nutzte die Gelegenheit, um seine Uschanka geradezurücken, während

Zoulikha, die sich der Tanzfläche zugewandt hatte, höflich in Richtung der Leute lächelte, die sie wegen ihrer entlegenen Position im finstersten Eck gar nicht sehen konnten.

»Also gut, dann bleiben nur noch wir beide«, murmelte Kamelia, die offensichtlich unter derselben Unfähigkeit wie ihre Mutter litt – wie alle Frauen in dieser teuflischen Familie: Sobald irgendjemand anderes anwesend war, konnte sie einfach den Mund nicht halten. »Wer ist denn dieses Mädchen? Du kannst es mir ruhig verraten, weißt du? Wofür hat man sonst ältere Cousinen?«

»Jetzt lass mich mal …«

»Sie heißt also N – und weiter?«

»Nein«, entgegnete Krim genervt, »sie heißt nicht N!«

»Na, wie denn dann?«

Krim brachte nicht die Energie auf, Widerstand zu leisten. Kamelias Brüste waren einfach zu groß, zu rund, zu perfekt. Sie würde es schon nicht merken, wenn er von Zeit zu Zeit einen flüchtigen Blick darauf warf.

»Aurélie. Sie heißt Aurélie.«

»Aurélie«, wiederholte Kamelia genießerisch. »Na gut. Aber ich muss dich gleich warnen: Ich will alles über sie wissen. Alles, alles, alles!«

Sie zog die Beine hoch zu einem Lotussitz, wie es Mädchen bei diesen berühmten Pyjamapartys wahrscheinlich alle machten, wenn sie einander nach und nach ihr Herz ausschütteten und dabei Wassereis lutschten.

»Wo hast du sie denn kennengelernt? Wohnt sie hier in Saint-Étienne?«

»Nein, sie wohnt in Paris. Ich hab sie letzten Sommer kennengelernt, als ich im Süden war.«

»Ach ja? Toll! Und wo?«

»In Bandol.«

»Und seid ihr schon lange zusammen?«

»Ja, ziemlich lang. Es ist inzwischen schon ein bisschen her.«

»Und so eine Fernbeziehung – ist das nicht schwierig? Fernbeziehungen hab ich schon auch gehabt, hm, aber ihr, ihr seid ja noch jung.«

Krim wollte gerade etwas erwidern, als er spürte, dass sein Handy vibrierte.

»Wer ist es? Ist sie das?«, wollte Kamelia mit leuchtenden Augen wissen, und Krim stand auf.

»Ja. Ja, das ist sie. Wart mal kurz.«

»Mach schon, geh nach draußen, um mit ihr zu sprechen, du kleiner Heimlichtuer.«

Zum ersten Mal an diesem Abend ging Krim vor die Tür. Er fragte sich, warum er nicht schon früher daran gedacht hatte. Der Wind wehte mittlerweile ordentlich, und es war auch längst nicht mehr so warm wie noch am Nachmittag, aber wenigstens konnte er hier rauchen und dem peinlichen Schweigen und nervtötenden Gesprächen aus dem Weg gehen.

»Na, wo bist du?«

»In der Gegend«, antwortete der dicke Momo, und er habe etwas für ihn dabei.

»In einer halben Stunde an der Turnhalle. *Sahet,* mein Bruder. Warte mal, nein, nicht an der Turnhalle, ein Stück oberhalb, an dem kleinen Sportplatz. Also dann.«

Augenblicklich machte Krim sich auf in Richtung Turnhalle. Entlang der Straße, die etwas höher lag als der Festsaal sowie zwei Tennisplätze und ein Supermarkt, entdeckte er einen erleuchteten Laden. Er überquerte den Parkplatz und lief dem fließenden Verkehr entgegen bis hinauf zu dem Ladengeschäft – einem Internetcafé, wie er sich inzwischen wieder erinnerte.

Er trat ein, ein Mann mit Bart nahm seine Mütze ab und wies ihm Platz Nummer 2 zu. Sowie er vor dem Rechner Platz genommen hatte, klickte Krim auf Firefox und ging auf Facebook. Er loggte sich über das Konto seiner Schwester ein und schrieb in einem Zug und ohne Rechtschreibfehler folgende Nachricht in das Dialogfeld, auf das Aurélies Profilseite ihn führte:

> Luna: Hallo Aurélie, erinnerst du dich noch an mich? Ich bin's, Krim. Ich schreibe dir über das Facebook-Konto meiner Schwester, weil ich selbst keins habe. Ich gebe dir mal meine Telefonnummer, falls du mich anrufen willst. Heute noch oder morgen, aber bitte nicht später.

Danach schrieb er seine Nummer auf und wartete sieben Minuten – sieben lange Minuten, in denen der Zähler sich weiterdrehte –, bevor er auf »Senden« drückte.

Beim Sportplatz kam er gleichzeitig mit dem dicken Momo an, und der hatte tatsächlich eine Überraschung für ihn: Statt des minderwertigen Shits, den sie in letzter Zeit immer geraucht hatten, hatte er jetzt Gras dabei, richtig gutes Gras. Krim vergrub die Nase in dem kleinen Beutel und atmete den sinnlichen Duft ein.

»Also, mach schon, Léon, zahl für deinen Joint.«

»Hey, Bruder«, entgegnete Krim, dessen Herz sich irgendwie verknotet anfühlte, seit er das Internetcafé verlassen hatte. »Komm, gehen wir ein Stück, ich kenn ein Versteck in den Büschen da drüben.«

6.

Der Brautvater, der nach einem zehnminütigen wilden Tanz mit seiner Tochter schweißüberströmt war, ließ sich auf den Stuhl neben Raouf und Fouad fallen, die sich gerade über das Verhältnis des Präsidentschaftskandidaten zur nationalen Identität stritten. Raouf mochte an Chaouch seinen »ausgeprägten Republikanismus, den er trotzdem nicht wie ein Banner vor sich hergetragen hat«. Außerdem bewunderte er seine Unnachgiebigkeit in Bezug auf den Laizismus, vor allem aber, was er seinen Pragmatismus nannte – ein Wort, auf das er zuverlässig jedes Mal zurückkam, wie eine Katze immer auf die Beine fällt, sobald er in einem Gespräch den Faden verlor.

Aufgrund der lauten Musik hatte das Gespräch sich nicht harmonisch entwickeln können. Nur ab und an hatten die beiden Cousins geschafft, wofür sie sich seit einer halben Stunde abmühten, indem sie sich über näselnde Stimmen und die Dudelsackbegleitung hinweg Satzfetzen zuwarfen, nämlich zum x-ten Mal zu formulieren, was ihnen so sehr am Herzen lag, was sie vereint und in der Einigkeit getrennt hätte, selbst wenn sie sich über die Farbe der Servietten oder Toufiks Fleiß gestritten hätten – diese rätselhafte, irreale Sache, der sie bisweilen die gleiche, wenn nicht sogar eine höhere Priorität zuerkannten als dem Leben selbst: ihrer Meinung.

»Aber du«, sagte Raouf gerade, ohne seinen Cousin anzusehen, »du lebst doch in einer Fantasiewelt, zehntausend Kilometer von der Realität entfernt. Am Anfang dachte ich übrigens, dass es mit Chaouch genauso wäre, dass er der Kandidat der Schickeria wäre, der Kandidat, der den ganzen Intellektuellen erlaubt, sich darauf …« Beinahe hätte er gesagt: »sich einen abzuwichsen«, entschied sich dann aber gerade noch für: »… darauf einen runterzuholen. Glücklicherweise hat er gute Berater und ist auch in ökonomischen Fragen nicht so eine Pfeife wie all die Linken, die ihn unterstützen.«

»Hast du die Debatte mit Sarkozy gesehen?«, fragte Fouad. »Als er gesagt hat: ›Die Demokratie ist nicht dann hergestellt, wenn wir alle gleich, sondern wenn wir alle edelmütig sind‹? Das hast du schon gehört, oder? Du bist ja nicht taub.«

»Ja, na und? Das ist doch nur ein Slogan, ist doch total egal. Das ist genau wie mit dieser Unterstützung durch die Stars und die Intellektuellen, Zidane und Co. Das ist doch nichts als heiße Luft.«

»Ja, das hätte ich bei allen anderen Kandidaten auch gesagt. Aber wenn Chaouch sich vor dem ›ewigen Frankreich‹ fotografieren lässt, mit Kirchtürmen und Windrädern, dann tut's mir echt leid, dann steht daneben nämlich auch: ›Die Zukunft ist jetzt‹, und dann glaube ich das. Die Zukunft ist jetzt. Er sagt nicht: ›Ich hab die Schnauze voll von der Vergangenheit‹, er weiß genau, dass das die eingeborenen Franzosen aufregen würde, also sagt er: ›Was uns vereint, das ist die Zukunft.‹ Wenn du das nur für einen Slogan oder für PR hältst, dann können wir genauso gut aufhören zu diskutieren.«

»Du interessierst dich eben nur für Symbole«, klagte Raouf, »nicht für die Wirklichkeit.«

»Aber das ist es doch genau, was dieses Land ist! Vor allem ist es mal eine Idee. Außerdem muss ich dir widersprechen, Symbole gehören nämlich auch zur Wirklichkeit. Wenn Chaouch die Ehrenlegion abschaffen will, dann ist das zum Beispiel nicht nur ein Symbol, das er da abschafft, sondern der Irrweg an sich!«

Raouf verdrehte die Augen, wie er es immer tat, wenn das Gespräch ein Thema streifte, bei dem es ihm an theoretischen Grundlagen oder an Zahlenmaterial mangelte, um seine Position zu untermauern. Also verlagerte er die Diskussion auf ein Gebiet, auf dem er sich wohler fühlte.

»Mal ganz abgesehen davon«, beharrte er und lockerte seine Krawatte, »sind wir doch gar nicht so weit auseinander. Chaouch ist meiner Meinung nach der Einzige, der den Motor der Integration wieder zum Laufen bringen kann – der erreichen kann, dass Frankreich mehr ist als eine Frage des Sozialsystems und eine Frage von Ausweispapieren.«

»Aber das ist es doch!«, polterte Fouad. »Das ist es doch! Franzose zu sein heißt, einen französischen Personalausweis zu haben und sämtliche Rechte, die damit einhergehen. Punkt! Nationale Identität ist ein Verwaltungsproblem. Ich kann nicht glauben, dass du dich von diesem

Dreck einwickeln lässt! Wenn irgendwer das Krim erklären würde, dann würde er auch aufhören, sich als Exot zu betrachten und seine kleinen, blond gelockten Landsleute anzugreifen!«

»Chaouch«, bekräftigte Raouf mit geschwellter Brust, um ein Aufstoßen zu unterdrücken, »schließt diese Debatte endlich für uns ab. Es ist doch eine Frage des Images, des Castings, wenn du so willst.«

»Nein, will ich nicht.«

»Aber natürlich, Chaouch kommt daher und sagt: ›Ich bin fünfundvierzig Jahre alt, sehe gut aus, war auf der ENA, bin charismatisch und kompetent, ich bin Europaabgeordneter, war Bürgermeister einer Vorstadtgemeinde, ich bin der einzige französische Politiker, der Chinesisch spricht, ich bin in meiner Partei für Wirtschaftsfragen verantwortlich, ich weiß, wovon ich rede, und ich kann meinen Job machen. Und außerdem, meine lieben Freunde, hab ich keine Vorhaut mehr, dafür aber Locken, ich bin also dafür prädestiniert, uns aus dem vermeintlichen Bürgerkrieg hinauszuführen, in den uns mein politischer Gegner und zukünftiger Vorgänger gestürzt hat. Erst dann können wir uns endlich wieder ernsthaften Problemen widmen.‹ Er hält schöne Reden voller Symbolik, aber das tut er nur, um uns vom Symbolischen zu befreien!«

Fouad wollte schon etwas entgegnen, als sich der Brautvater in sein Blickfeld schob, ein alter Mann mit schönen Händen und tiefgründigem Blick.

»Chaouch«, erklärte er und streckte einen Finger in die Höhe, »ist ein großer Mann.«

Die Art und Weise, wie er seine Anmerkung unterstrich, sein Dorfakzent und seine geheimnisvolle Erscheinung ließen die beiden Cousins verstummen.

»Chaouch ist ein großer Mann«, wiederholte er. »Nein, nein, ich sag es euch, hört mir gut zu, ich schwöre auf den Koran, es ist die Wahrheit: Chaouch ist ein großer Mann.«

Dounia rettete sie aus der peinlichen Situation. Sie nickten ernst, um bei dem alten Mann einen guten Eindruck zu hinterlassen, und machten sich auf den Weg nach draußen, um zu rauchen. Fouad hatte Skrupel, ihn einfach so stehen zu lassen. Er drehte sich noch einmal um und lächelte dem Alten freundlich zu. Dieser hob weiterhin den Finger und bekräftigte, was er zuvor gesagt hatte, mit einem langsamen Nicken wie ein Unglücksprophet.

7.

»Scheiße auch«, kommentierte Raouf, als sie auf dem Parkplatz angekommen waren. »Wenn ich diesem Typen zuhöre, weiß ich immer wieder, warum es kein Wunder ist, dass wir am Ende der Nahrungskette rumkrebsen.«

»Na, ihr jungen Leute?«, mischte sich Rabia ein und legte die Arme um die Schultern ihrer Neffen. Sie war Omar erst entkommen, als er zur Toilette gegangen war. »Ich hoffe, ihr entwerft die Welt neu? Worüber sprecht ihr?«

»Ach, über alles und nichts«, erwiderte Raouf und zog an seiner Zigarette.

»Wir sprechen über nationale Identität«, stellte Fouad richtig und gab seiner Mutter Dounia, die sich gerade ebenfalls zu ihnen gesellte, einen Kuss.

»Ah, nationale Identität …«

Rabia wirkte leicht beschwipst. Seit einem Abend im vergangenen Monat mit französischen Freundinnen hatte sie keinen Tropfen Alkohol mehr angerührt, aber das Tanzen, die Musik und der Trubel hatten ihr die Röte ins Gesicht getrieben, und jetzt hatte sie Lust, sich in eine hitzige Diskussion mit interessanten, wohlwollenden jungen Leuten einzumischen, bei der sie am Ende mehr gesagt haben würde, als sie am Anfang geplant hatte. Nicht unzufrieden, sich wieder unter vertrauten Gesichtern zu befinden, mischte sie die Lage ein wenig auf.

»Ihr seid ja eine andere Generation, ihr werdet euren Weg schon machen. Für uns ist es aber vorbei.«

Alle protestierten, bis auf Fouad, der sie mit einem zärtlichen Blick bedachte, in dem allerdings auch ungeheuchelte Ernsthaftigkeit lag.

»Wir sitzen doch zwischen allen Stühlen. Wir sind weder drüben daheim noch hier. Nur – wo sind wir es dann?«

»Oh, Tantchen, jetzt übertreibst du aber«, murmelte Raouf, ohne sie anzusehen.

»Wo übertreibe ich denn? Ihr habt das nicht erlebt, aber uns hat man in den Siebzigern – den *Siebzigern* – noch dazu aufgefordert, im Bus aufzustehen, um den Franzosen unseren Platz zu überlassen!«

»Du hast doch zu oft *Malcolm X* gesehen«, spottete Raouf.

Verärgert zog Rabia die Augenbrauen kraus und hob beide Hände, um zu widersprechen. »Ich habe zu oft *Malcolm X* gesehen? *Ich* habe zu oft *Malcolm X* gesehen? Aber das ist doch genau das Gleiche, mein Kleiner! Was, glaubst du, haben diese ganzen kleinen Araber in der Schule gemacht? Die mittlere Reife! Hm? Aber das hast du wohl auch nicht erlebt. Ich habe zu oft *Malcolm X* gesehen, jetzt aber mal ehrlich … Deine Mutter«, rief sie und zeigte auf Fouad, »beim Leben deiner Großmutter schwöre ich dir, Dounia war besser in der Schule als all diese Französinnen. Ich weiß es noch genau, die Lehrer sind zu ihr gekommen, sie hatte 17, 18, 19 von 20 Punkten. In Französisch, in Mathe, überall! Und was, glaubst du, ist dann passiert? Wie alle – na ja, wie alle Araber – ist sie aufs Eugène Sue gekommen, um die mittlere Reife zu machen. Zur mittleren Reife, *rhla … Zarma,* du lernst einen Beruf, um deinen Eltern zu helfen – aber natürlich keinen Beruf wie zum Beispiel Doktor oder Professor oder Rechtsanwalt …«

»Ja, aber das hat sich doch geändert«, versuchte Raouf, sie wieder zu beruhigen. »Heute bekommen doch fast alle das Abitur.«

»Und dann guck dir Chaouch an«, mischte sich Fouad ein. »Zum ersten Mal können sich die Kinder aus den Vorstädten sagen: Es ist möglich. Ein Typ, der aussieht wie ich, kann französischer Präsident werden. Präsident der Franzosen – *aller* Franzosen. Gut, vielleicht denk ich da zu idealistisch, aber …«

Aber auch Rabia musste einräumen, dass Chaouch die Verhältnisse wahrscheinlich verändern würde. Dann gesellte sich auch noch die jüngste Schwester, Rachida, zu der kleinen Gruppe, um dort Zwietracht zu säen. »Jetzt macht aber mal halblang mit Chaouch. Chaouch hier, Chaouch da. Aber *wallah,* was ändert das schon? Er ist doch auch nur ein Politiker. Er wird gewählt und Schluss, die Armen bleiben weiter arm, und die Reichen bereichern sich weiter. Ich schwör's euch – ihr redet alle so, dass man glatt meinen könnte, Chaouch wäre Gott. *Wallah,* ihr tut mir leid. Ganz ehrlich, ihr tut mir einfach alle leid.«

»Gehst du denn morgen wählen, Tante?«, erkundigte sich Fouad.

»Wer, ich? Im Leben nicht!«

»Ich gehe jedenfalls«, verkündete Rabia und zog ihren Wahlschein hervor, den zweiten in ihrem Leben. Der erste war vor Mitterrands Wiederwahl gekommen; diesmal hatte sie im ersten Wahlgang für Chaouch gestimmt.

»Und du, Dounia?«, fragte Rabia.

»Mein Wahlschein? Steckt in meiner Handtasche.«

»Ach, das ist doch herzerwärmend«, kommentierte Fouad.

»Jedenfalls müsst ihr aufhören, euch was vorzumachen«, meldete sich Rachida wieder zu Wort. Ihr Mund fühlte sich pelzig an, als hätte sie gerade Medikamente geschluckt. »Selbst wenn er gewählt wird, wird er ermordet, hört also schon auf …«

»Red doch nicht so einen Quatsch«, brauste Fouad auf.

»Ach? Guck dir doch nur den Chef seiner Leibwache an, der die Biege gemacht hat, weil Chaouch, *zarma,* einfach nicht genügend

Wachen um sich haben wollte. Beim Leben der Großmutter, sie bringen ihn um. Was glaubst du denn? Dass sich die Franzosen hinstellen und sagen, na gut, also dann haben wir halt einen arabischen Präsidenten? Okay, warum auch nicht? Hör endlich auf zu träumen …«

»Warte mal«, entgegnete Fouad, »er hat immerhin einen guten Grund, nicht ständig von einer Armee umstellt sein zu wollen. Er hat es doch selber gesagt, er will nah bei den Menschen sein, nah bei der Masse. Chaouch setzt auf Vertrauen, statt mit Ängsten zu spielen. Und das ist auch schon alles, er verhält sich einfach folgerichtig.«

»Wir werden schon noch sehen, wie folgerichtig er sich verhält, wenn die Typen vom FN ihm eine Bombe unters Auto schieben.«

Rabia warf ihrer kleinen Schwester einen bösen Blick zu und begab sich bereitwillig auf den Kriegspfad, auf dem sie schon Erfahrung hatte. »Unsinn, und selbst wenn – wie lange hat es denn gedauert, bis so was überhaupt möglich geworden ist? Und selbst jetzt – woher wollt ihr denn wissen, dass er überhaupt gewählt wird? Ihr wisst es nicht, ihr seid einfach zu jung, eure Generation hat von der Arbeit von SOS Racisme, von Coluche, von all dem nur profitiert! Ihr habt Malik Oussekine nicht mehr kennengelernt, die Rassenunruhen … Fragt mal eure Onkel, wie es früher war. Nein, ganz ehrlich, da ist nichts zu machen, im tiefsten Innern sind die Franzosen allesamt Rassisten. *Bleu blanc rouge,* das sagen sie, blau, weiß, rot, wenn sie jemanden einstellen wollen, ich schwör's euch, ich hab eine Freundin, die ist in der Immobilienbranche, die hat es mir erzählt – Sylvie, eine waschechte Französin, okay, und die hat mir letztes Mal gesagt: *Bleu blanc rouge*. Nein, so ist es einfach, sie sind hier daheim, es ist ihr Zuhause, sie dulden uns, aber wir sind eben nur Gäste. *Wallah,* wir sind Gäste!«

»Jetzt redest du schon wie Putéoli«, tadelte Fouad sie sanft. Er hatte auf den Betreiber von Avernus.fr angespielt, die den größten Zulauf während des Wahlkampfs verzeichnet hatte, als sie sämtlichen großen rechtslastigen Autoren des Landes eine Plattform bot. »Nein, ganz ehrlich, stimmt doch. Zu glauben, dass wir uns immer noch in der Kolonialzeit befinden – und zu glauben, dass *wir* es sind, die Frankreich kolonisieren!«

»Die Haare!«, rief Rabia und griff wie zum Beweis nach einer ihrer Locken.

»Richtig«, murmelte Fouad, als wüsste er, wovon sie redete.

»Als wir klein waren, ist uns immer gesagt worden, wir dürften keine lockigen Haare mehr haben, das wären verlauste Haare. Im Fernsehen gab es nicht eine Ansagerin mit Locken – sie hatten damals alle glatte Haare. Die erste war Mireille Dumas, *wallah,* Mireille Dumas ist die erste, die sich getraut hat, Locken zu tragen!«

Dounia, die sich für solche Debatten weniger interessierte als ihre Schwester, konnte bei diesem letzten Satz ein Lachen nicht länger zurückhalten. Dafür drückte Fouad ihr einen Kuss auf die Stirn.

8.

Rabia nahm einen Anruf auf ihrem Handy entgegen und hob zu einem leidenschaftlichen Monolog an, in dem es um den Schmuck einer Frau aus dem Viertel ging, die gerade verstorben war, um die Vorliebe dieser bescheuerten Araber für Gold und um die Habgier der jüngsten Tochter der Toten, die wie in einem Comic von Walt Disney Ringe und Ketten in den Augen hatte. Doch sowie sie aufgelegt hatte, lenkte Rabia das Gespräch lebhaft auf den Großvater. Sie beklagte sich oft darüber, dass sie nicht genug von ihm sprachen, und rief dafür ihren Neffen Raouf in den Zeugenstand. Immerhin hatte der den gleichen drahtigen Körperbau und auch einen guten Kern.

»Weißt du, wie wir ihn früher genannt haben? Alain Prost! Weil er sooo schnell fuhr! Ah, *vava l'aziz,* wie schnell der gefahren ist …«

»Ja, und außerdem nicht sehr gut«, fügte Dounia hinzu.

»Wie? Er soll nicht sehr gut Auto gefahren sein? Er war eine absolute Niete, willst du wohl sagen! Wie viele Unfälle hat er noch mal gebaut? Zehn, zwanzig?«

»Ach was, zwei waren es. He, du übertreibst wie eine *marseillaise!*«

»Marseillise«, äffte Rabia sie mit kabylischem Akzent nach – warum, wollten die anderen nicht recht begreifen.

»Ach, ich mach doch nur Spaß. Es ist wegen *khalé*. Ich muss immer so lachen, wenn er redet. Wenn er am Telefon ist: *Allu? Allu?*«

Spontan verzog Fouad das Gesicht zu einer spektakulär guten Grimasse und imitierte den Onkel mit demselben Akzent: »Was soll das heißen? Hä? Antworte! Was soll das heißen, Idder?«

Rabia hielt sich den Bauch vor Lachen, um ihre Blase daran zu hindern, Unfug zu machen.

»He, Moment mal«, rief Dounia plötzlich. »Irgendwas ist da bei der Braut los.«

Alle drehten sich um. Erstmals seit über einer Stunde war die Musik verstummt, und die Menge drängte sich um den Thron.

»Ach, das muss die Henna-Bemalung sein«, vermutete Rabia und wandte sich an ihre Schwester: »Weißt du, dass ihre Mutter gar keine Algerierin ist, *zerné?* Sie ist Marokkanerin!«

»Sag bloß, *wallah* …«

»Ich schwöre es bei Krim, er soll sofort tot umfallen, wenn ich lüge! Sie ist Marokkanerin, nur ihr Vater ist aus Algerien, aus Oran. Ich hab ihn übrigens gesehen – der Arme, hat der mir leidgetan! Aber sie ist Marokkanerin. Das erklärt alles.«

Dounia und Rabia verschwanden im Festsaal, um sich die Henna-Zeremonie anzusehen. Eine Frau trug Ornamente auf beide Handrücken der Braut auf und schob deren Hände danach mehrfach in einen riesigen roten Handschuh. Fast umgehend kehrten die zwei unzertrennlichen Schwestern wieder: Es hatten ihnen einfach zu viele Leute die Sicht versperrt.

Deshalb erfuhren sie auch nicht, dass es sich bei dem, was drinnen vor sich ging, um etwas ganz anderes handelte. Der DJ hatte die Musik ausgeschaltet, und über der verschwitzten Menge gingen die Neonröhren an. Inzwischen hatten die meisten Männer ihre Jacketts abgelegt und die oberen Knöpfe ihrer Hemden geöffnet. Die Brautmutter trat auf die Bühne, verlas laut die Liste aller Schecks, die von den Gästen ausgestellt worden waren, und blickte dabei immer wieder gerührt zum Thron ihrer Tochter.

»Familie Boudaoud, 200 Euro. Familie Zarkaoui, 300 Euro. Familie Saraoui, 200 Euro.«

Die ersten drei Familien hatten keine Chance – anders als die folgenden, die durch Applaus und Jubelrufe gefeiert wurden, und zwar so sehr, dass man nicht mal mehr den Betrag vernahm, der auf ihren Schecks gestanden hatte.

Slim erstickte derweil in seinem Anzug mit der viel zu dicken Weste. Er lächelte wie jemand, der dazu verurteilt worden war zu lächeln, während man ihm die Fußsohlen versengte: mit halb offenem Mund und starren Mundwinkeln, ohne die geringste Regung seiner Wangen.

»Geht's dir gut, Liebling?«, raunte Kenza ihm zu.

»Ja, ja, ich ersticke nur gleich, das ist alles.«

Eine Rückkopplung gellte durch den Saal, und Kenzas Mutter hielt das Mikrofon wieder ein Stück von sich weg. »Familie Naceri, 150 Euro. Und zu guter Letzt Familie Benbaraka, *1500 Euro!*«

»Bravo! Bravo!«

Missbilligend schüttelte Kenza den Kopf, und Slim nahm ihre Hand.

»Kenza, ich glaube, wir müssen über etwas reden«, sagte er und setzte dabei dreimal neu an, weil er zwischendurch schlucken musste. »Es gibt da was, etwas, was ich dir …«

Doch der Satz erstarb ihm in der Kehle. Sein Haar klebte schweißnass an den Schläfen, und die Panik hinderte ihn daran, seine Gedanken zu ordnen. Ganz hinten im Saal, ein ganzes Stück abseits der geladenen Gäste, die inzwischen wieder angefangen hatten zu tanzen, stand Zoran reglos in seinem ebenso auffälligen wie schmutzigen Aufzug in einem Flecken vielfarbigen Lichts und nahm Slim ins Visier.

SONNTAG

KAPITEL 7

Wir, die Kinder Algeriens

1.

Nachdem er sich ausgiebig hatte beklatschen lassen, setzte Mouloud Benbaraka sich in Bewegung und schüttelte am Büfett erst einmal unzählige Hände wie ein Präsident beim Bad in der Menge. Er trug ohne Zweifel den teuersten Anzug der ganzen Abendgesellschaft. Sein Hemd war fast bis zum Bauchnabel aufgeknöpft und gab den Blick auf eine riesige Hand der Fatima frei, die am Ende einer Kette, deren Glieder mit dem goldenen Eckzahn ihres Eigentümers um die Wette strahlten, an seinem ungläubigen Oberkörper in einem ergrauenden Pelz verschwand.

Er vollzog in der Menge ein ebenso präzises wie rätselhaftes Ritual. Sobald er drei Hände geschüttelt hatte, verdiente die vierte, urplötzlich und herzlich auch von seiner anderen Hand ergriffen zu werden. Als er das Büfett fast erreicht hatte, packte diese zweite Hand Toufik sogar im Nacken. Toufik erging sich in Dankbarkeitsbezeugungen und errötete.

»Aber wofür bedankst du dich denn bei ihm? *Saha rebi saha*«, empörte sich eine seiner Tanten.

Toufik seufzte und füllte sich die Taschen mit eingewickelten Süßigkeiten, während die Tante sich zurück zu ihrem abseits gelegenen

Tisch schlängelte, wo ihr Mann immer noch den Kopf bewegte, weil er nicht bemerkt zu haben schien, dass die Musik bereits Minuten zuvor abgedreht worden war.

Rabia sprang von hinten auf sie zu und hielt ihr die Augen zu. »Wer bin ich?«

Doch ihre Schwester war dazu nicht in der Stimmung. »Hör auf, dich zu benehmen, als wärst du noch ein kleines Kind!«

Schmollend wandte Rabia sich zu Luna um. Sie saß an einem Tisch zusammen mit einem jungen Mann, der unübersehbar mit ihr flirtete. Rabia hielt ein wenig Abstand und versuchte, in der Haltung ihrer Tochter die Jugendliche wiederzuerkennen, die sie selbst vor zwanzig Jahren gewesen war. Rein äußerlich waren sie sich nicht sonderlich ähnlich: Luna war dafür einfach zu athletisch gebaut. Doch Mutter und Tochter teilten die gleiche unleugbare Lebensfreude.

Während Luna an einem Eisbecher löffelte, sah Yacine sie süffisant an – die Faust am Kiefer, die rechte Augenbraue hochgezogen. Als Luna daraufhin begann, geräuschvoll die letzten Tropfen Eis mithilfe eines rosa Strohhalms aufzusaugen, überkam Rabia schlagartig ein schlechtes Gefühl, ein Gefühl von Unsicherheit und drohendem Skandal.

»Na, na, weichst du mir etwa aus?«

»Omar …«

Er war hinter ihr stehen geblieben. Hektisch sah Rabia sich nach Dounia um, die ihrerseits gerade wieder vom Parkplatz hereingekommen war, doch ihre Schwester bemerkte sie nicht.

»Nein, nein, gar nicht«, entgegnete Rabia mit piepsiger, fast kindlicher Stimme.

Im nächsten Augenblick tauchte die Brautmutter bei ihnen auf.

»Geht es dir gut, Mouloud? Ist alles in Ordnung?«

Rabia runzelte die Stirn.

Die Brautmutter würdigte sie keines Blickes und machte sich wieder in Richtung des Throns davon.

»Warum nennt sie dich denn Mouloud?«

Auch wenn die Stimme und die rätselhafte Jugendlichkeit dieser Vierzigjährigen ihn reizten, hatte Benbaraka keine Lust mehr auf dieses kleine Spiel.

»Ich sag dir jetzt die Wahrheit, Rabia. Ich heiße gar nicht Omar.«

Erneut versuchte Rabia, Dounias Aufmerksamkeit zu erregen, als Mouloud Benbaraka ihr nacktes Handgelenk umfasste.

»Was machst du denn da?«, protestierte Rabia verärgert. »Lass mich sofort los.«

»Komm schon – scheiße noch mal, wir können uns doch wohl miteinander unterhalten, oder nicht?«

»Ja, ja, schon kapiert, das wird mir eine Lehre sein, ins Internet zu gehen und mich wie eine Teenagerin aufzuführen.«

Rabia befreite sich aus der Umklammerung und lief zu ihrer Schwester, während Mouloud Benbaraka kaum merklich den Kopf schüttelte und dann eine Nachricht an Nazir schrieb, um ihn von der Lage in Kenntnis zu setzen.

Dounia hörte gerade zu, wie ihr Neffe Raouf vor seinen Cousins herumprahlte.

»Na sicher, ich hab Chaouch gesehen, sogar schon mehrmals. In einer Besprechung. Und bei einer Diskussionsveranstaltung in Grogny, der Vorstadtgemeinde, aus der er kommt, weißt du, aber so was ist doch ganz normal. Als junger Unternehmer muss man gewisse hochgestellte Persönlichkeiten kennenlernen.«

Zum Zeichen der Bewunderung zog Toufik seine Monobraue empor.

»Aber hast du auch mit ihm gesprochen?«, fragte Dounia, um Raouf ein bisschen zu piesacken.

»Natürlich!«, antwortete ihr Neffe, bevor er innehielt, um einen Blick auf sein Handydisplay zu werfen. »Ich hab ihm auch schon mal die Hand geschüttelt und so weiter. Warte, ich kann dir Fotos davon zeigen. Schau, das hier hat Chaouchs Leibwächter aufgenommen. Und das hier, siehst du? Nein, nein, das ist schon ein guter Typ. Außerdem total zugänglich. Ganz ehrlich, er wird ein toller Präsident.«

Fast schon eingeschüchtert, weil sein Cousin tatsächlich mit dem wichtigsten Mann des Landes auf einem Bild zu sehen war, fiel Toufik nichts weiter ein als: »Haben die Leibwächter denn nichts anderes zu tun, als Fotos zu machen?«

Als Rabia in ihrem Blickfeld auftauchte, sah Dounia ihr an, dass sie etwas auf dem Herzen hatte. Mit einer beschwingten Geste rief sie in die Runde: »Was für ein Angeber, dieser Raouf! Hört gar nicht mehr auf zu erzählen, wie er Chaouch getroffen hat und wie er seine Restaurants in London führt, bla, bla, bla. Ich hab fast Lust, ihm mal zu stecken, mit wem Fouad zusammen ist … Aber gut, ich halte mich zurück. Wie die Großmutter so schön sagt, sich selbst zu loben lockt nur Neider an … Geht's dir gut, Rab'? Was ist passiert?«

Doch Rabia wollte ihrer gut gelaunten Schwester im Moment lieber nicht von der Enttäuschung mit Omar alias Mouloud berichten. Sie kam sich grotesk lächerlich vor, weil sie im Internet den Avancen eines dermaßen ekelhaften Typen nachgegeben hatte. Wie hatte sie die unvermeidliche Desillusionierung nicht kommen sehen?

Dounia begriff natürlich sofort, dass ihre Schwester ihr etwas verheimlichte. Sie musste keinen großen Scharfsinn aufwenden, um zu verstehen, dass mit ihrer virtuellen Liebschaft etwas schiefgegangen war. Sie nahm Rabia am Arm und schob sie wieder in Richtung Tanzfläche, auch um auf die Prahlerei ihres Neffen Raouf nicht noch mehr erwidern zu müssen.

2.

Weitab vom Lärm und dem Trubel des Fests lag Krim in seinem Bau und zögerte, den dicken Momo um einen letzten Gefallen zu bitten. Dieser hatte nun schon seit zehn Zügen den Joint, und als er ihn schließlich weitergab und genüsslich den letzten Rauch ausatmete, bemerkte es Krim nicht einmal, so gefesselt war er von dem mausgrauen Strom der Abendwolken, die er am Himmel beinahe vor sich hinmurmeln hörte.

»Willst du jetzt den Rest vom Joint, oder was?«

»Das ist trotzdem komisch, *zarma*.«

»Was denn?«

»Sie sagen ständig *zarma*. *Zarma*, das ist mal eine richtige Hochzeit, *zarma*, wir gehen an den Strand, *zarma*, du machst einen auf James Bond. *Zarma* – sie sagen alle *zarma*. Darf ich dich um einen Gefallen bitten?«, fügte Krim unvermittelt hinzu, als wäre er gerade aufgewacht.

»Schieß los. Aber wenn es was mit Djamel zu tun hat, dann sag ich dir, *wallah*, dann geht mich das nichts an.«

»Nein, nein, darum geht's nicht ... Es ... Könntest du mir 'nen Shot geben?«

Der dicke Momo sah ihn mit großen Augen an und musste sich beherrschen, um nicht laut loszulachen.

»Einen Shot, sag mal, spinnst du? Wir sind doch keine Kinder mehr!«

»Ach komm, einen einzigen ...«

Der dicke Momo lachte schließlich doch hustend los, war aber nicht high genug, als dass er nicht bemerkt hätte, dass Krim es ebenso wenig war. Er steckte sich den Joint mit dem brennenden Ende voran in den Mund und legte die Hände an die Mundwinkel, um den Rauch in Krims Mund zu blasen. Fast hätte man denken können, er wollte ihn küssen.

»Also, das war's. Bist du zufrieden?«

Der dicke Momo stand auf und sah sich um. Zu seinen Füßen hing Krim seinen Gedanken nach.

»He, Kumpel, geht's dir gut, oder was ist los?«

»Ich sollte das nicht machen«, seufzte Krim, schien aber mit sich selbst zu reden. »Das ist nicht gut für die Reflexe.«

»Die Reflexe? Wovon redest du?«

Krim kam auf die Beine und umarmte den dicken Momo, der zwar nicht wusste, wie ihm geschah, es aber über sich ergehen ließ.

»Es geht um diese Frauengeschichte, oder? Dieses Mädel aus dem Süden?«

Momos geweitete Augen blickten wie festgenagelt geradeaus. Krim stellte sich vor, wie sich der Rest des Körpers um diese Augen herum hin- und herverschob wie bei einem Südseetanz.

»*Wesh,* ich glaub, mit ihr ist es vorbei.«

»Warum denn das?«, hakte der dicke Momo nach. Endlich schien er das einzige Thema geknackt zu haben, das zwischen ihnen tabu gewesen war. »Ihr seid doch zusammen gewesen, oder etwa nicht?«

»Ja, ja«, log Krim, »aber es gibt da noch 'nen anderen Typen, so 'nen lächerlichen kleinen Schnösel. Tristan. Sie leben in derselben Welt, verstehst du? Sie lebt in Paris, verstehst du?«

Krim verstummte, wie nur er es konnte: Sein ganzer Körper stand still, und auf einen Schlag war jeder Glanz aus seinen Augen verschwunden.

»Okay, na dann«, gab der dicke Momo zögerlich zurück. »Bis morgen. Und mach keinen Scheiß, ja?«

»Gehst du wählen?«, fragte ihn Krim noch.

»Wählen? Wozu?«

Statt zu antworten, hob Krim ein letztes Mal die Hand zum Gruß und sah dem dicken Momo nach, wie er davonging: mit leicht hängenden Schultern, die Hände in den Taschen, und immer wieder warf er wie ein Spion einen Blick nach rechts und links, als wollte er sich versichern, dass ihm niemand folgte. Der dicke Momo bewegte sich in seiner eigenen Blase und würde das auch bis an sein Lebensende tun, doch Krim wusste es zu schätzen, dass er nicht versuchte, irgendjemand anderen mit sich darin einzuschließen.

3.

Als sein bester Freund aus seinem Blickfeld und aus seinen Gedanken verschwunden war, schob Krim ein paar Grassoden zurecht, streckte sich wieder auf dem von kleinen Zweigen bedeckten Boden aus und erinnerte sich an den Tag im letzten Sommer, an dem er zusammen mit Aurélie eine Bootsfahrt von Bandol zu den Calanques von Cassis unternommen hatte.

Sie waren den ganzen Vormittag über entlang der Mole spazieren gegangen, ohne Zeitplan oder irgendwelche Verpflichtungen und auch ohne viel zu reden. Sie hatte Stuyvesant Lights geraucht, die sie nach drei oder vier Zügen an den Palmenstämmen ausdrückte, und irgendwann hatte sie die Idee gehabt, aufs Meer hinauszufahren. Sie hatten ein Suzuki-Motorboot gemietet, das ihnen der Typ, der für die Vermietung zuständig war und der wohl auch ein Auge auf Aurélie geworfen hatte, zum Hauptsteg brachte, ohne sie nach ihrem Führerschein zu fragen.

Die Sonne stand hoch am wolkenlosen Himmel, das Meer lag spiegelblank vor ihnen, und Aurélie schien entzückt zu sein. Krim hörte sich die Anweisungen des jungen Seewolfs aufmerksam an, der es mit seinem südfranzösischen Akzent für die Touristen absichtlich übertrieb. Im Heck strich Aurélie bewundernd mit der Fingerspitze über den aerodynamisch geformten Motor.

»Wenn ihr liegen bleibt, schaut da nach … In neunzig Prozent der Fälle hat sich eine Plastiktüte in der Schraube verfangen.«

Das Boot war weiß und hatte sechs Plätze. Ein kleineres gab es nicht. Nachdem sie die acht blauen Fender ins Innere geräumt hatten, konnten sie losfahren. Krim steuerte das Boot geschickt ins Wasser jenseits der Mole, legte dann einen höheren Gang ein und richtete den Bug auf La Ciotat aus. Das Schnurren des Motors war ihm nicht unangenehm. Aurélie sagte nichts, schien sich aber wohlzufühlen.

Das Meer war »ölig«, wie es der Junge aus dem Bootsverleih sicher zwanzigmal genannt hatte. Es ging nicht das leiseste Lüftchen, und während sie sich von der blaugrünen Küste entfernten, war der Horizont wie von einem geraden, dunstigen Halo umgeben, der violett schimmerte. Vor Les Lecques ließ Aurélie mit angestrengter Stimme einen Kommentar über das Massif de la Sainte-Baume fallen und setzte ihre Sonnenbrille auf. Neben dem Motor war sie vor dem heftigen Fahrtwind geschützt, auch wenn sie inzwischen in einem Affenzahn über das Meer schossen. Beide sprachen kein weiteres Wort, bis die Klippe über dem Hafen von La Ciotat in Sichtweite kam.

»Woran denkst du, wenn du diese Klippe siehst?«, fragte Aurélie und rutschte auf ihrem Platz hin und her, als er das Tempo drosselte.

Ohne nachzudenken, antwortete Krim, sie erinnere ihn an einen Fisch. Eigentlich hatte er Vogel sagen wollen, doch Aurélie glaubte keine Sekunde lang an einen Versprecher.

»Sie heißt Bec de l'Aigle – Adlerschnabel«, erklärte sie und prustete vor Lachen.

Wenig später fuhren sie am Hafen von La Ciotat entlang, an den verrosteten Lagerböcken und den enormen Kränen, die schon seit viel zu langer Zeit nicht mehr benutzt wurden und allmählich traurig und blöde aussahen wie historische Monumente. Als sie am besagten Adlerschnabel vorbeikamen, sah die Klippe plötzlich anders aus, als die Jugendlichen sie zunächst wahrgenommen hatten. Nach und nach verwandelte sie sich in den Kopf eines alten Mannes, in einen Fuß voller Warzen, in die Warze selbst.

Es war fast zwei Uhr, als sie bei den Calanques von Cassis ankamen. Der Fels war dort erst ocker, wurde dann heller, grau und an manchen Stellen auch ganz weiß. Während sie nach einem geeigneten Ankerplatz Ausschau hielten, wurde der Zikadengesang immer lauter.

Krim entschied sich für eine kleine Bucht vor einer mit Schirmpinien bestandenen Klippe, auf der sich nur wenige Menschen aufhielten. Indian Summer hin oder her, die Sonne im Zenit würde sie nicht schonen. Während er den Anker warf, klappte Aurélie einen grünen Sonnenschutz auf und holte eine Wasserflasche aus ihrer Handtasche. Krim nahm ein paar Schlucke und entschied sich dann, baden zu gehen.

Er machte ein paar Brustzüge um das Boot herum, das fast reglos dalag und majestätisch aus dem grünen Wasser ragte. Von hier aus hörte er die Zikaden genauso deutlich, als stünde er auf der Klippe. Nach ein wenig Herumgealbere spritzte er Aurélie ein bisschen Wasser ins Gesicht, sie lachte, und es schien ihm, als könnte er ihr Lachen hinab ins kühle, klare Wasser mitnehmen.

»Da drüben«, rief das junge Mädchen zu ihm herüber, »liegt Algerien. Verrückt, oder? Ich hab fast den Eindruck, als könnte man es von hier aus sehen. Du nicht?«

Krim kniff die Augen zusammen, sah aber nichts.

Eine Stunde später beschlossen sie, wieder zurückzufahren. Doch bevor sie den Anker lichteten und den Motor wieder anwarfen, legte Aurélie ihre Hand auf die von Krim und fragte ihn, ob sie ihm ein Geheimnis anvertrauen könne. Krim ließ sich neben ihr auf der Bank nieder. Eine Vorahnung hielt Krim davon ab, ihr zuvorzukommen und etwas Dummes zu sagen. Selten hatte er eine so gute Eingebung gehabt.

»Es geht um Tristan.«

Krim hätte sie am liebsten ertränkt. Er stellte sich sogar schon vor, wie das rote Sicherheitsseil, das er als Bootsführer um sein Handgelenk geschlungen hatte, um ihren hübschen, gebräunten Hals lag. Er sah ihren blassen Körper mit den Beinen schlaff nach unten treiben, die Fische fliehen, sah, wie Rochen und Quallen ihn erforschten, sah ihr Gesicht mit den aufgedunsenen Zügen, die ihm nie wieder falsche Hoffnungen machen würden. Nur eine halbe Stunde später, als vom Boot aus schon der Hafen von Bandol in Sichtweite kam, dämmerte Krim, dass sie genau deshalb auch so glücklich zwischen den Palmen auf der Promenade herumgesprungen war: Sie war in ihn verliebt, sie war in diesen teuflischen Blondschopf verliebt, dessen Vater schon seit Langem mit ihrem eigenen befreundet war.

Krim ballte die Faust und hob den Blick zu den gekräuselten Wipfeln der Kastanien auf dem Parkplatz, die vom Wind durchgeschüttelt wurden. Es waren nicht mehr die Masten unsichtbarer Segelschiffe, die sich in der Ferne wiegten, in einer lustigen Bewegung, die ihn auf wundersame Weise erregte. Halb verdeckt von dem modernen Turnhallenbetonklotz wuchsen sie in einen Himmel, an dem schwere, bewegte, dunkle Wolken aufzogen.

Krim schloss die Augen, um nur noch Aurélies Blick vor sich zu sehen, diesen Blick, der auf die Schaumkronen im Kielwasser des Boots gerichtet gewesen war, das in der Fünfuhrsonne silbrig geglitzert hatte. Mit einer Stimme, die so klar und salzig wie das türkisfarbene Wasser geklungen hatte, das an den Calanques leckte, hatte Krim sie als Flittchen beschimpft. Er hatte nie erfahren, ob sie ihn gehört oder ob das Brummen des Motors ihn gerettet hatte.

4.

Auf der Suche nach Krim lief Fouad einmal durch den ganzen Saal. Als er seinen Onkel Bouzid fragte, ob er ihn gesehen habe, verzog dieser missbilligend das Gesicht, sodass er fast angeekelt aussah. »Unverbesserlich«, stand ihm in jedes Detail seines groben Gesichts geschrieben.

»Was ist los, Onkel?«, fragte Fouad in fast schon beleidigendem Tonfall.

»Ach, es ist nur dieser Typ da«, antwortete Bouzid und zeigte auf Mouloud Benbaraka. »Dieser Gauner – ich frag mich, wer den eingeladen hat.«

Fouad zuckte die Schultern und flüchtete dann vor Rachida, die wie eine gequälte Seele am Fuß der Bühne umherirrte, übersah das eine oder andere Augenzwinkern und kehrte hinaus auf den Parkplatz zurück. Er hatte Krims Nummer nicht und wäre sich blöd vorgekommen, wenn er Slim oder Rabia eine Nachricht hätte schicken müssen, damit die sie ihm übermittelten.

Während er den Parkplatz absuchte, stieß er auf Luna, die ihre Finger gegen die drängende Brust eines Typen gepresst hatte, der deutlich älter war als sie.

»Hallo, Luna. Hast du vielleicht irgendwo deinen Bruder gesehen?«

Luna schien es peinlich zu sein, dass ihr Cousin sie mit dem Kerl erwischt hatte. Sie richtete sich gerade auf, stellte sich auf die Zehenspitzen und ließ ihren Blick über die Reihen der geparkten Autos schweifen. Auf dem kräftigen Hals, an dem zwei Adern hervortraten, während sie so tat, als hielte sie nach ihrem Bruder Ausschau, wirkte ihr Kopf verhältnismäßig klein. Wozu brauchte man einen so kräftigen Hals, wenn er doch nur diesen kleinen Mausekopf tragen musste? Der schnöselige Typ, der zuvor mit Kamelia geflirtet hatte, wie Fouad sich jetzt wieder erinnerte, streckte ihm die Hand entgegen. »Hallo, ich heiße Yacine. Ich hab dich neulich im Fernsehen …«

»Fouad«, unterbrach er ihn und schüttelte ihm die Hand. Im nächsten Moment tauchte Krim hinter der Turnhalle auf.

»Ah, da ist er ja. Also, ich lass euch mal allein … und …«

Unter normalen Umständen hätte er hinzugefügt: »Macht keine Dummheiten.« Aber in dieser Situation begnügte er sich damit, seiner kleinen Cousine einen vielsagenden Blick zuzuwerfen. »Ich glaube, deine Mutter sucht dich.« Dann marschierte er auf Krim zu, der nicht mehr ganz gerade lief. »He, ich suche dich schon seit einer Stunde. Wo warst du denn?«

»Ich hab 'nen Spaziergang gemacht. Ganz ehrlich, von der Musik kriege ich Kopfweh.«

»Ja, die wird immer härter. Außerdem haben sie die Lautstärke aufgedreht. Großmutter kriegt bald die Krise.«

»Ach ja?«

»Ja. Seit einer Stunde spielen sie nur noch arabische Lieder, und jedes Mal, wenn jemand aus der Familie hingeht und fragt, wann sie mal ein kabylisches Lied spielen, antwortet der DJ: ›Ja, ja, ich hab's schon auf der Playlist, noch zwei oder drei Songs …‹ Hast du überhaupt etwas gegessen?«

»Na, diese kleinen Dinger vom Anfang, ja.«

»Aber hast du dir auch einen Teller mit Hühnchen genommen oder nicht?«

»Nein. Ist aber in Ordnung, ich hab keinen Hunger.«

»Gut«, murmelte Fouad, um endlich zum eigentlichen Punkt zu kommen: »Ich hab dir doch vorhin gesagt, dass ich mich gern mal mit dir unterhalten würde. Das hab ich ernst gemeint, Krim. Komm mit.«

Er ging auf eine Bank vor der Turnhalle zu. Zwei Latten fehlten, und Fouad hockte sich auf die Rückenlehne, was Krim ihm gleichtat. Es hätte nicht viel gefehlt, und er hätte auch noch die Körperhaltung seines älteren Cousins nachgeahmt – verschränkte Hände, gesenkter Kopf.

Fouad wollte gerade loslegen, als Kamelia und Luna unter ziemlichem Getöse auf sie zueilten. In ihrem Gang und den geröteten Gesichtern lag die geballte Energie des Festes, die kreischenden Dudelsäcke, die unverständlichen Gespräche, die wilden Tanzmarathons, das Lachen und die Fetzen rauer und schriller Stimmen.

»He, was macht ihr denn hier draußen?«, empörte sich Kamelia lautstark. »Kommt doch mit uns tanzen! Ihr müsst jetzt kommen, hm? Das wird hier nicht ewig dauern!«

Fouad setzte sein gewohntes Lächeln auf.

»Übrigens wollte ich dir noch sagen, Fouad«, fuhr Kamelia mit der Haarspange zwischen den Zähnen fort, während sie sich den komplizierten Knoten im Nacken wieder richtete, »dass ich gar nicht weiß, wie ich dir danken soll, aber ganz ehrlich, *wallah,* danke.«

Er hatte sie in Paris »in der Stadt« beherbergt und mit Leuten aus dem Hip-Hop-Milieu in Kontakt gebracht.

Fouad betrachtete die blauen Flecken an ihren hübschen Armen, die von unzähligen Freezes und Pirouetten gestählt waren.

»Dafür ist die Familie doch da«, sagte Luna und gab ihrer Cousine einen Kuss.

»Ach ja, und danke auch an du weißt schon wen«, fügte Kamelia mit einem Augenzwinkern hinzu, und im nächsten Moment war das Geheimnis von Fouads Angebeteter auch schon unter Gelächter begraben. Nur Krim stimmte nicht mit ein. Er hatte seinen älteren Cousin die ganze Zeit nicht aus den Augen gelassen.

5.

Als die beiden Frauen wieder weg waren, räusperte sich Fouad und fuhr fort, als wäre nichts gewesen: »Also gut. Ich will nicht um den heißen Brei herumreden …«

»Schon gut, ich versprech dir, dass ich nichts verrate.«

»Was?«

»Dass du mit Chaouchs Tochter zusammen bist. Darüber wolltest du doch mit mir sprechen, oder?«

»Oh, äh, nein. Aber … Aber, wart mal, woher weißt du das überhaupt?«

»Ist doch nicht schlimm«, entgegnete Krim und lächelte ein wenig. »*Bsartek,* Cousin.«

»Nein, aber darum geht's gar nicht, es geht um … Scheiße, weiß denn jetzt jeder Bescheid?« Fouad verkniff sich eine ärgerliche Geste. »Okay, Slim hat mir erzählt, dass er Post von meinem Bruder bekommen hat und dass er sie dir weitergeben soll, ohne sie zu öffnen.« Und weil Krim darauf nichts antwortete, fügte er hinzu: »Slim ist echt nicht schuld, ich hab ihn dazu gedrängt, dass er es mir sagt. Ich will dir nicht auf den Sack gehen, Krim, und ich sag dir … Du bist immer mein Lieblingscousin gewesen, auch wenn ich traurig darüber bin, dass du mit dem Klavierspielen aufgehört hast, aber … Du kannst mir vertrauen. Was ist in diesem Umschlag?«

Krim stand auf und ließ seine Gelenke krachen. Dann rieb er sich durch den Stoff der Anzughose die Kniekehle, diese seltsame Körperstelle, die ihn immer an den Schlund einer Schlange erinnerte.

»Ganz ehrlich, Fouad. Ich glaub, das kann ich dir nicht sagen.«

»Aber klar kannst du das! Hab ich dich etwa schon mal hintergangen?«

»Aber er hat gesagt, dass ich nichts erzählen soll. Niemandem.«

»Hör zu, ich verrat dir was. Es ist ja kein Geheimnis, dass Nazir und ich uns nicht verstehen, aber dabei geht es nicht einfach nur um einen kleinen Streit zwischen Geschwistern. Glaub mir. Slim hat mir gesagt, dass ihr oft telefoniert, dass er dir Nachrichten schickt, dass er dir sogar Geld gegeben hat …«

Langsam, aber sicher wurde Krim wütend. »Sag mal, geht's noch? Ich verrate Slim etwas, und er tratscht es an alle Welt weiter?«

»So ist es doch gar nicht. Krim, du musst kapieren, dass Nazir nicht einfach komisch ist. Er ist … Er ist verrückt. Er ist ein schlechter Mensch. Das ist kein Witz, er ist wirklich verrückt und mehr als das, er ist gefährlich, ein gefährlicher Verrückter. Er ist voller Hass und voller …« Er hielt kurz inne, weil ihm dämmerte, dass Krim das nächste

Wort sicher nicht kannte. »... Ressentiments. Es gibt solche Menschen, schlechte Menschen, und du darfst dich von ihnen nicht ...«

Er hatte sich geschworen, genau diesen Satz im Lauf ihres Gesprächs nicht auszusprechen. Das Wort »beeinflussen« war regelrecht von roten Warnschildern umgeben, und im selben Moment, da er es fallen ließ, fing Krim tatsächlich an zu kochen und hörte ihm nicht mehr zu.

»Niemand *beeinflusst* mich! Ganz im Gegenteil, ich bilde mir selbst eine Meinung. Ich bin doch keiner, der ... der ... der einfach alles glaubt, irgendwelchen Scheiß ...«

»Wart mal, warte, komm mal her. Irgendwelchen Scheiß glauben? Ich sag dir, was da vor sich geht ... Ich weiß nicht, wie ich es dir erklären soll. Komm schon, sieh mich an.«

Krim schmollte wie ein kleiner Junge.

»Das Leben besteht nun mal aus Spannung. Leute stecken dich in Schubladen, und du glaubst, dass das für immer ist – dass das ist wie ein Gefängnis, wie ein Albtraum, bis ans Ende deines Lebens. Aber das stimmt nicht. Sie können sagen, was sie wollen, niemand, hörst du, *niemand weiß, was später mal passieren wird.* Niemand. Und glaub mir, normalerweise kommt alles wieder ins Lot, man muss nur lernen, sich frei zu machen ... von der Gegenwart ... von ... Das ist, als hätte man dich programmiert, jemand zu sein, und deine Pflicht, deine Pflicht dir selbst gegenüber, ist jetzt, diese Programmierung aufzuheben, der Zwangsläufigkeit zu entkommen, zu ... Und wenn es dir an Kraft mangelt, dann sag dir, dass aus der Situation die Kraft entsteht, nicht umgekehrt.«

Fouad bemerkte, wie seine Worte prickelten und dann erstarben. Entgegen allen Vorkehrungen hatte er seine schönste, wärmste Schauspielerstimme benutzt, die alles in seiner Umgebung bis zum letzten Molekül einfärbte und ihm bei anderen so einen großen Erfolg verschaffte. Doch Krim hörte einfach zu viel und zu gut, und was er der

Rede seines Cousins entnommen hatte, waren Noten, die zwar zueinanderpassten, aber dennoch falsch klangen – eine Flötenmelodie, die die Ratten anlockte.

»Verstehst du, was ich dir sagen will?«

»Ja, ja, ist doch schon gut, du musst mir das alles nicht sagen, ich bin auch kein Opfer, ich weiß genau …«

»Zum Beispiel das mit dem Klavierspielen«, fiel Fouad ihm ins Wort. »Du hast doch Fähigkeiten … Mehr als das. Eine echte Begabung. Stimmst du mir da zu oder nicht?«

»Aber wozu soll die gut sein?«, gab Krim zurück.

»Du hörst die Welt! Das ist doch eine unerhörte Chance! *Du hörst die Welt!* Ich hör gar nichts, ich vergesse eine Melodie sofort wieder, wenn ich sie gehört habe. Du erinnerst dich an alle Noten. Und jetzt hör mir zu. Wenn man so eine Begabung hat, dann hat man dafür auch eine Verantwortung. Wie bei *Spiderman:* Große Macht führt zu großer Verantwortung. Aber wenn du die nicht wahrnimmst, dann ist es doch, als hättest du nie welche gehabt.«

Während seines Sermons hatte Fouad woanders hingesehen. Ohne dass er es bemerkt hätte, war er leiser geworden, als hätte er auf halbem Weg die unvermeidliche Nutzlosigkeit seines Unterfangens eingesehen.

»Das Leben besteht aus Spannung«, wiederholte er trotzdem. »Denk immer daran, wenn du deprimiert bist. Lass dich nicht ärgern, Krim, lass dich nicht von Typen beeinflussen, die dir erzählen wollen, dass alles längst vorherbestimmt ist. Außerdem hast du eine Mutter, die dich über alles liebt, und einen Vater – Friede sei seiner Seele –, der dich über alles geliebt hat. Nein, das *mektoub* ist für die Beduinen da. Unsere Vorfahren haben daran geglaubt, und jetzt sieh dir an, wo es sie hingeführt hat.«

»Wohin denn?«

»Du brauchst dir noch nicht mal die Alten vorzunehmen. Nimm Kamelia. Zweiunddreißig, Stewardess, lebt in Orly, verbringt ihre Abende in Paris oder Hongkong, und sie glaubt trotz allem daran, dass ihr und ihren Schwestern ein Schicksal vorgezeichnet ist. Scheiße noch mal, sie sind verflucht, und einzig und allein deshalb finden sie keinen Ehemann. Und sie glauben daran! Warum sind Inès und Dalia wohl nicht gekommen? Warum, glaubst du, kommen sie nie auf irgendwelche Hochzeiten?«

»Aber das hat doch nichts mit dem *mektoub* zu tun.«

»Na klar, schau mal …«

Doch Krim sah bei dieser x-ten Tirade nur noch eine Sache: den vagen Umriss eines Typen, der in weniger als zwanzig Metern Entfernung von ihrer Bank irgendetwas in seinem Kofferraum überprüfte. Krim band sich umständlich die Krawatte ab und steckte sie in die Tasche, während er immer weiter den Umriss fixierte.

6.

Ohne sich weiter um Fouad zu scheren, ging er auf den Umriss zu, bis er sich sicher war, dass es sich um den Nachbarn handelte, der über ihnen wohnte. Belkacem streckte die Arme aus, als er ihn sah, und lächelte auf seine schiefe Art, die zugleich verführerisch und hinterhältig wirkte.

»Krim, ich hab dich gar nicht …«

Doch er brachte den Satz nicht einmal mehr zu Ende, da hatte Krim sich schon auf ihn gestürzt und ihn an der Gurgel gepackt. Doch noch ehe Belkacem überhaupt begriffen hatte, was passierte, riss Fouad Krim auch schon wieder von seinem Opfer weg, wie eine Auster von ihrem Felsen gerissen wird.

»Sag mal, geht's noch? Was machst du denn?«

Krim versuchte noch ein paarmal, auf Belkacem loszugehen, doch Fouad stellte sich wirksam dazwischen. Plötzlich raufte Krim sich die Haare und legte den Kopf zwischen seine Knie. Dann zog er das silberne Feuerzeug aus der Tasche, das er Belkacem zwei Wochen zuvor gestohlen hatte, weil er sich über dessen Eindringen ins Zuhause seines Vaters geärgert hatte.

»Lass sie in Ruhe!«, brüllte er Belkacem an.

»Wovon redest du?«, flüsterte Fouad, um ihn zu beruhigen.

»Wenn du dich ihr noch mal näherst, bring ich dich um!«, brüllte Krim weiter und schleuderte Belkacem das Feuerzeug hin. »Rabinouche? Pff! Ich bring dich um! Ich schlag dir die Fresse ein!«

Fouad versuchte, seinen Cousin bei den Schultern zu packen, doch der riss sich los, lief in Richtung Festsaal und mischte sich wieder unter die Feiernden.

Die Musik war jetzt so laut, dass sie schwer auf Krims Schultern zu lasten schien. Er sah sich beinahe schon vom Raï überwältigt mit dem Gesicht voran hinfallen und mit der Wange auf den Bodenfliesen landen. Er schob sich zwischen den Leuten hindurch und murmelte die ganze Zeit entschlossen und bestimmt: »Entschuldigung«, wie ein Mann, der genau weiß, wo er hinwill, nur dass das bei ihm nicht der Fall war. Entsprechend kehrte er einen Moment später wieder um und arbeitete sich dorthin vor, wo Mouloud Benbaraka sich herumtrieb. Wenn der Boss ihn erblickte, würde er ihm ganz sicher die Fresse polieren – vor seiner Mutter und der ganzen Familie. Die Leute würden sie auseinanderzerren, aber niemand würde es wagen, den großen, mächtigen Mouloud Benbaraka aus dem Saal zu werfen.

Während Krim noch versuchte, ihm aus dem Weg zu gehen, fand er sich plötzlich in einem Bereich des Saals wieder, den er bis jetzt für unzugänglich gehalten hatte: am Ende eines schmalen Gangs, der an dem vergitterten Paravent hinter dem Thron zu einem Nebenraum führte, in dem die Braut sich umzog und in dem inzwischen all die Schecks und Geschenke für das Brautpaar verstaut waren. Weil dort gerade niemand den Eingang bewachte, schlüpfte Krim hinein und schloss die Tür hinter sich.

Das Licht ließ er ausgeschaltet. Mithilfe seines schwach leuchtenden Handydisplays arbeitete er sich vor. Die Kasse, in der die Schecks lagen, war nicht einmal abgeschlossen. Krim nahm einen Umschlag nach dem anderen heraus, bis er am Ende auf den von Mouloud Benbaraka stieß. Dessen Scheck über fünfzehnhundert Euro schob Krim sich in die Boxershorts. Als er den Raum wieder verließ, war er immer noch streitlustig. Wenn er Belkacem noch mal begegnete, schwor er sich und warf sich in die Brust, würde er ihn auf der Stelle zu Kleinholz verarbeiten.

Aber er sah Belkacem nicht wieder.

Als er auf den Parkplatz hinausging, schaffte er es, sich Fouads Blicken zu entziehen, der sich draußen immer noch mit ein paar Leuten unterhielt – unter anderem mit Krims Mutter. Schlagartig wurde ihm flau im Magen, als er Mouloud Benbarakas finstere Gestalt entdeckte, die sich auf sie zubewegte. Konnte er tatsächlich schon bemerkt haben, dass sein Scheck gestohlen worden war? Krim wollte schon auf ihn zugehen, war jedoch gelähmt vor Angst.

Lächelnd wandte Mouloud Benbaraka sich an Fouad und an Krims Mutter. Er sah sich um, als würde er nach Krim Ausschau halten, und flüsterte Rabia irgendwas Lustiges ins Ohr. Wie in einer schlechten Sitcom stieß sie ihn übertrieben heftig von sich weg. Dann tätschelte er der Reihe nach jedem in der Runde die Schulter und machte sich wieder auf den Weg.

Krim lief zu seinem Unterschlupf. Während er den Parkplatz überquerte, hätte er am liebsten irgendeinen Rückspiegel abgetreten, aber er hatte zu viel Angst. Er war schon kurz davor, wieder zum Festsaal zurückzukehren, um mit seiner Mutter zu sprechen und sie vor diesem Monster Mouloud Benbaraka zu warnen, als er mit einem Mal spürte, wie sich ein Weinkrampf ankündigte. Er hatte sich kaum hingekniet, um sich wieder unter Kontrolle zu bringen, als er das heftige Kreischen von Autoreifen hörte. Irgendjemand hatte direkt oberhalb des Sportplatzes Gas gegeben.

Mit einem Tränenschleier vor den Augen, den er nicht mehr hatte zurückdrängen können, nahm Krim zwei Stimmen wahr, die sich am Zaun stritten – genau dort, wo er am Mittag Raoufs Telefongespräch belauscht hatte. Er ging auf die Stimmen zu. Dass er diejenige kannte, die sich gerade in eine jämmerliche Tirade aus Erklärungen gestürzt hatte, weigerte er sich zu glauben – bis er letztendlich am Rand des Sportplatzes angekommen war. Erst als sich seine Slipper in den nebelfeuchten Kunstrasen auf dem Hügel drückten, musste er sich eingestehen, dass es sich um Slim handelte, der dort mit diesem schrecklichen Zigeuner in Frauenklamotten sprach.

7.

»Slim, was soll das? Was hast du mit diesem Typen zu schaffen?«

»Lass, Krim, lass gut sein. Geh wieder rein. Ich kümmer mich schon darum.«

Zoran rief Krim auf Rumänisch etwas zu und gestikulierte in seine Richtung, bevor er Slim den Arm um die Schulter legte. Sofort schüttelte Slim die Umarmung ab und stützte sich an einen Pfosten im Zaun, als wollte er sich übergeben.

Komm schon, Slim, sag mir, was hier los ist. Wer ist dieser Typ?«

»Niemand. Es ist nichts.«

»Er Geld geben«, mischte Zoran sich ein. »Er tausend Euro geben.«

Krim stand keinen Meter mehr von ihm entfernt, sodass das nervöse Zittern seiner Oberlippe und die geballten Fäuste von Zoran nicht unbemerkt blieben.

»Slim, warum behauptet er, dass du ihm Geld schuldest?«

Doch Slim konnte nichts mehr sagen. Er würgte und würde dem Drang seines Magens nicht mehr lange widerstehen können. Der Ekel war einfach zu überwältigend.

Zoran warf ihm einen herausfordernden Blick zu. »Ich und er gefickt.«

Jetzt sah auch Krim ihn angewidert an. Für einen Moment fixierte er den Union Jack, der auf dem Oberteil im unerbittlichen Schein der Laterne glitzerte, unter der sie standen. Dann versetzte Krim ihm einen Faustschlag gegen die Brust.

»Ich und Slim gefickt, ich und er gefickt!«

Krim zerrte Zoran zu der winzigen Lichtung, auf der Krims lodernder Blick ihn hoffentlich schneller zum Stillhalten bringen würde als ein schlecht angesetzter Armhebel.

»Wer bist du?«, brüllte er. »Wer hat dich hergeschickt?«

Doch Zoran war zu aufgebracht, um zu antworten. Mit fast schon übermenschlicher Anstrengung gelang es ihm, Krim von sich wegzustoßen, der vielleicht doch nicht so viel stärker war als er.

»Slim, Slim, ich und Slim gefickt! Kein Hochzeit, kein Hochzeit, er schwul!«

Ungeschickt rangen die beiden miteinander. Krim musste Zoran an den Haaren ziehen, damit der sich nicht länger in sein Handgelenk verbiss. Die schmutzigen Zähne hatten auf Krims Haut Abdrücke hinterlassen – und Krim entdeckte sogar Spuren von Schminke. Doch allein bei dem Gedanken, dass Zorans Speichel mit seiner Haut in Berührung gekommen war, brannten bei Krim die Sicherungen durch.

Er ballte die Fäuste, wie es ihm der dicke Momo für einen Zweikampf beigebracht hatte. Dann ließ er sie in immer schnellerer Abfolge auf das Gesicht dieses geschlechtslosen Dings niederprasseln. Im Augenwinkel sah er Slim, der sich kraftlos gegen einen Zaunpfosten lehnte und dessen Mundwinkel feucht schimmerten.

Krim hatte sich noch nie unter solchen Umständen geprügelt. Normalerweise musste der Gegner erst zu Fall gebracht werden, er hätte ihn überwältigen, ihm ein paar Ohrfeigen und Tritte verpassen und sich selbst immer wieder von ihm losmachen müssen. Doch dieser

Gegner setzte ihm nicht den geringsten Widerstand entgegen – nur den einen Satz, den er in einem fort selbst unter Tränen wiederholte: »Ich und Slim gefickt, ich und Slim gefickt.«

Methodisch versetzte Krim ihm einen Schlag nach dem anderen, ohne auch nur in Erwägung zu ziehen, die Technik zu verändern, selbst als seine Fäuste bereits bluteten und schmerzten. Sein Gegner hatte schon vor einer ganzen Weile aufgehört zu heulen, als Krim schließlich entschied, dass es genug war.

Er packte Zorans Kopf bei den Haaren, die ihm über den Nacken fielen, und rammte ihn in die Grassoden, die er vor noch nicht mal einer Stunde so liebevoll aufeinandergebettet hatte. Dann verpasste er ihm noch einen Tritt in die Seite, einen weiteren in den Rücken und lief davon, um sich zu guter Letzt selbst vor der Tür zu den Umkleidekabinen zu übergeben.

Farid erschien im Halbdunkel auf der anderen Seite des Sportplatzes. Als Slim ihn sah, machte er sich in Richtung der Sporthalle davon. Farid ging weiter und entdeckte Zorans reglosen Körper im Gebüsch. Auf Zehenspitzen trat er näher, als hätte er Angst davor, einen Geist zu wecken. Teilnahmslose Lichtreflexe tanzten von einem Blutfleck zum anderen, über den still daliegenden Kopf, über den wilden Rasen.

Farid grummelte kurz in sich hinein und ging dann einfach seines Wegs. Einige Augenblicke später erlangte Zoran das Bewusstsein wieder. Er brauchte eine knappe Minute, bis er sich an das erinnerte, was ihm zugestoßen war. In dieser zwar schmerzhaften, aber auch unbeschwerten Minute zogen wie in einem Reigen all die seltsamen, schrecklichen Momente des Erwachens an ihm vorbei, die sein Leben bis zu seinem Aufbruch geprägt hatten: eiskalte Hotelzimmer, wenig einladende Fußböden, zu kleine Sofas – und dann die Zelte, die Wohnwagenpritschen, die Rückbänke verrauchter Autos, blanke Böden, harte Erde und vor allem der Beton, der brutale Beton, der jahrzehntelang von der Feuchtigkeit bearbeitet worden war, der genug davon aufgesogen hatte und sich mittlerweile linkisch und doch dunkel wie eine lebendige, boshafte Sache um ihn herum wellte.

Zoran roch das Gras zur selben Zeit, da er die Schmerzen in seinem Gesicht wahrnahm. Er stemmte sich hoch, drehte sich taumelnd zu den Lichtern am Rand des Sportplatzes um, dann wandte er sich von ihnen ab, schließlich auch von all den anderen Lichtern und entfernte sich von ihnen so weit wie nur möglich.

Farid meinte, direkt neben sich eine Bewegung wahrzunehmen, doch dann fiel sein Blick auf die vornübergebeugte Gestalt, die ein Stück weiter bei der Sporthalle stand. Ein junger Typ, der in einen grünen Mülleimer kotzte. Nach ungefähr zehn Sekunden hob Krim den Kopf aus dem Mülleimer und warf Farid einen langen Blick zu ... gelb und eisig, wie der eines wilden Tiers.

So schnell er konnte, eilte Farid zu seinem Auto zurück und raste vom Parkplatz – wider alles Bemühen mit quietschenden Reifen. Einige der Gäste, die vor dem Eingang zum Festsaal standen, um zu rauchen, drehten sich um und riefen ihm Beschimpfungen hinterher, einer warf ihm sogar eine Flasche nach. Zwei Straßen weiter nahm ein Streifenwagen die Verfolgung auf. Dabei hatte er sich gar nichts vorzuwerfen – seine Papiere waren in Ordnung, Zoran war womöglich gar nicht tot, und wegen etwaiger Fingerabdrücke auf dessen Körper musste er sicher nichts befürchten. Wegen so einer Zigeunerschwuchtel würde niemand die Spurensicherung einschalten. Doch Panik, Müdigkeit und Stress vernebelten ihm Sicht und Hirn. Er fuhr durch eine Einbahnstraße und hatte ungefähr fünfhundert Meter, um sich zu entscheiden. Er schlug stumpfsinnig auf das Lenkrad ein und gab unwillkürlich Gas.

Fünf Minuten später hatte die Streife ihn eingeholt und erhielt auch gleich von zwei weiteren Einsatzwagen Verstärkung. Farid schaffte es gerade noch, am Straßenrand zu halten und Farès eine Nachricht zu schicken, in der die Worte »Polizei«, »auf dich allein gestellt«, »hau sofort ab« und »ruf nicht an« enthalten waren. Dann schaltete er sein Handy aus, schleuderte es unter den Sitz und stieg mit erhobenen Händen aus.

Ein halbes Dutzend Bullen stürzte sich auf ihn.

8.

Um vier Uhr morgens hatte das Fest seinen Höhepunkt erreicht. Der DJ spielte nur noch Hip-Hop und Elektro, und die Jugend hatte den Saal in einen Club verwandelt. Bouzid stand am Büfett und berichtete Kamelia davon, wie Rachid, der Metzger, ihn nachmittags erniedrigt hatte.

»Dabei hab ich immer zu Großmutter gesagt, dass es nicht gut ist, Karten zu legen, dass es *halam* ist, aber nein, ihr ist das ja vollkommen egal. Und jetzt, wer zahlt jetzt den Preis dafür? Wir, wir haben jetzt einen schlechten Ruf in ganz Saint-Étienne, *l'archoum!*«

Zwei aufgekratzte Typen stießen in einer missglückten Dreierpolonaise gegen ihn, und Bouzid musste sich zusammennehmen, um keinen Streit anzuzetteln, doch Kamelia ahnte, dass es nur noch eines einzigen weiteren Ellbogenremplers bedurft hätte, ehe seine vorgewölbte kahle Stirn wie ein Schnellkochtopf explodiert wäre.

Auf der anderen Seite des Büfetts tauchte plötzlich der alte Onkel Ferhat auf. Auf dem Weg zur Toilette schrammte er beinahe an der Wand entlang. Kamelia hätte ihm gerne geholfen, doch dazu hätte sie die Tische umrunden müssen, und Bouzid hätte es ihr sicherlich verübelt, wenn sie ihn so abrupt stehen gelassen hätte. Sie sah dem Alten nach. Mühsam und mit gesenktem Kopf schlängelte sich der gebrechliche Mann zwischen den ausgepumpten Tänzern hindurch, die in der Festtagsdämmerung inzwischen fast alle die halb geschlossenen Lider von Schlafwandlern hatten.

Was sie nicht sah, war, dass Ferhat, statt zur Toilette zu gehen, währenddessen direkt neben die höllisch lauten Boxen hinter die Bühne trat, sich vor den DJ mit den großen Zähnen stellte und wartete, bis der ihn bemerkte. Der DJ mit den großen Zähnen wandte sich dieser unwirklichen Erscheinung zu und nickte auffordernd. Ferhat zog eine Musikkassette aus der Tasche und reichte sie ihm.

»Was … Ich kann leider keine Kassetten abspielen, Monsieur!«

Doch Ferhat schien ihn nicht zu verstehen. Er neigte leicht den Kopf, schüttelte die Kassette, die er noch immer in der ausgestreckten Hand hielt, und wirkte dabei so unschuldig wie ein kleiner Junge. Der DJ brachte es daher nicht fertig, die Kassette abzulehnen.

»Welches Lied wollen Sie denn hören?«

»*Ruh ruh, amméhn,* mach schon, leg die Kassette auf.«

»Ja, ja, ich spiel sie ja, aber welches Lied?«

Er versuchte, die Frage auf Arabisch zu stellen – *»Ashral?«* –, doch Ferhat antwortete auf Kabylisch: *»Nnekini s warrac n lzayer.«*

»Ich verstehe kein Kabylisch, ich versteh Sie nicht.«

»Vier – die Nummer vier.«

Sobald Ferhat wieder gegangen war, suchte der DJ in den CDs, die er bekommen hatte, vergeblich nach einer von Aït Menguellet. Dann beschloss er, dem armen alten Mann einen Gefallen zu tun, und begann eine Recherche im Internet.

Währenddessen hatte sich Krim am Brunnen auf der anderen Seite des Sportplatzes gewaschen. Als er an den geparkten Autos vorbeilief, nahm er noch einmal einen Rückspiegel ins Visier, der nur auf einen Fußtritt zu warten schien. Doch die Beine taten ihm weh, und er befürchtete, das Pochen seines Herzschlags in sämtlichen Adern seines Schädels zu spüren.

An dem Rückspiegel, den er hatte abtreten wollen, hing eine algerische Flagge – es war Onkel Ayoubs Auto. Der Onkel selbst schlief auf dem Beifahrersitz. So weit es ging, hatte er den Sitz nach hinten geklappt, doch nach den Kopfbewegungen zu schließen lag er unbequem.

Als Krim den Festsaal von Neuem betrat, maulten die Feiernden gerade lautstark, weil die Musik schon zu lange unterbrochen war. Dann erklangen die ersten Mandolinennoten von *Nous, les enfants d'Algérie* aus den Lautsprechern, und prompt war Krim wieder übel. Er fühlte sich, als wären sämtliche Scheinwerfer im Saal auf seine Seele gerichtet.

Die Leute hatten abrupt aufgehört zu tanzen und warfen einander spöttische Blicke zu, während Krim sich neben seine Tante Zoulikha setzte, die ihn aus kajalschwarzen Augen musterte. Wie sah er wohl aus? Sein grauer Anzug war an den Ärmeln zerrissen, und sein Jackett konnte – obwohl er es zugeknöpft hatte – den Blutfleck auf der Brusttasche seines Hemdes nicht kaschieren.

Tante Zoulikha legte die Hand auf Krims geballte Faust und zog sie zu sich heran, um einen geräuschvollen Kuss daraufzudrücken. Danach suchte sie in ihrem Kleid nach einem Ring, den sie ihrem Großneffen über den Finger schob. Es war der Ehering seines Vaters. Seine Mutter hatte Wert darauf gelegt, dass Krim ihn nach dessen Tod bekam.

»Du hast ihn unter dem Tisch verloren, *amméhn*.«

In der anderen Hand, bemerkte Krim, hielt sie Ferhats Schnupftabakdose. Tante Zoulikha war die gute Fee der wiedergefundenen Dinge – es war eine verlorene Welt, die ganz allein ihr gehörte. Wortlos stand Krim auf und ging in Richtung Toilette, während der kabylische Liedtext ohne tanzbare Musikbegleitung die Gäste zu ärgern begann.

»*Wallah,* ist das hier eine Hochzeit oder ein Begräbnis?«

Es ertönten sogar einige Pfiffe, doch Krim wich mit dem Blick all diesen Wilden aus, um nicht den letzten Rest Beherrschung zu verlieren.

Bouzid lauschte derweil stumm Aït Menguellets weichem Akzent. Ein so perfektes Kabylisch würde er selbst nie auch nur ansatzweise sprechen. Plötzlich bemerkte er ein Paar Hände, die sich von hinten auf Kamelias Brüste legten, woraufhin Kamelia abrupt kehrtmachte und demjenigen, der es gewagt hatte, sie anzufassen, ihre Cola ins Gesicht schüttete. Auf der Stelle zog Bouzid seine Nichte beiseite und verpasste dem Typen einen Faustschlag ins Gesicht. Mit den beiden Schnöseln, die ihrem aufdringlichen Freund zu Hilfe geeilt waren, wurde er mit Leichtigkeit fertig, und dann heftete er sich an die Fersen desjenigen, der Kamelia derart respektlos behandelt hatte. Unter den entsetzten Blicken der Frauen fingen sie an, aufeinander einzuprügeln. Sie zerrten sich gegenseitig an den Kleidern und brüllten sich an, während die Frauen die Umstehenden dazu aufforderten, sie sofort voneinander zu trennen.

Das nun folgende Handgemenge setzte sich wie eine Welle fort, die schließlich über Ferhat zusammenschlug. Er ging zu Boden und verlor dabei seine Uschanka. Mittlerweile waren auch Fouad und Raouf herbeigelaufen, um nachzusehen, was vor sich ging. Sie überboten sich gegenseitig darin, dem alten Onkel beim Aufstehen behilflich zu sein. Keiner von ihnen bemerkte dabei, was auf seinem Schädel prangte, und sie verstanden daher auch nicht, warum eine der Frauen in Ohnmacht gefallen war, nachdem sie den Blick auf ihren Großonkel gerichtet hatte. Die Überraschung für sie war, dass er gar keine Haare mehr hatte, obwohl seine Lockenmähne, um die ihn viele der schon in den Dreißigern kahl gewordenen Onkel und Schwager beneidet hatten, doch so oft Thema gewesen war.

Raouf hob die Uschanka auf und reichte sie Fouad, der sie mit zittriger Geste ablehnte. Auf Ferhats rasierten Schädel waren mit Filzstift zwei Hakenkreuze geschmiert worden – eins davon falsch herum –, und über dem Nacken hatte irgendjemand einen beschnittenen Schwanz mit zwei großen, haarigen Eiern hinzugefügt.

Im nächsten Moment verstummte die Musik, und die Brautmutter stürzte herbei, um Platz für den verunstalteten alten Mann zu schaffen.

Krim drängte sich durch die Menge und blieb stocksteif vor seinem geschundenen Onkel stehen.

Kurz entschlossen ergriff Fouad die Initiative, stülpte Ferhat die Uschanka wieder über den Kopf und half ihm, sich einen Weg in Richtung Ausgang zu bahnen. Irgendjemand schlug vor, die Polizei zu alarmieren.

Als auch Krim zu Ferhat eilte, um ihn zu stützen, warf Fouad ihm einen finsteren Blick zu. »Das ist jetzt nicht der richtige Augenblick, Krim.«

Dieser blieb wie angewurzelt stehen. Die schwitzende Menge begaffte ihn, als wäre alles seine Schuld. Als dann auch noch William auf die schlechte Idee kam, die Gasse zu filmen, die sich filmreif für Fouad und Ferhat auftat, riss Krim ihm die Kamera aus der Hand und schmetterte sie unter dessen gestammeltem Protest auf die Fliesen. Der junge Mann war den Tränen nah.

Einige Meter entfernt entstand weiterer Aufruhr. Tante Zoulikha war in Ohnmacht gefallen, als sie die Nachricht vernommen hatte, und während die anderen Tanten zu ihr eilten, fiel Krims Blick auf Mouloud Benbarakas unbewegtes Gesicht. Er fixierte ihn über mehrere Reihen hinweg von der Bühne her. Von Weitem schien der Gangsterboss zwei Glasaugen zu haben. Am Ende reckte er das Kinn in Krims Richtung und vollführte mit seinem endlos langen Zeigefinger die gleiche Geste kabylischen Lächelns, mit der Luna ihn ein wenig früher am Tag ebenfalls bedacht hatte.

KAPITEL 8

Family Business

1.

Krim lief Richtung Parkplatz. Er lief weiter die Kurve hinauf und dann an der Straße entlang, die in das alte Industriegebiet hinabführte, das inzwischen auf den pompösen Namen »Technopôle« umgetauft worden war. Er lief durch den Technopôle hindurch, und als er sein Tempo drosselte, um eine Pause zu machen, spürte er, dass er erneut kurz davorstand loszuflennen. Er lief wieder schneller, durch Wohngebiete und an den futuristischen Gebäuden vorbei, die wie Pilze aus dem Boden der alten Industriebrachen geschossen und schon wieder aus der Mode gekommen waren.

Als er nach einer halben Stunde vor der 16, Rue de l'Eternité stand, musste er sich ein weiteres Mal übergeben. Dann stürmte er, indem er immer wieder mehrere Stufen auf einmal nahm, hoch in die dritte Etage, in der er aufgewachsen war. Der Schlüssel hing an der Wasserleitung in der Kammer mit dem Müllschacht. Er betrat die Wohnung und schlüpfte direkt in sein Zimmer, machte sein Bett, worum seine Mutter ihn bereits seit einer Woche gebeten hatte, und wischte Tabakkrümel vom Computertisch. Er ging sogar so weit, den Kopfkissenbezug abzuklopfen.

In der Küche verwendete er die letzten Tropfen Spülmittel, um ein paar Teller und Besteck abzuspülen, die seit dem Vortag in der Stille des Edelstahlbeckens herumgestanden hatten. Dann setzte er sich auf einen Stuhl und betrachtete seine blutenden Hände, und zwar so lange, bis er kurz davor war, ihr Geheimnis zu ergründen.

Er nahm den Staubsauger aus der Kammer und öffnete das Gehäuse, um den Beutel in den großen Mülleimer auszuleeren. Dann fegte er den Flur, klaubte in Lunas Zimmer Müll zusammen und betrat anschließend das Zimmer seiner Mutter, das noch immer leicht nach Farbe roch. Das Ehebett, in dem sie seit Jahren allein schlief, war gemacht. Krim setzte sich an den Schminktisch mit den Make-up-Utensilien. Darüber hing ein großes Poster von Chaouch: *Die Zukunft ist jetzt.*

Er riss das Poster runter und stopfte es ebenfalls in den großen Mülleimer.

Neben der Lampe auf Rabias Nachttisch lagen drei Bücher: *Anna Karenina,* das Fouad ihr empfohlen hatte, *Nicht ohne meine Tochter* von Betty Mahmoody und *Lieber im Morgengrauen* von Chaouch. In der Schublade darunter fand Krim ein paar Fotos von seinem Vater, allen voran eines von jenem Weihnachtsfest, an dem er gestorben war und auf dem er so aussah, als wöge er nur noch vierzig Kilo. Er legte den Ehering ganz hinten in die Schublade und ging dann zurück in sein Zimmer, um sich einen Joint zu drehen. Nachdem er ihn geraucht hatte, hatte er Lust zu masturbieren. Er schaltete den Computer ein. Den Firefox-Browser öffnete er gar nicht erst, damit er nicht der Versuchung erlag, auf Facebook zu gehen. Stattdessen rief er sein Lieblingsvideo auf, dass er sich auf YouTube runtergeladen, in eine flv-Datei umgewandelt und in einem Ordner mit dem irreführenden Titel »Arbeitsamt« versteckt hatte.

In dem Video tanzten zwei vielleicht fünfzehnjährige Amerikanerinnen zu einem Rapsong und versuchten zwischen diversen Lachanfällen, die Lippen zum Play-back zu bewegen. Die rechte war mollig, braunhaarig, unauffällig, aber die linke mit dem hellen kastanienbraunen Haar und den grünen Augen war fleischgewordener Sex: Groß gewachsen, mit weißer Haut und breiten Schultern schüttelte sie ihre riesigen Brüste, die sich unter einem gelben Tanktop abzeichneten. Sie sah nicht so aus, als wäre sie sich bewusst, dass man ihre Freundin, die neben ihr den gleichen Hüftschwung vollführte wie sie, nicht einmal ansatzweise bemerkte.

Trotzdem schaffte es Krim nicht, einen Steifen zu bekommen. Nachdem er eine Viertelstunde lang vergeblich gewichst hatte, gab er auf und schleuderte seine treue Socke gegen den Bildschirm.

Das puritanische Computersummen lullte ihn schließlich ein. Immer noch leicht stoned, dachte er über seine Besessenheit von Mädchen mit großen Brüsten nach. Es waren nicht so sehr die Brüste selbst, die er mochte, sondern vielmehr das unbestreitbar und mehr oder weniger spektakuläre physische Erlebnis, das sie darstellten: Statt der Leere war an dieser Stelle etwas – zwei mächtige fleischige Kuppen, die Wölbung und Tiefe zugleich waren. Das Dekolleté war Krim tatsächlich noch lieber als die Brüste selbst. Und er mochte es, wenn sich da etwas anbahnte. Wer mochte es nicht, wenn sich etwas anbahnte?

Er warf die Socke und die Taschentücher aus seinen Hosentaschen in den schwarzen Müllsack und sah auf die Uhr. Zur Sicherheit hatte er den Computer noch nicht wieder ausgeschaltet. Manchmal brauchte der volle zehn Minuten, um wieder hochzufahren. Mit einem Seufzer kehrte er zu ihm zurück und loggte sich bei Facebook ein. Über die Rückenlehne seines Stuhls geflätzt bemerkte er zunächst nicht mal das rote Nachrichtensymbol, das sein Leben verändern würde. Seine Augen waren zwar geöffnet, doch er nahm nichts wahr. Er dachte an das Chaouch-Poster, an Onkel Ferhat, wie er ausgestreckt auf den Fliesen gelegen hatte, und erst als er darüber nachdachte, dass er die Nachricht besser löschen sollte, die er Aurélie von Lunas Facebook-Account aus geschickt hatte, entdeckte er, dass sie ihm geantwortet hatte. Da prangte eine kleine rote Eins über der Leiste mit den Icons für Freundschaftsanfragen, Nachrichten und Benachrichtigungen.

Er richtete sich auf seinem Stuhl auf und las:

Aurélie: Krim!!! Ich hab versucht, dich auf FB zu finden, aber das war unmöglich! Natürlich erinnere ich mich an dich! Es war total schön auf dem Boot! Was mach ich denn jetzt mit der Freundschaftsanfrage? Soll ich sie annehmen, auch wenn es die FB-Seite deiner Schwester ist? Ganz wie du willst. Ansonsten bin ich zu Hause in Paris zu erreichen, wenn du mal vorbeikommst, sag Bescheid. Meine Nummer ist: 06 74 23 57 99.

Unwillkürlich erschauderte Krim. Er las die Nachricht sicher zehnmal durch und tigerte dann erst mal im Zimmer auf und ab, sah zu Rihanna, Kanye West und Bruce Lee auf und wusste nicht, welcher dieser Gottheiten er für die unbeschreibliche Wärme danken sollte, die ihn in diesem Augenblick durchströmte. Darüber vergaß er sogar, wie sehr ihm seine Finger wehtaten.

2.

Eine Nachricht von Nazir riss ihn aus seiner Euphorie.

Empfangen: Heute um 04.45 Uhr.
Von: N
Dein Zug geht in einer Stunde. Du bist hoffentlich nicht eingeschlafen?

Krim fragte sich, ob Nazir wusste, was sich im Festsaal zugetragen hatte. Offensichtlich lautete die Antwort Nein. Er schrieb zurück, dass er bereit sei, dass er nicht schlafe. Dann zog er seine zweite Jogginghose mit dem neonfarbenen Streifen über, von der das Label mit dem sportlichen Hahn abgerissen war, suchte sein schönstes Lacoste-Polohemd heraus und entschied sich im letzten Augenblick noch für eine Lederjacke.

Dann beging er den Fehler, die neuen hohen Turnschuhe anzuziehen, die er sich von Nazirs Geld gekauft hatte – in der falschen Größe, seine Füße wuchsen auf rätselhafte Weise immer weiter, inzwischen hatte er Schuhgröße 45, dabei waren ihm im letzten Sommer Turnschuhe in 44 noch ein bisschen zu groß gewesen.

Auf seinem Handy waren acht verpasste Anrufe von seiner Mutter angezeigt. Kein einziger von Fouad. Nach einem letzten Blick auf das höchste C seines E-Pianos, das er seit dem Besuch des dicken Momo unterm Bett versteckte, zog er den Umschlag aus seiner Innentasche. Darin steckte das Zugticket. Um 5.48 Uhr würde er von Châteaucreux aus losfahren, und nach einem längeren Aufenthalt in La Part-Dieu würde er Paris um 9.27 Uhr erreichen. Auf einem gelben Post-it-Zettel war die U-Bahn-Verbindung notiert, die er nehmen musste, sobald er an der Gare de Lyon angekommen war.

Er nahm den schwarzen Sack aus der Mülltonne, band ihn zu, machte sich sogar die Mühe, eine ordentliche Schleife hinzubekommen, und ging zur Toilette. Er sollte seiner Mutter eine Nachricht hinterlassen und ihr schreiben, dass er Sarkozy das Hitlerbärtchen wirklich nicht aufgemalt hatte. Doch als er die Spülung betätigte, dachte er schon wieder an etwas anderes – an das Gefühl, das ihn jedes Mal überkam, wenn er die Spültaste hinunterdrückte: den Eindruck, sich von einer Last zu befreien. Denselben Eindruck, den er wieder hatte, als er den Müllsack durch den Schacht in den Container im Keller beförderte.

Als er den Wohnblock verließ und den Weg zum Bahnhof einschlug, hörte er die frühen Vögel in den Bäumen zwitschern. Der heftige Wind hatte sich wieder gelegt, allerdings nicht ohne vor einer Stunde ein paar Minuten Nieselregen gebracht zu haben. Geblieben waren ein leichter Luftzug, ein paar wilde, fröhliche Böen, die jetzt kein Gewitter mehr ankündigten, sondern die Sonne, die Wiederkehr, den Tau auf dem Rasen.

Gemächlich durchquerte Krim die Innenstadt. Er lauschte dem Rauschen der Weidenblätter, der Trauerweiden und der Platanen. Reihen gestutzter Bäume ragten in den Nebenstraßen auf. Krim wunderte sich, dass sie von Knospen übersät waren, wohingegen andere Bäume schon das volle Blattwerk trugen.

An einem umzäunten Platz hielt er an. Die Rasensprenger waren abgestellt, trotzdem war der Sand feucht, die Bäume waren ohne Blüten. Warum schien es ihm immer so, als wäre ein verlassener Platz gerade eben erst verlassen worden?

Als er schließlich im Bahnhofsviertel ankam, rauchte er inmitten dieser fantastischen, abweisenden Umgebung erst mal eine Zigarette. In einer ultramodernen Hausfassade – zehn, fünfzehn, zwanzig lange verspiegelte Lamellen, die ziehharmonikaförmig angeordnet waren – spiegelte sich der Himmel, und doch konnte Krim noch immer kein Morgengrauen erkennen.

Der Bahnhof war menschenleer. Weder auf den Bahnsteigen, am Schalter noch in der Halle war jemand zu sehen – keine weiteren Reisenden, keine Beamten mit Mütze, keine Familie, die mitgekommen war, um einem Angehörigen Auf Wiedersehen zu sagen, der sich schon früh am Morgen auf den Weg machte. Die Beleuchtung funktionierte nicht richtig, ganze Abschnitte lagen im Halbdunkel. An den Süßigkeiten- und Getränkeautomaten liefen die langen Hebel ins Leere. Die Abdeckungen über den Werbetafeln standen offen, dahinter war nirgends ein Plakat zu sehen.

Der SNCF-Jingle hallte durch den Bahnhof – C, G, as, es –, und eine aufgezeichnete Lautsprecherstimme kündigte den Zug nach Lyon an. Als die Stimme wieder verstummte, hörte Krim nur noch das Knistern der Neonröhren über den Anzeigetafeln, die bald die Frühstückssendung von France Inter, Luc Bessons neuesten Film oder den Verzehr von Früchten und Gemüse von mangerbouger.fr anpreisen würden.

Er öffnete eine neue Nachricht und dachte darüber nach, was er Aurélie wohl als Erstes schreiben sollte.

3.

Die Brautmutter raufte sich buchstäblich die Haare, als sie die Polizei kommen sah. Erst vor wenigen Minuten war der Krankenwagen mit der alten Zoulikha abgefahren und mit ihr all ihre Schwestern in Bouzids, Dounias und Onkel Ayoubs Autos. Die Blaulichter des Streifenwagens bestätigten ihre schlimmsten Befürchtungen und hämmerten ihr Gewissheit ein: Diese dumme kabylische Familie hatte es geschafft, den wichtigsten Tag in ihrem Leben zu ruinieren.

Slim rempelte sie beiseite, als er versuchte, zu seinem Bruder zu gelangen, der sich mit den Polizisten beriet.

»Was machst du denn?«, schimpfte die Brautmutter. »Ich hoffe doch, dass du nicht auch noch gehst!«

Unfähig, sich zu konzentrieren und die richtige Entgegnung zu finden, hielt Slim inne.

Fouad hatte den Dialog mit halbem Ohr mitgehört, bat die Polizisten, einen Augenblick zu warten, und baute sich vor der Brautmutter auf. »Das reicht jetzt aber!«

Die Brautmutter holte einmal tief Luft und wollte schon für einen Eklat sorgen, doch Fouad gebot ihr mit erhobenem Finger Einhalt und bedachte sie mit einem finsteren Blick. »Slim, du kannst bleiben, wenn du willst. Ich fahr nur kurz mit auf die Wache, um Anzeige zu erstatten. Sag mir einfach, ob du weißt, was da in den letzten Tagen vorgefallen ist. Ferhat meint, er ist vor ungefähr zehn Tagen angegriffen worden, aber er redet ein bisschen wirres Zeug.«

»Ich weiß es nicht genau«, erwiderte Slim, der Schwierigkeiten hatte, Luft zu bekommen. Er bemühte sich nur noch darum, sich den Umständen angemessen zu verhalten. »Er ist schon eine Weile komisch, kann schon sein, dass es zehn Tage sind, das kommt hin. Am besten fragst du Zoulikha.«

»Ja, na ja, das ist jetzt ja gerade nicht möglich. Also, wie sieht's aus?«

Nachdem sein aufgewühlter Bruder in diesem Moment ohnehin nicht in der Lage gewesen wäre, eine eigenständige Entscheidung zu treffen, übernahm Fouad das für ihn: »Bleib hier. Bleib bei deiner Frau, das ist besser. Die Feier ist jetzt sowieso bald vorbei.«

Im nächsten Moment wurde die Musik wieder voll aufgedreht und strafte ihn Lügen. Es war ein Raï mit stampfendem Rhythmus, der nur zu dem Zweck aufgelegt worden zu sein schien, um Aït Menguellets *Nous, les enfants d'Algérie* vergessen zu machen.

Fouad schloss bedächtig die Augen, um Slim zu verstehen zu geben, dass er ihm nicht böse war, wenn er blieb. Es war seine Feier, er konnte nicht gehen, solange es noch Gäste gab, die Lust hatten, sich zu amüsieren. Außerdem würde er auf der Polizeiwache sowieso nichts weiter tun können, als da zu sein. Slim wischte sich eine Träne aus dem Augenwinkel und ging zurück zu Kenza, die ihm die Hand in den Nacken legte und ihm vor den Augen ihrer Mutter einen langen Kuss gab.

Toufik und Kamelia hatten sich dem Krankenwagen nicht angeschlossen. Sie würden Fouad begleiten, was Fouad recht war, nur dass Toufik kein Auto mehr zur Verfügung hatte. Die Polizisten, die Fouad gegenüber wohlwollend eingestellt waren, weil sie ihn aus dem Fernsehen wiedererkannt hatten, willigten ein, sie auf dem Rücksitz mitzunehmen.

Währenddessen traf der Krankenwagen in der Notaufnahme des Nordkrankenhauses ein. Die diensthabende Schwester und ein kleiner Rettungssanitäter mit geröteten Augen hievten Tante Zoulikha von der Trage auf eine Rollbahre, die am Eingang bereitstand. Geschlossen begab sich die Sippschaft in den Wartesaal. Nur Rabia wurde von ihrer großen Schwester, die schwer atmete, zu sich gewunken.

»Sie braucht ein bisschen Ruhe«, stellte der Rettungssanitäter fest, während er mit dem Stethoskop über Zoulikhas fahle Pergamenthaut fuhr.

»*Anda' leth* Krim?«, fragte die alte Frau zwischen zwei Zügen Sauerstoff. Dann wurde ihr die Maske wieder aufgesetzt, und sie kam in ein Behandlungszimmer. Die Krankenschwester forderte eine Kollegin auf, sich um die Familie zu kümmern. Als Rabia der Schwester folgen wollte, zeigte sich die Krankenschwester unerbittlich.

»Nein, nein, Madame, Ihre Tante …«

»Meine Schwester!«

»Entschuldigung. Ihre Schwester hat einen kleinen Herzanfall erlitten. Sie müssen sich jetzt bitte ins Wartezimmer setzen. Bitte.«

»Ein Herzanfall?«

Rabias Augen füllten sich mit Tränen.

4.

Dounia legte ihrer Schwester den Arm um die Schultern und führte sie an einen Platz gegenüber dem Kaffeeautomaten.

»Was hat sie gesagt?«

Rabia war drauf und dran zusammenzubrechen. Luna eilte auf sie zu und umarmte sie schluchzend, dachte insgeheim aber eher an den

Kuss, den Yacine, der Bruder der Braut, ihr auf die Lippen gedrückt hatte, als an ihren Großonkel und all das, was ihm zugestoßen war und dessen Tragweite sich ihr nicht wirklich erschließen wollte.

»Sie hat nach Krim gefragt«, beantwortete Rabia Dounias Frage.

»Und wo steckt er?«

»Ich weiß es nicht. Ich hab ihn schon zehnmal angerufen, aber er meldet sich einfach nicht. Ich schwöre dir, jetzt reicht es. Diesmal wird er dafür büßen, dieser kleine Blödmann!«

Dann berichtete sie ihrer Schwester von dem Streit mit Belkacem, den Krim für Omar gehalten hatte. Nach allem, was geschehen war, würde sie Omar wahrscheinlich nie mehr wiedersehen. Intensiver Schmerz brannte hinter ihren entzündeten Augenlidern, und laut schluchzend stieß sie hervor: »Meine Kinder sind mein Ein und Alles, meine Kinder sind alles in meinem Leben. Für wen lebe ich denn? Für mich selbst etwa? Gebe ich mein Geld dafür aus, mir Klamotten und Schmuck zu kaufen? Nein, seit dem Tod ihres Vaters – Friede seiner Seele – leb ich nur noch für die beiden, nur noch für meinen Sohn und meine Tochter. Und ich sage es dir gleich, *wallah, cerfen tetew, rebi,* ihr könnt mich auf der Stelle erschießen, wenn irgendjemand meinem Sohn oder meiner Tochter auch nur ein Haar krümmt …«

Dounia schien über eine schier unerschöpfliche innere Ruhe zu verfügen. Sie nahm die Hände ihrer Schwester und drückte unzählige Küsse darauf, um Rabia wieder zum Lächeln zu bringen und um sie zu beruhigen.

»Er ist sicher heimgegangen. Er hat doch einen eigenen Schlüssel, oder? Na, siehst du. Komm schon, alles wird gut.«

»Die arme Zoulikha. Aber was ist denn eigentlich passiert? Gerade war noch alles gut, wir haben getanzt, und im nächsten Moment …«

Rabia fing wieder an zu weinen.

»Die Krankenschwester hat doch gesagt, dass es nur ein kleiner Herzanfall war. Du wirst schon sehen. Außerdem ist sie doch kräftig, *wallah,* sie ist unverwüstlich, die gute Zoulikha. Weißt du noch, wie sie dem Großvater in Saint-Victor dabei geholfen hat, die Zelte aufzustellen?«

»Saint-Victor«, murmelte Rabia leise.

»Dieser Faulpelz Moussa hat damals in der Sonne gelegen und den Frauen hinterhergeschaut. Währenddessen haben unsere großen Schwestern die ganze Arbeit gemacht.«

»Und *yeum,* wo ist sie?«

Sie sei schon früh mit Rachida abgefahren, antwortete Dounia. Nach dem Verlauf des Abends sei sie sehr wütend gewesen. Sie habe lange vor allen anderen gewusst, dass ein Fluch darüber lag.

»Nein, aber du hast schon recht«, fügte sie hinzu, als Rabia nichts entgegnete. »Ich muss sie anrufen und ihr Bescheid geben. Ich kann damit ja nicht bis morgen warten.«

»Und Kamelia? Toufik, dem kleinen Neffen? Geht es ihnen gut?«

»Kamelia und Toufik sind zusammen mit Fouad aufs Polizeirevier gefahren«, beruhigte Dounia sie. »Mach dir keine Gedanken. Ruh dich ein bisschen aus.«

Doch mit einem Mal riss Rabia den Kopf hoch und hielt nach Bouzid Ausschau. Dann stürmte sie auf ihn zu und fragte, was mit Ferhat passiert sei.

»Beruhige dich erst mal, Rab', beruhige dich!«, schrie er. Erst dann schilderte er, was er auf dem Schädel ihres Großonkels gesehen hatte.

»Und was macht ihr jetzt? Hoffentlich schnappt ihr sie euch! Ihr werdet jetzt doch wohl nicht etwa einen auf kleine Franzosen machen und warten, bis sich die Polizei darum kümmert, oder? Bouz', sieh mich an! Wenn ihr als die Männer in dieser Familie sie euch nicht schnappt, dann schwör ich dir, werd ich mich darum kümmern. *Wallah,* einem alten Mann so etwas anzutun …«

Die schreckliche Vorstellung des rasierten, mit obszönen Zeichen tätowierten Schädels machten es ihr unmöglich fortzufahren. Ihr wurde übel, und sie musste sich neben Dounia setzen.

Raouf ging zum Rauchen nach draußen, während die Alten es sich andächtig im Wartezimmer bequem machten. Ein Fernseher war unter die Decke montiert worden, sodass jeder ihn sehen konnte, doch außer ihnen war niemand hier, und wer immer sonst auf eine Behandlung oder auf schlechte Nachrichten wartete, hatte normalerweise keinen Kopf für das Fernsehprogramm.

Als er wieder hereinkam und ohne wirklich hinzublicken, sah Raouf Bilder, die er inzwischen fast auswendig kannte: Chaouch, der während seines letzten Auftritts vor einer euphorisierten Menge eine Rede hielt. Kamerafahrten, die jedem Hollywood-Blockbuster zur Ehre gereicht hätten, zeichneten hysterische, verzückte Gesichter auf. Genau das, schoss es dem jungen Mann durch den Kopf, hatte Chaouch aus diesem Land gemacht: Er hatte die Menschen dazu gebracht, die Augen weit aufzureißen. Wie in den japanischen Zeichentrickserien, die er sich morgens gern anschaute, bevor er mit dem Taxi zur Arbeit aufbrach. Riesengroße, unwirkliche Augen. Augen, die deshalb so groß waren, damit mehr Tränen hineinpassten.

5.

Farès hatte natürlich noch nie ein Auto mit so vielen PS gefahren wie den Maybach 57S, den er nach Paris bringen sollte. Im Laufe der vergangenen Wochen hatte er fast rund um die Uhr die Garage überwacht, in der Nazir den Wagen untergestellt hatte. Farès und ein Kumpel hatten sich abwechselnd darum gekümmert, doch Farès war die Ehre zuteilgeworden, das rote Nummernschild auf grünem Grund anzuschrauben. Nach der bewegenden Taufe war der Maybach zwar nur ein gefälschtes Diplomatenauto, aber nichtsdestoweniger ein wahres Wunderwerk.

Seit jenem Nachmittag vor zehn Jahren, als er zum ersten Mal die Leistung eines Motors gespürt hatte, seit dem ersten Twingo mit defekter Servolenkung, den er zur allgemeinen Verwunderung auf dem holprigen Bricomarché-Parkplatz kein einziges Mal abgewürgt hatte, hatte Farès davon geträumt, einmal ein Auto mit getönten Scheiben und einem Biturbomotor zu fahren. Zufrieden, ja selig lächelnd schloss er die Augen zur Hälfte. Als er sie wieder aufschlug, rauschte er in Höchstgeschwindigkeit an einer verspiegelten Begrenzungswand entlang. Die verchromten Felgen seines Meteors auf Rädern blitzten in der abstrakten Autobahnnacht.

Er warf einen Blick aufs Handy, das bald aufgeladen wäre, und schaltete das Autoradio ein. Der Großartigkeit dieses Meisterwerks europäischer Zivilisation, an dessen Steuer er durch die Landschaft flog, schien einzig und allein klassische Musik angemessen zu sein. Auf France Musique lief Beethoven. Die sanfte morgendliche Stimme der Moderatorin verriet, dass er soeben den ersten Satz der *Waldstein*-Sonate gehört hatte. Im selben Moment flammten zur Rechten bläuliche Lichter am Horizont auf. Farès gratulierte sich zu diesem glücklichen Zufall und schaltete die Musik wieder aus, um das ebenso musikalische Summen des Maybach-Motors voll und ganz zu genießen.

Doch sein Wachtraum war nur von kurzer Dauer. Als das Handy endlich aufgeladen war, entdeckte er die Nachricht seines Zwillingsbruders und ging sofort vom Gas. Hinter ihm war weit und breit kein anderes Fahrzeug zu sehen, also wechselte er die Spur und folgte den Schildern zum nächsten Autobahnrastplatz. Nazir hatte ihm eigentlich verboten, schneller als 130 km/h zu fahren und unterwegs anzuhalten, doch in Farès' Augen handelte es sich hier um einen Fall von höherer Gewalt. Als er ausstieg, schlüpfte er in seine Anzugjacke und band sich ordentlich seine Krawatte. Der Chauffeur eines solchen Wagens konnte schließlich nicht in Jeans und T-Shirt herumspazieren.

Sein erster Reflex hätte sein müssen, Nazir anzurufen, um ihn von der neuen Situation in Kenntnis zu setzen, doch er wollte sich nicht dafür rechtfertigen müssen, angehalten zu haben. Also tippte er Mouloud

Benbarakas Nummer ein, die er früher am Tag auswendig gelernt hatte. Erst beim dritten Versuch ging er ran.

Er befand sich in Saint-Étienne auf einem ausgeleuchteten Parkplatz. Den Fahrersitz seines BMW hatte er bis zum Anschlag nach hinten gekippt, um dem Strahlen der Neonlichter zumindest halbwegs zu entgehen.

Als Farès ihm vom Inhalt der Nachricht berichtete, die er soeben von seinem Bruder erhalten hatte, richtete sich Mouloud Benbaraka auf.

»Wann hat er dir die Nachricht geschickt?« Die Antwort wartete er gar nicht erst ab. »Scheiße, darum hat er sich nicht mehr gemeldet, dieser Blödmann!«

»Und was machen wir jetzt?«, fragte Farès unruhig.

Mouloud Benbaraka stieß ein hässliches zweitoniges Lachen aus. »Was *du* jetzt machst, meinst du wohl? Ich hab auch so schon genug Probleme. Wenn dein Bruder sich schnappen lässt, dann ist das nicht mein Bier.«

Farès hatte gerade zu einer Erwiderung angesetzt, als Benbaraka auch schon aufgelegt und sich auf den Beifahrersitz geschoben hatte. Unter dem Vordach der Notaufnahme waren Leute aufgetaucht. Nach ein paar Sekunden der Verwirrung machte sich ein kleiner Teil der Familie des Bräutigams auf den Weg zum Parkplatz, während Rabia und ihre Schwester – immer noch in Festtagskleidung – zurückblieben, sich Zigaretten anzündeten und einander über die Arme rieben, um sich aufzuwärmen.

»Was soll ich tun?«, fragte er Nazir, der sofort rangegangen war.

»Für den Augenblick hältst du Abstand.«

Nazir hörte nicht mal mehr Benbarakas Seufzen und auch nicht den dumpfen Klang der geballten Faust, die auf das Armaturenbrett niedergesaust war. Er hatte bereits aufgelegt.

6.

Krim erlebte den Sonnenaufgang zwischen Saint-Chamond und Rive-de-Gier: ein rotes Leuchten, das zusehends ins Orangefarbene changierte, sowie Blautöne, die immer heller wurden. Doch von der Bahnstrecke aus war die Sonnenscheibe selbst wegen der Hügel nicht zu sehen.

In Givors-Ville stieg eine Tussi in Dreiviertelhose zu Krim in den Waggon. Sie hatte ein Piercing in der Wange, das an ein glitzerndes Muttermal erinnerte und ihr Grübchen verunstaltete. Als sie bemerkte, dass Krim sie anstarrte, verzog sie sich ans entlegene Ende des Waggons, stützte den Kopf auf die Faust und tat so, als wäre sie müde.

Als sie in Lyon ankamen, setzte Krim sich wieder auf denselben Platz im Wartesaal, auf dem er bereits gegen Ende des letzten Sommers gesessen hatte, als er den TGV nach Marseille und dann den TER nach Bandol genommen hatte. Siebenundzwanzig verpasste Anrufe. Er nickte ein, träumte vom Süden und wachte gerade noch rechtzeitig auf, um seinen TGV zu erwischen. Die Vierergruppe, in der sich sein Platz befand, war genau wie die Hälfte des Waggons leer, sodass er die Beine auf der Bank ausstrecken konnte, doch nebenan sprach ein Mann in grauer Strickjacke und rotem Hemd am Telefon über den Wahlkampf.

»Ja, ich komm nur dafür heim«, erklärte er, während er sich konzentriert den unteren Teil des Nackens massierte. »Nein, aber jetzt musst du mal mit diesen Umfragegeschichten aufhören. Die Leute werden schon vernünftig sein, da hab ich keinen Zweifel. Und sonst, nein, tut mir leid. Wenn er gewählt wird, geb ich auf. Dann ziehe ich zu meiner Nichte nach England. Man muss es auch nicht übertreiben.«

Krim konnte zu keinem Zeitpunkt während der folgenden Viertelstunde herausfinden, für wen der Mann in der grauen Strickjacke stimmen wollte. Was ihn letztlich zu Sarkozy tendieren ließ, war nichts, was der Typ gesagt hatte, sondern eher der verstohlene, irritierte, abschätzige Blick, den er Krim zuwarf, nachdem ihm aufgefallen war, dass er von ihm beobachtet wurde. Genau das war die Art der Franzosen: einen nie direkt anzugreifen, immer nur hintenrum. Ein Volk von Feiglingen, hatte Nazir mal geschrieben. Genetisch feige, hatte er behauptet, und dieser rotgesichtige Typ mit dem Doppelkinn, dem rot karierten Hemd und dem ausweichenden Blick schien der lebende Beweis dafür zu sein.

Während er den morgendlichen Dunst über den Feldern und Baumgruppen aufsteigen sah, bekam Krim Lust auf eine Zigarette. Er ging zur Toilette zwischen den beiden Waggons und nutzte die Gelegenheit, um die Scheine nachzuzählen, die ihm von Nazirs letzter Rate noch geblieben waren. Zusammen mit dem Fünfzig-Euro-Schein, den Raouf ihm gegeben hatte, besaß er genug, um im Zug noch etwas zu essen, wenn er wollte, allerdings hatte er gar keinen Hunger. Der Stress der vergangenen Stunden hatte ihm den Appetit verdorben, und wie jedes Mal, wenn er keinen Hunger hatte, hatte er stattdessen furchtbare Lust zu rauchen.

Er schob sich eine Zigarette zwischen die Zähne, wie es sein Vater früher getan hatte, um ihn zum Lachen zu bringen. Er war kurz davor, eine Nachricht an Nazir zu schicken und ihm von den jüngsten Ereignissen zu berichten, als es ihm plötzlich viel dringlicher, viel notwendiger, viel grundlegender erschien, an Aurélie zu schreiben.

Hallo Aurélie, ich bin's, Krim. Ich bin an diesem Wochenende tatsächlich in Paris. Kann ich bei dir vorbeikommen?

Krim nahm die Zigarette wieder in die Hand und trat von einem Bein aufs andere. Dann ging er ins Bordbistro und kaufte sich einen Eistee. Während er sich noch den Kopf darüber zermarterte, ob seine Nachricht angemessen war, zu viel oder nicht genug, fuhr der TGV bereits durch die ersten südlichen Vorstädte von Paris, an roten Ziegelgebäuden und schmalen, schmutzigen Hochhäusern entlang, vorbei an rechteckigen Fabriken, die wie aus Legosteinen auf einer lang gezogenen, wenig einladenden Brachfläche standen und die die Sonne sanft zum Leben erweckte.

Er setzte sich wieder auf seinen Platz und hörte *Family Business* von Kanye West, eines seiner Lieblingslieder, das er Aurélie im vergangenen Sommer vorgespielt hatte. Die Melodie kannte er auswendig, auch wenn er den Text nicht verstand. Jede einzelne Note schien Aurélies Schönheit in sich zu tragen. Jede Note war ein zusätzlicher roter Fleck auf ihrer sonnenbeschienenen Brust.

Er drückte auf Senden.

Der Franzose auf dem anderen Vierersitz war eingeschlafen. Er hatte die Arme verschränkt und schnarchte leise vor sich hin. Krims Blick fiel auf die silberne Uhr, die er abgenommen und auf den Sitz neben sich gelegt hatte. Als sie aus einem kurzen Tunnel herausfuhren, blitzte sie verführerisch auf. Krim nahm sie an sich und verließ den Waggon. Er beglückwünschte sich dazu, die Aufmerksamkeit des Mannes vorhin nicht auf sich gelenkt zu haben, indem er sich die Zigarette angezündet hatte. Er schloss sich in der Toilette des Zweite-Klasse-Waggons ein, der am weitesten von seinem eigenen entfernt war, und wartete auf die Ansage, dass sie in die Gare de Lyon einfuhren. Dort stieg er als Erster aus und sprintete bis zu dem Platz mit dem Uhrturm.

Ungewöhnlich viele Soldaten patrouillierten mit Maschinenpistolen bewaffnet im Bahnhof. Krim drückte seine Zigarette aus, die er nicht zu Ende rauchen wollte, und musste plötzlich wieder an Fouad denken, wie er bei der Großmutter die Camel, die er ihm gegeben hatte, nach nur drei jämmerlichen Zügen weggeworfen hatte, als hätte er sich mit ihm gelangweilt und es kaum erwarten können, endlich mit interessanteren Menschen zu sprechen.

Er sah auf sein Handy. Fünfundfünfzig verpasste Anrufe und zwanzig ungelesene Nachrichten, die letzte von Nazir.

Empfangen: Heute um 9.29 Uhr.
Von: N
Ist der Zug pünktlich? Treffpunkt kennst du, beeil dich.

Nazir hatte darauf bestanden, dass er bei seiner Ankunft in Paris eine Uhr dabeihatte. In einer Schublade seiner Schwester hatte Krim eine alte Swatch gefunden, doch in dem Moment, da er sie durch die schöne Armbanduhr des Franzosen aus dem Zug ersetzen wollte, glaubte er, sich wieder daran zu erinnern, dass er sie mit seinem Vater zusammen auf dem Jahrmarkt gewonnen hatte, und wollte sich nun doch nicht mehr von ihr trennen. Also legte er die silberne Uhr um sein rechtes Handgelenk und lief die ersten Schritte durch die Hauptstadt mit zwei Uhren an den Handgelenken, die wunderbarerweise nur sieben Sekunden voneinander abwichen, wie er feststellte, als eine Bettlerin ihn mit einem klagenden Wortschwall übergoss.

7.

Er folgte den Anweisungen und fand innerhalb von fünf Minuten den Eingang zur Linie 14. Nazir hatte darauf bestanden, dass er nicht schwarzfuhr, doch er war nicht so weit gegangen, ihm Metrotickets in den Umschlag zu stecken. Krim löste eine Fahrkarte und setzte sich hinten in die fahrerlose U-Bahn, die auch kein Führerhäuschen mehr hatte. Hinter der Heckscheibe wanden sich Höllengänge, die der Zug nach und nach verschluckte.

Krims Blick blieb an einem jungen Mädchen hängen, die ein marineblau gestreiftes Oberteil trug. Sie hatte sich ihm gegenüber hingesetzt und tippte wie wild auf einem weißen Blackberry herum. Mit ihrer Schönheit schlug sie Krim in ihren Bann – so etwas hatte er bislang erst ein einziges Mal erlebt: als er sich in Aurélie verliebt hatte. Sie hatte schwarzes Haar, eine lange, schmale, gerade Nase, dunkle Augen und vor allem weiße Haut, die von einer edlen, kraftvollen Blässe war – einer Blässe, die Jahrhunderte überdauert zu haben schien und die das Rot ihrer dezent geschminkten Lippen umso deutlicher hervorhob.

Doch die schönsten Frauen der Welt waren für ihn unerreichbar, eine wie die andere.

In der zweiten U-Bahn, die ihn an sein Ziel bringen sollte, saß Krim einer dicken schwarzen Frau gegenüber, die strickte. Ein Akkordeonspieler stieg in ihren Waggon ein und begann, seine persönliche Version eines Joe-Dassin-Liedes zu spielen. Die schwarze Mama ging lebhaft mit, als sie die Melodie erkannte, und fing nach einer Weile sogar an, lauthals zu singen, wobei sie sich Beifall heischend umsah: »*Ô Seigneur dans ton cœur ma vie n'est que poussière! Ô Seigneur dans ton cœur ma vie n'est que poussière! Ah ah c'est incroyable! Ô Seigneur …*«

Als er aus der Metro ausstieg, wurde ihm schwindlig. In Paris war der Himmel weiter, die Gebäude waren großartiger, die Gesten der Leute lebhafter und ihr Blick unvergleichlich viel härter. Selbst die Luftmoleküle kamen ihm größer vor, und Krim spürte, dass er es in dieser Atmosphäre nicht lange aushalten würde, in der ihm nur abschätzige Blicke zugeworfen wurden. Und er erkannte einfach nichts wieder. Die Boulevards wimmelten nur so von einschüchternden Bistros, und die Haussmann'schen Wohnblocks waren mit Wasserspeiern und modellierten Firsten verziert.

Noch während Krim die Hausnummer suchte, die auf seinem Post-it gestanden hatte, schickte Nazir ihm die nächste Nachricht.

Empfangen: Heute um 10.07 Uhr.
Von: N
Du bist 5 Minuten zu spät. Das ist unmöglich, was hatten wir vereinbart? Bist du in der Gegend? Das ist jetzt nicht der Moment, um durchzudrehen, Krim!

»Mann, noch zwei Minuten«, murmelte Krim. »Wir sind doch nicht am Fließband.«

Vor einem der großartigen Gebäude blieb er stehen und tippte ein paar Ziffern in das Codeschloss ein. Eine Treppe führte zu einer zweiten Tür, die ebenfalls durch einen Code gesichert war. Krims Schritte waren auf dem rotbraunen Teppich mit den hellgoldenen Streifen nicht zu hören. Der Fahrstuhl, der ihn von dort hinauf ins fünfte Stockwerk brachte, schaukelte leicht, als er an seinen Stahlseilen nach oben gezogen wurde. Für einen kurzen Moment fürchtete Krim abzustürzen.

Im fünften Stock angekommen, traute er sich plötzlich nicht mehr auszusteigen. Nazirs Stimme drang durch eine der Türen auf dem Gang und machte ihm Angst. Er brüllte herum, und Krim verstand kein einziges Wort. Er musste wieder an Aurélie denken und hatte mit einem Mal das merkwürdige Gefühl, dass er sie lange nicht mehr wiedersehen würde, wenn er jetzt sofort zu Nazir ginge.

Er musste nur die Prioritäten umgekehrt setzen. Erst Aurélie und später Nazir. Sie nicht zu treffen erschien ihm undenkbar. Er brauchte bloß ein bisschen Zeit, musste sie sich nur nehmen. Nazir würde sicher verstehen, dass er verliebt war. Wie er auch alles andere verstanden hatte. Und selbst wenn nicht – egal.

Obwohl er noch satte drei von vier Balken hatte, schrieb er seiner Mutter, dass sein Handy kaum noch Saft hätte, dass es also unnütz wäre anzurufen. Er war wie vorgesehen in Paris – früher als vorgesehen. Er würde bei Onkel Lounis übernachten. Den würde sie hoffentlich nicht anrufen, um eine Bestätigung zu erhalten. Seine Stimme war der seines Vaters ganz verblüffend ähnlich.

Unmittelbar nach dem höchsten G in Nazirs Gebrüll ging Aurélies Antwort auf Krims Handy ein.

Empfangen: Heute um 10.13 Uhr.
Von: A
Komm doch bei mir vorbei. Hab gestern gefeiert und bin noch im Koma, aber das ist schon in Ordnung.

Am Ende der Nachricht stand noch ihre Adresse. Krim drückte auf den Knopf fürs Erdgeschoss und blendete Nazirs wütende Anrufe aus, die in einem fort auf seinem Telefon eingingen.

In zu kleinen Turnschuhen lief er die nächste Viertelstunde durch die Straßen. Die Schnürsenkel aus zwei Ösen zu ziehen, hatte nichts gebracht. Alle zwanzig Meter musste er stehen bleiben, um der Schmerzen Herr zu werden, und er dachte schon darüber nach, für den Rest des Tages auf Socken weiterzugehen. Nazir musste inzwischen schon stinkwütend auf ihn sein. Gerade rief er zum fünfzehnten Mal hintereinander an. Er hätte es als unverzeihliche Provokation betrachtet, dass Krim zusätzlich zu seiner Verspätung auch noch gegen seine sogenannte goldene Regel dieses Sonntagvormittags verstieß: nicht aufzufallen.

Verzweifelt hielt Krim nach dem Eingang zu der Metrostation Ausschau, bei der er vorhin angekommen war. Er hatte dort einen Plan gesehen, auf dem er nachschauen wollte, wie er am schnellsten in Richtung Buttes-Chaumont kam, wo Aurélie wohnte.

Am Ende einer Seitenstraße bemerkte der erschöpfte Krim ein Ladengeschäft ohne Auslage. Nach dem Erscheinungsbild der Männer zu urteilen, die sich davor versammelt hatten, handelte es sich dabei um eine Moschee. Als auch der letzte Gläubige verschwunden war, entdeckte Krim, dass die Tür nicht ganz zugefallen war. Vorsichtig schlich er näher. Hinter der unbeaufsichtigten Tür zum Vorraum sang jemand ein Gebet. Unter den Dutzenden Paar Schuhen, die auf Pappregalen abgestellt waren, fand Krim beigefarbene Slipper in Größe 45. Er tauschte sie gegen seine eigenen Turnschuhe aus und suchte das Weite.

Eine halbe Stunde lang streifte er ziellos umher, ehe er die Seine fand und beschloss, am Ufer entlangzugehen, bis ihm eine Idee kam, was er als Nächstes tun sollte. Über eine Brücke steuerte er wieder auf die Gare de Lyon zu. Die trotz der Sonne kühle Luft pustete ihm das Gehirn durch. Sein Kopf war voller Trompetenklänge und glorreicher Gedanken.

Als er die Brücke halb überquert hatte, sah er, wie gegenüber auf einer Überführung vor dahinterliegenden Gebäuden eine U-Bahn den Himmel durchschnitt. Die Brücke erschien ihm plötzlich nur deshalb errichtet worden zu sein, damit er die Seine überqueren konnte.

Spontan beschloss er, sich das erste Taxi seines Lebens zu gönnen.

8.

Fouad verließ das Zimmer, in das Zoulikha vor einigen Stunden verlegt worden war, und rief Jasmine zurück, die in den letzten paar Minuten mehrfach versucht hatte, ihn zu erreichen.

»Mein Gott, Fouad, es tut mir so leid! Geht es deinem Onkel besser?«

»Ja, ja, mach dir keine Sorgen. Er ist schon wieder nach Hause gefahren, meine Cousinen kümmern sich um ihn. Alles wird gut.«

»Und deine Tante … Das ist aber doch schlimm! Es tut mir so leid, ich wär jetzt so gern bei dir.«

»Ach ja, das wird schon, mach dir keine Sorgen. Wo seid ihr gerade?«

»Ihr« – das war das Gefolge, das Jasmine seit dem Beginn des Wahlkampfs pausenlos umgab. Dabei hatte sie sich standhaft geweigert, am Wahlkampf teilzunehmen, und tatsächlich war sie auch erst nach dem ersten Wahlgang so richtig eingestiegen. In der vergangenen Woche war sie zum ersten Mal an der Seite ihres Vaters aufgetreten: in der ersten Reihe im Publikum der Fernsehdebatte.

Die junge Frau stieß einen langen Seufzer aus. »Es hat Probleme gegeben. In ein paar Wahllokalen im Cantal – keine Ahnung, warum gerade im Cantal – sind die Chaouch-Stimmzettel verschwunden. Papa spricht gerade mit seinen Anwälten, aber wir können wohl nicht vor heute Nachmittag wählen gehen.«

»Ich dachte, es würde gern gesehen, wenn die Kandidaten schon am Vormittag wählen?«

»Nein, nein«, entgegnete Jasmine geistesabwesend. »Na ja, so richtig weiß ich über all das nicht Bescheid. Ich weiß ja noch nicht mal, wen ich wählen soll …«

Sie hatte eine schöne, irgendwie listige Stimme, kindlich und flötend, bei der man sich kaum eine Vorstellung machte, welche Kraft sie auf einer Bühne entfaltete. Jasmine war Mitglied des Ensembles für die kommende Produktion der *Indes Galantes* von Rameau, die mit höchster Spannung erwartete Aufführung des anstehenden Festivals in Aix-en-Provence. Die Spannung rührte allerdings von Gründen her, die nichts mit der Musik zu tun hatten und die sie frustrierten.

»Wann lerne ich endlich deine Familie kennen, Fouad?«

»Bald, ganz bald. Trotzdem bin ich froh, dass du nicht zu Slims Hochzeit mitgekommen bist. Es war …«

Er hielt inne, weil ihm kein Wort einfallen wollte, das stark genug gewesen wäre – aber auch, weil er soeben einen zweiten Anruf in der Leitung hatte.

Nachdem er sich von seiner Lebensgefährtin der vergangenen sechs Monate verabschiedet hatte, rief er die andere Nummer zurück.

»Hallo, Sie haben angerufen?«

»Ja … Monsieur Nerrouche? Hier ist Claude Michelet, stellvertretender Staatsanwalt. Ich habe gerade erfahren, was gestern Nacht vorgefallen ist, und ich möchte Ihnen versichern, dass diese hässliche Tat nicht ungestraft bleibt, komme, was da wolle.«

Es war ein vorbereiteter Satz. Michelets Wortgewandtheit nahm spürbar ab, als Fouad am anderen Ende stumm blieb und er fortfahren musste.

»Das wollte ich Ihnen nur sagen, ich kümmere mich persönlich darum, die Schuldigen ausfindig zu machen, und dann stelle ich sicher, dass an ihnen ein Exempel statuiert wird. Es ist wirklich … Es ist absolut *unannehmbar,* jemanden auf diese … *hässliche* Weise anzugreifen, der noch dazu ein reifer, ich meine, ein älterer Herr ist. Das wollte ich nur sagen. Übermitteln Sie doch bitte Ihrer Familie meine allerbesten Wünsche. Und glauben Sie mir, wir finden sie.«

»Danke. Danke, Herr Staatsanwalt.«

Fouad kehrte in Zoulikhas Zimmer zurück. Ihre Schwestern hatten sich bislang an ihrem Bett abgewechselt, auch wenn die diensthabende Krankenschwester weiterhin darauf beharrte, dass es sich bloß um einen kleinen, unbedeutenden Anfall gehandelt hatte.

Rabia ließ die Jalousien herunter und schaltete den Fernseher ein. Sie zappte zu LCI, wo gerade Bilder von Chaouch gezeigt wurden, die tags zuvor in der Parteizentrale des PS an der Rue de Solférino aufgenommen worden waren.

»Mach das aus!«, kreischte Zoulikha auf einmal auf Kabylisch.

»Was?«

»Mach aus! *Raichek,* mach aus!«

»Und wieso?«

Die alte Dame schüttelte so heftig den Kopf über ihrem Kissen, dass sie wie besessen wirkte. Die Schwestern sahen sie entsetzt an.

»Mach aus, *raichek,* mach aus!«

Es war das erste Mal seit ihrer Jugend, dass sie sie unfrisiert sahen, und das erste Mal überhaupt, dass sie hörten, wie sie laut wurde.

Fouad trat ein und lächelte beim Anblick der wilden Haare seiner alten Tante. Er wollte gerade seine Mutter um ein Gespräch unter vier Augen bitten, als der Arzt eintrat. Wie auf Kommando erhob sich die ganze Familie. Er war ein großer Mann mit einer kleinen runden Brille, einem makellos weißen Kittel und einer Ausstrahlung, die keinen Zweifel daran zuließ, dass er nichts so sehr hasste wie Zeitverschwendung.

Ohne die Familie auch nur eines Blickes zu würdigen, überflog er Tante Zoulikhas Krankenakte und gab der Krankenschwester ein paar Anweisungen, die diese sofort befolgte.

»Na, das wird schon, Madame«, erklärte er noch und wandte sich wieder zum Gehen, doch Rabia hielt ihn zurück und wollte mehr erfahren.

Während der Doktor ihr erklärte, dass Zoulikha wohl eine nicht allzu ernste Angina Pectoris entwickelt habe, betrachtete Fouad seine Tanten, wie sie unterwürfig die Worte dieses Quacksalbers aufsaugten. Der immense Respekt, den er ihnen einflößte, diese mit Aberglaube vermengte Furcht erschien ihm so widerwärtig, dass er das Zimmer verlassen musste, noch ehe die Ansprache des Arztes beendet war.

Kurz darauf folgte Dounia ihrem Sohn, der sich draußen gegen die Wand stemmte und dehnte.

Er betrachtete die Augenringe seiner Mutter und riet ihr spontan: »Du solltest ein bisschen schlafen. Es hat doch keinen Sinn mehr hierzubleiben. Ihr geht es doch jetzt gut. Du hast den Arzt ja gehört, es gibt nichts zu befürchten.«

»Was?«, empörte sich Dounia. »Du findest, dass es ihr gut geht? Hast du sie dir angeschaut?«

»Ich will damit sagen, dass ihr Zustand stabil ist. Ihr passiert nichts mehr.«

Dounia schüttelte den Kopf.

»Krim ist übrigens in Paris. Bei seinem Onkel«, fügte sie hinzu. »Rabia bringt ihn um, wenn er wieder heimkommt. Ich schwöre dir, sie bringt ihn um. Das ist jetzt wirklich der Tropfen, der das Fass zum Überlaufen bringt.«

Fouad schwieg. Er hatte Krim schon ganz vergessen und war deshalb über sich selbst verärgert.

»Was wolltest du mir überhaupt sagen, mein Lieber?«

Fouad zögerte und hielt den Blick auf das weiße Fenster am Ende des Gangs gerichtet. »Was macht er denn in Paris? Das ist doch nicht normal. Irgendwas geht da doch vor sich. Was treibt Krim in Paris?«

»Aber das weiß ich doch nicht. Was ist denn los, Fouad?«

»Mama«, sagte Fouad und hielt kurz die Luft an. »Aber *er* hat damit zu tun, da bin ich mir sicher.«

Dounias Augen schwollen an. Dann verwandelte sich der Schmerz in Wut. Sie gab ihrem Sohn eine Ohrfeige. Fouad machte einen Schritt nach vorn und packte sie bei den Schultern.

»Mama, es ist ganz fürchterlich – aber ich bin mir sicher, ich spüre es einfach. Das hat *er* Ferhat angetan. Ich weiß, dass du die Wahrheit nicht sehen willst, aber er ist verrückt. Mama, er ist verrückt, ihr habt gar keine Vorstellung davon. Mama – hör mir zu, Mama! Er ist ein Monster! Verdammt, ich bin mir sicher, dass er Krim nach Paris gelotst hat. Er bereitet irgendetwas vor, er bereitet etwas vor, was noch schlimmer ist als …«

»Sei still!«, brüllte Dounia. »Sei still! Wie kannst du so was sagen? Dein eigener Bruder! Wie kannst du so was nur sagen? Ah …«

Sie wäre an der Wand zusammengebrochen, hätte Fouad sie nicht festgehalten und in den Arm genommen. Rabia, die gespürt hatte, dass draußen vor der Tür irgendwas vor sich ging, trat zu ihnen und schlug vor, im Erdgeschoss einen Kaffee zu trinken.

Fouad sah sie an, und um dem finsteren Drang nicht nachzugeben, der sich seiner bemächtigte, tat er das Gegenteil dessen, wonach ihm zumute war: Er machte Platz für Rabia in ihrer Umarmung und strich den beiden Frauen, die ihn hatten aufwachsen sehen, über die Haare.

»Das ist die beste Idee des Tages. Ein Kaffee. Und danach dürft ihr nicht vergessen, wählen zu gehen, hm?«

Über Fouads Schulter hinweg entdeckte Rabia dort, wo der Korridor eine Biegung machte, einen Mann im schwarzen Blazer, der sie fixierte. Sie konnte sein Gesicht im Gegenlicht nicht erkennen, doch seine Statur und seine Haltung kamen ihr bekannt vor. Sie drehte sich um und hoffte, noch irgendjemand anderen zu sehen, der mit ihm in Verbindung stehen mochte, doch außer ihnen war niemand auf dem langen, hellrot gestrichenen Flur. Als sie dann einen Schritt zur Seite machte und den Kopf neigte, um sicherzugehen, dass er tatsächlich sie anschaute, verschwand der Mann gemessenen Schrittes und verdeckte dabei die Hälfte seines Gesichts mit einer Hand, an der mehrere Ringe böse funkelten.

KAPITEL 9

Die Jahrhundertwahl

1.

Polizeikommandantin Valérie Simonetti durchmaß ruhig den mit blauem Teppichboden ausgelegten Pressesaal. Zu Beginn der 2000er-Jahre war sie die erste Frau im Dienst des GSPR gewesen, des Sicherheitsdienstes des Präsidenten, der auch für die Bewerber um das höchste Staatsamt zuständig war. Chaouch hatte alles getan, um ihre Rolle während des Wahlkampfs hervorzuheben; er hatte sie in seinem Wagen und in seiner Nähe haben wollen, sobald er ein Bad in der Menge genommen hatte. Ihr blondes Haar war zu einem Knoten gebunden, und sie hatte ein offenes, jugendliches und intelligentes Gesicht. Sie war eins achtzig groß, und ihr Puls schlug nie schneller als sechzig Mal pro Minute. All das hinderte sie nicht daran, anderen mit einem Lächeln zu begegnen – und das gefiel Chaouch, der die Gorillas mit kantigem Kinn mindestens ebenso wenig mochte wie die Scharfschützen der Eliteeinheit. Am Vortag des ersten Wahlgangs hatte er seinen Sicherheitschef gefeuert, der um alles ein riesiges Aufheben gemacht hatte, und die »Walküre Simonetti« an seine Stelle gesetzt – sowohl um seiner Leibgarde ein menschlicheres Antlitz zu geben als auch um eine Frau auf eine Stelle zu befördern, auf der man sie nicht erwartete.

Chaouchs erster PR-Berater bedeutete ihr mit einer Geste, stehen zu bleiben, und befreite sich aus dem Dschungel aus Telefonen, in dem er unterzugehen drohte. Serge Habib hatte hohle Wangen, eine nachlässige Haltung und die schlaffe Haut eines Menschen, der sich gerade einer drakonischen Diät unterzogen und damit Erfolg gehabt hatte. Vor einigen Jahren hatte er bei einem Autounfall eine Hand verloren. Den Stumpf und die außergewöhnliche Energie, mit der er ihn vergessen machen wollte, waren zu einem der eindrücklichsten Bilder dieses Wahlkampfs geworden. Er erklärte der Leibwächterin, dass der Abgeordnete sich entschieden habe, den Aufbruch zum Wahllokal noch ein wenig aufzuschieben.

»Und was ist mit den Ein-Uhr-Nachrichten?«, fragte sie, während sie sich schon darauf vorbereitete, die Programmänderung an ihre Männer weiterzugeben, und irgendwer dem PR-Chef ein abhörsicheres Telefon hinhielt, aus dem es sofort zu meckern begann: »Ja, aber was kann ich denn dafür? Natürlich hab ich es ihm gesagt, aber die Nachrichten sind ihm egal. Dieses aufgesetzte ›Ich steh früh auf, damit alle sich ein Beispiel nehmen können‹, das ist nichts für ihn, sagt er … Hör zu, das hat auch Vorteile. Jedenfalls war Martine wählen, Malek ebenfalls, alle haben gewählt, es ist vielleicht gar nicht so desaströs, wie es aussieht … Was? Jetzt gerade? Er ist bei Esther, Zutritt verboten … Hör zu, Jean-Seb, ich hab ihm all das schon erklärt, aber er hat doch nicht ganz unrecht. Der ganze Auftrieb bringt uns noch um. Wir müssen die Bilder kontrollieren. Warte mal, warte, gerade heißt es, im Stadion von Charléty sind jetzt schon Tausende versammelt, und die Araber aus den nördlichen Vierteln Marseilles laufen die Canebière runter. Verdammt, weißt du, wie viele Leute auf dem Rathausplatz von Grogny warten?«

Die Sicherheitschefin reagierte, indem sie mit den Händen zweimal zehn andeutete. Zwanzigtausend Menschen. Sie hatte die Örtlichkeiten selbst gerade erst eine Woche zuvor besichtigt und bezog sich auf den enormen Zulauf, der sie dort am Morgen des ersten Wahlgangs überrascht hatte, obwohl er jetzt wahrscheinlich nicht mehr ganz so groß sein würde.

»Jetzt beruhige dich mal«, sagte Habib. »Ich will damit nur sagen, dass ein Bild von Chaouch, dem zwanzigtausend Araber auf dem Vorplatz seines Rathauses zujubeln, für die Ein-Uhr-Nachrichten eine Katastrophe wäre. Was soll sich denn die schweigende Mehrheit dabei denken? Auf der einen Seite die französische Vorzeigefamilie – Sarko umgeben von lauter blonden Köpfen, der frühstückt und dann zur Wahl spurtet. Und auf der anderen Seite Chaouch, der sich von einem Araberaufzug beklatschen lässt, während doch eigentlich Zeit für die Mittagsruhe wäre. Nein, das ist unmöglich, das ist das Bild, das dieses Arschloch Putéoli immer zeichnet, und die Leute sagen sich: Das ist der Kandidat der Araber. Jetzt haben wir sogar den Fotobeweis ... Wart ab ... Beruhige dich, hör mir mal zu! Laufen wir da nicht Gefahr, dass dies die größte Versammlung von Arabern sein könnte, die je in Frankreich stattgefunden hat? Wir sollten besser direkt Schadensbegrenzung betreiben. Um 13 Uhr konzentriert er sich ganz auf das Mahnmal für die Gefallenen des Ersten Weltkriegs, und am Nachmittag geht er inmitten der Menge wählen. So gegen 15 Uhr, 15.30 Uhr. Ich hab Security vor Ort, wir machen das schon ... Jedenfalls dürfte es unmöglich sein, ihn zum Umdenken zu ...«

Doch Jean-Sébastien Vogel, der Wahlkampfmanager, hatte einfach aufgelegt.

Kommandantin Simonetti berief in einem kleinen Nebenraum eine Dringlichkeitssitzung ein und teilte die Positionen zu. Ihre Leute in den grauen Anzügen vermieden es üblicherweise, ihr direkt in die Augen zu sehen. Es waren harte, schlaue Männer. Die Besten. Von der Anordnung körpernahen Schutzes war man nicht abgerückt, seit die neue Chefin ihren Dienst angetreten hatte: Luc linke Flanke, Simonetti selbst »Schulter«, sprich rechte Flanke (Chaouch am nächsten), und zusätzlich Marco »Kevlar«, benannt nach dem gepanzerten Koffer, der im Fall eines Angriffs vor dem zu schützenden Objekt vom Kopf bis zu den Schenkeln ausgeklappt wurde. Um diesen inneren Kreis herum verliefen zwei weitere konzentrische Kreise, und in der mobilen Kommandozentrale saß unverrückbar »JP«, dessen Bassstimme ihrer aller Kopfhörer erzittern ließ.

Einige Augenblicke nach dem Briefing kam der junge Major Aurélien Coûteaux zu seiner Chefin, um ihr einen Postenwechsel anzuzeigen, den er mit einem Kollegen abgesprochen hatte. Er würde die Kevlar-Position anstelle von Marco einnehmen, der sich wegen Magenproblemen nicht auf der Höhe seiner Fähigkeiten fühlte.

Zur selben Zeit hatte Valérie Simonetti JPs Bericht im Kopfhörer und bat Coûteaux zu wiederholen, was er gesagt hatte. Sie hatte es zwar schon beim ersten Mal verstanden, wollte aber sichergehen, dass das leichte Zucken in Coûteaux' linker Wange kein Zufall gewesen war.

»Nein, auf keinen Fall«, schnitt sie ihm das Wort ab und nahm den Kopfhörer herunter. »Das ist jetzt nicht der Zeitpunkt, um noch in letzter Minute irgendwelche Änderungen vorzunehmen.«

Coûteaux war der Jüngste in der Gruppe und als Letzter zu ihnen gestoßen. Er hatte ausgezeichnete Noten und alle möglichen und nur vorstellbaren Empfehlungen – für Simonettis Geschmack sogar ein paar zu viele, vor allem weil er durch die Fahrprüfung gefallen und trotzdem bei der GSPR behalten worden war. Er war der einzige Polizist der Einheit, der keinen Spezialführerschein besaß, weder den roten noch den grünen.

Der junge Major konnte seinen Ärger nur mit Mühe unterdrücken. Mit einer unbeherrscht zitternden Oberlippe schleuderte er ihr sein letztes Argument entgegen: »Kommandant Lindon hatte kein Problem damit, wenn …«

Mit einem einzigen Blick brachte sie ihn zum Schweigen. Dann teilte sie ihn für den zweiten Kreis der Leibwache und das zweite Fahrzeug ein, das dem Konvoi folgen sollte.

»Wie Sie wünschen, Chef«, gab Coûteaux zurück und nahm mit gerunzelten Augenbrauen seine Strafe hin, verschwand auf die Toilette und setzte einen Anruf von seinem privaten Handy ab.

2.

Währenddessen klopfte Valérie Simonetti zweimal an die Tür, hinter die sich der Kandidat für den Moment allein mit seiner Frau zurückgezogen hatte. Das Klopfen war zugleich diskret und bestimmt, und Chaouch antwortete darauf mit einem »Nein!« und einem vernehmbaren Lächeln in der Stimme. Als sie die Tür aufdrückte, sah sie gerade noch, wie der Präsidentschaftskandidat des PS mit aufgeknöpftem Hemd eng umschlungen mit seiner Frau tanzte – sie auf hohen Schuhen und mit zerzaustem Haar. Es lief ein altes Chanson, das Chaouch offenbar auswendig konnte.

»Darling, je vous aime beaucoup, je ne sais pas what to do … Vous avez *completely stolen my heart …* Kennen Sie Jean Sablon, Valérie?«

»Nein, Herr Abgeordneter.«

»Ein Versäumnis«, entgegnete er und richtete seinen leuchtenden Blick wieder auf den Hals seiner Frau.

»Ja, Herr Abgeordneter.«

»Und Sie, Madame Chaouch, mögen Sie Jean Sablon?«, fragte er neckend seine Frau und lenkte sie in eine hellere Ecke in der Nähe des Fensters.

Simonetti kam dem Abgeordneten diskret zuvor und stellte sicher, dass das Fenster trotz der zugezogenen Vorhänge keine Gefahr darstellte, während er mit seiner schönen, tiefen Stimme wieder anfing zu singen und seinen französischen Akzent maßlos übertrieb.

»Oh chérie, my love for you is très, très fort … Wish my English were good enough, I'd tell you so much more … Valérie, entspannen Sie sich.

Das hier ist vielleicht das letzte Mal für eine lange Zeit, dass wir noch einmal durchatmen können.«

»Das hintere Fenster ist nicht gepanzert«, murmelte Esther Chaouch und blinzelte mit ihren schönen grauen Augen in das gleißende Licht, das sich im Vorhangstoff verfing.

Als sie ein paar Augenblicke später das Hemd ihres Mannes zuknöpfte, hatte sie das untrügliche Gefühl hinzunehmen, dass man ihrer Beziehung eine Zwangsjacke anlegte. Es war das erste Mal seit einem Jahr, dass sie mit ihrem Mann tagsüber allein gewesen war, das erste Mal, dass sie ihm das Hemd zuknöpfen konnte, ohne dass ein halbes Dutzend Berater in allen vier Ecken des Raums vor sich hin gebellt hatten. Sie blickte hinab auf seine Manschettenknöpfe, die mit seinen großen hellbraunen Augen um die Wette leuchteten. Er hatte sein Telefon ausgeschaltet und der Meute ausdrücklich den Zutritt versagt, doch Esther konnte hören, wie sie flüsterten und gegen die Tür drückten, wie sie sich darum rissen, ein wenig von dem schwindelerregenden Gang der Geschichte abzubekommen.

Als sie die Krawatte unter den Kragen ihres Ehemanns und Kandidaten legte, ahnte sie, dass es sogar noch schlimmer würde, wesentlich schlimmer, wenn er tatsächlich die Wahl gewänne. Er selbst dachte nicht darüber nach. Er sah sie komplett furchtlos an, mit seiner üblichen Selbstsicherheit und einem unverstellten, schelmischen und fröhlichen Ausdruck im Gesicht.

Um diesen außergewöhnlichen Moment zwischen ihnen zu verlängern, band sie seine Krawatte zu einem Windsorknoten.

»Na gut, mein Liebling. Ich fürchte, wir müssen jetzt die *dogs of war* hereinlassen. *Cry ›havoc!‹*«, zitierte sie in süßem und von da an perfektem Englisch, »*and let slip the dogs of war* … Los jetzt, Shakespeare, geh zu deinen *dogs of war*.«

Dann küsste Esther seine angenehm festen Lippen und trat einen Schritt zur Seite. Als der Kandidat Valérie daraufhin ein unwiderstehliches Lächeln zuwarf, gestattete sie sich, darauf mit einem ebenfalls ungeschäftsmäßigen Lächeln zu antworten. Dann teilte sie ihm mit, dass draußen alle nur noch auf ihn warteten.

Sie ging voran auf den Flur und teilte ihrer Mannschaft übers Headset mit, dass sie unterwegs seien. Ehe sie sich zum Konvoi begaben, erkundigte sie sich noch kurz bei Marco wegen seiner Magenprobleme. Marco wusste nicht, wovon sie sprach, bestätigte jedoch, dass Coûteaux ihn darum gebeten hatte, die Kevlar-Position übernehmen zu dürfen, worauf er selbst geantwortet habe, dass die nicht dessen Angelegenheit sei.

Kommandantin Simonetti hatte keine Zeit, sich darüber den Kopf zu zerbrechen, denn unmittelbar danach hörte sie JPs Stimme in ihrem Headset.

»Wir nehmen das Täuschfahrzeug. Ich wiederhole: Wir nehmen das Täuschfahrzeug.«

Also setzte sie Chaouch und seine Frau in den zweiten VW Touareg mit den getönten Scheiben. Für die Wahl des offiziellen oder des Täuschfahrzeugs gab es keine besonderen Beweggründe; die Entscheidung wurde nur deshalb in letzter Minute getroffen, um eventuelle Übeltäter zu verwirren.

Dann endlich setzte sich der Konvoi in Bewegung. Er bestand aus etwa zwanzig Fahrzeugen. Voran fuhren die Motorradstaffeln in voller Montur, die den Weg freimachen und darauf achten sollten, dass der Konvoi nirgends anhalten musste. Dahinter fuhr ein Wagen mit dem Emblem der Polizeipräfektur und blinkendem Blaulicht. Der vorderste nachtblaue Wagen des Sicherheitsdiensts bestimmte das Tempo. Ihm folgte ein identisches Fahrzeug, in dem die Person saß, die für die ganze Aktion verantwortlich war. Eine weitere Motorradstaffel aus sieben Fahrern schützte V-förmig den empfindlichsten Teil des Konvois: ein Renault Vel Satis, zwei schwere gepanzerte VW Touareg – einer davon das Fahrzeug des Kandidaten –, ein Ford Galaxy, der die rechte Flanke absicherte, und drei weitere Motorradfahrer. Die Nachhut des Konvois wurde von unterschiedlichen Fahrzeugen gebildet, in denen das Wahlkampfpersonal und das Ärzteteam saßen. Schließlich folgte noch ein Kombi mit der Einheit für taktische Unterstützung, EST: vier bis an die Zähne bewaffnete Männer in schwerer Rüstung mit verstärkten Schilden sowie Sturmgewehren, die den potenziellen Angriff einer kleineren Einheit würden zurückschlagen können.

Chaouch brauchte im Detail nicht über die minutiöse Organisation Bescheid zu wissen, mit der jede seiner Bewegungen begleitet wurde, seit die ersten Drohungen vonseiten der AQMI eingegangen waren. Noch weniger war er auf dem Laufenden darüber, dass Valérie, die auf dem Beifahrersitz stets bereitwillig über seine verrückten Einfälle lächelte, unter ihrem bunten Kostüm ein ganzes Waffenarsenal bei sich trug: eine automatische Glock 17 rechts an der Hüfte, und falls diese blockieren sollte, eine Glock 26 in einem taktischen Holster, um die Waffe schneller ziehen zu können, außerdem an ihrer Koppel aus verstärktem Metall einen ausziehbaren Schlagstock, eine Taschenlampe, eine kleine Dose Tränengas und eine Blendgranate – und nicht zu vergessen das Gehäuse des Funkgeräts mit seinen zwei Drähten: demjenigen, der am Arm entlanglief und in einem Handgelenkmikro endete, und dem zweiten, der an ihrem Rücken entlang- und unter dem Träger ihres BHs hindurch bis zu dem maßgefertigten Kopfhörer lief.

Über eben diesen Kopfhörer erfuhr Chaouchs Schutzengel auch, dass die Vorhut, die den Fahrtweg absichern sollte, nichts Auffälliges zu berichten hatte. Sie gestattete sich eine Sekunde der Entspannung und betrachtete im Rückspiegel die Mimik des Kandidaten. Dies war der seltsamste Teil ihrer Arbeit: Sie musste die Körpersprache des Mannes kennen, den sie beschützte, und zwar besser als seine engsten Familienangehörigen, um den Personenschutz auf unerwartete Bewegungen einzustellen, die sie nur mithilfe eines magischen oder zumindest schwer erklärlichen Einfühlungsvermögens vorhersah. So konnte Kommandantin Simonetti an diesem Nachmittag, als der Konvoi mit Höchstgeschwindigkeit an der Seine entlangfuhr, auch gar nicht übersehen, dass sein rechtes Knie zu zittern begann, während die Sirene irgendeines Einsatzwagens eine weitere Sirene und dann eine Kakofonie aus Pfiffen nach sich zog, an die er eigentlich seit dem Beginn des Wahlkampfs hätte gewöhnt sein müssen …

3.

Eine gute Stunde war vergangen, seit Krim sich entschlossen hatte, ein Taxi zu nehmen. Einfach eins heranzuwinken wie im Film traute er sich nicht, und diejenigen, an deren Scheiben er geklopft hatte, hatten sich geweigert, ihn zu befördern. Die Fahrer hatten es damit begründet, dass sie gerade Pause oder nicht das Recht dazu hätten, Kunden so nah am Bahnhof mitzunehmen, aber ganz sicher war Krims Aufzug der Grund, warum sie ihm misstraut hatten.

Am Ende hielt doch noch eins neben einem Weg, der an der Seine entlangführte. Als Krim einstieg, blickte er instinktiv auf. Wagen hielten an einer grünen Ampel, um ein paar Staatsfahrzeuge vorbeizulassen, die von einem gewaltigen Pulk bewaffneter Motorradfahrer eskortiert wurden. Mehrere Passanten behaupteten, es sei Chaouch auf dem Weg zu seinem Wahllokal in Grogny. Bei dem Gedanken, dass alle anhielten, um ihn vorbeizulassen, zog sich Krims Herz zusammen. Er war die Verkörperung der Republik, des Staates, des Souveräns. Krim konnte sich noch gut an jenen Tag erinnern, an dem sein Vater an einer roten Ampel ausnahmsweise hatte weiterfahren dürfen, um einen Krankenwagen mit lautem Sirenengeheul vorbeizulassen. Wenn irgendwer in Lebensgefahr schwebte, dann hatte das Vorrang vor der strengen Straßenverkehrsordnung. Und genauso war es, wenn der

König vorbeiwollte. In dieser unverständlichen Welt gab es also immer noch Dinge, die Vorrang hatten.

Weil er sich nicht allein auf die Rückbank hatte setzen wollen, hatte Krim um Erlaubnis gebeten, sich auf den Beifahrersitz setzen zu dürfen. Mit einem Schulterzucken hatte der Fahrer sich nach dem Fahrtziel erkundigt.

»Buttes-Chaumont«, antwortete Krim, ehe er noch einmal auf sein Handy schaute und überrascht feststellte, dass Nazir es offenbar aufgegeben hatte, ihn erreichen zu wollen.

»Und wohin in Buttes-Chaumont?«

Krim reichte ihm den Zettel mit der Adresse. Der Fahrer schaltete das Taxameter ein und ließ den Motor wieder an. »Also dann, los geht's!«

Das hatte sein Vater auch immer gesagt. All diese Männer, dachte Krim – all diese Männer, die nicht sein Vater waren. Es war ein Skandal, mehr als ein Skandal. Es gab schlichtweg kein Wort dafür.

Das Radio spuckte ein paar Umfragewerte zur Wahlbeteiligung aus den Überseedepartements aus und bald darauf – aufgrund eines Fehlers – auch die Wahlbeteiligung im Mutterland: 39 Prozent und ein paar Zerquetschte zur Mittagszeit. Das bedeutete einen spürbaren Anstieg um zwölf Prozentpunkte im Vergleich zum ersten Wahlgang. »Ein absoluter Rekord«, freute sich der Journalist, bevor er ins Rathaus von Aix-les-Bains schaltete, wo Françoise Brisseau, Chaouchs glücklose Widersacherin aus den Vorwahlen der Sozialisten, mit fröhlicher Stimme daran erinnerte, in welchem Maße dieser Tag, den sie soeben erlebten, ein historischer war – »wie auch immer das Ergebnis am Ende aussehen mag.«

Im 17. Arrondissement hatte Dominique de Villepin gerade seinen Wahlzettel in die Urne gesteckt, sich aber geweigert, auch nur den kleinsten Kommentar abzugeben.

»Immerhin«, rief der Taxifahrer, »wenn mir jemand gesagt hätte, dass ich es noch erleben würde, dass es einen arabischen Präsidenten in Frankreich gibt!«

Krim hätte nicht sagen können, woher der Fahrer stammte. Er hatte dunkle Haut, eine große Nase und dunkle Augen, sein ergrauendes Haar lockte sich, und der Akzent ähnelte dem von Krims Onkeln. Trotzdem wirkte er im Vergleich zu ihnen wie ein Franzose. Ein Jude, schloss Krim daraus, und ihm dämmerte, dass dies gerade sein erstes Zusammentreffen mit einem Juden sein musste. Er betrachtete das Armkettchen, das der Fahrer am Handgelenk trug, und hoffte, daran einen Davidstern zu sehen. Doch stattdessen hingen dort die Buchstaben eines Namens – zu viele Buchstaben, die obendrein so seltsam angeordnet waren, dass Krim, dessen Blick sich langsam vor Müdigkeit eintrübte, sie nicht in eine sinnvolle Reihenfolge bringen konnte.

»Na ja, aber noch ist nichts gewonnen, hm?«, schloss der Fahrer.

Vierzehn Euro später setzte Krim seine Slipper auf den Asphalt einer Straße, in der es nach Fisch roch. Sein Aufzug war ihm ein bisschen peinlich – die Jogginghose mit den Straßenschuhen –, und er wäre beinahe doch nicht ausgestiegen. Doch Aurélie hatte ihm eine Nachricht geschickt, und zwar nicht irgendeine Nachricht.

Empfangen: Heute um 12.45 Uhr.
Von: A
Also, kommst du, mein kleiner kabylischer Prinz?

Krim musste viermal ansetzen, um den Türcode des Wohnhauses einzugeben. Langsam stieg er die Treppe hoch, die hier ebenfalls mit einem roten Samtteppich ausgelegt war, und hielt sich dabei am goldglänzenden Geländer fest. Auf der gesamten zweiten Etage gab es nur eine Tür. Bevor er klingelte, legte Krim das Ohr an die schlichten Metallringe über dem Türspion. Er hatte insgeheim darauf gehofft, Aurélie allein anzutreffen, aber dann hörte er wenigstens zwei männliche und eine weitere weibliche Stimme.

Er vernahm Schritte aus dem Flur, wich ein Stück zurück und wollte gerade wieder die Treppe hinunterlaufen, als die Tür aufging.

Sie trug eine Jeanslatzhose und darunter ein langes weißes T-Shirt. Ihre offenen Haare waren heller als in seiner Erinnerung, ihre Schwimmerschultern breiter, und ihr Schlüsselbein trat weniger hervor. Unwillkürlich musste Krim an all die Witze denken, die sie gerissen hatte: dass sie Wasser in den Grübchen ihres Schlüsselbeins transportieren könnte.

Ihr herausfordernder Blick hatte sich nicht verändert. Allerdings war er mit einem Spott vermischt, mit einer Ironie, die Krim Unbehagen bereitete. Sie hielt einen Joint in der rechten Hand.

»Das ist ja verrückt, dass du wirklich kommen konntest. Rein mit dir. Was hast du denn mit deinen Händen angestellt? Scheiße, die bluten, oder? Hast du dich geprügelt?«

»Mmh.«

»Wegen eines Mädchens, hoffe ich.«

Krim zog die Schultern hoch und trat mit ihr in den Eingangsbereich. Hohe Decken, gebohnertes Parkett. Aurélie führte ihren Überraschungsgast in ein verrauchtes Wohnzimmer, in dem ein Kronleuchter schmerzhaft schlechtes Licht verbreitete. Doch Krim waren die Beleuchtung und die Außenwelt egal. In dieser Wohnung war die Sonne aufgegangen. Sie setzte sich rittlings auf das Sofa und küsste gierig eine halb leere Flasche Whisky-Cola. Ihre sommersprossigen Wangenknochen sahen umwerfend aus, genau wie die mandelförmigen Augen, die niemals ihre kluge, listige Intensität verloren und dadurch manchmal sogar eine unterschiedliche Färbung aufzuweisen schienen.

Keiner der drei anderen, die sich auf den Teppich fläzten, nahm von Krim Notiz. Auf dem Couchtisch standen Sektgläser mit schalem Champagner neben Weinflaschen mit vom Alter vergilbten Etiketten – wahrscheinlich Grands Crus aus den Weinkellern ihrer Eltern. Unter der transparenten Tischplatte bemerkte Krim einen offenen Pokerkoffer: ausgeschlagen mit schwarzem Schaumstoff und gefüllt mit roten, blauen, grünen, schwarzen und weißen Jetons.

»Tristan, Tristan!«, rief einer der Typen – Zigarre im Mund und Sonnenbrille auf der Nase –, »jetzt komm schon her, Alter, du bastelst da jetzt schon eine ganze Stunde lang herum!«

Als Krim sich umdrehte, fiel sein Blick auf einen jungen Mann mit nacktem Oberkörper, einem kräftigen blonden Haarschopf, feinen, geschmeidigen Gliedmaßen und schmalen Lippen, die er zu einem überheblich sarkastischen Ausdruck verzog. Mit ausgestreckten Armen balancierte er ein Silbertablett vor sich her, auf dem Kristalle lagen, die wie Kreide aussahen. Er stellte es auf dem Couchtisch ab, sprang aufs Sofa, schlang Aurélie den Arm um die Schultern und musterte Krims Slipper. Er selbst trug blau-weiße Dior-Turnschuhe mit dezent goldfarbenem Schimmer.

»Na los«, sagte er zu Krim und nahm einen Joint entgegen, »setz dich auf die Bergere.«

Krim hatte keinen Schimmer, was eine Bergere war. Er murmelte kaum hörbar vor sich hin und versuchte gar nicht erst, den Puls zu beruhigen, der in seinen Schläfen pochte. Im nächsten Moment waren sämtliche Blicke auf ihn gerichtet, auch die braun-grünen Augen von Aurélie, deren Mund offen stand und die nicht begriff, was gerade passierte.

Krim rollte langsam die Zunge in seinem pelzigen Mund. Zu seiner Linken stand ein Spiegel auf dem stillgelegten Kamin. Er fiel beinahe in Ohnmacht, als er sein Spiegelbild sah.

Er sah aus wie ein Kamel in einem Treppenhaus.

4.

Dounia wollte nicht fahren, also setzte sich Fouad ans Steuer. Auf dem Rücksitz riss Luna den Mund beim Gähnen so weit auf, dass sie sich fast die Kiefer ausrenkte. Doch als sie vor ihrem Haus anhielten, um Rabia abzusetzen, die duschen und sich ein wenig ausruhen wollte, entschied Luna, dass sie lieber nicht bei ihr bleiben wollte.

»Aber warum willst du denn mit?«, fragte Rabia. »Du darfst doch gar nicht wählen, wozu soll das gut sein?«

Doch Luna blieb bei ihrem Entschluss. Rabia verdrehte bloß die Augen und warf die Autotür zu.

Dounia blickte müde aus dem Seitenfenster. »Rab', bist du dir sicher, dass du nicht mitkommen willst? Wir ruhen uns danach aus, hm?«

»Nein, nein«, antwortete ihre Schwester, die vor Erschöpfung im heftigen Wind zitterte. »*Wallah,* ich hab jetzt keine Lust. Vielleicht später. Außerdem muss ich den kleinen *Shetan* anrufen. Du wirst schon sehen, wie ich dem die Leviten lese … Ich schwöre dir, ich lese ihm die Leviten«, wiederholte sie, und gähnte ihrerseits mit weit aufgerissenem Mund. »Verdammt, ich weiß gar nicht, was mit mir los ist, ich bin so kaputt, ich glaub, ich leg mich wirklich erst mal hin …«

»Du hast jedenfalls bis heute Abend Zeit zu wählen«, bemerkte Dounia und warf ihr einen letzten beunruhigten Blick zu. »Geh mit Bouzid, er hat um fünf Uhr Feierabend.«

Im Rückspiegel fiel Fouad eine verdächtige Gestalt auf, die neben einem Auto stand, einem graumetallicfarbenen BMW, der in zweiter Reihe ein Stück zurückversetzt am Straßenrand parkte. Ohne ihm weiter Beachtung zu schenken, fuhr er los, um Kamelia abzuholen, die nicht bei der Großmutter übernachtet hatte, weil dort zu wenig Platz war, um sämtliche Verwandten zu beherbergen, die nicht in Saint-Étienne wohnten. Überdies quetschte sich noch eine Tante auf die

Rückbank, um ihrer Staatsbürgerinnenpflicht ebenfalls Genüge zu tun. Raouf und sein Vater wollten lieber bei Ferhat bleiben.

Obwohl er schon seit einigen Jahren in Paris lebte, wählte Fouad immer noch in Saint-Étienne, und zwar im nördlichen Wahlkreis. Als er auf den Parkplatz vor dem Festsaal fuhr, musste er wieder an Onkel Ferhats Sturz denken und knirschte mit den Zähnen. Slim erwartete sie bereits ein Stück abseits der Schlange, die sich zu ihrer Verwunderung am Eingang zur Sporthalle gebildet hatte.

»Hast du das gesehen?«, staunte er und begrüßte seinen Bruder. »Bei all diesen Leuten wird er doch bestimmt gewählt! Schau nur, alles Araber.«

Der junge Bräutigam wusste selbst, dass er nach allem, was am Vorabend passiert war, zu viel Enthusiasmus an den Tag legte. Er schaltete einen Gang zurück und erkundigte sich erst mal nach Neuigkeiten von Ferhat und Zoulikha. Fouad riss sich zusammen, um ihn nicht zu sehr zu beunruhigen. Zum Glück tauchte im nächsten Moment die immer gut gelaunte Kamelia hinter Slim auf, schlang die Arme um seinen Bauch und hob ihren federleichten Cousin vom Boden hoch.

»Dich hab ich gestern ja kaum zu Gesicht bekommen! Der junge Herr Ehemann … *Zarma,* schau ihn dir an«, wandte sie sich an Luna, die sich zu ihnen gesellt hatte. »Der kleine Slim ist jetzt *dalguez*. Wo ist denn deine Frau?«

»Na, die ist auch zur Wahl gegangen. Sie wählt im Süden.«

Fouad hielt nach seiner Mutter Ausschau und entdeckte sie neben einer Pappel, die im Wind wie ein Gorilla schwankte. Er hielt einen Moment inne und dachte an die Nächte, in denen er ihretwegen nicht hatte schlafen können, weil ihr so viele kleinere und größere Gefahren drohten. Eine akute Bedrohung hatte es natürlich nie gegeben, nur diese kleine bleierne Tatsache, diese eine Tatsache, die zu schwer wog, als dass ein durchschnittlich belastbares Bewusstsein es ertragen könnte: Eines Tages würde seine Mutter sterben.

Er ging zu ihr hinüber und gab ihr einen Kuss. Dass er sie im Krankenhaus zum Weinen gebracht hatte, weil er Nazir hatte erwähnen müssen, bereute er zutiefst. »Es tut mir leid, Mama«, flüsterte er ihr ins Ohr.

»Ach, komm schon, mein Liebling. Wir gehen wählen. Wenigstens eine gute Sache in dem ganzen Albtraum. Nein, ganz ehrlich«, setzte sie von Neuem an, während sie sich in die Schlange der Wartenden einreihte, »wie kann man einem alten Mann so etwas antun? *Wallah,* ich verstehe nicht, wie es Menschen geben kann, die solche Monster sind.«

Fouad schwieg.

»Bringst du mich später ins Krankenhaus, mein Liebling, ja? Ich möchte nicht, dass Zoulikha allein bleibt.«

»Aber ist Großmutter denn nicht bei ihr?«

»Wenn Großmutter bei ihr ist, macht es das Ganze nur noch schlimmer.«

Fouad versicherte sich, dass die gesamte Sippschaft Personalausweise und Wahlscheine dabeihatte. Luna nahm wie ein kleines Mädchen seine Hand und wich ihm nicht mehr von der Seite.

»Was ist denn los, du Floh?«, fragte er.

»Ich hab Bammel«, erwiderte sie und zog die Augenbrauen zusammen.

»Aber das hier ist doch nur ein Wahllokal!«

»Nein«, lächelte sie, »doch nicht deswegen. Wegen meiner Ergebnisse. Vielleicht werde ich in die französische Jugendnationalmannschaft berufen. Ich hoffe es jedenfalls …«

»Aber das wusste ich ja gar nicht! Das ist doch total genial!«

Fouad massierte die Schultern der zukünftigen Hochleistungssportlerin, während er zu Slim hinüberblickte, der inmitten seiner Cousinen herumschwirrte. Er war trotz der Umstände ganz aufgeregt, es sei denn – und bei dem Gedanken drückte er Lunas Trapezmuskeln zu hart, sodass sie einen kleinen Schrei ausstieß –, er war gerade deswegen nervös. Wegen dieser Tragödie vom Vortag. Wegen der Macht, die derartige Tragödien haben, Familien wieder zu vereinen. Er machte einen gerührten, einen glücklichen Eindruck, wie ein Fisch in den Stromschnellen einer Prüfung, die sie gemeinsam durchstehen mussten.

Fouad schüttelte den Kopf, um den seltsamen Gedanken zu vertreiben. So was sah ihm überhaupt nicht ähnlich. Er beschloss, stattdessen mit gutem Beispiel voranzugehen, und war der Erste, der seinen Wahlzettel in die Urne warf und die dröhnende Bestätigung seiner Staatsbürgertreue empfing: »Hat gewählt!«

Im selben Augenblick an einem anderen Ort angelte Mouloud Benbaraka den Schlüssel aus der Kammer mit dem Müllschacht auf Rabias Stockwerk. Vorsichtig steckte er ihn ins Schloss – und stand direkt vor Rabia.

»Om… ar …«

Als der Eindringling seine große, muskulöse Hand in ihre Richtung ausstreckte, um sie am Schreien zu hindern, ließ sie das Glas Grenadine fallen, das sie in der Hand gehalten hatte.

5.

Aurélie nahm Krim am Handgelenk und zog ihn durch eine lichtdurchflutete Zimmerflucht mit knarrenden Böden.

»Hier, das ist das Büro meines Vaters.«

»Was arbeitet dein Vater denn?«

»Er ist Untersuchungsrichter, aber gerade ist er mit meiner Mutter übers Wochenende in Rom. Hast du noch nie von Richter Wagner gehört? Er wäre vor ein paar Jahren fast mal wegen dieser Korsen ermordet worden. Jetzt hat er immer eine Knarre bei sich und zwei Leibwächter. Die waren auch mit in Bandol, erinnerst du dich nicht mehr?«

Krim sah sich in dem Zimmer mit den holzvertäfelten Wänden voller Bücher um. Aurélie forderte ihn auf, sich auf den Bürostuhl ihres Vaters zu setzen, und drehte ihn dann mit voller Geschwindigkeit im Kreis. Krim stoppte sie, indem er sich an der Schreibtischkante festhielt. Der Stuhl knarzte, Krim stand wieder auf und musterte die Polsternägel, die in dem einschüchternd dunkelgrünen Bezug schimmerten.

»Was hat er denn für ein Kaliber?«

»Kennst du dich mit Waffen aus?«, wollte Aurélie wissen.

»Total«, gab Krim dämlich zurück. »Ich kann schießen und so.«

Er traute sich nicht, längere Sätze zu bilden, aus Angst, dass sie seinen Akzent bemerken könnte. In Gegenwart von Fremden, von Leuten, die nicht aus Saint-Étienne stammten, hörte er ihn immer selbst, diesen Akzent, und fand ihn furchtbar, vor allem die dunklen Nasale.

Tristan brüllte aus dem Wohnzimmer herüber. Es war so weit.

»Was denn?«, fragte Krim.

»Na, MDMA. Hast du das noch nie probiert? Du wirst sehen, das ist total irre. Das ist wie Ecstasy, nur dass du damit den ganzen Scheiß rausholst. Es ist die Droge der Liebe, verstehst du? Während du drauf bist, ist es wie im Paradies, und danach spürst du nicht mal, dass es wieder nachlässt. Es ist ganz sanft«, murmelte sie und schloss dabei die Augen. »So sanft, dass es sogar dann noch sanft ist, wenn es aufhört, sanft zu sein.«

»Ja, klar, kenn ich. Ich glaub, das hab ich auch schon mal genommen.«

Krim hatte fast den Eindruck, dass sie auch schon gestern bei der Party etwas davon genommen hatte und dass sie immer noch drauf war. Hatte sie ihm nur deswegen auf Facebook geantwortet? Hatte sie ihn nur wegen der Liebesdroge zu sich eingeladen und ihn ihren kabylischen Prinzen genannt? Die Vorstellung deprimierte ihn.

Doch es genügte, dass er seinen Blick wieder auf ihre Brüste richtete, die sich unter ihrem T-Shirt abzeichneten, um wieder Vertrauen zu ihr zu fassen, Vertrauen in die Liebe und das Leben.

Wie ein Geist folgte er ihr von Zimmer zu Zimmer. Sie hatte noch immer denselben beschwingten Gang, auch wenn sie nicht mehr auf dem glitzernden Sand oder über Bodenplatten lief, auf denen Piniennadeln lagen und auf denen ihre kleinen Füße größer gewirkt hatten.

Als sie wieder im Wohnzimmer standen, stieß Tristan sich vom Couchtisch ab und wollte Aurélie auf den Mund küssen, doch sie verweigerte ihm den Kuss und streckte sich stattdessen auf dem Sofa aus. Ein Bein legte sie über die Rückenlehne und rekelte sich wie eine Katze. Ihre Brust schien mit einem Mal doppelt so voluminös zu sein, und der Metallknopf an ihrer Latzhose klickte.

Krim fing ihren verschleierten, verliebten Blick auf. Natürlich war sie high.

»Wen wählst du denn?«, wandte Tristan sich provokativ an ihn.

»Wer? Ich?«

»Was glaubst du, Nico? Wen wählt er? Mach schon, versuch dich mal ein bisschen an Wahlsoziologie. Beweis uns, dass dein Vorbereitungskurs für die Sciences Po die sechstausend Tacken wert war.«

Seine kleinen Augen schlossen sich von ganz allein, während er redete. Man hätte meinen können, dass ein Dämon aus ihm sprach.

Doch Nico weigerte sich, das Spielchen mitzuspielen, und Aurélie verteidigte Krim: »Aber das hat doch nichts zu sagen, Tristan. Manchmal bist du echt total bescheuert. Ich bin ja noch zu jung, aber ich würde Chaouch wählen. Mit zweihundertprozentiger Sicherheit.«

»Weil er der Hübschere ist«, entgegnete Tristan, für den alle schon verstummten, noch bevor er überhaupt den Mund aufmachte. »Du wählst den, mit dem du am liebsten ficken würdest. Kleines Flittchen. Ich bleib meinen Überzeugungen treu.«

»Am Arsch, deine Überzeugungen.«

»Jetzt wart aber mal, ich bin jetzt schon zwei Jahre bei der jungen UMP«, tat Tristan entrüstet. »Und was glaubst du? Natürlich hätte ich den Kandidaten gewählt, der am ehesten für Diversität steht. Allerdings nur unter der Voraussetzung, dass er für den Job geeignet ist. Sein Urteil muss man anhand des Programms fällen, nicht anhand der Herkunft der Person. Und das hat Sarko auch immer gesagt.«

»Genau«, erwiderte Aurélie spöttisch.

Krim verstand nicht recht, wer sich hier über wen lustig machte.

»Na, hör mal, wem dürfen wir denn dafür danken, dass wir zum ersten Mal einen – sorry, in Anführungszeichen – ›arabischen‹ Kandidaten haben? Natürlich Sarko! Er hat immerhin als Erster Menschen mit verschiedenen Backgrounds in seine Regierung aufgenommen.«

Krim, der über Tristans Tonfall entsetzt war, machte einen Schritt nach hinten und warf dabei eine Halogenleuchte um.

»Willst du nicht lieber ein bisschen Musik auflegen, statt hier alles kaputt zu machen?«

Er zeigte auf ein iPad, das auf dem Marmorsims über dem Kamin lag. In der Hoffnung, dass das Gespräch damit beendet wäre, trat er darauf zu, doch als er das Luxusgerät in die Hand genommen hatte, kostete es ihn alle Kraft, nicht sein eigenes Spiegelbild anzustarren.

»Na los, mach schon!«, drängelte Tristan. »Mach was Cooles an, irgendein Elektrostück. Oder nein, mach einfach an, was du willst. Und pass ein bisschen auf, hm?«

Krim stellte sich vor, was passieren würde, wenn er das wertvolle Stück nehmen und dem Blondchen über die Rübe ziehen würde. Er rief Deezer auf und hätte um ein Haar Aït Menguellet in die Suchmaske getippt. Dann entschied er sich schließlich doch für Kanye West.

Bei den ersten Cellonoten seiner Lieblingsversion von *All of the Lights* hörte er enttäuschte Seufzer – allerdings nicht von Aurélie, die aufgestanden war und direkt neben ihm sein Spiegelbild betrachtete, weil sie hoffte, ihm so in die Augen sehen zu können. Krim hob den Blick zum Spiegel und versuchte, ihr zu verstehen zu geben, wie verzweifelt, wie unendlich verzweifelt er war.

Sie wollte gerade reagieren, als Tristan gewaltsam ihren Kopf in Richtung des Tabletts drehte.

»He, Schluss jetzt, du Vollidiot«, empörte sie sich, bevor sie in lautes Gelächter ausbrach.

Krim drehte sich weg und gab vor, einen wichtigen Termin zu haben.

»Aber mit wem denn?«, fragte Aurélie beunruhigt.

»Ach, nichts Schlimmes, nur mit meinem Cousin.«

»Bleib doch noch ein bisschen«, sagte sie ohne die Überzeugungskraft, die er sich erhofft hätte. »Du solltest unser MDMA echt mal probieren. Ich schwör's dir, probier es. Also, du probierst es, oder?«

Zum ersten Mal fühlte Krim sich von ihr abgestoßen. Sie hatte »oder« einen Ton höher als den Rest gesagt. Die Spießer blieben also immer Spießer, ganz egal, wie sehr sie sich bemühten, einen anderen Eindruck zu erwecken. Sein Zögern löste sich in Luft auf. Er würde ihre Droge nicht probieren. Er rang immer noch um eine aufrichtige Erklärung dafür, als er hörte, wie Tristan einen Namen aussprach, der ihn zusammenzucken ließ. Er drehte sich zu ihm um.

»Was hast du da gerade gesagt?«

»Was denn?«, verteidigte sich Tristan und brachte das Tablett in Sicherheit, weil er wohl ahnte, dass gleich ein Streit losbrechen würde.

»Du hast einen Namen gesagt. Mach schon, sag ihn noch mal.«

Tristans blaue Augen brannten vor Boshaftigkeit – dieser Art von Boshaftigkeit, bei der ein selbstironisches Lächeln genügt, um sie zu rechtfertigen. »Scheiße, war doch nur Spaß. Verdammt, kann man mit euch keinen Spaß machen?«

Krim hätte ihn am liebsten umgebracht.

»Welcher Name?«

»Ich glaube, er meint Krikri«, antwortete einer der anderen Typen, der dünne, um den Konflikt zu entschärfen. Er war derjenige mit der Mädchenstimme, die Krim vor der Wohnungstür gehört hatte.

»Warum nennst du mich Krikri?«, brüllte Krim, stieß Tristan heftig gegen die Brust und wich dann zum Kamin zurück, während die anderen Typen versuchten, nicht laut loszulachen.

Tristan kicherte – und dann brach er in Gelächter aus, gerade als Aurélie Krims aufgeschürfte Hand nahm, um ihn zu trösten.

»Krim, es tut mir leid, hör nicht auf die Deppen.«

Die Berührung dieser glatten Haut, die er sich so oft vorgestellt hatte, erzeugte in ihm gar nichts mehr. Er betrachtete die Liebe seines Lebens irgendwie gebremst, mit aufmerksamer Verblüffung. Er musterte sie nicht und starrte sie auch nicht mehr an. Es war eher, als wäre er mit seinem Blick dem letzten Glimmen einer Fackel gefolgt, die er in einen Abgrund geworfen hatte. Er zog seine Finger zurück und legte die Hände an die Schläfen.

Dann trat er einmal gegen den Couchtisch und lief im selben Moment davon, als die Typen aufstanden, um gemeinsam auf ihn loszugehen.

6.

Er lief aus dem Haus und um den Häuserblock herum, stolperte mehrmals, und schließlich wählte er Nazirs Nummer, doch der antwortete nicht. Um sich wieder zu beruhigen, lief Krim zum Canal Saint-Martin, aber dort war ihm zu viel Trubel, zu viel Leben, zu viel Sonne. Die gute Laune dieser Menschen deprimierte ihn, und der kleinste Anstieg raubte ihm den Atem. Seine Hände zitterten. Die Kopfschmerzen würden nicht mehr lange auf sich warten lassen.

Und dann plötzlich war da etwas, was er in den Straßen von Saint-Étienne noch nie gesehen hatte – eine Aufregung, das Vibrieren eines Lebens, das ihm reicher erschien, edler, lebendiger als alle anderen Arten, die er bis dato kennengelernt hatte. Die Leute waren besser gekleidet, sehr gepflegt, eine lange Fußgängerzone, in der gerade ein Markttag zu Ende ging und die regelrecht schwarz war vor Menschen – und nirgends alte Großmütter in Reebok-Turnschuhen und algerischen Gewändern, die ihn ansprachen, damit er ihnen half, ihre Tüten zu tragen. Niemand nahm von ihm Notiz, vor allem nicht die Araber, die ihre Waren mit lautem Krakeelen feilboten, die aber verstummten, sobald Krim vor ihren Auslagen entlangging.

Auf einem kleinen, überfüllten Platz tauchte neben einem Brunnen eine kleine Blaskapelle auf – junge, selbstsichere Leute, Studenten mit gekonnt zerzausten Haaren, die Jazzmelodien spielten. Die Posaune war einen Ton höher als die anderen Instrumente gestimmt, aber … war sie das wirklich? Krim konzentrierte sich. Er war der Einzige unter den Passanten, der wirklich der Musik lauschte. Es war eine Katastrophe: Er war nicht mal mehr in der Lage, die Noten auf einer Tonleiter anzuordnen, die sein Gehör sonst doch immer von selbst anlegte, wie einen Bildschirm voll mit Informationen, der die Außenwelt vom kleinen, hyperaktiven Gehirn des Terminators trennt.

»Die Marseillaise! Die Marseillaise!«, schrie eine Frau mit langem, lockigem Haar, als die Kapelle das letzte Stück beendet hatten.

Unter den Hurrarufen der bunt zusammengewürfelten Menge mussten die Studenten sich nicht lange absprechen, ehe sie die Hymne gleich zweimal hintereinander spielten. Menschen aller Hautfarben stimmten mit ein, Väter, die ihre Kinder auf den Schultern trugen, bemüht sarkastische Jugendliche, Proleten, die so taten, als würden sie die Fäuste heben, während sie einander aus den Augenwinkeln beobachteten.

Als die letzten Noten verklangen, erinnerte Krim sich wieder an die Marotte seiner Mutter, die vor jedem Spiel der Fußballnationalmannschaft auf die letzten drei Noten der Marseillaise als Antwort auf »das unreine Blut, das die Ackerfurchen durchtränkt«, ein dröhnendes »Schweinebande!« brüllte – vier C herausgehämmert wie zu einer kriegerischen Parodie, mit zusammengezogenen Brauen und emporgerecktem Kinn.

Ein Stück weiter entdeckte Krim eine Warteschlange, die komplett um eine städtische Schule herumstand. Offensichtlich diente die Schule als Wahllokal. Er betrachtete jedes einzelne der Gesichter in der Schlange, vor allem die älteren, ruhigen weißen Männer, die den Blick abwandten, als Krim an ihnen vorbeiging. Diese Art, ihn nicht direkt anzusehen, als hätte er die Pest, kam ihm vor wie das Gebell von Hunden, wenn sie seinen Geruch nach kleinem Araberkiffer witterten. Er lief weiter den Gehweg entlang und betrachtete die ungleichmäßig runde Sonnenscheibe, die sich im Brunnenbecken spiegelte. Dann wurde die Sonne von Wolken verschluckt. Krim ließ die Straße, die Schule und all die überreizten Leute hinter sich, die vom »großen Tag« schwadronierten.

Nach einer halben Stunde ziellosen Umherirrens stieß Krim wieder auf die Seine. Er wandte den Blick zum Himmel, und ein alter Mann mit blauen Augen gesellte sich zu ihm, blickte ebenfalls auf und rieb die Hände hinter seinem Rücken aneinander.

»Ja, das sind Möwen. Da hinten gibt es eine Deponie.«

Krim ließ den alten Mann stehen und lief über die nächstbeste Brücke zur Rückseite von Notre-Dame.

Sein Handy vibrierte.

Empfangen: Heute um 14.56 Uhr.
Von: N
Jetzt reicht es. Entweder du kommst zum Treffpunkt, oder das wird dich teuer zu stehen kommen, sehr teuer.

Krim rief ihn einmal, zweimal, dreimal an. Eine Träne lief ihm über die Wange. Dann schrieb er ihm, er solle sich ins Knie ficken.

Empfangen: Heute um 14.58 Uhr.
Von: N
So dankst du es mir nach allem, was ich für dich getan habe? Du lässt mich fallen wie ein Stück Scheiße?

Mitten auf der Brücke blieb Krim stehen und sah einem Motorboot nach, das über die Wellen glitt, wie er es selbst im vergangenen Sommer mit Aurélie getan hatte. Dann schrieb er Nazir, dass es vorbei sei, dass er ihm nicht mehr vertrauen könne, dass er seine Mission abbreche.

Wenn du mich weiter zuquatschst, ruf ich Fouad an und erzähl ihm, dass du mich dafür bezahlt hast, auf irgendwen zu schießen.

Nazir antwortete nur zehn Sekunden später.

Empfangen: Heute um 15.00 Uhr.
Von: N
Das werden wir noch sehen.

In den zwei folgenden Minuten erhielt Krim drei MMS mit unscharfen Fotos. Trotzdem konnte er problemlos seine Mutter erkennen, die auf dem Bett in ihrem Schlafzimmer lag – genau wie in seiner Horrorvorstellung, dem Bild aus seinem Albtraum, von dem er Nazir erzählt hatte. Nur dass seine Mutter nicht allein im Zwielicht war. Sie wurde von Mouloud Benbaraka bewacht – von Mouloud Benbaraka, der auf der Bettkante saß und dessen eingefrorenes, gefährliches Grinsen keinen Zweifel an seinen wirklichen Absichten ließ.

Krim warf sein Telefon über das Brückengeländer. Es schlug auf einem der Ausflugsboote auf, von dem aus Touristen die berühmte Rückansicht von Notre-Dame fotografierten und eifrig nach Passanten

Ausschau hielten, denen sie zuwinken konnten. Noch während eine junge Fremde sein Handy vom Deck klaubte, brach Krim auf dem Gehweg zusammen, schlang die Arme um die Knie und schrie sich die Seele aus dem Leib.

7.

Bouzid nutzte die Rotphase, um aus seiner Weste in den Farben der Verkehrsbetriebe von Saint-Étienne zu schlüpfen, sonst wäre er darin erstickt. Als sein Bus wieder anfuhr, entdeckte er mitten auf der Straße ein paar Jugendliche, die in dieselbe Richtung liefen – Jungen, Mädchen und auch einige Erwachsene. Aus all den sozial schwachen Stadtrandsiedlungen strömten sie vom Hügel herunter und galoppierten wie Zebras durch die Savanne.

Bouzid warf einen Blick in den Innenspiegel. Sein Bus war fast leer, nur zwei Alte in fadenscheinigen Strickjacken kniffen die Augen zusammen, weil sie sich einbildeten, dass sie die Radionachrichten so besser verstehen würden. Bouzid fand, dass sie auf rührende Weise seinem Großonkel Ferhat ähnelten. Er stellte den Ton lauter und folgte dem Zug der Leute auf der kurvenreichen Strecke, die er auswendig kannte.

Die Sonntage waren anstrengend für Bouzid. Da konnte er weder Ruquier auf Europe 1 noch *Les Grandes Gueules* auf RMC hören, seine Lieblingssendung. Doch die Nachrichten des heutigen Tages waren ohnehin besser als alles andere. Menschenmassen versammelten sich in den Vorstädten, auf der Canebière in Marseille, und alle riefen: »Cha-ouch, Cha-ouch, Cha-ouch!« Als er um die nächste Kurve fuhr, sah Bouzid vor sich auf einem kleinen Platz eine gewaltige Menschenmenge. Seit er hier vor einer Stunde das letzte Mal vorbeigekommen war, hatten sie eine riesige Leinwand aufgebaut, wie zu wichtigen Auswärtsspielen von AS Saint-Étienne.

Die Straße war verstopft, und zum ersten Mal in seinem Leben nahm Bouzid sie wirklich wahr, diese viel beschworene Elektrizität, die angeblich bisweilen in der Luft liegen sollte. Nachdem er noch ein paarmal gehupt hatte, gab er es schließlich auf, die Leute von der Straße treiben zu wollen. Kinder kletterten auf die Platanen, um die Leinwand besser sehen zu können. Statt die Zentrale anzufunken, richtete Bouzid sich auf seinem Sitz gerade auf und sah, wonach sich auch die anderen reckten: den Präsidentschaftskandidaten Chaouch, der den Fotografen zuwinkte, daneben seine Frau, die Tochter und der Wahlkampfmanager, der statt der rechten Hand nur einen Stumpf hatte.

Aus einem Reflex heraus wollte er als Erstes Rabia anrufen, um ihr die Szene zu schildern. Wenn sich etwas Ungewöhnliches ereignete, war Rabia die beste Person, die man anrufen konnte. Sie war leicht zu beeindrucken, aber auch eine hervorragende Zuhörerin. Man konnte eine Anekdote gar nicht verderben, wenn man sie ihr erzählte.

Doch Rabia ging nicht ans Telefon. Bei keinem seiner vier Anrufe. Er hinterließ eine Nachricht auf der Mailbox, in der er beschrieb, was er vor sich sah.

»Ah, *vava l'aziz, wallah,* ganz Montreynaud ist auf den Beinen, sie sind alle runtergekommen, um Chaouch beim Wählen zuzuschauen! Das ist wirklich irre, wie in Mekka, Rabia, wenn du das sehen könntest … irre …«

Beifall heischend und begeistert sah er sich zu seinen beiden Passagieren um. Sie waren von ihren Plätzen aufgestanden und schüttelten staunend die Köpfe. Bouzid glaubte sogar, Freudentränen über die faltigen olivfarbenen Wangen des fröhlicheren Mannes kullern zu sehen. Doch bei den Alten konnte man nie so recht wissen: Das Alter machte selbst Männer sentimental. Dann nahm er alles zurück, als er mit einem Mal selbst von einem Schluchzen übermannt wurde – einem Schluchzen, das er seit den Siebzigern nicht mehr an sich beobachtet hatte, seit dem Siegeszug der Grünen: das geteilte Glück, der Drang, Fremde zu umarmen, die sich in der herzerwärmenden Verzücktheit des Augenblicks als Brüder herausstellten und die es immer schon gewesen waren.

Er ging nach hinten zu den alten Männern und ihren tränenglänzenden Augen, nahm seine Mütze ab und fuhr mit dem Finger über die Ader auf seinem Schädel. Zum ersten Mal seit Jahren war es nicht Wut, sondern Hoffnung, die sie anschwellen ließ.

8.

Als Krim an der Wohnungstür klopfte, hinter der er ein paar Stunden zuvor Nazir hatte herumbrüllen hören, ahnte er, dass er dabei war, einen Fehler zu begehen, und dass er besser nach Saint-Étienne zurückkehren sollte, um seine Mutter zu beschützen. Doch die Tür ging auf, und dahinter kam ein Typ mit einem Bärtchen zum Vorschein, ein Rothaariger, der ihn mit hochgezogenen Augenbrauen musterte.

»Bist du Krim?«

»Ja«, antwortete Krim mit der selbstsichersten Stimme, zu der er imstande war. »Wo ist Nazir? Was macht ihr mit meiner Mutter?«

Statt zu antworten, führte der Typ mit dem Bärtchen Krim ins Wohnzimmer. Er trug ein schmutziges Unterhemd und schien gerade erst vor zehn Minuten aufgewacht zu sein.

»Willst du ’nen Kaffee?«

Doch in Gedanken war er offenbar bereits woanders. Er schnappte sich sein Handy und zog sich in die Küche zurück, während Krim an den Nägeln seiner blutigen Hände kaute.

Angezogen und aufbruchsbereit kehrte der Typ mit dem Bärtchen ins Wohnzimmer zurück, und Krim fürchtete schon, dass ihm gleich das Herz versagen würde.

»Also, kommst du? Es ist okay.«

»Was ist okay?«

»Mach schon, lass uns gehen.«

»Ich will erst mit ihr sprechen«, wandte Krim ein. »Wenn ich nicht mit ihr sprechen kann …«

»Was dann?«, unterbrach ihn der Rotschopf und fixierte ihn mit einem harten Blick.

Sie gingen hinunter in die Tiefgarage und stiegen in ein Auto, das dem Rothaarigen zu gehören schien. Zehn Minuten lang fuhren sie, ohne ein Wort miteinander zu wechseln. Dann erreichten sie den Boulevard périphérique. Als sie wieder abfuhren, stand auf dem Schild: »GROGNY, *ville fleurie,* 0 Sterne.« Auf der endlosen Straße, die die Stadt in zwei Hälften teilte, bemerkte Krim mehrere Autos mit algerischen, marokkanischen und tunesischen Flaggen.

»Wo sind wir?« Allmählich wurde Krim panisch.

Der Typ mit dem Bärtchen nahm ein Päckchen vom Rücksitz, einen großen gepolsterten Umschlag, den er Krim mit einem Kopfnicken reichte.

»Okay«, sagte er dann endlich. »Weißt du, wie man damit umgeht? Eigentlich solltest du ja trainiert haben. Du hast doch trainiert, oder? Das ist 'ne …«

»Ich weiß. Eine 9-Millimeter, Magazin mit vierzehn Patronen. Ich hab die Gleiche zu Hause. Aber ich versteh immer noch nicht, auf wen ich schießen soll. Ich will mit meiner Mutter sprechen.«

»Die Nase«, unterbrach ihn der Bärtige. »Du zielst auf die Nase. Und vor allem schaust du nicht auf die Dächer, okay? Auf sämtlichen Dächern in der Umgebung sind Scharfschützen postiert, einer mit einem Fernglas, ein anderer mit einem Gewehr und einem Entfernungsmesser. Ich sag dir das, damit du dich nicht fragst, wie so was aussieht. Verstehst du alles, was ich dir sage?«

Krim nickte und musste sich mit aller Macht zusammenreißen, um nicht zu zittern. In den Holzgriff der Pistole waren vier Buchstaben eingraviert: S. R. A. F.

»Verdammte Scheiße«, schrie der Rotschopf plötzlich und schien drauf und dran zu sein, wieder umzudrehen. Doch als die Ampel auf Grün schaltete, sah Krim, wie er bloß ungläubig den Kopf schüttelte.

»Ich steig aus diesem Auto nicht aus, bevor ich mit meiner Mutter gesprochen habe.«

»Schluss jetzt! Du steigst aus und tust genau das, wofür Nazir dich bezahlt hat.«

»Ruf Nazir an«, erwiderte Krim. »Sag ihm, dass ich mich nicht rühre, bevor ich mit meiner Mutter telefoniert habe.«

»Verdammt, du nervst!«

Das Auto fuhr langsam wieder an und an zwei Polizisten mit weißen Handschuhen vorbei. Sie blockierten die Zufahrt zu einer Straße, die genau so voll war wie die Ausfallstraßen nach einem Spiel im Chaudron. Das ganze Viertel schien für den Verkehr gesperrt zu sein, Leute strömten aus allen Richtungen herbei, überquerten die Straße, sodass selbst die mit Trikoloren dekorierten Busse halten mussten. Eine Gruppe blau geschminkter, barfüßiger alter Berber sang Lieder in einem kleinen Park und begleitete ihren Gesang mit Darbukas.

Endlich rief der Rothaarige Nazir an und schilderte ihm die Lage. Ein paar Sekunden später legte er wieder auf und wartete eine unendlich lange Minute, ehe er eine weitere Nummer wählte.

»Ich geb ihn dir«, sagte er unvermittelt und reichte das Handy an Krim weiter.

Er erkannte Mouloud Benbarakas Stimme sofort wieder.

»Deiner Mutter geht es gut. Ihr passiert nichts, solange du tust, was du tun sollst.«

»Ich will mit ihr sprechen.«

»Sie schläft gerade.«

»Ich will mit ihr sprechen. Ich will ihre Stimme hören, und ich will, dass du sie zu meinem Cousin Fouad bringst. Solange sie nicht in Sicherheit ist, tu ich gar nichts.«

Am anderen Ende der Leitung schien Hektik auszubrechen, und dann hörte Krim endlich die Stimme seiner Mutter, die tatsächlich schläfrig klang, womöglich leicht betäubt, aber offenbar gesund und in Sicherheit.

»Krim, was ist los? Mein Liebling, was …«

»Okay, jetzt hast du sie gehört«, blaffte Benbaraka, nachdem er den Hörer wieder an sich genommen hatte. »Und jetzt hörst du auf, mir auf den Sack zu gehen.«

Im nächsten Moment war die Leitung tot. Der Rothaarige ballte die Faust und spähte in den Rückspiegel.

»In Ordnung. Jetzt zufrieden? Können wir dann loslegen?«

»Ich bewege mich nicht von der Stelle, bevor ich ein Foto von ihr mit Fouad gesehen habe.«

Anscheinend hatte der Rothaarige Zuckungen. Bei einem seiner Ticks ruckte das Kinn empor und hob das Bärtchen gleich mit an. Er rief noch einmal Nazir an und erklärte ihm das Problem. Krim konnte Nazir schreien hören, sodass das Telefon bebte – er hatte panische Angst.

»In Ordnung«, erklärte der Rothaarige und legte auf. »Du sollst dein Foto haben. Aber jetzt müssen wir uns beeilen. Also, steig aus und bereite dich vor.«

»Worauf denn?«, fragte Krim.

Natürlich kannte er die Antwort, kannte sie in- und auswendig, ohne dass er sie je hätte formulieren müssen.

Das übernahm die dichte Menge für ihn.

»Cha-ouch, Cha-ouch, Cha-ouch!«

9.

Als Krim sich unter die Leute mischte, wurde er von *Youyous* überrascht. Man hätte glatt meinen können, auf einer Hochzeit zu sein.

Der Typ mit dem Bärtchen schwenkte einen Presseausweis, um schneller voranzukommen. Er hatte sich außerdem eine große Tasche quer über die Schulter gehängt und trug ein robustes Mikrofon bei sich, mit dem er den Lärm der aufgekratzten Meute auf der Straße aufzeichnete. Der Sicherheitsgürtel am Eingang des Rathauses bestand aus zwanzig Bereitschaftspolizisten vor einer gelben Absperrung. Es mussten sich Zehntausende Menschen rund um das Rathaus aufhalten. Chaouchs Leibwächter hatten sich unter die Menge gemischt; sie bildeten einen zweiten schützenden Kreis. Einer von ihnen nahm Krim ins Visier, und der dachte schon, er wäre gerettet. Die Arbeit dieser Männer bestand immerhin darin, verdächtige Gesichter auszumachen. Krim wusste, dass seines dazugehörte, doch der Rotschopf wechselte bloß einen Blick mit dem Leibwächter, der ihn bemerkt hatte, und schubste Krim dann in die erste Reihe.

Und mit einem Mal entstand Unruhe in diesem Meer aus exaltierten, seligen Gesichtern. Die Leute drehten sich um die eigene Achse, um die Information weiterzutragen: »Hat gewählt! Hat gewählt!«

Im selben Moment sah Krim, wie der Kandidat auf dem Bürgersteig auftauchte. Er war kleiner als im Fernsehen, aber er schien von Kopf bis Fuß zu glänzen, war umgeben von einer majestätischen, kraftvollen Aura. Er war der Ernst des Lebens. Er war das Ende allen unechten Flitters.

Die Menge brüllte seinen Namen: »Cha-ouch, Cha-ouch, Cha-ouch!«

Valérie Simonetti hob das Handgelenk zum Mund und murmelte: »Bad in der Menge, Bad in der Menge!«

Und dann schüttelte Chaouch Hände. Eine Frau fiel hinter dem Absperrgitter gegenüber von Krim in Ohnmacht. Chaouch drehte sich nach ihr um, doch Valérie Simonetti, die den Weg für ihn frei machte und im Krebsgang voranschritt, bedeutete ihm weiterzugehen. Hinter Chaouch tauchte ein weiterer Leibwächter auf, der Kevlar, der ein Gesicht nach dem anderen abscannte.

Oben auf den Wohnhäusern, die den Platz umgaben, hatten die Scharfschützen noch immer keine Gefahr ausgemacht. Allerdings achteten sie nur auf die Frauen in Burkas, die hier und da in der Menge zu sehen waren. Chaouch hatte ausdrücklich verboten, ihnen den Durchgang zu verweigern, um sie nicht »noch mehr zu ächten«.

Der Kandidat schüttelte weiter Hände. Und dann stand er urplötzlich Krim gegenüber, der hektisch seine Rechte über die blau gestreifte Schulter einer Polizistin streckte. Das Blut pochte ihm in den Schläfen, doch seine linke Hand war komplett ruhig. Die Linke, an der er die Swatch trug, auf der das Leben sieben Sekunden Verspätung hatte. War das gut? Wäre es nicht besser, mit der Hand zu schießen, die sieben Sekunden Vorsprung hatte? Und wie würde er sich danach von hier entfernen? Würde man ihn niederstrecken, bevor er die Gelegenheit hätte, seine Waffe zu heben?

Er musste wieder an die Schießübungen mit dem dicken Momo denken, an die außergewöhnlich gute Lage der 9-Millimeter-Pistole in seiner Hand, an den kaum spürbaren Rückstoß, an das tröstliche Gewicht.

»Ich will das Foto sehen!«, rief er fast unter Tränen.

Der Rothaarige antwortete nicht. Er spähte auf sein Telefon und schob Krim gegen die Absperrung.

»Du wirst deine Mutter nie mehr wiedersehen, wenn du dich nicht beeilst! Hörst du? Du siehst sie nie wieder! Also, mach schon!«

»Ich vertraue euch nicht«, wimmerte Krim mit der Stimme eines Kindes.

Inzwischen weinte er heiße Tränen.

»Du hast keine Wahl!«, brüllte der Rotschopf.

Und Krim wusste, dass er recht hatte. Er hatte keine Wahl. Er hielt nach Chaouchs Nase Ausschau. Sie war verblüffend, diese Nase. Sie war gerade, zu gerade, die Nasenflügel wölbten sich zwar, doch es fehlte ihr der kabylische Buckel, der Buckel der Familie Nerrouche.

Und plötzlich war es zu spät. Der Kandidat hatte Krims Hand verfehlt und griff bereits nach den Händen der anderen.

Der Rothaarige stieß Krim in der Menge ein Stück weiter nach vorn und warf ihm einen finsteren Blick zu. Dann ermunterte er ihn, die Ellbogen einzusetzen.

»Los!«, schrie er. »Los!«

Kommandantin Simonetti drückte sich den Kopfhörer ins Ohr und zwinkerte dem Kandidaten zu. Obwohl er sie nur im Profil sah, bemerkte er das Zwinkern und stellte sich sofort darauf ein, das Händeschütteln einzustellen. Ein kleines Mädchen, das von ihrem Vater mit ausgestreckten Armen hochgehoben wurde, schürzte bereits die Lippen, um ihm einen Kuss zu geben. Chaouch packte sie und zog sie zu sich über die Sicherheitsabsperrung. Ihr Vater machte ein Foto.

Krim stand gegen den pausbäckigen Mann gepresst da, der alle erdenklichen Klischees auf sich vereinte, und spürte plötzlich etwas an seinem Oberschenkel, innen, in seiner Jogginghose. Es fühlte sich an wie warme Nacktschnecken, die sich einen Weg zwischen den Härchen hindurchbahnten.

Er hatte sich in die Hose gepisst.

Der schweißgebadete Rotschopf versetzte ihm inzwischen Schläge in die Seite. Krim rempelte den fotografierenden Vater an, und dann fiel sein Blick auf die nackten Beine der kleinen Tochter, die diesem soeben wieder zurückgereicht wurde. Die blonde Leibwächterin half der Kleinen dabei, wieder in die Arme ihres Vaters zu gelangen. Im selben Moment streifte Krim Chaouchs Handfläche. Er sah seine Mutter mit Mouloud Benbaraka vor sich, musste an den Körper seiner nackten Mutter im bläulichen Halbdunkel seines Zimmers denken und hob den Arm, der rechts durch die Gestalt des Rothaarigen und links vom Körper des kleinen Mädchens verdeckt wurde. Für eine halbe Sekunde schloss er die Augen. Als er sie wieder aufschlug, sah er in Chaouchs Augen – in der Apotheose dieses Nachmittags, in dem feiner Staub in der gleißenden Sonne glitzerte –, dass die Furcht sogar im Blick der Götter eine Heimat hatte.

Er feuerte nur einen einzigen Schuss ab und bewunderte im selben Augenblick seine Perfektion, seine Klarheit. Die Kugel traf die linke Wange des Kandidaten, der rückwärts zu Boden ging.

10.

In dem Chaos, das auf den Schuss folgte, hörte Krim gar nichts mehr. Schläge prasselten auf ihn nieder. Den ersten hatte er noch schmerzhaft gespürt, die folgenden schienen einen anderen Körper zu treffen. In Wirklichkeit war es sein eigener, doch er war befreit, endlich befreit von der Tyrannei seiner Nerven. Vom Boden aus, auf den er geworfen worden war, sah er eine Masse aus unförmigen, hassverzerrten Gesichtern und blutunterlaufene, unerbittliche Blicke.

Eine große blonde Frau riss mit schier übermenschlicher Kraft die Sicherheitsabsperrung beiseite und zog Krim vom Boden hoch. Drei Männer eilten ihr zu Hilfe, darunter auch der Typ, der ihn zuvor durchgelassen hatte. Sie hielten Krim ein paar Zentimeter über dem Boden fest und pressten dann sein Gesicht auf den Asphalt, wo die Sonne selbst das letzte feuchte Fleckchen vertrieb, genau wie im vergangenen Sommer im Süden, das war es, wie das Meer und die Sonne, die einander in den üppigen Nachmittagsstunden anblickten. Und während man ihn überwältigte, während von Lynchjustiz und Krankenhaus die Rede war, konnte Krim sie wieder sehen, diese majestätische Säule aus silbrigem Sonnenglitzern um ungefähr halb vier. Eine

Säule, der er folgte, weil Aurélie ihr ebenfalls folgte, bis hinter die Bojen, bis in diese seltsamen Gefilde, in denen die Korallen unter ihren nackten Füßen sprossen und das klargrüne Wasser verdunkelten, als handelte es sich dabei um schlafende Seeungeheuer.

11.

Dounia stemmte sich von der Bettkante hoch und schaltete den Fernseher ein, der unter der Zimmerdecke angebracht war. Sie hoffte, dass Zoulikha wirklich schlief. Doch die schreckte sofort hoch und verlangte, dass er wieder abgeschaltet wurde. Dounia leistete dem Wunsch Folge, trat auf ihre große Schwester zu und legte ihr die Hand auf die Stirn, um zu prüfen, ob sie noch Fieber hatte. Im nächsten Moment durchschnitt ein Schrei aus dem Nachbarzimmer das friedliche Schnurren des Stockwerks. Ihm folgte ein zweiter Schrei, dann ein dritter, dann ein in diesen hellroten Mauern so unangemessener Aufruhr, als wäre in einer Kinderkrippe eine Razzia angeordnet worden. Dounia taumelte hinaus auf den Flur und sah zwei Krankenschwestern, die in die entgegengesetzte Richtung liefen und schrien: »Jemand hat auf Chaouch geschossen! Jemand hat auf Chaouch geschossen!«

Wie ein Gespenst lief sie ihnen nach. Auf halbem Weg musste sie anhalten und sich auf den Haltegriff einer Rollbahre stützen, um wieder zu Atem zu kommen.

Ihr erster Impuls war, Rabia anzurufen, die jedoch nicht ans Telefon ging. Sie rief auf dem Festnetz an, dann bei Luna, dann bei Nazir, dann bei Fouad und schließlich bei Slim.

In dem Moment, in dem Slim abhob, keuchte sie ein feuchtes, ungesundes Husten hervor, das von Schluckauf, Schluchzern und von Schreien durchsetzt war. Sie hörte Slims Stimme, die durch den Apparat kaum gedämpft wurde, die Stimme ihres Jüngsten, der brüllte:

»Mama, Mama, Mama!«, doch sie konnte nicht mehr aufhören zu husten. Inzwischen warf sie sogar Blut aus.

Eine Krankenschwester, die wie in Schockstarre zum Fernseher am Ende des Ganges blickte, kam ihr schließlich zu Hilfe und beruhigte mit tränenerstickter Stimme den Sohn am anderen Ende der Leitung.

Am anderen Ende der Stadt hatte Fouad sein Handy nicht vibrieren hören. Er hämmerte mittlerweile seit fast einer Viertelstunde an Rabias Wohnungstür, zu der ihn eine böse Vorahnung geführt hatte. Ein BMW war mit quietschenden Reifen davongefahren, gerade als er seinen Wagen bei ihrem Wohnblock geparkt hatte. Das hatte seine Unruhe noch verstärkt. Er hämmerte immer lauter, schließlich auch gegen die Nachbartür, doch niemand öffnete.

Aus einem Impuls heraus lief er in den Keller. Irgendjemand hatte doch erwähnt, dass Krim dort seltsame Dinge anstellte. Jedem Kellerabteil war eine Nummer zugeordnet, die auf einer verfallenen Tafel aufgelistet war. Dort entdeckte Fouad Rabias Namen: Nerrouche-Bounaïm. Er lief den Korridor entlang, der von Neonröhren erleuchtet wurde, und stieß mehrere Feuerschutztüren auf. Als er zu guter Letzt die hölzerne Tür erreichte, den kleinen Raum, den er gesucht hatte, hörte er Geräusche. Auf sein Klopfen ging die Tür wie von alleine auf. Im Schatten fläzte der dicke Momo. Sein Gesicht war von einem flackernden Bildschirm erhellt.

»Was treibst du denn hier?«

Der dicke Momo stand auf und wollte schon entwischen, doch Fouad hielt ihn fest. Der kleine Raum glich einer Räuberhöhle. Überall aufeinandergestapelte Schuhkartons, ein halbes Dutzend Spielekonsolen und zwei Flachbildfernseher.

»Momo, was soll das?«

»Scheiße, tut mir leid, wir wollten nicht …«

»Womit handelt ihr hier? Verdammt noch mal, antworte mir!«

»Mit nichts, gar nichts, wir machen hier nur ein paar … Geschäfte, weißt du? Nichts Schlimmes. Also, Krim, mit Geld von seinem Cousin. Wir haben Kram gekauft und verkaufen ihn weiter, verdienen uns ein bisschen was dazu, aber kaum was, ich schwör's dir.«

Der dicke Momo legte eine fast schon unzweifelhafte Ernsthaftigkeit an den Tag, doch Fouad bemerkte, dass er sich kaum merklich vor einen ganz bestimmten Stapel manövriert hatte.

»Was ist da drin?«

Er schob den dicken Momo beiseite und entdeckte obenauf den Lauf einer Pistole, der aus einem hastig darübergeworfenen Handtuch herausragte.

»Das ist gar nichts, ich schwör's dir, wir haben nur schießen geübt, einfach so, im Wald, nur zum Zeitvertreib.«

Fouad schlug die Hände vors Gesicht. Dann zückte er sein Handy, sah die Anzahl der verpassten Anrufe und dass sie von unterschiedlichen Leuten stammten. Irgendetwas musste passiert sein. Ihm wurde schwindlig, und fast wäre er rücklings umgekippt, wenn der dicke Momo ihn nicht aufgefangen hätte. Sein entsetztes pausbäckiges Gesicht glänzte inzwischen vor Schweiß. Fouad rang nach Atem und sah hinüber auf den Bildschirm. Der dicke Momo hatte keine Zeit mehr gehabt, ihn anzuhalten. Es war ein Ego-Shooter-Spiel. Der Lauf einer Maschinenpistole war auf ein friedliches Eckchen Mangrovenwald gerichtet, das für ein paar Sekunden leer wirkte, bevor darin ein Soldat in Tarnuniform auftauchte und anfing zu schießen. Nach und nach füllte sich der Bildschirm mit Blut.

12.

Nazir hatte natürlich gesehen, wie sich eines seiner drei Handys auf dem Cembalo bewegt hatte. Er hatte es ignoriert, zu konzentriert war er auf die Partitur der *Wilden* gewesen, dieses Stücks von Rameau, das er jetzt schon seit Wochen übte, ohne Fortschritte zu machen.

Irgendwann schloss er den Deckel. Er strich sich übers Kinn. Binnen einer Woche waren seine Haare noch nicht wieder ausreichend gewachsen, um zu wissen, ob sie sich locken würden. Das machte ihm ein bisschen Kummer, und wie es seine Art war, suchte er die Wände und den Boden ab, Zentimeter um Zentimeter, weil er fürchtete, dort den Umriss irgendeines kleinen Tiers zu entdecken. Danach trat er ans Fenster seines Zimmers, das bis auf das vergoldete Instrument, ein Feldbett und einen ausgestopften Affen leer war.

Der Lärm der im Stil Haussmanns gebauten Straße wurde durch die doppelte Verglasung ausgesperrt, die er selbst hatte einbauen lassen. Doch eine Bewegung im vierten Stock des gegenüberliegenden Hauses erregte seine Aufmerksamkeit. Sichtbar im Fensterkreuz mit den roten und grünen Scheiben widmete sich seine kleine Nachbarin ihrer Klavierstunde zusammen mit einer Person, die hinter einem dicken beigefarbenen Vorhang verborgen blieb. Die Sonne vertrieb die letzten Wolken, und aus dem Halbschatten heraus, der mit einem Mal von schrägen Lichtbändern durchzogen war, in denen Staubkörnchen tanzten, erfreute Nazir sich an dem bemüht arbeitenden Ellbogen des kleinen Mädchens und am Samtstoff des rechten Ärmels, der mit kleinen Spiegelpailletten bestickt war, die immer wieder aufblitzten, wenn die Hand zu den hohen Tönen hinaufwanderte.

Nachdem er einen letzten Blick auf seinen treuen Affen geworfen hatte, nahm Nazir einen kleinen weinroten Koffer zur Hand, stieg die Treppe hinab und nahm die Metro, um sich mit Farès zu treffen, der das Auto aus Paris hinaussteuern sollte. Er hätte sich genauso gut ein

Taxi rufen können, aber er wollte in diesem schicksalhaften Moment unter Leuten sein.

Die Metro hielt eine Weile in der Station Saint-Michel, direkt vor dem Aufzug, der zur Place Saint-André-des-Arts hinauffuhr. Die Leute liefen wild durcheinander, um einander über die jüngsten Ereignisse zu informieren und um sich gegenseitig daran zu hindern, in Ohnmacht zu fallen.

Nazir hatte den Kragen seiner schwarzen Jacke hochgeschlagen und seinen Stereokopfhörer abgesetzt, um zu hören, was um ihn herum gesprochen wurde.

Eine Frau, die die Neuigkeit gerade erfahren hatte, schlug die Hand vor den Mund und schwankte. Ein Student hielt sie fest, half ihr, sich hinzusetzen, und fächelte ihr Luft mit der *Le-Monde*-Beilage zu, die er gerade eben noch in aller Seelenruhe gelesen hatte.

Nazir zog sein Telefon heraus. Dreißig verpasste Anrufe von Farid, vier von seiner Mutter – und einer von Fouad. Seine Überraschung war umso größer, als sie seit dem Begräbnis ihres Vaters vor drei Jahren nicht mehr am Telefon, geschweige denn von Angesicht zu Angesicht gesprochen hatten.

Er streckte sich, biss sich kurz auf die Lippe und wich seinem Spiegelbild in der Scheibe aus. Er hatte fast kein Weiß mehr in seinen Augen, und seine Pupillen waren infolge einer seltenen Krankheit dauerhaft erweitert, sodass er aussah, als bestünden seine Augen aus einer zähen, ungesunden Masse. Wenn er eines Tages weinen müsste, wären es wahrscheinlich schwarze Tränen, eine Art dickflüssiges Öl, das ihm über die Wangen rinnen würde. Doch Tränen standen heute nicht auf Nazirs Tagesordnung.

Zu seiner Linken erregte ein Mädchen in Blazer und marineblauem T-Shirt seine Aufmerksamkeit. Sie musterte ihn aus dem Aufzug heraus. Angesichts der leicht hochgezogenen rechten Augenbraue, des Mundes mit den schmalen, arroganten Lippen und der elektronischen

Anzeige über ihr, auf der »Außer Betrieb« stand, konnte Nazir sich ein amüsiertes Lächeln nicht verkneifen.

Er musste weitere zwei Minuten warten. Über Lautsprecher kam eine unverständliche und panische Ansage, dann gellte eine Sirene los, die an ein *Youyou* erinnerte. Die Metro würde nicht mehr weiterfahren. Der Schienenverkehr stand still.

Nazir stieg aus und rief nun doch ein Taxi. Eine Viertelstunde später erreichte er die Porte d'Orléans. Einsatzwagen rasten in hoher Geschwindigkeit an ihm vorüber, und er fürchtete schon, dass die Gegend um Paris bereits abgesperrt worden war. Farès rief an, und Nazir wollte gerade rangehen, als er den Maybach vor sich aufblitzen sah, der ordentlich eingeparkt auf einem kostenpflichtigen Parkplatz stand. Er klopfte zweimal gegen die Scheibe, und Farès stieg aus, um den Kofferraum zu öffnen.

»Scheiße, das ist echt komisch mit den ganzen Bullen. Da muss irgendwas passiert sein.«

Farès wollte ihm die Hand schütteln, ihn in angemessener Form begrüßen, bevor er mit ihm darüber sprach, was mit seinem Zwillingsbruder passiert war und was sie jetzt tun konnten, um ihm zu helfen. Doch Nazir gebot ihm mit einer Geste Einhalt.

»Heben wir uns die Sympathiebekundungen für später auf.«

Dann nahm er auf dem Rücksitz Platz und tauschte, ohne lang zu warten, die SIM-Karten aller drei Handys aus.

»Fahren wir gleich los?«, wollte Farès wissen. Auch wenn Nazir nicht gerade gut gelaunt zu sein schien, war Farès nicht unfroh darüber, endlich Gesellschaft zu haben.

»Richtung Grenze«, brummte Nazir und leckte sich über die Lippe.

Und dann fuhr der Maybach 57S mit dem Kennzeichen 4-CD-188 – dem eines algerischen Diplomaten – unter der blendenden Sonne dieses ereignisreichen ersten Maisonntags auf den Boulevard périphérique und dann auf die Autobahn in Richtung Osten.

KAPITEL 10

»Mörder Sarko«

1.

Während die Satelliten der Geheimdienste die ersten beunruhigenden Massenbewegungen am Stadtrand von Paris aufzeichneten und die Stadien, die Bars und Plätze, die im ganzen Land mit riesigen Leinwänden ausgestattet worden waren, unter dem gleichzeitigen Eindruck des Schocks und der Wut zu implodieren schienen, bewunderte Henri Wagner, Pariser Untersuchungsrichter in der Abteilung für Terrorbekämpfung, friedlich die steinernen Heiligen, die über den Petersplatz im Vatikan wachten.

Er war am Vortag zu seiner Frau gestoßen und plante, am folgenden Tag wieder abzureisen. Paola hatte erneut die Sixtinische Kapelle besuchen wollen, wo sie sich zwanzig Jahre zuvor kennengelernt hatten, doch eine halbe Stunde nachdem sie die Karten gekauft hatten, hatte der Richter die Kapelle überstürzt wieder verlassen. Er hatte sich einfach nicht konzentrieren können, weil er gedanklich mit beruflichen Ärgernissen beschäftigt war.

Madame Wagner war eine ziemlich bekannte Pianistin. Das musikbegeisterte Publikum kannte sie vor allem unter ihrem Mädchennamen Paola Ferris. Nach einer Weile steuerte sie wieder auf ihren reglos dastehenden Ehemann zu, der sich wie ein junger Bursche mit den Ellbogen auf eins der Absperrgitter gestützt hatte, hinter denen an diesem Frühlingssonntag erstaunlich wenige Besucher Schlange standen.

»Was ist denn nun wieder passiert?«

Der Richter zuckte mit den Schultern und schien mit seiner Antwort zu zögern. Seine scharfen Gesichtszüge strahlten trotz allem eine fast unbezwingbare Jugendlichkeit aus. Er war groß, wirkte ein wenig schlaksig, und sein hervorspringender Adamsapfel und die lockere Körperhaltung wurden dadurch unterstrichen, dass der Kragen seines Polohemds zwei Knöpfe weit geöffnet war. Er stemmte die Fäuste in die Hüften und blickte in den Himmel.

Einer der beiden Leibwächter des Richters machte ein paar Schritte zur Seite, um einen Anruf entgegenzunehmen. Der zweite sah ebenfalls nach oben. Sie gehörten beide dem Sicherheitsdienst für hochgestellte Persönlichkeiten an, der auch die Leibwächter für Richter stellte, die als gefährdet galten. Die beiden glichen sich bis hin zu ihrem Bemühen um einen möglichst lässigen Look für ein Wochenende mit ihrem Schützling: Lederjacke, Turnschuhe, Sonnenbrille. Trotzdem war Richter Wagner davon überzeugt, dass sie sich nicht abgesprochen hatten. Er hatte es beim Frühstück »professionelle Mimesis« genannt – eine geistreiche Bezeichnung, die keiner seiner glatt rasierten Gorillas auch nur mit einem Lächeln quittiert hatte.

»Schon erstaunlich, findest du nicht?«

Der Richter wandte sich seiner Frau zu, die gerade zum dritten Mal in Folge bemerkte, wie das Handy in ihrer Lederhandtasche vibrierte. Sie fragte, was denn so erstaunlich sei, wartete seine Antwort allerdings nicht ab, sondern nahm den Anruf diesmal entgegen. Mit hinter dem Rücken verschränkten Händen schlenderte Richter Wagner am Fuß der erhöht liegenden Galerie entlang. Der Himmel, vor dem sich die Statuen scharf abzeichneten, war ein echter Frühlingshimmel und mit schelmisch-lebendigen Wölkchen gesprenkelt. Der Wind, der sie vor sich hertrieb, konnte um diese Jahreszeit immer noch beißend sein. Richter Wagner schlug den Jackenkragen hoch, während er über eine optische Täuschung nachgrübelte, die ihn bezauberte und in ihm zugleich Unruhe und ein Schwindelgefühl erzeugte: Es sah aus, als wanderten nicht die Wolken, sondern die würdevollen Heiligenfiguren über den Himmel, als wären sie urplötzlich aus ihrem ewigen Schlaf erwacht, genau wie bei einem Zug im Bahnhof, wenn der Zug auf dem Nachbargleis, der dort allem Anschein nach gerade losfährt, derjenige ist, der stillsteht, während der eigene sich unmerklich in Bewegung gesetzt hat.

»Paola, sieh mal …«

Doch als er sich zu Paola umdrehte, war aus deren Gesicht alle Farbe gewichen. Sie hatte die Hand vor den Mund geschlagen, und in ihre großen, hellen Augen waren bereits Tränen des Entsetzens getreten.

Der Sicherheitsbeamte, der ebenfalls telefonierte, packte Richter Wagner am Ellbogen und führte ihn ans Ende des Platzes. Auf dem Weg reichte er ihm das Handy. Während der Chef der Abteilung für Terrorbekämpfung bei der Staatsanwaltschaft ihn ins Bild setzte, versuchte Wagners Frau, Aurélie zu erreichen, um sich zu versichern, dass es ihr gut ging. Die Stimme ihrer Tochter klang ein wenig schläfrig. Eine Tante würde sie abholen kommen und auf sie aufpassen, bis die Eltern wieder zu Hause wären. Eigenartigerweise protestierte Aurélie nicht.

Im Auto, das sie zum Hotel zurückbrachte, ergriff Paola die Hand ihres Mannes, die im Gegensatz zu ihrer eigenen nicht zitterte. Genauso ruhig und ernst war sein Blick, als ihn die x-te Person anrief, um ihn über neue tragische Details zu informieren.

Als er auflegte, streichelte sie mit Blicken seinen langen, trotzigen, weiß beschopften Schädel. »Die Zukunft ist jetzt«, murmelte sie.

Er legte seine Hand auf ihre.

»Ich fand seinen Wahlkampfslogan ja immer …«

Ihr fiel kein passendes Adjektiv ein, und sie verstummte.

»Prophetisch?«, schlug der Richter vor, ohne den Blick vom Display seines Blackberry abzuwenden.

»Ah … nein. Das ist es nicht … Aber na ja«, fügte sie unvermittelt hinzu und schien sich mit einem Mal aufzuregen. »Offenbar nimmt dich das nicht sonderlich mit. Immerhin hat man auf einen *Präsidentschaftskandidaten* geschossen!«

»Paola …«

»Mein Gott, das ist doch furchtbar! Man hat auf ihn *geschossen!* Das ist doch furchtbar! Verdammt, wie kannst du da nur ruhig bleiben, so … gelassen wie ein Gott auf dem Olymp.«

Ein unergründliches Lächeln huschte über Richter Wagners Gesicht. Er räusperte sich, schien gleichzeitig an zehn andere Dinge zu denken und antwortete seiner Frau, während ihr Mietwagen mit Höchstgeschwindigkeit am Ufer des Tiber entlangraste: »Mein Liebling, wenn uns die Mythologie nicht von Anfang an belogen hat, dann glaube ich, dass auf dem Olymp alles andere als Ruhe und Frieden geherrscht haben …«

2.

Die Rettungssanitäter der Uniklinik in Grogny sahen zuerst ein Bataillon aus Männern mit Kopfhörern, denen eine Minute später zwei Wellen uniformierter Motorradfahrer folgten. Zu den Schreien der Ersteren gesellte sich bald das gellende Pfeifen der Letzteren, das die Anweisung begleitete, sofort das Erdgeschoss zu evakuieren. Eine Krankenschwester beschwerte sich, als sie eines der Zimmer räumte, doch der diensthabende Arzt wies sie an, den Befehl ohne weitere Fragen auszuführen.

Auf den Sturm folgte die Ruhe – eine Ruhe, die noch viel erschreckender war und kaum einmal vom Piepsen der Maschinen gestört wurde. Niemand vom Pflegepersonal wagte, auch nur einen Mucks von sich zu geben. Es schien, als könnte das kleinste Wort diese breitschultrigen, angespannten und mit Adrenalin vollgepumpten Männer zum Explodieren bringen.

Ein schmächtiger, fast kahlköpfiger Arzt ließ sein Stethoskop auf die Bodenfliesen fallen. Ein Beamter, der heftig einen Kaugummi malträtierte, warf ihm einen vernichtenden Blick zu. Er war offenbar mit einem übermenschlich scharfen Gehör ausgestattet und merkte deshalb als Erster, dass draußen der Zug eintraf: Zwei Sekunden vor allen anderen stürzte er zum Eingang, dessen Türen sich automatisch öffneten.

Im Eiltempo wurde die Rollbahre hereingefahren und glitt an den schockstarren Krankenschwestern vorbei. Nun wurde für sie zur Gewissheit, was sie bisher nur vermutet hatten: die Identität des Patienten, für den man den Eingangsbereich in eine Hochsicherheitszone verwandelt hatte.

Eine junge Assistenzärztin bekam den Auftrag, sich um die Frau des Kandidaten zu kümmern, ihre Anspannung unter Kontrolle zu halten, ihr ein Glas Wasser zu bringen. Doch in dem kleinen Zimmer, in das Esther Chaouch sich führen ließ, konnte selbst die Ärztin ein Schluchzen nicht mehr unterdrücken.

Ein routinierter Rettungssanitäter gesellte sich zu ihnen, der sofort die Pupillen der Frau des Präsidenten untersuchte.

»Madame Chaouch, ich kann Ihnen versichern, dass Ihr Mann in guten Händen ist. Professor Lu…«

»Wo haben Sie ihn hingebracht? Was werden Sie …«

»Beruhigen Sie sich, Madame. Ihr Mann ist in guten Händen.«

Esther Chaouch erhob sich und nutzte einen Moment der Unaufmerksamkeit des Sanitäters, um das Zimmer zu verlassen und den Flur zu überqueren. Keiner der Leibwächter brachte den Mut auf, sie aufzuhalten. Schließlich hielt sie ganz von allein vor einer rot gestreiften Scheibe an. Dahinter war der blutige Kopf ihres Mannes zu sehen. Durch das grellweiße Neonlicht wirkte er wie zerschmettert. Obwohl die Kugel ihn an der linken Wange getroffen hatte, war es die rechte, an der das Fleisch aufgeplatzt war und ein unerträgliches Bild darbot.

Esther Chaouch verlor das Bewusstsein. Als sie wieder zu sich kam, waren ein Leibwächter und Jean-Sébastien Vogel, der Wahlkampfmanager, bei ihr, der sich inzwischen die Krawatte abgenommen hatte und sie mit leicht zur Seite geneigtem Kopf ansah – weniger mitfühlend als vielmehr mit einer Art furchtsamer, entsetzter Neugier.

Dann telefonierte sie eine Viertelstunde lang mit ihrer Tochter Jasmine, die ein paar Stunden zuvor lieber nach Hause in ihre Wohnung am Canal Saint-Martin gefahren war. Vogel bestätigte ihr mit einem Blick, dass es sich dabei um eine der bestgesicherten Wohnungen der gesamten Hauptstadt handelte. Wiederum eine halbe Stunde später kam der diensthabende Arzt zu ihr, bedeutete ihr, sich auf die Bettkante zu setzen, und erklärte ihr die Lage in derart sanftem Tonfall, dass sie für einen Augenblick glaubte, man hätte ihr eine Dosis Morphium oder irgendein anderes Betäubungsmittel verabreicht, um sie vor der Brutalität der Welt zu beschützen.

»Madame Chaouch, ich bin Professor Lucas. Wir haben gerade eine halbe Stunde lang …«

Ein Kratzen im Hals. Es schnürte ihm kurz die Kehle zu. Er hob die Hand, wandte sich für einen Moment ab, um zu husten. Sein Tonfall, die Färbung seiner Stimme … Esther Chaouch legte beide Hände an die Schläfen. Sie war davon überzeugt, dass jetzt alles vorbei wäre, dass er ihr mitzuteilen versuchte, dass ihr Mann tot war. Sie hatte sogar noch die Zeit, sich in die Lage des Arztes zu versetzen, dem die Aufgabe zugefallen war, ihr zu erklären, warum sie nichts mehr hatten tun können; dieses farblosen Arztes, der sicher schon Hunderten Familien hundertmal den Tod verkündet und der dabei die immer gleichen schrecklichen, vorgeblich nüchternen Umschreibungen benutzt hatte – *verschieden, nicht überlebt,* vielleicht sogar das abscheuliche *von uns gegangen …*

Doch es kam anders.

»Ich bitte vielmals um Entschuldigung. Also … Wir haben eine Kernspintomografie vorgenommen, die ergeben hat, dass die Kugel das Gehirn des Patienten nicht verletzt hat. Sie hat den Kopf gewissermaßen von einer Wange zur anderen durchschlagen – insofern können wir von großem Glück sprechen. Allerdings hat Ihr Mann durch den Schock wahrscheinlich ein Aneurysma erlitten. Wir haben seinen arteriellen Druck eine halbe Stunde lang stabilisiert, um ihn ohne Risiko in eine spezialisiertere Umgebung überführen zu können. Die Neurochirurgen und Neuroradiologen des Val-de-Grâce sind bereits verständigt worden …«

»Wird er durchkommen?«

»Madame, was ihm zugestoßen ist, ist … sehr ernst, und ich will Ihnen auch nicht verschweigen, dass die anstehende Operation sehr kompliziert sein wird. Aber ich kann Ihnen versichern, dass sich die besten Spezialisten des Landes um ihn kümmern.«

Esther Chaouch musste ein Schluchzen unterdrücken. Ein weiteres Mal hatten der sanfte Ton und die professionelle Sanftheit des Professors die Widerstände ihrer Beherrschung überwunden.

»Wie bringen Sie ihn dorthin?«, fragte sie und stand auf, um sich ebenfalls auf den Weg zu machen.

»Mit dem Hubschrauber. Es dauert zehn Minuten. Sie können mit dem Auto hinfahren, ich glaube, der Konvoi steht schon bereit. Ihre Tochter«, fügte Professor Lucas nach einem Blick zu Vogel hinzu, »wird in diesen Minuten ins Val-de-Grâce gebracht.«

»Jean-Sébastien«, wandte sich Esther Chaouch an Vogel, »war das ein terroristischer Anschlag?«

»Ganz bestimmt, allerdings ist es noch zu früh, um …«

»Warum hat uns niemand gesagt, dass er *wirklich* gefährdet war? Was … Valérie Simonetti – hat sie es nicht gewusst? Ihr wusstet es doch, stimmt's?«

»Esther, es wird eine Untersuchung geben. Wer immer die Verantwortung dafür trägt …«

»Und ist er denn jetzt in Sicherheit? Antworte mir! Ist er in Sicherheit?«

»Esther«, erwiderte Vogel mit gesenktem Kopf, »der Polizeipräsident hat mich persönlich angerufen und mir mitgeteilt, dass er sechs Einheiten der Bereitschaftspolizei losgeschickt hat, um das Val-de-Grâce abzuriegeln.«

Esther Chaouch hob die Hände und schüttelte wütend den Kopf. »Der Polizeipräsident? Dieuleveult? Der verabscheut Idder doch, also …«

»Esther, hör auf«, fiel Vogel ihr ins Wort. Dann griff er, der unter einem Präsidenten Chaouch die besten Chancen auf das Amt des Premierministers hatte, nach Esthers vor Angst geröteten Händen. »So funktioniert das nicht. Das hier hat nichts mehr mit Politik zu tun. Soeben wurde Frankreich angegriffen, hörst du mich? Frankreich selbst.«

Einige Sekunden später hob ein Eurocopter des Rettungsdiensts vom Dach der Uniklinik ab und flog der Sonne entgegen über die Vorstadt, den Boulevard périphérique und die Arrondissements östlich der Seine, bevor er im Hof des Militärkrankenhauses Val-de-Grâce landete. Dort hatte sich ein halbes Dutzend Ärzte und Pfleger um eine Rollbahre versammelt. Sie bereiteten sich darauf vor, den wichtigsten Patienten des Jahres in Empfang zu nehmen.

3.

»Feuerpferde«, war das erste Wort, das Rabia aussprach, als sie sich mühsam aus einem Schlaf kämpfte, der ihrem Gefühl nach einen ganzen Tag gedauert hatte. Als sie die Lider wieder halbwegs öffnen konnte, fügte sie hinzu, dass diese Feuerpferde sich am Himmel befänden, dass sie gesehen habe, wie sie mit prophetischem Grollen darübergaloppiert seien.

Fouad fühlte ihren Puls und legte dann den Handrücken auf ihre schweißüberströmte Stirn.

Nachdem er zigmal versucht hatte, die Tür zu öffnen, indem er sich mit der Schulter dagegen geworfen hatte – was ihm unter Garantie diverse blaue Flecken und noch den ganzen nächsten Tag über Schmerzen einbringen würde –, war es ihm schließlich gelungen, Rabias Wohnungstür aufzubrechen. Die Glasscherben auf dem Fliesenboden hatten ihn alarmiert, und dann hatte er die Tante schlafend vorgefunden – in ihrem Schlafzimmer, ohne Laken, die sie bedeckt hätten.

Als sie die Hand hob, um die substanzlosen Pferde aus ihren Träumen zu berühren, konnte Fouad sehen, wie sich ihr Gesichtsausdruck veränderte. Allmählich fiel der Staub aus jener anderen Welt von ihr ab. Sie erinnerte sich wieder.

»Wo ist Krim? Wo ist mein Sohn?«

Sie packte Fouad am Handgelenk und sprang aus dem Bett.

»Was ist passiert?«, rief Fouad. »Sag mir, was hier los war!«

Rabia verlor das Gleichgewicht und plumpste auf das Bett zurück. Sie stammelte ein paar Worte, die Fouad nur schwer verstand … Omar, Telefon, Paris.

»Omar?«, hakte Fouad nach.

»Wie Omar Sharif«, brabbelte Rabia. »Wir haben uns über Meetic kennengelernt, und dann … Ich … dann …«

»Ich hol dir ein Glas Wasser.«

»Und Luna? Wo ist meine Tochter?«

Während Fouad gleich eine ganze Flasche füllte, um nicht ständig hin und her laufen zu müssen, nahm er sein Telefon in die Hand und bemerkte erschrocken, dass er mehr als dreißig Anrufe verpasst hatte. Er hatte zuvor den Vibrationsalarm ausgestellt, und das rote Lämpchen hatte seit einer Viertelstunde ununterbrochen geblinkt, ohne dass er es mitbekommen hätte. Er schloss die Finger um den kleinen Plastikkubus, bis seine Fingerknöchel weiß hervortraten.

Während das Wasser lief, warf er einen Blick auf die kaputte Tür. Es war ein seltsamer Anblick, den er weniger mit den Augen als vielmehr durch seine schmerzende Schulter wahrzunehmen schien. In diesem Moment dämmerte ihm nur zu deutlich – furchtbar deutlich –, dass sehen leiden hieß und dass er womöglich in seinem ganzen Leben nie etwas anderes zu Gesicht bekommen hatte als dieses demolierte Schloss, das wie ein metallisches Stück Fleisch in den zertrümmerten Angeln hing.

Exakt in diesem Augenblick begriff Fouad, dass er begriffen hatte – nur wusste er noch nicht, was genau. Denn statt die letzte Nummer auf seinem Display anzurufen, statt an Rabias Telefon zu gehen, das ohne Unterlass klingelte, seit er die Wohnung betreten hatte, drückte er die zweiflüglige Glastür zum Wohnzimmer auf und schaltete den Fernseher ein. Sämtliche Programme auf sämtlichen Kanälen waren für Sondersendungen unterbrochen worden. Er zappte zu LCI. Die rote Tickerzeile mit Eilmeldungen am unteren Bildschirmrand kannte er von dem Nachrichtensender: wenn hier über ein Gesetz abgestimmt und dort eine vermisste Person tot aufgefunden worden war oder irgendeine Fachtagung ein provokantes Ergebnis hervorgebracht hatte. Doch diesmal ging es um den Präsidentschaftskandidaten des Parti Socialiste. Auf ihn war ein Attentat verübt worden. Das wusste Fouad bereits – aber da war auch noch etwas anderes.

Er drehte die Lautstärke hoch.

Anscheinend waren die TV-Experten zum Gespräch ins Studio geschickt worden, ohne zuvor in der Maske gewesen zu sein. Ihre Nasen glänzten, und der Schweiß klebte ihnen ganze Haarsträhnen auf die gerunzelten Stirnen. Die fiebrige Hektik in den Stimmen derer, die ihre Aussagen in weniger als zwanzig Sekunden packen mussten, um nicht unterbrochen zu werden, war Fouad noch nie so deutlich aufgefallen. Auch er selbst war schon bei derlei Sendungen aufgetreten, und aktuell war er für eine weitere Promotour für eine ziemlich hoch budgetierte Komödie gebucht, die in diesem Sommer in die Kinos kommen und in der er die wichtigste Nebenrolle spielen würde.

»Fouad?«

Rabias Gestalt wirkte durch die gewölbten Butzen in der Tür verzerrt. Weil er keine Zeit mehr hätte, jetzt noch die Lautstärke herunterzudrehen, stürzte er auf seine Tante zu, um sie am Eintreten zu hindern.

Der Wortbeitrag des Moderators endete in diesem Moment mit den *Breaking News* des Jahrhunderts: »Nach wie vor ist die Identität des Schützen ungeklärt. Doch auf dem Video des Attentats – und wir haben uns *gegen* die Ausstrahlung entschieden – ist zu sehen, dass es sich um einen jungen Mann handelt, vielleicht sogar um einen Jugendlichen mit anscheinend asiatischen oder vielleicht maghrebinischen Wurzeln. Darüber werden wir zu einem späteren Zeitpunkt sicherlich mehr erfahren …«

Fouad war es nicht gelungen, Rabia sehr lange zurückzuhalten. Sie schnappte sich die Fernbedienung, die vor ihrem schockstarren Neffen gelegen hatte. Inzwischen war zur Gewissheit geworden, was er von Anfang an geahnt hatte – und doch glaubte er noch nicht daran. Bis er es wirklich glauben konnte, musste Rabia erst wütend durch die Kanäle zappen, vielleicht zehnmal, bis auf dem Bildschirm statt gieriger, angespannter, unfreundlicher Gesichter von Journalisten und Kommentatoren schließlich ein vergrößertes Standbild des jugendlichen

Schützen erschien. Er hatte flache Wangenknochen, weit aufgerissene Augen, in denen trotz der grobkörnigen Qualität deutlich der Schrecken und die Tränen zu erkennen waren.

»Krim …«

4.

Es war 17.30 Uhr, als Krim aus der ärztlichen Betreuung entlassen und für haftfähig erklärt wurde. Zwei Stunden hatten nicht genügt, um die Panikattacke einzudämmen, die ihn im Wagen der Bereitschaftspolizei überkommen hatte. Derweil hatten außergewöhnlich angespannte Stimmen darüber gestritten, wohin er als Nächstes gebracht werden sollte: »ins 36, Quai des Orfèvres« oder »nach Levallois«. Krim hatte diesen für ihn zunächst unverständlichen Debatten gelauscht, bis ihm irgendwann der Atem gestockt war. In Levallois-Perret befand sich der brandneue Sitz des französischen Inlandsgeheimdiensts DCRI, der aus dem Zusammenschluss von DST und RG hervorgegangen war und aus dem Sarkozy am liebsten eine Art französisches FBI machen wollte. Tatsächlich beherbergte er unter anderem die nationale Abteilung für Terrorbekämpfung. Krim hatte auf die Nachricht, dass er dort befragt werden sollte, reagiert, indem er sich auf zwei Polizisten übergeben hatte, die sich dafür umgehend mit einem Tritt gegen seine Oberlippe gerächt hatten.

Doch ein Schlag mehr oder weniger machte auf seinem verquollenen Gesicht ohnehin keinen Unterschied mehr. Ohne das Eingreifen der Leibwache hätte ihn die Meute dort draußen wahrscheinlich gelyncht. Entsprechend hatte er außer Medikamenten zur Beruhigung der Bronchien ein paar auf die Schnelle ausgeführte Stiche rund um die Lippen gebraucht. Dabei hatte sich der Arzt über das Verhalten der Polizei beklagt, während sein junger, von den Medikamenten benebelter Patient unter erhöhten Sicherheitsvorkehrungen vor sich hin gedämmert hatte.

»Ehrlich, ihr hättet euch echt ein bisschen zurückhalten können«, sagte er in einem Tonfall, der umso vorwurfsvoller klang, als er natürlich niemandem gegenüber irgendeine Meldung machen würde.

Erst auf der Autobahn schlug Krim die Augen wieder auf. Sie waren in einer Geschwindigkeit unterwegs, die er nur im Videospiel für möglich gehalten hatte. Seltsamerweise wirkte es weniger so, als könnten sie jeden Moment abheben, sondern vielmehr, als drängen sie ein in das dichte Geflecht der Zeit, wo er gleich in Abermillionen von Luftblasen zerspringen würde.

Man stellte ihm Fragen, und er hörte sich selbst, wie er versuchte, sie zu beantworten.

Dann schlief er erneut ein und schlug erst wieder die Augen auf, als in der Ferne ein futuristisches Ensemble aus zwei Zwillingsbauten auftauchte. Es war komplett verglast und glitzerte in der brennenden Sonne. Die Kolonne fuhr in ein Parkhaus mit mehreren Decks. Das Knirschen der Reifen wiegte Krim prompt wieder in den Schlaf.

Als er das nächste Mal aufwachte, war er nicht mehr von Polizisten umgeben, die ihn anbrüllten und ihn dazu aufforderten, seinen Familiennamen zu buchstabieren, sondern befand sich in einem eigenartig stillen Raum im Untergeschoss, in den durch zwei vergitterte rechteckige Luken unter der Decke brütendes, staubiges Tageslicht auf ein paar Computer im Stand-by-Modus fiel. Von unten sah er Füße in Stiefeln, die oben im Hof ab und an stehen blieben, dann den gesenkten Lauf eines Sturmgewehrs, Beine in grauen Hosen, die auf flachen Schuhen auflagen. Die emsige Geschäftigkeit dort draußen im Hof stand in auffälligem Kontrast zu der erdrückenden Stille, die diesseits der anscheinend doppelt verglasten Fensterluken herrschte.

Während er wieder ganz zu sich kam, bemerkte Krim, dass er mit Handschellen an die Armlehne seines Stuhls gefesselt war. Es war nicht das erste Mal, dass er spürte, wie eine Handschelle in sein Handgelenk schnitt, doch niemals während seiner vorigen unschönen Begegnungen mit der Polizei waren sie so fest zugedrückt worden. Bei der winzigsten Bewegung schnitt der Stahl in seine Haut, drückte sich in sein Fleisch und befeuerte in der unmittelbar folgenden Sekunde auch wieder die Schmerzen in Gesicht und Oberkörper.

Dann betraten zwei Männer den Raum. Sie waren etwa gleich groß und trugen beide den gleichen Anzug ohne Krawatte. Der bedrohlichere von beiden trug außerdem deutlich sichtbar ein Unterhemd unter dem weißen Hemd, hatte tief in den Höhlen liegende Augen und einen halb geöffneten Mund. Er blieb neben der offenen Tür stehen, direkt hinter Krim. Sein Kollege mit dem wachen Blick lehnte sich mit halbem Hintern an die Schreibtischkante.

»Gut. Abdelkrim ... Ich bin Capitaine Tellier.«

Er war ein etwas unbeholfener, aber lebhafter Mann, der von seinem eigenen Körper behindert zu werden schien. Er hatte fettiges blondes Haar, das er zu einem Pferdeschwanz zusammengezurrt hatte, und schien die Anzugjacke zum allerersten Mal zu tragen. Dass sein Mund von einer Lippenspalte gezeichnet war, bemerkte Krim nicht gleich, als er sie dann aber einmal entdeckt hatte, konnte er außer ihr nichts anderes mehr sehen. Die Oberlippe schien in der Mitte aufzuklaffen – und das darunterliegende Fleisch erklärte alles: den scharfen Blick, die unbeholfene Erscheinung, die rachsüchtige Stimme.

»Wie geht es dir, Abdelkrim?«

Eigentlich hätte Krim gern auf die zu eng angezogenen Handschellen hingewiesen, aber er hatte Angst, dies könnte womöglich für lange Zeit die letzte Gelegenheit sein, um etwas zu bitten. Also räusperte er sich und wollte gerade so eilig wie nur möglich erklären, dass man sich um seine Mutter kümmern müsse. Doch sowie er wieder an sie dachte, erinnerte er sich in einer strudelnden Vision daran, dass sie von Mouloud Benbaraka gefangen gehalten wurde, dass sie in diesem

Moment noch immer in Gefahr schwebte, dass Nazir … Doch er hatte keine Zeit, auch nur den kleinsten Satz zu formulieren. Capitaine Tellier hatte seine Frage nicht gestellt, damit Krim ihm eine Antwort gab, sondern damit er den Klang seiner Stimme hörte.

»Wir werden uns mit dir nicht die ganze Nacht aufhalten. Du hast auf einen Präsidentschaftskandidaten geschossen. Du wirst uns jetzt sagen, warum du das getan hast, wer dir die Waffe beschafft hat, warum auf der Waffe SRAF steht – das alles wirst du uns gleich sagen. Aber zuallererst verrätst du uns, wo wir dein Handy finden.«

»Mein Handy?«

»Ja, dein Handy. Du wirst hier ja wohl niemandem weismachen, dass du kein Handy besitzt. Also, wo ist es? Wir haben es bei dir nicht gefunden und auch nicht auf dem Rathausplatz. Also? Wo ist es?«

Krim blieb stumm. Zu gern hätte er geantwortet, dass er sein Handy von einer Brücke geworfen hatte, aber er war sich nicht sicher, ob er das nur geträumt oder ob es sich wirklich so zugetragen hatte. Capitaine Tellier konnte ihm ansehen, dass er immer noch leicht benebelt war. Als er von Neuem nach Krims Handy fragte, klang es in dessen Ohren wie irgendein Wort in einer Fremdsprache.

»Gut, lassen wir es langsam angehen«, setzte der Capitaine wieder an. »Du weißt offenbar nicht mehr, was ein Handy ist – aber du erinnerst dich doch daran, worum es sich bei einer Telefonnummer handelt, hm?«

Krim nickte. Wenn er nur auf die Stille horchte, verstärkte das die Geschwindigkeit, mit der sich alles um ihn herum drehte.

»Na gut. Du schreibst uns jetzt Namen und Telefonnummern deiner ganzen Familie und all deiner Freunde auf. Verstehst du? Kannst du das für uns tun?«

»Aber«, stammelte Krim, »sie haben doch gar nichts zu tun mit …«

Ein dritter Beamter betrat das Zimmer und reichte dem Capitaine ein Blatt Papier – eine Liste mit Krims Vorstrafen. Die Unterlippe des Capitaine zitterte leicht beim Lesen.

»Diebstahl, Beamtenbeleidigung, Besitz und Handel mit illegalen Substanzen, Vandalismus … Na, wie ich sehe, kennst du unser Haus ganz gut. Wie man allerdings vom Haschischdealen zu einem Politikermord kommt, wirst du uns erklären müssen. Aber fürs Erste will ich, dass du die Liste schreibst, um die ich dich gebeten habe, in Ordnung? Also, dein komplettes Adressbuch – auch deine Familie.«

»Kann ich erst telefonieren?«

Mit gespieltem Entsetzen sah der Capitaine nun zum ersten Mal seinen Kollegen an. Seine Mimik war dabei so überzeichnet, dass klar wurde, wäre er nicht Polizist bei der Terrorabwehr geworden, hätte er sich gut auch auf Rockfestivals rumtreiben können. Dort hätte er mit einer Flasche Heineken in der Hand, einer Selbstgedrehten zwischen den Lippen und seinem dunkelblonden Pferdeschwanz wie einer jener jung gebliebenen Alten ausgesehen, die sich jahrzehntelang zu einem vermeintlich jugendlich-spontanen Tonfall zwangen. Doch auch wenn Capitaine Telliers Stimme tatsächlich die eines jung gebliebenen Alten war, der seine entstellte Lippe vergessen machen wollte, klang sie nur in Ansätzen wohlwollend.

Ohne auf Krims Frage einzugehen, fuhr er fort: »Du schreibst alle auf, die dir einfallen. Geschwister, Cousins, Cousinen, Onkel, Papa, Mama …«

»Aber was wollen Sie denn von ihnen?«, fragte Krim besorgt.

Der Capitaine richtete sich gerade auf. Seine langen Atemzüge und der unwillkürlich weichere Tonfall sprachen Bände. »Wir müssen alle befragen, die dich kennen, das ist ganz normal.«

»Ich hab's weggeworfen, das Handy«, erklärte Krim überstürzt. »Ich hab's von einer Brücke in den Fluss geworfen.«

»Du hast dein Handy in die Seine geworfen? Wann? Und warum?«

»Wegen der Fotos … der Fotos von … Aber es ist nicht ins Wasser gefallen«, fiel Krim jetzt wieder ein, ohne dass er hätte Ordnung in seine Gedanken bringen können. Es war eher, als erinnerte er sich am späten Nachmittag mit einem Mal wieder an Einzelheiten eines Traums aus der vorangegangenen Nacht.

Der Capitaine legte den Kopf in den Nacken und reckte das Kinn in Richtung Decke. »Und die Uhren? Warum hast du zwei Armbanduhren getragen?«

»Ich … Das hab ich vergessen.«

»Hör mal zu, Großer. Ich glaube, dir ist nicht bewusst, was du gerade getan hast. Aber wir werden noch eine Menge Zeit haben, uns darüber zu unterhalten. Jede Menge Zeit.«

Krim schlug die Augen nieder.

»Du warst ja schon zweimal für einen Tag in Haft. Du weißt also, wie so was vor sich geht. Stundenlange Vernehmungen mit Leuten wie mir, die dich anbrüllen. Nur dass wir keine kleinen Bullen von der Dorfpolizei in Saint-Étienne-sur-Loire sind. Wir sind hier im Zentrum für Terrorabwehr. Ich erklär's dir also: Die Staatsanwaltschaft wird dich wegen der schlimmsten Vergehen anklagen, die das Strafrecht kennt. Wir werden dich achtundvierzig Stunden lang befragen, der Staatsanwalt wird die Untersuchungshaft um weitere achtundvierzig Stunden verlängern und so weiter, bis wir bei hundertvierundvierzig Stunden sind. Versuch, dir halbwegs vorzustellen, wie du dich nach hundertvierundvierzig Stunden fühlen wirst. Bist du gut in Mathe? Ihr Araber seid doch normalerweise gut in Mathe, oder? Wie viele Tage sind das, hundertvierundvierzig Stunden? Ich lass dich mal nachrechnen.«

Der Capitaine verzog die linke Wange und fuhr sich mit dem Finger oben über die Lider, als wollte er dort unsichtbare Schweißperlen wegwischen.

»Natürlich könnten wir auch schon heute Abend fertig sein, sofern du uns jetzt alles erzählst. Es hängt von dir ab – alles hängt ab jetzt von dir ab.«

5.

Die 48-Stunden-Blöcke addierten sich in Krims verwirrtem Hirn. Um bequemer rechnen zu können, hatte er die 48 Stunden auf 50 aufgerundet und kam letztlich auf die verstörende Zahl von sechs Tagen.

Seine Hand zitterte, als er die Namen seiner Tanten aufschrieb – doch an ihre Telefonnummern konnte er sich beim besten Willen nicht erinnern, nicht mal an die seines eigenen Festnetzanschlusses.

Der Capitaine sah zu, wie der Stift über dem oberen Rand der zweiten Spalte verharrte. Behutsam zog Krim das Blatt Papier vom Schreibtisch. Er wollte den Capitaine gerade darum bitten, ihm zu helfen, die Nummer seiner Mutter herauszufinden, als er auf dem Flur Nazirs Stimme hörte.

Starr vor Entsetzen krallte er sich in sein Handgelenk und begann, schneller zu atmen, bis er spürte, dass das Blut sich in seinen Adern staute und die Vene auf seinem Unterarm hervortrat, der durch die Handschelle schon ganz angeschwollen war.

»Was ist los?«, fragte der Capitaine. »Hast du ein Gespenst gesehen?«

Krim neigte den Kopf und sah, wie draußen eine hoch aufgeschossene Gestalt den Polizisten im selben Befehlston Anweisungen gab, wie Nazir ihn oft an den Tag legte … aber vielleicht war er es auch nicht?

Sein Verdacht bestätigte sich, als die Gestalt sich umdrehte. Es war ein junger Mann mit ebenmäßigen Zügen und eisblauen Augen, der ebenso blond wie Nazir dunkelhaarig war. Er trug einen schwarzen Anzug, eine dunkelblaue Krawatte und stützte sich auf einen Gehstock.

Er näherte sich der Arrestzelle, ohne Krim auch nur eines Blickes zu würdigen. Als er eintrat, stand der Capitaine auf und zupfte sich zum Zeichen des Respekts das Jackett zurecht.

»Das ist er also, der gedungene Mörder?« In seiner Stimme lag ein ebenso finsteres Lachen wie in der von Nazir. »Mein Gott, der ist ja kaum in der Pubertät …«

»Monsieur, wir haben gerade erst mit der Befragung angefangen.«

»Na, dann fahren Sie doch fort«, hauchte er und fixierte Krim mit seinem stechenden Blick. »Die Ministerin hat mich ausdrücklich darum gebeten, Ihnen zu versichern, dass Sie ihr uneingeschränktes Vertrauen genießen. Ich möchte nur kurz mit Ihnen allein sprechen, Capitaine.«

Der Capitaine folgte ihm eilig nach draußen. Krim war fasziniert von der Macht, die dieser vielleicht Dreißigjährige zu verströmen schien und mit der er sein Umfeld so wirkungsvoll zum Schweigen brachte. Er hatte ihnen nicht einmal einen Blick zuwerfen müssen, damit die beiden Beamten, die sicher zwanzig Jahre älter als er waren, sich wie brave Pennäler strafften, die zum Rektor zitiert worden waren.

Vor dem Vernehmungsraum fragte der junge Mann den Capitaine, was Krim bis dato ausgesagt habe. Tellier erzählte ihm von dem Handy, der Brücke und einigen weiteren Details, die dem »Kind« noch eingefallen waren: ein Ausflugsboot, die Rückseite von Notre-Dame …

»Siehst du, wie wichtig du auf einmal bist?«, kommentierte Capitaine Tellier, als das blonde Gespenst sich auf seinen Gehstock gestützt wieder verabschiedet hatte. »Sogar der Stabschef des Innenministeriums interessiert sich für dich.«

Doch Krim hörte nicht mal zu. Bereits Sekunden später war er nicht mal mehr imstande, sich auch nur im Geringsten an dessen Gesichtszüge zu erinnern. Alles war von diesen unwirklich blauen Augen aufgesaugt worden – alles außer einem Grübchen, das sein Kinn gespalten hatte.

»In Ordnung. Wo waren wir stehen geblieben?«

»Ich weiß, dass mir ein Anwalt zusteht«, wagte Krim sich vor, als er sich wieder gesammelt hatte.

»Na, na, jetzt halt aber mal die Klappe«, mischte sich der zweite Polizist ein, dessen raue Stimme Krim nun zum ersten Mal hörte. »Willst du mir etwa weismachen, dass du einen Anwalt kennst?«

Krim lief bis über beide Ohren rot an. Er hatte bei seinen vorherigen Aufenthalten in der Untersuchungshaft mitbekommen, wie Pflichtverteidiger aussahen. Es waren Studenten, die nebenbei durch die Akte ihres zufälligen Klienten blätterten, während sie mit der anderen Hand Nachrichten tippten. Allerdings konnte er sich noch gut an eine *Envoyé-spécial*-Reportage über einen Rechtsanwalt namens Aribi erinnern, der von übelmeinenden Journalisten auch »Anwalt der Araber« genannt wurde. Er war ein Staranwalt, der wie ein Franzose sprach und bereits Dutzenden Leuten zum Freispruch verholfen hatte – und zwar ausschließlich Arabern.

»Ich möchte, dass Maître Aribi mich verteidigt.«

Er fühlte sich dabei, als zitierte er eine Figur aus *Dragon Ball Z*.

»Maître Aribi?«, lachte der Lieutenant. »Und welche Anwaltskammer?«

»Was?«

Krim verstand nur Bahnhof, aber der Lieutenant schien ihm nicht helfen zu wollen.

Müde ging der Capitaine dazwischen: »In welcher Stadt ist er denn Rechtsanwalt, dein Maître Aribi?«

»Keine Ahnung … in Paris?«

Der Lieutenant zog die Kappe von seinem Filzschreiber ab und notierte sich den Namen.

»Wir rufen ihn an, sobald du anfängst zu sprechen.«

»Monsieur …« Plötzlich geriet Krim in Panik. »Meine Mutter, Sie müssen etwas unternehmen, sie ist …«

»Sie ist was?«

Der Lieutenant wirkte so hasserfüllt, dass Krim der Mut verließ.

»Ich möchte mit meiner Mutter sprechen … Ich muss sie anrufen, sie ist …«

»Nichts da«, fiel Capitaine Tellier ihm ins Wort. »Der Staatsanwalt hat ausdrücklich jeden Kontakt verboten. Es könnte der Untersuchung schaden …«

»Aber … sie haben doch gar nichts damit zu tun! Sie sind meine Familie …«

»Für dich ist es die Familie«, schnitt Tellier ihm erneut das Wort ab. »Für uns ist es ein Netzwerk. Und wir können es nicht zulassen, dass du Mitglieder deines Netzwerks warnst. Das verstehst du doch sicher, oder?«

6.

Im Nordkrankenhaus von Saint-Étienne eilte Fouad zwischen dem Zimmer seiner alten Tante Zoulikha, die am Vortag einen Schwächeanfall erlitten hatte, und der Notaufnahme hin und her, wo Rabia Blut abgenommen worden war, in dem sich Spuren von GHB hatten nachweisen lassen, einer berüchtigten Vergewaltigerdroge.

Die Krankenschwester in der Notaufnahme war mit der Situation völlig überfordert. Gerade verabreichte sie Rabia, die gerade die vierte Panikattacke erlitt, seit sie die Nachricht gehört hatte, ein Beruhigungsmittel. Fouad hätte gern unter vier Augen mit der Schwester gesprochen. Sie hatte Augenringe und schien drauf und dran zu sein, aus schierer Verzweiflung zu hyperventilieren.

»Wird sie noch untersucht, um zu sehen, ob ihr … Gewalt angetan wurde?«

»Sie meinen, sexuell? Ja, ja, das machen wir noch. Hören Sie …«

»Und wie lange dauert das noch?«

Die Schwester, die gerade einen Infusionsbeutel hatte austauschen wollen, hielt in der Bewegung inne und wandte sich Fouad mit geschlossenen Augen zu. »Monsieur, wie Sie sehen, haben wir einen kleinen personellen Engpass … Also leisten Sie Ihrer Tante Gesellschaft, gehen Sie einen Kaffee trinken, machen Sie, was immer Sie wollen. Aber Sie müssen uns unsere Arbeit machen lassen, okay?«

Der belehrende Ton, den sie beim Okay angeschlagen hatte, ärgerte Fouad so sehr, dass seine Kiefer- und Nackenmuskulatur sich wie bei einem Stier anspannte.

Nachdem er Zoulikha besucht hatte, die allein in der dritten Etage lag, nachdem er sich versichert hatte, dass die kleine Luna gut bei der Großmutter untergebracht war, und nachdem er sich bei jeder Aufzugfahrt auf den Geruch des Krankenhauseintopfs konzentriert hatte, um nur nicht darüber nachzudenken, was gerade passiert war, stand Fouad jetzt vor der eingeschlummerten Rabia und gestand sich schließlich ein, dass er es ohne eine Nachricht von Jasmine nicht bis zum Abend aushalten würde.

Er nahm sein Telefon heraus und überprüfte, ob der Name seiner Liebsten in der Liste der verpassten Anrufe auftauchte. Als er den Namen nicht finden konnte, drückte er auf die grüne Taste des unverwüstlichen Nokia, das er sich vor sieben Jahren gekauft hatte. Doch im selben Moment wurde ihm bewusst, dass er sie womöglich nicht würde erreichen können. Immerhin war sie Chaouchs Tochter – und Chaouch der Mann, auf den sein kleiner Cousin gerade erst aus kürzester Distanz geschossen hatte.

Zum ersten Mal seit Jahren wünschte Fouad sich einen großen Bruder, den er nicht nur um Rat fragen, sondern von dem er sich auch eine Anweisung holen könnte: klar, auf die Umstände fokussiert und vor allem unbestreitbar in Bezug auf alles, was als Nächstes zu tun wäre. Natürlich existierte dieser große Bruder nicht. Und außerdem – was konnte man als Nächstes schon tun, wenn sich der bisherige Weg gerade vor der eigenen Nase in Wohlgefallen aufgelöst hatte?

Er lief zurück in Richtung Notaufnahme und traf dort seinen Onkel Idir, der am Empfang auf eine Pflegekraft mit blondierten Haaren einredete. Der Onkel hatte sich seit dem Vortag nicht mehr rasiert, und als sein Blick auf dessen stoppelige Wange fiel, kam Fouad sich vor, als läge dieser Vortag, gemessen an der Stunde, die er gerade durchlebt hatte, bereits einen Monat zurück. Die Hochzeit seines Bruders Slim, die Demütigung ihres ehrwürdigen Onkels Ferhat … Einzelne Momente überlappten und drehten sich wie in einem Kaleidoskop. Fouad, der seit mindestens sechsunddreißig Stunden nicht mehr geschlafen hatte, musste sich kurz gegen die kahle Wand lehnen, um nicht das Gleichgewicht zu verlieren.

»Fouad, wo ist Rabia?«

Idir hatte Tränen in den Augen. Die Hitze ließ sein schmales Gesicht beängstigend puterrot anlaufen, und der rot karierte Pullover, den er sehr sorgfältig über sein Hemd gezogen hatte, tat ein Übriges. Fouad legte seinem Onkel die Hand auf die Schulter und riss sich mit allerletzter Kraft zusammen, um nicht in Tränen auszubrechen.

»Hast du es im Fernsehen gesehen? Hast du Krim gesehen?«

Idir konnte sich gar nicht mehr beruhigen. Fouad brachte ihn in Rabias Zimmer und drückte ihn dort auf den einzigen Stuhl, der für Besucher zur Verfügung stand.

»Möchtest du vielleicht ein Glas Wasser? Onkel? Möchtest du ein Glas Wasser?«

Doch Idir antwortete nicht, betrachtete bloß seine auf dem Bett liegende Schwägerin und zwang sich, die Panik zurückzudrängen, die sich seiner bemächtigt hatte, als auf sämtlichen Bildschirmen in ganz Frankreich Krims Gesicht erschienen war.

»Hast du die Polizei angerufen und es ihnen gesagt?«

Am liebsten hätte Fouad sofort gekontert: Warum denn ich? Warum hätte ausgerechnet ich die Polizei anrufen müssen?

Er lief mit einem Plastikbecher in der Hand zur Toilette. Dort stützte er sich für einen Moment auf den Rand der Kloschüssel und zwang sich zu erbrechen. Als er sich wieder gerade aufrichtete, kippte er sich kaltes Wasser ins Gesicht und redete sich ein, jetzt ginge es ihm besser.

»Ich ruf sie gleich an«, sagte er zu seinem alten Onkel, als er wieder zurück im Krankenzimmer war. »Aber erst müssen wir einen Anwalt verständigen. Krim wird einen Anwalt brauchen … und wir ebenfalls.«

»Wir?«, wiederholte Idir, riss den kleinen Kopf hoch und sah seinen Neffen verständnislos und ängstlich an.

Fouad musste wieder daran denken, wie er auf dem Fest Idirs Dorfakzent nachgeäfft hatte. Rabia hatte so sehr lachen müssen, dass sie sich um ein Haar in die Hose gemacht hätte.

»Wir alle«, bekräftigte Fouad und verließ das Zimmer, ohne auch nur zu versuchen, seine Aufgewühltheit zu verbergen.

7.

Das erste verkohlte Auto war gar kein Auto, sondern ein Roller, der an der Kreuzung der mit Einfamilienhäusern gesäumten Hauptstraße stand, die von der Siedlung Rameau-Givré nach Grogny führte. Die Besitzerin des Rollers sollte für weitere zwanzig Minuten erst einmal ahnungslos bleiben. Yaël Zitoun, die hergekommen war, um den Wahlsonntag zusammen mit ihrem Vater zu verbringen, saß zu diesem Zeitpunkt auf dem Klo und war in die Lektüre von Avernus.fr auf ihrem MacBook vertieft, der neuen Bibel ihres Vaters. Der aktuelle Leitartikel stammte von Chefredakteur Putéoli persönlich und rief entschieden dazu auf, nicht für Chaouch zu stimmen:

> … fünfzehnhundert geschichtsträchtige Jahre – um hier zu landen? Fünfzehnhundert Jahre voller Blut, Schweiß und Tränen, fünfzehnhundert Jahre Frankreich – nur damit ein liberaler, weltgewandter Europaabgeordneter von zynischen Werbeleuten zum Retter der Nation hochstilisiert wird? Fünfzehnhundert Jahre Patriotismus, um bei einem Kommunikationsprofi

zu landen, der den Ratingagenturen schöne Augen macht und sich mehr um seine Schokoladenseite als um Frankreichs Schicksal sorgt? …

Yaël stand kurz davor, aus der Toilette zu stürmen und sich zum zweiten Mal am heutigen Tag mit ihrem Vater zu streiten, als sie auf ihrem iPhone das vertrauteste aller Fotos aus ihrem Adressbuch aufleuchten sah – das von Fouad.

»Yaël? Hörst du mich?«

»Fouad, mein Gott, hast du es gesehen? Der war doch noch ein Kind! Ein achtzehnjähriger Bengel!«

»Yaël, ich muss dir jetzt etwas sehr Ernstes mitteilen.«

Er klang müde und gequält und hatte rein gar nichts mehr mit dem brüllenden Löwen gemein, dessen Karriere sie seit *L'Homme du match* managte.

Yaël fuhr sich durch die dichten roten Haare, während Fouad ihr erklärte, dass der achtzehnjährige Bengel niemand anderes als sein kleiner Cousin Krim war.

Sie schwieg ein paar Sekunden lang, hatte die Augen weit aufgerissen und war zugleich völlig blind dafür, was auf dem Bildschirm ihres MacBooks stand, das sie auf ihren nackten Knien balancierte. Fouad fragte sich schon, ob die Verbindung vielleicht unterbrochen worden war.

»Yaël?«

»Fouad, ich … Mein Gott. Ich weiß nicht, was ich sagen soll.«

»Du musst mir helfen …«

»Natürlich«, antwortete Yaël, ohne genau zu wissen, worum er sie gleich bitten würde.

»Ich brauche einen Anwalt, Yaël. Den besten, den wir finden können.«

Endlich hatte Yaël sich wieder gefangen. Sie legte das iPhone auf den Stapel Klorollen, stellte den Lautsprecher an und begann, in ihren

Ordnern nach dem Namen eines Strafverteidigers zu suchen, mit dem ihre Agenturchefin vor Jahren mal Kontakt gehabt hatte.

»Ich such jemanden raus, mach dir keine Sorgen. Ich kenne einen Anwalt, einen jungen, der in einer bekannten Kanzlei arbeitet …«

»Ich will ja nicht drängeln, aber es ist wirklich *sehr* eilig.«

»Ja, ja, ich …«

Doch Yaël hatte keine Zeit mehr, ihren Satz zu beenden. Ihr Vater hämmerte an die Toilettentür.

»Yaël, sie haben deinen Roller abgefackelt!«

»Ich ruf dich gleich zurück«, sagte sie zu Fouad.

Als sie aus dem Klo stürzte, stand ihr Vater auf einem Schemel, um irgendetwas oben vom Bücherregal zu holen, was beinahe die ganze Länge der Wand einnahm.

»Papa, was machst du da?«

Doch Monsieur Zitoun antwortete nicht. Dann eilte sie ans Fenster. Ihr Roller, den sie neben den Mülltonnen abgestellt hatte, stand tatsächlich in Flammen. Als ihr Vater wieder vom Schemel herunterstieg, hielt er das Gewehr in der Hand, das er noch aus dem Algerienkrieg besaß.

»Was machst du denn da? Bist du verrückt geworden?«

»Nein – aber das ist zu viel. Und was zu viel ist, ist zu viel!«, empörte sich Monsieur Zitoun, sodass beinahe sein Pied-noir-Akzent zum Vorschein kam. »Sie haben Madame Zelmatti vertrieben, sie haben den armen Serge Touati vertrieben. Was glaubst du denn? Dass ich mich auch noch von ihnen vertreiben lasse?«

Am liebsten hätte Yaël ihrem Vater das Gewehr aus der Hand gerissen, doch sie hatte panische Angst vor Waffen. Wenigstens schaffte es der Alte nicht, den blockierten Lademechanismus zu lösen, und Yaël konnte ihm beinahe ansehen, wie sich der Ärger aus seinen zitternden Händen in die untere Gesichtshälfte verlagerte. Seine Stimme würde sich gleich überschlagen, er würde poltern und Zeter und Mordio schreien, er würde vor sich hinschimpfen und sich in seinem Eckchen aufregen, so wie er es immer tat. Alles war gut.

Yaël verständigte die Polizei und betrachtete dann vom Fenster aus die letzten karminroten Strahlen der Sonne, die am Ende der Straße versank. Ihr Roller brannte still vor sich hin – ein unwirkliches Bild –, und Yaëls Gedanken schweiften wieder ab.

Fouads Cousin hatte auf Chaouch geschossen.

Je öfter sie den Satz im Geiste wiederholte, um ihm Substanz zu verleihen, umso mehr entwickelten die Wörter ein Eigenleben und erschienen ihr wie abstrakte Ornamente, die sich von der Realität losgelöst hatten und keinerlei Bedeutung mehr aufwiesen.

Sie schloss die Augen und schlug sie sofort wieder auf, nur um die stumme, wie gelähmt wirkende Nachbarschaft zu betrachten. In der Ferne drückte der nach Baldassare Galuppi benannte Konzertsaal der Umgebung seinen majestätischen Stempel auf. Wann immer sie hier war, gab es an schönen Abenden jenen Moment, in dem die Sonnenscheibe sich perfekt unter den Bogen des ultramodernen Gebäudes einpasste. Es war teuer gewesen und – wenn es nach ihrem Vater ging – vollkommen nutzlos. Chaouch hatte es gleich zu Beginn seiner ersten Amtszeit in Grogny in Auftrag gegeben.

»Verdammt noch mal«, schimpfte Monsieur Zitoun, »kannst du dir vorstellen, dass die Leute immer noch wählen?«

»Die Leute wählen noch? Wie ist das möglich?«

Monsieur Zitoun bedeutete seiner Tochter, still zu sein, damit er die Nachrichten auf TF1 hören konnte. Für die Medien hatte der Wahlabend vier Stunden früher als geplant begonnen, und zwar mit einer Sondersendung, in der am Rand des Bildschirms dauerhaft der Rathausplatz von Grogny eingeblendet war. Die Menge war von dort verschwunden, der Platz selbst war inzwischen vom finsteren Gelb der Polizeiabsperrungen umgeben. Im Studio wechselten sich die Gesprächspartner ab, Politiker waren *in Gedanken bei Chaouchs Familie.*

Nach letzten Informationen hing sein Leben am seidenen Faden, doch da man über seinen Zustand nichts Definitives wusste, war der Wahlgang fortgesetzt worden. In einer Stunde würde das Innenministerium, das für die Durchführung der Präsidentschaftswahlen zuständig war, eine Pressekonferenz ausrichten.

Noch während sie auf die Polizei wartete, trat Yaël auf den Balkon, um eine Zigarette zu rauchen und dann ihren Anwaltskontakt anzurufen. Noch während sie mit dem Fingernagel gegen den Filter schnipste, um den Tabak zu verdichten, drangen erste weit entfernte Geräusche an ihr Ohr.

Hinter dem letzten Haus an der Straße spuckten die Sozialwohnungen von Rameau-Givré einen Strom vermummter Jugendlicher aus. Ein seltsames Donnern dröhnte bis in das friedliche Wohnviertel der Zitouns.

Yaël bedeutete ihrem Vater, zu ihr auf den Balkon zu kommen. Gemeinsam beobachteten sie, wie am unteren Ende der Straße ein gutes Dutzend Kinder im Alter von vierzehn, fünfzehn Jahren auftauchte, die Molotowcocktails schwenkten und damit, als wären es Silvesterknaller, auf sämtliche Autos zielten, an denen sie vorbeikamen. Dabei skandierten sie, was zum Leitspruch der kommenden Unruhen werden sollte: »Mör-der Sar-ko! Mör-der Sar-ko!«

Monsieur Zitoun warf überstürzt die Fensterläden zu, und im Halbdunkel, das von einer kaputten Neonröhre nur unzureichend erleuchtet wurde, suchte er nach den Patronen für sein altes Gewehr.

8.

Der dicke Momo hatte gewartet, bis Fouad und Krims Mutter wieder weg waren, und war dann erst in den Keller zurückgekehrt, um die in den Stofflappen gewickelte Pistole an sich zu nehmen. Er schob sie in seine Trainingsjacke. So schwer wie heute war sie ihm noch nie vorgekommen, auch nicht beim allerersten Mal, als Krim sie ihm zurückgegeben hatte, damit er ebenfalls damit üben konnte. Dem dicken Momo war das zunächst komisch vorgekommen, doch dann hatte er Gefallen daran gefunden, und Krims Cousin Nazir hatte ihn darin bekräftigt. Nazir hatte ihnen die Waffe auch beschafft – nebst Geld, damit sie ihr »kleines Unternehmen« hatten aufziehen können.

Er nahm die Straßenbahn an der Place Sadi-Carnot und hatte sogar den klugen Einfall, sich ein Ticket zu kaufen, es abzustempeln und sich direkt hinter den Fahrer zu setzen. Wenn er richtiglag, würden sich die Blicke der städtischen Polizisten, die von den Kontrolleuren zur Verstärkung herbeigerufen wurden, vor allem auf die hinteren Sitzreihen richten. Die Fahrt schien ewig zu dauern, doch in all der Zeit hatte der dicke Momo nur einen einzigen, verworrenen, zerfransten Gedanken, in dem sein bester Freund zwar die zentrale Rolle spielte, der sich aber nicht zu einem kohärenten Bild verdichten wollte, das Krims Lage – und in unmittelbarer Folge auch seine eigene – beschrieb.

Als er endlich an der Place Bellevue im Süden der Stadt ankam, trat ihm der Schweiß aus allen Poren. Ein Typ aus seiner Gegend erkannte ihn wieder und lief auf ihn zu, um ihn zu begrüßen.

»Du spinnst ja wohl! Bei dem Wetter mit einer Trainingsjacke rumzurennen! Ich schwör dir, man könnt dich für ’nen Türken halten!«

Die Türken standen in dem Ruf, sich im Sommer stets zu warm zu kleiden und im Winter dafür nur in Hemdsärmeln herumzulaufen. Der dicke Momo befürchtete schon, die Waffe könnte ihm herunterfallen, wenn er sich zu lange aufhalten ließe. Er verabschiedete sich von dem aufdringlichen Bekannten, setzte seinen Heimweg fort und achtete genau darauf, dass sich in den Ligusterhecken vor seinem kleinen Wohnhaus auch sicher keine Polizisten versteckten.

Sein alter Vater war vor dem Fernseher eingeschlafen, doch nicht mal das Schnarchen konnte die überreizte Stimme der Reporterin überdecken, die ein ums andere Mal die Nachricht des Tages wiederholte, vielleicht für all diejenigen, die nach einem Tag auf einem anderen Planeten ihr Fernsehgerät erst jetzt eingeschaltet hatten.

Sultan, sein geliebter Deutscher Schäferhund, spürte sofort, wie nervös sein junges Herrchen war, und kläffte ihn ein paarmal an, wobei er die Schnauze von rechts nach links warf und zwischendurch schnaubte wie ein Büffel.

Schniefend strich der dicke Momo ihm über den Kopf. Dann lief er in sein Zimmer und stopfte ein paar Kleidungsstücke in eine Sporttasche. Er überlegte, ob er auch die Pistole hineinlegen sollte. Es wäre sicher besser, sie unterwegs wegzuwerfen. Doch die Vorstellung, die Waffe einfach so mit sich herumzutragen, wenn er erst wieder draußen wäre, erschien ihm unerträglich. Kurz versuchte er, sie in einen seiner Schuhe zu schieben, dann rollte er die Waffe in ein Handtuch ein, das er zuunterst in die Tasche legte.

Mitten in seinem unaufgeräumten Zimmer blieb er reglos stehen.

Mit offenem Maul blickte Sultan zu ihm auf, um zu sehen, was als Nächstes passieren würde.

Als der dicke Momo den Reißverschluss seiner Trainingsjacke hochziehen wollte, bemerkte er, dass sein T-Shirt so schweißdurchtränkt war, dass es bereits die Farbe verändert hatte. Er zog die Jacke wieder aus, dann das T-Shirt. Während er mit nacktem Oberkörper vor seinem Hund stand, fragte er sich, ob das Tier Speckröllchen ebenfalls unschön fand. Im selben Moment klingelte es an der Tür, und der dicke Momo erstarrte.

Wenn er nicht sofort aufmachte, würde sein Vater aufwachen, und er würde ihm alles erklären müssen. Aber wenn er sofort aufmachte, und es wäre die Polizei, dann wäre er am Arsch.

Umständlich zog er sich ein frisches T-Shirt über – das erstbeste, das er finden konnte: ein Fußballtrikot der algerischen Nationalmannschaft. Dann schlich er zum Türspion. Es war die Nachbarin, die bloß ein Fladenbrot vorbeibringen wollte, das sie am Morgen gebacken hatte. Die Frauen des Viertels hatten seinen verwitweten Vater derart in ihr Herz geschlossen, weil er so höflich war, dass sie ihm regelmäßig einen Teller Couscous, irgendwelches Gebäck und sogar Lammrücken vorbeibrachten. Der dicke Momo nahm das Fladenbrot entgegen und erklärte dann der Nachbarin, er habe es ein bisschen eilig.

»Du brütest doch schon wieder irgendetwas aus, du kleiner Geheimniskrämer?«

»Gar nicht!«, blaffte der dicke Momo zurück.

Angesichts des rüden Tons, den sie zum ersten Mal aus dem Mund des dicken Momo hörte, machte die Nachbarin empört und wortlos auf dem Absatz kehrt.

Das Schwierigste war, sich von Sultan zu verabschieden. Er wischte sich gerade die Tränen aus den Augen, als er bemerkte, wie sich die Atmung seines Vaters veränderte. Er würde alsbald aufwachen, und der dicke Momo würde schleunigst aufbrechen müssen. Für einen Moment meinte er, den übel riechenden Atem seines Schäferhunds auf der Zunge zu schmecken, und genau an diese Erinnerung klammerte er sich, als er wieder zurück in die Hitze der Straße lief. Dann wurde ihm klar, dass seine Schusswaffe – egal ob er sie nun unter der Trainingsjacke trug oder ganz unten in die Tasche geschoben hatte – immer noch dasselbe absurde Gewicht hatte, und das nur, weil es einen – wenn auch nur indirekten – Zusammenhang zwischen ihr und dem Mord an einem Europaabgeordneten gab.

KAPITEL 11

Die Maschine

1.

Der Rathausplatz von Grogny war abgeriegelt worden, damit die Leute von der Spurensicherung ihren Untersuchungen und der Beweisaufnahme nachgehen konnten. Hinter den Absperrungen, die von Polizisten einer Sondereinheit in voller Montur bewacht wurden, drückten sich Ladeninhaber, Anwohner und Schaulustige an dem Ort herum, der sich offenkundig in einen Tatort verwandelt hatte, ohne dass sie so recht daran glauben konnten. Auch die Journalisten strömten weiter herbei, doch die Sicherheitskräfte drängten sie konsequent zurück. Überall herrschte Unruhe. Ein städtischer Beamter, der Chaouch nahestand, rempelte einen Kameramann an und schubste dessen Mikroassistenten fast zu Boden.

Dem Rathaus direkt gegenüber kehrte der Besitzer eines chinesischen Restaurants bloß im Unterhemd und vollkommen ungerührt das Konfetti auf der Schwelle zu seinem Geschäft zusammen. In regelmäßigen Abständen ließ er mit einem geschickten Mundwinkelzucken Ascheflocken von seiner Zigarette auf das gerade erst sauber gefegte Pflaster regnen. Vielleicht malte er sich bereits aus, wie all die Leute, die dort herumstanden, gleich Hunger bekommen würden.

Auf dem Gehweg vor dem Rathaus warteten sie alle auf den Oberstaatsanwalt von Paris. Sobald es um Terrorismus ging, hatte Paris tatsächlich nationale Befugnisse. Richter konnten den Gerichtsstand zu sich verlegen, und die Staatsanwälte bekamen systematischen Zugang zu sämtlichen Informationen, ob sie nun unter der Sonne Korsikas oder in den bretonischen Wäldern eingeholt worden waren.

Doch noch bevor der Oberstaatsanwalt eingetroffen war, der die für die Ermittlungen zuständige Polizeieinheit zusammenstellen sollte, wurde in einem nachlässig am Straßenrand geparkten Einsatzfahrzeug bereits die Chefin von Chaouchs Leibwache befragt, Valérie Simonetti. Die »Walküre« saß kerzengerade auf der Sitzbank, die sonst für festgenommene Personen vorgesehen war. Zwei Angehörige der Antiterroreinheit hatten ihr Waffen und Headset abgenommen. Die Kommandantin antwortete auf ihre Fragen mit kurzen, präzisen Sätzen und ohne dass ihre Stimme zitterte. Ihre Miene wies nicht das geringste Anzeichen von Beunruhigung auf. Ihre Hände hatte sie flach auf die Knie gelegt. Nur an der starren Haltung selbst, an den glatten, ein wenig stärker als gewöhnlich angespannten Wangen konnte man ihr ansehen, dass sie außer sich war.

»Also, kein Fehler bei den Maßnahmen«, dachte einer der Polizisten laut nach und kritzelte auf einem Blatt Papier herum, auf dem er sich eigentlich Notizen machen sollte. »Das einzig Ungewöhnliche war nach Ihrer Einschätzung Major Coûteaux' Wunsch, in letzter Minute den Posten zu wechseln … Aber Sie haben ihm die Kevlar-Position nicht überlassen, richtig? Sondern ihn dem zweiten Kreis der Leibgarde zugewiesen?«

»Genau«, erwiderte die Kommandantin.

»Und Sie glauben, dass Major Coûteaux derjenige war, der den Schützen in der Menge übersehen hat?«

»Ohne Beweise beschuldige ich keinen meiner Leute«, entgegnete Valérie, bevor sie dem rangniedrigeren Polizisten in die Augen blickte.

»Wenn es hier jemanden gibt, der für die ganze Sache die Verantwortung trägt, dann bin ich das.«

Der Offizier blätterte die nächste Seite seines Blocks auf.

»Dann würde ich mit Ihnen gern noch kurz über die Bedrohungen sprechen, von denen Sie der Geheimdienst in Kenntnis gesetzt hat. Wann haben Sie erstmals von Nazir Nerrouche gehört, vom Cousin des Schützen?«

»Erst vor zwei Wochen. Ich hatte Zugang zu einer Akte der Ermittlereinheit, die ihn beschattet hat, und ich habe mich mehrfach mit Boulimier getroffen.«

Präfekt Boulimier war ein enger Mitarbeiter Sarkozys. Er leitete den Inlandsgeheimdienst DCRI seit der Gründung im Jahr 2008.

»Und es hat nie irgendwelche Schwierigkeiten zwischen Ihrer Truppe und den Kollegen gegeben, die Nazir Nerrouche überwacht haben?«

»Nicht dass ich wüsste. Man hat mir die aktuellsten Informationen übermittelt, und ich habe die Überwachung des Abgeordneten Chaouch entsprechend verstärkt, mich angepasst. Alle meine Leute hatten ein Foto von Nerrouche bei sich, doch die Al-Qaida-Spur schien uns bedrohlicher zu sein. Den Rest habe ich nicht als allzu ernst eingeschätzt. Und außerdem, wissen Sie …«

Die Kommandantin wurde von der Ankunft zweier weiterer Männer im Einsatzwagen unterbrochen. Sie trugen beide dunkle – allerdings nicht identische – Anzüge, genau wie die Offiziere der Terrorabwehr. Und genau wie diese hätte man auch sie eher für Geschäftsleute als für Elitepolizisten gehalten, wäre man ihnen auf der Straße begegnet. Doch die beiden waren keine Mitarbeiter der DCRI. Sie kamen von der Dienstaufsicht der Polizei. Im Einsatzwagen breitete sich Unbehagen aus – es war jedoch eine Art Unbehagen, an das sie samt und sonders gewöhnt waren. Diejenige, die befragt werden sollte, zuckte nicht einmal mit der Wimper, als sie ihr mitteilten, dass sie für die Dauer der Ermittlungen von ihren Pflichten entbunden sei.

»IGPN«, erklärte einer der beiden Neuankömmlinge, ohne sich die Mühe zu machen, seinen Namen zu nennen. »Wir sind soeben darüber informiert worden, dass der Oberstaatsanwalt von Paris unterwegs ist, Kommandantin. Ich schlage vor, dass wir uns in unsere Dienststelle zurückziehen. Dort haben wir mehr Ruhe, um uns zu unterhalten.«

Valérie Simonetti stand in einer geschmeidigen und sicheren Bewegung auf. Sie bückte sich, um mit dem blonden Kopf nicht gegen das Dach des Einsatzwagens zu stoßen, und stieg flankiert von den zwei Männern der Dienstaufsicht aus, die sie beide überragte. Während sie sie zu ihrem Auto brachten, warf sie einen letzten Blick auf den Gehweg vor dem Rathaus. Bei der Erinnerung an den Schuss atmete sie wieder schneller. Sie legte die Hand an die Hintertür des Wagens, in dem sie wie eine gewöhnliche Verdächtige abtransportiert würde. Seit dem Schuss hatte sich eine solche Wut in ihr aufgestaut, dass sie am liebsten den Griff abgerissen hätte, ehe der Fahrer die automatische Verriegelung betätigte.

2.

»Sie sind noch jung, aber es gibt da etwas, was Sie unbedingt begreifen müssen, mein lieber Herr *Staatsanwalt:* In unserem guten, alten Land gibt es für jeden Dienst einen anderen, der zum ersten in Konkurrenz steht und dieselben Ziele verfolgt. Dem Anschein nach haben sie sich selbstverständlich alle den höheren Nutzen für die Nation auf die Fahnen geschrieben. Trotzdem werfen sie dem gegnerischen Dienst lieber Knüppel zwischen die Beine, als mit ihm in der gebotenen Weise zusammenzuarbeiten. Ja, ja. Das Innenministerium und das Polizeipräsidium von Paris, die Terrorabwehr und die DCRI … Sehen Sie, für denjenigen, der sich zur Aufgabe macht, durch diese Untiefen zu navigieren, ist der Krieg zwischen den Diensten eine genauso grundlegende Tatsache wie die Existenz der Kriminalität im Allgemeinen …«

Über derlei Dinge ließ sich der mächtige Oberstaatsanwalt von Paris, Jean-Yves Lamiel, nur zu gern aus. Er war die spektakulärste Erscheinung der gesamten Pariser Gerichtsbarkeit – eine Birnenkarikatur wie aus der Feder Daumiers, nur dass diese Birne vollkommen überzüchtet erschien oder den Eindruck eines gentechnisch veränderten Organismus erweckte: enorme Backen, die untere Hälfte des Gesichts aufgebläht, als drohte sie zu zerplatzen und als müssten die obere Gesichtshälfte mit der lächerlich tiefen Stirn und die aus den Höhlen quellenden Augen den Preis dafür zahlen.

Um diese ordinäre Erscheinung Lügen zu strafen, war seine Beredsamkeit mit der Zeit bis an die Grenze zum Sonderbaren geschliffen worden, und er krönte sie stets mit *pädagogischem Anspruch,* indem er schlicht und ergreifend alles erklärte, was den Großteil seiner Tage in Anspruch nahm … und der Nächte, wie die vierte Madame Lamiel hätte bezeugen können. Er war nie glücklicher, als wenn er einen originellen Aufhänger dafür gefunden hatte, um genüsslich und wortreich an die Selbstverständlichkeiten zu erinnern, die seine jungen Kollegen durch all die Gewohnheit und Alltagsroutine aus dem Blick verloren hatten. Diesmal hatte es auf dem Weg nach Grogny den jungen Kollegen aus der Terrorabwehr und Lamiels Staatsanwalt getroffen.

»Warten Sie, ich will es Ihnen anschaulich machen«, fuhr Lamiel fort, weil er den Eindruck hatte, sein Staatsanwalt könnte ihm nicht hinreichend Aufmerksamkeit schenken. »Das sind natürlich Dinge, die Sie wissen – Sie wissen sie, aber nur in *abstrakter Form.* Aber nun … wenn man also Entscheidungen fällen muss, Entscheidungen wie diejenige, die ich gleich fällen werde, ist das, was zählt, weder das theoretische Wissen, noch voller Bedacht zu handeln, nein, was zählt, ist zu *sehen* …«

Beim Wort »sehen« schien sich das Volumen seiner Augäpfel zu verdoppeln.

Er zog eine Papierserviette aus der Tasche seines Dreireihers und einen edlen Füller aus der Aktentasche. Damit zeichnete er etwas auf.

»Woran denken Sie, wenn Sie das sehen? Ganz spontan, ohne weitere Erläuterung?«

Der junge Staatsanwalt tat so, als würde er sich konzentrieren. Er traute sich nicht, seinem ehrwürdigen Chef gegenüber einzugestehen, dass es ihn im Grunde an nichts weiter als an Pac-Man erinnerte.

»Ich werde es Ihnen erklären. Der schluckende Kopf ist die DCRI, die große DCRI unseres geschätzten Präfekten Boulimier. Gut, und jetzt stellen Sie sich Untersuchungseinheiten vor, die zu geheimer Abwehrarbeit ermächtigt sind – eine nebulöse Menge aus verdeckten Ermittlern und großen Lauschangriffen … Und die kleine Kugel dort, drahtig, widerständig, die sich mit dieser Menge in Levallois dieselben Räumlichkeiten teilt, nun, das ist die SDAT, die Unterabteilung für Terrorabwehr. Und jetzt verrate ich Ihnen, was ich von der SDAT halte. Die SDAT besteht aus den besten Terrorbekämpfern Frankreichs. Sie sind die Elite. Außerdem gehören sie der Kriminalpolizei an. Wenn wir Staatsanwälte Polizisten auswählen müssen, um eine heikle Untersuchung durchzuführen, hören wir es immer gern, wenn der Wortbestandteil ›Kriminal‹ vor dem Wortbestandteil ›Polizei‹ steht, nicht wahr? Gut. Die Lage ist also klar: entweder Boulimiers DCRI oder die SDAT von Mansourd, der mich just in diesem Augenblick in meinem Büro im Präsidium erwartet. Die Schattengestalten oder die Superpolizisten.«

»Ja, aber …«

»Sie müssen mich nicht daran erinnern. Die DCRI hat Nazir Nerrouche seit Wochen überwacht. Ich habe ihnen selbst genehmigt, vier

Handys abzuhören und diverse zwielichtige Gestalten zu observieren … Es wäre also nur logisch, wenn ich die Ermittlungseinheit, die sich bereits mit Nerrouche befasst hat, jetzt damit fortfahren ließe, oder nicht? Und doch werde ich die Untersuchung dem konkurrierenden Dienst übertragen. Der SDAT. Und können Sie mir auch sagen, weshalb?«

»Weil die DCRI in den Augen der Öffentlichkeit zu eng mit den Machthabern verbunden ist? Weil Sarkozy und Boulimier langjährige Freunde sind?«

»Ja, natürlich. Aber es gibt noch einen anderen Grund – sehen Sie ihn nicht? Ich wiederhole: *Sehen* Sie ihn nicht?«

Das Auto hatte vor der gelben Absperrung rund um den Rathausplatz gehalten. Der Fahrer wartete auf ein Zeichen des Oberstaatsanwalts, um den Motor abzustellen, doch Lamiel hatte den auffordernden Tyrannenblick auf seinen bemitleidenswerten Staatsanwalt gerichtet.

»Das ist Pac-Man.«

Der Staatsanwalt verzog das Gesicht. »Ja, ja, das hab ich mir auch schon …«

»Betrachten Sie die Zeichnung! Auch ich bin diese kleine Kugel, die von dem großen Kopf verschlungen wird – der einzige Staatsanwalt in herausgehobener Position, der gegen den Willen des Präsidenten berufen wurde. ›Eine Insel des Widerstands blockiert von Sarkozy‹, wie *Libération* mein Porträt zusammengefasst hat. Eine Insel des Widerstands? Oje! Sie hätten besser schreiben sollen: ›Oberstaatsanwalt Lamiel, die kleine, unverdauliche Kugel im Maul der Pac-Nation‹. Na gut. Das ist es also, was wir gleich verkünden werden, mein lieber Herr *Staatsanwalt:* dass wir eine kriminalpolizeiliche Ermittlung veranlassen, einen Untersuchungsrichter benennen und dass die SDAT mit den Ermittlungen betraut wird. Sobald wir das verkünden, wird das Geraune losgehen, die Mutmaßungen, aber die Leute werden denken:

Endlich mal eine unabhängige Staatsanwaltschaft, die sich nicht mit den Mächtigen gemeinmacht, nicht Gewehr bei Fuß steht und so weiter. Eine so unabhängige Staatsanwaltschaft, dass sie die praktische Durchführung sogar einem Untersuchungsrichter überlässt … Behalten Sie die Zeichnung«, beendete er seinen Vortrag und wuchtete sich unter orchestralen Seufzern und mit rausgestreckter Zunge aus dem gepolsterten Sitz. »Auf dieser Zeichnung ist der gesamte Staat zu sehen. Sie könnte Ihnen noch mal nützlich sein, wenn Sie in zwanzig Jahren auf meinem Sessel sitzen …« Eine Kolonne aus Einsatzwagen der Bereitschaftspolizei raste an ihnen vorbei. Sie war auf dem Weg zu den heißen Vierteln, in denen gerade die ersten Unruhen ausbrachen. Während Lamiel den dritten Knopf seines Jacketts schloss, fügte er hinzu: »Falls es in zwanzig Jahren denn noch einen Staat gibt …«

3.

Die Unruhen beschränkten sich zunächst auf die Siedlung Rameau-Givré in Grogny, doch schon vor achtzehn Uhr hatte man rund hundert brennende Autos auch an anderen Orten gezählt, wo sich Wahlvolk versammelt hatte: am Ausgang des Stadions Charléty, auf der Canebière, in den Zentren einiger Provinzstädte, in denen es schon häufiger zu spontanen Gewaltausbrüchen gekommen war.

Eine ganz andere Art von Feuer brannte im Herzen der Hauptstadt nur wenige Meter vom Élysée-Palast entfernt. Eins der bekanntesten Gesichter der Regierung Sarkozy – die Innenministerin Marie-France Vermorel – hatte etwa dreißig Personen im Untergeschoss ihres Ministeriums um sich versammelt. In dem mit Hightech-Geräten hochgerüsteten Saal des ministerienübergreifenden Krisenstabs stand ein riesiger runder Tisch mit Mikros, Telefonen und Bildschirmen an jedem einzelnen Platz. Wer immer in der französischen Polizei etwas zu sagen hatte, war gekommen, unter anderem auch Präfekt Boulimier.

Nacheinander wurden diese Männer, von denen einer wichtiger war als der andere, von Vermorel, der Eisernen Lady der Place Beauvau, gründlich zur Schnecke gemacht.

»Kann mir vielleicht einer von Ihnen sagen, was das für ein Licht auf mich wirft? Irgendeiner? Ein Attentat auf einen Präsidentschaftskandidaten! Wo sind wir denn hingekommen? Ist das hier etwa eine amerikanische Fernsehserie? Und habe ich eine Folge verpasst? Niemand ist unersetzbar! Schreiben Sie sich das hinter sämtliche Ohren an Ihren miesen, kleinen, unfähigen Köpfen!«

Auch Präfekt Boulimier kam an die Reihe, dessen Eliteeinheit nicht in der Lage gewesen war vorauszusehen, was jener rätselhafte Nazir Nerrouche geplant hatte. Die Mitarbeiter, die in zweiter Reihe an der Wand saßen, glaubten schon, die riesenhafte Leuchtscheibe über dem Tisch würde gleich auf die ehrwürdigen Halbglatzen ihrer Chefs hinunterkrachen.

Die Versammlung neigte sich dem Ende zu, als ein Vel Satis an der Cour Pierre-Brossolette vor dem Ministerium vorfuhr. Der Mann von der Republikanischen Garde, der die Autotür aufzog, sah den goldenen Knauf des Gehstocks aufblitzen, der dem jungen Günstling der Ministerin gehörte. Mit neunundzwanzig Jahren war Pierre-Jean Corbin de Montesquiou (in den heiligen Hallen »Monsieur de Montesquiou«, unter vier Augen bloß »P.-J.«) der bei Weitem jüngste Stabschef eines Ministeriums in Frankreich. Er hatte als Zweitbester seines Jahrgangs die ENA absolviert, doch statt gleich in den höchsten Staatsdienst einzutreten, hatte er das Sakrileg begangen, sich zunächst auf regionaler Ebene zu bewegen. Montesquiou war im Grunde ein leidenschaftlicher Verwalter, oder besser: Er fand maßlosen Gefallen an dem feudalen Apparat, der einem beinahe unbegrenzte Macht verlieh. Er war als technischer Berater an die Place Beauvau gekommen und hatte sich in kürzester Zeit unverzichtbar gemacht. Er war dabei kein Stabschef im engeren Sinn; diesen Posten bekleidete ein Älterer mit deutlich weniger schillerndem Profil. Pierre-Jean Corbin de Montesquiou war dessen Stellvertreter. Trotzdem sprach Ministerin Vermorel, die engste Vertraute des Präsidenten, von ihm als »rechter Hand und linkem Arm« und dass der linke Arm schließlich derjenige sei, den man bei der Polizei am dringendsten benötige.

Das verstand, wer dazu in der Lage war – also nicht allzu viele. Hauptsache, Montesquiou hatte verstanden. Sein Arbeitszimmer lag direkt neben dem der Ministerin, er verfügte über einen Dienstwagen mit Fahrer und das Recht, selbst Sechzigjährige zu duzen und zusammenzustauchen, die bereits Hauptkommissare, geachtete Inspektoren und Fachleute gewesen waren, als er noch in seinem Gitterbett am Daumen gelutscht hatte.

Als er das Vorzimmer zum Krisenraum betrat, in dem sich die Ministerin noch immer nicht beruhigt hatte, bekam er einen Zettel in die Hand gedrückt, den er in aller Eile überflog und kommentierte: »Das wird sich wohl nicht mehr ändern.«

Wie er die Zahlen einschätzte, behielt er für sich, doch eher als das Wahlergebnis führte wohl die Wahlbeteiligung dazu, dass er eine seiner blonden Brauen in die Höhe zog. Er legte seinen Gehstock auf einem Beistelltischchen ab und benutzte den Rücken des Beraters, um auf einen weiteren Zettel die ungefähre Prozentzahl zu kritzeln, die den neuen Präsidenten ins Amt heben würde. Dann faltete er den Zettel zusammen und betrat den Saal. Nach der Abreibung durch die Ministerin waren inzwischen auch die Präfekte der übrigen Departements zugeschaltet und von überall im Saal aus auf einer großen Leinwand sichtbar.

»Würden Sie bitte aufstehen«, befahl die Ministerin dem Chef der Sicherheitsbehörde, »und meinem Stabschef Ihren Platz überlassen?«

»Natürlich, Frau Ministerin.«

Der Chef der Sicherheitsbehörde gehorchte – mit einem dienstfertigen Lächeln auf den Lippen, doch an seinen wachsenden Geheimratsecken lief er vor Zorn und Scham rot an.

Ein großer, grauhaariger Präfekt beschrieb soeben die Maßnahmen, die er eingeleitet hatte, um die Flughäfen zu schließen und die Grenzkontrollen zu verschärfen. Eine Liste mit neuralgischen Punkten wurde in den Präfekturen herumgereicht. Mobile Einsatztruppen postierten sich an den verwundbaren Punkten: an Häfen, Kraftwerken, Knotenpunkten des Schienennetzes …

»Der Vorsitzende wird eine Dringlichkeitssitzung einberufen«, fuhr der Präfekt fort, »und einen engen Beraterstab aus den Bereichen Sicherheit und Landesverteidigung berufen. Seit der Verabschiedung des Antiterrorplans haben wir erstmals die höchste Alarmstufe erreicht.«

Reihum verfinsterten sich die Mienen, und die Kehlen waren ausgetrocknet. In der Stille wurden Wassergläser geleert. Was auf die Ankündigung des Präfekten folgen würde, bedeutete selbst für die krisenerfahrenen Männer einen Sprung ins kalte Wasser.

Nachdem auch er einen Schluck getrunken hatte, ergriff der Präfekt erneut das Wort. »Die Schutzmaßnahmen für derart hochstehende Persönlichkeiten wurden umgehend und in bedeutendem Umfang ausgeweitet. Der Präsident wurde von seinem Hauptquartier außerhalb von Paris in den Bunker des Élysée-Palasts gebracht …«

Montesquious Fahrer konnte bestätigen, dass die 55, Rue du Faubourg-Saint-Honoré, der Präsidentenpalast, tatsächlich durch vier Einheiten der Bereitschaftspolizei abgeriegelt worden war, die sogar Verstärkung durch die Republikanische Garde erhalten hatten.

»In sämtlichen Departements sind die Sicherheitskräfte in höchste Alarmbereitschaft versetzt worden. Ihr zentraler Auftrag besteht darin, eine mögliche Ausbreitung der Unruhen über die Pariser Vororte hinaus zu verhindern.«

Montesquiou wartete ab, bis der Präfekt zu Ende gesprochen hatte, bevor er der Ministerin den Zettel reichte.

Auch sie zeigte keine offensichtliche Reaktion darauf. Doch nur Sekunden später unterbrach sie einen von vorzeitiger Kahlköpfigkeit betroffenen Berater, der wie vom Donner gerührt innehielt.

»Gut, das reicht. Wir können mit der Pressekonferenz nicht länger warten.«

Die Wahlergebnisse würden nun bald auf den Seiten Schweizer und belgischer Zeitungen veröffentlicht werden, die nicht den strengen Regeln des französischen Rundfunkrats unterworfen waren.

»Sehr wohl, Frau Ministerin«, kam es von den Amtsträgern, die alle wie auf Kommando aufstanden.

Die Ministerin verharrte noch einen kurzen Augenblick und musterte Boulimier. Carla Bruni hatte sie in einem Videomitschnitt, der über die Weihnachtsfeiertage für viel Aufsehen gesorgt hatte, bloß »die Vermorel« genannt und eingestanden, dass sie ihr kalte Schauer über den Rücken jage. »Die Vermorel«, hatte sie sich beklagt, sei die Einzige in ganz Frankreich, vor der sogar ihr aufsässiger Ehemann und Präsident manchmal den Blick senke …

Auch die Nummer eins des Inlandsgeheimdienstes DCRI verbeugte sich vor der Ministerin. Diese faltete das Blatt zusammen, das Montesquiou ihr zugeschoben hatte, und reichte es an ihren Nachbarn zur Linken weiter, der es wiederum seinem Nachbarn reichte. Eine Minute später waren die 52,9 Prozent im Bewusstsein der obersten Chefs der Polizeibehörden genauso unmissverständlich angekommen wie einige Augenblicke zuvor das Gebrüll der Ministerin, dessen Echo noch immer durch die knarzenden, luxuriösen Korridore des altehrwürdigen Gemäuers hallte.

4.

Ein solcher Wutausbruch war normalerweise das Vorrecht des Präsidenten. Dass Vermorel es sich herausgenommen hatte, sich gegenüber den Geheimdienst- und Polizeichefs derart gehen zu lassen, bewies ihre außergewöhnliche Stellung im Herzen des Staatsapparats. Politikerin durch und durch, bereitete es ihr allerdings auch eine diebische Freude, all diese Staatsbeamten zurechtzuweisen, die sie insgeheim verabscheute. Ein einziger Mann war ihrer Abreibung entronnen, ein Mann, der jetzt von Montesquiou – bei dieser Gelegenheit zum einfachen Diener herabgestuft – ins Büro der Ministerin geleitet wurde. Es handelte sich um niemand Geringeren als den mächtigen Polizeipräsidenten von Paris, Michel de Dieuleveult, dessen Autorität innerhalb seiner Behörde sich mit der Autorität der Ministerin messen lassen konnte. Das Polizeipräsidium von Paris lag gegenüber Notre-Dame inmitten der Île de la Cité. Fast vierzigtausend arbeiteten dort, es gab eine eigene Stabsstelle beim Geheimdienst und darüber hinaus mit dem 36, Quai des Orfèvres ein weltweit berüchtigtes Bollwerk. Es war ein richtiger Staat im Staate.

Vermorel empfing den Polizeipräsidenten unter vier Augen, um sich mit ihm darüber auszutauschen, was über Nazir Nerrouche bekannt war. Dieuleveult war ein engstirniger, misstrauischer Mensch, der sich die Haare schwarz färbte. Er ähnelte einem Diakon, der von heute auf morgen zum Kardinal befördert worden war. In seinem Blick lag eine gewisse ruhige Verblüffung, wenn er hinter seiner dicken Hornbrille hervorlugte, deren entspiegelte Gläser schon vor geraumer Zeit ihre Beschichtung eingebüßt hatten. Dieuleveult hatte weder das Alter noch den Bauchumfang, die gerechtfertigt hätten, den Gürtel seiner Hose bis über den Nabel zu ziehen. Er tat es aus subtiler, altmodischer Koketterie. Traf man ihn in Hemdsärmeln in seinem Arbeitszimmer an, verlieh ihm diese Angewohnheit tatsächlich das Aussehen eines Kaplans aus der Kolonialzeit.

»Frau Ministerin«, sagte der Polizeipräsident mit leicht gereizter Höflichkeit, »über das hinaus, was in der DCRI-Akte steht, wissen wir nichts.«

Die Ministerin wich seinem Blick aus. Seine Augen waren ohnehin von einer Barriere aus Lichtreflexen geschützt, aber wenn sie aufgrund einer unwillkürlichen Kopfbewegung doch einmal aufblitzten, wirkten sie wie zwei platte Mandeln, die keinerlei Gefühlsregung erkennen ließen, nicht einmal den Spott, derer sich seine Brauen nie entledigten.

»Herr Präsident«, gab sie ernst zurück, »ich nehme an, dass wir unter diesen … wie soll ich sie nennen … *endzeitlichen* Umständen auf eine rückhaltlose Unterstützung durch ihre Leute zählen können?«

»Natürlich, Madame. Die Sicherheit der Hauptstadt ist gleichbedeutend mit der Sicherheit Frankreichs.«

In dieser Äußerung des Polizeipräsidenten lag eine unverhohlene Hinterhältigkeit, doch die Feindschaft zwischen diesen beiden konservativen Köpfen war so alt, dass gar nicht daran zu denken war, sie ausgerechnet jetzt zu beenden.

»Mag sein, wir werden es ja sehen«, schloss Vermorel, die unter allen Umständen das letzte Wort haben wollte.

Danach besprachen sie die Maßnahmen, die er ergreifen wollte, um die Sicherheit in der Hauptstadt zu gewährleisten.

»Ausgezeichnet«, sagte der Polizeipräsident, als sie zum Ende gekommen waren. »Ich kann Ihnen also nur noch viel Glück wünschen … Nun ja. *Uns allen* viel Glück wünschen.«

Als sie wieder allein mit Montesquiou war, atmete die Ministerin erst einmal tief durch und blickte dann auf die roten Lichter an ihrem Telefon hinab.

Montesquiou las auf seinem Smartphone Zeitung. Ohne nachzudenken, hatte er sich in seinen Sitz gelümmelt und ähnelte für einen kurzen Moment einem schlecht gelaunten Jugendlichen, der ins Büro seiner Mutter und Schuldirektorin zitiert worden war. Doch was er las, veranlasste ihn, sich unvermittelt aufzurichten.

»Mein Gott, im Internet geht es gerade wirklich rund. Die Leute schreiben alles mögliche Zeug … Hören Sie zu«, sagte er und sah zur Ministerin auf, die eine Ecke ihrer marmornen Schreibtischplatte fixierte. »›Sie haben alles versucht, um Chaouch in den Schmutz zu ziehen: anonyme Anschuldigungen, Stinkbomben … Sie haben in seiner Vergangenheit gewühlt, nach Mätressen gefahndet, nach zwielichtigen Freunden, nichtigen verbalen Ausrutschern, rückgratlosem Abstimmungsverhalten. Nichts! Also haben sie ausgerechnet, wie oft er in die Moschee geht, und in sämtlichen Moscheen haben sie versucht, irgendeinen radikalen Imam zu finden oder den Cousin eines obskuren Salafistenpredigers, um seinen schlechten Umgang unter Beweis zu stellen. Nur gab es nichts dergleichen. Er hatte nichts zu verbergen, man konnte ihn mit nichts erpressen. Chaouch war schier unfassbar integer … Und am Wahltag wird dann auf ihn geschossen. Man muss kein Anhänger von Verschwörungstheorien sein, um sich zu fragen, ob …‹«

»P.-J.«, unterbrach ihn die Ministerin mit einem Seufzen.

»Das schreibt ein Radiojournalist in seinem Blog, Madame. Auf Twitter ist das Ganze schon von zwei hohen Tieren aus der Opposition geteilt worden. Abgeordnete, die solche Mutmaßungen verbreiten! Können Sie sich vorstellen, was passiert, wenn sie das weiter so unreflektiert in den Äther blasen?«

»Darum kümmern wir uns zu gegebener Zeit. Für den Augenblick haben wir andere Probleme als die Elaborate dieser Missgeburten von Bloggern …«

Die Ministerin räusperte sich. Mit einem Mal war die Anspannung der letzten beiden Stunden zurück. Montesquiou konnte ihr ansehen, dass sie mit dem Mund förmlich gymnastische Übungen vollführte, und ließ sie schließlich im Büro allein. Er ahnte, wen sie als Nächstes anrufen wollte.

Sowie sie allein war, zog Vermorel eine Schublade auf und warf eine Kopfschmerztablette in das Glas Wasser, das sie sich während der Besprechung eingeschenkt hatte. Sie betrachtete das unvermeidliche Sprudeln der Paracetamol-Tablette, die im Glas hin- und hergetrieben wurde und trotzdem allein durch ihre Form eine entschlossene Gelassenheit ausstrahlte, die auf die müde Ministerin beinahe erhaben wirkte. Dieses Sprudeln war ihr Gesetz, ihr Schicksal, ihre Pflicht – die Pflicht der großen Diener des Staates und all jener, denen das Wohl Frankreichs am Herzen lag. Man musste bereit sein, sich aufzulösen, um zu dienen.

Als die Tablette nur noch aus einer hauchdünnen Scheibe bestand, die an der Wasseroberfläche nach Luft schnappte, kippte Vermorel das Gebräu in einem Zug in sich hinein. Dann erst wählte sie die Nummer des Präsidenten. Sie überlegte, wie sie ihm am unmissverständlichsten mitteilen sollte, dass der komplette Polizei- und Justizapparat in Gang gesetzt worden war, doch ihre Gedanken schweiften immer wieder zu der Prozentzahl, zu dieser dummen, schicksalhaften Zahl 52,9, die sich ihrerseits nicht auflösen würde, selbst wenn man sie in Schwefelsäure tauchte.

5.

Das Flugzeug, in dem das Ehepaar Wagner saß, landete um kurz vor neunzehn Uhr in Roissy. Nachdem ihn eine Mitarbeiterin darauf aufmerksam gemacht hatte, dass die Pressekonferenz des Chefarztes des Val-de-Grâce unmittelbar bevorstand, teilte Richter Wagner seinen Sicherheitsleuten mit, dass sie erst einen Fernseher suchen müssten, bevor sie nach Paris hineinführen. Thierry – dem Paola den Spitznamen Aqua Velva verpasst hatte – sah sich rasch im Terminal um. Hinter der Warteschlange zu einem Fast-Food-Restaurant entdeckte er schließlich eine Gruppe von etwa dreißig Passagieren im Transitbereich, die andächtig einem Fernseher lauschten, der unter der Decke angebracht war. Nachdem kein Flugzeug mehr abheben durfte, würden sie noch eine ganze Weile hier festsitzen. Die Leute standen teilweise auf ihren Koffern und troffen vor Schweiß. Obwohl sie einander nicht kannten, brachten sie sich wie im Kino gegenseitig zum Schweigen, als auf dem Bildschirm ein kleiner, bebrillter Mann erschien, der versuchte, ein Standmikrofon in der Höhe zu verstellen.

»Ich kenne jemanden, der ziemlich zufrieden sein wird«, murmelte Paola, doch Richter Wagner reagierte nicht darauf. Er blieb hinter dem Pulk stehen. Trotzdem rückten ihm die Leibwächter für seinen Geschmack zu sehr auf die Pelle.

Paola konnte die abwartende Stille kaum ertragen, zu der die kleine Gruppe Zuschauer verdonnert war. Mit einem langen Blick schätzte sie den Grad der Aufmerksamkeit ihres Mannes ab und deutete das leichte Zucken seiner linken Wange als Zeichen, dass sie ihn ansprechen konnte.

»Ganz ehrlich, Henri, nach all dem wird es mir sehr schwerfallen, noch mal mit Putéoli zu sprechen. Ich weiß schon, dass ihr alte Freunde seid. Aber jetzt ist es langsam genug. Und dann noch Tristan, der ständig um Aurélie herumschwänzelt – nein, tut mir wirklich leid.«

»Ich bin der Erste, der zugibt, dass er völlig durchgedreht ist. Aber daraus zu schließen, dass er sich über ein Attentat freuen würde …«

»Er jubelt!«

»Nein, wirklich nicht! Und was seinen Sohn angeht – was soll ich deiner Meinung nach denn tun? Ein Verfahren einleiten – weil den Eltern einer der Parteien nicht gefällt, dass die Tochter angemacht wird?«

»Psst, psst, er kommt!«

Und tatsächlich trat in diesem Augenblick der Chefarzt des Val-de-Grâce ans Mikrofon, räusperte sich und sah sich dann ernst um, auf dass man ihm anzeige, welcher Kamera er sich zuwenden solle. Er hielt ein Blatt Papier in der reglosen Hand. Seine undurchdringliche Miene war die eines Menschen, der gleich doppelt der Schweigepflicht unterlag: als Arzt sowie als Angehöriger der Streitkräfte. Mit einem Mal erschien es Richter Wagner – wie wahrscheinlich mehreren Millionen Franzosen, die im selben Moment dasselbe Gesicht betrachteten – völlig unpassend, dass dieser Mann, bei dem sich offenkundig körperlich alles dagegen sträubte, vor laufenden Kameras das Wort zu ergreifen, jetzt drauf und dran war, ihnen die am gespanntesten erwartete Nachricht des gesamten Jahres zu übermitteln.

Als er schließlich den Mund aufmachte und einen so hemmungslosen Südwest-Akzent an den Tag legte wie ein Metzger aus der Gascogne, war die Überraschung umso größer.

»Guten Abend, ich bin Professor Saint-Samat, Chefarzt des Krankenhauses Val-de-Grâce. Nachdem Monsieur Chaouch um 16.05 Uhr bei uns eingeliefert wurde, haben wir zunächst eine zerebrale Angiografie durchgeführt, die bestätigt hat, dass wir es mit einem zerebralen Aneurysma zu tun hatten. Bei der Operation, die von Professor Neyme und mir selbst durchgeführt wurde, konnte das beschädigte Blutgefäß abgeklemmt werden. Die OP ist gut verlaufen, es gab keine Komplikationen, wir konnten die Blutung stoppen und hoffen jetzt, dass die Hämostase anhalten wird. Monsieur Chaouchs Kreislauf ist zum Glück während der ganzen Prozedur stabil geblieben, aber Sie werden sicher verstehen, dass er angesichts der Schwere der Verletzung … äh … ins künstliche Koma versetzt werden musste.«

Professor Saint-Samat drehte das Blatt in seiner Hand unwirklich langsam um.

»Für die lebenserhaltenden Maßnahmen wurden die üblichen technischen Hilfsmittel herangezogen. Der Abgeordnete Chaouch ist also an ein Beatmungsgerät angeschlossen. Für die weitere Entwicklung sind die kommenden Stunden entscheidend.«

Ununterbrochen knisterten Blitzlichter in sein langes, ausdrucksloses Gesicht. Er sah von dem Papier auf, auf dem sein Text stand, und blickte jetzt zum ersten Mal in eine andere Kamera.

»Abschließend möchte ich noch hinzufügen, dass das medizinische Personal noch keine kurzfristigen Prognosen über den Abgeordneten Chaouch abgeben kann. Vielen Dank.«

Stimmen, Kommentare, Spekulationen lärmten im gesamten Terminal wild durcheinander. Richter Wagner und seine Frau wurden zu seinem Dienstwagen gebracht, der seit einer knappen Viertelstunde im Haltebereich des Flughafens bereitstand.

»Aber was passiert denn, wenn er die Wahl gewinnt, während er noch im Koma liegt?«, wollte Paola wissen.

»Na, dann hat er sie erst einmal gewonnen. Wenn er dann nicht schleunigst wieder aufwacht, wird das Verfassungsgericht die Wahl vermutlich annullieren und neue Wahlen ansetzen ... wahrscheinlich nach den Parlamentswahlen im nächsten Monat. Alles in allem also ein riesiges Tohuwabohu. Und falls Sarkozy gewinnt ... Na ja. Da macht es dann keinen Unterschied, ob sein Gegner im Koma liegt. Außer das Verfassungsgericht sagt etwas Gegenteiliges. In dieser Angelegenheit hat das Verfassungsgericht uneingeschränkte Entscheidungsgewalt.«

Paola wusste nicht, ob das gut oder schlecht war.

Als der Wagen sich vom Flughafen entfernte, fragte sie: »Du fährst direkt zum Justizpalast, nehme ich an?« Sie klang enttäuscht.

Der Richter wollte seiner Frau schon die Hand auf den Nacken legen, und erst hätte sie sich auch fast angeschmiegt, doch dann schüttelte sie die Berührung ab.

Seit er von korsischen Nationalisten Morddrohungen erhalten hatte, war Paola ihrem Mann böse, dass er sich für diesen Beruf entschieden hatte. Er war einfach irrsinnig fordernd, verschlang absurd viel Zeit, und eigentlich war außer der Aufregung rund um eine Untersuchung am Ende für all die Entbehrungen keine Belohnung zu erwarten. Dieser korsische »Vertrag«, als dessen Gipfel eine Bombe unter seinem Auto entdeckt worden war, hatte ihren Ehemann bis in die Physiognomie hinein verändert: Seine Kiefer traten stärker hervor, die

Stirn war in einem fort krausgezogen, und vor allem sein Blick war härter geworden. Immer seltener sah sie darin einen versponnenen Gedanken oder ein inniges Lächeln aufleuchten. Stattdessen liefen ununterbrochen Schatten darüber hinweg: Rivalitäten innerhalb der Abteilung für Terrorabwehr, Morddrohungen, schlechte Beurteilungen, die Furcht davor, kaltgestellt zu werden … Im letzten Jahr hatte man ihm nur mehr fünf neue Fälle übertragen.

Paola gab sich alle Mühe, den Anflug schlechter Laune zu vertreiben.

»Unser erstes gemeinsames Wochenende seit sechs Monaten … Wenn man es so nennen kann …«

6.

Im Büro des Oberstaatsanwalts warteten bereits zwei Männer auf den Richter. Auf dem Schreibtisch saß Oberstaatsanwalt Lamiel selbst, mit dem Wagner jeden Dienstag Tennis spielte. Am Fenster stand Kommandant Mansourd, der legendäre Chef der SDAT, der Unterabteilung für Terrorabwehr bei der Kriminalpolizei. Ihm hatte es der Richter zu verdanken, dass drei Jahre zuvor die Bombe entdeckt worden war, die korsische Nationalisten unter seinem Dienstwagen angebracht hatten.

»Herr Richter, wir haben nur noch auf Sie gewartet. Haben Sie die Wahlbeteiligung gesehen?«

»89 Prozent, ja, das ist viel.«

»Nie da gewesen, wollen Sie wohl sagen!«

Lamiel persönlich hatte ihn und einen weiteren Kollegen auf exponierte Posten befördert, weil die beiden sich am entschiedensten gegen die Methoden ihres mächtigen Kollegen Rotrou aussprachen, der seit zwanzig Jahren in der Öffentlichkeit und auch tatsächlich den Antiterrorkampf schlechthin verkörperte. Neben Richter Wagner handelte es sich um Richter Poussin – der Oberstaatsanwalt selbst hatte ihnen die Spitznamen »Lorrain und Poussin« oder auch »die Künstler« verpasst. Und soeben hatte er sie vom Gerichtspräsidenten mit der wichtigsten Untersuchung des Jahres betrauen lassen.

Politisch stand Lamiel eher links, was der Staatsführung ein Dorn im Auge war. Nachdem im Jahr, ehe der Präsidentschaftswahlkampf einsetzte, Lamiels Vorgänger in den Ruhestand geschickt worden war und sich das nächste Stühlerücken abzeichnete, hatte Sarkozy einen ordentlichen Dämpfer hinnehmen müssen, als das oberste Verwaltungsgericht sämtliche Vorschläge des Élysée-Palasts für die Besetzung des strategisch wichtigen Chefpostens der Pariser Staatsanwaltschaft abschlägig beschieden hatte. Der Präsident hatte sich schließlich dazu durchringen müssen, Lamiel zu ernennen. Es war ihm allerdings gelungen, ein, zwei eigene Vertraute in dessen Stab zu platzieren, auch wenn das nach Meinung der Fachleute ein Schlag ins Wasser gewesen war. Alle wussten nur zu gut, dass der wahre Chef der Terrorabwehr in Frankreich Richter Rotrou war, der »Menschenfresser von Saint-Éloi«, benannt nach der obersten, besonders gesicherten Etage des Justizpalasts, in dem die auf Terrorabwehr spezialisierten Richter ihre Büros hatten.

Der Wahlkampf hatte den Graben zwischen Sarkozy und den Gerichten weiter vertieft. Nachdem ein Wiederholungstäter einen Doppelmord verübt hatte, gab der Präsident die x-te Erklärung in Sachen Milde und Verantwortungslosigkeit der Richter ab, während sich sein Konkurrent Chaouch als Befürworter einer von der Exekutive komplett unabhängigen Staatsanwaltschaft positionierte. Auf diese Weise und indem er einen über zehn Jahre gestreckten »Marshallplan für die Justiz« versprach, hatte er die überwältigende Mehrheit der Justizbeamten hinter sich zu bringen vermocht, die endlich Morgenluft gewittert hatten.

Am Bug des Schiffs, das dieses öffentliche Amt darstellte und das endlich gegen den Strom der Macht anzusteuern schien, stand nun also Jean-Yves Lamiel. Er warf einen Blick auf seinen Schreibtisch, der von weinroten Vorhängen an den Fenstern und einer eichenen Wandvertäfelung verdunkelt wurde. Dann überreichte er Wagner feierlich ein Dokument. Es war die Anklageschrift, auf deren Grundlage die Ermittlungen aufgenommen werden konnten und deren Hauptpunkte er bei der bevorstehenden Pressekonferenz wiederholen würde.

»Gut. Henri, was ich Ihnen gleich erkläre, wird Ihnen nicht gefallen. Zumindest auch nicht besser, als es der Innenministerin gefallen hat …«

»Wurde der Schütze observiert?«, fiel Wagner ihm ins Wort. »Er war den Behörden bekannt, stimmt's?«

»Nein, nein … Ich hab ihn gerade gesehen«, erklärte Lamiel, der immer noch auf der Schreibtischkante saß. »Er ist achtzehn Jahre alt, ein unbedeutender Gauner, war zweimal wegen kleinerer Vergehen vor Gericht, hat jedes Mal eine Bewährungsstrafe bekommen. Aber der potenzielle Auftraggeber wurde überwacht.« Er knöpfte das Jackett auf und umrundete den Schreibtisch. »Die DCRI hat mich vor fünf Wochen über die Umtriebe einer Gruppe namens SRAF in Kenntnis gesetzt. Niemand weiß, wofür SRAF steht, außer dass es sich dabei um eine Untergrundbewegung handelt, die von einem gewissen Nazir Nerrouche angeführt wird. Und Nazir ist der Cousin von Abdelkrim Bounaïm-Nerrouche, dem Schützen vom Nachmittag. Ich habe eine vorläufige Untersuchung wegen Bildung einer terroristischen Vereinigung angeordnet und gerichtlich Abhörmaßnahmen genehmigen lassen. Die Ermittlungen haben bis heute auf der Stelle getreten, vor allem weil dieser Nazir Nerrouche fast schon paranoid misstrauisch ist.«

»Die Abhörmaßnahmen haben nichts ergeben?«, hakte Wagner ungläubig nach.

»Sie haben die zuständige DCRI-Einheit zu einem Waffendepot und einem angeblichen Komplizen und SRAF-Mitglied geführt. Allerdings war das eine Finte.«

»Der Komplize?«

»Alles – sowohl das Waffendepot als auch der Komplize. Am Ende haben wir drei Handys abgehört, aber anscheinend hat Nazir Nerrouche gewusst, dass er auf zwei davon belauscht wurde, und ... Na gut, es ist wohl sinnlos, um den heißen Brei herumzureden: Er hat die Ermittlungseinheit nach Strich und Faden an der Nase herumgeführt.«

Wagner fiel aus allen Wolken. Wie hatte ihnen so ein Anfängerfehler unterlaufen können? Er hatte schon oft mit DCRI-Ermittlern zu tun, aber nie Anlass gehabt, ihre Professionalität in Zweifel zu ziehen.

»Und was war mit dem dritten Handy?«

»Tja, ich hatte noch keinen Zugang zum Abhörprotokoll ... Es war nicht ganz einfach, die Herausgabe zu erwirken. Aber nach dem Attentat hat er seine Telefone unter Garantie zerstört. Er ist ... durchtrieben.«

»Wie alt ist er? Ist er Islamist? Haben wir Verbindungen zu bekannten Gruppen herstellen können? Zu al-Qaida im Islamischen Maghreb?«

»Nichts dergleichen«, erwiderte der Oberstaatsanwalt. »Nazir Nerrouche ist neunundzwanzig Jahre alt, hat eine Vorbereitungsklasse in Philologie besucht, an der Sorbonne ein altphilologisches Studium und nebenbei noch Seminare in Versicherungsrecht absolviert. Er hat ein paar kleinere Firmen gegründet, davon eine in Saint-Étienne, woher seine Familie stammt, eine private Sicherheitsfirma, die inzwischen bankrott ist. Umtriebig im gesellschaftlichen Leben vor Ort. Hat sich für muslimische Parzellen auf Friedhöfen starkgemacht und sich für die Moschee engagiert, von der alle während des Wahlkampfs geredet haben. Zur selben Zeit hat auch der Geheimdienst begonnen, sich für ihn zu interessieren. Problem war nur, dass er keine verdächtige Moschee besucht hat und nicht die geringste Verbindung zu irgendeinem der bekannten Netzwerke unterhielt ...«

»Was dann? War er ein Schläfer?«

»Nein, schlimmer – der absolute Albtraum: Er hat eine … Wie soll ich es ausdrücken … Er hat eine radikal autonome Bewegung gegründet, eine Art autarkes Phantom, das unter unserem Radar lief. So, und jetzt erklären Sie das mal der Presse …«

»Und der Schütze?«

»Für den Moment gibt er nicht viel von sich preis. Allerdings glaube ich nicht, dass er lügt, wenn er behauptet, den Aufenthaltsort seines Cousins nicht zu kennen. Ich habe angeordnet, dass hunderttausend Fahndungsplakate von Nazir Nerrouche gedruckt werden – und ich denke, wir müssen einen Europäischen Haftbefehl beantragen …«

Richter Wagner schüttelte den Kopf.

»Wie konnten wir ihn überhaupt aus den Augen verlieren?«, empörte er sich. »Und auch, dass wir ihn nicht früher haben dingfest machen können, ist unfassbar! Wurde er denn observiert? Was ist da passiert?«

»Die x-te Unzulänglichkeit vonseiten der DCRI«, erwiderte Lamiel. »Kommandant Mansourd hat übrigens zu diesem Punkt seine eigene kleine Theorie … Kommandant?«

Der Kommandant sah zum Fenster hinaus. Wahrscheinlich hatte er den dichtesten Bart sämtlicher Polizeioffiziere in ganz Frankreich – schwarz und lockig – und eine samsonartige Mähne. Er trug ein langärmeliges schwarzes Hemd, unter dem sich ein breiter, muskulöser Brustkorb abzeichnete, und zwar keiner, wie er im Fitnessstudio mit Hanteltraining erzeugt wurde, sondern ein Brustkorb aus einem anderen Zeitalter.

Seine schwarze Jeans verschmolz mit dem Halbdunkel. Würde er jetzt eine Fackel unterhalb seines Gürtels vorbeiführen, schoss es Wagner durch den Kopf, kämen darunter womöglich dicke Pferdefüße zum Vorschein. Dann trat der Zentauren-Kommandant aus dem gleißenden Gegenlicht, und Wagner konnte sehen, dass nichts daran war. Mansourd hatte menschliche Beine und die Hand an seinem Holster.

Er streichelte den Griff seiner Dienstwaffe mit einer Zärtlichkeit, die zu seiner ganzen Statur im Widerspruch stand. Es war fast, als kraulte ein Riese mit seinem enormen Zeigefinger einem Kätzchen die Stirn.

»Wahrscheinlich besaß er vier Handys«, sagte er, »vielleicht sogar noch mehr. Und auf den Geräten, die die DCRI abgehört hat, hat er unter Nummern, die unter falschem Namen angemeldet waren, falsche Informationen hinterlassen. Die ganzen Ermittlungen waren totaler Pfusch, und die Kollegen rücken die Beweisstücke und die Abhörprotokolle nur scheibchenweise raus …«

»Das wird sich ändern«, erklärte Wagner. »Wir jagen jetzt ja nicht mehr nur den mutmaßlichen Kopf einer Bande von Spinnern, sondern den Drahtzieher hinter einem politischen Mord. Die Abhörprotokolle werden wir bekommen, dafür sorge ich.«

»Gut.« Dann wandte Lamiel sich zu Mansourd um, ohne ihn aus seinen riesigen Augen wirklich anzublicken. »Das ist jetzt der Moment, in dem Sie uns beweisen können, dass Sie besser sind als Ihre Kollegen bei der DCRI. Heute Nacht arbeiten Sie mit den Kollegen aus Saint-Étienne zusammen. Es ist nicht nötig, für die Ingewahrsamnahmen eigens nach Levallois zu fahren. Erledigen Sie das vor Ort.«

»Und vor allem keine Kameras!«, rief Wagner dazwischen. »Ich will nicht, dass die Presse sich in meine Ermittlungen einmischt. Da sind wir hoffentlich der gleichen Meinung, Kommandant?«

Der Kommandant bejahte dies, indem er die Lippen zusammenpresste, bemerkte aber, dass der Oberstaatsanwalt nach wie vor unzufrieden wirkte. Er hatte die Arme verschränkt, und seine Augen traten ihm aus den Höhlen, fixierten aber nichts Bestimmtes auf dem Schreibtisch.

Ehe er sich auf den Weg machte, nahm Mansourd erneut ausgiebig Nazirs Bilder auf dem Fahndungsplakat in Augenschein. Wagner für sein Teil war weniger fasziniert von den Fotos denn von dem stechenden Blick des Terrorermittlers. In dessen bärtigem Gesicht, das wirkte wie das einer Statue, schienen die Augen buchstäblich aufzuglühen.

»Wir schnappen ihn uns, Herr Richter«, erklärte er mit rauer Stimme. »Sie können auf mich zählen.«

»Halten Sie mich auf dem Laufenden«, entgegnete Richter Wagner, und Kommandant Mansourd verließ das Büro.

Die zwei Juristen starrten zu dem Abdruck auf dem Teppich hinab, wo er gerade noch gestanden hatte. Beide hatten in Bezug auf ihn den gleichen Eindruck: Er war schlicht eine Naturgewalt. Im Moment war sie auf ihrer Seite, konnte aber schon morgen auf der eines anderen stehen. Doch dabei würde sie die ganze Zeit nur ein Ziel verfolgen: Nazir Nerrouche zu verhaften.

7.

»Unglaublicher Typ, dieser Mansourd«, kommentierte der Oberstaatsanwalt, bevor er in verändertem Tonfall hinzufügte: »Henri, ich muss Ihnen etwas sagen. Nazir Nerrouche ist der Bruder eines gewissen Fouad Nerrouche, von Beruf Schauspieler, der einer Fernsehserie im sechsten Programm großen Erfolg beschert hat. Ich nehme an, dass Sie die Klatschspalten nicht allzu genau verfolgen, sonst wüssten Sie wahrscheinlich über die Gerüchte Bescheid, die über Fouad Nerrouche und Jasmine Chaouch kursieren.«

Richter Wagner zog zum Zeichen der Überraschung die Augenbrauen hoch.

»Ja, Chaouchs Tochter.«

»Weiß Mansourd …?«

»Bevor Sie gekommen sind, hat er es mir selbst erzählt. Einer seiner Männer hat eine Eilüberprüfung bei Chaouchs Sicherheitsdienst vornehmen lassen.«

»Und?«, fragte der Richter.

»Und – nichts weiter. Er war den Sicherheitsleuten anscheinend bekannt. Keine Auffälligkeiten, er war nicht in die kleinste Rauferei verstrickt, hat nicht mal ein Knöllchen bekommen. Auf dem Papier ist er ein guter Junge, in jeder Hinsicht.«

»Das werden wir heute Abend sehen.«

»Und noch was, Henri«, sagte Lamiel zögerlich. »Na ja … Ich will nicht lange drum herumreden. Ich glaube nicht, dass es eine gute Idee ist, unsere Freunde bei der Presse in völliger Unkenntnis über unsere Aktivitäten zu lassen.«

»Einverstanden. Aber wenn wir jetzt anfangen, hemmungslos zu plaudern, werden auch die Verfehlungen aufseiten der DCRI ans Licht kommen. Die Presse wird sich darauf stürzen. Und wenn wir uns dann auf ihr kleines Überbietungsspielchen einlassen, könnte das schnell unkontrollierbar werden.«

»Henri, Sie wissen, dass ich morgen Vormittag meine erste Pressekonferenz geben muss. Von nun an wird man so was vermutlich täglich von mir verlangen, verstehen Sie?«

Nicht einmal hypothetisch wollte Wagner dieser Sichtweise zustimmen. Ein Sonnenstrahl stahl sich zwischen den Vorhängen hindurch und ließ seine weißen Haare aufleuchten. Er zog die Augenbrauen hoch, die noch nie so düster gewirkt hatten.

»Suchen Sie sich Schuldige, Henri. Ich behaupte ja nicht, dass wir ihnen welche liefern können, aber wir brauchen irgendetwas als Ersatz. Und da sind nicht nur die Medien – da ist auch noch der Generalstaatsanwalt, der das alles ganz genau verfolgen wird. Ich habe den halben Nachmittag mit dem Justizministerium telefoniert. Die Karriere von uns allen hängt von dieser Geschichte ab. Ich sage ganz bewusst: von uns allen.«

»Herr Oberstaatsanwalt«, erwiderte Wagner sehr ernst, »ich bin mit den Ermittlungen zu einem Attentat auf einen Europaabgeordneten und Präsidentschaftskandidaten betraut, und ich bin fest entschlossen, jeder sich mir bietenden Spur zu folgen. Ich habe vor, noch heute Abend die Abhörmaßnahmen auszuweiten und von allen verfügbaren Mitteln Gebrauch zu machen, um den Fall aufzuklären. Aber ich sage Ihnen gleich: Erwarten Sie kein verlogenes Verhaftungsdefilee der ganzen Großfamilie vor laufenden Kameras. Das wäre vollkommen kontraproduktiv. Sehen Sie sich Rotrous letzte Meisterleistungen an. Nein, also wirklich, diese Methoden …«

»Wir sind da einer Meinung, Henri, natürlich sind wir das. Diese Methoden sind unerträglich. Oder eher … Doch, das sind sie. Ineffektiv. Der Wind hat sich gedreht. Es ist aufgeräumt worden. Zwischen Staatsanwaltschaft und Untersuchungsgericht wird es diesmal keinen Krieg geben, auch und vor allem nicht zwischen den einzelnen Abteilungen der Polizei. Ich sage ja nicht, dass wir die Zukunft der antiterroristischen Gerichtsbarkeit sind, aber … dass ihr Schicksal in unseren Händen liegt, scheint mir nicht übertrieben.«

Der Richter wartete auf ein Trotzdem. Mit halb offenem Mund stand Lamiel auf und bedeutete seinem Tennispartner, ans Fenster zu treten. Für einen Sonntag herrschte auf dem Hof des Justizpalasts außergewöhnlich geschäftiges Treiben.

»Trotzdem werden wir fürs Erste das Unmögliche von Ihnen verlangen, Henri. Wir werden *von Ihnen* das Unmögliche verlangen, und das in Rekordzeit. Ich hoffe, dass Sie gewappnet sind.«

8.

Fouad hatte die Pressekonferenz im Val-de-Grâce vor demselben Fernseher verfolgt, vor dem er gestern noch gesessen hatte und zu Tränen gerührt gewesen war, weil die Menschenmengen in den Wahlkampfrückblicken Chaouch zugejubelt hatten. Während nun vom anderen Ende des Flurs Onkel Idir mit der jämmerlichen Steifbeinigkeit eines alten Mannes auf ihn zuschlurfte, hatte er selbst soeben nur durch unermüdliche Beharrlichkeit von derselben Krankenschwester, mit der er ein Weilchen zuvor aneinandergeraten war, erfahren, dass Rabia auf Spuren sexueller Gewalt hin untersucht worden war.

»Ist sie wirklich vergewaltigt worden?«, fragte Fouad entsetzt.

»Monsieur, beruhigen Sie sich«, erwiderte die Krankenschwester.

»Antworten Sie mir, zum Teufel!«

Die Schwester wich zurück und drohte Fouad hektisch an, den Sicherheitsdienst zu rufen, wenn er seinen Ton nicht mäßigte.

»Also. Alles gut? Haben Sie sich wieder beruhigt? In Ordnung. Die Untersuchungen haben nichts ergeben …«

»Sie ist also nicht unsittlich berührt worden?«

»Die Untersuchungen haben nichts ergeben«, wiederholte die Schwester.

»Mein Gott«, hauchte Fouad und schloss die Augen.

Am liebsten hätte er der Schwester gedankt, als wäre sie persönlich für die gute Nachricht verantwortlich. Stattdessen machte er auf dem Absatz kehrt und sich auf den Weg zu Rabia, die nach der Untersuchung gerade dabei war, sich wieder anzuziehen.

Fouad klopfte zweimal kurz an, doch seine Tante weigerte sich, ihn einzulassen. Wie ein Widder mit gesenktem Kopf nestelte sie hektisch an ihren Kleidern herum. »Ich muss sofort zu Luna. *Miskina,* die Arme ist allein. Du weißt nicht zufällig, wo sie mein Handy hingetan haben?«

»Beruhige dich«, rief Fouad und drückte die Tür nun doch einen Spaltbreit auf. »Beruhige dich!«

»Oh nein«, schimpfte Rabia, »das ist jetzt nicht der Augenblick, um ruhig zu bleiben. Ich muss …«

Sie hielt inne und sah sich im Zimmer um. Jetzt schien sie nicht länger ihr Handy zu suchen, sondern den Grund dafür, warum Menschen ihre Zeit überhaupt mit einer Suche verbrachten.

Fouad ahnte, dass sie gleich losweinen würde. Er trat ein und legte ihr so vorsichtig die Hand auf die Schulter, als hätte er es mit einer Flasche Nitroglyzerin zu tun.

Währenddessen wollte Idir im oberen Stock nach Zoulikha sehen, doch die diensthabende Schwester wies ihn darauf hin, dass die Besuchszeit vorüber sei und dass Madame Nerrouche ohnehin tief und fest schlafe. Als er unverrichteter Dinge wieder nach unten kam, stieß er fast mit Dounia zusammen, die mindestens ebenso furchtbar wie schuldbewusst aussah.

»Was machst du denn hier?«, fragte Dounia, wischte sich die Tränen aus dem Gesicht und versuchte – vergebens –, sie auf einen Schnupfen zu schieben, indem sie völlig übertrieben schniefte.

»Ich wollte Zoulikha besuchen und … Rabia … aber … Und du? Keiner konnte dich erreichen … Du warst …«

Jetzt tauchten Fouad und Rabia in Dounias Blickfeld auf. Sie wich kurz zurück, bis ihr dämmerte, dass sie in der Falle saß. Augenblicklich wandte sich Fouad zu ihr um und rannte auf sie zu.

»Verdammt noch mal, Mama, wo bist du denn gewesen?«, brüllte er. »Ich versuche seit vier Stunden, dich zu erreichen! Seit vier Stunden!«

Dounias Miene verfinsterte sich. Der Zorn ihres Sohnes verschaffte ihr die unverhoffte Gelegenheit, sich aus der Zwickmühle zu befreien, in der sie sich bereits gesehen hatte.

»Erst mal beruhigst du dich! Du sprichst immerhin mit deiner Mutter, okay? Ich bin nicht deine Freundin, verstanden?«

Fouad spürte, dass sie ihm etwas verheimlichte, doch vor Idir wollte er keine Szene machen.

Dounia löste erst ihr Haar, band es dann wieder zu einem festeren Knoten zusammen und stellte sich neben Rabia. Zumindest die stellte ihr keine Fragen. Sie war viel zu froh darüber, sich endlich ganz ihrer Verzweiflung hingeben zu können.

Zuerst fuhr Fouad Idir nach Hause. Der alte Mann hatte keine allzu große Lust, nach all der Aufregung allein zu sein, doch zum Glück wartete daheim Raouf auf ihn und damit auch die Aussicht auf einen fast normalen Wahlabend – einen Abend, an dem sein Sohn ihn darüber belehren würde, warum seine Generation rein gar nichts begriff, während die jungen Leute nicht nur über jugendliche Kraft, sondern auch über die Weisheit der Jugend, Zahlen und komplizierte Theorien verfügten.

Raouf wartete tatsächlich schon im Treppenhaus auf seinen Vater. Erschöpft und hilflos saß er auf den Stufen und aktualisierte immer wieder die Webseiten auf seinem iPhone. Das Display war bereits mit Fingerabdrücken übersät.

»Das ist … verrückt«, stammelte er nur und war sich erst im nächsten Moment darüber im Klaren, wie lächerlich »verrückt« im Hinblick auf die Situation klang. Allerdings verfügte er in seinem aktiven Wortschatz über keine ausreichend starke Alternative.

Fouad hätte nicht sagen können, ob er Raouf seit dem frühen Morgen schon gesehen hatte. Jetzt stand er auf, küsste Fouad auf beide Wangen und zog seinen verstörten Cousin kaum merklich an sich, um ihm zögerlich ins Ohr zu flüstern: »Fouad, ich muss dir etwas sagen …«

Fouad spürte, dass er die anstehende Diskussion nicht würde durchstehen können.

»Wir sprechen später«, erwiderte er daher leise, bevor er ihn kurz entschlossen zusammen mit Idir wieder ins Auto verfrachtete, in dem Dounia und Rabia gewartet hatten.

Hinter den Halden der alten Mine du Clapier ging bereits die Sonne unter. Fouad schrammte beim Einparken am Bordstein entlang und sah hinauf zu dem verlassenen Balkon, auf dem er tags zuvor mit Krim noch eine Camel geraucht hatte. Kinder hielten bei ihrem Ballspiel inne, um die fünf Gestalten in Augenschein zu nehmen, deren Gesichter ihnen merkwürdig vertraut vorkamen, die jedoch Festtagskleidung trugen und sich auf tragische und zugleich entschlossene Weise voranbewegten.

Im Fahrstuhl wich Dounia dem fragenden Blick ihres Sohnes aus und strich stattdessen Rabia übers Haar. Als sie in der dritten Etage angekommen waren, ging wie von Zauberhand die Tür zur Wohnung der Großmutter auf. Nichts und niemand hätte Luna mehr zurückhalten können. Mit einem Schrei der Verzweiflung sank sie ihrer Mutter in die Arme.

Um nicht unnötig die Aufmerksamkeit der Nachbarn zu erregen, bat die Großmutter sie alle herein. In der Enge des Hausflurs schoben sich Rabia und Luna aneinandergeschmiegt an den mitleidigen, erschrockenen Gesichtern der Onkel und Tanten vorbei, die wegen der Hochzeit gekommen waren, dann an Slim und schließlich an Kamelia, die ganz am Ende der Reihe stand und ihnen die Arme entgegenstreckte, um gemeinsam mit ihnen zu weinen.

Mit Tränen in den Augen ließ Rabia den Blick durch das vertraute Wohnzimmer schweifen. Hatte sich die versammelte Familie tatsächlich erst am Vortag, ehe sie zum Festsaal aufgebrochen waren, hier die Videokassetten angesehen, auf denen Krim ein klassisches Klavierstück auf dem E-Piano des Großvaters gespielt hatte?

»Ist Bouzid gar nicht hier?«, fragte sie zwischen zwei Schluchzern.

»Er muss noch arbeiten«, erwiderte Rachida knapp.

Die jüngste der Nerrouche-Schwestern trug Rayanne auf dem Arm, als wollte sie ihn in den Schlaf wiegen. Sie ließ Rabia und Luna nicht aus dem vorwurfsvollen Blick.

Dann erschien die kleine Myriam im Türrahmen und lief auf ihre Lieblingstante zu, schlang die Arme um deren Taille und presste ihr das Ohr an die Brust. Rayanne strampelte sich mühsam aus dem Griff seiner Mutter und stürzte ebenfalls auf Rabia zu, um sie zu umarmen.

Die Kinder liebten Rabia. Und wie durch einen Blitz in dieser Unglücksnacht, die sich auf sie herabsenkte, erinnerte sich Rabia wieder daran, dass sie die Kinder ebenfalls liebte.

KAPITEL 12

52,9 Prozent

1.

Obwohl Fouad vollkommen erschöpft war, war er dennoch der Einzige in der ganzen Wohnung, dessen Gesicht weder tränenfeucht war noch wegen der enormen Tragweite der Ereignisse irgendwie eingefallen wirkte. Natürlich hielt auch die Großmutter ihre stolze, ernsthafte Fassade aufrecht, allerdings griff sie niemanden mehr an. Stattdessen suchte sie in einem fort nach irgendeiner Beschäftigung, um sich nicht dem Schmerz im Blick eines der anderen Familienmitglieder stellen zu müssen.

Fouad trat auf den Balkon hinaus und bemerkte ein kleines Aschehäufchen hinter dem größten Blumentopf. Der rosafarbene Beton der Brüstung schien in den letzten Sonnenstrahlen regelrecht zum Leben zu erwachen. Die Hitze hatte sich noch nicht verzogen, und das Licht strömte so hell in die Wohnung, dass die Großmutter schließlich die Vorhänge zuzog, um die gleißenden Lichtreflexe auszusperren, die es unmöglich machten, auf dem gerade wieder eingeschalteten Fernseher irgendetwas zu erkennen. Fouad hörte David Pujadas' Stimme und streckte den Kopf herein. Inzwischen hatte sich die ganze Familie um den Fernseher versammelt.

»Meine Damen, meine Herren, es ist zwanzig Uhr, und in dieser Krise, in dieser außergewöhnlichen Situation, die in der Geschichte unseres Landes absolut ohne Parallele ist, geben wir Ihnen nun die Ergebnisse des zweiten Wahlgangs der Präsidentschaftswahl bekannt …«

In der linken Bildschirmhälfte tauchte groß Chaouchs Gesicht auf. Sein Stimmenanteil kletterte bis auf 52,9 Prozent, während Sarkozys Wert bei 47,1 Prozent verharrte.

»Idder Chaouch ist mit 52,9 Prozent der Stimmen zum neuen französischen Präsidenten gewählt worden«, verkündete David Pujadas mit rauer Stimme, die vom Ernst der Lage und von Müdigkeit gezeichnet war, »und das bei einer ungewöhnlich hohen Wahlbeteiligung. 89,4 Prozent der Wähler sind zu den Urnen gegangen … und zum ersten Mal in seiner Geschichte hat Frankreich einen Präsidenten gewählt, der im Koma liegt«, fügte er hinzu und schlug die Augen nieder, als schüchterten ihn das rote Lämpchen der Kamera und die vielen Millionen Zuschauer ein, für die das Lämpchen im Augenblick stand.

Es würde also keine Ansprache des frisch gewählten Präsidenten aus seiner brodelnden Wahlkampfzentrale geben. Und es folgte auch nicht der Jubel aus den Konferenzschalten oder die Enttäuschung im Verliererlager. Oder vielmehr: Es gab durchaus Jubel und Enttäuschung – aber beides war im Angesicht der ungewöhnlichen Begleitumstände empfindlich gedämpft.

Vorsichtig räumte Nicolas Sarkozy seine Niederlage ein und wünschte seinem Gegner, er möge schnell aus dem Koma erwachen. Dann erklärte er, dass seine Regierung für die Übergangsphase gerüstet sei, und verkündete, in Erwartung einer Entscheidung vonseiten des Verfassungsgerichts seien »gewisse Vorkehrungen« getroffen worden, um die Sicherheit der französischen Bevölkerung zu gewährleisten, allem voran die Schließung des Luftraums und die Auslösung der höchsten Alarmstufe des nationalen Antiterrorplans.

»Ich möchte unseren Landsleuten versichern«, schloss er, wobei er in die Kamera blickte, als wäre er der Moderator der Sendung, »dass es keinen Grund zur Sorge gibt, es könnte ein Vakuum an der Spitze des Staates entstehen, wie mir vorhin zu Ohren gekommen ist. Die Mitglieder unseres Verfassungsgerichts sind verantwortliche Menschen, und ich habe volles Vertrauen in ihre Fähigkeit, die anstehenden Entscheidungen zu treffen. Frankreich ist stark, unsere Institutionen sind stabil, und ich bin überzeugt davon, dass nach dieser beispiellosen und – das sage ich ausdrücklich – *unerträglichen* Attacke auf die nationale Sicherheit der Geist der nationalen Einheit alles andere überlagern wird …«

Die Rede des Präsidenten war noch nicht vorüber, als sich Marine Le Pen, die in der ersten Runde auf dem vierten Platz gelandet war, auch schon zu einer Erklärung gegenüber AFP durchrang, in der sie Sarkozys deutliche Worte zwar lobte, sich aber zugleich beunruhigt über einen drohenden »Bürgerkrieg« zeigte. Im Radio schlugen Leute vor, vorsorglich das Kriegsrecht wieder einzuführen. Andere wünschten sich, Nicolas Sarkozy möge sich durch eine Notverordnung der Nationalversammlung und des Senats im Parlament mit einer Generalvollmacht ausstatten lassen. Auf der anderen Seite verlor auf TF1 ein junger Mann, der den *Jeunes Socialistes pour Chaouch* vorstand, im Beisein von Jean-François Copé die Nerven und erklärte, die Unruhen zu »verstehen«, die sich überall im Land zusammenbrauten. Copé trieb ihn so lange in die Enge, bis er zugab, dass er sie sogar guthieß. Die Kamera verharrte nach diesem Fauxpas für einen Moment auf dem langhaarigen Aktivisten. Allmählich war es nicht mehr die Wut, die ihn bis über beide Ohren rot anlaufen ließ, sondern die Gewissheit, mit diesem einen Satz einen Schlusspunkt unter seine junge politische Karriere gesetzt zu haben. Tatsächlich dauerte es nur zwei Tage, bis ihn die Gremien des Parti Socialiste absetzten, um damit ein Exempel zu statuieren und verbitterte Aktivisten davon abzubringen, öffentlich den Anschein zu erwecken, als scherten sie sich nicht um die nationale Sicherheit.

Die Mehrzahl der Franzosen reagierte an diesem Abend aber eher wie Familie Nerrouche, die sich fast vollständig im Wohnzimmer der Großmutter versammelt hatte: mit hochgezogenen Augenbrauen und allgemeinem Kopfschütteln, natürlich, aber vor allem mit großer innerer Unruhe und der finsteren Gewissheit, dass sie statt live dem Triumph des Mannes beizuwohnen, der ihnen die Sterne vom Himmel hatte holen sollen, nun tatenlos zusehen mussten, wie nach einer sinnentleerten Wende die Sonne in letzter Minute gekidnappt wurde.

2.

Fouad zog sich wieder auf den Balkon zurück und betrachtete die »zwei Berge bei Oma«, die beiden Halden, die aus Abfällen der erschöpften Minen aufgeschüttet worden waren. Die Abenddämmerung verlieh ihnen eine rot-orangefarbene Borte. Er musste wieder an den Tag denken, als er sich als Kind den linken ausgesucht, während Nazir sich für den rechten entschieden und ihn zum besseren der beiden erklärt hatte.

Dann sah er noch einmal die Liste seiner verpassten Anrufe durch. Es war noch immer keiner von Jasmine darunter. Er nahm all seinen Mut zusammen, wählte ihre Nummer, landete aber direkt auf der Mailbox, woraufhin er sich eine Reihe wilder Hypothesen zurechtlegte. Nachdem ihr Vater jetzt im Koma lag, durfte sie im Krankenhaus womöglich kein Handy benutzen. Oder es war einfach nur besetzt – Millionen von Leuten riefen gerade bei ihr an, um sie zu trösten. Er würde es ganz einfach später noch einmal versuchen müssen. Und das tat er auch. Zehnmal innerhalb von vier Minuten. Jede Nachricht, die er hinterließ, fühlte sich an, als landete sie in einem Vakuum, wie Briefe, die man an die Adresse eines Verstorbenen schickt, nur dass sich in diesem Fall nicht mal der Dienstleister damit aufhielt, ihn auf die Nichtzustellbarkeit hinzuweisen.

Weiter ging es mit den Hypothesen. Er jonglierte mittlerweile nicht mehr nur mit Seifenblasen, sondern mit brennenden Keulen aus Schreckensszenarien, die sein Selbstwertgefühl und seine Liebe zu Jasmine gleichermaßen auf die Probe stellten. Sicher hatte sie erfahren, dass Krim sein Cousin war, und mit einem Angehörigen des Mörders ihres Vaters konnte sie unmöglich sprechen, selbst wenn es sich dabei um ihren eigenen Freund handelte …

Er gab auf, atmete einmal tief durch, um sich für die Rückkehr ins Wohnzimmer zu wappnen, wo die Aufregung erneut zugenommen hatte. Doch Slim kam ihm zuvor und streckte sein dünnes Bein, das noch immer in derselben weißen Hose wie am Vortag steckte, durch den Vorhang.

»Fouad?«

»Ja, ja, ist ja gut«, antwortete sein großer Bruder, ohne sich auch nur ansatzweise um einen weniger gereizten Ton zu bemühen. »Ist ja gut, ich komm ja schon. Zwei Minuten noch.«

»Nein, Fouad …« Slim zog den Vorhang mit einer knappen Bewegung beiseite. »Krim ist im Fernsehen.«

Als er ins Wohnzimmer sprang, galt sein erster Blick nicht etwa dem Fernseher der Großmutter, sondern der Familie, die sich davor versammelt und sich nicht mehr bewegt hatte, seit er zuvor auf den Balkon geflohen war. Nur eine Sache war jetzt anders: Sie alle hatten die Hand vor den Mund geschlagen. Jeder einzelne Satz des Moderators, der der Identität des Schützen galt, trieb neue Tränen über ihre vor Scham glühenden Wangen. Auf Rabias Gesicht war die verwischte Mascara bis zum Rand ihrer zitternden Lippen hinabgeronnen.

Die Großmutter sagte etwas auf Kabylisch – zu schnell, als dass ihre jüngsten Töchter sie hätten verstehen können. Doch an ihrem Tonfall erkannte sogar die kleine Myriam, dass es sich um makabre Beschwörungsformeln und Klagen handelte.

Rabia drehte die Lautstärke bis zum vorletzten Balken hoch. Niemand traute sich, sie darum zu bitten, den Fernseher wieder ein bisschen leiser zu stellen.

»Im Studio hat sich nun ein neuer Gast zu uns gesellt«, erklärte David Pujadas mit wiedergewonnenem Enthusiasmus. »Vielleicht kann er uns dabei helfen, das Attentat auf Präsident …« Er setzte noch einmal an. »… auf den Präsidentschaftskandidaten Chaouch klarer zu sehen. Xavier Putéoli, Sie sind Chefredakteur von Avernus.fr. Heute Abend haben Sie den ersten Teil eines Artikels von Marieke Vandervroom über die DCRI veröffentlicht. Diese *unglaublichen* Fehler in einer streng geheimen Ermittlung, der Kampf zwischen den Diensten … Der Artikel hat schon jetzt eine Kontroverse ausgelöst, und die DCRI hat ihn – daran möchte ich erinnern – per Pressemitteilung über AFP rundheraus dementiert. Doch zunächst an Sie die Frage, die sich gerade jeder stellt: Glauben Sie, dass der junge Schütze, von dem wir bisher nur den Vornamen kennen, Abdelkrim … Glauben Sie, dass er im Auftrag dieser geheimen Gruppierung gehandelt hat, deren vier Buchstaben wir in den kommenden Tagen wahrscheinlich noch sehr, sehr oft hören werden: SRAF?«

Rayanne, der gerade noch an seinem Daumen gelutscht hatte, fing plötzlich an, gegen den Bildschirm zu treten. Zwei Tanten sprangen auf ihn zu, um ihn davon abzuhalten, aber es war bereits zu spät: Der Fernseher schwankte und fiel von dem zu schmalen Möbelstück, auf dem er stand.

Während Slim und Toufik sich beeilten, ihn wieder einzustecken, verfiel der Rest des Raums in Schweigen, und alle lauschten Rabias andauernden Schluchzern.

Sie wischte sich gerade die Tränen aus dem Gesicht, als ihr Handy vibrierte.

»Das ist meine Nachbarin, Madame Caputo … Warum ruft die denn an?«

Endlich hing der Fernseher zwar wieder am Strom, doch Slim und Toufik gelang es nicht, ihn so einzustellen, dass er etwas anderes als einen rauschenden Bildschirm zeigte.

Nachdem sie standhaft einige ihrer Anrufe ignoriert hatte, stand Rabia schließlich auf und hob ab, um zu erfahren, was die Nachbarin von ihr wollte.

Im selben Moment erhielt Fouad eine Nachricht von Yaël, in der stand, dass sie einen Anwalt für ihn gefunden habe.

3.

Wieder trat er hinaus auf den Balkon, um Yaël zurückzurufen. Er wollte gerade den Vorhang hinter sich zuziehen, als drinnen die teuflischen Stimmen aus dem Fernseher das Wohnzimmer erneut zum Beben brachten.

»Ich hab das Foto im Fernsehen gesehen … Fouad, es ist ganz furchtbar, es ist total … Ich bin mit ganzem Herzen bei dir!«

»Danke, Yaël. Du hast einen Anwalt aufgetrieben?«

»Ich hab ihn auch schon für dich angerufen. Er arbeitet in der Kanzlei von Maître Szafran, einem bekannten Anwalt, und meint, dass Szafran der Beste wäre, den wir bekommen könnten. Er hat im letzten Jahr diverse Leute verteidigt, die zu Unrecht des Terrorismus bezichtigt wurden.«

»Krim wird nicht zu Unrecht bezichtigt«, platzte es aus Fouad heraus.

»Ja, natürlich … Hör zu. Szafran ist ein Staranwalt. Und er leitet einen Verein, der gegen Missstände in französischen Gefängnissen kämpft. Er hat schon unzähligen Leuten zu einem Freispruch verholfen, und stell dir vor, mein Freund, der in der Kanzlei angestellt ist, hat mir erzählt, dass er häufig *pro bono* arbeitet. Kannst du dir die Handynummer aufschreiben? Ruf ihn am besten sofort an …«

Plötzlich gellte ein Schrei heraus zu ihm auf den Balkon, womöglich sogar bis hinüber zum Parkplatz der Mediothek, wo Leute, die gerade ihr Auto abgestellt hatten, den Kopf hoben.

»Warte kurz, Yaël … Schick sie mir per SMS, okay? Ich ruf dich wieder an.«

Fouad traute sich kaum ins Wohnzimmer zurück.

Er hörte wirre Gesprächsfetzen, in denen immer wieder das Wort »Polizei« auftauchte. In den durchdringenden Stimmen klang es jedes Mal wie ein Synonym für »Katastrophe«. Fouad war nicht mal klar, dass diese Verbindung, die er in seinem Kopf ganz automatisch herstellte, dem geistigen Reflex eines Verbrechers gleichkam. Er schob die Glastür auf und den Vorhang beiseite. Vor ihm hielt seine Tante Rachida eine Art Ansprache und deutete mit ausladenden Gesten auf die unschuldigen Gesichter ihrer kleinen Kinder, als wären sie Indizien für Krims Schuld.

»Wie kommst du darauf, dass wir für ihn büßen sollten?«, brüllte sie. »Glaubst du wirklich, dass ich meine Kleinen all dem aussetzen werde? Auf gar keinen Fall, *wallah,* kommt nicht infrage, dass wir für die Dummheiten deines durchgedrehten Sohnes die Zeche zahlen!«

Fouad wollte schon fragen, worum es ging, doch Rabia, die er zuvor hatte schreien hören, wollte nicht zulassen, dass er sie verteidigte. Es waren weniger Rachidas Worte als vielmehr ihr Gesichtsausdruck, der so herablassend gewesen war, dass Rabia sich regelrecht geohrfeigt fühlte.

Schamesrot ließ sie einen Sturm aus unzusammenhängenden Beleidigungen auf ihre jüngste Schwester niederprasseln. Diese packte ihre Kinder und schob sie weiter zu Kamelia, damit die sie ins Schlafzimmer brachte.

An Kamelias großen Busen geschmiegt sahen die Kinder ihre Mutter mit schreckgeweiteten Augen an. Sie hatten ihre Eltern schon oft miteinander streiten hören, aber sie waren noch zu jung, um zu verstehen, was gerade um sie herum passierte und wovor man sie gerade ungeschickt zu beschützen versuchte.

»Alles gut, meine kleinen Lieblinge«, versuchte Kamelia, sie zu beruhigen, allerdings wenig überzeugend. »Mama ist wütend, aber das geht wieder vorbei. Alles gut, ihr Süßen …«

Fouads stattliche Gestalt in der Balkontür schien nicht die geringste Rolle mehr zu spielen. Die Großmutter persönlich musste sich zwischen ihre beiden zornentbrannten Töchter stellen. Neben dieser dunkelhäutigen Frau mit den grauen Haaren und der ebenso unerklärlichen wie bedrohlichen Ausstrahlung kam Fouad sich mit einem Mal winzig und unbedeutend vor.

Die Großmutter befriedete die Situation mit Knüppeln aus kabylischen Sätzen, die wie Zauberformeln klangen. Gleichzeitig untersagte der alte Idir seiner Frau Ouarda mit einem einzigen Blick, Partei für Rabia oder Rachida zu ergreifen. Fouad ahnte jedoch, dass die älteren Schwestern entschieden der Jüngeren mit den unschuldigen Kindern zuneigten.

Er hielt immer noch das Handy in der zitternden Hand, zog sich wieder auf den Balkon zurück, lehnte sich gegen die Brüstung, schloss die Augen und zwang sich dazu, langsam zu atmen.

Als er die Augen wieder aufschlug, ließ er den Blick über die einladende Landschaft schweifen: über die Mediothek von Tarentaize; die Halden im Hintergrund; rechts die Sozialwohnungsblocks aus rosa und grünem Beton, einer neben dem anderen, wie Legosteine, die von falschen Fenstern durchbrochen waren – falsch insofern, als doch niemand ernsthaft in der kindischen Geometrie dieser Hühnerställe leben konnte. Schließlich links der Platz, auf dem die Kinder des Viertels herumtollten, am Fuß der Kirche Saint-Ennemond mit ihrer rustikalen, seltsam vertrauten Fassade, die er wie seine Westentasche zu kennen glaubte, obwohl er nie einen Fuß hineingesetzt hatte.

Er sah nach oben. Nach einem sonnigen, heißen Tag sah der Himmel so kristallklar aus wie ein Bergsee. In den verschiedenen Blautönen war keinerlei Bewegung zu erkennen, doch sie schienen mit denselben Farbpigmenten gemalt zu sein. Die scharfe Spitze einer Pappel spiegelte sich darin.

Fouad lauschte dem fernen Rauschen der Innenstadt. Um seine Aufmerksamkeit von dem tragischen Missklang loszureißen, der aus dem Wohnzimmer drang, musste er sich auf das Geräusch des Verkehrs konzentrieren, das in der Stadt ebenso beruhigend wirkt wie der Wellengang im Ozean oder der Wind, der über eine Wiese streicht. Doch plötzlich schien das Summen anzuschwellen und an Lautstärke zuzunehmen, und eine ungewohnte Zahl von Autos raste die Straße der Großmutter herauf. Fouad lehnte sich vor, um seinen Verdacht zu bestätigen, und zählte etwa fünfzehn Polizeiautos, die auf den Parkplatz vor der Mediothek fuhren. Die Sirenen waren zwar stummgeschaltet, aber die Blaulichter hatten im Handumdrehen die subtile Harmonie dieses wie aquarellierten Abends zerstört.

»Fouad! Fouad!«

Dounia zog ihn seit vielleicht einer halben Minute am Ärmel. Erst jetzt wandte er sich seiner Mutter zu und sah in ihrem Gesicht das Spiegelbild seiner eigenen Stumpfheit.

»Fouad, die Polizei war bei Rabia – sie kommen hierher, ihre Nachbarin hat ihnen die Adresse gegeben!«

»Oh nein«, murmelte Fouad mit einer Stimme, die in seinen eigenen Ohren fremd klang. »Sie sind schon hier.«

Dounia stürzte auf die Brüstung zu. Unten umzingelten vielleicht dreißig Männer den Hauseingang. Einige von ihnen waren vermummt und trugen schwere Waffen und Rammböcke, andere waren einfach nur mit hellen, kugelsicheren Westen ausgestattet, auf deren Rücken KRIMINALPOLIZEI stand.

Alle hatten Waffen im Anschlag und machten Gesichter wie sieben Tage Regenwetter. Bevor sie in das hektische Treiben in der Wohnung zurückkehrte, fiel Dounias Blick auf einen, der seinen Kaugummi malträtierte – ein bärtiger Mann, der in ihre Richtung sah, als hätte er gespürt, dass er beobachtet wurde.

Als Erste trampelten Männer mit Schutzhelmen wie eine Herde Nashörner ins Wohnzimmer. Sie beschädigten den Flügel des Buffets und warfen erneut den Fernseher um.

Sobald wieder halbwegs Ruhe eingekehrt war, brüllte der bärtige Polizist: »Rabia Bounaïm-Nerrouche!«

Rabia hob aufgeregt den Arm.

»Ich bin Kommandant Mansourd von der Unterabteilung für Terrorabwehr der Kriminalpolizei. Das hier ist Kommissar Faure von der Polizeibehörde Saint-Étienne. Von jetzt an« – er sah auf die Uhr –, »21.22 Uhr, stehen Sie offiziell unter Arrest.«

Wie betäubt von diesen Worten und der verwaltungstechnischen und polizeilichen Hölle, die sie implizierten, ließ Rabia sich unter den Protestschreien der Familie – »Nein! Was?« – Handschellen anlegen.

Fouad gab ihnen ein Zeichen, sich zu beruhigen, und wandte sich dann an den Kommandanten: »Aus welchem Grund? Was werfen Sie ihr vor?«

»Die Mutter ihres Sohnes zu sein«, antwortete der dicke Kommissar aus Saint-Étienne.

Der Kommandant warf dem Kommissar einen flüchtigen, finsteren Blick zu und antwortete seinerseits: »Dasselbe, was wir allen Erwachsenen in diesem Raum vorwerfen: dass sie in Verbindung zu einem Verdächtigen stehen, dem eine terroristische Gewalttat zur Last gelegt wird.«

In dem Chaos, das hierauf folgte, gelang es Fouad auf wundersame Weise, seiner Familie klarzumachen, dass sie alle ein Recht zu schweigen hätten und dass sie nicht verpflichtet seien auszusagen. Wenn sie aber während des Arrests eine Aussage machten, könne diese früher oder später gegen sie verwendet werden.

Einer der Polizisten forderte Fouad dazu auf, sich an die Wand zu stellen, und legte ihm ebenfalls Handschellen an, damit er endlich den Mund hielt. Luna schluchzte währenddessen erneut los. Dass ihre Mutter nun Handschellen trug, hatte sie aufgebracht. Die Handschellen an Fouads Gelenken erfüllten sie mit Scham.

Den Ältesten, befahl der Kommandant immerhin, seien keine Achter anzulegen – und da verlor Rachida als Erste die Fassung.

»Aber wir haben doch gar nichts gemacht! Er ist *ihr* Sohn! *Er* hat den Präsidenten getötet! Wir haben nichts damit zu tun!«

Prompt schlug Ouarda in dieselbe Kerbe, was Idir wiederum aufs Äußerste missfiel, sodass er seiner Frau und den anderen den Mund verbot.

»Sesseum!«

Das Wort verbreitete sich wie ein kalter Schauer in der Wohnung der Großmutter.

Kamelia, die sich vor Rayanne gestellt hatte, legte ihm die Hände auf die dröhnende Brust. Bald hörte man nichts mehr außer dem Weinen der Kinder – bis sich mit der Brutalität eines gestiefelten Fußes die entschlossene Stimme der Großmutter über den Teppich aus Tränchen legte. Auf Kabylisch erteilte sie den allgemeinen Befehl, den Anordnungen der Polizisten Folge zu leisten, aber kein Wort zu ihnen zu sagen.

Kommandant Mansourd sah reglos zu der alten Dame mit dem gebeugten Nacken und dem Blick eines Bisons, der nicht das Geringste preisgab.

4.

Rabia wusste nichts von den Einlassungen ihrer beiden Schwestern und vom Machtwort der Großmutter. Sie war inzwischen mit Luna und Fouad aus der Wohnung geführt und zu zwei Fahrzeugen gebracht worden, deren Motoren während der ganzen Verhaftungsaktion gelaufen waren. Fouad hatte offenbar das Recht auf ein eigenes Fahrzeug, das mit quietschenden Reifen anfuhr. Kommandant Mansourd half Rabia auf den Rücksitz und legte ihr beim Einsteigen leicht die Hand auf den Kopf, damit sie sich duckte.

Ihre Schwestern wurden – in Handschellen oder nicht – wenig später ebenfalls aus dem Wohnblock geführt, in dem mittlerweile sämtliche Fenster offen standen. Mit aufgesperrten Mündern starrten Nachbarn in Bademänteln auf das Spektakel herab.

Der Wagen, in dem Luna und Rabia saßen, fuhr mit Höchstgeschwindigkeit durch das Stadtzentrum zu ihnen nach Hause. Auf Mansourds Kommando durchsuchten dort zehn Beamte der Terrorabwehr mit großem Gewese die armselige Wohnung in der 16, Rue de l'Éternité. Sie durchwühlten die Kommoden, die Schränke, die Schubladen, schlitzten die Betten, die Kissen und das Sofa auf, zogen mit einer stillen, technokratischen, kontrollierten Gier alle Fotoalben, die Festplatten der beiden Computer, die Zeugnisse und Berichtshefte aus der Schule, die Partituren sowie sämtliche offiziellen Papiere ein, auf denen – selbst in den harmlosesten Zusammenhängen – Abdelkrims Vorname auftauchte, der förmlich radioaktiv geworden zu sein schien. Auch der Keller wurde ausgeräumt und sorgfältig durchkämmt und schließlich bis zur Ankunft der Spurensicherung versiegelt.

»Donnerwetter, das ist ja die reinste Räuberhöhle!«, kommentierte einer der Polizisten. »Wie Ihr Sprössling sich das ganze Spielzeug leisten konnte, werden Sie uns erklären müssen …«

Als sie wieder im dritten Stock waren, nahm Mansourd Rabia die Handschellen ab. Weinend fiel sie ihrer Tochter in die Arme.

»Kommandant!«

In Rabias Schlafzimmer hatte einer der Lieutenants offenbar eine interessante Entdeckung gemacht. Mit einem Grinsen hielt er Mansourd hin, was er gefunden hatte, und der erstarrte. Es handelte sich um ein Exemplar von *Lieber im Morgengrauen*, dessen Erscheinen den

Wahlkampfauftakt Chaouchs begleitet hatte. Alle drei Seiten war es mit einem Eselsohr markiert, und auf dem Umschlag wirkte der inzwischen gewählte Präsident lebendiger denn je.

5.

Jasmine Chaouch war endlich allein im Zimmer ihres Vaters. Sie ließ die Stirn auf die Bettdecke sinken. Sie wollte ihren Vater nicht ansehen, der in Bandagen eingewickelt und mit Schläuchen in Nase und Hals vor ihr lag. Gnadenlos gesellte sich das Piepsen des Elektroenzephalogramms zu den Signalen der übrigen Apparaturen, die mit dem monotonen Pusten und Zischen des Beatmungsgeräts wetteiferten.

Jasmine ließ die Hand ihres Vaters los, streckte den schmalen Oberkörper und ließ die Gedanken schweifen: von den absurden Botschaften, die sie und ihre Mutter seit einigen Stunden von den Mächtigen dieser Welt erhielten, bis zu der Stelle in der *Zauberflöte,* die sich ihr Vater immer von ihr hatte vorsingen lassen, die Stelle, in der Papagenos Glockenspiel Monostatos' Schergen in die Irre führt und die Musik stärker ist als die Gewalt. Ihr Vater liebte diese Szene. Er lachte jedes Mal wie ein kleiner Junge, sobald die Schergen betört von der so kindlich einfachen Melodie zu tanzen begannen. Jasmine hatte gar nicht bemerkt, dass sie unter dem Hecheln der Maschinen angefangen hatte zu singen. *»Das klingelt so herrlich, das klingelt so schön … La la la, la la la la la la, la la la la la la la. Nie hab ich so etwas gehört und geseh'n, la la la …«*

Sie betrachtete das wie mumifiziert wirkende Gesicht ihres Vaters. Ganz zaghaft hoffte sie darauf, es möge erwachen, sie würde sein schönes, klares, ebenmäßiges Gesicht sehen, wie es sich von den Bandagen befreite, sich wieder mit Leben füllte und von Mozart zu sprechen begänne. Sie würde sich wieder mit ihm streiten, weil sie der Überzeugung war, dass diese manische Fixierung auf Mozart ihn an der Entdeckung anderer Dinge hinderte – Barockmusik, zeitgenössische Musik … Und ihr Vater würde die Augen verdrehen, lächeln, wie er es immer in den hitzigsten Debatten tat, und zum x-ten Mal seine Theorie wiederholen, dass die schönste Vorstellung, die er von der Demokratie kenne, aus der *Zauberflöte* stamme: die gleichberechtigte Anerkennung, mehr noch, die gleichberechtigte Anteilnahme, die gleichberechtigte Neugier auf die Sehnsüchte des einfachen Menschen, Papageno, sowie des Helden, Tamino.

Von dieser Theorie sprach er nur bei Abendessen im privaten Kreis mit nahestehenden Menschen und ließ sich davon niemals abbringen. Er hielt an dieser höchsten Form der Versöhnung fest, erwähnte die Pflicht, die er sich selbst auferlegt hatte, Mozart lehren zu lassen, wenn er gewählt würde, und zwar von speziellen Lehrkräften, zwei Stunden pro Woche. In Grogny hatte er das schon mehr oder weniger durchgesetzt: mit seinen gratis Musikschulen und seinem nagelneuen Konzertsaal. Klassische Musik war für ihn die größte Errungenschaft der europäischen Kultur, ihr wertvollster Schatz und ihr schönstes Geschenk an die Menschheit. Wenn er vom Mozart'schen Allegro sprach, wurden seine haselnussbraunen Augen glasig. Da waren Staatsverschuldung, Ratingagenturen und Jugendarbeitslosigkeit vergessen. »Man wird mich noch für einen Freimaurer halten«, flüsterte er dann seiner Frau oder einem ausgewählten Zeugen scherzhaft ins Ohr und ergriff schelmisch dessen Arm, nur um im nächsten Moment in schallendes Gelächter auszubrechen, in sein ehrliches und klares Lachen, das sich seit seiner Jugend kein bisschen verändert hatte.

Einen Vater wie Chaouch zu haben, bedeutete für Jasmine zu akzeptieren, dass er für immer die Hauptrolle in ihrem Leben spielen würde. Sie hatte niemals geahnt, dass auch die Möglichkeit bestand, ja fast schon schicksalhaft vorgezeichnet war, dass es zu einer Tragödie kommen könnte, sobald er für einige Monate auch für eine Million anderer Menschen die Hauptrolle spielte.

Jetzt lachte er nicht und sagte auch nichts mehr.

Jasmine hörte, wie sich die Tür einen Spaltbreit öffnete. Ihre Mutter trat ein. Hinter ihr telefonierten Habib und Vogel – leise, jeder für sich, wie im Flur festgewachsen. Vogel umschloss sein Handy mit der Hand, sodass es niemand sehen konnte, während Habib sich gerade mit dem Stumpf an der Wange kratzte. Dann fiel Jasmines Blick auf eine groß gewachsene, schlanke Gestalt. Es war Montesquiou, der Stabschef der Innenministerin. Wie eine Schlange versuchte er, sich ihrem Blick zu entziehen. Nur seinen Gehstock ließ er wie zur Provokation schräg in ihrem Sichtfeld zurück.

»Liebling, die Autos stehen bereit. Brauchst du noch einen Moment?«

Sie hatte versucht, ihre Stimme milde klingen zu lassen, doch in ihren Augen lag immer noch die Härte, die sie im Gespräch mit den »Männern des Präsidenten« an den Tag gelegt hatte.

»Was treibt dieser Typ hier?«

»Das ist Montesquiou, Vermorels Mitarbeiter …«

»Ich weiß, wer er ist. Was will er hier?«

»Er will mit uns über die Ermittlungen sprechen. Liebling, ich muss dir etwas sagen …«

Misstrauisch fixierte Jasmine ihre Mutter. Was immer sie ihr sagen würde – sie war bereit, sich gegen alles zu wehren.

»Der junge Mann, der auf Idder geschossen hat … Sein Name ist Abdelkrim … Abdelkrim Bounaïm-Nerrouche. Er ist Fouads Cousin.«

Jasmine war sichtlich geschockt.

»Jasmine, hat Fouad dich seit dem Attentat angerufen?«

»Nein«, protestierte Jasmine und spürte, wie ihre Ohren heiß wurden. »Das ist unmöglich … Fouad …«

»Warte, Jasmine …«

»Ich hab mein Telefon nicht dabei, ich hab es liegen lassen, in der … Eile … aber …«

Madame Chaouch legte ihrer Tochter die Hände auf die Schultern. »Wir wissen im Moment noch gar nichts. Niemand beschuldigt Fouad. Niemand. Ich möchte nur wissen … ob du dich dazu imstande fühlst, mit der Polizei zu sprechen, über …«

Den Rest hörte Jasmine nicht mehr. Sie rieb sich fest über die Ohren. Doch je mehr sie rieb, umso stärker wurde der Eindruck, dass sie wirklich gleich in Flammen aufgehen würden.

Esther Chaouch wandte sich an Habib, Vogel, Montesquiou und einen vierten Mann, der dem Gespräch aufmerksam aus der Distanz gelauscht hatte.

»Liebling«, setzte sie noch einmal an, »wegen Fouad …«

Jasmine sprang abrupt auf und wurde von einem einzigen Schluchzer geschüttelt. Sie schniefte, um ihn zu unterdrücken, verließ das Zimmer und achtete darauf, die Geier, die auf dem Flur schon auf sie gewartet hatten, nicht eines einzigen Blickes zu würdigen.

6.

Irritiert winkte Esther, die in dem Krankenzimmer stehen geblieben war, Habib und Vogel zu sich. »Ich möchte mit Aurélien Coûteaux sprechen. Glaubt ihr, das ist möglich?«

»Ja, natürlich«, antwortete der Kommunikationsberater ihres Mannes. »Er ist befragt und dann sofort wieder zu Jasmines Schutz abgestellt worden. Willst du sofort mit ihm sprechen?«

»Ja, bitte. Ist der DCRI-Chef bei euch?«

»Boulimier? Ja. Soll ich ihn reinholen?«

»Nein«, entgegnete Madame Chaouch nach einem Blick auf das Bett ihres Mannes, »wir reden im Flur weiter.«

Die Nummer eins der DCRI, die gerade erst ein paar Stunden zuvor die Schimpftirade der Innenministerin über sich hatte ergehen lassen müssen, verbeugte sich höflich vor Madame Chaouch – zumindest soweit es ihm sein Bauch gestattete. Charles Boulimier hatte ein breites, fast schon quadratisches Gesicht, in dem sich nie irgendetwas regte. Anstelle eines Mundes bildete in seiner unteren Gesichtshälfte ein schnurgerader Strich einen martialischen rechten Winkel zu seinem Kinngrübchen, das weder sonderlich breit noch auffällig tief. Kurz: Man sah dem Chef des Geheimdienstes den Beruf an seinem Gesicht, wenn nicht an seiner ganzen Gestalt an. Nachdem er zum Präfekten ernannt worden war, hatte er nämlich mächtig zugenommen – die Politik, die Festessen, die Empfänge –, und die Angewohnheit, sein Jackett nur mit dem obersten Knopf zu schließen, ließ seinen Bauch umso dicker erscheinen, statt ihn elegant zu kaschieren, wie er es womöglich beabsichtigte.

»Herr Präfekt«, begann Esther Chaouch, »ich danke Ihnen, dass Sie so schnell gekommen sind.«

»Das ist doch selbstverständlich, Madame.«

»Gut. Kommen wir gleich zur Sache: Ich will nicht, dass Sie meine Tochter befragen. Bei allem, was gerade auf uns einstürzt – wenn sie da zusätzlich noch …«

»Natürlich, Madame.«

»Gut. Tun Sie ansonsten, was Sie tun müssen, aber ich will von alledem nichts hören.«

»Es gibt alternative Methoden, Madame«, entgegnete Boulimier gleichmütig.

»Sie verstehen hoffentlich«, fügte Madame Chaouch mit einem Blinzeln hinzu, »dass ich sie nicht in diese Angelegenheit verwickelt sehen möchte … Ihre Sicherheit, Monsieur – im Moment geht mir ihre Sicherheit über alles.«

»Madame, ich werde mich persönlich darum kümmern.«

Serge Habib, Chaouchs Kommunikationschef, winkte Aurélien Coûteaux heran. Esther hörte sich geduldig seine Sympathiebekundungen an, ehe sie zur Sache kam.

»Coûteaux, Sie kennen doch Monsieur Boulimier von der DCRI. Würden Sie mir einen Gefallen tun?«

»Was immer Sie wünschen, Madame«, erwiderte der junge Sicherheitsoffizier beflissen.

»Ich will nicht, dass er sie anruft, Aurélien. Tun Sie, was Sie wollen, aber meine Tochter darf in all das nicht verwickelt werden. Klären Sie die Details mit Monsieur Boulimier.«

Coûteaux nickte stumm und wagte es nicht, den mächtigen Geheimdienstchef direkt anzusehen.

»Ich vertraue Ihnen, Aurélien«, fügte Esther eilig und kaum hörbar hinzu, bevor sie sich wieder an Boulimier wandte: »Ich täusche mich nicht in Menschen, Herr Präfekt. Ich bestehe darauf, dass Aurélien bei dieser … Angelegenheit in prominenter Rolle beteiligt ist.«

Boulimier deutete ein ehrerbietiges Lächeln an und verbeugte sich dann so tief vor der designierten First Lady, dass auf seinem wohlfrisierten Kopf der Wirbel sichtbar wurde, von dem sich seine kräftigen braunen Locken ordentlich gescheitelt ausbreiteten.

7.

Nachdem Richter Wagner einen Anruf erhalten hatte und ihm mitgeteilt worden war, dass die Festnahme der Familie Nerrouche ohne Zwischenfälle verlaufen sei, hatte er eine seltsame Idee. Er bat seinen Fahrer, nach Grogny statt direkt zum Justizpalast zurückzufahren. Die Nacht war schon seit ein paar Stunden hereingebrochen. Einige Sicherheitsleute verzogen das Gesicht und erinnerten ihn daran, dass die Stadt von der Bereitschaftspolizei überwacht wurde. Der Richter winkte lediglich ab und hing dann wieder seinen Gedanken nach – und zwischen den Gedanken und seinen Fallakten verwischten die Konturen immer mehr.

Erst die jaulenden Sirenen und die Schatten der Einsatzwagen, die im Fünfzig-Meter-Abstand abgestellt worden waren, rissen ihn wieder aus seinen Überlegungen. Aufgrund der Unruhen in der Stadt würde man von ihm postwendend Resultate erwarten, die er unmöglich würde liefern können. Als er nun die lange, verwaiste Straße entlangblickte und die Gitter vor den Geschäften betrachtete, die Nachtbusse, die nicht mehr fuhren, und die hitzige Anspannung der Polizisten auffing, spürte er wieder dieses Ziehen im Herzen, das bei einem Mann seines Alters einen bevorstehenden Infarkt ankündigen konnte.

Aus den Reihen der Polizeibeamten in voller Montur trat jetzt ein Unteroffizier auf ihn zu. Wagner stellte sich vor, und der Unteroffizier nahm sofort Haltung an.

»Herr Richter, können wir Ihnen behilflich sein?«

»Ich wollte nur wissen, was hier vor sich geht, und es mit eigenen Augen sehen …«

Nachdem er ein paar Worte mit dem Unteroffizier gewechselt hatte, war Richter Wagner vollends vom Ernst der Lage überzeugt. Der gefürchtete Aufruhr würde sich wohl nicht vermeiden lassen. Er musterte den kräftigen Hals des Polizisten, seine behandschuhten Hände, seinen Oberkörper, der in der kugelsicheren Weste monströs wirkte. Seine Augen leuchteten begeistert in dem angespannten Gesicht – wie die eines Jungen, der sich auf die nach Schulschluss angesetzte Prügelei freut. Doch während er sich die Gründe für all ihre beeindruckenden Maßnahmen und Einzelheiten zur Taktik der Stadtguerilla erklären ließ, »die von diesen Wilden bemerkenswert effektiv angewandt wird«, konnte Wagner nur an seine Adern denken. Fast in Echtzeit konnte er fühlen, wie sie sich verengten.

»Geht es Ihnen gut, Herr Richter?«, erkundigte sich der Unteroffizier.

Wagner nickte, schaffte es jedoch nicht länger, die Hände hinter dem Rücken zu verschränken und die Stirn als Zeichen seiner Aufmerksamkeit nach vorn zu neigen.

Dann fielen am Ende der Straße Schüsse. Jenseits der nachtblauen Schatten und des Balletts aus Einsatzkräften und Gummigeschosswaffen entdeckte er die Flamme eines Molotowcocktails, der gleich in ihre Richtung fliegen würde.

»Monsieur«, empfahl der Unteroffizier, »es wäre besser, wenn Sie sich nicht länger in dieser Gegend aufhalten würden.«

Seine Leibwächter bestanden ebenfalls darauf, sofort wieder zum Justizpalast zurückzufahren. Mit einem gehauchten »Ja« fügte sich der Richter, stieg wieder in seinen Wagen und wählte erneut die Nummer des Kommandanten Mansourd, um ihn zum Verhalten von Nazir Nerrouches Bruder Fouad, dem Schauspieler, zu befragen.

»Er hat sich ohne Widerstand abführen lassen, Herr Richter.«

Mansourd wusste nicht, was er sonst noch hätte hinzufügen sollen.

»Kommandant«, erwiderte der Richter ohne viel Federlesens, »nehmen sie ihn hart ran. Er ist – oder war – der Freund von Chaouchs Tochter. Was halten Sie davon?«

»Darüber weiß ich mehr, sobald ich ihn befragt habe.«

Wagner schwieg für einen Moment. »Ehrlich, ist das nicht offensichtlich? Er geht mit der Tochter des Kandidaten aus, den sein Bruder zu ermorden plant …«

»Was schlagen Sie vor, Herr Richter?«

»Er ist jetzt isoliert vom Rest der Familie, oder? Hören Sie … Das Beste wäre wohl, die anderen aus der Untersuchungshaft zu entlassen.«

»Herr Richter?« Der Kommandant begriff nicht, worauf er hinauswollte.

»Ich weiß schon, es wird allen gut gefallen, wenn wir sie einfach unter Arrest stellen – allen voran Oberstaatsanwalt Lamiel. Aber mit solchen ›kriminellen Vereinigungen‹ hab ich übers Jahr wirklich genug zu tun. Befragen Sie sie, verbringen Sie meinetwegen die ganze Nacht damit. Aber ich glaube tatsächlich, es wäre besser, sie dann sofort wieder laufen zu lassen – und sie dann zu beschatten, verstehen Sie? Vor allem Fouad Nerrouche.«

Mansourd wusste nicht, wie er darauf reagieren sollte. Die Idee erschien ihm schlichtweg hirnverbrannt.

»Höchstwahrscheinlich hat er mit dem Komplott zu tun«, fuhr Wagner fort und sprach jetzt eher zu sich selbst als mit dem Kommandanten. »Es wird kein Kinderspiel, ihn zum Reden zu bringen. Wenn wir ihn also freilassen und ihn dann nahtlos überwachen … Also gut. Hören Sie« – er war jetzt merklich schlecht gelaunt –, »fangen Sie mit den Vernehmungen an. Dann sehen wir weiter.«

»Ja, Herr Richter«, brummte Mansourd

»Ach, und noch eine letzte Sache: Das Handy des Jungen, haben Sie das inzwischen gefunden?«

»Zwei Leute kümmern sich darum«, antwortete Mansourd. »Sie haben die Reedereien der Ausflugsschiffe abgeklappert und außerdem die Fundbüros. Bisher gibt es noch keine Erkenntnisse.«

»Was – hat er etwa gelogen?«

»Das glaube ich nicht, Monsieur. Die Boote vom Pont-Neuf müssen noch untersucht werden, außerdem ein weiterer Betreiber, den Namen habe ich gerade vergessen. Es kann sich nur noch um wenige Stunden handeln, glauben Sie mir.«

»Na gut. Halten Sie mich weiter auf dem Laufenden.«

8.

»Siehst du …«

Farès zuckte zusammen.

»… das Schwierigste ist das S.«

Farès warf einen Blick in den Rückspiegel. Hinter ihm saß Nazir, der fast nichts gesagt hatte, seit sie auf die A36 aufgefahren waren. Er hielt seinen schwarz gelockten Kopf gesenkt und sah auf einen Gegenstand hinab, den er sich zwischen die Knie geklemmt hatte und an dem er sich mit solcher Hingabe in der Dunkelheit zu schaffen machte, dass Farès ihn dabei lieber nicht stören wollte. Sie befanden sich ohnehin schon in Sichtweite der Schweizer Grenze bei Basel. Nazir verstaute sein geheimnisvolles Durcheinander und drehte sich dann nach hinten um. Der Tag bestand nur noch aus einem schwachen Spiel von blutrot-goldenem Leuchten in einem immer weiter abwärts wandernden Winkel in der Heckscheibe des Maybach.

»Okay, jetzt wird's gleich wie im Kino ... He, hörst du mir überhaupt zu?« Er schnippte mit den Fingern. »Denk dran, dass du der Chauffeur eines algerischen Diplomaten bist, ein Chauffeur, der noch etwas anderes zu tun hat, klar? Schau mich an! Du bist jetzt ein Typ, der auch noch etwas anderes zu tun hat!«

Farès drehte seinen kahl geschorenen Schädel. Hinter ihm sah er Nazir im Profil. Mit offenem Mund suchte er den Horizont ab, der voller Scheinwerfer und Unruhe war.

»Das ist doch nicht normal«, murmelte er.

Statt der zwei, drei üblichen Grenzbeamten konnte Nazir vor der Tür eines Häuschens gleich ein ganzes Dutzend Grenzpolizisten sehen – und Soldaten mit FAMAS auf den Schultern, den in Saint-Étienne produzierten Maschinengewehren der französischen Armee. Zwei Plätze vor ihnen wurde soeben ein Wagen herausgewinkt, der gleich von den Reifen bis zum Dach durchsucht würde. Dass es sich dabei um eine blonde Familie handelte, beunruhigte Nazir besonders; man konnte sich doch nichts Banaleres und weniger Verdächtiges vorstellen.

»Warum halten sie denn alle Autos an?« Eine gute Frage, glaubte Farès, mit der er einen wachen Verstand unter Beweis stellte. »Da muss etwas passiert sein«, fügte er hinzu. Dann fielen ihm die Einsatzwagen wieder ein, die ihnen rund um Paris entgegengerast waren.

Nazir schluckte, durchwühlte seinen Koffer nach einer Krawatte und wies Farès an, sich ebenfalls eine umzubinden. Dann setzte er sich wieder genauso hin wie ein paar Augenblicke zuvor: angespannt, kurzatmig, sehr aufrecht und vollkommen unbeweglich zwischen den beiden Kopfstützen der Vordersitze, die er mit seinen riesigen, knochigen Pranken umklammerte, als wäre ihr Leder lebendige Haut.

Zudem machte sich ein nervöser Tick um seinen Mund bemerkbar, der Farès irritierte. Seine Zunge schob sich zwischen die halb geöffneten Lippen und leckte dann in einer gleichermaßen zärtlichen wie bedrohlichen Bewegung über die Unterlippe. Farès hatte fast den Eindruck, als würde er ihm gleich an die Gurgel springen und ihm die Kehle herausreißen. Er traute sich nicht, sich umzudrehen, um zu überprüfen, ob Nazirs Fangzähne schon gebleckt waren, und wagte es auch nicht, in den Rückspiegel zu schielen. Er wollte diesen düsteren Blick nicht auffangen, der ohne jede Vorwarnung von einer Laune in die andere kippte, von wahnsinniger Brutalität in übertriebene Herzlichkeit, die vielleicht noch erschreckender war.

Die zwei Autos vor ihnen wurden ebenfalls an den Rand gewinkt, und schließlich war auch ihr Maybach an der Reihe und wurde von zwei Grenzbeamten misstrauisch beäugt. Der jüngere raunte seinem Nachbarn irgendetwas ins Ohr, doch der schien ihm nicht zuzuhören. Stattdessen konzentrierte er sich auf sein Funkgerät. Nazir hielt die Luft an.

Jetzt näherte der Jüngere sich Farès' Fenster.

»Die Fahrzeugpapiere, bitte.«

Farès nahm die falschen Papiere aus dem Handschuhfach und warf dem Grenzbeamten wohl einen verdächtigen oder viel wahrscheinlicher aggressiven Blick zu. Denn noch während der das Heft aufschlug, trat er an das hintere Fenster. Die Scheiben waren zu über achtzig Prozent getönt, was eigentlich nicht zugelassen war. Nazir sah, wie sich der junge Grenzer zum Fenster vorbeugte und beide Hände um sein rötliches Bergbauerngesicht legte, um sehen zu können, wer sich in dem Diplomatenwagen befand.

Nazir nahm all seinen Mut zusammen, warf sich seinen schwarzen Schal um den Hals und stieg mit dem Blackberry am Ohr aus. Nebeneinander sahen Nazir und der Grenzbeamte regelrecht lachhaft aus: Nazirs hoch aufgeschossene, geierartige Gestalt und keine zwei Schritte entfernt die gedrungene, nachlässige Erscheinung des stämmigen rothaarigen Beamten. In den Augen eines zufällig vorbeikommenden Marsbewohners hätten sie wie Angehörige zweier unterschiedlicher Spezies gewirkt.

»Darf ich fragen, was hier vor sich geht, Herr Wachtmeister?«

Es existierte kein Foto von ihm mit Dreitagebart, den er in diesem Moment im Zwielicht trug, doch natürlich ähnelte er den Bildern, die sie für sein Fahndungsplakat benutzt hatten – zumindest war das nicht auszuschließen. Er sah dem Grenzbeamten tief in die Augen, um darin eventuell das Aufleuchten eines Verdachts erkennen zu können – doch in den Augen des Beamten leuchtete gar nichts. Sie hätten genauso gut die eines Rindes sein können.

»Monsieur, es handelt sich nur um eine Passkontrolle. Würden Sie bitte den Kofferraum öffnen?«

Nazir wollte den Kofferraum nicht öffnen. Darin lag zwar bloß sein Gepäck, doch er befürchtete, dass sich eine Traube aus Grenzbeamten um ihren Wagen bilden würde, was sicherlich geschähe, wenn er diesen Idioten mit seinen »Kontrollen« fortfahren ließe.

»Herr Wachtmeister, ich erkläre Ihnen jetzt mal mein Problem«, hob Nazir an und klang dabei wie Onkel Idir. »Mein Problem ist nämlich, dass ich in einer halben Stunde in Zürich sein muss.«

»Monsieur«, beharrte der Beamte, der sich nicht einschüchtern ließ, »es tut mir leid, Sie darum bitten zu müssen. Aber aufgrund der besonderen Umstände haben wir die strikte Anweisung, alle Autos zu durchsuchen. *Alle* Autos.«

Mitten in dieser angespannten Unterhaltung schmunzelte Nazir befriedigt in sich hinein. Diese Umstände hatte er eigenhändig herbeigeführt.

»Hören Sie mir gut zu. Sehen Sie diese Hand? In einer halben Stunde muss diese Hand die des algerischen Botschafters in der Schweiz schütteln, und ich kann Ihnen versichern, dass der algerische Botschafter in der Schweiz nur ungern davon hört, dass man ein Mitglied seines diplomatischen Korps an der Grenze aufgehalten hat.«

Endlich hatte der schnauzbärtige Kollege des jungen Grenzers sein Gespräch am Funkgerät beendet. Er verdrehte kurz die Augen, legte dann dem Bergbauernjungen die Hand auf die Schulter und bedachte Nazir mit einem flüchtigen Blick. »Entschuldigen Sie, mein Herr, Sie können weiterfahren. Ich entschuldige mich vielmals.«

Nazir fixierte den ausrasierten Nacken des jungen Grenzbeamten und wollte schon etwas erwidern, doch dann besann er sich und schob sich wieder auf die Rückbank – allerdings langsam genug, um die Standpauke mitanzuhören, die der Schnauzbart seinem Kollegen hielt und in dem er das Wort »diplomatisch« mehrmals wiederholte, ehe er ihm zu guter Letzt einen Klaps auf die Stirn versetzte.

»Also dann«, raunte Nazir seinem purpurrot angelaufenen Chauffeur zu, »los geht's!«

Und mit diesen Worten und ohne einen letzten Blick durch die Heckscheibe zu werfen, verließ Nazir das Land, in dem er zur Welt gekommen war.

KAPITEL 13

Der Coup von Zürich

1.

Während sie sich den Lichtern Zürichs näherten, verkürzten sich die Abstände zwischen Farès' Gähnattacken. Die Schweizer Autobahn war holpriger, als Nazir erwartet hatte, und unwillkürlich stellte er sich vor, wie der heillos übermüdete Farès die Kontrolle über das Fahrzeug verlor. Er ging so weit, sich die Erschütterung beim Ausweichmanöver auszumalen und dann die eigenartige Erregung während des Flugs, bei dem man weiß, dass er mit dem Tod endet.

Weil er sich ohnehin keinen Kontakt mehr mit Frankreich erlauben durfte, beschloss Nazir, seine drei Blackberrys in die Tasche zu packen, und betrachtete dann Farès. Der dachte nicht mal mehr daran, die Hand vor den Mund zu halten, wenn er gähnte, um so wenigstens sich selbst von seinem Kampf gegen die Müdigkeit zu überzeugen.

»Weißt du, was ein Unfall ist, Farès?«

Farès war überrascht. Nazir hatte soeben weder einen Befehl erteilt noch eine versteckte Beleidigung abgefeuert – eine Premiere.

»Ein Unfall ist, wenn die Welt schneller ist als die eigene Wahrnehmung davon und wenn die Welt schneller ist als wir selbst. Verstehst du, was ich meine?«

»Ja, ja, Nazir, ich pass schon auf, mach dir keine …«

»Nein, davon spreche ich nicht. Wir machen jetzt gleich eine Pause. Bei der nächsten Raststätte hältst du an. Trotzdem will ich, dass du kapierst, was ein Unfall ist – und zwar nicht nur ein Verkehrsunfall.«

Seine Stimme ähnelte seinen Händen: knotig, unvorhersehbar.

»Die Welt hat damit begonnen, sich immer schneller zu drehen, Farès, verstehst du, was ich sage?«

Farès sah das international gebräuchliche, heimelige Schild vor sich auftauchen, das auf eine Raststätte verwies. Er klammerte sich daran wie an einen Rettungsring – wenn er es schaffte und die Abzweigung schnell genug erreichte, würde er vielleicht nicht antworten müssen.

»Was können wir also tun, damit die Welt aufhört, schneller zu sein als wir selbst?«

»Hm, keine Ahnung … Schau mal, da ist ein Rastplatz …«

»Ich verrate es dir, Farès, ich verrate es dir und hoffe, dass sich die Antwort ihren Weg in dein kleines Hirn bahnt: Wir können die Welt nur daran hindern, schneller zu sein als wir selbst, indem wir unsererseits schneller sind als sie.«

Und während sich das Auto dem über einer Wasserfläche errichteten Gebäude und somit einem Restaurant näherte, auf dem ein riesiges Plastiksteak thronte, erklärte Nazir seinem Fahrer, ohne dass der ihn darum gebeten hätte, was gerade in Frankreich passiert war, was gerade in dem Land ihrer Geburt passiert war, in das sie wohl so bald nicht mehr zurückkehren würden.

Er verschwieg, dass er selbst – Nazir Nerrouche – den Lauf der Dinge maßgeblich beeinflusst hatte.

»Ehrlich, das hat mir jetzt den Appetit verdorben«, brummte Farès einige Momente später und schob seine doppelte Portion Pommes frites ein Stück von sich weg. »Ich mochte Chaouch gern. Aber wer hat denn auf ihn geschossen? Scheiße, ich kann das gar nicht glauben.« Er ließ das Besteck fallen, und es schepperte auf den Teller, während er immer lauter wurde: »Das ist doch wirklich zum Kotzen! Dieses eine Mal hätten wir …«

»Dieses eine Mal hätten wir was?«, höhnte Nazir.

»Na, dieses eine Mal hätten wir halt ’nen arabischen Präsidenten gehabt.«

»Einen arabischen Präsidenten? Was für ein Unsinn. Ich gehe jetzt zahlen. Wir treffen uns beim Auto. Legen wir uns eine Stunde aufs Ohr. Dann müssen wir weiter. Wenn ich richtig gerechnet habe, sind wir schon eine Stunde zu spät dran.«

Farès schluckte eine Erwiderung hinunter. Sein Hirn schien sich in einer Sekunde vollzusaugen und in der nächsten wieder in sich zusammenzufallen wie ein Schwamm, der durch einen chaotischen Zeitbrei gereist war. Das arme Ding war verloren.

Nazir setzte sich auf den Beifahrersitz und überließ Farès den Rücksitz.

»Schläfst du denn gar nicht?«, fragte Farès, der von hinten sehen konnte, wie sich Nazirs Ellbogen bewegte.

»Jetzt ist aber gut! Hör auf, mir Fragen zu stellen, und schlaf endlich!« Dann dämmerte ihm, dass er ein wenig schonender mit seinem Fahrer umspringen sollte, und er fügte hinzu: »Ich hab Glück, ich schlafe nie länger als drei Stunden pro Nacht.«

Während er über diese rätselhafte Antwort nachgrübelte, driftete Farès langsam ins Reich der Träume.

Als er wieder aufwachte, hatte sich der Wagen selbstverständlich keinen Zentimeter fortbewegt. Er streckte Arme und Schultern und stieß dabei gegen den Dachhimmel, an dessen seidigen Bezug er sich am liebsten angeschmiegt hätte. Nazir schien ihn nicht weiter zu beachten, also schob er die Tür auf und machte neben dem Auto ein paar Dehnübungen.

Er hatte völlig verdrängt, was ihn im Restaurant so aus der Fassung gebracht hatte. Schlagartig fiel es ihm wieder ein, als er sich hinters Steuer schob und sah, wie Nazir in weißen Handschuhen und mit herausgestreckter Zunge dabei war, mithilfe eines Klappmessers, dessen Knauf und Nieten im Licht der Fahrerkabine glänzten, Buchstaben in den Griff einer Pistole zu ritzen.

»Ist die echt?«

Anstatt zu antworten, forderte Nazir ihn auf, sich den Gegenstand im Rückspiegel genauer anzusehen: Eine majestätische Abfolge von Buchstaben – F, A, R, und S – war sorgfältig in den hellen Holzgriff eingraviert. Zuerst glaubte Farès, dass es sich um seinen eigenen Vornamen handelte, doch wie er es auch drehte und wendete, das E war nicht vorhanden.

»Ah!«, rief er plötzlich. »Das hast du vorhin gemeint – ›das Schwierigste ist das S‹! Aber was soll das heißen? ›Fars‹? Und wofür ist die? Die Knarre?«

»Die ist für dich«, erwiderte Nazir und streifte die weißen Handschuhe ab. »Man muss es nur andersrum lesen, schau.«

Als er sie nicht mehr spiegelverkehrt sah, erkannte er zwar die richtige Buchstabenfolge S, R, A und F. Doch auch das brachte Farès nicht weiter.

»Sie ist ein Willkommensgeschenk. Ich erkläre es dir unterwegs. Übrigens will ich, dass du dir eine Adresse merkst. Nimm dir einen Zettel und schreib sie dir auf.«

Farès kramte im Handschuhfach herum und fand eine Art Notizblock. Doch den brauchte er gar nicht, wie er sich plötzlich entsann. »Ich kann mir alles merken, Nazir, du weißt schon … die Zahlen!«

»Ja, na ja, gehen wir lieber auf Nummer sicher. Schreib sie dir auf. Mein Gott, du bist doch hoffentlich kein Analphabet?«

»Äh, nein«, hielt Farès für die geeignete Antwort.

»Hermannsweg«, diktierte Nazir, »Nummer 7. Das ist in Hamburg, in Deutschland. Falls irgendetwas schiefgehen sollte, ist das unser Treffpunkt, okay?«

Farès betrachtete die seltsame Adresse mit offenem Mund.

»Und jetzt los, in Zürich gibt es eine Überraschung für uns. Ich will sie nicht warten lassen …«

Eilig verstaute Farès die 9-Millimeter im Handschuhfach und startete den Motor.

In weniger als einer halben Stunde erreichten sie die Innenstadt von Zürich. Nazir kannte sich dort aus wie in seiner Westentasche. Er forderte Farès auf, einer blauen Straßenbahn durch ein Labyrinth aus makellos gepflasterten Straßen zu folgen, bis sie ein vierstöckiges Wohnhaus mit hellblauer Fassade erreichten. Kaum hatte Farès den Motor abgestellt, sah er, wie ein BMW, der auf der anderen Straßenseite geparkt hatte, ihnen per Lichthupe ein Zeichen gab. Die Hitze hatte den Abend schmutzig und dunstig werden lassen, sodass das Licht der Scheinwerfer in Richtung Horizont auszufransen schien.

Nazir wies Farès an, das Zeichen zu erwidern. Einige Augenblicke später stieg ein Mann aus dem BMW, drückte das brennende Ende seiner Zigarette mit den Fingern aus und überquerte die Straße. Im Gehen knöpfte er sich das Hemd zu und zog den Kragen über eine Goldkette.

»Das ist ja Mouloud!«, japste Farès. »Was macht der denn hier?«

Ohne den Fahrer auch nur eines Blickes zu würdigen, öffnete Mouloud Benbaraka die Tür und schob sich auf den Beifahrersitz. Er sah Nazir im Rückspiegel an.

»Scheiße, ich hab noch nie so viele Bullen auf einem Haufen gesehen! Da waren Absperrungen an jeder Mautstelle!«

»Haben sie dir an der Grenze irgendwelchen Ärger gemacht?«, fragte Nazir und rückte auf der Rückbank zur Seite. »Du hattest doch die falschen Papiere dabei, oder? Und es ist dir auch niemand gefolgt?«

»Nein, nein, niemand. *Wallah,* dieser falsche Pass, so was hab ich wirklich noch nie gesehen. Wo hast du den her? Ich wusste nicht mal, dass man einen biometrischen Pass fälschen kann. Ein Juwel, ganz ehrlich, ein Juwel!«

Nazir antwortete nicht. Er sah erst nach rechts, dann nach links – lange Blicke, die jedes Eckchen bis ins kleinste Detail abzusuchen schienen.

»Es ist dir also niemand gefolgt?«

»Nein, für wen hältst du mich denn?«, regte sich Benbaraka auf. »Ich hab schon im Knast gesessen, als du noch mit Puppen gespielt hast. Seitdem hab ich's kapiert mit dem Beschattungsscheiß von diesen *hmal* von der Drogenfahndung. Vertrau mir einfach, verdammt!«

2.

Mouloud Benbarakas Name fiel schließlich auch in Krims Arrestzelle. Capitaine Tellier notierte ihn sowohl auf dem Strafbefehl, den er ausstellte, als auch auf einem Post-it, das er seinem Lieutenant reichte, damit der sofort die Überprüfung vornahm. Tellier war nicht entgangen, dass Krim sich kaum noch aufrecht halten konnte. Er versuchte, sich auf das Lämpchen der Webcam zu konzentrieren, mit der die Befragung aufgezeichnet wurde, doch sobald der Capitaine wieder auf seine Tastatur eintippte, verleitete das monotone Klackern den Jungen dazu, die Augen zu schließen, und sein Kopf fiel von einer Seite zur anderen.

Der Capitaine schlug einmal heftig auf den Tisch, und Krim schreckte wieder hoch.

»Du weißt hoffentlich, dass deine Geschichte hier keinen Pfifferling wert ist? Einerseits ist da Nazir, von dem du behauptest, er hätte dich manipuliert. Auf der anderen Seite gibt es diesen Mouloud Benbaraka, der deine Mutter angeblich als Geisel hält … Alles in allem sind also alle schuld, nur du selbst nicht. Und dann dieser Typ, der dich gefahren haben und dir die Fotos von deiner Mutter gezeigt haben soll – warum hat der nicht geschossen? Warum hätte Nazir ausgerechnet einem achtzehnjährigen Jungen befehlen sollen, auf Chaouch zu schießen, statt einen Profi zu beauftragen? Das ist doch alles Quatsch! Tota-ler Quatsch! Hm? *Hm?*«

»Weiß nicht … Ich will schlafen, ich hab das Recht …«

»Du hast überhaupt keine Rechte mehr! Wenn du auf Politiker schießt, Repräsentanten des Staates, warum sollte der Staat dich weiter als jemanden betrachten, der Rechte hat? Wie sah er denn aus, dieser angebliche Komplize, der dich nach Grogny gefahren hat?«

»Mann, ich will schlafen!«

»Wie sah er aus?«

»Er war rothaarig«, blaffte Krim.

»Na, siehst du. Rothaarig. Wir kommen doch voran.«

Dann ging das Klackern weiter. Krim redete nur mehr, um wach zu bleiben.

»Mit einem kleinen roten Bärtchen, einem … Ich hab vergessen, wie das heißt.«

»Einem Goatee?«

Auf seinem Stuhl ohne Rückenlehne nickte Krim, aber das war zu viel für ihn: Sein Kopf fing an, sich unkontrolliert über den schlaffen Schultern zu drehen.

»Ich hoffe für dich, dass du uns mit dem Handy nicht verarscht hast. Hm?«

»Was?«

»Wir haben dein Handy immer noch nicht gefunden. Du behauptest, du hättest es über das Brückengeländer geworfen und es wäre auf einem Ausflugsschiff gelandet. Warum finden wir es dann nicht?«

Krim nickte wieder ein.

»Weißt du was? Ich glaube dir.«

Krim zwang die Augen einen Spaltbreit auf.

»Ja, ich glaube dir. Dein Cousin steckt dir eine Waffe zu – und Geld. Du trainierst damit, es ist wie ein Spiel. Dann schreibt dein Cousin dir Nachrichten, und du hast den Eindruck, dass dir jemand zuhört, sich für dich interessiert. Nein, das verstehe ich. Nachdem du in Paris angekommen bist – und dann noch das mit deiner Mutter und Benbaraka … Nein, nein, das versteh ich alles, das schwör ich dir. Es gibt nur eine Sache, die ich nicht verstehe, aber so gar nicht. Und zwar, warum du geschossen hast.«

»Aber … Benbaraka war bei meiner Mutter, ich hab die Fotos gesehen, was hätte ich denn machen sollen?«

»Die Polizei verständigen! Irgendwas tun! Du musst doch kapiert haben, was das bedeutet, zum Teufel, auf einen Präsidentschaftskandidaten zu schießen!«

»Ich … Ich hatte was geraucht«, murmelte Krim. »Ich war total im Eimer … Ich … Es war im Grunde wie in einem Videospiel.«

Dem Capitaine klappte die Kinnlade herunter. Er schüttelte den Kopf, murmelte einen Fluch in sich hinein und beschloss dann, Krim nicht länger zu quälen. Er führte ihn in die Arrestzelle, rief seinen Chef an, um ihm von der Version des »Jungen« zu berichten, und fand, dass der seinen Spitznamen noch nie so sehr verdient hatte.

Mansourd befand sich gerade auf der Toilette des Kommissariats von Saint-Étienne. Sein Hosenlatz stand immer noch offen, und er starrte auf das Urinal aus Edelstahl hinab. Ohne hinzusehen, strich er über das Foto im Medaillon an seiner Kette.

Beim Namen Benbaraka schrillte bei ihm eine Alarmglocke los.

»Kommandant?«

»Das sagt mir irgendwas. Benbaraka. Ich ruf dich zurück. Moment, habt ihr euch die Überwachungsvideos vom Rathausplatz schon angesehen?«

»Noch nicht, Kommandant …«

»Na, worauf wartest du denn noch? Dass ich sie für dich holen gehe?«

Mansourd legte auf. Als er die Toilette verließ, bemerkte er, dass die Beamten der örtlichen Polizeibehörde ihn wie einen Star angafften. Das war nicht ungerechtfertigt. In Frankreich fanden jährlich Hunderte Antiterrormaßnahmen statt, doch nur sehr wenige – um nicht zu sagen: gar keine – betrafen wirkliche Verrückte, die tatsächlich dazu entschlossen waren, alles in die Luft zu jagen. Man war sich allenthalben sicher, dass Mansourd sich ihretwegen entschieden hatte, für die Terrorabwehr zu arbeiten, und nicht um Richter Rotrou, dem »Menschenfresser«, bei seinen medienwirksamen Razzien in revolutionären Netzwerken auf dem Larzac zu helfen, die dort eher allerlei Schweinkram trieben und wild campten, als Attentate auf den Staat zu planen.

Ausgebildet in der für Bandenkriminalität zuständigen Einheit von Kommissar Broussard, hatte Mansourd seine gesamte Karriere bei der Spionageabwehr zugebracht, bis er den Oberbefehl über die SDAT übernommen hatte. Bei der SDAT leitete er ein Dutzend Ermittlungseinheiten und unterstand auf dem Papier einem vorgesetzten Kommissar, der sich in der Praxis jedoch eher um bürokratische Abläufe und das Verhältnis zur Place Beauvau bemühte. Angesichts der heiklen Natur der Angelegenheiten, um die er sich kümmerte, hatte Mansourd einen direkten Draht zum Stab des Innenministeriums, und diese Anomalie schien der ihm vorauseilende Ruf zu rechtfertigen: Er hatte zwei der wichtigsten Staatsfeinde Frankreichs aufgespürt und festgenommen und zur Vereitelung von mehr Attentaten beigetragen als irgendjemand sonst. Sein Eifer schien grenzenlos zu sein, und wenn die freischärlerische Attitüde seine Karriere auch empfindlich gebremst hatte (er hatte nicht die Prüfungen zum Kommissar ablegen und sich auch nie mit irgendeinem Politiker abgegeben wollen), hatte sie ihm doch den unerschütterlichen Respekt seiner Leute eingebracht – und offenbar auch den von Polizisten, die er nie zuvor getroffen hatte.

Unter ihren Blicken durchquerte er den völlig überfüllten Raum, von dem kleinere Büros abgingen; dort saßen die älteren Familienangehörigen und jammerten und beteuerten immer und immer wieder, dass sie weder mit Krim noch mit Nazir irgendetwas zu schaffen hätten. Die Empfangsdame spielte derweil mit den beiden kleinen Kindern, und ihr Gezanke und der schrille Klang ihrer Stimmen schufen im Kommissariat eine unwirkliche Atmosphäre. Mansourd hatte angeordnet, dass nur Nazirs und Krims engste Angehörige in den Arrestzellen im Obergeschoss befragt werden sollten. SDAT-Mitarbeiter kümmerten sich dort um Nazirs Bruder Fouad, um seine Mutter Dounia und um Krims Mutter Rabia. Unerklärlicherweise war Slim bei den »Unschuldigen« verblieben, die bloß im Großraumbüro verhört wurden, vielleicht weil die Polizisten ihn für noch minderjährig gehalten hatten.

Mansourd betrat Kommissar Faures Büro, ohne anzuklopfen. »Mouloud Benbaraka – sagt Ihnen das was?«

»Na klar, das ist unser kleiner örtlicher Pate. Wir sind seit Jahren hinter ihm her.«

Aufgeregt schloss Mansourd die Tür. »Wer kümmert sich um die Ermittlungen? Die Drogenfahndung?«

»Ja. Eine Einheit ist dort rund um die Uhr mit ihm beschäftigt. Anfangs haben sich auch noch die Drogenfahnder der Kripo von Lyon für ihn interessiert …«

»Rufen Sie den zuständigen Capitaine.«

Der Kommissar mochte es gar nicht, dass ihm auf diese Weise Befehle erteilt wurden. Dennoch leistete er ihnen Folge und telefonierte mit dem betreffenden Capitaine. Mansourd strich sich ungeduldig über den Bart.

»Geben Sie ihn mir!«

Er schnappte sich den Hörer und forderte den Mann am anderen Ende auf, den Stand der Ermittlungen in weniger als einer Minute zusammenzufassen, doch der Capitaine zeigte sich nicht unbedingt kooperativ.

»Hören Sie, Antiterror hin oder her, ich werde nicht zulassen, dass Sie sich die Ermittlungsergebnisse mehrerer Monate unter den Nagel reißen, um …«

»Capitaine«, fiel Mansourd ihm ins Wort, »ich handle im Auftrag von Richter Wagner von der Kammer für Terrorabwehr des obersten Gerichtshofs von Paris. Ich habe Sie nicht um Ihre Meinung gebeten, und Ihre Ermittlungen sind mir vollkommen egal. Ich fordere Sie hiermit lediglich auf, mir folgende Frage zu beantworten: Sind Sie ihm an diesem Wochenende gefolgt? Ja oder nein?«

»Nein, wir haben ihn heute früh verloren. Er war gestern Abend auf einer Hochzeit, und …«

»Gut, dann stelle ich Ihnen jetzt noch eine Frage. Sie sind natürlich nicht dazu verpflichtet zu antworten, aber ich rufe Ihnen gern noch mal ins Gedächtnis, dass wir einen Mann suchen, der die Ermordung eines Präsidentschaftskandidaten in Auftrag gegeben hat. Also gut. Haben Sie einen Peilsender unter seinem Auto angebracht? Irgendetwas, womit man ihn lokalisieren kann?«

Falls er nicht die Anordnung eines Richters hatte, war ein solches Vorgehen zwar illegal, in Ermittlungen, die sich über einen langen Zeitraum erstreckten, allerdings durchaus üblich.

Der Capitaine der Drogenfahndung zögerte. Es war nur zu deutlich, wie er sich innerlich wand.

»Ihr Richter würde nie erlauben …«, murmelte er schließlich.

»Bingo!«, rief Mansourd dazwischen. »Lassen Sie den Richter meine Sorge sein.«

Während der Kommissar die Drogenfahndung und die Techniker zusammenrief, die den Sender angebracht hatten, lief Kommandant Mansourd zu den Arrestzellen, um Fouad, Dounia und Rabia über Mouloud Benbaraka auszuquetschen.

3.

Der Pate von Saint-Étienne hatte sein Hemd wieder aufgeknöpft und gab den Blick auf seine behaarte Brust frei. Er drehte seine Zigarette zwischen den Fingern hin und her, während er darauf wartete, dass der Zigarettenanzünder endlich klickte.

»Echt ’n scheißkrasser Wagen.«

»Okay«, sagte Nazir und schrieb eine Nachricht auf dem Telefon zu Ende, »als Nächstes fahren wir bei der Bank vorbei.«

Mouloud Benbaraka drehte sich abrupt zu ihm um. Nazir meinte doch hoffentlich nicht, dass sie *buchstäblich* bei der Bank vorbeifahren würden.

»Wie meinst du das?«

»Na, ich geh dein Geld holen – und das für Farès. Oder hast du geglaubt, dass ich zweihunderttausend Euro in meinem Koffer mit mir rumtrage?«

»Nein, nein, nein«, erwiderte Benbaraka und wurde unwillkürlich lauter, »so war das nicht abgemacht – was ist das für ein krasser Scheiß … und seit wann sind Banken um Mitternacht noch auf?«

»Himmel«, seufzte Nazir. »Ich geh natürlich nicht *in* die Bank … Ich bin nebenan verabredet.«

»Und mit wem? Was sind das denn für Geschichten? Ich komme mit.«

»Mouloud, du fängst jetzt nicht an, alles zu verkomplizieren. Morgen früh um sieben muss ich in Hamburg sein. Ich hol dein Geld ab, ich komme wieder her, und dann ziehen wir alle unserer Wege. Jeder für sich und Gott für uns alle.«

»Und du glaubst, dass ich dich einfach so abhauen lasse?«

»Ich lass dir meinen Pass hier, wenn dich das beruhigt. Wir tauschen …«

Er steckte die Hand in die Innentasche seines schwarzen Jacketts und warf Benbaraka den Pass auf den Schoß.

Benbaraka schüttelte langsam den Kopf.

»Ich nehm deinen Pass, aber wir kommen trotzdem mit, ich und … Farès.«

»Und du gibst mir deinen. Deinen Pass«, insistierte Nazir. »Ich will auch nicht, dass du dich mit meinem davonmachst …«

Benbaraka beobachtete Nazirs Reaktion im Rückspiegel.

Nazir sah konzentriert aus, wirkte mit der hochgezogenen Braue leicht ironisch und fuhr sich langsam mit der Zunge über die ebenmäßig gerundete Unterlippe. Dann reichte er ihm seinen falschen Pass.

»Oder ich nehme mein Auto«, schlug er unvermittelt vor. »So machen wir's – ich folge dir mit dem Auto.«

»Da müssen wir ja nur noch die Fenster aufmachen, ein bisschen Raï auflegen und eine algerische Fahne auf die Motorhaube klemmen, wenn wir schon dabei sind. Jetzt mal ehrlich, denk doch mal nach! Wenn ich dich hätte bescheißen wollen, hätte ich dir einen falschen Treffpunkt genannt …«

Doch Benbaraka blieb misstrauisch; bei Nazir gab es immer irgendeinen Haken. Er steckte den Pass ein und stieg aus in die stickige Nacht.

Der Maybach fuhr los, dicht gefolgt vom BMW, den Mouloud Benbaraka nägelkauend steuerte. Vier Häuserblocks weiter hielt der Maybach vor einem verglasten Gebäude. Über der monumentalen Drehtür stand ein ellenlanges deutsches Wort, das auf -BANK endete. Neben der Bank, halb versteckt von einer flammenförmig geschnittenen Nadelhecke, blinkte ein Schild. Mouloud stieg aus und setzte sich wieder auf den Beifahrersitz des Maybach.

»Was ist das, was da blinkt? Ich versteh gar nichts mehr. Du hast doch nicht vor, mich zu bescheißen, hm? Ich warne dich, ich …«

»Aber du hast doch meinen Pass! Mein Auto! Was soll ich denn noch machen? Die Knete aus dem Safe holen und zu Fuß losmarschieren? Und was ist mit meinem Koffer? Liegt alles hier! Stell dich nicht so an, es ist doch bloß eine Sache von zwanzig Minuten.«

Mouloud Benbaraka war nicht wohl dabei, aber er hatte keine Wahl. Und es war tatsächlich eine Beruhigung, Nazirs Pass bei sich zu behalten. Er sah ihm also nach, wie er den rasengesäumten Weg entlanglief, der auf die Drehtür zuführte. Er trug ein weißes Hemd mit einer dünnen Paul-Smith-Krawatte unter seinem üblichen schwarzen Nadelstreifenanzug und an den Füßen braune Slipper. Mit dem Blackberry am Ohr wandte er sich direkt an der Tür nach links und verschwand mit einem seltsam spöttischen Blick in Richtung der getönten Scheiben des Maybach hinter den Bäumen.

Benbaraka drückte wieder auf den Zigarettenanzünder.

»Übrigens«, meldete sich Farès zu Wort, »will ich gern mal wissen – wegen meinem Bruder …«

Benbaraka brachte Farès mit einem glühenden Blick zum Schweigen. In den Zorn sickerte allmählich Hass, und der war am Ende so stark, dass er nicht mehr an sich halten konnte.

»Hab ich dir gesagt, dass du mit mir sprechen sollst? Hä?«, schrie er. »Wie kommst du dazu, so mit mir zu reden? Für wen hältst du dich, du Penner – mit mir über deinen verschwundenen Scheißbruder zu sprechen? Sind wir hier bei *Bitte melde dich?* Hä?«

4.

Richter Wagners Auto hielt vor seinem Pariser Wohnhaus am Rand des Parks von Buttes-Chaumont. Im schwachen Licht der Glühbirne über der Rückbank blätterte er die Abhörprotokolle von Nazir Nerrouches Handy durch. Sein Leibwächter blickte zum oberen Stockwerk, das hell erleuchtet war und in dem er den Umriss einer Frau vorbeigehen sah.

»Herr Richter?«

Wagner setzte die Brille ab und sah ebenfalls hinauf. Es war das erste Mal, dass er nach Mitternacht heimkehrte; es sollte nicht das letzte Mal bleiben. Er löschte das Lämpchen über der Rückbank und fuhr sich mit der Hand übers Gesicht, rieb sich die Nasenwurzel und den schmerzenden Nacken. Im selben Moment fing sein abhörsicheres Handy an zu klingeln.

»Herr Richter, Mansourd hier. Es ist so weit, wir haben einen Hinweis auf den Ort bekommen, wo sich einer von Nazirs Komplizen aufhalten könnte – Mouloud Benbaraka, von dem ich Ihnen vorhin erzählt habe. Er ist in Zürich, ich glaube allerdings, dass wir schnell handeln müssen, womöglich noch heute Nacht.«

»Kommandant, vor morgen früh kann ich Ihnen kein internationales Rechtshilfeersuchen erteilen. Vor allem nicht für die Schweiz …«

»Herr Richter, es ist wirklich dringend. Sehr dringend. Das hier wäre eine einzigartige Gelegenheit, um …«

»Was ist das für ein Hinweis?«

»Die Vernehmung von Nazirs Mutter«, log Mansourd rotzfrech.

»Und das haben Sie protokolliert? Der Beamte hat alles notiert, ja?«

Mansourd bejahte und winkte die Leute zu sich, die im Büro des Kommissars standen.

»Gut. Ich werde sehen, was ich tun kann. Wir müssen das Justizministerium aufwecken … Am besten bilden wir wohl eine gemeinsame Ermittlungseinheit. Hören Sie, ich hoffe nur, dass Ihr Hinweis auch brauchbar ist.«

Unvermittelt kamen Wagner Zweifel daran, dass der Kommandant die ganze Wahrheit sagte.

»Warten Sie, Kommandant … Benbaraka war Ziel einer Untersuchung der Drogenfahndung, nicht wahr? Ich hoffe, ich finde später nicht heraus, dass Sie Ihren Hinweis durch illegale Methoden zur Standortbestimmung gewonnen haben …«

»Herr Richter«, entgegnete Mansourd, »die Hauptsache ist doch, dass wir Nazir erwischen. Daran haben Sie mich vorhin selbst erinnert.«

Wagner seufzte. Im Gegensatz zu Mansourd musste er auch an den Prozess denken. Und wenn im Laufe des Prozesses gegen Nazir und potenzielle Komplizen ein illegaler Peilsender in der Ermittlungsakte auftauchte, wäre dies für die Verteidigung ein Geschenk des Himmels.

»Der Zweck heiligt die Mittel«, fügte Mansourd hinzu, um den Richter unter Druck zu setzen.

»Nein, Kommandant. Oder vielmehr: Der Zweck heiligt kein Unrecht. Niemals.«

»Herr Richter, es wäre besser, wir würden keine weitere Zeit verlieren …«

»Tun Sie, was Sie nicht lassen können, Kommandant – aber keine Alleingänge!«

Er schaltete das Lämpchen wieder an, wies den Chauffeur an, ihn zurück zum Justizpalast zu bringen, und wählte Oberstaatsanwalt Lamiels Nummer.

5.

Es war nicht ganz gelogen gewesen, als Mansourd Dounia als Hinweisgeberin genannt hatte. Nachdem er in ihre Befragung reingeplatzt war, hatte er dem Lieutenant, der lustlos das Protokoll getippt hatte, vorgeschlagen, er solle nach draußen gehen und eine Zigarette rauchen. Dounia hatte gar nicht mehr aufgehört zu husten. Beim Anblick ihres ehrlichen Gesichts und nicht zuletzt, weil sie ihm auf unerklärliche Weise Respekt einflößte, entschied sich Mansourd für eine sanfte Herangehensweise – schauen Sie, ich schreibe nichts auf, ich will einfach nur wissen, ob Nazir sich in der Vergangenheit in Zürich aufgehalten hat, erzählen Sie mir alles, ich schreibe nichts auf, schauen Sie, ich schalte den Computer sogar in den Energiesparmodus. Er schrieb sich wirklich nichts auf. Dounia war auch gar nicht aufgefallen, wie sehr er auf dem Punkt beharrt hatte. Also erzählte sie ihm, was sie wusste, sie hatte sich schließlich nichts vorzuwerfen.

Allerdings kehrte Kommandant Mansourd eine halbe Stunde später in den Raum zurück, wo sie inzwischen ein bisschen geschlafen hatte, und schaltete den Computer wieder ein.

»Gut, Madame Nerrouche. Wiederholen Sie doch noch mal, was Sie mir vorhin gesagt haben, damit wir alles schön dokumentieren können.«

Und Dounia, die mehr mit dem Zustand ihrer Bronchien beschäftigt war als mit den seltsamen Manövern dieses Polizisten, wiederholte ausgelaugt: »Na ja, ich weiß, dass er im letzten Jahr zweimal nach Zürich gefahren ist.«

»›Er‹, das ist Ihr Sohn Nazir, hm?«

»Mein Sohn Nazir, ja«, erwiderte sie, und ihr traten Tränen in die Augen.

»Lassen Sie sich Zeit«, sagte Mansourd ruhig, dabei zitterten ihm unterm Tisch die Knie.

»Das zweite Mal war, glaube ich, im März, im März 2012. Da hat er mich gebeten, ihm Geld auf ein bestimmtes Konto zu überweisen, weil ... Wissen Sie, er selbst hat mir die ganze Zeit doch Geld auf *mein* Konto überwiesen. Ich arbeite zwar, aber er hat darauf bestanden, hat mir ziemlich große Summen überwiesen, ich hab das nicht jedes Mal überprüft, aber manchmal waren es zwei-, dreitausend Euro auf einen Schlag. Und als er mich dann gebeten hat, ihm fünftausend Euro zu überweisen, die er mir später wieder zurückgeben wollte, hatte ich doch keinen Grund, ihm das abzuschlagen, verstehen Sie? So war's also, ich hab ihm Geld nach Zürich überwiesen ... Tut mir leid, aber das ist alles, was ich Ihnen sagen kann. Ich hab keine Ahnung, warum er dort war, und ich hab auch keine Ahnung, warum er wollte, dass ich ihm Geld auf dieses Konto überweise. Na ja ... Das war's.«

Während sie sprach, tippte Mansourd eilig mit. Dann nahm er sich zehn Sekunden, um alles noch mal gründlich durchzulesen. Als er fertig war, sah er Dounia für einen Moment an. Ihr schönes, klares Gesicht war von friedlich grauweißem Haar umgeben, und ihr Blick war sanft und tragisch.

»Sie sollten einen Arzt aufsuchen«, sagte er mit brüchiger Stimme und traute sich dann nicht, sie noch einmal anzusehen. »Ihr Husten, der ist nicht normal …«

Dounia zog die Brauen hoch und versuchte zu begreifen, was er ihr gerade geraten hatte, während Mansourd mit dem Protokoll aus dem Zimmer stürmte. Er faxte es an Wagners Büro, ging dann eine Weile unruhig im Kommissariat auf und ab und wartete auf den Anruf mit der richterlichen Entscheidung. Ohne internationales Rechtshilfeersuchen konnte er nichts tun. Der Richter würde den Stab des Justizministeriums aus dem Bett werfen müssen, der aufgrund der Dringlichkeit der Lage seinerseits das Schweizer Justizministerium verständigen müsste. Sobald er die Bestätigung hatte, dass der Prozess in Gang gesetzt war, konnte er Kontakt mit der Schweizer Polizei aufnehmen, damit sie Benbaraka schnellstmöglich verhaftete. Dounias Befragung und sein Instinkt sagten ihm, dass sich Nazir aller Wahrscheinlichkeit nach ebenfalls in Zürich aufhielt. Doch als sein Telefon endlich klingelte, waren die Neuigkeiten des Richters alles andere als gut.

»Mansourd, ich habe das Protokoll erhalten. Hören Sie, ich habe mit Oberstaatsanwalt Lamiel darüber gesprochen, und die Hinweise sind zu schwach.«

»Verdammte …«

»Mansourd, hören Sie mir zu! Lamiel und ich haben uns eine andere Lösung überlegt: Sie stellen eine kleine Mannschaft von drei, vier Einsatzwagen zusammen und gehen selbst auf Überwachungsmission. Ganz offiziell, versteht sich. Sie folgen Benbarakas Auto. Denken Sie aber immer daran, dass Sie sich auf fremdem Territorium aufhalten und dass Sie nicht selbst eingreifen dürfen.«

»Herr Richter, bei allem Respekt, bis ich eine Mannschaft zusammengestellt … In Ordnung. Machen wir's so. Ich werde eine Mannschaft aus Levallois schicken, die kann noch in der Nacht dort sein. Danke, Herr Richter. Ich halte Sie auf dem Laufenden.«

Im nächsten Moment kam der Kommissar der Polizei von Saint-Étienne mit finsterem Gesicht auf Mansourd zu. Der Kommandant musste sich zusammenreißen, als der Kommissar anhob: »In den Vorstädten kracht es überall, und ich erwarte jeden Moment Verstärkung. Sie müssen endlich meine Büroräume frei machen.«

»Mit der Familie sind wir ohnehin fertig. Überlassen Sie mir drei Arrestzellen, mehr brauche ich nicht. Einverstanden?«, fragte er übellaunig. »Wäre Ihnen das recht?«

Draußen fuhr unter Sirenengeheul ein Wagen der Bereitschaftspolizei auf dem Parkplatz vor. Mansourd und der Kommissar blickten durch die Jalousien. Zwanzig Jungs waren verhaftet worden – JGs offenbar. Das war die Abkürzung für »jugendliche Gewalttäter«. Die im Übrigen ausnahmslos auch NAs waren – »Nordafrikaner«.

Mansourd ließ die Familie wissen, dass sie jetzt gehen durften. Idirs Gesicht war schweißgebadet. Er nickte Bouzid und Rachidas Mann Mathieu zu, die herbeigeeilt waren, nachdem die Großmutter und Idirs Ehefrau sie angerufen hatten.

»Was ist mit Rabia?«, fragte Bouzid. »Und mit Dounia? Wollen Sie die etwa über Nacht hierbehalten?«

»Wir halten Sie auf dem Laufenden, Monsieur. Gehen Sie jetzt nach Hause. Wenn Ihnen noch etwas einfällt, steht unsere Tür immer offen.«

Das stimmte sogar im buchstäblichen Sinne. Eine Gruppe Kleinkrimineller wurde in Handschellen hereingeführt. Unisono fingen sie an zu brüllen und zu pfeifen: »Mör-der Sar-ko! Mör-der Sar-ko!«

Um sie zum Schweigen zu bringen, ließen die Polizisten Klapse auf ihre Köpfe niederregnen. Unter den furchtsamen Blicken des kleinen

Rayanne wurden sie in Ausnüchterungszellen geführt. Einer verzog angeekelt das Gesicht, als er an Slim vorbeikam, und starrte dem frischgebackenen Ehemann direkt in die Augen, bis er um die nächste Ecke verschwand.

Währenddessen hielt Rayanne nach seinem Vater Ausschau und flitzte den Flur entlang. Ein Polizist schnappte ihn sich, nahm ihn auf den Arm und lächelte breit. »Na, kleiner Mann, wohin willst du denn so schnell?«

Beim Anblick des Helms auf dem Kopf des Polizisten und der riesenhaften schwarzen Handschuhe, die ihn an King Kongs Pranken erinnerten, fing Rayanne an zu schluchzen. Der Polizist – immer noch außer Atem nach den anstrengenden Verhaftungen, die er gerade vorgenommen hatte – setzte ihn wieder ab. Sobald er wieder Boden unter den Füßen hatte, flitzte Rayanne erneut los und machte sich kreuz und quer auf die Suche nach seinem Vater.

»So geht's immer los«, raunte der Polizist seinem Kollegen zu. »Erst sind sie ganz niedlich und ganz schüchtern, und zehn Jahre später schießen sie mit der Schrotflinte auf dich, ich schwör's dir …«

6.

Nazir hielt vor einem Schaufenster mit weißen Vorhängen und einer viel zu grellen Neonröhre, die flackernd den Schriftzug *Coiffeursalon* erhellte. Hinter der Tür waren hübsche Gardinen mit Karomuster angebracht, und darüber hing ein Glöckchen. Als Nazir die Tür aufstieß, drehten sich drei der vier Anwesenden zu ihm um. Der Vierte, schloss er messerscharf, musste sein Mann sein. Waldstein.

Er stand an der Kasse, wo er anscheinend gerade Rechnungen durchsah, und war genauso gekleidet wie sein junger Kollege, der mit einem Dachshaarpinsel den Bart eines Kunden einschäumte, der Nazir in dem bräunlich angelaufenen Spiegel beäugte. Auf einem anderen Sitz direkt neben einem Haarwaschbecken lümmelte sich eine Jugendliche und blätterte eine Zeitschrift von hinten nach vorn durch, ohne wirklich etwas zu lesen. Aufgrund der Zahnspange stand ihr Mund die ganze Zeit offen. Sie warf dem Neuankömmling einen Blick zu, der zwischen außerordentlicher Neugier und der Gleichgültigkeit eines Kalbes hin- und herschwankte.

»Guten Abend«, sagte Nazir zu niemandem Speziellen, sah dabei aber das junge Mädchen an.

Unter den plötzlich verschreckt dreinblickenden, makellos ovalen Augen breitete sich eine leichte Röte aus. Der Kunde (ihr Vater?) grüßte mit heiserer Stimme zurück. Offenbar war dem späten und unerwarteten Besuch längeres Schweigen vorausgegangen.

In ihren weißen Kitteln ähnelten die zwei Friseure Laborangestellten, die man zur Teilnahme an einem zwielichtigen Experiment gezwungen hatte. Der Mann mit dem Dachshaarpinsel, der mit dem Kunden beschäftigt war, nickte Nazir fragend zu, und Nazir sprach den ersten Teil der Losung in einem Zug aus: »Ich brauche bitte einen Haarschnitt ...«

Der Alte hinter der Kasse reagierte nicht. Er konzentrierte sich weiter auf sein Rechnungsbuch.

Zögerlich fügte Nazir hinzu: »... der Bart kann bleiben.«

Wahrscheinlich war der Mann, mit dem er sich treffen wollte, der Ältere. Er reagierte immer noch nicht, während der Jüngere ihm den erhöhten Sessel gleich neben dem Kunden zuwies, den er soeben zu rasieren begonnen hatte.

Nazir wollte seine Jacke nicht ausziehen, um keinen Preis der Welt wollte er die Jacke ausziehen. Verunsichert versuchte der Jüngere, die Aufmerksamkeit seines Chefs zu erregen, doch der schloss bloß die Augen und verschwand im Hinterzimmer des Geschäfts, wo er einen Wasserhahn aufdrehte, wartete, bis das Wasser warm war, und sich dann ausgiebig die Hände schrubbte.

Als er zurückkehrte, war Nazir bereits vom Nacken abwärts mit einem weißen Umhang verhüllt, der die Armlehnen des Sessels bedeckte und bis zu seinen reglosen Füßen hinabreichte. Dann sah Nazir, wie der Friseur eine Schublade aufzog, die in den Marmortresen eingelassen war, und ohne hinzusehen eine Schere und ein altes Rasiermesser auswählte, dessen metallischer Glanz durch das gesamte Geschäft blitzte. Nazir hatte erwartet, dass sie allein sein würden; mit einer solchen Komödie hatte er nicht gerechnet. Daher bat er nun darum, statt des kompletten Haarschnitts einfach nur die Haare im Nacken und um die Ohren herum nachzuschneiden.

Herr Waldstein hieß nicht wirklich Waldstein. In jeder Falte seines bartlosen, kantigen Gesichts schien die Erinnerung an all die falschen Namen eingeschlossen zu sein, die das Leben als Informant ihn gezwungen hatte zu tragen. Er war ein rüstiger Sechzigjähriger mit einer Warze im linken Augenwinkel, die sein Lid so sehr verzerrte, dass sich die gesamte Mimik auf die andere Seite des Gesichts verlagerte. Er hatte eine eigenartige Nase, die an den Nasenlöchern fast genauso breit war wie an der Wurzel, auch wenn sie nicht so kräftig wirkte wie die eines Boxers: Vielmehr bildete sie eine weiche Zone mitten im Gesicht. Es war unmöglich, ihn sich vorzustellen, wenn man den Blick wieder von ihm abgewendet hatte.

Er legte das Rasiermesser vor Nazir ab, als wollte er ihn einschüchtern. Dann fing er an, die schwarzen Haare seines Kunden mit der Schere auszudünnen. Auch wenn Nazir sich die Unruhe nicht anmerken ließ, tickte die Uhr. Er hatte zu Benbaraka gesagt, er brauche zwanzig Minuten. Zehn davon waren beinahe um, und er wartete immer noch darauf, mit Waldstein allein über ihre Angelegenheit sprechen zu können.

Nazir übte sich in Geduld, vermied es, das junge Mädchen im Spiegel anzusehen, und zwang sich dazu, wachsam zu bleiben, falls Waldstein nach dem Rasiermesser greifen würde, um ihm gleich hier, mitten im Salon, die Kehle durchzuschneiden.

Allmählich machte ihm der Gedanke Angst. Hätte er noch genug Zeit, um seine Arme zu befreien und sich zu verteidigen? Dem Kunden nebenan wurde ein Handspiegel gereicht, damit er sich von der Qualität der Rasur überzeugen konnte. Er inspizierte sein Kinn – in allen Einzelheiten. Inzwischen hatte Waldstein das Ausdünnen beendet, nahm das Rasiermesser zur Hand und führte es bis auf einige Millimeter an Nazirs Nacken.

Nazir erschauderte.

»Was machen Sie denn? Nur die Haare, habe ich gesagt!«

Waldstein bedachte ihn im Spiegel mit einem Siegerlächeln.

Der andere Kunde stand auf, um sein Jackett wieder anzuziehen und zu bezahlen, das junge Mädchen folgte ihm. Als die beiden endlich fort waren, entließ Waldstein auch seinen jungen Kollegen in den Feierabend, der es mittlerweile ohnehin eilig zu haben schien.

Sobald die Tür ins Schloss gefallen war, sprang Nazir von seinem Sitz auf. »Was sollte dieses Theater? Wir hätten allein sein sollen, verdammte Scheiße! Was hat das denn zu bedeuten – Kundschaft um Mitternacht?«

»Man hat nicht immer alles im Leben unter Kontrolle, junger Mann«, entgegnete Waldstein ruhig und in akzentfreiem Französisch. »Wir haben hier manchmal auch nachts geöffnet, eigentlich nie so spät, aber … Sagen wir es so: Das war ein Kunde, den wir nicht abweisen konnten.«

Unter Nazirs wütenden Blicken zog er sich den Kittel aus und führte ihn dann ins Hinterzimmer des Salons. Ein riesiger Tresor war hinter einem Schrank versteckt. Er machte ihn auf und nahm einen ersten Metallbehälter heraus, den er auf den Tisch mitten im Raum stellte und öffnete, bevor er sich anschickte, auch noch einen zweiten zu holen. Der erste Behälter war voll mit 500-Euro-Scheinen.

»Verarschen Sie mich nicht – beeilen Sie sich«, blaffte Nazir, während Waldstein umständlich den zweiten Behälter zum Tisch trug.

Er schnaufte, als er ihn abstellte. Er enthielt nur halb so viele Scheine wie der erste, doch es lag noch ein Metallkoffer darin, in dem die Scheine verstaut werden konnten, sowie eine Handfeuerwaffe und ein Pass, den Nazir genüsslich aufschlug.

»Nathaniel Assouline«, las er leise vor. »Geboren am 25. September 1983 in Paris. Gut. Ich brauche trotzdem noch eine Woche, um einen so schönen Bart zu haben …«

Waldstein half Nazir dabei, seine »persönlichen Habseligkeiten« in den Metallkoffer zu legen.

Dann zückte Nazir sein Telefon. »Nur noch ein Zug mit dem Bauern bis zum Schachmatt.«

Waldstein lächelte wie auf Autopilot.

»Wenn eines Tages jemand meine Geschichte aufschreibt, wird dieses Kapitel ›Der Coup von Zürich‹ heißen. Spielen Sie Schach?«

Waldstein schüttelte den Kopf. »Sie sind sich offensichtlich nicht bewusst, welche Risiken ich auf mich nehme …«

»Sie werden dafür bezahlt«, entgegnete Nazir. »Und zwar üppig.«

»Wenn Sie glauben, dass ich das alles nur wegen des Geldes tue … Was hat das mit dem Telefon zu bedeuten?«

Statt zu antworten, wählte Nazir die Nummer des nächsten Polizeireviers.

In einem ziemlich überzeugenden Deutsch (er rollte dabei das R wie die Bayern) erzählte er der Polizei, dass in der Bank, neben der er sich gerade befand, ein bewaffneter Raubüberfall bevorstehe.

Waldstein führte ihn durch die Hintertür zu einer privaten Tiefgarage, in der zwei Autos standen. Ihres war ein riesiger schwarzer BMW. Waldstein setzte sich ans Steuer, während Nazir auf dem Beifahrersitz Platz nahm. Das Armaturenbrett bestand aus edlem Holz, die Sitze waren mit feinem beigefarbenen Leder bezogen. Annähernd eine Minute lang fuhren sie über eine lange Rampe, an deren oberem Ende sich ein Tor befand, das sich etwa zweihundert

Meter vom Eingang der Bank entfernt zur Rückseite des Häuserblocks öffnete.

7.

Sowie der Richter zurück im Justizpalast war, erhielt Kommandant Mansourd die Anweisung, sich persönlich um diejenigen zu kümmern, die noch unter Arrest standen und die er als die »engste Familie« bezeichnete. Luna hatte die Polizeistation zusammen mit der Großmutter verlassen und endlich aufgehört zu weinen; die Müdigkeit hatte die Oberhand über ihr Unglück gewonnen. Trotzdem galten Rabias erste Worte, als sie den Kommandanten eintreten sah, ihrer Tochter: Wann konnte sie sie wiedersehen?

»Bald, schon bald, beruhigen Sie sich.«

Und ihren Sohn?

Statt zu antworten, zog der Kommandant nur kurz die Augenbrauen hoch. Dann ließ er sich auf einem Bürostuhl nieder und überflog das Protokoll, das ein Lieutenant nach der ersten Befragung erstellt hatte.

»Monsieur, ich bin müde, und ich hab Ihrem Kollegen schon alles gesagt, was ich weiß … Dieser schreckliche Mann hat mich angegriffen, gefangen gehalten, unter Drogen gesetzt und … Ich habe jetzt genug davon. Ich will meinen Sohn sehen. Sagen Sie mir wenigstens, ob es ihm gut geht!«

Der Kommandant blickte von den Papieren auf. »Madame, Sie behaupten, dass Sie nichts von Abdelkrims Verbindungen zu Nazir wussten? Sie wussten also auch nicht, dass sie seit Monaten täglich miteinander telefoniert haben? Sie wussten nicht, dass Nazir ihm regelmäßig Geld geschickt hat?«

»Nein, ich dachte … Das wusste ich nicht!«

»Aber wie haben Sie sich dann die Spielekonsolen im Keller erklärt? Die nagelneuen Klamotten? Diese ganzen teuren Gegenstände?«

»Ich bin doch nie im Keller gewesen!«

»Nie?«

»Beim Leben meiner Kinder, ich setze nie auch nur einen Fuß in diesen Keller! Normalerweise ist dort ja auch nichts! Ich schwöre Ihnen, dass ich keine Ahnung davon hatte, was sie dort unten getrieben haben – er und der dicke Momo. Außerdem hab ich Angst vor Mäusen …«, fügte sie in einem entwaffnenden Ausbruch von Ehrlichkeit hinzu.

Der Kommandant machte sich eine Notiz. »Und wer ist das – der ›dicke Momo‹?«

Rabia biss sich auf die Lippe. »Er ist ein Freund von Krim. Aber er hat nichts zu tun mit …«

»Seinen vollständigen Namen, bitte.«

»Aber Sie wollen doch nicht …«

Der Kommandant musste nur einmal entnervt seufzen.

»Mohammed … Mohammed Belaïdi. Aber ich schwöre Ihnen, es gibt keinen freundlicheren Menschen als den dicken Momo …«

»Ich bin mir sicher, dass es auch keinen freundlicheren Menschen gibt als Abdelkrim. Adresse?«

»Oh, er wohnt … unterhalb von Bellevue, in der Rue des Forges … Nummer 24.«

»Was wissen Sie über den SRAF?«, fragte Mansourd unvermittelt.

»Hm?«

Rabia fuhr sich mit der Hand durch die Locken und schob sie sich in die Stirn, als wollte sie verhindern, dass ihr dieser ganze Albtraum weiter vor Augen stand.

»Der SRAF – Sie haben noch nie was vom SRAF gehört?«

»Sraf?«, wiederholte sie mit kabylischem Akzent.

Der Kommandant sah interessiert auf.

»*Sraf* ist Kabylisch für ›Nerven‹, oder *zarma*, ›Zorn‹. Den *sraf* haben – das bedeutet, wütend zu sein.«

Er wollte schon nachhaken, als sein Handy klingelte. Eilig verließ er den Raum.

Sekunden später hörte er Richter Wagners aufgeregte Stimme: »Kommandant, Mouloud Benbaraka wurde von der Schweizer Polizei vor einer Zürcher Bank verhaftet! Ein anonymer Hinweis – er saß in einem Auto, mit einem Komplizen, einem gewissen Farès. Die Kollegen haben eine 9-Millimeter Parabellum im Handschuhfach gefunden, das gleiche Modell wie bei dem Jungen. Und jetzt kommt's: In den Griff hatte jemand mit einem Messer ›SRAF‹ eingeritzt, und das hat einen der Schweizer Kollegen misstrauisch gemacht. Zum Glück hatte der französische Nachrichten gesehen …«

»Keine Spur von Nazir?«

»Oh doch, und das ist die beste Nachricht: Benbaraka lässt nichts raus. Aber sein Komplize, dieser Farès, offenbar ein kleiner Handlanger, hat erzählt, dass er auf dem Weg nach Hamburg sei. Dass er morgen früh um sieben dort sein müsse. Laut Polizei dauert es nicht mehr lang, bis er einknickt und mehr erzählt. Ich kümmere mich um den Bericht. Grillen Sie so lange weiter die Familie. Und was die Abhörmaßnahmen angeht – wissen Sie, ob die Technik inzwischen so weit ist?«

»Ja, für die Wohnung der Mutter des Kleinen. Bliebe noch die andere – die Mutter von Nazir. Ich denke wirklich, dass wir sie wenigstens bis morgen Abend hierbehalten sollten …«

»Darüber haben wir doch schon gesprochen, Kommandant. Entschuldigen Sie, ich muss jetzt Schluss machen.«

Mansourd legte auf und zögerte, bevor er zu Rabia zurückkehrte. Was die Spur nach Hamburg anging, teilte er Wagners Enthusiasmus nicht. Irgendwie erschien ihm das alles zu einfach.

Dann überlegte er wieder, was Rabia über den SRAF erzählt hatte. Sämtliche Analysten hatten es für ein Akronym gehalten, dabei hätte es genügt, einen von Nazirs Verwandten zu befragen, um die gewünschte Information zu erhalten. Die DCRI-Ermittlung war bei näherer Betrachtung womöglich noch stümperhafter, als er befürchtet hatte.

Aus der Ausnüchterungszelle gellten Schreie zu ihm herüber. Dann trat in Hemdsärmeln der Kommissar ein, um Mansourd mitzuteilen, dass gleich zwei weitere Wagen der Bereitschaftspolizei Leute bringen würden.

»Es ist eine Weile her, dass ich so was erlebt habe«, stammelte er. »Wann wird das gewesen sein – bei den Aufständen 2005? Glauben Sie, dass es wieder so kommt?«

Mansourd antwortete nicht.

Der Kommissar tupfte sich die Stirn ab. »Diese ganzen Vollidioten, die glauben, dass Sarkozy Chaouch umgebracht hat! Ich kann es kaum erwarten, die Reaktion dieser Wilden zu sehen, wenn sie erfahren, dass es einer von ihnen war ... Da können sie dann nicht mehr ›Verschwörung‹ schreien.«

In der Zwischenzeit verbreiteten sich die Schmähungen gegen Sarko in diesem Kommissariat wie in Kommissariaten in ganz Frankreich. Mansourd marschierte auf einen Jungen zu, der gegen seine Zellentür drosch. Diese Kerls würden gleich morgen dem Haftrichter vorgeführt werden. Eine zweite Nacht wie diese würden sie nicht dulden, sondern mit harter Hand ein Exempel statuieren.

»Der *sraf*«, murmelte Mansourd wie zu sich selbst, als er in die wütenden, gebräunten Gesichter der zu Dutzenden eingesperrten Jugendlichen blickte.

Der Kommissar, der ihm gefolgt war, sah ihn fragend an, doch statt zu wiederholen, was er gerade gesagt hatte, antwortete Mansourd auf die Frage, die er vor zwei Minuten gestellt bekommen hatte: »Es wird nicht wie 2005. Es wird viel schlimmer. Und wissen Sie auch, warum? Weil diesmal keiner von ihnen einer – eingebildet oder tatsächlich – ungerechten Aktion zum Opfer gefallen ist. Stattdessen hat es denjenigen getroffen, der ihnen versprochen hat, dass es so nicht mehr weitergehen würde – und sie haben ihm geglaubt. Man hat versucht ihren Präsidenten zu töten, Kommissar. Zum ersten Mal haben sie das Spiel mitgespielt. Sie kennen die Zahlen genauso gut wie ich. Sie haben sich zu Zehntausenden in die Listen eingetragen, und jetzt ist ihre Hoffnung auf einen Schlag zerschmettert worden. Nein, glauben Sie mir, es wird schlimmer als 2005.«

Einer der kleinen Gauner, ein besonders aufgeregter, trat in Richtung der beiden Polizisten gegen seine Zellentür, und die beiden gafften wie im Zoo zu ihm hinüber. Als er begriff, dass die Randale ihm nichts nutzte, rotzte und feuerte er seinen schönsten Grünen gegen die Scheibe, woraufhin seine Kollegen ihm zujohlten und die Wachen sich veranlasst sahen, die Zelle zu betreten und mit ein paar Knüppelschlägen den Frieden wiederherzustellen.

8.

In dem Zimmer im ersten Stock, wo Fouad befragt wurde, war die Klimaanlage defekt. Ein Unteroffizier hatte irgendwo einen alten Ventilator aufgetrieben, aber es war ihm nicht gelungen, ihn zum Laufen zu bringen. Also hatten sie das Fenster aufgerissen, was wegen der Vergitterung kein Risiko darstellte. Draußen konnte man den Wipfel eines Tannenbaums in der warmen, windstillen Nacht aufragen sehen. Eine Grille hatte sich in den Raum verirrt. Davon abgesehen war es still, denn Fouad weigerte sich, die Fragen der Beamten zu beantworten. Er hatte schon Stunden durchgehalten, er kannte seine Rechte und wollte mit seiner Aussage warten, bis er mit einem Anwalt gesprochen hatte.

Kommandant Mansourd drückte die Tür auf und winkte den Lieutenant zu sich, während Fouad dem wie mit einem Metronom getakteten Zirpen lauschte und mit Abscheu an den minderbegabten Dichter dachte, der dieses mechanisch blasse Geräusch erstmals euphemistisch »Gesang« genannt hatte.

»Immer noch nichts?«, fragte Mansourd.

»Nein. Er will mit einem Anwalt sprechen, bevor er aussagt. Er zieht das durch, verdammte Scheiße.«

Mansourd betrat den Raum und bat den zweiten Polizisten, nach draußen zu gehen. Als er mit Fouad allein war, setzte er sich an den Computer und ging ins Internet.

»Sieht so aus, als machtest du einen auf Schauspieler, was? Die Kollegen haben dich wirklich in einer Serie gesehen – und ich dachte schon, sie hätten mich hochgenommen … Schauen wir doch mal, was unser Freund Wikipedia erzählt … *L'Homme du match*. Die ›heißeste Neuentdeckung der Serie, Fouad Nerrouche …‹, bla, bla … Gut, das müssen wir uns jetzt nicht alles durchlesen. Außerdem ist das Fernsehen nicht unser Problem. Nein, unser Problem – beinahe hätte ich gesagt: unsere *Gleichung* – ist das Folgende.« Er hielt kurz inne und streckte den Zeigefinger aus, wie um etwas abzuzählen. »Der Mann des Spiels geht mit der Tochter des zukünftigen Präsidenten aus. Der Bruder dieses Mannes des Spiels schmiedet ein Komplott, um den zukünftigen Präsidenten zu ermorden. Kannst du mir bis hierhin folgen?«

Fouad wollte schon entgegnen, dass sie sich nicht kannten und dass es nicht den mindesten Grund dafür gab, auf diese respektlose Weise geduzt zu werden. Doch er tat es nicht. Trotzdem hatte ihn dieser bärtige Supercop in seinem schwarzen T-Shirt hellhörig gemacht. Dass er selbst irgendetwas mit dem Komplott zu tun haben könnte, nur weil er mit Jasmine zusammen war, war ihm seit dem Attentat noch gar nicht in den Sinn gekommen. Doch jetzt, da er den Blickwinkel dieser Leute einnahm, erschien ihm die Schlussfolgerung schlagartig erschreckend plausibel.

»Hör zu«, fuhr Mansourd fort und ballte die Faust, »ich will nicht lange um den heißen Brei herumreden. Die Antiterrorgesetzgebung erlaubt uns, dich und deine ganze Familie gleich morgen früh dem Richter vorzuführen. Es reicht schon, wenn ich ihn darum bitte, eine Vorladung zu schreiben – und puff, es ist acht Uhr, ich lad euch alle in den Polizeiwagen und fahr euch zum Justizpalast. Und weißt du, was sich dort abspielen wird?«

Fouad musste sich zwingen, den Blick zu senken, um nicht zu antworten.

»Der Richter befragt euch wegen Bildung einer kriminellen Vereinigung, wegen einer terroristischen Straftat und beantragt dann, euch umgehend in Untersuchungshaft zu nehmen. Bei Terrorismusverdacht kann die bis zu drei Jahren dauern. Drei Jahre im Hochsicherheitsgefängnis von Fleury-Mérogis, Seite an Seite mit dem ganzen Abschaum. Eure Anwälte schreien natürlich Zeter und Mordio, also lehnt der Haftrichter die U-Haft für den Großteil der Familie ab. Aber diejenigen, die Nazir und Krim am nächsten stehen – also du, dein Bruder, deine Mutter, deine Tante Rabia –, ihr werdet nicht davonkommen.«

Fouad hatte sich bis jetzt bemüht, die Grille zu ignorieren. Stattdessen versuchte er nun, nur noch auf sie zu lauschen.

»Also, wie laufen sie ab, diese drei Jahre U-Haft? Tja. Alle vier Monate, kurz bevor der Haftbefehl ausläuft, zitiert der Richter euch in sein Büro, um euch noch einmal zu befragen. Ihr erzählt ihm immer noch, dass ihr nichts wisst und nichts getan habt, und der Richter schickt euch wieder vor den Haftrichter, um die U-Haft zu verlängern. Das Schlimmste ist dabei nicht mal, dass ihr alle im Gefängnis sitzt. Das Schlimmste ist auch nicht, dass euren Unterstützern, die eure Anwälte zusammengetrommelt haben, mit der Zeit die Luft ausgeht. Irgendwann wollen die Medien ohnehin, dass die Verantwortlichen für den Tod ihres geliebten Präsidenten Chaouch für den Rest ihres Lebens im Gefängnis versauern. Nein, das Schlimmste ist nichts von alledem. Das Schlimmste ist die kleine Luna.«

Schlagartig blickte Fouad auf und sah dem Kommandanten direkt ins Gesicht.

»Ja, guck meinetwegen so. Aber die kleine Luna wird, sobald deine Tante weggesperrt ist, vom Jugendamt geholt und in einer Pflegefamilie untergebracht. Ich weiß, was du mir jetzt entgegnen willst: dass sich die Großmutter hervorragend um sie kümmern kann. Das stimmt vielleicht sogar, aber mal ehrlich, und ich will dir damit nicht zu nahe treten: Ich hab nicht den Eindruck, dass die Unschuldigen in deiner Familie sehr erpicht darauf sind, für die Fehltritte der anderen zu büßen. Ich hab eher den Eindruck, dass sie euch außerordentlich böse sind. Es gibt aber auch noch eine andere Lösung. Wenn ihr euch weigert zu reden, können wir den Arrest verlängern und die Vorladung vor den Richter hinauszögern. Achtundvierzig Stunden, sechsundneunzig Stunden. Bis ihr uns gesagt habt, was wir hören wollen.«

Und schließlich fuhr Fouad aus der Haut. »Aber wir wissen doch auch nichts!«

»Niemand weiß je irgendwas. Hast du wirklich nie einen Verdacht gehabt? Irgendwelche Zweifel? Ich kann einfach nicht glauben, dass sich deine komplette Familie über all die Monate nicht ein einziges Mal gefragt hat, was Krim und Nazir vorhatten … Und dann noch du und Chaouchs Tochter – ich meine, Scheiße noch mal, das springt einen doch förmlich an!«

»Sie wissen ja nicht, wovon Sie reden … Ich …«

»Ja?«

Fouad wusste: Was auch immer er jetzt sagen würde, es wäre zu viel. Er würde seine ganze Familie mit reinziehen, wenn er den Fehler jetzt Nazir zuschöbe. Denn auch Nazir war Teil der Familie, genauso unzweifelhaft, wie diese absurde Grille Teil dieser Nacht war.

»Ich verweigere die Aussage, bis ich mit einem Anwalt gesprochen habe.«

»Also gut.« Der Kommandant drückte den Rücken durch und ballte die Fäuste. »Auf den Straftatbestand der Bildung einer kriminellen Vereinigung in Zusammenhang mit einer terroristischen Straftat standen bis vor ein paar Jahren noch zehn Jahre Haft. Die letzte Strafrechtsreform hat die Höchststrafe auf zwanzig Jahre angehoben. Ihr werdet natürlich keine zwanzig Jahre im Gefängnis sitzen, vielleicht nur vier oder fünf, trotz erschwerender Umstände. Und damit meine ich den versuchten Mord am ersten arabischen Präsidenten unseres schönen Landes. Mit einem guten Anwalt sitzt ihr vielleicht nur ein, zwei Jahre ab, und mit einem sehr guten Anwalt vielleicht nicht mal das. Nur, während ihr auf den Prozess am eigens eingerichteten Schwurgericht wartet, habt ihr schon mal drei Jahre U-Haft hinter euch. Der Staat entschädigt euch am Ende, das Ganze ist ein riesiger Skandal. Ihr habt drei Jahre lang für nichts und wieder nichts im Gefängnis gesessen. Ihr wart auf den Titelseiten der überregionalen Zeitungen. Und dann fällt tags drauf ein klitzekleiner, schockierender Satz des wiedergewählten Präsidenten Sarkozy, oder vielleicht kursiert auch nur das Video eines Schimpansen mit Fliege, der den Anfang der *Marseillaise* auf der Querflöte spielt. Und von dem Riesenskandal des Vortags – dem Skandal eures Lebens – ist plötzlich nichts mehr übrig, nicht mal mehr ein Echo. Also, Schluss jetzt mit den Faxen, Herr Schauspieler. Wir spielen hier nicht Stiller König. Okay, du könntest es – du kannst zwei, drei Stunden lang den Mund halten. Aber sehen wir mal, wie du dich in siebzig Stunden fühlst. Oh ja, bei Terrorverdacht können wir dich drei Tage hierbehalten, bevor du einen Anwalt zu Gesicht bekommst. Trotzdem bravo, du schweigst, du spielst den Harten, super, du bist echt reif für einen César. Wir sind hier aber nicht bei einem Casting, wir sind hier in der Wirklichkeit. Und die Wirklichkeit bedeutet: Wenn du deine kleine Komödie hier fortsetzt, dann wird deine Cousine in zehn Tagen in einer Pflegefamilie landen und dein kleiner Bruder Slimane im Knast – und dieser Bruder macht auf mich einen etwas … sagen wir mal … schwächlichen Eindruck, wenn du weißt, was ich meine …«

Der Kommandant verstummte, sah Fouad aber nach wie vor auf so durchdringende Weise an, als lägen in seinem Blick noch immer sämtliche Schrecken der Welt.

Doch Fouad konzentrierte sich auf ebenso hartnäckige Weise. Er bewegte den Kiefer von rechts nach links. Seine Lippen blieben jedoch ganz genau wie seine Zähne fest aufeinandergepresst. Unwillkürlich lief ein Schauder über sein Gesicht, in dem sich das ganze Dilemma auszudrücken und zu verdichten schien. Seine Nasenflügel bebten. Als die schlimmste Qual vorüber war, schloss er die Augen, richtete sich auf seinem Stuhl gerade auf und sagte dann mit lauter, klar vernehmlicher Stimme: »Ich verweigere die Aussage, bis ich mit einem Anwalt gesprochen habe.«

Montag

KAPITEL 14

Der Amorbogen

1.

Chaouchs überwältigender Sieg trat in der französischen und internationalen Presse angesichts der Tragödie natürlich in den Hintergrund. Es war die Rede von einem Beben der Stärke zehn, sogar vom französischen 11. September. Auf den Titelseiten konkurrierten die Bilder des Attentats mit den Börsenkursen, die ins Bodenlose stürzten. *Libération* druckte statt eines Aufmachers eine komplett schwarze Seite. Weltweit beschworen Leitartikel den Geist einer »kopflosen Republik« herauf.

In Frankreich selbst wurde unterdessen die »erste Nacht der Gewalt« bilanziert. Sie wurde auf bittere Weise zum Liebling der Medien gekrönt und schaffte es in die Schlagzeilen und Morgensendungen sämtlicher großer Radiostationen, die allesamt ohne den leisesten Skrupel den Vergleich mit den Aufständen im Herbst 2005 anstellten. Allein in der Nacht von Montag auf Dienstag würden neben 2100 ausgebrannten Autos auch etwa dreißig Angriffe auf öffentliche Einrichtungen, Vandalismus in den Jugendzentren der Pariser Vorstädte und vor allem die Brandstiftung in einer Grundschule nördlich von Grogny zu beklagen sein. Trikoloren wurden vor laufenden Kameras verbrannt und Steine auf Polizeifahrzeuge geworfen. In einigen davon würde man später sogar Einschusslöcher von Patronen großkalibriger Waffen entdecken. Die für beschleunigte Verfahren zuständigen Kammern der Gerichte würden sich den ganzen Tag über nicht mehr leeren.

Die Leitartikler bemerkten, dass dieses Niveau an Brutalität im Jahr 2005 erst nach einigen Tagen, ja sogar erst nach über einer Woche erreicht gewesen sei. Ähnlich wie sie wohl die Zahlen eines potenziellen neuen Spitzenreiters an der Kinokasse kommentiert hätten, den man mit den Einspielergebnissen von *Die Große Sause* oder *Titanic* nach der ersten Woche verglich, sagten die großen Meinungsmacher eine Intensität der Ereignisse voraus, wie es das Land seit Bürgerkriegszeiten nicht mehr gekannt habe. Im Fall der Pariser Kommune waren sie auch schon zu lange her, um noch bedeutsam zu sein. Die Gewalt traf überdies ausschließlich die armen Viertel der Pariser Vororte und einiger Städte in der Provinz. Die wichtigste Frage war im Moment, ob der amtierende Präsident, dessen Mandat in wenigen Tagen auslaufen würde, seine Regierung anweisen könnte, den Ausnahmezustand in diesen Gebieten auszurufen.

Die Innenministerin teilte der Öffentlichkeit mit, die Situation sei unter Kontrolle und erfordere auch keine besonderen Maßnahmen. Allerdings verlangte sie von den Medien umgehend, kein zusätzliches Öl ins Feuer zu gießen. Es gab ein paar Kommentatoren, die ihr eigenes politisches Süppchen kochten und sich in den morgendlichen Debatten darüber echauffierten, dass Premierminister François Fillon seit den »Ereignissen« des Vortags nicht mehr in vorderster Front sichtbar gewesen sei. Präsident Sarkozys Mandat würde schließlich erst am 17. Mai enden, also in zehn Tagen. Inzwischen oblag es seiner Regierung, die Geschäfte weiterzuführen.

Doch bei der Mehrheit im Parlament hatte sich Panik breitgemacht, und es war nie offensichtlicher als an diesem Montagmorgen, dass die wahre Regierungschefin Marie-France Vermorel war, Ministerin des Inneren, der Überseeterritorien, der Gebietskörperschaften und für Einwanderung.

Seit Sarkozy zum obersten Staatsbeamten gewählt worden war, hatte sich die Chefstrategin seines Sieges von 2007 als seine effizienteste Soldatin erwiesen. Er verdankte ihr die »Verstaatlichung seines Diskurses« und den Stimmenfang bei der extremen Rechten, und in dem Augenblick, da alle dem abgewählten Staatschef den Rücken kehrten, stand nur sie treu an seiner Seite.

2.

Allem Anschein zum Trotz war es genau dieser Sinn für Loyalität, der sie an dem Tag nach dem Attentat dazu trieb, sich den Medien zu stellen. Sie verbrachte den Vormittag damit, unzählige Radio- und Fernsehinterviews zu geben, und schien diejenige aus der scheidenden Regierung zu sein, die sich am wenigsten von den Ereignissen beeindrucken ließ. Den Beinamen der »zweiten Premierministerin« habe sie noch nie so sehr verdient, sinnierte Montesquiou, der mit der Hand um den Knauf seines Gehstocks reglos im Halbdunkel der wechselnden Kulissen stand.

France 2 hatte ein außergewöhnliches Format aufgesetzt und übertrug aus dem Studio der Wahlnacht eine Dauersendung. Vermorel redete die Aufstände der Nacht gegenüber einer Gruppe von Experten klein, die sich nicht trauten, sie zu unterbrechen. Dazu war letztlich die Moderatorin gezwungen, nachdem sie über Kopfhörer zur Ordnung gerufen worden war.

»Frau Ministerin, es tut mir leid, Sie unterbrechen zu müssen, doch wir schalten jetzt live in den Justizpalast, wo soeben Oberstaatsanwalt Lamiels Pressekonferenz begonnen hat …«

Demonstrativ beleidigt richtete sich Vermorel auf. Wenn sie einen anblickte, meinte man zu hören, wie eine Waffe durchgeladen wurde. Womöglich übertrug sich das ungute Gefühl, von der obersten Polizistin des Landes mit vorgehaltener Waffe bedroht zu werden, auch bis jenseits der Bildschirme, sodass das Frankreich Vermorels nicht weniger Furcht einflößend wirkte als ein Erschießungskommando, bei dem fünfundsechzig Millionen Verdächtige gleichzeitig an der Wand standen.

Sie zog den Knoten des orangefarbenen Halstuchs fest, ärgerte sich darüber, dass sie keine Zeit mehr gehabt hatte, ihre letzte Bemerkung loszuwerden, und reckte dann das Kinn in Richtung des großen Bildschirms, auf dem die Konferenz übertragen wurde. Sie hoffte insgeheim, dass sie die Einlassungen des Oberstaatsanwalts anschließend nicht würde kommentieren müssen – oder gar ihr Verhältnis zum Justizminister, einem alten Chirac-Freund und Verräter der Regierung, der sich zwischen den Wahlgängen »bezaubert« von Chaouchs Vorhaben im Bereich der Justiz geäußert hatte.

Oberstaatsanwalt Lamiel stand vor einem komplizierten Beamer und nickte roboterhaft, während der Techniker ihm half, den Computer zum Laufen zu bringen. Soweit sich die Gerichtsreporter erinnern konnten, war der Versammlungssaal im Justizpalast noch nie so voll gewesen. Lamiel musste mehrfach innehalten, damit der Lärm sich legte, den Fotografen und Kameramänner verursachten, die einander auf die Füße traten und Stühle umwarfen. Dann teilte er der Meute mit, »der Schütze« werde sich in seinem Arrest mit folgenden Vorwürfen konfrontiert sehen: versuchter Mord an einem Träger der Staatsgewalt (ja, richtig, Chaouch ist nicht tot, schien er mit hochgezogenen Augenbrauen betonen zu wollen), außerdem die sehr belastende Einstufung des Ganzen als Terrorakt sowie die Bildung einer kriminellen Vereinigung in Zusammenhang mit einer terroristischen Straftat.

Der letztendliche Höhepunkt der Pressekonferenz war natürlich die Projektion des Fahndungsplakats für Nazir Nerrouche – neunundzwanzig Jahre alt, französischer Staatsbürger, 1,87 Meter groß, dunkle Augen –, der dringend verdächtigt wurde, der Drahtzieher hinter dem Komplott gegen den Kandidaten Chaouch zu sein. Er sei bewaffnet und gefährlich, und es sei gegen ihn ein Europäischer Haftbefehl erwirkt worden.

Während Frankreich und die ganze Welt auf dem stark vergrößerten Passfoto erstmals Nazir in die Augen blickten, in diese riesigen, irren Augen, in denen kaum Weiß zu sehen war, während sie den länglichen, bartlosen, harten Kopf erblickten, während Frankreich und die ganze Welt darüber staunten, dass der Staatsfeind Nummer eins dieser ordentlich geschniegelte junge Mann sein sollte, der nicht ein einziges Klischee bediente, wurde Nazir von seinem Komplizen über eine fast verwaiste Autobahn chauffiert, auf der die leuchtend gelben Markierungen und deutschen Hinweisschilder anfingen, ihm ernsthaft auf die Stimmung zu schlagen.

Als die Pressekonferenz vorbei war, kam er Waldstein zuvor und schaltete das Radio aus. Dann warf er einen Blick in den Rückspiegel und fragte sich, ob die metallicgraue Limousine, die ihnen auf den letzten zehn Kilometern gefolgt war, immer noch dieselbe war, die er bei ihrem Aufbruch in Zürich bemerkt hatte.

»Welches Foto von mir haben sie wohl ausgewählt?«, fragte er, um sich von dem Wagen abzulenken.

Waldstein antwortete nicht. Er gähnte.

Auf der Rückbank der Limousine war inzwischen ein zweiter Kopf aufgetaucht.

»Nehmen Sie die nächste Ausfahrt«, wandte er sich an Waldstein.

»Sie sind ja verrückt! Da fahren wir zurück, das kostet uns mindestens eine Stunde … Sie haben mich schon mal dazu gezwungen, Sie sehen ja, wie spät es jetzt schon ist!«

Doch Nazir blieb dabei und unterstrich seine Anweisung mit akzentuierten Schlägen auf das Armaturenbrett: »Machen Sie schon, beeilen Sie sich! In letzter Sekunde, okay?«

Waldstein fügte sich und bog im letzten Moment ab. Nazir wies ihn an, das Tempo zu drosseln, und stellte zufrieden fest, dass die metallicgraue Limousine hinter ihnen verschwunden war.

3.

Zurück von der Fernsehbühne, auf der man sie schließlich doch nicht darum gebeten hatte, auf die Pressekonferenz des Oberstaatsanwalts zu reagieren, empfing Vermorel in ihrem Büro einen kleinen grauen Herrn, dessen Gesicht von zwei langen Falten gezeichnet war, die von der Tiefe her auch als Narben hätten durchgehen können.

Der kleine Herr im verschlissenen Anzug arbeitete bei der DCRI und bekleidete dort eine geheime Funktion: Er leitete die frühere Mediensektion des ehemaligen Inlandsgeheimdienstes RG. Seine Aufgabe bestand nicht wirklich darin, die Presse zu überwachen, sondern die Journalisten, die er mochte oder eben nicht, mit im Kern wahren Gerüchten oder erfundenen Sensationsmeldungen zu versorgen. Keine Presseabteilung irgendeines anderen Ministeriums konnte es mit dem Wissen und dem Netzwerk dieses nachrichtendienstlichen Profis aufnehmen, den man allerdings nie namentlich nannte. Er hatte kleine, verschämt wirkende Hände, die mit Tintenflecken übersät waren und auf die nun der abschätzige Blick des Falken Montesquiou fiel. Er saß neben ihm auf der Besucherseite des edlen Schreibtischs der Ministerin aus Gold und Mahagoniholz.

Sie kamen schnell zur Sache. Als Gegenleistung für eine exklusive Sensationsgeschichte sollte der Chef einer angesagten Publikation akzeptieren, erst in einigen Wochen über die Folgen einer Untersuchung zu berichten, die den derzeit verwundbarsten Teil der staatlichen Polizei in Misskredit bringen würde – die DCRI.

Der Herausgeber der Publikation war Xavier Putéoli.

Was die Sensationsmeldung anbelangte, sollte Putéoli eine Viertelstunde später am Telefon erfahren, worum es sich handelte, und zwar direkt aus dem Mund des kleinen Herrn vom Geheimdienst, der ihn aus einer Telefonzelle zwei Schritte von der Place Beauvau entfernt anrief.

»Man hat Ihnen das von den Vernehmungen entwendete Video zugespielt.«

Putéoli hatte zunächst jede Art der Einflussnahme auf seine Publikationstätigkeit abgelehnt, schwieg nun aber, was weniger daran lag, dass er das Pro und Kontra abwägte, als dass er innerlich darüber jubelte, was für einen Coup die exklusive Erstausstrahlung dieses Videos für Avernus.fr bedeuten würde.

Die Pressekonferenz der Staatsanwaltschaft hatte nämlich kein weiteres Detail über den Schützen preisgegeben, nur den Vornamen, der allerdings bereits bekannt gewesen war. Die großen Sendeanstalten hatten ihre besten Investigativreporter darauf angesetzt und schließlich tatsächlich »Abdelkrims« vollständigen Namen und Adresse herausgefunden. Die Bilder aus der 16, Rue de l'Éternité wurden zwar ununterbrochen live ausgestrahlt, doch im Moment passierte dort rein gar nichts. Wenn sie gefragt wurden, setzten die Leute aus dem Viertel die gleiche verlegen-ungläubige Miene auf, die Nachbarn überall auf der Welt aufsetzen, wenn jemand von heute auf morgen von einer Tragödie getroffen wird. Sie schilderten Krim als einen schüchternen Jungen, der zwar schon ein, zwei Dummheiten gemacht habe, jedoch sehr hilfsbereit sei. Die Familie selbst war zu der unvermeidlichen Schimäre mutiert, die in Sachen Wahrheitsgehalt Geschichten über Einhörner und astrologischen Weissagungen gleichkam: zu einer »unauffälligen Familie«.

Die Redaktionsstuben rotierten allerdings bereits, weil das Gerücht die Runde machte, der Schütze sei niemand Geringeres als der Cousin Fouad Nerrouches, des Darstellers aus *L'Homme du match.* Doch diese Information hatte noch niemand veröffentlicht. Was das Video von der Befragung betraf, auf dem Fouad nicht mal zu sehen war, war dies allerdings nur mehr eine Frage von Stunden, vielleicht sogar von Minuten. Nachbarn würden bei den Zeitungen anrufen, Handyvideos würden zu viel Geld gemacht werden, aber derweil standen den Sendeanstalten keine anderen Bilder zur Verfügung als diejenigen des leeren Wohnblocks sowie die anderen – außerordentlich spektakulären –, die bei dem Attentat aufgenommen worden waren und die Putéoli sich in seinem Büro gerade wieder anschaute.

Es existierten sieben verschiedene Versionen der Szene: diejenigen der Fernsehsender, die gefilmt hatten, wie der Kandidat nach seiner Stimmabgabe nach draußen gekommen war, und diejenigen, die mit Handykameras aufgenommen worden waren und vor allem die Panik und das chaotische Gedränge der Massen nach dem Schuss eingefangen hatten. In keiner dieser Versionen sah man den Kandidaten von vorn. Wenn man die Bilder von France 24 an der richtigen Stelle anhielt, konnte man am linken Bildrand ein karminrotes Spritzen erahnen, doch die Kamera schien da schon auf Krims Oberkörper gerichtet zu sein und auf den Arm, der die Waffe hob und abdrückte. Gerade dass das zerfetzte Gesicht des prominenten Opfers nicht zu sehen war, brachte dem Video einen pervers großen Erfolg ein – genau wie die Bilder der Menschen, die am 11. September aus den Fenstern des World Trade Center gesprungen waren. So schrecklich sie auch waren, wollte man sie sich doch immer wieder anschauen – was nicht der Fall gewesen wäre, wenn die Fotos das zerplatzte, entstellte Fleisch am Boden gezeigt hätten.

Putéoli schaltete den Mediaplayer aus und öffnete sein E-Mail-Postfach.

»In Ordnung«, antwortete er in einem Ton, der die Erregung angesichts des Triumphs nicht zu kaschieren vermochte.

4.

Xavier Putéoli war ein kleiner, unbeholfener Mann, der stets Weste, Jackett und Fliege trug. Seine Wangen glänzten unter den ebenso hinterhältig wie speichelleckerisch blickenden Augen, und er lächelte wie ein ewiger BWL-Student, auch wenn er das niemals gewesen war. Er war einer dieser Menschen, die einen in süßlich-aufdringlichem Ton mit »Angenehm!« begrüßen und einem dabei die Hand drücken, ehe sie auch nur ein Wort mit einem gewechselt haben und manchmal sogar, ohne einen auch nur wahrgenommen zu haben. Er lächelte die ganze Zeit – doch niemals mit den Augen. Seine leicht gebückte Haltung und sein übertrieben verbindliches Auftreten wirkten fast schon betäubend, während er sein Gegenüber vorsichtig taxierte, stets auf der Hut und mit einem unerklärlichen Groll, der einen jedes Mal die Augen niederschlagen ließ, wenn man seinem Blick begegnete.

1950 in Mostaganem zur Welt gekommen und schon zwei Jahre später nach Frankreich gezogen, war er während der Unruhen im Mai 1968 Abiturient gewesen. Trotz seines Engagements war es ihm damals nicht gelungen, sich an die Spitze irgendeines Komitees zu setzen. Irgendein Großbürger, der in einem fort auf Mao geschworen hatte, hatte ihn während einer Versammlung mal als »freudlosen Schlappschwanz« bezeichnet, und aus dieser Zeit hatte er einen unsterblichen Hass auf die französische Linke zurückbehalten – auf ihre hochmütigen, sinnlichen, herrschsüchtigen Figuren. Später war er politischer Redakteur beim *Point* geworden, wo er mit Bedacht die Sprossen emporgeklettert war – um den Preis tausendfachen Verrats und kleiner Erniedrigungen, von denen sein scheuer Blick bis heute Zeugnis ablegte. Nachdem er mit dem Vorhaben gescheitert war, Chefredakteur der Zeitschrift zu werden, die ihn hatte aufwachsen sehen, hatte er eine Internetseite für »unabhängige Nachrichten« gegründet und im Handumdrehen all diejenigen angezogen – »von links sowie von rechts« –, die die »bleierne Decke der politischen Korrektheit« nicht mehr hatten ertragen können.

Avernus.fr stellte den Höhepunkt seiner Karriere dar und seinen schönsten Erfolg. Sein lateinischer Wahlspruch stammte von Vergil – *Facilis descensus Averni,* was man übersetzen konnte mit »leicht ist der Abstieg in die Hölle« oder »leicht, in der moralischen Verkommenheit zu versinken«. Um sich selbst genau davor zu schützen, hatte er eine Adlige aus der Normandie geheiratet: blond, katholisch, unauffällig. Sie hatte ihm fünf Kinder geschenkt, alle pflichtschuldig blond, alle getauft. Das jüngste, Tristan, versuchte in diesem Augenblick, ihn zu erreichen.

Er ließ es klingeln, als er sah, dass jenseits der Vorhänge vor seinem Arbeitszimmer die Journalistin in das Großraumbüro marschierte, die über die DCRI und ihren Präfekten Boulimier recherchiert hatte. Er schaltete den Bildschirm aus und machte sich bereit, Marieke Vandervroom zu empfangen, die ihre unvermeidliche Schweinslederjacke trug. Sie hielt sich nicht mit Small Talk auf wie die anderen Journalisten, und sie hielt es auch nicht für nötig, bei ihrem Chef anzuklopfen. Wie eine Furie stürmte sie herein. Ihre Nasenflügel bebten. Sie schmiss ihre Tasche und den Motorradhelm auf einen Stuhl und fuchtelte mit dem Handy nachdrücklich vor seiner Nase herum.

»Soll das ein Witz sein?«, fragte sie mit ihrer angenehm rauen, heiseren Stimme. »Fünf Monate Recherche, und du verhinderst die Veröffentlichung einfach so von heute auf morgen? Und das teilst du mir per SMS mit? *Per SMS?*«

Der Artikel hätte in vier Teilen erscheinen sollen, um die Beweisführung für den Leser nachvollziehbarer zu machen. Die Fünfunddreißigjährige war nicht als Redakteurin bei Avernus.fr angestellt. Sie hatte früh für sich entschieden, dass man dem investigativen Auftrag nur als Freie nachgehen konnte. Ihre Recherchen bot sie verschiedenen Zeitungen an, die für ihre Spesen aufkamen und von ihrem Talent als Trüffelschwein profitierten, ohne ihren saumäßigen Charakter ertragen zu müssen.

»Es ist viel komplizierter«, versuchte Putéoli, sie zu beschwichtigen.

»Es ist überhaupt nicht komplizierter!«, brüllte Marieke. »Ich reiß mir wegen der Recherchen über diese Geheimeinheit der Terrorabwehr den Arsch auf, und ausgerechnet an dem Tag, an dem es mit der Serie losgehen soll, wird ein Attentat auf einen Präsidentschaftskandidaten verübt. Und ganz zufällig …«

Sie beendete ihren Satz nicht.

Zu Anfang war es nur darum gegangen, die Funktionsweise von Sarkozys FBI zu beschreiben, doch dann war Marieke einer Spezialeinheit auf die Spur gekommen, die nirgends in den offiziellen Statuten auftauchte, die direkt an Boulimier berichtete und die nach jüngsten Erkenntnissen mit Nazir Nerrouches Überwachung betraut gewesen war.

»Marieke, jetzt beruhigen wir uns mal wieder. Hier, setz dich.«

Statt sich zu setzen, schob Marieke wütend die Brust raus. Ihr breites Küstengesicht hatte die Farbe der Ziegel ihres Geburtslands Flandern angenommen. Putéoli schaltete seinen Bildschirm wieder ein und tat so, als würde er eine E-Mail lesen, um den Blitzen auszuweichen, die Marieke aus ihren großen, von der Wut zusätzlich geweiteten Huskyaugen auf ihn abschoss.

»Entschuldigung«, ergriff er wieder das Wort und tat so, als hätte er jetzt erst etwas zu Ende gelesen. »Gut. Marieke, es ist doch nur eine kleine Verzögerung. Es ist völlig unnötig, dass du dich derart aufregst.«

»Im ersten Teil stand überhaupt nichts – nichts über Boulimier, nichts über die Abhörmaßnahmen gegenüber Nazir Nerrouche!«

»Es steht immer noch genug darin, was juristisch anfechtbar sein könnte.«

»*Gar nichts!* Es geht im ersten Teil doch nur um die Undurchsichtigkeit des Hauses – das war ein besseres Organigramm, *ein verfickter Wikipedia-Artikel!* Dabei können wir es doch nicht bewenden lassen, das wäre völlig absurd!«

»Aber ich hab doch nie behauptet, dass ich den Rest nicht mehr veröffentlichen möchte. Jetzt redest du wirklich wirres Zeug. Ich bitte dich doch nur um eine Woche Aufschub. Das ist doch nicht das Ende der Welt – eine Woche … Und wenn ich das noch hinzufügen darf: Ein Wikipedia-Artikel bringt uns nicht ins Gefängnis. Das ist zumindest mein letzter Stand. Den Geheimdienst zu *hintergehen* allerdings, indem man ein Organigramm der DCRI enthüllt, und das gleich im ersten Artikel …«

Marieke drehte sich abrupt um und funkelte die Kollegen draußen im Großraumbüro finster an, die instinktiv den Blick abwandten. Wütend zog sie die Vorhänge zu. Dann wandte sie sich wieder an Putéoli, während sie gleichzeitig nach ihrem Motorradhelm und dem Riemen ihres alten Rucksacks griff, der allem Anschein nach schon viel mit ihr erlebt hatte.

»Drei Tage«, erklärte sie und schloss die Augen, um nicht erneut aus der Haut zu fahren. »Wenn nicht am Donnerstag der nächste Teil rauskommt, geh ich woandershin, oder ich stelle einfach alles online …«

»Jetzt setz dich doch und hör mal auf mit dem Theater. Du verstehst meine Beweggründe doch, oder? Ich hab hier nicht die Mittel der *Washington Post* oder von *Le Monde.* Ich muss sichergehen, dass …«

»Ich will davon nichts hören«, fiel Marieke ihm ins Wort. »Du würdest mir ja doch nicht die Wahrheit sagen. Also versprich mir einfach, dass du den nächsten Teil in drei Tagen veröffentlichst, und dann lassen wir es damit gut sein.«

»Versprochen«, log Putéoli und stand auf, um seine Reporterin zur Tür zu begleiten. »Aber nicht in drei Tagen, sondern in fünf. Samstag stell ich ihn online, okay?«

Doch da war Marieke schon mit knirschender Tasche, knarzenden Schuhen und unter dem Knistern ihrer unsterblichen Lederjacke durch das Großraumbüro gerauscht, in dem die anderen von ihrer Unverfrorenheit mindestens ebenso eingeschüchtert waren wie vom Donnern ihrer Absätze.

5.

Als Frankreich aufwachte, war auf Hunderte Mauern »Mörder Sarko« gesprüht worden. In den Blogs explodierten die Gerüchte bezüglich eines Komplotts, das in höchsten Kreisen geschmiedet worden sei. Journalisten liefen wie ein aufgescheuchter Hühnerhaufen umher. Doch Krim, dem gerade einmal einige Stunden Ruhe gewährt worden waren, hatte nur einen einzigen Gedanken: Während man ihm eine Million mal hintereinander dieselben Fragen stellte, wollte er sich an die besondere Stimmfarbe seiner Mutter erinnern, bevor er in die Bewusstlosigkeit sank.

Nach den wenigen Stunden Schlaf war ihm trotz allem aufgefallen, dass es zwei Teams gab, die ihn befragten – die Nacht- und die Tagschicht. Und dass die Nachtschicht, die von Capitaine Tellier geleitet wurde, wohl als die freundlichere von beiden eingestuft werden musste – gemessen am Verhalten der Lieutenants, die ihn um sechs Uhr morgens geweckt hatten. Sie hatten ihm verboten, sich zu setzen oder auf die Toilette zu gehen, und sie glaubten ihm kein Wort dessen, was er erzählte. Ganz im Gegensatz zu ihren nächtlichen Pendants, die sich damit begnügt hatten, sich freundlich nach genaueren Angaben zu erkundigen. Der brutalste Lieutenant der Tagschicht ähnelte einem

Waschbär und redete wie ein Rugbytrainer. Er hatte eine tiefe Stimme, die gegen die Wände krachte, er wirkte dumm – gar nicht mal selbstzufrieden, sondern einfach nur jederzeit bereit, die nächste Gemeinheit herauszuschleudern.

Hör auf, hier so einen Mist zu erzählen, du verdammter kleiner Scheißkerl!

Der Rugbymann hatte den Stuhl vom Vortag an die Wand gerückt. Diesmal musste Krim stehen. Sobald er wirklich nicht mehr konnte, gab man ihm einen Schemel, doch ein Schemel war noch schlimmer als nichts. Er wollte sich unbedingt anlehnen, doch die nicht existente Lehne rief sich ihm ohne Unterlass in Erinnerung.

Zwischen den Schweigephasen, die der Rugbymann zuließ, summte sich Krim mehrfach das »Lè lè lè lè« seiner Mutter vor, diese vier orientalischen Noten, die sie von sich gab, wann immer sie sich den Handrücken auf die untere Stirn presste und die andere Hand in die Hüfte stemmte. Ihre riesigen Augen, die fast auf den Wangenknochen zu sitzen schienen, waren dann immer von einer Ratlosigkeit, einer Verblüffung, einer Empörung zusätzlich geweitet, die nie operettenhaft wirkte. Dass die Haltung aufgesetzt war, beruhigte ihn im Augenblick eher, als dass es ihn verärgerte.

Gegen die Schreie des Rugbymanns und die Faust, die sein Kollege auf den Tisch donnerte – ein bebrillter Typ in Wanderschuhen –, versuchte Krim nun also, diese besondere Wärme ihrer Stimme wiederzufinden, ihre einzigartige Färbung, die aber nur in kurzen Erinnerungsblitzen in ihm aufflackerte und unfähig zu sein schien, sich zu entzünden, wie feuchte Knallkörper.

Vertieft in seine Suche wand Krim die Finger durch den Block aus weißem Licht, der auf den Vernehmungstisch fiel. Er erinnerte sich an die nächtlichen Stunden, in denen er sich gestattet hatte, klassische Musik zu hören. Seine Mutter hatte ihn manchmal dabei überrascht, dann hatte er so getan, als schliefe er oder als hörte er Hip-Hop, indem er mit geschlossenen Augen und aufeinandergepressten Lippen ruckartig den Kopf bewegte.

Du wirst bis ans Ende deiner Tage im Gefängnis verrotten, du hast nichts mehr zu verlieren, sag uns die Wahrheit!

Doch die Wahrheit war, dass er ihnen nichts zu gestehen hatte. Er liebte seine Mutter, er hatte es ihr nicht mehr gesagt, seit er größer war als sie, aber es stimmte, er liebte sie, sie fehlte ihm, und das war die einzige Wahrheit, die ihm einfiel.

Ein paar Schritte von den Arrestzellen entfernt erfuhr Capitaine Tellier, dass Krims Handy auch beim letzten Ausflugsbootsbetreiber nicht gefunden worden war. Allerdings hatte sich dort eine eigenartige Szene abgespielt, die der Lieutenant, der mit dieser Mission betraut gewesen war, dem Capitaine in extenso schilderte: Als sie nämlich im Büro des Bootsverleihs am Pont-Neuf angekommen waren, hatte die junge Empfangsdame ein paar Telefonate geführt und zunächst gemeldet, dass kein Handy abgegeben worden sei.

»Dann aber«, fuhr der Lieutenant fort, »ist ein Geschäftsführer gekommen und wollte mit uns ohne Zeugen sprechen. Wir sind mit ihm in sein kleines Büro gegangen, haben die Tür hinter uns zugemacht, und er hat uns erzählt, dass eine Amerikanerin am Sonntag ein Handy aufgelesen habe, das von einer Brücke hinter Notre-Dame gefallen sei …«

»Hast du ihn nach der Uhrzeit gefragt?«

»Nein, Chef. Aber warten Sie mal ab. Er hat erzählt, die Amerikanerin habe das Handy zur Anlegestelle gebracht, genau dorthin, wo wir uns gerade befanden, am Fuß des Eiffelturms, und dass am Abend eine junge Frau gekommen sei und es abgeholt habe.«

»Was?« Tellier schrie beinahe.

»Jemand aus unserem Haus, ja. Sie hatte einen Polizeiausweis dabei, behauptet zumindest der Geschäftsführer. Ich habe ihn gefragt, ob er wisse, zu welcher Einheit sie gehört hat, und er hat geantwortet, dass ihm das Polizeilogo ausgereicht habe …«

Der Capitaine war völlig perplex. Er brauchte einen Moment, bis er die Frage stellte, die sich ihm aufdrängte: »Und wie sah sie aus, diese rätselhafte Polizistin?«

»Tja«, antwortete der Lieutenant, der noch nicht lang für die Terrorabwehr arbeitete. »Der Geschäftsführer meinte, sie sei irgendwie komisch gewesen – sehr blonde Haare und … Warten Sie. Was hat er gesagt? Ach ja. Dass sie Reitstiefel getragen habe.«

»Reitstiefel? Was ist das denn für ein Unsinn?«

Tellier marschierte in Krims Zelle und bat den Rugbymann und den Wanderer, eine kleine Pause einzulegen. Überrascht taten die beiden wie geheißen.

»Was weißt du über die Reiterin?«, fragte Tellier ohne Umschweife.

»Die was?«, fragte Krim.

»Eine Freundin von Nazir, eine Reiterin … Was weißt du über sie?«

Krim machte ein zweifellos aufrichtig verständnisloses Gesicht.

Tellier schloss die Augen und versuchte, für einen Moment an nichts zu denken. Als er sie wieder aufschlug, wirkte sein Blick milder, fast schon freundschaftlich.

»Hör mal zu, Großer«, setzte er in einem Tonfall an, in dem er sich fast dafür zu entschuldigen schien, dass er das Schweigen brechen musste. »Das geht jetzt echt nicht gegen dich – aber deine Version ist wirklich nicht so leicht zu glauben.«

Die plötzliche Freundlichkeit trieb Krim Tränen in die Augen. Er zog die Brauen zusammen, um sich nicht überwältigen zu lassen.

»Versetz dich doch mal in meine Lage, Krim. Du hast das Handy auf ein Ausflugsschiff geworfen, und wir finden es nicht wieder …« Auch wenn er nicht an den Erfolg glaubte, fuhr er mit seiner Aufzählung fort. »Und jetzt denk nach, verdammt. Du bist in Saint-Étienne, dein Cousin kauft dir eine Waffe, du übst wochenlang Schießen, und am Wahltag gibt er dir ein Zugticket, damit du nach Paris fährst, und zu keinem Zeitpunkt stellst du dir die Frage, ob es darum gehen könnte, Chaouch zu ermorden? Ich will wirklich nicht gemein sein, aber schau mal, nebenan sagen sie sich: Entweder ist er der beste Schauspieler der Welt, oder dieser Junge ist vollkommen bescheuert!«

Der Gedanke daran, dass er vollkommen bescheuert sein könnte, vertrieb die Rührseligkeit aus Krims Herzen. Er zuckte mit den Schultern und seufzte. »Pff.«

»Warum sagst du nicht einfach die Wahrheit? Dass alle daran beteiligt waren – die ganze Familie? Deine Cousins, deine Tanten, deine Mutter … Wie hätten sie denn nichts von alledem bemerken können? Und wie hätten sie es zulassen können, dass du dich einfach davonstiehlst? Jetzt mal ehrlich, warum bist du nach Paris gekommen? Du wusstest es doch, oder?«

Krim verneinte mit einem müden Kopfschütteln. Er hatte immer noch nicht aufgegeben. Er glaubte immer noch, dass er sie würde überzeugen können. Sicher, nicht in diesem Moment, aber wenn er einen Teil seiner Kräfte wiedererlangt hätte. Im Augenblick vergingen keine zehn Sekunden, ohne dass sich ihm der Schmerz auf die eine oder andere Art wieder ins Gedächtnis rief. Die Hände, die Knie, die Hüfte, der Mund, der Kopf. Sein Körper war ein einziger roter Faden, an dem sich der Schmerz entlanghangelte, ein anonymer Schmerz, der sich bei ihm eingenistet hatte und den gesamten Platz für sich beanspruchte, alles zerstörte, und das ohne jede Vorwarnung.

»Ich hab Ihnen doch schon gesagt, der Rothaarige …«

»Du hast uns nicht mal seinen Namen genannt, ehrlich … Und was hast du getan, bevor du zu ihm gegangen bist? Da ist eine Lücke in deiner Geschichte.«

Bevor er zu ihm gegangen war, war Krim bei Aurélie gewesen, aber das würde er ihnen nicht erzählen. Er konnte sich immer noch nicht an die Stimme seiner Mutter erinnern, doch plötzlich erinnerte er sich mit einer Klarheit, die ihm schier die Lunge verbrannte, an Aurélies

Mund, dessen Fleisch und dessen Frische sich in dem zierlichen Dreieck manifestierten, das gewissermaßen den Bug ihrer Oberlippe bildete. Er hätte alles dafür gegeben, es mit dem Finger, mit der Zunge zu berühren.

Überwältigt von der Vorstellung gab er sich einen Ruck und fragte den Capitaine, der halbwegs gut gelaunt und im Gegensatz zu seinen barbarischen Kollegen Krim gegenüber aufgeschlossen zu sein schien: »Wie heißt das – dieses kleine Dreieck über der Lippe?«

Fassungslos sah der Ermittler mit verschränkten Armen zu seinem Lieutenant, der schief grinste und die Augen verdrehte.

»Er macht sich über mich lustig, dieser Depp! Glaubst du das, verdammte Scheiße? Er macht sich über mich lustig!«

Tellier reckte das Kinn und fuhr sich mit dem Finger über die Scharte in seiner Oberlippe. Dann antwortete er, bevor der Rugbymann und der Wanderer die Tür zum Vernehmungsraum aufdrückten: »Amorbogen.«

6.

An Aurélies Amorbogen war Tristan Putéoli ganz gewiss nicht interessiert. Er mochte auch nicht ihre Schultern und die Arme einer Schwimmerin, die seiner Ansicht nach – selbst wenn es sich dabei nur um eine optische Täuschung handelte – ihre Titten kleiner machte. Jedenfalls wollte sie seit dem Attentat nichts mehr von ihm wissen, sie konnte ihm kaum noch in die Augen sehen.

Tristan wartete am späten Nachmittag am Ausgang des Josephine-Baker-Schwimmbads auf sie. Er hatte einen zweiten Helm dabei, um sie auf dem Roller mitzunehmen, doch Aurélie bog, sobald sie ihn erblickte, in die entgegengesetzte Richtung ab und weigerte sich, auch nur ein Wort mit ihm zu wechseln – bis Tristan, in dessen Augen ein grausamer Schimmer aufleuchtete, ein Mittel fand, um ihre Aufmerksamkeit zu erregen und der wütenden Bewegung ihres hübschen Kopfes mit den nassen Haaren Einhalt zu gebieten.

»Du weißt schon, dass ich sie nicht mehr lang davon abhalten kann, etwas zu erzählen? Bist du dir dessen überhaupt bewusst? Wir machen uns doch zu Komplizen, wenn wir nichts sagen, und mein Vater bringt mich um …«

Aurélie war erst weitergegangen, doch jetzt blieb sie abrupt stehen. Ihre vom Chlor geröteten Augen waren immer noch auf das surrealistische Fliesenmuster des Schwimmbads gerichtet, das auf die Seine hinausragte, und zwar so nah an der Wasseroberfläche, dass es in ihr zu treiben schien.

»Scheiße, mach das nicht, Tristan. Lass mir ein bisschen Zeit.«

»Und was krieg ich als Gegenleistung?«

Statt zu antworten, bedachte Aurélie den Jungen mit einem scharfen Blick.

»Hör zu, Aurèle, wir können diesen Quatsch nicht länger durchziehen, und außerdem – was ändert es denn? Ob wir es jetzt sagen oder in einer Woche, macht doch keinen Unterschied? Wir haben den Nachmittag mit dem Typen verbracht, der Chaouch umgebracht hat – und zwar unmittelbar davor! Das können wir doch nicht verschweigen! Das wäre doch idiotisch! Nein, schlimmer: Das wäre Selbstmord!«

»Erst mal ist Chaouch gar nicht tot«, gab Aurélie verärgert zurück. »Und außerdem macht das sehr wohl einen Unterschied. Wenn ich noch ein bisschen Zeit hab, kann ich vielleicht mit meinem Vater sprechen. Sieh mal, wenn sie nämlich herausfinden, dass er die Ermittlungen leitet und es eine Verbindung zwischen mir und Krim gibt …«

»Pff! Eine Verbindung zwischen euch? Was für ein Bullshit.«

»Wenn sie es erfahren«, fuhr Aurélie fort und schloss die Augen, damit sie ihn nicht im nächsten Moment ohrfeigte, »behaupten sie bestimmt, mein Vater wäre befangen und …«

»Und was? Du spinnst doch! Was glaubst du denn, was passiert? Dass du mit deinem Vater aushandeln kannst, dass er Krim heimlich aus dem Knast entlässt? Willst du das? Scheiße, du hast doch einen an der Waffel, du Arme! Und außerdem versteh ich gar nicht, was du an ihm findest, an dem kleinen Kanaken … Stehst du am Ende auf böse Jungs? Träumst von einem Gangbang mit ein paar Kameltreibern, ja?«

Als Aurélie sich den Helm schnappte, befürchtete Tristan, sie könnte ihm damit den Schädel zertrümmern. Doch Aurélie begnügte sich damit, ihn aufzusetzen.

»Weißt du, warum ich nie was mit dir anfangen würde, Tristan?«

»Weil du mich liebst?«

»Weil du ein Douchebag bist. Für dich ist das Wort überhaupt erfunden worden. Vollidiot!«

»Wer sagt dir denn, dass ich mit dir was anfangen will? Es würde mir schon reichen zu …«

Dann kicherte der Junge aus Neuilly und fuhr anschließend Aurélie, wie sie es wollte, zur Île de la Cité und bis ans Gittertor des Justizpalasts, dessen goldenes Dach in der gleißenden Frühlingssonne blitzte.

»Mach schon, hau schon ab«, sagte Aurélie und gab ihm den Helm zurück. »Und wenn du auch nur eine klitzekleine Chance haben willst, allen zu erzählen, dass du mich gebumst hast, dann solltest du diese Volldeppen von deinen Kumpels davon überzeugen, dass sie ihr Maul halten. Okay?«

Tristan lächelte. »Deal.«

Dann steuerte er seinen Roller weiter in Richtung Saint-Michel. Bei dem Gedanken, dass er sie in naher Zukunft würde flachlegen dürfen, fuhr er vor Aufregung Schlangenlinien.

Währenddessen zupfte Aurélie für die Begegnung mit den Polizisten, die den Besuchereingang bewachten, ihr offenes Haar zurecht, legte ihr unwiderstehlichstes Kätzchengesicht auf und wurde wie erhofft zur obersten Etage des Palasts geleitet, bis an die Schwelle zur

Galerie Saint-Éloi, die man nur nach Anmeldung betreten durfte. Sie setzte sich auf eine abgewetzte Bank und wartete darauf, dass ihr Vater aus seinem Büro kam. Er hatte in der vergangenen Nacht nicht zu Hause geschlafen. Gegen ein Uhr morgens hatte Aurélie gehört, wie ihre Mutter ein paar gedämpfte Noten auf dem Flügel im Wohnzimmer angeschlagen und dann einen Akkord hineingehämmert hatte. Die Verzweiflung war durch die Wände bis ans andere Ende der Wohnung gedrungen, wo sich ihr Zimmer befand.

Ihr Richtervater stieß die Tür auf. Er hatte sein Jackett abgelegt, die Hände hinter dem Rücken verschränkt und ließ die Schultern hängen. Unter seinen Achseln waren Schweißflecken zu sehen.

»Was verschafft mir diesen unerwarteten Besuch? Nichts Schlimmes, hoffe ich?«

Aurélie stand auf. Ihr blieben nur wenige Sekunden, um die Stimmung ihres Vaters einzuschätzen und damit ihre Chancen, ihn milde zu stimmen. Doch im nächsten Augenblick trat eine schwangere Frau zu ihnen und tippte ihm, ohne die Tochter auch nur eines Blickes zu würdigen, an den Ellbogen, um ihn zur Eile zu mahnen.

»Papa, es …«

Doch Papa war mit seinem Kopf ganz woanders, mitten in den gerade laufenden Ermittlungen. Dass er auf Aurélies Schweigen nicht ansprang, sprach Bände.

»Nein, weißt du was, lass gut sein. Wir sprechen heute Abend. Wann kommst du heim?«

»Spät, aber ich komme noch mal zu dir rein«, versprach der Richter und gab seiner Tochter einen Kuss auf die Stirn.

»Du warst gestern Nacht nicht da, oder?«

»Nein, ich hab hier im Büro ein Nickerchen gemacht.«

»Gut. Übrigens sagt man nicht: ›Ich komme rein‹«, korrigierte Aurélie mit schelmischer Stimme, »man sagt: ›Ich komme vorbei‹. Glaub ich jedenfalls. Wie auch immer, ich lass dich jetzt weiterarbeiten …«

Was Aurélie nicht mehr sah, als sie mit langen Sprüngen die Treppe wieder runterlief, war, dass ihr Vater noch eine gute halbe Minute auf der Schwelle der gesicherten Galerietür stand. Er hatte die seltsamste aller Vorahnungen – so seltsam, dass er sich nicht mal traute, sie auch nur heimlich in seinem Kopf zu formulieren.

7.

Die Schwangere, die Wagner beinahe am Ärmel fortgezogen hätte, war seine Mitarbeiterin Alice. Der Richter kam nicht ohne sie zurecht, ohne ihr klares Gesicht mit den großen, wachen olivgrünen Augen, die immer zu lächeln schienen und für ihn ein unverhoffter Kontrapunkt zum gewalttätigen Grau seiner Ermittlungsakten waren. Mit neununddreißig Jahren erwartete Alice gerade ihr zweites Kind von einem Mann, den Wagner nie kennengelernt hatte und von dem sie niemals sprachen. Während seine Frau Paola daheim immer streitsüchtiger wurde, kam es mitunter vor, dass sich der Richter dabei ertappte, diesen unbekannten Mann zu beneiden.

Alice hatte nicht nur ein hübsches Gesicht, das dem gängigen Schönheitsideal entsprach, sie hatte auch eine schmale Taille und schlanke Arme, die selbst in der Schwangerschaft schlank geblieben waren. Alles in allem war sie eher energiegeladen als elegant und neigte manchmal zur Tollpatschigkeit, allerdings handelte es sich dabei um niedliche Unbeholfenheiten, die Menschen mitunter die naive Ausstrahlung eines unschuldigen Kindes verliehen. Trotzdem vermutete der Richter in seinem achtundsechzigerhaften Atheismus in der guten Laune seiner Mitarbeiterin bisweilen etwas leicht Unaufrichtiges oder, um genau zu sein, etwas Katholisches, als handelte es sich dabei um eine Art moralisch gebotenen Jubel, um einen Effekt ideologischer Konditionierung. Um sie wirklich rückhaltlos zu genießen, mussten die Freudenausbrüche derjenigen, die ihm nahestanden, spontan und ganz ohne Hintergedanken sein.

Natürlich stand Alice ihm nicht wirklich nahe; und die Freude war auch nicht im eigentlichen Sinn das tägliche Brot in der Galerie Saint-Éloi, woran unser Richter auch gleich nachhaltig erinnert wurde, als er sich wieder ins Getümmel stürzte. Der junge Richter Poussin, der ihm zur Seite gestellt worden war, war gerade vom Sitz der Terrorabwehr in Levallois zurückgekehrt, wohin Mouloud Benbaraka und Farès Aït Béchir gebracht und wo sie befragt worden waren.

»B-B-Benbaraka hat nichts rausgelassen«, stotterte Poussin, »aber dieser Monsieur F-F-Farès hat alles gestanden. Er hat Nazir von Paris nach Zürich gefahren, in einem A-A-Auto mit f-f-falschem D-D-Diplomatenkennzeichen. Damit hatten sie kein Problem, über die Grenze zu kommen. Als sie in Zürich angekommen sind, ist Nazir – in Anführungszeichen – ›zur Bank g-g-gegangen‹, um B-B-Benbaraka zu b-b-bezahlen. Dort hat sie dann die Schweizer Polizei überrascht und einen leeren Koffer und eine 9-Millimeter-Parabellum im Handschuhfach sichergestellt, in die ›SRAF‹ eingeritzt worden war. Aber das Wichtigste ist, dass er am Ende alles ausgespuckt hat: Nazir würde ihn in Hamburg wiedertreffen, falls irgendetwas nicht nach P-P-Plan liefe. B-B-Benbaraka bestätigt das wiederum nicht. Wir haben die Adresse, ich habe die zuständige Stelle im Justizministerium unterrichtet, damit sie Kontakt mit den Deutschen aufnehmen. Zum Glück haben wir einen Europäischen Haftbefehl …«

Weil er auf den ersten Blick fast krankhaft schüchtern wirkte, konnte man keinen Augenblick lang glauben, dass Guillaume Poussin Untersuchungsrichter war; und wenn er dann auch noch den Mund aufmachte, war es schier unbegreiflich, wie er eine derart steile Karriere hatte machen können, die ihn mit nur achtunddreißig Jahren auf einen der begehrtesten Posten in der Abteilung für Terrorabwehr katapultiert hatte. Der junge Richter war der einzige Beamte in diesem Teil des Justizpalasts, der noch all seine Haare hatte und bei dem sie außerdem noch schwarz und glänzend waren. Er war mager, hatte eine hervorspringende Nase und eine a-a-ausgeprägte Vorliebe für Rollkragenpullover und Jacketts mit Flicken an den Ellbogen.

»Ich glaube, wir sollten Mansourd schicken«, erwiderte Wagner. »Und wir müssen die Deutschen bitten, die Antiterroreinheit darauf anzusetzen, nicht nur die Polizei. Wir können es uns nicht erlauben, dass diese verdeckte Aktion misslingt. Was sagt uns die Adresse? Ist es ein Haus, ein Hotel, was ist es?«

»Ein Museum«, antwortete Poussin, bevor er hinzufügte, ohne auf seine Notizen zu schauen: »Im Hermannsweg 7 gibt es nur ein M-M-Museum, kein Wohnhaus.«

»Ein Museum?«

»Ja, eine Art P-P-Puppenmuseum. Es liegt übrigens ein bisschen außerhalb, in einem Stadtteil mit hohem türkischstämmigen Bevölkerungsanteil.«

Ratlos ließ sich der Richter auf seinen Stuhl sinken und stützte den Kopf in die Hände. Seine Gedanken drehten sich nur mehr um die Hoffnung, Nazir am Tag nach dem Attentat festnehmen zu können. Sich einem solchen Ruhmesversprechen nicht zu widersetzen war gefährlich; doch allmählich vernebelte die Müdigkeit seine Gedanken.

»Guillaume, möchten Sie nicht nach Saint-Étienne fahren und sich um die Verhaftung dieses Jungen kümmern, den sie den ›dicken Momo‹ nennen? Und um die Durchsuchung des privaten Sicherheitsdienstes, den Nazir Nerrouche geleitet hat? Und ein Auge darauf haben, dass die lokale Polizei von Saint-Étienne bei der Befragung der Nachbarschaft nicht schlampt?

»G-G-Gut, ich fahre heute Abend.«

»Sie müssten sich auch noch um eine Anzeige kümmern, die Fouad Nerrouche erstattet hat – der Bruder –, und zwar in der Nacht von Samstag auf Sonntag. Sein alter Onkel ist wohl angegriffen worden, man hat ihm Obszönitäten und« – er blickte auf das Dokument, das ihm der Kommissar aus Saint-Étienne gefaxt hatte –, »ein Hakenkreuz auf den Kopf geschmiert. Wir müssen unbedingt unterbinden, dass die Familie Selbstjustiz übt. Wenn nötig, müssen wir ihnen drohen. Und vor allem herausfinden, was das mit unserem Fall zu tun hat.«

»Ist die Anzeige bei der Staatsanwaltschaft von Saint-Étienne denn bereits eingegangen?«

»Ja, sie hat erste Ermittlungen aufgenommen. Ich habe Lamiel darum gebeten, ihnen Verstärkung zuzuweisen. Es fängt an, ziemlich viel zu werden, aber …«

Aber er hatte keine Wahl. Kommandant Mansourd war als Mittelsmann zwischen sämtlichen polizeilichen Einrichtungen benannt worden, die an der Fahndung nach Nazir Nerrouche beteiligt waren, und er selbst, Wagner, würde diesen Mittelsmann in sämtlichen parallel stattfindenden Ermittlungen anleiten müssen.

»Alice?«

Der Richter wollte sie schon darum bitten, zwei Vorladungen zu schreiben: eine für die »engere Familie«, die von der Polizei zu ihm in die Kanzleiräume gebracht werden sollte, und eine zweite, die sie lediglich herzitierte. Er wusste noch nicht, welche der beiden Optionen die bessere wäre. Doch Alice reagierte nicht. Sie hatte den Blick unverwandt auf den Bildschirm gerichtet.

»Herr Richter«, sagte sie tonlos, »das müssen Sie sich ansehen …«

Wagner, Poussin und eine Mitarbeiterin, die Poussin im Schlepptau gehabt hatte, eilten durch das Amtszimmer auf Alice' Schreibtisch zu, die ihren Laptop zu ihnen umdrehte. Avernus.fr hatte die gestohlenen Bilder vom Verhör der Familie Nerrouche durch die Terrorabwehr als »gefeaturtes Video« auf die Startseite gesetzt.

Niemand leistete Widerstand, alle verhielten sich ruhig – doch keines der Gesichter war unkenntlich gemacht (aus gutem Grund hatte Wagner untersagt, dass man die Presse verständigte), nicht mal die

Gesichter der Kinder. Die Bastler von Avernus.fr, die ihr Handwerk offenbar gut genug verstanden, um den Namen ihrer Seite in großen Buchstaben am unteren Bildrand einzublenden, hatten die Verpixelung entweder vergessen oder – wohl eher – absichtlich unterlassen. Eine indiskrete Smartphone-Kamera zoomte die Familie heran, genau wie die unvermummten Gesichter der Leute von der Terrorabwehr.

In diesem Moment sah der Richter rot.

Er schaltete einen kleinen Fernseher ein, der hinter Schranktüren versteckt war. In dem Schrank befand sich auch ein Tresor, in dem sich Akten stapelten. Maître Khaled Aribi, »Rechtsanwalt der Kammer von Paris«, gab gerade auf LCI ein Interview, in dem er sagte, dass er vom jungen Abdelkrim »und seiner Familie« beauftragt worden sei, und sich über die unmenschliche Behandlung echauffierte, die »die Antiterrorbullen« derzeit Frauen, Greisen und Kindern angedeihen ließen. »Kindern!«, wiederholte er, zog die buschigen Augenbrauen kraus, die an einen Wesir erinnerten, und riss die großen, dunklen Augen weit auf. »Ich prangere diese Medienkampagne an, die gerade erst anläuft – eine Lynchkampagne, die der Justiz eines Landes unwürdig ist, das sich damit brüstet, das Mutterland der Menschenrechte zu sein! Ich weiß wirklich nicht, welcher Richter diese Brutalos in voller Montur losschickt, um Frauen und Kinder in einer Razzia fast schon mitten in der Nacht aus ihren Betten zu holen. Ja, Sie haben richtig gehört! Man darf sich da nicht täuschen lassen. Es handelt sich tatsächlich um eine Razzia! Nun, ich hoffe, dass er nachts gut schlafen kann, dieser erbärmliche Richter, denn ich an seiner Stelle bräuchte eine Wagenladung Schlaftabletten, um auch nur ein Auge zuzutun …«

Der Richter presste die Lippen zusammen. In seinem fast bis zum Bauchnabel aufgeknöpften Hemd ließ Maître Aribi sich ausgiebig filmen und reihte auch weiter mit Verve eine verbale Provokation an die andere. Selbst über den Bildschirm meinte man, sein fünfhundert Euro teures Parfum riechen zu können.

»Machen Sie das aus!«, war der einzige Kommentar, den der Richter dazu verlauten ließ.

8.

Einige Augenblicke später – er hatte sich immer noch nicht wieder beruhigt – hörte er sich Capitaine Telliers Schilderung von Krims Befragung an. Er konnte seine Ungeduld bei jedem noch so kleinen Zögern seines Gesprächspartners nur im Zaum halten, indem er immer wieder etwas zu scharf einatmete.

»Na ja, das wär's also. Krims Version und die seiner Mutter sind in Bezug auf Benbaraka deckungsgleich ... Aber, Herr Richter, da wäre noch etwas. Ein Korrespondent von France Bleu ist bei sich zu Hause geknebelt und mit Handschellen an den Heizkörper gefesselt aufgefunden worden. Er behauptet, man hätte ihm gestern Morgen den Presseausweis und die Radioausrüstung gestohlen.«

»Hat er die Angreifer beschreiben können?«

»*Den* Angreifer, Herr Richter, es war nur ein einzelner Mann. Rothaarig. Klingt ganz wie derjenige, der dem Jungen dabei geholfen haben soll, sich den Weg durch die Menge zu bahnen.«

»Sehr gut, Capitaine. Haben Sie Fingerabdrücke genommen?«

»Die Analysen liegen uns bis morgen Abend vor, aber wir bekommen wahrscheinlich schon morgen früh die Aufzeichnungen der Überwachungskameras vom Rathausplatz in Grogny. Der Staatsanwalt findet, dass wir ein Phantombild anfertigen und es über die Presse verbreiten sollten.«

»Hm.« Wagner zögerte. »Hören Sie, über das Phantombild denken wir noch mal nach. Wir schreiben ihn erst mal zur Fahndung aus. Ich rufe Lamiel deswegen an. Sagen Sie, Capitaine, brauchen Sie ein Rechercheteam der Gendarmerie als Unterstützung?«

Der Capitaine schien von der Frage überrascht zu sein. »Äh … nein, wir haben drei Ermittlungsteams im Einsatz. Der Kommandant kann Ihnen sicher bestätigen, dass wir ganz gut allein zurechtkommen.«

Der Richter quittierte es mit einem Kopfnicken, das sein Gesprächspartner nicht sehen konnte, und legte auf. Er wollte gerade Mansourd anrufen, als er eine vertraute Stimme vom Flur der Galerie vernahm. Er drehte sich zu Alice um, die ihrerseits die Augenbrauen hochzog.

Richter Rotrou war zurück – aus Pakistan, wohin er gegen seinen Willen aufgrund einer alten Ermittlung hatte fliegen müssen, um sich vor Ort mit den wiederholten Forderungen gewisser Opferfamilien auseinanderzusetzen. Dass Alice die Augenbrauen hochgezogen hatte, deutete darauf hin, dass es ihm ordentlich stank, all die Aufregung verpasst zu haben und vor allem nicht rechtzeitig zur Stelle gewesen zu sein, um zu verhindern, dass Wagner mit den Ermittlungen betraut wurde.

Er klopfte zwar an, würdigte Alice aber keines Blickes. »Herr Richter«, hob er außer Atem an. »Meine herzlichen Glückwünsche.«

Rotrou war ein massiger Mann, fettleibig, der immer Hosenträger trug und stark schwitzte. Er verbrachte nicht unwesentlich Zeit damit, sich den riesigen, haarlosen Schädel abzutrocknen. Eine weitere Besonderheit – und damit wurde er oft parodiert – war der sommers wie winters stets offene Mund mit wulstigen Lippen, wie man sie sonst fast nur bei Schwarzen sah. Sie waren leuchtend rot und immer zu einem abschätzigen Grinsen verzogen.

Wagner stand auf, um den Menschenfresser zu begrüßen.

Rotrou reichte ihm die feuchte, wurstfingrige Hand und ergriff den Ellbogen seines Kollegen mit der anderen. Dann beugte er sich vor und murmelte ihm übertrieben höflich ins Ohr, sodass Alice ihn nicht verstehen konnte: »Ihr werdet das nicht schaffen. Gib den Fall auf, gib ihn an mich weiter, bevor du dich noch lächerlich machst. Du weißt genau, dass du nicht das Format dafür hast, *Herr Richter* …«

Wagner befreite seine Hand aus Rotrous Pranke. »Danke für die aufmunternden Worte«, sagte er vernehmlich, »aber ohne Sie verjagen zu wollen – meine Kollegin und ich stecken mitten in der Arbeit. Danke, und« – er konnte es sich nicht verkneifen –, »seien Sie versichert, dass die Ermittlungen mit Siebenmeilenstiefeln vorangehen. Sie machen sich ja keine Vorstellung …«

Alice war in diesen Räumlichkeiten an Ausbrüche von Antipathie gewöhnt, doch was diese beiden Richter einander an den Kopf warfen, schien mit vergifteter Watte umwickelt zu sein, schmutzige, radioaktive Bomben, die wesentlich ungesünder zu sein schienen als die Tobsuchtsanfälle korsischer Kämpfer, die von der Einleitung eines Verfahrens gegen sich erfahren hatten. Sie hatten Wagner als *pinsut* beschimpft und ihm mit Sprengstoffanschlägen, Kehledurchschneiden und anderen freudigen Dingen gedroht. Doch Wagner schien sich von einem derartigen Schlagabtausch nicht im Mindesten beeindrucken zu lassen, ebenso wenig wie von dem, der sich gerade unter dem besorgten Blick seiner Mitarbeiterin abgespielt hatte.

Stattdessen machte er sich mit erneuertem Eifer an die Arbeit, als hätte der Hass des Menschenfressers ihn förmlich erfrischt, als wäre ihm nicht gerade ein Misserfolg an den Hals gewünscht worden, sondern als hätte er stattdessen zwei Tassen starken Kaffee hintereinander getrunken.

Er griff zum Telefon und rief Mansourd an.

»Kommandant, wie lange dauert es noch, bis Sie die Videoaufzeichnungen von der Bank bekommen?«

Er sprach von der Schweizer Bank, vor der Mouloud Benbaraka und Farès Aït Béchir festgenommen worden waren und die sich eine videoüberwachte Tiefgarage mit einem Frisiersalon teilte, den Nazir Nerrouche wahrscheinlich betreten hatte.

»Ich fürchte, dass das schwierig wird«, entgegnete der Kommandant. »Allein schon die französischen Banken lassen sich viel Zeit …

Wir mussten zwei Anfragen stellen und würden dann mit den Außenkameras beginnen, die rund um die Bank angebracht sind. Aber wie auch immer: Wir bekommen die Bänder erst in zwei, drei Tagen. Vielleicht dauert es auch länger …«

»Ich kümmere mich sofort darum«, ging Wagner dazwischen und machte sich eine Notiz auf eine Akte. »Sie können sie übrigens wieder reinzitieren, ich schicke Ihnen gleich die Vorladungen durch.«

Mansourd machte keinen Hehl aus seiner Verblüffung. »Herr Richter … Ich dachte, wir wären übereingekommen, dass …«

»Nein. Ich habe meine Entscheidung getroffen. Wir haben die Telefonleitungen angezapft, der engste Familienkreis wird abgehört, wir haben die Wohnung von Nazirs Mutter mit Wanzen gespickt … Und nein. Wir werden wesentlich mehr erfahren, wenn wir sie auf diese Weise überwachen, das versichere ich Ihnen.«

Nervös nestelte der Kommandant an dem Medaillon an seiner Kette. Womöglich hatte die Tirade dieses Rechtsanwalts den Richter in Angst und Schrecken versetzt, und da wollte er nicht wie ein Monster erscheinen.

»Herr Richter«, wagte sich Mansourd zögerlich vor, »wenn es um diesen Maître Aribi geht …«

»Ich höre, Kommandant. Sagen Sie ganz frei heraus, was Sie denken.«

»Verzeihen Sie, Herr Richter. Sie leiten die Ermittlungen, und Sie tun das, was Sie für richtig halten.«

Wagner kritzelte nur mehr unleserliche Zeilen aufs Papier. Dann legte er den Stift wieder hin.

»Ich werd Ihnen jetzt mal eine Geschichte erzählen, Kommandant. Ein großer Rechtsgelehrter hat mal ganz am Anfang meiner Karriere eine Sache zu mir gesagt. Ich war damals Untersuchungsrichter im letzten Eckchen meiner Heimat, in Lothringen, und habe eine junge Mutter empfangen, die Opfer einer Vergewaltigung geworden war und nun im Verdacht stand, ihr Baby erstickt zu haben. Sie hatte nicht abtreiben dürfen, also hat sie das Baby gleich nach der Geburt getötet. Okay. Eine Mutter, die ihr Kind tötet. Bei unserem ersten Gespräch nahm sie eine passive Haltung ein, ihr Blick schweifte ziellos umher, verriet rein gar nichts. Okay. Ich habe also einen Prozess angestrengt, wie man sich damals ausdrückte, und einen Haftbefehl ausgestellt. Am zweiten Tag der Haft hat sie sich umgebracht.«

»Herr Richter …«

»Lassen Sie mich zu Ende erzählen, Kommandant. Das ging mir natürlich sehr nahe. Ich hatte das Gefühl, ihr keine Fragen von Mensch zu Mensch gestellt zu haben. Ich habe mich an den Gerichtspräsidenten gewandt, der inzwischen übrigens ein renommierter Jurist hier in Paris ist. Er forderte mich auf zu überprüfen, ob in der Akte alles rechtlich einwandfrei sei, ob nicht irgendwo die Unterschrift eines Mitarbeiters fehle, ob ich mich im juristischen Sinne tadellos verhalten hätte. ›Aber deshalb bin ich doch gar nicht zu Ihnen gekommen‹, wandte ich ein. Da sah er mich bloß an und lächelte. ›Ach … Sagen Sie sich einfach, dass man diesen Beruf nicht ausüben kann, ohne auch mal Schaden anzurichten.‹ Man übt diesen Beruf nicht aus, ohne auch mal Schaden anzurichten.«

»Ja, Herr Richter, nur …«

»Kommandant, ich sperre nicht eine ganze Familie vorsorglich ein, nur weil es den Medien, der Staatsanwaltschaft oder dem Papst so gefällt. Und wenn Sie glauben, dass das groteske Halali dieses Rechtsanwalts irgendeinen Einfluss auf meine Entscheidung hat, kann ich Ihnen auch nicht weiterhelfen. Haben Sie die Vorladungen bekommen?«

Der Kommandant überflog sie kurz. »Ja, Herr Richter. Und ich mache mich jetzt gleich auf den Weg nach Hamburg.«

»Das internationale Rechtshilfeersuchen ist innerhalb der nächsten Stunde bei Ihnen. Ich zähle darauf, dass Sie ihn schnappen, Kommandant. Oh, warten Sie!« Plötzlich fiel ihm noch etwas ein. »Das hätte ich schon fast wieder vergessen. Haben Sie das Handy gefunden?«

»Wir hatten da ein kleines Problem. Irgendjemand hat es abgeholt, anscheinend jemand von uns, aber das erzähle ich Ihnen später, das ist nicht annähernd so dringend wie die Festnahme dieses Verrückten …«

Das sah der Richter ähnlich. Er legte auf und spürte Alice' bewundernden Blick auf seinem Profil, tat so, als hätte er ihn nicht bemerkt, und fragte sie stattdessen, ob er ihr eine Tasse Kaffee bringen solle.

KAPITEL 15

Ein Gespenst geht um in Europa

1.

An der Place Léon-Blum im 11. Arrondissement gab es eine Brasserie, in der die Funktionsträger der Kriminalpolizei ein- und ausgingen. Das Vidocq war zweigeteilt: in eine Veranda für Krethi und Plethi und einen großen Saal im hinteren Bereich des Lokals, wo man die Kriminalbeamten bei Rinderlendchen über ihre Erfolge bramarbasieren hörte. Ein ungeschriebenes Gesetz verbot es den Rüpeln von der BAC, der Abteilung für Verbrechensbekämpfung, und sogar den Brigademajoren, ebenfalls dort essen zu gehen. Hier war man unter sich, und bei einem guten Pouilly-Fuissé wurde über Karrieren entschieden.

Als an diesem Nachmittag die statuengleiche Gestalt der Kommandantin Valérie Simonetti am Zinktresen erschien, stand ein ganzer Tisch voller Ermittler demonstrativ auf und verließ geschlossen den Saal. Sie verzichteten nur zu gern auf ihr Dessert, um der Frau, die nicht in der Lage gewesen war, Chaouch zu beschützen, zu verstehen zu geben, dass sie zur Persona non grata geworden war.

Valérie drehte sich um, um die Männer zu taxieren. Der Jüngste von ihnen ertrug es anscheinend nicht, sie zu ignorieren. Er blickte sie mit seinem schüchternen Gesichtchen entschuldigend an, was die Kommandantin mit einem langsamen, wohlwollenden Blinzeln ihrer schönen blauen Augen quittierte.

Sie war mit Kommissar Thomas Maheut verabredet, einem ihrer wenigen Freunde in Polizeikreisen, bei dem sie sich sicher sein konnte, dass er sie nie im Stich lassen würde. Doch er war weder im Schankraum noch auf der Veranda. Sie bestellte sich einen weißen Portwein und setzte sich an die Bar.

Sie trug eine schwarze Hose, die um ihre kräftigen Schenkel ziemlich spannte, und eine leichte Jacke über einem ärmellosen weißen Oberteil. Thomas traf mit fünf Minuten Verspätung ein. Er musste sich auf die Zehenspitzen stellen, um der Walküre einen Begrüßungskuss zu geben – er behauptete oft, derjenige gewesen zu sein, der ihr diesen Spitznamen ursprünglich verpasst hatte.

»Sicher, dass es dich nicht stört, dich öffentlich mit mir zu zeigen?«

Thomas war schlagartig starr vor Entsetzen. »Haben sie dich etwa beschimpft? Wenn irgendwer irgendwas sagt, leg ich ihn um …«

Ohne seine Uniform ähnelte der junge Kommissar Maheut zusehends den Gangstern, mit deren Verfolgung er seine Zeit verbrachte. Zwar trug er Polohemden ohne sichtbaren Makel und rasierte sich zweimal am Tag gründlich, aber mit der Zeit hatte sein leicht fanatischer Hygienefimmel seine beruhigende Qualität verloren. Mit dem harten Blick, dem energischen Kinn und einer misstrauisch schweren Unterlippe sah er wie einer jener ungemütlichen Typen aus, neben die man sich in öffentlichen Verkehrsmitteln lieber nicht setzt. Seine Nase war gebrochen gewesen, seine Haut war rau, und seine Haare waren hell und kraus.

Sie wurden an einen Zweiertisch gesetzt. Wie zufällig verzichtete der Nebentisch auf den Kaffee und zahlte an der Bar.

»Kein einziges dieser Arschlöcher kann dir auch nur ansatzweise das Wasser reichen. Scheiße, wenn ich nur nicht immer so vernünftig wäre …«

Valérie mochte Thomas sehr. Er hatte versucht, sie zu verführen, seit sie sich kannten, und bisher drei Nächte mit ihr verbringen dürfen – Abenteuer ohne Zukunft, quasi boxerische Erfahrungen mit einer Frau, wie man sie nicht oft traf, vor allem nicht in dem steifen Milieu, in dem sich der junge Kommissar bewegte.

Thomas war der ganze Stolz seiner Familie und Sprössling dessen, was er bis heute mit einer gewissen Bitterkeit als das »Frankreich von unten« bezeichnete. Er war Polizist geworden, um sein Leben nicht am Fließband in einer Fabrik verbringen zu müssen. Mit einem brillanten Juraabschluss in der Tasche und als jüngster Kommissar Frankreichs leitete er mit fünfunddreißig Jahren dank des geradezu väterlichen Vertrauens, das ihm sein Mentor, der Polizeipräsident Dieuleveult, entgegenbrachte, die Abteilung für öffentliche Ordnung und Verkehr. Um nicht einer dieser verklemmten Typen mit Stock im Arsch zu werden, mit denen er sich tagtäglich abgeben musste, übertrieb er es mit seinem volksnahen Eifer in der Öffentlichkeit, sagte ständig »Scheiße« und »Fuck«, mäßigte sich inzwischen aber schon ein bisschen und bevorzugte bisweilen »elender Saustall« gegenüber dem profaneren »Scheißsaustall«.

Sie verloren keine Zeit. Das Gespräch war auf Chaouch gekommen, noch ehe Valérie ihren Portwein zur Hälfte ausgetrunken hatte. Für Thomas gab es nicht den Hauch eines Zweifels, dass das Attentat von einem »einsamen Wolf« verübt worden war.

»Man muss sie sich nur ansehen, diese Rotzlöffel, die sind irre, ich schwör's dir. Ich meine, Scheiße noch mal, die sind doch völlig durchgeknallt, völlig durchgeknallt! Eines Tages musste so was ja passieren.«

Valérie sah auf ihre Armbanduhr, die sie so drehte, dass das Zifferblatt direkt neben ihrer Pulsader auflag.

»Ich wette mit dir, dass es im Fernsehen immer noch einen ganzen Haufen Arschlöcher gibt, die behaupten, die Gesellschaft wäre daran schuld oder sonst was. Scheiße noch mal, was brauchen die denn noch? Irgendein Abschaum, der am Wahltag auf einen Politiker schießt, und immer noch erzählen sie, dass … dass …«

Ihm fielen zu viele Schimpfwörter auf einmal ein, mit denen er die eingebildeten Intellektuellen gern bedacht hätte, und in seiner Verwirrung begnügte er sich mit einem Seufzer. Dann gab er dem Kellner ein Zeichen, ihm etwas zu trinken zu bringen.

»Na, was«, murmelte er und wich Valéries Blick aus, die sich ihm gegenüber oft wie eine große Schwester verhielt, »nur ein bisschen was zur Stärkung. Bei den Tagen, die uns bevorstehen, muss man doch mit seinen Kräften haushalten, oder nicht?« Und schon durch den allerersten Schluck aufgeheitert, fuhr der junge Kommissar fort: »Gut, jetzt mal ernsthaft. Der Bursche, der geschossen hat – was ist das für einer? Al-Qaida? Ihr kommt uns doch wie jedes Mal mit irgendwelchen Theorien …«

»Nein, nein«, antwortete Valérie sanft. »Die Terrorabwehr ist dran, Mansourds SDAT. Ich weiß kaum mehr als du, nur dass bei der DCRI nicht wenige Köpfe rollen werden. Irgendwas ist faul an Boulimier … Aber wie auch immer. Der Junge hat das nicht allein durchziehen können, auch sein Cousin nicht. Schon unglaublich, dass man sie die ganze Zeit überwacht hat und trotzdem nicht rechtzeitig eingreifen konnte … Das ist wirklich … unglaublich.«

Sie streifte sich die Jacke ab. Sofort fielen die ersten Blicke auf ihre kräftigen nackten Arme mit dem zarten blonden Flaum. Bei der leisesten Bewegung des Handgelenks trat ihr athletischer Bizeps hervor, hübsch zerteilt durch eine Ader, die umso blauer wirkte, da ihre Haut so hell war. Thomas zog die Augenbrauen hoch und musste die Erinnerungen an ihre letzte Kissenschlacht beiseiteschieben. Damals hatte Chaouch sie längst noch nicht zur Leiterin seiner Leibgarde ernannt.

»Schön. Und hast du gesehen«, fragte Thomas, »sie haben schon einen Richter auf die Sache angesetzt, nach dem Motto: Die Ermittlungen sind völlig unabhängig. Bla, bla. Rate, wer es ist.«

»Henri Wagner?«

»Genau der.«

»Na, sieh einer an«, kommentierte Valérie und sah erneut auf ihre Armbanduhr. »Ich dachte, er wäre seit den Schweinereien mit den Korsen erledigt … Wie kommt es, dass er auf den Fall des Jahrhunderts angesetzt wird?«

»Ah, das. Das ist Politik«, dozierte der Kommissar. »Ein Wechsel in der Staatsanwaltschaft unmittelbar vor der Wahl. Alle haben auf Chaouch gesetzt, und jetzt, da die Linke an der Macht ist … Egal. Kümmern wir uns nicht um die Palastintrigen …«

Sein Telefon läutete.

»Wo wir gerade von Palastintrigen sprechen …«

Er stand auf und lief hinaus auf die Terrasse, um den Anruf entgegenzunehmen. Valérie sah, wie sich hinter der Scheibe der Brasserie sein Gesichtsausdruck verhärtete.

Als er zurückkam, fragte sie ihn: »War das der große Manitu?«

»Ich muss los, Scheiße, tut mir leid.«

Die Kommandantin bestand darauf, die Rechnung zu begleichen. Thomas konnte nicht mal warten, bis der Kellner noch einmal losgegangen war, um das Kartenlesegerät zu holen. Er nahm die Einladung an, nickte ihr zum Dank zu und eilte aus dem überfüllten Schankraum. Auf der Terrasse drehte er sich noch einmal um und konnte sehen, wie Valérie so tat, als wären ihr die vielsagenden Blicke der Meute vollkommen gleichgültig.

2.

Mit einem Motorradpolizisten als Vorhut parkte ein Wagen mit getönten Scheiben in zweiter Reihe neben dem von Kommissar Maheut. Das hintere Fenster wurde runtergelassen, und eine bleiche Hand, die aus einem anthrazitfarbenen Jackenärmel ragte, winkte den Kommissar heran und bedeutete ihm einzusteigen. Er kannte diesen Wagen und die minimalistische Art des Polizeipräsidenten. Also leistete Maheut Folge und schob sich auf die gepolsterte Rückbank, während der Fahrer gebeten wurde, vor dem Fahrzeug zu warten. Ohne sich auch nur einen Moment lang seinem Gast zuzuwenden, begann Dieuleveult, eine Akte voller handgeschriebener Notizen durchzublättern.

»Ich habe mich gestern Abend mit der Innenministerin getroffen. Ich muss wohl nicht eigens betonen, dass die Lage ernst ist. Sehr ernst, ja, wenn man darüber nachdenkt, dass die größte Kulturnation der Welt von einer Gewaltwelle überrollt wird, die einem Entwicklungsland eher angemessen wäre. Wirklich, man könnte meinen, wir wären im Algerien der Achtzigerjahre. Sie erinnern sich doch sicher noch an Boudiaf, Kommissar?«

Die Frage erforderte keine Antwort, und der Polizeipräsident sah seinen Gesprächspartner dabei auch immer noch nicht an.

»Wenn Sie wissen möchten, was ich darüber denke, dann sage ich Ihnen: So was passiert, wenn man alle Welt an den gedeckten Tisch einlädt. Zwei Generationen später sind wir jetzt so weit und erleben die alten Schemata des arabischen Wegs … Gut, das ist eben meine Meinung, die auch nur mich interessiert. Die Protokolle unserer Dienste lassen darauf schließen, dass es diverse Banden darauf anlegen, in Paris ein Riesenchaos anzurichten. Ich vertraue Ihnen. Sie werden in den kommenden Tagen in der ersten Reihe stehen. Ich will stündlich einen Bericht und die Verstärkung von Kontrollen in sämtlichen Zügen des RER und an den großen Einfallstraßen nach Paris.

»Sehr wohl, Monsieur.«

»Und was Demonstrationen betrifft, ist es ganz einfach: Es gibt keine. Keinen Protestmarsch – auch keinen zur Unterstützung oder aus irgendeinem anderen Grund. Ich will nicht eine einzige Massenkundgebung in Paris, solange die Dinge nicht wieder im Lot sind. Eine Art Benefizkonzert für Chaouch habe ich schon untersagt. Es gibt keine Ausnahmen. Ich weiß, dass gewisse Leute sofort auf den Zug aufspringen und so eine Veranstaltung ausnutzen würden, um …«

Kommissar Maheut spürte, dass Dieuleveult drauf und dran war, das Thema zu wechseln. Der Polizeipräsident fixierte einen Bericht und runzelte derart angestrengt die Stirn, dass es beinahe so wirkte, als konzentrierte er sich. Dann klappte er die Akte mit einer entschiedenen Geste zu und wandte sich endlich Maheut zu. Sein Blick war so neutral und ausdruckslos, dass sein Gesicht wirkte wie ein totes Meer.

»Thomas, Sie wissen, wie heikel unsere Lage gegenüber der Place Beauvau aussieht. Die Innenministerin verabscheut mich, nein, nein, Sie machen sich gar keine Vorstellung davon, wie sehr sie mich verabscheut. Ich darf mir nicht den geringsten Fehltritt erlauben. Das gilt natürlich ebenso für all diejenigen, die unter meiner Weisung stehen …«

Maheut schürzte die Lippen, um nicht allzu verwirrt auszusehen. Der Polizeipräsident schloss die Augen und zog eine eigenartige Grimasse, bei der eines seiner Nasenlöcher plötzlich größer wirkte als das andere. Maheut ahnte, dass es sich dabei um den Versuch handelte, ein freundliches Gesicht aufzusetzen. Jetzt, da er darüber nachdachte, fiel ihm mit einem Mal auf, dass er den »Kardinal« noch nie hatte lächeln sehen und dass er eigentlich auch nicht davon ausgegangen war, dass so etwas für einen derart kalten Menschen überhaupt im Bereich des Möglichen lag.

»Sie verdienen Besseres als die öffentliche Ordnung und den Verkehr, Kommissar. Die Nächte vor irgendwelchen Kontrollbildschirmen zu verbringen mag in Ihrem Alter vielleicht schön sein, aber irgendwann muss man auch an später denken …«

Jetzt kommt's, schoss es dem jungen Kommissar durch den Kopf.

»Ich habe Großes mit Ihnen vor, Thomas. Ich setze große Hoffnungen in Sie … Eines Tages, wenn alles gut geht, könnte es durchaus sein, dass Sie mal meinen Platz einnehmen. Ich werde Ihnen eine Mission anvertrauen, die ich keinem anderen meiner engsten Mitarbeiter übertragen könnte. Dafür muss ich mich aber voll und ganz auf Ihre Unterstützung verlassen können, genau wie auf Ihre absolute Verschwiegenheit. Ich meine wirklich: *ab-so-lut.*«

Der Kommissar wusste nicht, was er darauf erwidern sollte. Er spürte, wie sich sein Kopf wie von allein nach vorn neigte. Weil er sich keine Krawatte umgebunden hatte, fühlte er sich plötzlich vollkommen nackt.

»In Kriegszeiten gibt es zwei Feinde: das gegnerische Lager und – vor allem – das eigene. Die Mission, die ich Ihnen anvertrauen möchte, steht in direktem Zusammenhang mit diesem inneren Feind … der auch der Feind des Inneren heißen könnte, wenn Sie verstehen, was ich meine.«

»Ja, Monsieur«, erwiderte Thomas und presste sich nervös die Handflächen auf die Knie.

»Eine solche Mission bringt es mit sich, dass Sie sich außerhalb Ihrer üblichen Befugnisse bewegen, und ich verrate Ihnen auch nicht sofort alle Details. Wir setzen uns in den kommenden Tagen noch einmal zusammen, im Lichte der Ereignisse und der Manöver, die sich bis dahin an der Place Beauvau abspielen. Sagen wir es so, um Ihnen den Mund wässrig zu machen: Es handelt sich um … Wie soll ich mich ausdrücken … Stellen Sie sich ein Gebäude vor, das nur aufgrund seiner extrem soliden Grundfesten noch aufrecht steht. Können Sie mir folgen?«

»Ich … Ich versuche es …«

»Gut. Stellen Sie sich eine verrottete Holzhütte vor, die auf Stahlbetonpfeilern ruht. Ihre Aufgabe besteht darin, diese Pfeiler brüchig zu machen, wenn Sie so wollen. Die Fäulnis sichtbar zu machen. Ich bin mir sicher, dass Sie bei dieser Aufgabe brillieren werden«, schloss er sibyllinisch, bevor er die Schulter des Kommissars mit einem Blick bedachte, der ihn wirksamer entließ, als es die makellose Hand mit einem Wink jemals vermocht hätte.

3.

Mansourd war schon aufgebrochen, als Fouad, Rabia und Dounia auf freien Fuß gesetzt wurden. Man gab ihnen die Handys zurück, überreichte ihnen auch gleich die Vorladungen und erklärte ihnen, dass sie sich tags darauf, am Dienstag um Punkt vierzehn Uhr, in Richter Wagners Amtsräumen in der Galerie Saint-Éloi des Justizpalasts von Paris einzufinden hätten. Die beiden Schwestern hörten ohne erkennbare Regung zu. Sie hatten beide einen Zustand fortgeschrittener Abstumpfung erreicht, ihre Gesten waren maschinenartig, ihr Blick war durch Erschöpfung und Traurigkeit verschleiert.

Fouad hingegen war hoch konzentriert, angespannt und stand so kerzengerade da wie das I in Insubordination.

Als Rabia und Dounia dann wirklich frei waren und ganz ungehindert hinaus in die sengende Sonne des frühen Nachmittags traten, fielen sie einander in die Arme und fingen an zu weinen. Sie schalteten ihre Telefone wieder ein und erwarteten schon Dutzende Anrufe in Abwesenheit von der Familie. Doch sämtliche Anrufe – ausnahmslos alle – stammten von unbekannten oder unterdrückten Rufnummern. Sie hörten sich die ersten Nachrichten an. Es waren Journalisten, große Sendeanstalten, große Zeitungen, große Radiostationen, häufig Frauen, die in lockendem, verbindlichem Tonfall sprachen, manchmal mit einem ausländischen Akzent, den man mit dem Messer hätte schneiden können …

Fouad rief als Erstes Jasmine an. Doch nach drei weiteren vergeblichen Versuchen und ebenso vielen hinterlassenen Nachrichten kam er zu dem Schluss, dass sie nicht antworten konnte. Sie stand wohl unter Aufsicht. Er würde sich auf eine andere Art mit ihr in Verbindung setzen müssen.

Dann wählte er die Nummer von Maître Szafran. Eine Frauenstimme antwortete und stellte ihn zu dem Anwalt durch. Fouad schilderte ihm die Lage – sie seien unschuldig, sein Bruder Nazir sei der einzig Schuldige, der Ermittlungsrichter habe sie für den folgenden Tag um 14 Uhr einbestellt. Mit einem gezückten Stift in der Hand hörte Maître Szafran aufmerksam zu. Dann erwiderte er, dass er es für unbedingt notwendig halte, sich am folgenden Morgen zu treffen, um die Befragung durch den Richter vorzubereiten. Eine Befragung im Übrigen, bei der er anwesend sein werde und bei der man darauf wetten könne, dass es angesichts der Vorladung, die Wagner ausgestellt hatte, nicht mit der Einleitung eines Verfahrens enden werde.

»Kennen Sie ihn, diesen Richter?«, fragte Fouad.

»Ja, er ist der einzige integre Richter in Paris, so unabhängig, wie es eben möglich ist. Nehmen Sie es mir nicht krumm, aber ich würde fast so weit gehen zu sagen, dass Sie Glück im Unglück hatten …«

Er hatte eine einschüchternde, dröhnende Stimme, zugleich tief und klar, und eine kontrollierte Aussprache, in der lediglich der Akzent eines intellektuellen Großbürgertums durchklang: exakt konturierte Wortverbindungen, majestätisch gedehnte As und wie aus Respekt und kraftvoll verlängerte Doppelkonsonanten.

»Nichtsdestoweniger sollten wir auf der Hut bleiben«, fuhr Szafran fort. »Und hüten Sie sich vor Reportern, Monsieur Nerrouche. Beantworten Sie keine Interviewanfrage. Verbarrikadieren Sie sich bis morgen an einem sicheren Ort. Und wenn ich Ihnen einen letzten Ratschlag geben darf: Benutzen Sie lieber das Auto statt den Zug, um sich in die Hauptstadt zu begeben.«

Als Fouad auflegte, hatte er sich beinahe beruhigt. Trotz der Aussicht, vor einem Richter aussagen zu müssen, trotz des Eindrucks, der sich ihm aufdrängte, binnen einer einzigen Nacht zu einem Kriminellen geworden zu sein, hatte ihm die Stimme, dieser juristische Bassbariton, das Vertrauen zurückgegeben.

Trotzdem konnte die gute Neuigkeit, die noch keine war, seine Stimmung nicht nachhaltig heben. Wenn das Karussell der Mutmaßungen und Hoffnungen sich nicht mehr drehte, bliebe in den Augen von Millionen dennoch diese kleine, hartnäckige Tatsache zurück, diese ganz grässlich hartnäckige Tatsache: dass sein achtzehnjähriger Cousin versucht hatte, den Präsidentschaftskandidaten des Parti Socialiste zu ermorden, den Frankreich gerade mit komfortabler Mehrheit gewählt und den Fouad bereits vor Zeugen als seinen potenziellen Schwiegervater bezeichnet hatte.

Die Schamesröte stieg ihm ins Gesicht, wenn er an die Szene zurückdachte.

»Ich hab gerade mit … dem Rechtsanwalt gesprochen«, sagte er zu seiner Mutter, die der untröstlichen Rabia über den Kopf streichelte.

Er hatte ihn absichtlich nicht »unseren Rechtsanwalt« genannt, als bräuchten nur Verbrecher einen Anwalt und als wäre »unser Rechtsanwalt« ein erstes Schuldeingeständnis.

»Und?«

»Mama, du hast den Ermittlern nichts gesagt, oder? Hast du irgendetwas unterschrieben?«

»Natürlich, das Protokoll.«

»Und was hast du ihnen erzählt?«

»Na, gar nichts«, log Dounia. »Was hätte ich denn deiner Meinung nach erzählen sollen?«

»Du weißt schon … dass sie einfach irgendwas, was du gesagt hast, nehmen und ins Gegenteil verdrehen können?«

»Aber, Fouad, das weiß ich doch. Hör zu. Ich sitze in der Klemme. Slim und Luna sind nicht mehr bei der Großmutter. Offenbar hat es dort Streit gegeben, als in der Nacht alle nach Hause gekommen sind. Sie wollten nicht mehr dort bleiben.«

»Was ist das denn wieder für eine Geschichte? Wo sind sie jetzt, Mama? Wo?«

»Sie sind zu Hause. Beruhige dich, Slim hatte seinen Schlüssel dabei.«

Rabia hatte inzwischen angefangen, mit Luna zu telefonieren, und Fouad nutzte die Gunst der Stunde, um seiner Mutter vorzuschlagen: »Wir fahren bei Rabia vorbei, holen ihre Sachen und nehmen sie dann mit zu uns, ja?«

Dounia nickte, und einen Moment später machten sie sich gemeinsam zu Fuß in Richtung von Rabias Viertel auf. Mit den Händen in den Taschen ging Fouad noch einmal alles durch, was er zu Jasmine sagen wollte, wenn er sie endlich am Apparat hätte. So gedankenversunken bemerkte er nicht einmal die Blicke der Passanten, die sie wiedererkannt hatten. Dann schickte Yaël eine Nachricht und fragte, ob sie ihn erreichen könne. Er rief sie umgehend zurück.

»Wir haben gerade eine durchwachte Nacht im Untersuchungsgefängnis hinter uns, Yaël. Ich hab noch nicht mal ferngesehen. Wie …«

»Fouad, wir haben ein Problem«, unterbrach Yaël und fuhr dann besorgt fort: »Ich glaube allerdings, das sollten wir nicht am Telefon besprechen …«

»Ich muss morgen früh nach Paris … Was ist denn los? Ich muss mich erst mit Szafran treffen und dann nachmittags mit dem Richter. Was ist los, Yaël?«

»Hör zu, du hast jetzt andere Sorgen. Wir sprechen beizeiten darüber. Gefällt er dir – Szafran? Macht er einen guten Eindruck? Was sagt er zu der ganzen Sache?«

Doch Fouad hatte keine Lust zu plaudern. Er beschränkte sich auf das absolute Minimum, das er Yaël schuldete, und legte im selben Moment auf, da der Anfang der Rue de l'Éternité in seinem Blickfeld auftauchte. Sie durchschnitt einen der Hügel der Stadt vom einen Ende zum anderen. Rabias Wohnblock lag direkt unterhalb der Stelle, von wo an die Straße wirklich steil anstieg. Und mit einem Mal fiel Fouads Blick auf einen Kastenwagen mit Antenne, der mit Vollgas in die Straße einbog. Er hielt seine Mutter mit einer Geste zurück.

Eine ungewöhnlich große Menschentraube hatte sich am Fuß der Steigung versammelt. Die Schaulustigen standen sogar auf der Fahrbahn. Für Wagen, die nichts mit dem Rummel zu tun hatten, war es kaum mehr möglich, ohne zu hupen und zu fluchen durchzukommen. Auf einer Strecke von fünfzig Metern warteten vielleicht fünfzehn antennenbewehrte Kastenwagen vor Rabias Wohnhaus. Alle waren sie vertreten: France Télévisions, TF1, LCI, i-Télé, BFM-TV, dann noch die großen landesweiten Radiostationen, ganz zu schweigen von den Fahrzeugen internationaler Medien. Man hätte es für den Tross der Tour de France halten können. Die Journalisten hatten beide Gehwege und einen Teil der Fahrbahn in Beschlag genommen. Sie machten nacheinander ihre Liveschalten, und ihre Kameramänner wiederholten allesamt die immer gleiche Fahrt vom Gesicht ihres Korrespondenten mit dem Mikrofon hinauf zu Rabias Wohnung im dritten Stock, wo die Läden geschlossen waren. Polizisten, die vor dem Eingang Wache schoben, kontrollierten die Papiere der Anwohner und drängten die Journalisten zurück.

Angesichts dieses Spektakels überlegte Fouad, ob es nicht besser wäre, Rabias Sachen später zu holen. Er musste seine Tante an der Hand mit sich fortziehen. Mit offenem Mund sah sie hinüber auf die surrealistische Szene und hatte ein Gefühl, das sie niemals zuvor verspürt hatte: das Gefühl, im Freien eingesperrt zu sein.

Am liebsten hätte sie die Journalisten angesprochen und ihnen gesagt, dass Krim keine Schuld treffe, dass er manipuliert worden sei. Sie wollte ihnen von ihrem Arrest erzählen, dass sie die ganze Nacht

Fragen habe beantworten müssen, während ihre Antworten den Polizisten vollkommen egal gewesen seien; sie wollte sie anschreien, dass man ihr den Sohn geraubt habe, dass sie ihn heute Abend nicht mehr sehen und auch nicht mehr leise sein Zimmer betreten könne, um die Playlist mit klassischer Musik abzustellen, bei der er eingeschlafen sei, und ihm dabei einen Kuss auf die Stirn zu drücken, der bedeutete, dass sie ihm vergab, den Shit, die verpassten Arbeitsamtstermine, die kleinen Diebstähle, den ganzen Rest, von dem sie noch nichts wusste. Dass sie ihm alles verzieh, weil sie seine Mutter war und weil es Müttern nun mal zu eigen war, ihren Söhnen zu verzeihen, wie es den Wölfinnen zu eigen ist, ihren Wurf zu verteidigen, sollte es auch ihr eigenes Leben kosten.

»Sie sollen mich an seiner Stelle nehmen«, schluchzte sie. »Sie werden ihn nicht ins Gefängnis stecken, ich werde nicht zulassen, dass sie meinen Sohn ins Gefängnis stecken … Bei meinem Leben, ich werde nicht zulassen, dass sie mir meinen Sohn wegnehmen …«

Sie war drauf und dran, auf den nächstbesten Antennenwagen zuzustürzen und ihre wölfische Verzweiflung herauszubrüllen. Und sie hätte es auch getan, wären da nicht Fouads Finger gewesen, die sich fest um ihr zitterndes Handgelenk geschlossen hatten.

»Was haben wir dem lieben Gott nur angetan?«, fragte sie ihren Neffen mit vom Schmerz betäubter Stimme. »Was haben wir ihm nur getan, um das hier zu verdienen?«

4.

»Du redest nur Stuss«, entschied der Rugbymann, nachdem er zwei Minuten lang mit seinem dicken Zeigefinger auf die Escape-Taste eingehämmert hatte. »He, hörst du mir überhaupt zu? Ich hab gesagt, dass du nur Stuss erzählst und dass ich davon allmählich die Schnauze voll habe.

Also noch mal von vorn: Du bist um halb zehn in Paris angekommen, du bist zu Nazir gefahren, hast dich dann aber nicht getraut reinzugehen. Du haust also wieder ab und läufst durch die Straßen, dann kommst du zurück. Aber Nazir ist nicht mehr da, stattdessen ein rothaariger Typ mit einem Bärtchen. Der gibt dir 'ne Waffe und sagt, du sollst auf Chaouch schießen, sonst würde ein Typ am anderen Ende des Landes deine Mutter umbringen. Wir sind uns doch einig, dass diese Geschichte nach einem Märchen klingt. Aber okay. Was hast du getrieben, bevor du in die Wohnung von dem rothaarigen Typen zurückgegangen bist?«

»Keine Ahnung.«

»Du hörst jetzt auf, uns zu verarschen! Was hast du in der ganzen Zeit gemacht?«

Der Rugbymann stand auf, drehte eine Runde durchs Zimmer und schlug dabei ein paarmal zusehends heftiger, gegen die Tür. Auf der anderen Seite fragte eine Stimme nach, was los sei.

»Schon gut, schon gut«, antwortete der Rugbymann.

Krim wollte sich auf seinem Schemel umdrehen, um zu sehen, was sein Folterknecht in seinem Rücken ausheckte, doch er lag schon auf dem Boden, noch ehe er die Drehung auch nur angedeutet hatte. Mit einem gewaltigen Fußtritt hatte der Rugbymann den Schemel unter ihm gegen die Wand gekickt. Krim richtete sich auf und ballte die Faust. Der Rugbymann überragte ihn um zwei Köpfe.

Er schob sein ausdrucksloses Gesicht direkt vor Krim und sagte mit Grabesstimme: »Los, mach schon, schlag zu, du kleine Scheißschwuchtel, darauf wart ich schon die ganze Zeit. Mach schon! Hab mal Eier in der Hose! Na, mach schon, *los,* zeig mir, dass du ein Mann bist!«

Krim trat einen Schritt zurück. Unwillkürlich war aus den Tiefen seines Gewissens ein Gesicht vor seinem inneren Auge aufgetaucht: das seiner Schwester, der armen Luna, die ihn immer provoziert, es jedoch nie ernst gemeint hatte. Er fragte sich, was sie wohl gerade tat. Er konnte machen, was er wollte, all seine geistigen Fähigkeiten mobilisieren –

es war ihm trotzdem nicht möglich, sich die überwältigende Trauer vorzustellen, in die sie gestürzt sein musste, als sie erfahren hatte, dass ihr großer Bruder ein Präsidentenmörder war. Erst recht, weil sie Chaouch unwiderstehlich fand. Wann immer er im Fernsehen zu sehen war und ihre Mutter sie deshalb dazurief, sprang Luna aus dem Bett und flog geradezu vor den Bildschirm. Chaouch war der einzige Name, der in der Lage war, sie von einem Skype-Gespräch loszueisen.

»Ich wusste es nicht«, flüsterte Krim schüchtern, fast wie zu sich selbst. »Ich wusste nicht, dass ich auf Chaouch schießen sollte. Er hatte mir nur gesagt, dass ich schießen üben sollte, und ich hab geglaubt … Ich weiß auch nicht, was ich geglaubt hab …«

Der Rugbymann kehrte an seine Tastatur zurück, tippte aber nicht weiter. Er ruckte mit dem Kinn, um Krim aufzufordern, sich zu setzen und weiterzureden. Krim holte sich den Schemel wieder und erzählte dann, dass er Stunden damit zugebracht habe, auf Dosen zu schießen. Den dicken Momo erwähnte er tunlichst nicht.

Als er fertig war, sah der Rugbymann ihn mit einem unergründlichen Blick an. »Ist das alles?«

»Ich wusste nicht, dass es um Chaouch ging«, wiederholte Krim. Dann dachte er wieder an Luna und fügte hinzu: »Ich hab ihn gemocht, Chaouch.«

Der Rugbymann schüttelte ironisch den Kopf und fing wieder an, auf die Escape-Taste einzuhämmern, und zwar umso regelmäßiger, als es überhaupt keinen Effekt auf das Protokoll hatte.

5.

Bei der Großmutter ging Rachida unruhig in der Wohnung auf und ab. Ihre große Schwester Ouarda und sie schleuderten einander lautstark Argumente um die Ohren und sagten doch genau das Gleiche: dass es für die Nerrouches eine Schande sei, dass sie sich von dieser Schande nie erholen würden, dass ihnen der Himmel auf den Kopf gefallen sei und dass diese Katastrophe ganz klar Rabias und Dounias Namen trage.

Bei den ersten Gemeinheiten hatten Slim und Luna sich verzogen. Slim hatte eigentlich bleiben und sich mitstreiten wollen, doch Luna hatte schließlich die Initiative ergriffen und zum Aufbruch gedrängt. Der vernünftigere Teil der Familie war nicht imstande gewesen, sie zurückzuhalten. Dieser vernünftige Teil war mittlerweile auf dem Sofa gelandet und hielt den Mund, weil er mit den schwindelerregenden Wortschwallen der zwei Furien ohnehin nicht mithalten konnte, die einander von der Küche ins Wohnzimmer und wieder zurück folgten. Sie suchten eine Beschäftigung (Kaffee, Tee, Staubwischen, Aufräumen) und ließen wieder davon ab, sobald die nächste empörte Breitseite deren Münder verzog.

Die Nacht unter Arrest hatte die manische Seite von Rachidas bipolarer Störung hervorgekehrt. Jemand, der sie an diesem Nachmittag beobachtet hätte, ohne darauf zu hören, was sie von sich gab, hätte vielleicht die immense Freude bemerkt, die sie empfand, als sie ihrem Dämon gestattete, sich die Beine zu vertreten.

Die Großmutter machte sich an einer Kommode zu schaffen und schien sich nicht weiter für das Theater ihrer beiden Töchter zu interessieren. Von Zeit zu Zeit zog sie die Augenbrauen hoch, wenn deren Lautstärke die für die Kinder akzeptable Schwelle überschritt. Nachdem sie ein paar alte Zuckerstangen ausgegraben und die Kinder damit zum Computerspielen in ihr Schlafzimmer geschickt hatte, nahm sie nun mitten auf dem Sofa Platz und richtete ihren undurchdringlichen Blick auf das Foto ihres großen, blonden Sohns Moussa, die genetische Anomalie der Familie. Auf dem Foto stemmte er in der algerischen Wüste einen Fuß gegen einen Jeep. Das Bild stand bereits seit Jahr und Tag unter einer riesigen Mekka-Aufnahme, die in bald sämtlichen muslimischen Haushalten zu finden war: der berühmte schwarze Würfel der Kaaba, der von einem Ozean aus Gläubigen in bunten Tuniken umspült wurde.

Die Großmutter war so ruhig und konzentriert, als hätte sie sich schon ihr ganzes Leben lang auf diese Nacht unter Arrest vorbereitet. Für die anderen war es hingegen ein zum Leben erwachter Albtraum.

»Das war mal eine Hochzeit«, fasste der alte Onkel Ayoub auf Kabylisch zusammen und versuchte vergeblich, sich aus dem Sessel hochzustemmen.

Sobald Tante Bekhi sah, wie schwer er sich tat, eilte sie herbei, um ihn zurechtzuweisen, und befahl dann ihrer Tochter Kamelia, ihm ein Glas Wasser zu bringen. Kamelia schlief schon regelrecht im Stehen. Sie hatte aufgehört, Rachidas bösartigen Tiraden zuzuhören, aber auch wenn sie sie aus ihrer Wahrnehmung ausgesperrt hatte, konnte sie sich nicht gegen das darin enthaltene Gift wehren.

In der Küche traf sie auf ihren Cousin Raouf, Idirs und Ouardas Sohn, der die Hände auf das Edelstahlbecken gestützt hatte und dessen feuchter Blick, als er den Kopf hob, seinen eigentümlich beschämten Schrecken unterstrich.

Kamelia war darüber umso erstaunter, als der Prahlhans Raouf sich lieber einen Zeh abgeschnitten hätte, als zuzugeben, dass er machtlos und schwach war, geschweige denn über irgendein Thema nicht Bescheid wusste. Selbst außerhalb seines eigentlichen Kompetenzbereichs – der Eroberung eines breiteren Kundenstamms für sein Hal-al-Restaurant – schien er genug über so ziemlich alles zu wissen, um ein anständiges Gespräch führen zu können. Wenn man ihm aber bewies, dass er falschlag, wenn man ihn mit einer stichhaltigen Argumentation konfrontierte, nickte er und schloss die Augen: Ah, ja, ja, das wusste ich doch, natürlich.

Kamelia verstand sich nicht besonders gut mit ihm. Er war so etwas wie Fouads Gegenteil, das, woraus die Schandmäuler der Familie ihren

Honig saugten, indem sie zwischen den beiden Erfolgsgeschichten der Familie ebenso grausam wie unverrückbar unterschieden: Raouf prahlte viel und tat wenig, während Fouad viel tat und niemals davon sprach. Die öffentliche Meinung wurde zum Friedensrichter erhoben, urteilte zugunsten des Schauspielers, behauptete – zu Unrecht, wie Fouad immer beteuerte –, sich niemals zu täuschen und immer denjenigen zu ehren, der es am meisten verdiente.

»Was ist los, Raouf?«

Der junge Unternehmer schaute zur Decke, wie um seine Augen zu trocknen. Er fixierte die schirmlose Lampe und erklärte leise: »Ich hab am Samstag mit Nazir telefoniert.«

Er wollte Kamelia Zeit geben, die Information sacken zu lassen, doch der nächste Satz brannte schon in seiner Kehle. »Es ist zu gefährlich. Ich muss abhauen.«

»Aber warum denn? Wovon redest du? Hat er dir etwas erzählt?«

»Ich darf nicht darüber sprechen«, sagte er und blickte auf die Spalten zwischen den alten Küchenmöbeln. »Und was bringt es denn überhaupt, wenn ich noch hierbleibe?«

»Was es bringt?«, fragte Kamelia fassungslos. »Aber wir können Rabia und Luna doch jetzt nicht im Stich lassen! Die Armen!«

Dieser Schrei aus tiefstem Herzen stand in derart eklatantem Widerspruch zur sonstigen Stimmung in der Wohnung der Großmutter, dass Raouf sich nicht einmal bemüßigt fühlte, im Detail darauf einzugehen.

»Tja, du kannst natürlich machen, was du willst.«

So deutlich, als hätte er es mit einem Lippenstift auf die Küchenkacheln geschrieben, hörte Kamelia darüber hinaus, was er nicht ausgesprochen hatte: Hier rettet jeder besser seine Haut.

Und tatsächlich warteten Bekhi und Ayoub nicht einmal ab, bis der Kaffee serviert wurde, ehe sie den anderen mitteilten, dass sie aus Saint-Étienne abreisen würden, wie es ja von Anfang an geplant gewesen sei. Raouf hatte sich eine Woche Urlaub genommen, hütete sich aber davor, daran noch einmal zu erinnern, als er vorgab, dringend nach London zurückkehren zu müssen.

Die Blicke derjenigen, die aus Saint-Étienne waren und hier festsaßen, richteten sich also auf Kamelia, die zu schluchzen begann. Sie erinnerte sich daran, wie Krim im Festsaal vollkommen benebelt von einem Mädchen erzählt hatte, in das er wie ein kleiner Junge verknallt war, und daran, wie dieser kleine Junge, der er doch noch war – dem Anschein nach verstockt, aber eigentlich nur ihr schüchterner Cousin, sanftmütig und sogar begeisterungsfähig –, wie dieser kleine Junge so überglücklich gewesen war, als sie im Schlafzimmer der Großmutter Lieder erraten hatten und er dabei der Beste von ihnen allen gewesen war.

6.

Gleich nachdem er entdeckt hatte, dass Maître Aribi auf den Plan getreten war, rief Fouad Szafran an, um ihm zu versichern, dass er Aribi nie als Berater benannt habe. Das musste Krim getan haben, weil Aribi der einzige Rechtsanwalt war, den er eventuell kennen konnte. Er war oft im Fernsehen, seine krachenden Erklärungen machten ihn seit Jahren zu einem Dauergast in Talkshows, in denen seine schamlose Gerissenheit und sein spektakulärer Sinn für Selbstvermarktung frenetisch beklatscht wurden.

»Ich möchte nicht, dass wir von jemandem wie ihm verteidigt werden«, erklärte Fouad. »Unter gar keinen Umständen. Ist es überhaupt legal, sich als Anwalt von Leuten zu bezeichnen, die einen gar nicht beauftragt haben? Ich dachte, Rechtsanwälte dürften nicht aktiv Kundenakquise betreiben?«

»Sie haben recht, es verstößt gegen den Kodex unseres Berufsstands und kann schwerwiegende disziplinarische Folgen haben. Hören Sie, ich rufe ihn an. Und Sie entspannen sich erst einmal.«

Maître Szafran übertrug seiner Praktikantin die Aufgabe, die Nummer von Khaled Aribi herauszusuchen. Die Praktikantin hieß Amina und machte ein seltsames Gesicht, seit sie erfahren hatte, dass Szafran & Partner alle Ressourcen darauf verwenden würde, Chaouchs Mörder zu verteidigen …«

Fouad fand seine Mutter in der Küche vor; sie drückte hustend eine Zigarette aus. Er ging zu ihr und küsste sie auf die Schläfe, obwohl Dounia eine kraftlose abwehrende Geste machte.

»Wo ist Rabia?«, fragte er mit dem Kopf im Kühlschrank.

»Guck mal, mein Liebling, ich hab dir Brik gemacht, wenn du magst. Rabia? Die liegt oben in meinem Bett, mit Luna. Die Armen …«

Im nächsten Moment erschien Slim mit Einkäufen beladen im Türrahmen. Er warf die Taschen regelrecht von sich, um ans Handy zu gehen.

»Mist, ich hab sie verpasst. Das war Kenza. Scheiße, sie hat mich schon dreimal angerufen …«

Fouad nahm seine Mastercard Gold wieder an sich, die er seinem kleinen Bruder zum Einkaufen gegeben hatte. Dann half er ihm dabei, die Lebensmittel im Kühlschrank und in den Küchenschränken zu verstauen.

Sorgenvoll blieb Dounia am halb geöffneten Fenster sitzen. Dieses Haus, in dem sie jetzt schon seit zwei Jahren wohnte, war ihr wie durch ein Wunder von der Sozialwohnungsverwaltung des Departements Loire zugewiesen worden, obwohl sie weder kleine Kinder hatte noch in einem unregelmäßigen Beschäftigungsverhältnis stand. Mit ihrem Verdienst als Krankenschwester hätte sie sich die Miete auch ohne Hilfe leisten können, doch Nazir war damals anderer Ansicht gewesen. Es war in seinen Augen mehr als gerechtfertigt, dass der Staat der Witwe eines Mannes ein Dach über dem Kopf bot, der seine Gesundheit ruiniert hatte, um die Straßen ebendieses Staates in Schuss zu halten.

Das Haus mit den rosa verputzten Wänden gehörte zu einer Siedlung mit einem gewissen Standard, die auf einem der sieben Hügel der Stadt erbaut worden war. Es verfügte über ein hübsches Gärtchen, das von einer Ligusterhecke gesäumt war und in dem Dounia im letzten Sommer ein Grillfest ausgerichtet hatte. Außer dass es eine ermüdende halbe Stunde zu Fuß von Rabias Wohnung entfernt lag, hatte es nur einen wirklichen Makel: Ein schmaler, heruntergekommener Wohnblock versperrte den Blick ausgerechnet auf den Hügel von Montreynaud, auf dem der Turm mit der Schüssel stand, in dem Dounia ihre Kinder aufgezogen hatte.

Laut ihren Nachbarn – einem freundlichen, musikbegeisterten Rentnerehepaar – hatte die Gemeinde ein Jahr vor Dounias Einzug versprochen, das unliebsame Gebäude abzureißen. Doch immer noch ragte es vor ihnen auf wie eine Provokation, selbst wenn man an manch klarem Morgen sehen konnte, wie die Strahlen der aufgehenden Sonne durch die kaputten Fenster der unteren Etagen fielen und so den Rasen und die Mauern allmählich zum Leben erweckten.

Als er gerade mit dem Frühstück beginnen wollte, erhielt Fouad einen Anruf von Madame Caputo. Rabias Nachbarin berichtete, dass zwei Journalisten sie gegen zehn Uhr morgens hätten befragen wollen.

Fouad presste die Hand auf den Nacken. »Und haben Sie mit ihnen gesprochen, Madame Caputo?«

»Nein, nein, mein Junge, du kannst beruhigt sein. Ich werd doch nicht losgehen und über die Leute tratschen! Leider kann ich nicht dasselbe von allen Leuten hier im Wohnblock behaupten …«

Kaum hatte Fouad aufgelegt, kam Slim kreidebleich in die Küche zurück.

»Ich hab mit Kenza gesprochen«, murmelte er, ohne den Blick zu heben.

Fouad wandte sich erst seiner Mutter zu, dann wieder Slim. »Ja, und? Was ist los?«

»Pff. Die hat mich nie wirklich gemocht, die dumme Gans.«

»Wer, Slim?«, fragte Dounia. »Von wem sprichst du?«

»Von ihrer Mutter! Von Kenzas Mutter! Sie will sie rauswerfen, wenn sie sich nicht wieder von mir scheiden lässt. Es sei eine Schande, unsere Familie sei eine Schande, die Hochzeit sei eine Katastrophe gewesen und so weiter und so fort …«

In der Stille, die nun folgte, stieg dem jungen Mann das Blut in die Wangen. Wahrscheinlich hätte er gleich losgeweint, wenn Fouad ihn nicht gefragt hätte: »Und Kenza, wie denkt sie darüber?«

»Sie sagt, wir müssen uns eine gemeinsame Wohnung suchen. Aber wir haben doch kein Geld, das ist … Oje, das ist wirklich ein Albtraum. Aber ich wach gleich wieder auf, das schwör ich dir.«

»Sag ihr, dass sie im Notfall hierherkommen soll«, hauchte Dounia und angelte eine der letzten Zigaretten aus ihrem 30er-Päckchen. »Ich hab doch immer gesagt, dass dieses Haus zu groß ist nur für Slim und mich.«

»Aber wo soll sie denn schlafen?«, wollte Slim wissen.

»Na hör mal, sie schläft bei dir, in deinem Zimmer. Wo denn sonst? Ich teile mir das Zimmer mit Rabia und Luna, und Fouad schläft im Erdgeschoss auf dem Sofa, wie letzte Nacht, wenn ihn das nicht stört … Fouad? Was meinst du?«

»Ich schlafe sehr gut auf dem Sofa.«

Und als wäre in dieser seltsamen, angespannten Atmosphäre alles ganz einfach, als hätte nichts anderes mehr Gewicht, wurde es genau so beschlossen. Zumindest nahm Slim nichts anderes mehr wahr. Er lief zu seiner Mutter und gab ihr einen Kuss auf die Wange, griff zum Handy und wählte, ohne seine Erleichterung auch nur im Geringsten verbergen zu wollen, die Nummer seiner Ehefrau.

7.

Waldstein hatte Nazir am Ende nicht mehr gehorcht. Nachdem er viermal über endlose Autobahnabschnitte hin- und hergefahren war, um ihre »Verfolger« abzuschütteln, hatte er an einer Autobahnraststätte angehalten und sich geweigert weiterzufahren.

»Sie verstehen doch, dass ich vorsichtig sein muss, Herr Waldstein?«

Er konnte Nazirs Stimme inzwischen kaum noch ertragen.

»Hören Sie, mein Job ist es, sie zu fahren. Taxi zu spielen. Okay? Ich bin nicht hier, um immer wieder hin- und herzufahren.«

»Ja, aber überlegen Sie doch mal: Wir säßen jetzt mächtig in der Tinte, wenn wir verfolgt worden wären. Die Leute, die mir auf den Fersen sind, haben Mittel und Wege. Wahrscheinlich haben sie sich sogar schon die Bänder von den Überwachungskameras über dem Bankparkhaus verschafft, und wenn das stimmt, wüsste ich nicht, warum sie nicht auch Zugriff auf die Kameras an den Zufahrtsstraßen zur Autobahn haben sollten. Und da hätten sie doch sofort herausgefunden, in welche Richtung wir fahren. Nur deshalb habe ich Sie darum gebeten …«

Herr Waldstein ließ den Motor wieder an.

Eine halbe Stunde später tauchten Lagerhallen entlang der Autobahn auf. Sie näherten sich der Großstadt. Nach einem instinktiven Blick in den Rückspiegel fixierte Nazir wieder seinen Fahrer, bis dem eine Schweißperle auf die Schläfe trat.

»Wenn Ihnen derlei niedere Tätigkeiten so missfallen, warum haben Sie den Job dann angenommen?«

»Was für niedere Tätigkeiten? Ich fahre Sie, und das ist auch schon alles!«

»Ach, sieh einer an. Hätten Sie es denn gern, dass es um etwas anderes ginge?«

Waldstein wusste nicht, wovon Nazir sprach … oder er wusste es nur allzu gut.

Nazir wurde nun lauter. »Ich werde Ihnen jetzt sagen, was ich glaube, *Herr Waldstein*. Ich glaube, dass seit Zürich trotz allen Hin und Hers und aller Umwege, um die ich sie gebeten habe, drei Autos und zwei Motorräder hinter uns hergefahren sind. Wir haben sie alle abgeschüttelt, und jetzt warten Sie nur noch auf eine Sache: aufs nächste Klo, damit Sie unseren Verfolgern Bescheid geben können, wohin Sie mich gebracht haben. Aber das wird selbstverständlich nicht geschehen ...«

Waldstein reagierte nicht. Stattdessen fuhr er von der Autobahn ab und steuerte in Richtung Innenstadt. Dann setzte er sein schönstes Lächeln auf.

»Ich hätte Ihnen vorhin die Kehle durchschneiden können, wenn das mein Ziel gewesen wäre. Sie waren mir komplett ausgeliefert. Ich hab ein Rasiermesser an ihre Kehle gehalten ...«

»Das hätten Sie tun können, stimmt.«

»Ich beneide Sie wirklich nicht. Ich weiß nicht, wie lang Sie diese Flucht noch fortsetzen wollen, wahrscheinlich noch eine ganze Weile, wenn ich an die Summe denke, die in diesem Koffer liegt. Aber ich frage mich, ob sie nicht ins Verderben rennen, weil sie überall Gespenster sehen ...«

Nazir antwortete in einem gleichmütigen, beinahe gelösten Ton: »Das Gespenst bin ich selbst. Kennen Sie noch dieses Marx-Zitat: ›Ein Gespenst geht um in Europa ...‹?«

»Ja. Und?«, entgegnete Waldstein. »Ist das hier jetzt das Gespenst des Terrorismus? Des politisch motivierten Mordes?«

Nazir schwieg. Er hatte die Straße wiedererkannt, in die sie eingebogen waren.

»Fahren Sie noch ein bisschen um den Block, bevor Sie anhalten«, befahl er Waldstein.

»Und weshalb?«

»Damit wir sicher sein können, dass uns niemand überwacht, natürlich.«

Nach zwei Runden öffnete Nazir das Handschuhfach und wühlte mit beiden Händen darin herum. Dann drehte er sich zu Waldstein um und forderte ihn auf, ihm sein Handy zu geben.

»Sie sind ja verrückt! Warum denn das?«

Die Angelegenheit war in weniger als einer Minute geklärt. Nazir steckte die Pistole in die Tasche seiner Weste und stieg aus.

8.

Ungefähr fünfzehn Polizeifahrzeuge waren im ganzen Viertel rund um den Hermannsweg postiert. Kommandant Mansourd saß in einem unauffälligen Kastenwagen mit getönten Scheiben, der ganz in der Nähe des Museumseingangs parkte. Es handelte sich nicht einfach um ein Puppenmuseum, sondern um ein spezielles Museum für Marionetten. Vor der Tür stand eine bewegliche Pinocchio-Nachbildung. Das Haus hatte drei Stockwerke, von denen die zwei unteren in den leuchtenden Erkennungsfarben des Museums gestrichen waren.

Aus dem hinteren Teil des Wagens beobachtete Mansourd die Straße mit dem Fernglas. Unvermittelt gab er seinem deutschen Kollegen ein Zeichen, der daraufhin etwas in sein Walkie-Talkie murmelte. Ein Auto, das gerade zweimal um den Block gefahren war, hatte soeben im Abstand von einigen Metern vor dem Eingang des Museums gehalten, und auf der Beifahrerseite stieg jetzt ein Mann aus. Er war groß gewachsen, trug einen schwarzen Anzug, hatte schwarze Haare und wirkte beunruhigt: Er sah sich in einem fort um und legte wiederholt die Hand an die Wange, als wollte er seinen Kiefer am Zittern hindern.

Vor dem Eingang des Museums blieb er stehen und musterte die Pinocchio-Figur. Dann schob er die Hand in die Innentasche. Mansourd legte das Fernglas weg; er hatte ihn ohnehin nur von hinten sehen können.

Als in der Hand des Mannes der Lauf einer Waffe sichtbar wurde, zurrte der Kommandant seine kugelsichere Weste fest und forderte den Leiter der Operation auf loszulegen.

»Das ist unser Mann«, sagte er in gebrochenem Deutsch.

Durch die fünfzehn Fahrzeuge, die diskret im Viertel verteilt waren, ging ein Ruck, und sie spuckten eine Flut aus bewaffneten Männern aus, die auf den Verdächtigen losstürmten. Dieser ließ die Waffe fallen und hob sofort die Hände.

Noch während Mansourd auf ihn zielte, dämmerte ihm, dass es sich bei dem Mann nicht um Nazir handelte. Und tatsächlich: Seine Papiere besagten, dass der junge Mann türkischer Abstammung war. Seine Motive waren wohl kaum ehrbar, aber er hatte nichts mit dem Anschlag gegen Chaouch zu tun.

Mansourd schleuderte sein Fernglas zu Boden und blickte in den grau verhangenen Hamburger Himmel. Dann wählte er Richter Wagners Nummer.

Im selben Moment verließ Nazir Bern, wo er sich gerade ein neues Blackberry gekauft hatte. Als das Auto wieder in Richtung Autobahn nach Westen steuerte, sagte er zu Waldstein: »Sie vermuten mich in Hamburg, nur bin ich in den Schweizer Bergen. Und wenn sie mich tatsächlich irgendwann in den Schweizer Bergen aufspüren – wissen Sie, wo ich dann bin? Woanders. Ich habe keinen bestimmbaren Standort mehr, verstehen Sie mich jetzt?« Und ohne auf die Reaktion seines entnervten Fahrers zu warten, fügte er hinzu: »Tja, ich hab es Ihnen ja gesagt, Herr Waldstein, ein Gespenst geht um in Europa … und dieses Gespenst bin ich.«

KAPITEL 16

Das Glätteisen

1.

Am Nachmittag rief Oberstaatsanwalt Lamiel all seine Staatsanwälte zusammen, um mit ihnen gemeinsam die Akten durchzugehen und die Prioritäten festzuzurren.

Die Frage nach der umgehenden Umsetzung der Vorladungen nahm die meiste Zeit in Anspruch. Sollten tatsächlich vierzehnjährige Bengel vors Strafgericht gezerrt werden, die man auf frischer Tat ertappt hatte, wie sie Autos anzündeten, und die dann bei der Vernehmung erklärten, dass sie ihrem Protest gegenüber dem Attentat auf den gewählten Präsidenten hätten Ausdruck verleihen wollen? Die Staatsanwaltschaft würde den Strafrechtsgrundsätzen der Regierung folgen müssen, und diesbezüglich äußerte Lamiel einen Satz, der in Bezug auf die strikte Hierarchie des Staatsorgans keinerlei Doppeldeutigkeit zuließ: »In Krisenzeiten wie diesen wird erwartet, dass die Staatsanwaltschaft mitspielt.«

Als die Besprechung vorüber war, unterhielt er sich noch mit dem Staatsanwalt, der die Abteilung für Terrorabwehr leitete. Der war alles andere als glücklich, dass sein Chef sich derart in seine Geschäfte einmischte, aber er hatte weder die Wahl noch den Mut, ihm das direkt ins Gesicht zu sagen.

Wenig später marschierte Lamiel in seinem wiegenden, nachdenklichen Gang und mit hinter dem Rücken verschränkten Händen durch die Gewölbegänge des Justizpalasts. Sein großer, von Hormonen aufgeblähter Kopf neigte sich reflexhaft, um auf die höflichen Begrüßungen der Beamten und Mitarbeiter zu reagieren, die seinen Weg kreuzten.

Am Fuß der letzten Treppe, die zur Galerie Saint-Éloi hinaufführte, atmete er einmal tief durch und legte den Finger an die Lippen.

»Herr Richter«, sagte er zwei Minuten später zu Wagner, noch während er die Tür zu dessen Zimmer aufdrückte. »Ich hoffe, ich störe nicht.«

Nach einem Seitenblick auf Alice bedeutete er Wagner, dass er sich gern mit ihm unter vier Augen unterhalten wollte. Dann nickte er wohlwollend in Richtung von Alice' Bauch und hätte sich fast nach dem Verlauf ihrer Schwangerschaft erkundigt. Doch die Sorge, die aus seinen hervorquellenden Augen sprach, gewann schließlich doch die Oberhand über den Impuls, höflich zu sein. Alice warf sich eine leichte Jacke über die Schulter und wandte sich zur Tür, begleitet vom verkniffenen Lächeln des Chefs der Pariser Staatsanwaltschaft.

»Henri, ich muss Sie davon in Kenntnis setzen, dass auf höchster Ebene bezüglich der Familie Nerrouche eine gewisse Unruhe herrscht, seit Sie sie so schnell wieder freigelassen haben … Das gilt vor allem für Nazir Nerrouches Bruder, diesen jungen Schauspieler, der wohl mit Jasmine Chaouch liiert ist.«

Lamiel behielt die Hände hinter seinem Rücken; er zuckte nur kurz mit dem rechten Arm in Richtung eines Besucherstuhls vor dem Schreibtisch des Richters.

»Erlauben Sie, Henri?«

»Hören Sie, dass sich die ›höchste Ebene‹ Sorgen macht, tut mir natürlich leid. Aber ich muss doch nicht ausgerechnet Ihnen in Erinnerung rufen, dass ich unabhängig bin … *vom Prinzip her* unabhängig.«

»Ganz gewiss nicht«, entgegnete der Oberstaatsanwalt. »Und wenn Nazir vor ein paar Minuten festgenommen worden wäre … Ich kann es Ihnen gar nicht sagen. Das hätte uns in eine Position der Stärke versetzt. Ich fürchte einfach, dass Sie den Ernst der Lage nicht ausreichend ins Kalkül gezogen haben könnten …«

Wagner schloss die Augen und schüttelte den Kopf.

»Was wollen Sie, Jean-Yves? Dass ich Ihnen die Zusammensetzung der Mannschaft aufdrösele, die Fouad Nerrouche überwacht? Mindestens drei Zivilfahrzeuge und insgesamt ungefähr fünfzehn Polizisten überwachen jeden seiner Schritte – von den Nachrichten, die er verschickt, bis zu den E-Mails, die er schreibt. Sobald er seine vier Wände verlässt, folgen wir ihm überallhin. Wir wissen genau, was er tut. Wenn er sich am Ohr kratzt, werden Ihnen wenigstens drei Beamte der Terrorabwehr einen Bericht darüber abliefern und Ihnen sagen können, ob er es mit dem Zeige- oder mit dem kleinen Finger gemacht hat.«

Der Oberstaatsanwalt musste ein Aufstoßen unterdrücken und nickte ernst. »Mag sein … Ich hoffe nur, Sie wissen, was Sie tun … Und wegen morgen Mittag … Ich fürchte, wir müssen auf unsere Tennispartie verzichten. Aber ich bestehe darauf, Sie zum Mittagessen einzuladen.«

Wagner wollte schon ablehnen. Er würde sich die Mittagszeit für die Befragungen des engsten Familienkreises freihalten müssen. Dann fing er den beharrlichen Blick des Oberstaatsanwalts auf und ahnte, dass sie beim Essen nicht allein sein würden.

»Einverstanden«, räumte er schließlich ein. »Morgen Mittag.«

»Über diesen Türken aus Hamburg – gibt es da was Neues?«

»Nichts, fürchte ich. Kommandant Mansourd glaubt zwar nicht an einen Zufall, aber die Ergebnisse seiner Befragung sind im Moment noch nicht sehr aussagekräftig …«

2.

Mansourd blieb zu Recht am Ball. Währenddessen konnte Nazir es nicht lassen, sich vor Waldstein damit zu brüsten, dass zwei Telefonate genügt hatten, um der Polizei diesen armen Köder zum Fraß vorzuwerfen.

»Darum habe ich die Blackberrys getauscht«, erklärte er. »Wenn sie die Nummer herausfinden, die den Türken zum Museum gelotst hat, ist es bereits zu spät. Ich hätte natürlich einfach nur die SIM-Karte austauschen können. Aber ich konnte diesem neuen Modell einfach nicht widerstehen. Sehen Sie es sich nur an.«

Die Bewunderung stand ihm ins Gesicht geschrieben.

Seit einer Stunde fuhren sie auf Serpentinen durch ein Tal. An den Hängen standen Lärchen und hier und da Heidelbeersträucher. In dieser Höhe war das Klima derart rau, dass nicht einmal mehr Tannen wuchsen. Schneebedeckte Gipfel wanderten vor den getönten Scheiben vorüber, während Nazir seinem Fahrer immer verrücktere Anweisungen gab, und immer noch sah er andauernd nervös in den Rückspiegel.

Waldstein tauchte in ein Waldstück ein. Hier standen die Bäume dermaßen dicht, dass er die Scheinwerfer anschalten musste, um die Kurven zu bewältigen. An einer Biegung, an der der Wald lichter war, bemerkte er im Augenwinkel, dass Nazir eine längere Nachricht verfasste.

Waldstein war erleichtert, als sie das fast schon angsteinflößende Dunkelgrün hinter sich ließen und wieder durch eine hellere, fast offene Landschaft fuhren, in der die Vegetation wieder nach Leben aussah, nach Zivilisation. Tatsächlich dauerte es nicht lang, bis sie einen Skiort erreichten, in dem Nazir eine Pause vorschlug: »Sie sind doch sicher am Verhungern.«

Waldstein stellte den Wagen auf dem verlassenen Parkplatz eines Gasthofs ab. Als Nazir aus dem klimatisierten Fahrzeug ausstieg, war er überrascht, wie kalt es war. Er forderte Waldstein auf, den Kofferraum zu öffnen, und ließ ihn nicht aus den Augen, während der die beiden Metallkoffer herausnahm.

»Ehrlich, haben Sie nicht den Eindruck, ein bisschen zu übertreiben?«

Statt zu antworten, stieß Nazir nur ein kurzes Lachen aus. Dann schlug er seinen Jackenkragen hoch und marschierte fast schon triumphal auf das Geländer einer Aussichtsplattform zu. Die Holzhäuser, die unterhalb der Plattform sichtbar wurden, sahen in der gleißenden Helligkeit des Tages irreal aus und wie Miniaturausgaben ihrer selbst. Erst vor einer Stunde war ein Gebirgsgewitter niedergegangen. Das Holz der Hütten glitzerte mit den nassen Ästen der Tannen im Tal um die Wette. Am graugrünen Ortsrand schienen die Gondeln einer Seilbahn genau in diesem Augenblick angehalten worden zu sein. Dass sie stillstanden, behagte Nazir nicht.

Sie wandten sich wieder zu dem Gasthof um.

Waldstein verschwand zur Toilette, konnte aber nicht pinkeln. Als er wieder herauskam, konnte er Nazir vor der Eingangstür zunächst nicht entdecken. Er warf einen flüchtigen Blick hinüber zum Wagen, der immer noch auf dem Parkplatz stand, und lief dann an den Fenstern im Erdgeschoss entlang. Drinnen im Gastraum reihten sich Eichenholztische aneinander. Von der schier labyrinthischen Balkendecke hingen bizarr geformte Körbe und Nippes in Gestalt von Schneeflocken oder kleinen stilisierten Herzen. Waldstein spürte, wie er allmählich begann zu hyperventilieren: Auch dort war Nazir nirgends zu sehen.

Auf einem Stuhl direkt am Eingang ließ er sich nieder und spähte in die Diele. Dort standen Schränke mit Spitzenvorhängen vor den Scheiben, hinter denen – wie im Traum eines Kindes mit gesegnetem Appetit – Marmeladen- und Honiggläser und Kekse aller Art zu sehen waren.

Der Wirt trat zu ihm, und Waldstein fragte ihn, ob er einen Mann – »etwa so groß« – mit einem Dreitagebart gesehen habe.

»Aber ja«, antwortete der Wirt. »Der ist gerade zusammen mit einer Dame davongefahren.«

Waldstein stürzte zu seinem leeren Wagen. Er durchwühlte hektisch seine Taschen – sein Handy war nicht mehr da. Auch wenn er genau wusste, dass er es dort nicht finden würde, lief er zurück zur Toilette. Als er wieder neben dem Wirt stand, fragte er, in was für einem Auto Nazir abgefahren sei. Der Wirt kniff sich in die Wurzel der großen Nase und schloss die Augen, um nachzudenken. Es sei ein schwarzer Allradwagen gewesen, sagte er nach einer Weile.

»Welche Marke?«

»Ah, also, da fragen Sie mich zu viel.«

Waldstein war schon wieder auf dem Weg nach draußen auf den Parkplatz, als er hörte, wie der Wirt ihm von der Treppe seines absurden Familienbetriebs aus nachrief: »Aber mein Herr, was ist denn jetzt mit dem Entrecote? Das haben wir hoffentlich nicht umsonst zubereitet, hm? Er hat mir gesagt, dass Sie es gern blutig mögen.«

3.

Sie hatten auf Dounias Küchentisch für Bouzid mitgedeckt. Nach einer halben Stunde und nachdem Fouad ungefähr zehnmal versucht hatte, den Onkel telefonisch zu erreichen, wurde es Luna zu viel, und sie fingen an zu essen – außer Rabia, die sich nur ein paar Linsen auf die Gabel schob, dann wieder vom Tisch aufstand und vorgab, dass sie sich noch etwas ausruhen müsse, obwohl sie gerade erst aufgewacht war. Kurze Zeit später kam sie allerdings wieder zurück und bat Dounia darum, ihr mit dem Glätteisen zu helfen.

Alle drehten sich verblüfft zu ihr um.

Slim reagierte als Erster. »Aber, Tante, deine Haare sind doch gut so, wie sie sind!«

Rabia blickte ins Leere, auf irgendeine Stelle auf dem Boden. Ihr Kinn zitterte, und sie zwang sich zu einem Lächeln.

»Schon, aber ich hab Lust auf eine Veränderung.«

Ihr Lächeln wurde zur Grimasse, und Dounia willigte ein, ihr nach dem Essen die Haare zu glätten.

Beim Kaffee zögerte sie dann doch einen Moment. Fouad ahnte, dass sie sich eine Zigarette verkneifen wollte. Sie hatte gerade erst eine geraucht, bevor sie sich an den Tisch gesetzt hatte.

Slim nahm einen weiteren Anruf von Kenza entgegen und erzählte Fouad wenig später, dass sich die Lage zwischen ihr und ihrer Mutter zwar etwas entspannt habe, dass sie von seinem Vorschlag aber sehr gerührt gewesen sei.

»Der Vorschlag kam von Mama«, entgegnete Fouad.

Slim tat so, als hätte er sich nur versprochen. Dann ließ er sich auf den besten Wohnzimmersessel fallen, um die Nachrichten anzuschalten. Neben ihm hatten Dounia und Rabia sich schon bereit gemacht: Dounia saß mit gespreizten Beinen auf dem Sofa, um bequemer an der Frisur Rabias arbeiten zu können, die ihrerseits zu Dounias Füßen auf dem Teppich Platz genommen hatte.

Als sich das Glätteisen der Kopfhaut seiner Tante näherte, hatte Fouad plötzlich das unangenehme Gefühl, dass sich gerade ein Desaster anbahnte. Doch diesmal meldete sich Luna zu Wort.

»Mama, ehrlich, du übertreibst«, sagte sie und biss in einen roten Apfel. »Deine schönen Locken, um die dich alle Französinnen beneiden – und du ruinierst sie? Ehrlich, das ist doch Quatsch.«

Doch Rabias Entschluss war unerschütterlich.

Fouad ging nach draußen, um es noch mal bei Jasmine zu versuchen – wieder vergeblich. Er fragte sich gerade, ob er einen Spaziergang machen sollte, als Onkel Bouzid anrief. Er sprach leise, hörte sich irgendwie krank an. Er wollte Fouad unter vier Augen treffen, am liebsten an einem öffentlichen Ort. Neugierig und verwundert zugleich verabredete Fouad sich mit ihm in einer Brasserie in der Innenstadt.

Sein Onkel kam eine gute Viertelstunde zu spät – und zwar mit einer Schwellung über dem linken Wangenknochen.

»Was ist denn mit dir passiert?«, fragte Fouad. »Waren das die Bullen?«

»Nein, nein«, antwortete Bouzid, ehe ihm dämmerte, dass er damit die ideale Erklärung gehabt hätte.

»Wer dann?«, hakte Fouad nach.

»Ach, das ist doch gar nichts … Tut mir leid, dass ich zu spät komme.« Er sah sich um und verzog das Gesicht, als verlöre er jetzt schon die Geduld, weil immer noch kein Kellner in Sicht war. »Es wird immer schwieriger, in dieser Miststadt einen Parkplatz zu finden.«

»Onkel …«

»Nein«, ging Bouzid dazwischen, »das ist vorhin passiert – im Bus. Du weißt, dass es in Montreynaud Unruhen gegeben hat? Ich bin um Punkt zwölf Uhr mittags in den Bus gestiegen, direkt nachdem ich bei der Polizei raus war, und was sehe ich da? Drei Burschen, die mit einem Stemmeisen versuchen, ein Auto zu knacken! Kleine Rotznasen, hm, zwölf, allerhöchstens dreizehn Jahre! Ich halte also den Bus an, lass die Scheibe runter und frag sie, was sie da treiben. Sie blaffen mich an, ich soll mich um meinen eigenen Kram kümmern. Aber du kennst mich ja, so lass ich nicht mit mir umspringen, also steig ich aus, *zarma*, um ihnen Angst zu machen …«

»Und dann?«, fragte Fouad, der sich schon ausmalen konnte, was als Nächstes passiert sein musste.

»Na ja, also dann … dann sind sie über mich hergefallen. Ich schwör's dir, ich weiß nicht, was mit der heutigen Jugend los ist. Wir waren nicht so. *Wallah,* wir waren nicht so. Wir haben vielleicht mal Dummheiten gemacht, das ja, aber … Ich schwör dir, diese Jungs, man hätte meinen können, sie sind besessen, *wallah,* richtige kleine *shetane* …«

Bouzid fuhr sich mit der Hand über den kahlen Schädel. Dann erkundigte er sich nach Neuigkeiten von Rabia. Fouad hatte gerade angehoben und wollte ihm erzählen, dass Rabia vorübergehend zu seiner Mutter gezogen, dass es zwar nicht ganz leicht sei, aber gut für sie gesorgt werde, als Bouzid ihn schon wieder unterbrach.

»Warte mal, entschuldige …« Er wedelte mit der Hand, bis ihm der Name seines Neffen wieder einfiel. »Fouad. Sollen wir uns nicht besser an die Bar setzen?«

Fouad nahm seine Grenadine und trat gemeinsam mit dem Onkel an den Tresen.

Bouzid stützte die Ellbogen auf die verzinkte Theke und bestellte sich eine Halbe. »He, Chef, Chef!«, rief er dem Kellner nach und schnippte mit den Fingern, »du stellst uns doch auch noch ein paar Erdnüsse hin, hm?« Dann wandte er sich wieder an Fouad und fügte im selben aggressiven Ton hinzu: »Verdammt, was das inzwischen kostet in den Bars, und dann muss man nach den Nüsschen auch noch fragen, ganz ehrlich …«

Fouad betrachtete seinen Onkel. Er hatte sein ganz eigenes Ritual, wenn er Erdnüsse aß: Er griff ins Schälchen, hielt die Erdnüsse eine Weile in der halb geöffneten Hand und schüttelte sie, bevor er den Kopf in den Nacken legte und sie mit einem Happs verschlang.

»Wovon haben wir gerade gesprochen? Ach ja, Rabia … Pff, ich schwör dir … Aber ich hab's ja immer gesagt, wenn man zu lasch mit seinen Kindern ist, dann tanzen sie einem auf der Nase rum. Krim hatte ja keinen Vater mehr … Es gibt ja solche Kinder, mit denen kann man nicht diskutieren, man muss ihnen nur immer wieder ein paar hinter die Löffel geben. Sonst tanzen sie dir auf der Nase rum, beim Leben der Großmutter, sie tanzen dir auf der Nase rum, die kleinen *shetane* …«

Um Bouzid zu widersprechen, hätte Fouad ihn lediglich an seine eigene Kinderlosigkeit erinnern müssen und daran, dass die Dinge in der Theorie immer leichter waren als in der Praxis. Doch Fouad wurde zusehends wütender über die Wut des Onkels und setzte zu einer Erwiderung an, als er im letzten Moment vom galligen Geschmack abgestoßen wurde, der ihm mit den Widerworten in den Mund gestiegen war, und seinen Blick lieber in den Tiefen seines leeren Glases versenkte. Er begnügte sich mit einem ausdruckslosen: »Ach ja …«

»Gut«, fuhr Bouzid fort. »Ich glaube, es wäre besser, wenn sich Rab' und Doune ein bisschen rar machen könnten, weißt du. Nur ein bisschen, nur damit es keinen Skandal gibt. Es ist ja nicht so, dass die Großmutter oder Rachida, *zarma,* dass sie ihr böse wären, aber …«

Er verstummte, als wären ihm mit einem Schlag die Gedanken ausgegangen.

»Der Rest ist wieder weg«, murmelte er abwesend und zählte auf: »Bekhi und Ayoub, Raouf, dann Kamelia …«

»Kamelia auch?«

»Ja. So ist es. Wir sind wieder unter uns.«

Wir, die Leute aus Saint-Étienne. So verstand es zumindest Fouad.

Er selbst war in den letzten Jahren zum Pariser geworden, und ein einziges Wochenende hatte genügt, dass er sich von der zähen Last des »Wir« wieder hatte vereinnahmen lassen.

»Wir sind wieder unter uns«, wiederholte er, um nicht auszurasten.

4.

Ein einstündiger Marsch durch das Stadtzentrum in der sengenden Sonne hatte gerade ausgereicht, um Fouad wieder zu beruhigen, nachdem er sich von seinem Onkel verabschiedet hatte. Als er an der Cité du Design und der Metallkonstruktion vorüberkam, die über das alte

Fabrikgelände wachte, zog er die Jacke aus. Er war auf dem Weg zum Nordkrankenhaus, in dem seine Mutter früher gearbeitet hatte, ehe sie ins Krankenhaus Bellevue im Süden der Stadt versetzt worden war.

Er fragte sich, ob Zoulikha und Ferhat wohl regelmäßig Besuch bekamen, und wollte sich schon selbst davon überzeugen, als der Glanz eines zarten Lichtscheins ihn erfasste, der die Hügelkette im Hintergrund sowie den gesamten Krankenhauskomplex einhüllte. Es war ein Licht, das es in Paris nicht gab, nicht einmal in Lyon, ein Licht, das nur dem Süden zu gehören schien und von dem die bewaldeten Hügel des Forez, obwohl ihre Vegetation noch nicht ganz mediterran war, schon eine Art Vorgeschmack gaben.

Während er den Blick über den grünen, sonnenbeschienenen Teppich im Hintergrund der Stadt schweifen ließ, glaubte Fouad fast, die Landschaft von seiner Reise mit Jasmine nach Norditalien wiederzuerkennen: das sinnliche Gekräusel hellgrüner Blätter an den Hügelhängen, die hoch aufragenden Pappeln, die auf den Kämmen aufgereiht standen und die das ferne Flimmern zu mattieren schienen, die aber immer noch nicht so hell leuchteten, wie es später im Hochsommer der Fall sein würde.

Fouad ging an den Straßenbahngleisen entlang erst wieder hügelabwärts. Ganz absichtslos und während er jeden Gedanken an Nazir zu vermeiden versuchte – um ihn hatte sich in seinem Kopf ein Dickicht aus wirren, bedrückenden Grübeleien gebildet, die ihn so sehr runterzogen wie der Gedanke an den Tod –, schlenderte er dann den Hügel von Saint-Christophe hinauf. Dort lag die Privatschule, die er, seine Brüder und die meisten seiner Cousins und Cousinen besucht hatten. Nur Luna war auf eine spezielle Schule in Tézenas-du-Montcel gegangen, eine mit dem Schwerpunkt Sport, und Krim war am technischen Lycée Eugène-Sue gescheitert.

Auf dem Gipfel standen Pinien und seit einigen Jahren die große Moschee von Saint-Christophe. Fouad stieg die Stufen empor.

Zwei Männer in hellen Jeans und Lederjacken folgten ihm in einigem Abstand. Einer von ihnen murmelte in das Mikrofon in seinem Ärmel: »Sieh einer an, wie zufällig geht er jetzt zur Moschee von Saint-Christophe …«

Der Wind, der in den Nachmittagsstunden aufgefrischt hatte, ließ von der Seite verschiedenfarbigen Pollen herabregnen – gelben, braunen, roten, blauen –, der an den Rändern des Gehwegs verendete, wo er sich zu kleinen, isolierten, flüchtigen Häufchen aufschichtete.

Die Moschee bestand aus einem von orientalischen Mustern durchbrochenen hellrosa Betongebäude, das mehrere Kuppeln überwölbten. Das Bemerkenswerteste an der Moschee war das fehlende Minarett – jenes berühmte Minarett, dessen Bau debattiert, begonnen, abgebrochen, wieder aufgenommen worden und von dem inzwischen nur mehr ein Haufen Steine übrig war, der unter einer Staubschicht vor sich hin schlummerte. Ob nun mit oder ohne Muezzin war dieses Gebäude Saint-Étiennes höchste Erhebung, stellte Fouad fest, als er sich zu den sechs anderen Hügeln und den Ziegeldächern der Stadt umwandte, die mehr schlecht als recht zu existieren und von dieser Existenz Zeugnis abzulegen suchten, während die Sonne bereits sank und im selben Moment auf ganz ähnliche Weise auf Milliarden anderer Dächer auf der Erdoberfläche schien.

Rittlings setzte er sich vor das verlassene Eingangsgewölbe und zog ein Blatt Papier hervor, um Jasmine einen Brief zu schreiben. Sie – dieses »sie«, worüber er nichts Konkretes wusste, woran er aber glauben wollte, um sich das Schweigen seiner Geliebten zu erklären –, sie überwachten sicherlich sein Handy und seine E-Mails. Aber niemand überwachte mehr Briefkästen, weil ohnehin niemand mehr Briefe schrieb.

Die Männer, die Fouad aus der Ferne observierten, sahen ihn nur von hinten. Verborgen hinter den Stämmen der Pinien, die zur Moschee hin aufragten, erklärten sie dem Einsatzleiter und Capitaine: »Er hat sich vor der Moschee hingesetzt. Rittlings.«

»Und was macht er?«

»Hm, anscheinend betet er, Chef.«

Nach einer Weile verließ Fouad den Hügel von Saint-Christophe und gab seinen Brief auf. Er bezahlte einen Zuschlag für die Expresszustellung. Der Angestellte lächelte schief; Fouad hatte Schwierigkeiten, das Lächeln zu erwidern, weil ihm der Grund dafür nicht einleuchten wollte.

Obwohl er seine Beine kaum mehr spürte, ging er noch eine Stunde weiter, marschierte wie besessen, um den Gedanken loszuwerden, dass Nazir die letzten Monate damit verbracht hatte, in derselben Stadt wie er selbst seine Kreise zu ziehen, im selben Haus zu wohnen und sich am selben Licht zu erfreuen. Fouads Flucht führte ihn schließlich bis zum Stadion Geoffroy-Guichard und an den Fußball- und Rugbyplätzen des Stade de l'Etivallière vorbei. Der Sportkomplex wurde von der Autobahn begrenzt. Ein beruhigendes Brummen begleitete das Aufwärmtraining der Jugendlichen, die ohne Freunde hergekommen waren, die manchmal sogar ohne Ball kamen, die aber guten Mutes gewesen waren, wenigstens zehn Personen anzutreffen, denen es genauso ging, um so ein kleines Spiel auf der einen Hälfte des Platzes veranstalten zu können.

Der Kunstrasen erwachte durch die Sechs-Uhr-Sonne regelrecht zum Leben. Wieder musste Fouad an Jasmine denken. Er hätte ihr gern von diesen weiten, hellen Flächen erzählt, von den Bällen, die im flach einfallenden Licht durch die Luft flogen, vom Lachen, den tadellosen Querpässen »wie im Training«, ausgeführt mit dem Außenrist eines beseelten Amateurs, der nicht mal Stollen an den Schuhen trug.

Und mit einem Mal erkannte ihn der lauteste der Jungs, einer jener Sonntagsspieler, die nie in die eigene Abwehr zurückliefen und einfach nur Spaß daran hatten, sich den Ball zu sichern, um aufs Tor zu schießen. Der Junge sah sogar aus wie ein typischer Torjäger: die Spürnase leicht himmelwärts gerichtet, listig geblähte Nasenflügel.

Um Fouad bildete sich eine Traube.

»*Wesh,* Cousin! Der Mann des Spiels! Beim mekkanischen Koran, Respekt …«

Fouad trug seine alten Camper und eine Jeans, die er nur bis zum Knie hochkrempeln musste, um sie in eine Shorts zu verwandeln. Er spielte, bis die Sonnenkugel hinter der Autobahn versunken war und auf ihrem Weg so was wie einen rosa Schleier zurückließ. Er blieb zwar in der Abwehr, fand aber auch immer wieder schöne Lücken und schaffte, dank des Torjägers, der auf dem linken Flügel spielte, einen spektakulären Alleingang, bei dem er vier Spieler der gegnerischen Mannschaft ausdribbelte und den Ball versenkte, nachdem er den Torhüter nach allen Regeln der Kunst verladen hatte.

5.

Als er später völlig ausgepumpt mit dem Bus nach Hause fuhr, hatte er nur Anrufe von Yaël und ein paar anderen Freunden verpasst. Am Fuß des Anstiegs nach Sommeil meinte er, Jasmines Stimme zu hören und jene besondere Frage, die sie ihm ganz zu Anfang ihrer Beziehung im letzten Herbst gestellt hatte: »Wen magst du lieber: ein bildschönes Mädchen mit einer durchschnittlichen Stimme oder ein durchschnittliches Mädchen mit einer wunderschönen Stimme?«

An jenem Tag hatte Fouad verstanden, dass sie sich durchschnittlich fühlte, und dafür gab es sogar objektive Gründe: vor allem die Nase, aber auch die Eckzähne, die einen Hauch zu lang waren.

Als er wieder zurück bei seiner Mutter war, ging er nach oben ins Schlafzimmer. Insgeheim hoffte er, Luna nicht aufwecken zu müssen. Er klopfte an die angelehnte Tür. Luna war wach und machte gerade einen Handstand. Ihr Körper stand kerzengerade vor der Zimmerwand. Über Kopf wirkte ihr jugendliches Gesicht angespannt, schmerzverzerrt, genauso hart wie ihre Bauchmuskeln. Das definierte Sixpack zeichnete sich klar auf ihrem umgedrehten Oberkörper ab.

»Na, kleines Äffchen … *tutto bene?*«

Luna presste angestrengt ein »Ja« hervor, bevor sie sich daran machte, in dieser unmenschlichen Position ein paar Liegestütze zu vollführen. Nach der fünften kippte sie wieder in die Waagerechte. Die Beine hielt sie dabei so gerade wie die beiden Klingen einer Schere.

»Weißt du, dass ich normalerweise nächsten Monat ’nen Wettkampf gehabt hätte?«, fragte sie mit einem enttäuschten Zug um den Mund.

»Warum ›hätte‹?«, erwiderte Fouad, der sich auf die Bettkante gesetzt hatte. »Willst du nicht mehr hingehen?«

»Na, bei all dem, was hier los ist, doch wohl eher nicht! Wie könnte ich?«

Fouad stand auf und packte seine kleine Cousine bei den Schultern. »Hör mir jetzt mal gut zu, meine Liebe. An Krims Schicksal ändert es rein gar nichts, ob du hingehst oder nicht, ganz im Gegenteil, wenn du nicht gehst, wär das doch, als … Was ich sagen will: Wir dürfen jetzt unsere Gewohnheiten nicht ändern. Wir dürfen uns von den Ereignissen nicht beeinträchtigen lassen. Wir müssen stärker sein als sie.«

Luna mochte die Formulierung, verstand aber den genauen Sinn nicht. »Außerdem wäre es der wichtigste Wettkampf der ganzen Saison, wenn es also klappt …«

»Wo ist er?«

»In Bercy. Wenn es klappt, werd ich vielleicht, nein, sogar sicher in die französische Jugendnationalmannschaft aufgenommen. Kannst du dir das vorstellen?« Ihre glänzenden Augen brachten ihr ganzes Gesicht zum Strahlen. »Nationalmannschaft, Olympische Spiele – das allerhöchste Niveau! Das ist ein so großer Traum!«

»Ich komm mit und seh dir zu«, erklärte Fouad. »Das versprech ich dir.«

Luna blickte zu ihrem großen Cousin auf. So wenig hatte er dem Schauspieler aus *L'Homme du match* niemals geähnelt. Doch trotz Erschöpfung, Bartschatten und zusammengezogenen Augenbrauen wirkte er jetzt fast noch schöner als im Fernsehen.

Als Luna sich bei ihm unterhakte, glühte sie regelrecht vor Stolz, zum engsten Familienkreis dieser Berühmtheit zu gehören, die ihr Cousin nun einmal war. Am liebsten hätte sie ihren Freundinnen im Leistungszentrum geschrieben, dass im kommenden Monat auf den Rängen ein bekannter Zuschauer sitzen würde. Doch keine von ihnen hatte sie seit Sonntag angerufen, nicht mal Chelsea, und Luna hatte sich nicht getraut, auf Facebook nachzusehen, was sie über das Attentat dachten – aus Angst davor, dass die Liste ihrer achthundert Freunde sich binnen weniger Stunden wie durch Zauberei in Luft aufgelöst hätte.

Währenddessen gab Rabia im Erdgeschoss keine Ruhe. Sie hatte sich vorgenommen, alles von oben bis unten blitzblank zu wienern, bevor Dounia nach Hause kam. Als Luna wenig später im Badezimmer, das Rabia gerade erst poliert hatte, ein wenig Wasser verspritzte, wurde diese böse.

»Na, großartig! Scheißegalhaltung in Reinform!«

»Aber es ist doch nur Wasser«, verteidigte sich Luna und musste sich zusammenreißen, um nicht hinzuzufügen, was ihr auf der Zunge lag – »du Irre!«

Während Rabia die Fenster putzte, wollte Fouad eigentlich mit ihr sprechen. Doch er begnügte sich damit, ihre Hand zu ergreifen und ihr ein nettes Wort zuzuflüstern. Ihre inzwischen glatten Haare waren indes nicht weniger dick geworden. Auch wenn Fouad verstand, dass sie ihr Äußeres hatte verändern wollen, kommentierte er es nicht.

Er ging ins Badezimmer, um sich frisch zu machen. Die Zangen des Glätteisens lagen auf dem Wäschekorb, und zum ersten Mal in seinem Leben empfand Fouad so was wie Hass auf einen Gegenstand – in etwa wie man eine Tischkante verabscheut, an der man sich den Ellbogen gestoßen hat, oder die Ecke eines Schranks, an der man mit dem nackten Zeh hängen geblieben ist.

Natürlich hatte das Glätteisen Fouad nichts getan. Im eigentlichen Sinne hatte es nicht einmal Rabia etwas getan. Und trotzdem: Das Eisen hatte ein Unrecht erzeugt, indem es vorgegeben hatte, Gutes zu tun. Es war also nicht etwa Wut, sondern tatsächlich Hass, den Fouad gegenüber diesen schwarz ummantelten Zangen empfand, die einzig und allein dazu dienten, eins der auffälligsten Stigmata einer afrikanischen Herkunft auszumerzen …

Ein Anruf von Kamelia riss ihn aus den Gedanken. Zornig nahm Fouad das Gespräch entgegen, wartete dann aber darauf, dass sie zu sprechen begann.

Sie fing mit der schlechten Nachricht an. Sie hätten abreisen müssen – gleich morgen früh müsse sie wieder arbeiten. Die Ermittler hätten sich die Nummern und Adressen von ihnen allen aufgeschrieben, ihnen aber erlaubt, ihren Alltag wieder aufzunehmen …

»Aber, Fouad«, fügte sie eilig hinzu, »ich komme am Freitag wieder. Das schwöre ich dir. Ich will nicht, dass die Tanten glauben, wir würden sie alle im Stich lassen.«

»Das musst du nicht mir sagen«, entgegnete Fouad unwirsch. »Ruf sie an.«

»Mach ich auch«, versicherte ihm seine Cousine. »Das hätte ich sowieso getan. Ich wollte dir nur sagen, dass ich …«

Auf eurer Seite bin, das hätte sie sagen wollen. Doch damit hätte sie zugegeben, dass im Herzen der Familie Nerrouche ein Bürgerkrieg auszubrechen drohte. Und mit diesen Worten wäre es wie mit allen selbst erfüllenden Prophezeiungen: Wenn von einem Bruch zwischen Rabia und Dounia einerseits und dem Rest der Familie andererseits erst mal die Rede wäre, dann würde man ihm Realität verleihen.

So wie Kamelia klang, konnte Fouad seinen Entschluss, hart zu bleiben, nicht lang aufrechterhalten. Er bedankte sich für ihren Anruf. Er finde es mutig von ihr, bereits am nächsten Wochenende nach Saint-Étienne zurückzukehren – und genau das hatte sie hören wollen. Auch wenn es ihm zutiefst zuwider war, genau das zu ihr zu sagen.

6.

Slim hatte sich mit seinem großen Bruder in der Taverne de Maître Kanter am Bahnhofsplatz verabredet. Er wollte sich mit ihm über eine Sache unterhalten, und Fouad war überrascht, als er sah, dass Kenza ebenfalls dort an einem Metalltisch auf der noch sonnenbeschienenen Terrasse wartete. Er begrüßte sie herzlich. Seine frischgebackene Schwägerin trug ein geblümtes Sommerkleid und darüber eine schwarze Strickjacke mit langen Ärmeln. Mit ihrem langen Kinn und dem kindlichen Äußeren hatte Fouad sie nie sehr anziehend gefunden. Doch an diesem Abend – wahrscheinlich lag es an der Hitze und daran, dass er Jasmine seit fast drei Tagen nicht mehr gesehen hatte – ertappte er sich dabei, wie er sich Blicke untersagen musste, die sie – so wenig paranoid sie auch sein mochte – als zweideutig hätte empfinden können.

Slim rutschte unruhig auf seinem Stuhl herum, schlug die Beine erst übereinander und stellte dann die Füße wieder nebeneinander auf den Boden. Dann nahm er Kenzas Hand und atmete einmal demonstrativ tief durch.

»Fouad, wir müssen mit dir über etwas sprechen.«

Kenza starrte den Aschenbecher an, in dem sich die schrägen Strahlen der untergehenden Sonne brachen.

»Ich denke schon eine ganze Weile darüber nach … und zwar über Folgendes: Ich hab beschlossen, mein Studium abzubrechen. Nicht um tatenlos herumzusitzen, im Gegenteil, Kenza und ich dachten, es wäre vielleicht gut, wenn wir uns eine kleine Wohnung in Lyon mieten würden. Aber um die bezahlen zu können, muss ich erst eine Arbeit finden, weißt du? Ich meine … Die Kaution könnten wir mit unserem Hochzeitsgeld begleichen. Aber wir müssen ja auch an später denken, oder nicht?«

»Slim«, erwiderte Fouad und fuhr sich mit der Hand über den haarigen Nacken.

Er wollte ihn vor Kenza nicht bloßstellen – doch Slim hatte Kenza offenbar nur mitgebracht, damit Fouad genau das unterließ.

»Wir haben es uns gut überlegt, Fouad. Wir haben sogar einen Finanzplan aufgestellt, weißt du …«

Er zog ein Blatt Papier aus der Hosentasche.

»Warte, Slim. Jetzt hör mir erst mal zu. Zum einen ist das hier jetzt nicht der richtige Moment, um über so was nachzudenken. Und wenn … Ich sag's mal so: Ich glaube wirklich, es ist eine gute Idee, wenn ihr euch eine gemeinsame Wohnung nehmt. Aber warum willst du dafür gleich dein Studium schmeißen? Was ist das denn für eine Idee?«

»Fouad, ein Soziologiestudium nützt mir gar nichts. Das sagen alle! Die Uni ist eine Fabrik, die Arbeitslose produziert. Das ist doch zu nichts gut – ich kann nicht fünf weitere Jahre warten, bevor ich dann Lehrer werde oder was weiß ich was, und der Arbeitsmarkt …«

»Jetzt mal ehrlich, Slim. Denk doch ein bisschen nach. Wenn du dein Studium abbrichst, was willst du denn dann mit deinem Leben machen – ich meine, längerfristig gesehen? Selbst wenn du irgendeinen kleinen Job findest …«

»Er hat schon eine Stelle in einer Pizzeria«, mischte Kenza sich mit einer Stimme wie aus Porzellan in das Gespräch ein. »Und ich such mir auch eine kleine Arbeit neben der Uni …«

»Das ist doch mal eine gute Idee«, ging Fouad dazwischen. »So musst du es auch machen, Slim. Du bleibst weiter an der Uni und jobbst einfach nebenher.«

Slim ahnte, dass ihm das Gespräch entglitt, auch wenn sich seine Entschlossenheit nicht vollends auflöste. Er biss sich auf die Lippen und fasste sich mit der Hand ans Kinn, wie um sich eine Art erwachsene Selbstsicherheit zu verschaffen … oder zumindest die eines Menschen, der sich Gedanken über ein Thema gemacht hat.

»Aber ich hab genug von der Soziologie, Fouad. Sie begeistert mich einfach nicht mehr. Chaouch hatte recht, man muss im Leben das tun, was einen begeistert.«

»Und damit wären wir ja auch endlich beim Thema, mit dem wir direkt hätten anfangen sollen.«

»Scheiße, das ist doch echt unmöglich«, brauste sein kleiner Bruder auf. »Man könnte meinen, du wärst Nazir, ohne Witz! Warum kannst du mich nicht unterstützen? Warum machst du mich stattdessen nieder?«

Fouad klappte die Kinnlade runter. »Du spinnst, echt, Slim. In welcher Hinsicht mach ich dich denn nieder? Ich sag doch nur, dass du dir was vormachst: Wenn du die Uni schmeißen willst, weil du durch irgendeine Zwischenprüfung gefallen bist« – Slim donnerte die Füße nebeneinander, als ihm klar wurde, dass sein großer Bruder die Wahrheit erraten hatte –, »dann tu nicht so, als ginge es stattdessen darum, Verantwortung zu übernehmen, die …«

Fouad stockte. Wenn er jetzt weiterredete, würde Slim sich vor Kenza blamiert fühlen. Sie hatte ihren Blick noch immer auf den Aschenbecher geheftet, nahm jetzt aber Slims Hand, und Fouad hatte das Gefühl, dass in dieser entschlossenen, fast mütterlichen Geste eine Form von Überlegenheit, vielleicht sogar von Einfluss auf ihren jungen Ehemann zum Ausdruck kam. Doch schon im nächsten Augenblick sah er, wie sie den Blick flehentlich auf Slims Profil richtete. Binnen eines Wimpernschlags hatte sich vor Fouads Augen die Asymmetrie umgekehrt.

Schlussendlich waren sie ja vielleicht doch auf Augenhöhe. Wie auch seine eigenen Eltern auf Augenhöhe gewesen waren. Wie die von

Krim. Und da war auch schon die erste Parallele zwischen ihren Vorfahren auf der einen und Slim und Kenza auf der anderen Seite: Sie hatten allesamt zu jung geheiratet. Doch Dounia und Aïssa sowie Rabia und Zidan hatten auf lange Sicht eine tiefe Liebe zueinander entwickelt – buchstäblich bis der Tod sie geschieden hatte.

Aus Verlegenheit über diese Analogie und über die unübersehbare Naivität des jungen Paars gab Fouad vor, er müsse in der Stadt noch etwas erledigen.

»Aber wir reden noch mal darüber«, schloss er, bevor er seinen Bruder zum Abschied umarmte. Dann packte er ihn energisch am Nacken und fügte leise hinzu: »Triff keine übereilten Entscheidungen, nicht jetzt, nicht bei all dem, was gerade mit uns passiert. In Ordnung?«

Slim zuckte nur mit den Schmolllippen und antwortete in kindlichem Tonfall: »In Ordnung …«

7.

Auf dem Heimweg war Fouad schier fassungslos angesichts der Aussicht, dass sein Bruder womöglich sein Studium abbrechen könnte, um in einer Pizzeria zu arbeiten. Wie sich die Generationen doch ähnelten.

Fouad sah sie alle vor sich: Bouzid, seine Mutter, Rabia, Ouarda, Bekhi, Rachida und sogar seinen algerischen Onkel Moussa, von dem man munkelte, er werde in den nächsten Tagen vielleicht nach Frankreich kommen. Keins der Kinder seiner Großmutter hatte je genug verdient, um ruhig der Rente entgegensehen zu können. Keins hatte genug verdient, um sich in Frankreich eine Immobilie zu leisten. Nur die Großmutter selbst hatte sich ein Haus gekauft – in Bejaïa in Algerien, wohin sie einmal im Jahr fuhr. Sie weigerte sich, es für den Rest des Jahres zu vermieten, weil sie befürchtete, die vorübergehenden Mieter im Sommer nicht mehr loszuwerden.

Seine Onkel, seine Tanten, seine Mutter: Sie alle hatten so viele Opfer in ihrem Leben gebracht, damit das ihrer Kinder besser würde. Ein Einsatz, der Fouad vollkommen irrational vorkam, sobald er seinen Sinn hinterfragte. Und die Zeit half ihnen auch nicht: Die Familie lebte inzwischen seit genau fünfzig Jahren in Frankreich.

Da schufteten sich die Eltern für ihre Kinder halb tot – und die Kinder brachen ihr Studium ab, um in einer Pizzeria zu jobben.

Da versagten sich die Eltern das Glück einer Paarbeziehung, damit ihre Kinder so gut gekleidet waren wie ihre Klassenkameraden – und die Kinder schossen auf Politiker …

Ermüdet von den vielen Kilometern, die er am Nachmittag zurückgelegt hatte, schlenderte Fouad die Straße entlang, in der seine Mutter wohnte. Die Straßenreinigung hatte glitzerndes Wasser über die Rinnsteine des Viertels gespritzt. Das Wasser, das die Stadt sauberer machen sollte, reinigte nun auch seine Gedanken. Dann entdeckte er unversehens eine Gestalt auf allen vieren, die sich am Rand des Gehwegs mit den Händen im Rinnstein zu waschen versuchte. Im staubigen Licht, das durch die Gluthitze umso flirrender war, hätte man den armseligen Körper irrtümlich mit dem eines Tieres verwechseln können.

Instinktiv trat Fouad von der Bordsteinkante zurück, doch der Kopf des Tieres drehte sich in seine Richtung, und er sah in ein furchtbar geschwollenes Gesicht und auf blutende Wangenknochen. Es war einer der Roma, die seit ein paar Monaten in der Innenstadt herumspukten, aber Fouad kam es so vor, als hätte er ausgerechnet diesen schon mal irgendwo gesehen.

Er stand auf, ohne Fouad auch nur für eine Sekunde aus den verängstigten, schmerzerfüllten Augen zu lassen.

Fouad begriff, dass er sich ihm nähern wollte, verspürte aber keinerlei Furcht. Er hatte den Körperbau eines Spatzen, und seine Schulter schien ausgekugelt zu sein.

Er radebrechte irgendetwas in seine Richtung. Fouad neigte den Kopf zur Seite und bat ihn darum, es zu wiederholen.

Seine Stimme lag genau auf der Grenze zwischen den beiden Geschlechtern. »Du bist Bruder von Slim. Ich weiß. Ich gesehen, dass du bist Bruder von Slim.«

Fouad machte einen Schritt auf ihn zu und bat ihn von Neuem darum zu wiederholen, was er gerade gesagt hatte.

»Er mir schuldet tausend Euro. Wenn Slim mir morgen Nachmittag nicht tausend Euro gebt, ich nicht mehr normal. Sag das Slim.«

Fouad hätte ihn gern um eine weitere Erläuterung gebeten, doch der Rom entfernte sich bereits.

Fouad wagte nicht, ihm zu folgen. Stattdessen steuerte er den nächsten Bankschalter an, wo er erfuhr, wie viel Geld früher am Tag mit seiner Karte abgehoben worden war – an diesem Montag, den 7. Mai, um exakt 13.48 Uhr. Traute er dem Auszug, dann waren es 1100 Euro. Er erinnerte sich wieder daran, dass er Slim die Karte zum Einkaufen geliehen und dass Slim sie ihm mit einem Ausdruck im Gesicht zurückgegeben hatte, als hätte er etwas ausgefressen. Doch da er diese Miene fast immer vor sich hertrug, hatte Fouad sich nicht weiter darum gekümmert.

Nachdem er eine Viertelstunde nachgedacht hatte – tatsächlich hatte es die ganze Viertelstunde gedauert, bis seine Wut verraucht war –, beschloss er kurzerhand, den Kontoauszug zu zerreißen und mit Slim nur dann darüber zu sprechen, falls der das Thema von sich aus anschneiden würde.

8.

Die Handtücher, die an der Badezimmertür hingen, bildeten eine Art geschmeidig gewölbten Dämpfer. Rabia hatte sich auf das Bidet geflüchtet und musste sich nicht einmal mehr die Ohren zuhalten, um die Geräusche aus dem Haus auszublenden. Dennoch massierte sie sich die Schläfen, als wollte sie die vergifteten Gedanken hinauspressen, die in ihrem Kopf prickelten. Als kurz darauf Fouad ein paarmal an die Tür klopfte, fürchtete sie schon, dass sich eine neuerliche Katastrophe ereignet hätte, und statt zu reagieren, wartete sie auf die nächste Salve.

Fouad presste das Ohr gegen die Tür und klopfte erneut an, diesmal allerdings nicht ganz so laut. »Tante, ist alles in Ordnung?«

Je sanfter er sprach, desto tiefer drang er zu Rabia vor. Genau wie ein eisiger Nieselregen.

»Ja, ja. Mach dir keine Sorgen, mein Lieber.«

Sie spürte, dass er immer noch im Flur stand.

»Möchtest du denn nicht rauskommen, Tante?«

»Wir waren nicht vorbereitet«, sagte Rabia ein bisschen lauter. »Man hat uns nie darauf vorbereitet.«

Fouad hoffte, dass sie nicht gleich wieder anfangen würde zu weinen. Er legte sanft die Hand auf die geschlossene Tür.

»Niemand ist auf so was vorbereitet, Tante.«

Unvermittelt ging die Tür auf, und vor ihm stand Rabia mit ihren schönen hohen Wangenknochen.

»Ich geh ein bisschen spazieren«, sagte sie und schob sich an ihrem Neffen vorbei durch den Flur.

»Du gehst aber nicht weit?«, entgegnete Fouad beunruhigt. »Der Anwalt sagt, wir müssen uns von den Journalisten fernhalten, weißt du?«

»Ich muss zum Friedhof«, erklärte sie.

»Nach Côte-Chaude? Nein, nein, Tante, das ist am anderen Ende der Stadt, das ist wirklich zu weit … ehrlich …«

»Ich muss …«

Da sie es nicht über sich brachte, vom Grab ihres Mannes zu sprechen, kam Fouad ihr zuvor: »Das verstehe ich natürlich. Aber …«

»Ich kann nicht, Fouad. Ich ersticke hier … Ich will nur einen kleinen Spaziergang machen. Versprochen, ich bleibe hier im Viertel.«

Und so erhielten die Zivilpolizisten der Terrorabwehr, die Rabia beschatten sollten, einen Anruf von der Truppe, die Fouad auf Schritt und Tritt verfolgte. Entlang der Straße, die zum Friedhof hinaufführte, fuhren zwei Wagen hinter Fouad her, der wiederum seiner Tante nachlief. An der Spitze dieser Prozession, deren einzelne Glieder nichts voneinander wussten, ging Rabia, deren offenes Haar, das entschieden weniger lebendig wirkte, seit sie es geglättet hatte, leicht im Wind wehte, der sie in flüchtige Böen einhüllte.

Auf dem Gipfel des Hügels erstreckte sich ein Park entlang der Friedhofsmauern, wo nicht einer ihrer Toten auf sie wartete. Unwillkürlich bekam Rabia eine Gänsehaut, schlang die Arme um den Leib und lief im dramatischen Halbdunkel dieser wenigen Minuten weiter, in denen schlagartig der Abend hereingebrochen war, noch ehe die Straßenlaternen angegangen waren.

Ein Stück weiter unten beobachtete Fouad vom gegenüberliegenden Gehweg aus das Zögern seiner Tante, die vor dem offenen Friedhofstor auf dem ocker gekiesten Weg stehen geblieben war, der von Bäumen, Betonbänken und noch ausgeschalteten Lampen gesäumt war.

Rötlicher Staub stieg zu den Kronen der Platanen empor und nahm Rabias Schatten mit sich, ihren leichten Schatten, der sie bis hinauf zum Gipfel des Hügels gezogen hatte. Die Zweifel, ihre Erinnerungen, ihre Scham und ihre Verzweiflung ließ er bei ihr zurück.

Im selben Moment, da es in den Gehäusen der Straßenlaternen zu flackern begann, betrat Rabia den Friedhof. Die Gräber zogen an ihr vorüber. Hier und da las sie auf Grabsteinen schier unglaubliche Todesdaten – da hatten Menschen bloß zehn Jahre gelebt. Es hatte eine Zeit gegeben, kurz nach dem Tod ihres Mannes, in der alles ihre Glut zu löschen vermocht hätte, gerade die Kenntnis eines noch düstereren Schicksals. Inzwischen funktionierte das nicht mehr, und dieser Friedhof stellte es unleugbar unter Beweis. Man starb allein, genauso allein, wie man gelebt hatte. Die Krypten, über denen all die lächerlichen Schriftzüge prangten – »Familie Soundso« –, rüttelten daran ebenso wenig wie die mächtigen Mahnmale oder die Gruften, die mit Blumengestecken geschmückt und von hingebungsvoll ziselierten Fensterchen durchbrochen waren.

Verloren zwischen all den fremden Gräbern hätte Rabia nur zu gern jene in die Arme geschlossen, die sie *ihre Toten* nannte. Ihren Vater, ihren Ehemann. Und nun war Krim ihr ebenfalls entrissen worden. Es war unerträglich. Rabia fragte sich, wie es wohl würde, wenn er wieder bei ihr wäre. Doch eine Zukunft existierte nicht mehr, und sobald sie versuchte, sich Szenen der Freude und des Wiedersehens auszumalen, lösten die sich sofort auf wie Rauchschwaden.

Am Ende des Friedhofs, verbunden mit dem Rest durch einen schlecht gefliesten Weg, befanden sich auf dem muslimischen Teil die Gräber mit den oben abgerundeten Steinen. Rabia konnte sich noch gut an einen Besuch erinnern, den Nazir ihr zwei Jahre zuvor abgestattet hatte, etwa drei Jahre nach Zidans Tod. Er hatte sie zum Friedhof von Côte-Chaude begleitet, und während Rabia in aller Stille die schönsten Episoden im Leben ihres Mannes heraufbeschworen hatte, war Nazir ganz aufgebracht über die Armseligkeit und Enge des muslimischen Bereichs gewesen. Rabia hatte ihrem Neffen erklärt, dass Bescheidenheit für muslimische Gräber durchaus üblich sei. Doch Nazir hatte davon nichts hören wollen. Er, der sich sonst immer so gut im Griff hatte und nie von Gefühlen übermannt zu werden schien, hatte an diesem Tag mit zitterndem Finger auf die Grabsteine und Skulpturen auf den christlichen Gräbern gezeigt und dann einen schrecklichen Satz ausgesprochen, der Rabia jetzt erst wieder einfiel, jetzt auf diesem Friedhof, der ihr vorkam wie das Ende der Welt.

»Sogar im Tod lassen sie uns noch spüren, dass sie nichts mit uns zu tun haben wollen …«

Rabia zuckte zusammen und drehte sich abrupt um. Ein Schatten näherte sich mit langen Schritten über den Weg, der zum muslimischen Teil des Friedhofs führte.

Ihr versagten die Beine, weil sie wieder das Glas Grenadine vor sich sah, das sie hatte fallen lassen, als Mouloud Benbaraka in ihre Wohnung eingedrungen war.

Als ihr dämmerte, dass der Schatten zu Fouad gehörte, war sie so erleichtert, dass sie beinahe lächelte. Ihr kleiner Neffe gab ihr einen Kuss und führte sie weg von den Geistern.

»Wir mochten Elefanten«, träumte sie vor sich hin. »Zidan und ich … Wir wollten irgendwann nach Afrika, um uns einen Elefantenfriedhof anzusehen …«

Fouad wusste nicht, was er darauf erwidern sollte.

»Wir haben fest daran geglaubt, dass wir zusammen alt würden«, sprach Rabia weiter. Dann fuhr sie, ohne ihren Neffen anzublicken, in einem Ton fort, der nicht einmal mehr fragend klang: »Du bleibst aber, hm. Du wirst uns nicht auch noch verlassen.«

KAPITEL 17

Generation Chaouch

1.

Um den Mund des frisch gewählten Präsidenten sprossen Bartstoppeln. Auch wenn ein Teil der Verbände inzwischen entfernt worden war, hing er immer noch an mehreren Schläuchen. Doch sowie sein Gesicht wieder halbwegs menschliche Form annahm, geschah etwas Erstaunliches und zugleich Schreckliches: Mit den Bartstoppeln sah er plötzlich aus wie ein anderer Mann. Seit ihrer frühesten Kindheit hatte Jasmine nie erlebt, dass er seinen Bart länger als einen Tag lang wachsen ließ.

Eine Krankenschwester trat ein.

Jasmine sah sie lange an, bevor sie fragte: »Darf man mit ihm sprechen?« Sie zeigte auf den reglosen Körper.

»Man *muss* sogar mit ihm sprechen«, antwortete die Krankenschwester.

»Aber versteht er denn etwas?«

Kurz flackerte ein Hauch klinischen Mitgefühls in ihrem Blick auf. »Tja, das wissen wir leider nicht, Mademoiselle.«

Die Krankenschwester ging wieder, und Madame Chaouch betrat das Zimmer.

»Sie haben übrigens dein Handy gefunden. Du hattest es bei dir zu Hause liegen lassen, Liebling.«

Jasmine nahm es entgegen und scrollte eilig durch die Liste der verpassten Anrufe. Es war keiner von Fouad dabei.

»Was soll das?«

»Was meinst du?«

»Warum ist kein Anruf von Fouad dabei?«

»Liebes«, sagte Esther Chaouch, »es ist sicher hart. Aber du wirst dich an den Gedanken gewöhnen müssen, dass Fouad vielleicht – und ich sage bewusst: vielleicht« – sie atmete einmal tief durch und schloss die Augen – »mit alledem zu tun hat, was uns zugestoßen ist.«

Jasmine knirschte mit den Zähnen und musste sich zusammenreißen, um nicht mit einer Schimpfkanonade zu kontern.

»Du solltest langsam heimgehen, Jasmine …«

Sie hatte sich um einen sanften Tonfall bemüht, doch in ihrem Blick lag noch immer die Härte der vorangegangenen Konversation mit Vogel und Habib. Jasmine hatte das bestimmte Gefühl, dass die Vorgänge hinter den Kulissen für ihren Vater eine ungünstige Richtung nahmen. Natürlich sprach niemand mit ihr darüber, doch es war durchaus wahrscheinlich, das Françoise Brisseau, die bei den Vorwahlen auf dem zweiten Platz gelandet war, sich schon alsbald als neue starke Frau des Parti Socialiste positionieren würde.

An dem Kampf zwischen Chaouchs Anhängern und denjenigen, die bereits jetzt entschieden hatten, dass er nie wieder aufwachen würde, nahm Esther Chaouch an vorderster Front teil. Jasmine war mehr als unwohl bei dem Gedanken, dass ihre Mutter sich gerade mit Leib und Seele in diesen Kampf stürzte. Sie war eine Intellektuelle, keine Politikerin. Sie lief Gefahr, von den Piranhas aufgefressen zu werden, die sie für die verflossene First Lady hielten und der sie lediglich den verlogenen Respekt entgegenbrachten, den man einer annähernd verwitweten Frau schuldete.

Jasmine durchquerte den Flur, auf dem es vor leise geführten Telefonaten nur so brummte. Sie war überrascht, als sie im gefliesten Hof Valérie Simonetti aus einem grauen Auto steigen sah. Simonetti trug ein dunkles Kostüm, und es war das erste Mal, dass Jasmine sie ohne Kopfhörer zu Gesicht bekam und ohne dass sie ständig nach rechts und links blickte. Sie wirkte wie bestellt und nicht abgeholt.

All die widersprüchlichen Gefühle vermischten sich im Kopf der First Daughter. Starr blieb sie auf der Vordertreppe stehen.

»Mademoiselle Chaouch …«, sprach Valérie Simonetti sie an.

»Valérie.« Jasmine stoppte sie mit einer Geste. »Kommen Sie, um meinen Vater zu besuchen? Er ist oben. Ich habe gehört, Sie wurden suspendiert und … man kann nichts dagegen tun. Aber … ich möchte, dass Sie wissen, dass ich das nicht normal finde.«

»Mademoiselle, ich …«

Doch Jasmine unterbrach sie gleich wieder und schenkte ihr ein Lächeln, das besser war als jede Begnadigung.

Gleichzeitig ereignete sich noch etwas anderes auf der urplötzlich überfüllten Treppe des Val-de-Grâce. Jasmine verstand es nicht recht und vergaß es auch sofort wieder, doch für den Bruchteil einer Sekunde verursachte es bei ihr ein leichtes Unwohlsein. Valérie Simonetti stand auf der vorletzten Stufe und überragte Jasmine trotzdem noch um einen Kopf, obwohl die noch immer auf der obersten Stufe blieb. Ein Schleier legte sich über den azurblauen Blick der Leibgardistin, als sie im Hintergrund jemanden im Türrahmen erblickte. Als Jasmine sich umdrehte, war dort jedoch niemand, der einen derart misstrauischen Blick gerechtfertigt hätte. Nur Aurélien Coûteaux, der jüngste Sicherheitsoffizier ihres Vaters, der einer disziplinarrechtlichen Befragung entronnen war und den man mit Jasmines Bewachung beauftragt hatte. Deren Gewohnheiten waren ihm seit Längerem vertraut, und sie hatte stets beteuert, dass sie kein Problem mit ihm habe.

2.

Während der Kampagne hatte es eine herbe Auseinandersetzung zwischen Chaouch und seiner Tochter gegeben, weil diese es nicht hatte hinnehmen wollen, ständig irgendwelchen Sicherheitsmaßnahmen unterworfen zu werden, und seien sie noch so diskret. Sie hatte sich am Ende fügen müssen, ihren Abscheu über die Elitebullen aber nie verhehlen können, die ihr auf Schritt und Tritt überallhin gefolgt waren: ins Café, in die Oper, wenn sie am Canal Saint-Martin joggen gegangen oder mit dem Vélib' zu Fouad geradelt war, an die Place d'Aligre ins 12. Arrondissement. Diese Schränke in Anzügen hatten einige ihrer intimsten Momente mit Fouad ruiniert. Coûteaux hingegen hätte man aufgrund seiner Jugend, seines lässigen Stils und einer gewissen Art von Schüchternheit, ja Menschlichkeit im Blick, für einen etwas aufdringlichen Freund der beiden halten können.

Nun saß er neben ihr auf dem Rücksitz, während der Wagen die Rue Saint-Jacques hinauffuhr. Jasmine musterte ausgiebig sein Gesicht mit der spitzen Nase, die in Richtung des rosa-violetten Abendhimmels ragte.

»Und Sie«, fragte sie ihn unvermittelt, »glauben Sie, dass er wieder zu sich kommt?«

Coûteaux zog seinen Kopfhörer ab und drehte sich halb zu Jasmine um, ohne ihr in die Augen blicken zu müssen. Was sie zuvor für Schüchternheit gehalten hatte, fiel Jasmine jetzt auf, war wohl ganz einfach eine Technik, die er bei der Ausbildung zum Leibwächter gelernt hatte: niemals der Person in die Augen sehen, die mit dem eigenen Körper beschützt werden muss, falls eine Kugel auf sie abgefeuert wird.

»Ja, ja, natürlich, Mademoiselle«, antwortete Coûteaux geistesabwesend. Und als würde er sich im selben Moment des Ungenügens seiner Formulierung bewusst, fügte er nach einem Blick in den linken Außenspiegel leise hinzu: »Wissen Sie, viele Menschen beten für ihn.«

Jasmine hätte auch gern für ihn gebetet. Aber sie glaubte nicht an Gott. Und genauso gern hätte sie Fouad angerufen. Doch auch das konnte sie nicht tun. Die Verlegenheit ihrer Mutter, als die ihr das Handy zurückgegeben hatte, war der entscheidende Hinweis gewesen, dass man sie inzwischen überwachte und dass die großen Ohren dieser Polizisten mit ihren Kopfhörern nur darauf warteten, dass sie schwach würde, das F in ihrer Kontaktliste aufriefe und ihrem Geliebten intime Dinge anvertraute, unschuldige Dinge, die dann misstrauische Gehirne gegen ihn verwenden könnten …

Das Auto fuhr anders als sonst. Am Anfang des Canal Saint-Martin, in dessen Nähe sich Jasmines Wohnung befand, hatte sich eine Menschentraube gebildet. Doch trotz der dramatischen Vorfälle bestand Jasmine darauf, lieber zu sich nach Hause gebracht zu werden, statt die dutzendfach wiederholte Einladung ihrer Mutter anzunehmen, für einige Zeit in den Zweitwohnsitz ihrer Eltern in Yvelines zu ziehen. Mal ums Mal hatte Jasmine darauf erwidert, sie müssten die Illusion aufrechterhalten, dass ihr Leben weitergehe.

Als sie endlich zu Hause angekommen war, ließ sie sich aufs Sofa fallen und schaltete den Fernseher ein. Gerade fingen die Nachrichten im Zweiten an. Sie zappte weiter und blieb bei einer brandneuen Folge von *L'Homme du match* hängen, von der sie ihren Blick nicht abwenden konnte. Sie war sich sicher, dass es keine Minute dauern würde, bis Fouads Gesicht auftauchte. Dann musste sie doch länger warten als gedacht. Jasmine fragte sich schon, ob es möglich war, dass er wegen des Attentats aus der Serie radiert worden war. Aber schließlich kam er doch ins Bild – mit seinen klaren Gesichtszügen, den Augen, die er fast vollständig zukniff, wenn er lächelte, dem kräftigen Nacken und der volltönenden, sanften Stimme.

Jasmine drehte die Lautstärke hoch und schnappte sich ihr iPhone.

»Warum ruft er mich nicht an?«

Während sie zu Fouads Eintrag scrollte, erinnerte sie sich an den Tag, als sie sich auf der Terrasse eines Cafés in der Nähe von Pigalle kennengelernt hatten. Fouad in Hemdsärmeln – in seinem rot karierten Holzfällerhemd – hatte sich in der Sonne geaalt und ihr dabei immer wieder verstohlene Blicke zugeworfen. Jasmine hatte sich gerade mit dem Sohn der rechten Hand ihres Vaters gestritten – Christophe Vogel, mit dem sie seit zwei Monaten ausging und der ihr vorgehalten hatte, zu häuslich zu sein. An jenem Tag trug sie eine dunkelblaue Röhrenjeans, Stiefel ohne Schnürsenkel und ein mausgraues, langärmeliges Oberteil, unter dem sich ihr Busen abzeichnete. Christophe saß auf seinem Hocker an ihrem hohen Tisch und bemühte sich zu flüstern – was letztlich dazu führte, dass er mehr Aufsehen erregte, als wenn er ganz normal gesprochen hätte.

So wie Fouad ihr später seine Sicht auf die Szene geschildert hatte, war es für Jasmine nicht sehr schmeichelhaft gewesen. Angeblich hatte sie sich sichtlich gewunden und die ganze Zeit die Fäuste in die Hüften gestemmt. Nur von Zeit zu Zeit hatte sich ihre Miene aufgehellt – allerdings war in diesem Lächeln neben ihrer Frische auch eine leicht bourgeoise Blasiertheit zum Ausdruck gekommen.

»Bourgeois?«, hatte Jasmine entgeistert gefragt.

Zu diesem Zeitpunkt waren sie bereits seit zwei Monaten zusammen.

»Sagen wir mal, ein bisschen zu höflich, ein bisschen aufgesetzt. Scheinheilig, weißt du, was ich meine?«

Fouad wollte ihr nicht wehtun, doch statt die Aussage zurückzunehmen, hatte er ganz im Einklang mit seiner zutiefst ehrlichen Natur seinen Eindruck bis ins Detail ausformuliert.

»So ist es mir damals zumindest vorgekommen: als eine falsche Lässigkeit. Wie du mit der Hüfte gewackelt hast – das war so gespielt lässig. Du hast nicht sehr natürlich gewirkt, sondern eben wie ein Mädchen aus der besseren Gesellschaft, das ist alles. Und später ... hab ich es dann gesehen.«

Tatsächlich hatte er es schon lange vorher »gesehen«, schon bei ihrem allerersten Kontakt. Sobald Christophe wutentbrannt davongestürmt und Jasmine mit einem leichten Schmunzeln an Fouads Tisch gekommen war und ihn mit schief gelegtem Kopf gefragt hatte: »Rony?«

Sie hatte damals wirklich auf »Rony« gewartet, auf einen Journalisten, der für eine Musikzeitschrift arbeitete und den sie nie zuvor getroffen hatte. Fouad hatte gleich geschaltet, aber weil ihn an dem Tag der Hafer gestochen hatte, hatte er überrascht getan und sich dann so fröhlich und warmherzig gezeigt, als würden sie sich schon seit Ewigkeiten kennen.

»Ja, das bin ich.«

»Rony von *Diapason?* Ich bin Jasmine Chaouch ... wegen des Interviews?«

»Ja, ach ja ... Ich habe schon auf Sie gewartet. Aber können wir uns nicht duzen?«

Gut zwanzig Minuten lang hatte Jasmine ihm alles geglaubt, hatte sich von diesem Hochstapler über Barockmusik ausfragen lassen und mit ihm schließlich nicht nur die folgenden zwei Stunden, sondern auch die darauffolgenden etwa acht Monate verbracht.

Unvermittelt hielt Jasmine inne. Hinter einer der Platanen, die ihr den Blick auf den Kanal versperrten, meinte sie, eine Kerzenflamme gesehen zu haben. Ein Raunen rollte die Straße herauf. Sie öffnete das Fenster und hörte bewundernde Ausrufe. Als sie zur anderen Seite aus dem Fenster blickte, erkannte sie, dass es sich nicht nur um eine einzelne Kerze handelte, sondern um eine ganze Flotte – Dutzende, Hunderte von Kerzen, die den Kanal hinuntertrieben und von kuppelförmigen roten Bojen über Wasser gehalten wurden.

Der Anblick der Flammen in der weichen Abendluft trieb ihr die Tränen in die Augen.

Es herrschte kaum Wind, es rauschte nicht im Laub der Bäume, und dann die Kerzen – in Wahrheit waren es Tausende –, die die gesamte Oberfläche des Kanals auf einer Länge von mehreren Dutzend Metern bedeckten und von einem Zug aus Schaulustigen an beiden Ufern begleitet wurden. Leicht verzögert bemerkte Jasmine, dass auch die Schaulustigen Kerzen bei sich trugen, Kerzen oder Feuerzeuge, und manche – wahrscheinlich die Organisatoren der Demonstration – hatten weiße T-Shirts mit dem Konterfei ihres Vaters übergestreift.

3.

Das Bild ging um die Welt: Es kam auf CNN, auf CCTV, auf Al Jazeera, auf den russischen, englischen, brasilianischen Kanälen. Es wurde wie die unerwartete Gegenbewegung zu den gewaltsamen Aufständen in den Städten präsentiert: Kerzenflammen versus Molotowcocktails. Einen ganzen Abend lang schien Frankreich das mediale Zentrum der Welt geworden zu sein. Der Präsident lag im Koma, und sein Volk marschierte los, als wollte es ihm dabei helfen, nicht von der jenseitigen Welt verschlungen zu werden.

In Saint-Étienne sah Fouad eine junge Frau auf LCI, die ein weißes T-Shirt mit Chaouchs Gesicht und der Aufschrift GENERATION CHAOUCH trug. Sie gab ein Interview über den Sinn und Zweck dieser Demonstration. Mit großen Rehaugen erklärte sie, dass sie eigentlich nichts mit dem Parti Socialiste zu tun habe, auch wenn manche der hier anwesenden Personen – so auch sie selbst – ebenfalls am Wahlkampf teilgenommen hatten. Die Idee zu diesem Demonstrationsmarsch war zeitgleich auf Facebook und Twitter aufgekommen, und zu Beginn hatten sich lediglich ein paar Dutzend Personen versammelt. Dann war die Mundpropaganda losgerollt, es wurde noch mit weiteren Teilnehmern gerechnet, ganz Paris war dazu aufgerufen worden, sich ihnen anzuschließen, um ihre Unterstützung für den Präsidenten und seine Familie kundzutun. »Also, kommen Sie!«, schloss sie mit glühendem Blick, aber vielleicht ein wenig zu geschmeidig.

Fouad legte die Fernbedienung beiseite und stürmte die Treppe hinauf. Dort riss er sämtliche Türen auf und forderte die anderen auf, zu ihm ins Wohnzimmer zu kommen. Als Slim an ihm vorbeieilte, hätte Fouad ihn beinahe an der Schulter festgehalten, um ihn nach einer Erklärung zu dem schwulen Rom zu fragen. Aber das konnte warten, beschloss er, als er in das enthusiastische Gesicht seines kleinen Bruders blickte.

Als sie unten ankamen, standen Slim und Luna bereits staunend vor dem Bild, das LCI in Dauerschleife ausstrahlte: die Gesprächsrunde der x-ten im Bild eingeklinkten Sondersendung. Dounia und Rabia, die im anderen Zimmer alte Platten gehört hatten, stießen nun ebenfalls dazu und waren bewegt. Fouad legte Rabia den Arm um die Schultern und begnügte sich damit zu lächeln, während er auf den Bildschirm sah. Er hoffte, der Anblick dieser Tausenden von Kerzen würde genügen, um seine Tante ein wenig zu trösten. Doch das war nicht der Fall. Nachdem sie sich die Fernbedienung geschnappt und durch die internationalen Kanäle gezappt hatte, wurde sie erneut von Trauer überwältigt und begann zu schluchzen.

»Aber es wird doch alles gut, Rabia«, sprach Fouad ihr Mut zu, und sie lehnte den Kopf gegen seine Brust. »Alles wird gut, du wirst sehen.«

Rabia nickte und ließ ein paar Sekunden verstreichen, bevor sie unversehens aufbegehrte. »Was soll das heißen, alles wird gut? Was erzählst du da – alles wird gut? Nein, sag's mir, was soll das heißen, alles wird gut? Sag's mir!«

Dounia bedeutete Slim und Luna, sich in den ersten Stock zurückzuziehen. Fouad versuchte weiter, Rabia zu trösten. Doch seit ihr Haar glatt war, schien sich auch ihr Charakter verändert zu haben. Sie hatte keine Lust mehr, sich alles gefallen zu lassen.

»Warum darf ich meinen Sohn nicht anrufen?«, brüllte sie plötzlich und brachte damit alle im Raum und in der gesamten Nachbarschaft zum Verstummen. »Wie kann das sein? Mit welchem Recht können sie mir verbieten, mit meinem Sohn zu sprechen?«

»Szafran glaubt, dass es nur noch eine Frage von zwei Tagen ist. Sobald er aus der Untersuchungshaft entlassen wird …«

Rabia blieb der Mund offen stehen. Sie war schockiert, und ihr Gesicht war tränenüberströmt.

»Zwei Tage? Und was sagen sie mir dann? Zehn Tage? Zwei Monate? Nein, das ist mir egal, ich will ihn *sofort* anrufen. Fouad, *raichek,* Fouad, such mir die Nummer des Inspektors raus, von diesem *rhla,* der uns verhört hat!«

»Das nützt nichts, Tante, es nützt doch jetzt nichts …«

»Fouad, weißt du, was sie zu mir gesagt hat?«

»Wer? Von wem redest du?«

»Von Annie! Die Frau, für die ich die Kinder hüte. Als ich vom Friedhof heimgekommen bin, hab ich sie angerufen, um sie zu fragen … sie zu fragen, wie es ihr geht, wie es den Kleinen geht. Da hat sie mir gesagt, dass ich mich darum nicht mehr kümmern muss. Dass sie mich nicht mehr brauchen. Und weißt du, was sie noch gesagt hat? Weißt du, was diese blöde Kuh noch gesagt hat? Dass Jean-Michel und sie ihre Großmutter zu sich geholt haben. Dass sie bei ihnen zu Hause eingezogen ist. Und da sie nichts zu tun hat, *zarma,* besteht sie darauf, sich selbst um die Kleinen zu kümmern. Kannst du dir das vorstellen? Ich hab die Kinder im Hintergrund weinen hören. ›Rabia, Rabia!‹, haben sie gerufen. Ich darf sie nicht mal … nicht mal mehr ein letztes Mal sehen …«

Dounia kam ins Zimmer zurück und legte Rabia ebenfalls die Hand auf die Schulter – und das war zu viel für sie: die ganze Zuwendung, wie eine vergebliche Erinnerung daran, dass es in ihrem Leben einmal Licht gegeben hatte. Statt in Schluchzen auszubrechen, ließ sie sich zu

Boden sinken, langsam, dramatisch weinte sie stumme Tränen, die in regelmäßigen Abständen aus einer schier unerschöpflichen Quelle hervorsprudelten.

»Weine, wein ruhig, meine Liebe.«

Dounia strich Rabia behutsam über den Kopf und hielt ihr eigenes Schluchzen zurück, ermunterte aber dasjenige ihrer Schwester. Sie wusste, wie das ging – im Gegensatz zu Fouad, der nun zum ersten Mal die Fassung verlor und ebenfalls zu weinen begann: wegen der immensen Not seiner Lieblingstante, vielleicht aber auch wegen der Hoffnung, der verrückten Hoffnung, die das Bild des schwimmenden, bunten Teppichs aus Flammen und Illusionen in ihm erzeugt hatte.

4.

Vom Fenster der Wohnung seines Cousins in Ivry aus hatte der dicke Momo einen Panoramablick über die Hauptstadt, ihre majestätischen Türme und ihre golden und silbern glitzernden Dächer. Trotz der Aufregung, die ihn daran hinderte, nach draußen zu gehen sowie die Pommes frites zu verdrücken, die Djinn ihm gebracht hatte, fühlte sich der dicke Momo privilegiert, weil er von hier aus mit einem Fernglas den Blick über Sacré-Cœur und die Tour Montparnasse schweifen lassen konnte.

Klar, sie waren weit weg, diese Wahrzeichen, aber wenigstens waren sie da. Und für den »Kleinen« aus Saint-Étienne, der nie über das Gerland-Stadion hinausgekommen war (und auch dort war er nur gewesen, um sich mit Fans aus Lyon zu prügeln), klangen die Klagen der Vorstadtbewohner von der Île-de-France wie gegenstandsloses Gejammer. Wie konnte man sich beschweren, wenn man einen solchen Blick genießen durfte? Nicht einen Moment lang kam ihm in den Sinn, dass diese Hauptstadt, die aus solchen Wundern zusammengesetzt und zudem so nah war, in Wahrheit weiter von der schlechten Seite des Boulevard périphérique entfernt lag als von den friedlichen, öden Gestaden seines Geburtsorts an der Loire.

Doch natürlich war es Djinn, der ihn daran erinnerte.

»Was nützt es denn, *zarma,* wenn man den Eiffelturm vom Fenster aus sehen kann, und wenn man wirklich hingehen will, wird man allein schon auf dem Weg zehnmal von Bullen angekackt?«

Seit seiner Ankunft hatte ihn der Anblick des dicken Cousins aus der Provinz am Panoramafenster genervt.

»*Wesh,* Momo, komm mal kurz her. Ich muss mit dir über was reden.«

Als guter Pariser hatte Djinn immer irgendetwas vor: eine geheimnisvolle Besorgung, einen dringenden Gefallen, den er irgendwem schuldete. Er sagte »Grec« statt »Kebab« und sprach davon, einen »Mouffe« zu machen, wenn er auf die Rue Mouffetard wollte, um dort abzuhängen. Der dicke Momo war davon schwer beeindruckt. Außerdem hatte Djinn neben der Haschischdealerei noch ein eigenes kleines Unternehmen: Er kaufte Jeans zum Fabrikpreis bei einem »Kollegen« aus dem Großhandel, die er dann über Facebook weiterverkaufte. Mit gerade mal achtzehn Jahren konnte er sich schon eine eigene Einzimmerwohnung leisten, außerdem einen Roller und das neueste iPhone. Es stand immer Cola im Kühlschrank, sonst allerdings nichts: Wenn er abends nach Hause kam, brachte Djinn einen »Grec« oder etwas von McDonald's mit. Jeden Abend. Er lebte auf großem Fuß, Cousin Djinn. Ein Blick auf die Lacoste-Polohemden und die Hugo-Boss-Parfumflakons reichte aus. Und dann hatte er auch noch einen Vorrat für den Eigenbedarf – nicht etwa zwei armselige Barren schlechten Shit, sondern schöne, gut gefüllte Tütchen mit Amnesia –, Krims Lieblingssorte.

Und tatsächlich sollte es um Krim gehen, als der dicke Momo zu Djinn in die Küche ging, wo sie vor den misstrauischen Blicken von Paris und den zu hellen Scheinwerfern des Eiffelturms geschützt waren.

»Willst du sehen, was dein Freund gemacht hat? Mach mal den Fernseher an.«

Während sich der dicke Momo noch nach der Fernbedienung umsah, wurde Djinn ungeduldig und drückte auf den Knopf, der im Rahmen des Flachbildfernsehers versteckt war.

Sämtliche Programme auf allen Frequenzen waren unterbrochen worden und zeigten nun aus den unterschiedlichsten Blickwinkeln den Canal Saint-Martin, der mit Kerzen bedeckt war. Das Bild wirkte zugleich spektakulär und tröstlich. Nach ein paar Minuten hatte auch der dicke Momo begriffen, dass es sich dabei um eine Hommage an Chaouch handelte, um einen Solidaritätsmarsch. Ihm blieb der Mund offen stehen. Er hätte seinem Cousin gern dieses besondere Gefühl beschrieben, das sofort von ihm Besitz ergriffen hatte – eine unerhörte Freude und auch ein wenig Hysterie im Angesicht dieser Mischung aus Schönheit und Güte. Doch Djinn setzte ein hämisches Grinsen auf und schüttelte als Zeichen der Ablehnung den Kopf.

Sein Handy vibrierte, und das Grinsen erlosch.

»Ich muss jetzt los. Morgen komm ich wieder. Und du machst inzwischen keine Dummheiten, hm?«

Der dicke Momo zappte weiter und lauschte, ohne alles zu verstehen, einem Expertengespräch über *jenes Frankreich, das Chaouch gewählt hat*. Er hatte massiven Zulauf von Frauen und jungen Erwachsenen erhalten, aber auch – und das war offenbar »die größte Überraschung dieser Wahl«, wie einer der Gäste es einschätzte – von einem großen Teil der Arbeiterklasse, die sich trotz der heftigen Angriffe der Rechten gegen den Elitismus des PS-Kandidaten von den Extremen abgewandt hatte.

Geografisch hatte Chaouch den Westen und den Norden des Landes erobert, die östliche Hälfte von Paris und natürlich die problematischen Vorstädte, über die sich zwei Wahlexperten allerdings nicht einig werden wollten. Der eine behauptete, die Registrierung der berühmten »dritten Generation« aus Einwandererkindern auf den Wahllisten habe eine massive Bedeutung gehabt und letztlich den Ausgang der Wahl entschieden, während der andere das Gegenteil vertrat. Der dicke Momo hätte gern dem ersten Experten geglaubt, aber der wirkte streng und ähnelte seinem ehemaligen Mathelehrer. Der andere war rundlich, hatte einen Bart und wirkte wesentlich sympathischer. Er war der Ansicht, dass das Wahlverhalten der Vorstädte zwar interessant, für den Ausgang aber nur von marginaler Bedeutung gewesen sei. Der dicke Momo schloss daraus, dass er gut daran getan hatte, nicht wählen zu gehen, dass es an Chaouchs Erfolg anscheinend nichts geändert, ihn aber auch nicht verhindert hätte.

»Uff.«

Für einen Moment hatte er vollkommen vergessen, dass sein bester Freund auf Chaouch geschossen hatte. Das letzte Mal, als er mit Krim gesprochen hatte, war es – im Gebüsch vor der Sporthalle – darum gegangen, ob er wählen gehen sollte. Der dicke Momo hatte geantwortet: »Wählen? Wozu?« Worte, für die er sich jetzt schämte, da der Moderator der Sendung aus dem Off von den Kerzen auf dem Canal Saint-Martin schwärmte, von der französischen Jugend, die sich ihren Kandidaten mit solcher Bestimmtheit auserwählt hatte und die es heute mehr denn je verdiente, als »Generation Chaouch« bezeichnet zu werden.

5.

In seinem Büro war Montesquious glattes, lächelndes Gesicht auf einem Dutzend gerahmter Bilder zu sehen: neben dem Präsidenten, neben Bill Gates, Tony Blair, bekannten Polizistendarstellern wie Kiefer Sutherland alias Jack Bauer und irgendwelchen obskuren europäischen Innenministern, deren Namen selbst Experten durcheinanderbrachten. Diese Ausstellung von Treffen mit Berühmtheiten war nicht ungewöhnlich; ungewöhnlich war lediglich das Foto, das innen auf die Tür zu seinem Safe geklebt worden war, das seine Besucher also niemals sehen sollten, das jedoch der Informatiker entdeckte, der an diesem Abend von dem jungen Stabschef hereingewinkt wurde.

»Was ist das denn für ein Bild?«

Der Informatiker hatte sich die Frage nicht verkneifen können.

Das Bild zeigte Chaouch auf einer Bühne – schweißgebadet, während seiner berühmten Rede, die er zwischen den ersten beiden Runden der Vorwahlen der Sozialistischen Partei gehalten hatte. Im ersten Wahlgang war er zur allgemeinen Überraschung auf dem zweiten Platz gelandet, und es war anzunehmen, dass seine *Rede an die Jugend* – so seltsam, so leidenschaftlich und so ungewöhnlich sie aus dem Mund eines Politikers geklungen haben mochte – der Grundstein für seinen unfassbaren Aufstieg gewesen war. Montesquiou hatte an jenem Abend vor dem Fernseher gesessen – drei Tage vor dem zweiten Wahlgang, der den bis dato nahezu unbekannten Europaabgeordneten zum Kandidaten der größten Oppositionspartei machen sollte. Vermorels rechte Hand und linker Arm hatte begriffen, dass der Todesengel seines Lagers unerwartet die Züge eines arabischen Volkstribuns mit dem Gesicht eines Schauspielers und einem warmen Timbre angenommen hatte, der vor einer gebannt an seinen Lippen hängenden Menge alles auf eine Karte setzte.

Montesquiou wollte sicherstellen, dass er das Gesicht des Mannes nicht vergaß, dessentwegen er hier wegmusste, dessentwegen er dieses Büro und dieses Ministerium räumen musste und seine Privilegien verlor. Chaouchs Foto war sein Memento mori. Denke daran, dass dein Polstersessel ein Schleudersitz sein kann.

Natürlich sagte er nichts von alledem zu dem Informatiker der DCRI, der ihm gerade heimlich ein paar Dutzend Blätter mit Anmerkungen gebracht hatte, die analysiert, mit rotem Filzstift kommentiert und mit dem Stempel *Vertraulich – Verteidigung* versehen waren.

»Sind das sämtliche Nachrichten der vergangenen vier Monate?«, fragte Montesquiou in leicht verärgertem Tonfall.

»Alle«, erwiderte der Informatiker im Flüsterton, »einschließlich derer, die er gelöscht hat.«

»Sie sind ja wirklich ein Alleskönner.«

Inzwischen versuchte er seit einer halben Stunde, sich einen Überblick über die Randnotizen zu verschaffen, die auf den Blättern vermerkt waren. Er beendete die Lektüre im Auto, das ihn zur Unterabteilung für Terrorabwehr brachte.

Als er die Räumlichkeiten in Levallois-Perret durchquerte, bemerkten ihn die meisten nicht, und die Handvoll kleiner Angestellter, die sich darüber ärgerten, ihn hier zur Unzeit zu sehen, grüßten ihn verkniffen.

Capitaine Tellier begnügte sich mit einem Kopfnicken – respektvoll, aber nicht ohne Verblüffung. Dass Krims Befragung die Place Beauvau interessierte, konnte er verstehen, aber ein täglicher Besuch des stellvertretenden Stabschefs der Ministerin war ihm doch etwas suspekt.

»Haben Sie etwas aus ihm herausbekommen, Capitaine?«, fragte Montesquiou, und Tellier konnte den Hintergedanken förmlich greifen.

Es sei ein bisschen »zäh«, antwortete er. Bislang hätten die Befragungen nicht allzu viel ergeben. »Andererseits scheint er zugegebenermaßen auch nicht viel zu wissen …«

»Capitaine, ich würde mich mit ihm gern ein paar Minuten unter vier Augen unterhalten.«

Das behagte Tellier nicht, aber er sah auch nicht, wie er die Bitte hätte abschlagen können. Montesquiou hatte die Macht, ihn mit einem einzigen Anruf in den Sicherheitsdienst der Departementsverwaltung nach Rillieux-la-Pape zu versetzen. »Wäre es Ihnen lieber, wenn ich anwesend wäre, oder …«

»Nein. Lieber wäre mir, wenn Sie mir eine Zigarette geben könnten«, entgegnete Montesquiou trocken, ohne den Capitaine dabei auch nur eines Blickes zu würdigen.

Tellier hatte das Rauchen vor zwei Monaten aufgegeben. Er bat einen Kollegen von der Tagschicht um eine Kippe und gab sie dem mächtigen Berater.

Als Montesquiou den Vernehmungsraum betrat, schaltete er zuerst die Webcam aus und legte seinen Gehstock neben den Computer.

»Rauchst du?«

Krim antwortete nicht. Er hatte kaum mehr die Kraft, die Stirn zu runzeln, um diesen Bullen mitzuteilen, wie sehr er sie verabscheute. Doch seit er mit dem Rauchen angefangen hatte, hatte es keinen Tag gegeben, an dem er nicht geraucht hätte. Er wusste noch genau, dass er sich eine Zigarette angezündet hatte, bevor er sich zu dem Rotschopf aufgemacht hatte. Und er erinnerte sich sogar daran, dass er sie ausgedrückt hatte, obwohl noch mindestens vier Züge übrig gewesen wären. Wenn er jetzt an diese lässig geopferten vier Züge dachte, schnürte ihm das die Luft heftiger ab als der Nikotinmangel.

»Gut. Du willst nicht rauchen, und du willst nicht antworten. Dann übernehme ich eben das Reden. Also. Ganz egal, ob du mit der Polizei sprichst oder nicht: Du wirst im Knast landen. Aber das hast du sicherlich schon selbst begriffen. Es wird jedoch nicht mehr lange dauern – morgen, vielleicht übermorgen –, dann unterbreitet dir der Capitaine eine Art Angebot: Wenn du kooperierst, kann er vielleicht mit dem Richter sprechen und darüber nachdenken, ob es in deinem Fall eventuell mildernde Umstände geben könnte. Alles, was du seit gestern in Dauerschleife wiederholst – ›Ich bin manipuliert worden‹ und so weiter und so fort.«

Krim sträubten sich die Haare, als er die Stimme dieses Typen hörte. Es war die Stimme eines Manns, für den nichts wirklich Bedeutung hatte.

Es war ganz eindeutig die Stimme Nazirs.

»Also. Wenn er dir das anbietet, dann solltest du wissen, dass er lügt. Er ist ein kleiner Capitaine bei der Polizei, er kann so viel mit dem Richter reden, wie er will. Ändern wird das nichts.«

»Und?«, warf Krim ein, mehr um sich nicht länger von der Stimme einlullen zu lassen, als um etwas zu sagen. »Ich sollte also besser das Maul halten.«

»Du hast mich genau verstanden.«

Krim verstand überhaupt nichts.

»Und jetzt werd ich dir von mir erzählen. Willst du immer noch nicht rauchen?«

Krim bewegte kaum merklich das Kinn, und sofort hielt Montesquiou ihm die Zigarette hin.

»Und wie mach ich sie an?«

»Ich gebe dir mein Feuerzeug, sobald du mich bis zum Ende angehört hast.«

6.

»Also gut. Mein Name ist Pierre-Jean de Montesquiou, und ich bin der Stabschef der Innenministerin. Alle Polizisten, die dich verhört haben, all ihre Vorgesetzten … Na ja. Diese Typen kriechen allesamt vor mir auf Knien. Sie verabscheuen mich. Ich bin neunundzwanzig, ich hab ein Studium an einer der Eliteschulen absolviert, um die höhere Beamtenlaufbahn einzuschlagen, und trotzdem bin ich für sie die Pest, der Teufel, ein hochnäsiger Politiker, der in seinem Leben noch nie eine Waffe in der Hand gehabt hat. Der trotzdem ihre Karriere innerhalb von drei Minuten in Schutt und Asche legen kann. Und zwar weil ich täglich die Ministerin sehe. Verstehst du? Ich flüstere ihr Dinge ein, und Vermorel hört mir immer zu. Sie hört alles, was ich sage. Diese

Typen – und ich rede jetzt von den höheren Tieren bei der Polizei, hm? –, die verabscheuen mich. Aber es gibt sogar welche, bei denen es noch schlimmer ist. Typen, die mich am liebsten umbringen würden. Das sind die Richter. Und bei den Richtern – da werd ich dich nicht anlügen – ist ein Treffen schwerer. Sie haben ihr eigenes Ministerium, das Justizministerium, und sie hassen es, Befehlsempfänger zu sein. Aber in wirklich ernsten Situationen wie jetzt gerade, da haben sie keine Wahl. Was du in Gang gesetzt hast, als du auf Chaouch geschossen hast, ist eine Staatskrise, die noch gigantischer ist als alles, was du dir überhaupt vorstellen kannst.«

»Aber ich …«

»Nein, nein, hör mir zu. Ich weiß, dass Nazir dich dazu gezwungen hat. Ich weiß genau, was passiert ist. Und ich verrate dir jetzt was, ganz im Vertrauen: Ich kenne Nazir sehr gut. Ich hab ihn seit einiger Zeit überwachen lassen, ich hab seine Telefone angezapft, ich kenne zum Beispiel auch die Nachrichten, die er dir geschickt hat …«

Wie gelähmt angesichts des nun einsetzenden Schweigens ließ Krim die Zigarette fallen.

Er wollte sich gerade bücken, um sie wieder aufzuheben, als Montesquious Stimme ihn durch die schiere Kraft ihrer Lautstärke an seinem Vorhaben hinderte.

»Jetzt ist es also sehr einfach. Es gibt da eine kleine Sache, die mich stört, eigentlich eine Petitesse, du wirst sehen, nur eine kleine Nachricht. Eine Nachricht auf Italienisch, in der er sich mit dir am Donnerstag, den 9. Mai, in ›G.‹ verabredet. Sagt dir das irgendwas? Eine Nachricht auf Italienisch. Das kann doch nicht so schwer sein. Von denen hast du ja sicher nicht Hunderte bekommen.«

»Eine Nachricht auf Italienisch? Ähm, nein, ich weiß nicht …«

»Hör zu, wir haben etwas in der Hand, was diese Kerle, die dich die ganze Zeit anbrüllen, nicht haben. Wir wissen, wer dahintersteckt, nämlich Nazir. Und ich verstehe vollkommen, dass du dich von ihm hast beeinflussen lassen. Ich sag dir jetzt auch meine ehrliche Meinung.« Er legte sich die lange, schmale Hand flach auf die Brust. »Mir persönlich würde es leidtun, wenn du für etwas bezahlen müsstest, was in Wahrheit auf sein Konto geht. Was jetzt aber geschehen wird, ist, dass er sich aus der Affäre zieht und dass du als der Alleinschuldige dastehst. In Wahrheit ist das denen scheißegal – den Leuten, die dich in den Knast werfen. Was sie brauchen, ist ein vorzeigbarer Schuldiger, eine gute Geschichte, die sie der Presse auftischen können. Jugendliches Pack, Einwanderer der dritten Generation, völlig verstrahlt, der ganze Unsinn eben. Und dann ist dieser Junge auch noch ein bisschen verrückt, hört klassische Musik und kifft. Er will, dass man über ihn spricht, also schießt er auf den Präsidenten. Du kannst mir wirklich glauben, Krim, es gibt keine zwei Personen in diesem Land, die verhindern könnten, dass es sich genau so abspielt. Es gibt nur eine einzige. Und die sitzt vor dir.«

Montesquiou zückte sein Feuerzeug und ließ eine reglose Flamme vor Krims Nase emporschießen. Mit der freien Hand klaubte Krim die Zigarette wieder auf und machte den ersten Zug, der so angenehm war, dass ihm schwindlig wurde.

»Und was soll ich dafür tun?«, fragte er dann.

»Diese italienische Nachricht – warum wollte er sich mit dir in ›G.‹ treffen? Und dann hatte es noch eine weitere auf Italienisch gegeben, direkt davor: ›*Come stai, babbo?*‹ Und dann diese – ›G.‹ Versuch, dich zu erinnern.«

»Ah, nein, nein, das waren Nachrichten, die er mir aus Versehen geschickt hat. Er meinte, die sollte ich löschen. Aber es gibt auch welche, die ich vergessen hab zu löschen …«

Montesquiou konnte Krim ansehen, dass er sich zu erinnern versuchte, aber er stand allem Anschein nach dermaßen unter Strom, dass er sich nicht mehr konzentrieren konnte.

»Gut«, entschied er schließlich. »Denk noch mal über Nazir nach. Denk noch mal über die Nachrichten nach, und ich bin mir sicher, dass dir irgendwann auch noch was dazu einfällt. Ich weiß nicht, zum Beispiel irgendein Ort im Ausland, über den er immer geredet hat. Komische Leute, die er treffen wollte, irgendeine Stadt ... Und wenn du dich dann erinnerst, sag den kleinen Bullen nichts davon. Die können ohnehin nichts für dich tun. Speicher die Erinnerung in einer Ecke deines Hirns und warte, bis ich wieder zu dir komme. Einverstanden?«

Zum ersten Mal hatte Krim nicht den Eindruck, dass Montesquiou ihn wie ein Exemplar irgendeiner minderwertigen Lebensform ansah.

Er nahm all seinen Mut zusammen.

»Ist er tot? Oder nicht? Chaouch? Die sagen Ja, aber ich glaube ihnen nicht. Diese Arschficker, die wollen mir doch nur *khalai* machen ...«

»Und was bedeutet ›*khalai*‹?«

»Angst«, erwiderte Krim und hielt dem Blick des ENA-Absolventen stand.

Die seltsam schläfrige Form seiner Augen stand in eklatantem Widerspruch zu ihrer eisig blauen Farbe. Sie waren nur halb offen, wie es oft in bösartigen oder ironischen Gesichtern der Fall ist, es schien sogar nur eine Kleinigkeit zu fehlen, damit sich dieser grausame Blick in sein genaues Gegenteil verkehrte und weich und melancholisch wurde.

Doch diese Kleinigkeit war unsichtbar. Oder besser gesagt: nicht existent. Montesquiou stützte sich auf seinen Stock und verließ den Raum, ohne Krim über den Gesundheitszustand seines berühmten Opfers aufgeklärt zu haben.

7.

Fleur, die junge Frau, die Nazir inzwischen chauffierte, hatte ganz eindeutig die gleiche Lidform wie der stellvertretende Stabschef der Ministerin. Und auch bei ihr waren die Weichheit und die innewohnende

Melancholie der Gesichtszüge in den Wirren ihres Lebens verloren gegangen. Doch zum einen beherrschte nicht politischer Zynismus Fleurs Blick, sondern vielmehr eine Art andauernde Panik; und zum anderen war die ebenfalls eisblaue Farbe ihrer Augen seit einigen Monaten von einem Paar grüner Kontaktlinsen überdeckt, das Nazir ihr geschenkt hatte. Es war für ihn eine Frage der Ehre, dass sie sie jede Woche erneuerte.

Zu Beginn hatte Fleur die Besessenheit dieses Menschen nicht verstanden, den sie als den Mann ihres Lebens bezeichnete. Nazir hatte versucht, sich zu erklären, aber das hatte sie nicht weitergebracht. Er hatte gesagt, dass er sie niemals schöner finde, als wenn sie schlafe, und dass grüne Augen besser als blaue die Illusion dieses Ruhezustands erzeugten.

Eines Abends in Zürich hatte er ihr gestanden, dass all seine Freundinnen mehr oder weniger gleich gewesen seien: Abklatsche von ihr – junge, schlafwandlerische Geschöpfe mit immer leicht geöffnetem Schmollmund, mit dem sie das Ende eines imaginären Strohhalms zu erwischen versuchten, ein schlanker, warmer, weißer Hals, umwickelt mit Schals und Halstüchern in Zartrosatönen, die das Meergrün ihrer Augen unterstrichen und die im Reich der Träume zu verharren schienen.

Mit fast einundzwanzig Jahren entsprach Fleur nur noch sehr unvollkommen diesem Phantasma, von dem Nazir jedoch auch weiterhin so tat, als wäre es sein ultimatives Muster. Die Diaspora in diesem Nest in den Schweizer Alpen hatte sie widerstandsfähig gemacht. Ihr Nacken und ihre Schultern hatten ihre romantische Rundung verloren, ihre Handflächen waren rechteckig, die Unterarme hart und der Schmollmund rissig geworden.

Außerdem hatte sie seit der Pubertät ungefähr zwanzigmal die Haarfarbe geändert: von Mahagoni zu Rosa mit violetten Strähnen, mit Zwischenstationen bei einer ganzen Reihe von Brauntönen, von denen einer desaströser als der andere gewesen war. Als sie vor sechs Monaten ins Schweizer Exil gegangen war, hatte sie beschlossen, wieder ihr natürliches Aschblond herauswachsen zu lassen. Doch um nicht dem jungen Mädchen aus gutem Hause zu ähneln, das sie bis zu ihrem fünfzehnten Geburtstag gewesen und an dem ihr jedes Detail verhasst war – von der Kopfhaltung bis zu der Art, sich auf einen Stuhl zu setzen –, fing sie an, ihre Haare fast systematisch zu vernachlässigen. Mit einem abwegigen fuchsiafarbenen Band zusammengebunden, fielen sie in einem ordinären Pferdeschwanz auf die Kopfstütze des Fahrersitzes, und außerdem – wie es Nazir in einem unwillkürlichen Anfall von Gereiztheit entfuhr – *stanken* sie auch noch.

»Scheiße, ehrlich«, entgegnete Fleur, »wir haben uns seit zwei Monaten nicht mehr gesehen, und *so* begrüßt du mich?«

»Was hast du denn geglaubt? Dass ich zu dir in deinen Schlupfwinkel komme und wir zwischen Kerzen und Rosen leidenschaftlich Liebe machen?«

Während der Fahrt drehte er sich in einem fort um und stellte sicher, dass ihnen auf der Bergstraße auch garantiert niemand folgte. Allerdings hatte sich die Nacht in dichten Nebel gehüllt. Wann immer der Allradwagen eine Serpentine nahm, hätte Nazir talwärts nie und nimmer den Schein feindlicher Scheinwerfer erspähen können.

Fleur wischte sich irgendetwas aus dem Augenwinkel und öffnete den Mund, um sich entweder am Schluchzen oder am Würgen zu hindern.

Nazir vertiefte sich wieder in eine Straßenkarte. Im schwach blauen Licht seines Blackberry musste er sich die auseinandergefaltete Karte direkt vor die Nase halten. Fleur verdrehte die Augen und schaltete die kleine Birne ein, die neben dem Rückspiegel angebracht war. Nazir löschte sie sofort wieder und schloss für einen Moment die Augen, um einen Anflug von Wut zu unterdrücken. Stattdessen setzte er ein starres Lächeln auf. Er hatte sehr wohl bemerkt, dass sie sich für ihr

Wiedersehen in Schale geworfen hatte. Sie hatte ihr schönstes geblümtes Kleid und die verwaschenen blaugrauen Converse angezogen, dabei fand Nazir die Vorstellung einfach nur verabscheuungswürdig, dass seine junge Freundin, sowie sie seine Nachricht erhalten hatte, alles hatte stehen und liegen lassen, um zu ihm zu eilen.

»Fleur, es tut mir leid«, sagte er und legte ihr die Hand auf das aufgeschürfte Knie. »Das ist der Stress, wegen … Waldstein, der mich bis zu dir bringen sollte. Aber ich bin mir sicher, dass er ihnen unseren Standort verraten hat – vielleicht über das Navi. Ich konnte einfach kein Risiko mehr eingehen. Hör zu, ich weiß, was dich das alles gekostet hat, all die Monate, um das Versteck vorzubereiten, und dann … die Einsamkeit … dass wir uns nie treffen konnten …«

»Es war die Hölle.«

»Ich weiß. Ich weiß, was du durchgemacht hast. Aber das Schlimmste …«

»Das Schlimmste war, dass wir uns nicht mehr sehen konnten. Dass ich dich nicht anrufen konnte.«

»Sie haben mich überwacht, Fleur. Ich hatte keine andere Wahl. Sie haben am Ende alle meine SIM-Karten überwacht, sogar die, die ich benutzt hab, um mit meiner … *Mutter* zu sprechen.«

»Ja, aber das war … Manchmal konnte ich einfach nicht mehr. Später hab ich es gewollt, und ich glaube, es hat mir sogar gutgetan, das Leben auf dem Bauernhof. Da musste ich wenigstens nicht mehr all die Fressen sehen …«

Nazir brachte sie mit einer Geste zum Schweigen. Sie waren auf dem Gipfel angelangt.

»Stell dich da drüben ins Gebüsch. Ich will sichergehen, dass uns keiner folgt.«

»Nazir, langsam drehst du echt durch. Wir fahren jetzt seit drei Stunden durch die totale Einöde. Außerdem, Scheiße … Sicher, das wir nicht nach Sogno zurückkönnen?«

In Sogno hatte Fleur die letzten Monate verbracht. Dort gab es ein paar Kilometer vom Dorf entfernt einen verlassenen Bauernhof inmitten von bewaldeten Bergen und hügeligen Blumenwiesen. Fleur hatte dort Vorräte mit dem Nötigsten angelegt. Ihr Wasser war aus einem Brunnen gekommen, sie hatte im Kerzenschein Gedichte gelesen und wie eine Wilde weitab von allen trügerischen Lichtern der urbanen Zivilisation ohne Elektrizität gelebt.

»Heute Nacht schlafen wir hier«, erklärte Nazir. »Und morgen … sehen wir weiter.«

Als Fleur den Motor abstellte, sah sie aus dem Augenwinkel, dass Nazir den Stoff seiner schwarzen Jacke betastete.

»Was machst du da?«

»Ich hab Papiere ins Futter eingenäht … wichtige Papiere.«

Fleur lauschte den Schreien der Nachtvögel.

Ein paar Meter von der Straße entfernt war ihr Wagen vollkommen unsichtbar. Fleur legte den Kopf in den Nacken und zog das fuchsiafarbene Haarband ab. Ihre Haare stanken wirklich. Ehe Nazir sie darauf aufmerksam gemacht hatte, war es ihr nicht einmal aufgefallen.

Wieder klappte sie den Mund auf. Sie erinnerte sich an all die Abende, die sie mit Büchern und in Einsamkeit verbracht hatte, an denen die Kerzen in den Haltern heruntergebrannt waren, während die Nacht um sie herum immer dichter geworden war.

Unvermittelt fing sie an zu weinen.

»Du hast mir so gefehlt«, schluchzte sie und sah Nazir durch einen Tränenschleier an.

Nazir half ihr, sich auf die Rückbank zu schlängeln, damit sie sich dort ausstrecken und sich ein wenig ausruhen konnte. Ihre Waden mit den kurzen blonden Härchen waren mit Schlamm und kleinen Kratzern übersät. Auf ihren nackten Unterarmen breitete sich eine Gänsehaut aus. Zum ersten Mal seit dem Vortag zog er seine Jacke aus und deckte den vor Müdigkeit zitternden Körper seiner Komplizin damit zu.

»Na, na, schlaf ein bisschen«, sagte er beinahe sanft. »Alles wird gut …«

Als sie eingeschlafen war, leuchtete er mit dem Display seines nagelneuen Blackberry auf ihr immer noch ängstliches Gesicht und murmelte im selben Tonfall wie zwei Minuten zuvor: »Meine kleine Wilde …«

8.

Der Marsch der Kerzen zerfaserte langsam, während Kommissar Maheut den »Saal« überblickte, das Einsatzzentrum im Untergeschoss des Polizeipräsidiums. Man brauchte einen Ausweis, um die Sicherheitsschleusen durchqueren zu können. Die Offiziere, die an den Schleusen arbeiteten, trugen alle Uniform und salutierten, als der Kommissar vorüberging.

Die riesige Kommandozentrale war mit Dutzenden von Bildschirmen ausgestattet, die Bilder von Hunderten Überwachungskameras aus der gesamten Hauptstadt übertrugen. Maheut leitete die Abteilung für öffentliche Ordnung und Verkehr seit einem Jahr. Diesen Kellerbunker hatte er niemals so voll und so geschäftig erlebt wie seit dem Attentat am Sonntag, doch an diesem Abend brachen sie noch mal sämtliche Rekorde. Die Chefs des Generalstabs standen vollzählig Gewehr bei Fuß: Bereitschaft, Gendarmerie, Geheimdienste und Polizeikräfte.

Ein Team kümmerte sich um die Kameras am Canal Saint-Martin. Der Kommissar machte ein paar Schritte auf andere Bildschirme zu und bat darum, von den Champs-Élysées wegzuzoomen. Eine Gruppe von vielleicht fünfzehn Individuen gab heimlich Zeichen, um der Aufmerksamkeit der Polizisten vor Ort zu entgehen. In wenigen Augenblicken war Maheut zu der Überzeugung gelangt, dass sie etwas im

Schilde führten. Er ließ die Einheit benachrichtigen, die sich am nächsten befand, schickte zwei weitere Teams zur Verstärkung und verfolgte auf den Nachtsichtbildschirmen, wie nicht gerade zimperlich die Verhaftung vorgenommen wurde.

Der Major vor Ort machte ein paar Schritte zur Seite und sprach dann in sein Walkie-Talkie: »Kommissar, wir haben Golfschläger sichergestellt, aber auch ein paar Handfeuerwaffen.«

»Geladen?«

»Mit scharfer Munition, Kommissar«, erklärte der Major beunruhigt.

Eine Minute später ordnete der Kommissar an: »Benachrichtigen Sie die amerikanische Botschaft. Der Zug bewegt sich in ihre Richtung.«

Die Einheit am Canal Saint-Martin meldete Unruhe am Ausgang der Metrostation Jaurès, wo der Marsch der Kerzen endete.

»Kommissar, kommen Sie schnell, sehen Sie sich das an!«

Maheut sprang hinter den Capitaine, der für die Bildregie zuständig war.

Sie waren etwa zu fünfzehnt. Einige Kameras konnten Bilder derjenigen einfangen, die ihre Gesichter noch nicht mit schwarzen Schals vermummt hatten. Die Bilder wurden umgehend an ein Einsatzzentrum weitergeschickt, wo sie mit den Datenbanken der Polizei der Île-de-France abgeglichen wurden.

»Wie viele Einheiten der Bereitschaftspolizei haben wir vor Ort, um die Demonstration einzukesseln? Schicken Sie alle hin!«

Polizeipräsident Dieuleveult hatte sämtliche Demonstrationen untersagt. Doch diese hier, die im letzten Moment über soziale Netzwerke organisiert worden war, wie es in den Medien hieß, war der Aufmerksamkeit der Geheimdienste entgangen.

In Kommissar Maheuts Kommandozentrale hatten sie mitverfolgt, wie sich die Schaulustigen an den Ufern des Kanals versammelt hatten, ohne dass die Einheiten vor Ort imstande gewesen wären, die Menge wieder zu zerstreuen. Um keinen Zwischenfall zu provozieren, hatte Maheut beschlossen, die Menschen vier Stunden marschieren zu lassen. Außerdem hatte er Einheiten der Bereitschaftspolizei an die Place Jaurès geschickt, ans Ende des Zugs, um eine potenzielle Eskalation durch gewaltbereite Demonstranten zu unterbinden.

Sie wurden ohne Schwierigkeiten festgenommen, doch einer sprang in den Kanal, um der Polizei zu entkommen. Maheut konnte sehen, wie Bereitschaftspolizisten in Kampfmontur die Stufen hinabstürzten und die beiden Ufer einkreisten, um den Flüchtigen festzusetzen. Doch der schwamm einfach weiter. Maheut musste umgehend eine Entscheidung treffen. Er wies die Männer vor Ort an, ebenfalls ins Wasser zu springen, um ihn am Ertrinken zu hindern. Man konnte ja nie wissen – vielleicht hatte er Drogen genommen. Dass der friedliche Marsch am Ende noch ein Todesopfer forderte, kam nicht infrage.

Die Bereitschaftspolizisten sträubten sich erst, führten den Befehl dann aber aus. Minuten später hatte sich die Demonstration aufgelöst, und der Polizeipräsident beglückwünschte seinen jungen Kommissar am Telefon zu dessen umsichtigem Umgang mit der Situation.

Inmitten der Beifallsbekundungen im Saal gab es nichtsdestotrotz ein Bild, das Maheut noch stundenlang verfolgen sollte. Der vermummte junge Mann, der beinahe ertrunken wäre, hielt sich auf einem Bildschirm, den niemand mehr überwachte, den Kopf. Man hatte ihm Handschellen angelegt, und er war weit genug vom Kanal entfernt, dass er der Versuchung nicht mehr erliegen konnte, ein weiteres Mal hineinzuspringen. In einem Ring aus Polizisten weinte er, flennte wie ein Kind und zitterte unter dem unerbittlichen gelblichen Licht der Neonröhren am Kanalufer wie Espenlaub.

DIENSTAG

KAPITEL 18

Verfassungsgemäße Zauberei

1.

Aufgrund des Leitartikels mit dem Titel »ALLUMFASSENDE MACHT« schnellten die Zugriffe auf Avernus.fr explosionsartig in die Höhe – ausgerechnet bei der Publikation also, die sich während des Wahlkampfs gegenüber Chaouch bei Weitem am feindseligsten gezeigt hatte. In den drei Absätzen, die in Form eines Briefs an Nicolas Sarkozy abgefasst waren, war nicht nur von dieser allumfassenden Macht die Rede, die in der Geschichte der 5. Republik – also seit General de Gaulle im Jahr 1958 – ihresgleichen suchte, sondern auch vom Wahlkampf, von Frankreich, das ein *wahres Phänomen kollektiver Halluzination* erlebt habe, während es sich *von einer neoliberalen Schlange mit sozialistischem Parteibuch* habe betören lassen. Außerdem wurden die zwei Nächte des Aufruhrs bilanziert, die hier in *Verwüstungen* umbenannt worden waren und die, *das sollten wir nicht vergessen,* in Grogny ihren Anfang genommen hatten. *(Man könnte sich glatt fragen, wie die städteplanerische Politik eines Präsidenten aussehen würde, der aus seiner Heimatgemeinde ein Pulverfass gemacht hat …)* Im Ausland werde das peinliche Bild eines Landes erzeugt, das kurz vor dem großen Knall stehe.

Der Leitartikel endete wie folgt:

> Ein Barbar namens Clovis hat einst Frankreich gegründet. Genug der Sicherheitsklauseln und der zynischen Berechnungen - sagen wir es laut und deutlich: Wir werden nicht zulassen, dass eine Handvoll Wilder es zerschlägt. Herr Präsident, stehlen Sie sich nicht aus der Verantwortung, seien Sie in diesem Sturm ein kühner, starker Kapitän. Machen Sie von Ihrer allumfassenden Macht Gebrauch.

Der Mann, der diese Zeilen verfasst hatte, der Mann, der sich in sämtlichen Sendungen, in die man ihn einlud, Vorwürfen einer »unfassbaren Schamlosigkeit« ausgesetzt sah, der Mann, der sich allein gegen alle verteidigen musste und der tatsächlich der Erste war, der den medialen Konsens durchbrochen hatte, dass man um jeden Preis befrieden müsse – dieser überzeugte Gegner des Friedens wartete am Dienstag, den 8. Mai (bedeckter Himmel über der gesamten Nordhälfte des Landes, brüllend heiße Temperaturen aufgrund der Warmfront, die am Donnerstag von Nordafrika herübergezogen war), in aller Seelenruhe in einer beliebten Brasserie in Saint-Germain-des-Prés. Dorthin hatte ihn sein ehemaliger Studienkollege eingeladen, Henri, der inzwischen zwar zu Richter Wagner geworden war, sich aber offensichtlich immer noch keinen Deut um Pünktlichkeit scherte.

Richter Wagner kam zehn Minuten zu spät, ohne Krawatte und mit immer noch brummendem Schädel von einer durchwachten Nacht, die er mit Nazir Nerrouches telefonischen Abhörprotokollen verbracht hatte.

Er streckte dem verantwortungslosesten Herausgeber Frankreichs die Hand entgegen. Putéoli stand nicht einmal auf, um sie zu schütteln, sondern begnügte sich mit einem übertrieben warmherzigen: »Geht es dir gut?«

»Na ja. Dieser Leitartikel« – Wagner setzte sich ihm gegenüber hin –, »das Freundlichste, was man darüber sagen kann, ist wohl, dass du weißt, wie du dich im Gespräch halten musst.«

Putéoli bleckte seine Nagetierzähne. »Freut mich, dass du meine Artikel so aufmerksam liest.«

Wagner trommelte mit den Fingern auf den Tisch und hielt nach einem Kellner Ausschau, um nicht dem Drang nachzugeben, seinem Missfallen über Putéolis heimtückisches Betragen Ausdruck zu verleihen.

Das Gespräch gelangte, kaum dass es begonnen hatte, schon wieder an einen toten Punkt. Die beiden Männer taxierten sich, ohne einander wirklich anzusehen. Keiner von beiden wollte das Eis brechen. Wagner, dem eher als seinem Gegenüber daran gelegen sein musste, dass der Austausch in zivilisierter Atmosphäre ablief, riss sich zusammen und fragte nach dem Befinden der Familie.

Darüber sprachen sie ein paar Minuten lang, doch bald kehrte am Tisch wieder Schweigen ein.

Putéoli zog eine Augenbraue hoch und fragte kühl: »Was willst du, Henri?«

»Hör zu. Du hast recht, zum Teufel mit der Höflichkeit. Ich will wissen, woher du dieses Video von dem Verhör hast – und das auch noch, bevor es irgendwo sonst aufgetaucht ist. Ich frage dich das als … Freund …«

Putéoli warf den Kopf in den Nacken. »Du weißt genau, dass ich meine Quellen nicht preisgeben kann. Ich hoffe, du hast nicht deshalb auf unserem Treffen bestanden. Ich habe dieser Tage einen grässlichen Terminplan.«

»Sag mir wenigstens, wie deine Reporterin, diese Marieke Vanderdings, wie sie an das DCRI-Organigramm gekommen ist … und worum es in der Fortsetzung des Artikels geht. Dieses ›unvorstellbare Versagen‹, was soll das sein? Woher weiß sie das alles? Ist sie irgendwie an die Akte der Voruntersuchung gekommen?«

Wie üblich waren die Augen des Herausgebers von Avernus.fr ununterbrochen in Bewegung. Doch jetzt hatte sich über den sonst so misstrauischen Blick ein leichter Jubelschleier gelegt, und selbst die Mundwinkel zuckten unkontrolliert.

Wagner war zu müde, um sich weiter erniedrigen zu lassen, und verzog das Gesicht. »Glaub mir«, murmelte er bissig und fixierte dabei das glänzende Gestell seines Metallstuhls, »ich habe überhaupt keine Lust, dich dazu zu *verpflichten*, mir zu sagen, woher ihr all das wisst. Das geht gegen sämtliche meiner Prinzipien …«

»Deine Prinzipien«, triumphierte Putéoli. »Ah, die Feingeister, die schönen Seelen …«

Jetzt sahen die beiden Männer einander direkt ins Gesicht.

Putéoli legte beide Hände auf den leeren Tisch. »Henri, machen wir uns doch nichts vor. Das ganze Land befindet sich in einem Schwebezustand, weil es auf den Beschluss des Verfassungsgerichts wartet. Einem Terrornetzwerk, das niemand auf dem Schirm hatte, ist es tatsächlich gelungen, einen Präsidentschaftskandidaten abzuschlachten. Wir sind im Wilden Westen angekommen, und du bist hier und drohst mir wegen so einer Lappalie? Was ziehst du noch aus dem Hut? Verletzung des Ermittlungsgeheimnisses – wegen eines Videos von der Befragung? So was wie ein Ermittlungsgeheimnis existiert doch überhaupt nicht, sagen wir es, wie es ist …«

Wagner hätte am liebsten seine Strafprozessordnung hervorgezogen und ihm damit eins übergebraten.

Doch Putéoli legte eine siegesgewisse Ernsthaftigkeit an den Tag, wie um mit seinem Leitartikel die Wendung zu rechtfertigen, die er seinem Leben in den vergangenen Monaten gegeben hatte – eine Wendung, die seine Lebensgeister wieder geweckt hatte und deren Pulsschlag für ihn zu einer Droge geworden war. Diskussionsrunden im Fernsehen, dramatische Predigten, Todesdrohungen und die Unterstützung durch stärkere Stimmen als seine eigene – von größeren, tiefgründigeren Geistern, die sich dennoch seiner Streitlust und seiner medialen Präsenz beugen mussten … »Es herrscht Krieg, Henri. Gerade du musst das doch wissen.«

»Fick dich.«

»Es herrscht Krieg«, wiederholte er und zitierte dann Shakespeare: *»In Städten Meuterei, auf dem Lande Zwietracht, in Palästen Verrat«* – sein Gesicht leuchtete vor Häme – *»das Band zwischen Vater und Tochter: zerrissen.* Heißt es eigentlich Tochter oder Sohn? Ich hab's vergessen.«

Wagner war so aufgewühlt, dass ihm die Anspielung entging.

»In Ordnung. Also, du lässt mir keine Wahl. Erinnerst du dich noch an Jean-Baptiste? Jean-Baptiste Chabert? Das Schwein ist mittlerweile Generaldirektor des Finanzamts. Du weißt bestimmt noch, dass er der Beste war, der Beste von uns allen. Wir haben letztes Jahr ein paar Tage zusammen Urlaub gemacht, ich hab ihn und seine neue Frau zu uns in den Süden eingeladen. Eine hübsche Frau, wir alle haben uns sehr gut verstanden …«

Diese kaum versteckte Drohung einer Steuerprüfung hätte Putéoli in Panik versetzen sollen. Doch sein unsteter Blick hielt jetzt lediglich zum ersten Mal inne. Die Häme blieb. Gelassen stand er auf, rückte seine Fliege zurecht und erklärte, während er seinen ehemaligen Kommilitonen anlächelte, mit dem unerschütterlichen Selbstbewusstsein eines Mannes, den der liebe Gott unter seinen persönlichen Schutz gestellt hat: »Ach, was für schöne Prinzipien du hast … Der große linke Richter droht damit, mir die Kniescheiben zu zertrümmern, wie der erstbeste dahergelaufene Mafioso … Tu, was du nicht lassen kannst, Henri. Von mir erfährst du nichts.«

2.

Wie Mansourd es erwartet hatte, weigerte sich die Zürcher Bank, die Bänder ihrer Videoüberwachung herauszugeben. Der Kommandant hoffte inständig, dass Wagner recht behalten und der diplomatische Weg Früchte tragen würde. Natürlich wäre Nazir bis zu dem Moment, da sich das schweizer und das französische Justizministerium verständigt hätten, noch immer auf freiem Fuß. Die Kontrollen an den Flughäfen waren inzwischen jedoch verdoppelt worden, und dank Interpol hingen in sämtlichen schweizer Polizeirevieren, vor allem aber an den Grenzen zu Deutschland, Österreich und Italien Steckbriefe. Die Fernsehsender strahlten ihre jeweiligen »Brennpunkte« über den Staatsfeind Nummer eins aus. Wenn er sich nicht gerade in einer Höhle verkroch oder an ein Unsichtbarkeitsserum gelangte, war es nicht verwegen anzunehmen, dass der Flüchtige keine Chance hatte.

Zurück am Sitz der SDAT und nach der Überprüfung Dutzender Anrufe von Leuten, die behaupteten, ihn in irgendeiner Eckkneipe gesehen zu haben, informierte sich der Kommandant darüber, was die elektronische Überwachung und die Abhörmaßnahmen hinsichtlich der Familie Nerrouche ergeben hatten. Der Lieutenant, der die Maßnahmen überwachte, reagierte bloß mit einem Kopfschütteln. Er hatte zwar einen Arabischdolmetscher bei sich, der aber kein Kabylisch verstand.

»Und Fouad? Hat er mit Chaouchs Tochter gesprochen?«

»Nein. Er hat ein paarmal versucht, sie anzurufen, aber Chaouchs Sicherheit ist auf Zack …«

»Und sonst? Kein Wort über Nazir?«, brauste der übernächtigte Kommandant auf. »Von keinem von ihnen?«

Tatsächlich konnten die Meister der Diskretion, die Dounias Haus überwachten, zwei Tage nach dem Attentat bestätigen: Kein einziges Mal war seither Nazirs Name innerhalb seiner vier Wände gefallen.

Trotzdem hatte er sich dort sämtlicher Gedanken bemächtigt und breitete sich aus wie giftiger schwarzer Rauch. Nur leider hatten sie noch keinen Weg gefunden, direkt die Gedanken anzuzapfen.

Nachdem sie als Erste aufgewacht war, schien Dounia diesem schwarzen Rauch nach und nach zu erliegen. Sie spülte ab, um sich zu beschäftigen, bis der Kaffee fertig war. Minutenlang ließ sie das Wasser laufen und dabei die Gedanken schweifen. Sie stellte sich vor, dass die beiden Hähne, der rote für das warme und der blaue für das kalte Wasser, ihre beiden ältesten Söhne repräsentierten: unversöhnlich, aber nicht ganz so wie vorher. Sie kamen ihr nicht mehr nur einfach grundlegend verschieden im Charakter vor und so, als könnte sie sie vielleicht eines – wenn auch fernen – Tages miteinander versöhnen, wenn sie bereit wäre, auf ein anderes Leben zu warten. Nein, es gab inzwischen noch etwas, was sich ihr Mutterherz jedoch nicht eingestehen wollte, etwas, was diesem gebeutelten Herz jedes Mal einen Stich versetzte, wenn sie nur wagte, daran zu denken. Es war eine Tatsache, die künftig nicht nur unbestreitbar, sondern sogar öffentlich bekannt sein würde – sie hatte ein Monster zur Welt gebracht.

Im ersten Stock regte sich noch immer nichts. Dounia stellte sich ans offene Fenster, um eine Zigarette zu rauchen, und ließ den Blick über den verschlafenen Parkplatz jenseits der Rasenfläche schweifen. Weil sie in dem privaten Altenheim, wo sie als Krankenschwester arbeitete, kein Recht auf einen Überstundenausgleich hatte, hatte sie sich bis Mittwoch krankschreiben lassen. Am Donnerstagmorgen würde sie wieder arbeiten müssen, die sechzehn Greise auf der Station waschen, für die sie die Verantwortung trug, und sich um deren wunde Stellen und Infusionen kümmern, vielleicht sogar eine Totenwaschung vornehmen wie in der vergangenen Woche bei der alten Dame mit dem Darmkrebsleiden, die sie volle zwei Stunden in einem verschlossenen Raum hatte liegen lassen müssen, um erst andere zu versorgen. Unterdessen war ein Strom grünen Drecks aus dem kleinen toten Mund gelaufen.

Als nur noch ein Zug übrig war, zündete sich Dounia an der Glut der ersten eine zweite Zigarette an, die zur Hälfte fertig war, als sie im angrenzenden Wohnzimmer Fouads Wecker läuten hörte. Sie versuchte, sich mit der Zigarette zu beeilen – und prompt wurde Fouad zusätzlich zum Weckton seines Handys auch noch vom x-ten Hustenanfall seiner Mutter geweckt.

Verärgert nach nur drei Stunden Schlaf und unter dem plötzlichen Eindruck, aus dem Mund zu riechen, fragte er seine Mutter, während er sich einen Kaffee einschenkte: »Was hast du eigentlich am Sonntagnachmittag im Krankenhaus gemacht?«

»Ach, fang jetzt doch nicht schon wieder davon an«, entgegnete Dounia und verließ mit gesenktem Kopf das Zimmer.

»Mama, antworte mir: Ist irgendwas? Bist du krank? Sag's mir, verdammt!«

Dounia war kurz davor zu erwidern, dass nicht die Zigarette sie krank mache, doch sie bevorzugte die Wahrheit, die banale und beruhigende Wahrheit.

»Ich habe Zoulikha besucht. Wir können die Arme doch nicht allein da liegen lassen …«

Sie ging in den ersten Stock, um Rabia zu wecken.

Es war halb vier Uhr morgens, als Rabia, Dounia und Fouad Saint-Étienne in Dounias Twingo verließen. Rabia, die keinen Zugang zu ihrem Kleiderschrank gehabt hatte, hatte sich von ihrer Schwester ein Kostüm geliehen. Man musste schließlich einen guten Eindruck hinterlassen, wenn man vor einen Richter trat. Allerdings besaß Dounia nicht mehrere verschiedene seriöse Outfits. Daher trugen beide den gleichen schwarzen Rock, verschiedenfarbige Blusen (eine rosa, die andere cremefarben), die jedoch von gleicher Machart waren, sowie darüber ähnlich geschnittene Blazer. Slim und Luna hatten sie Anweisungen bezüglich des Telefons (nicht benutzen) und des Ausgangs (nicht ausgehen) hinterlassen. Mit einem Anruf bei der Schule hatten sie Luna für die kommenden Tage entschuldigt, die Direktion hatte das »verstanden«. Ansonsten war der Kühlschrank gut gefüllt, und es gab keinen Grund, sich Sorgen zu machen.

Fouad hatte zuerst fahren und gegebenenfalls auf halber Strecke seine Mutter ans Steuer lassen wollen. Vor ihnen lagen fünf bis sechs Stunden Fahrtzeit. Fouad hatte die erste Tankfüllung bezahlt und Rabias verlegene Dankesworte über sich ergehen lassen müssen.

Noch vor drei Tagen hatte Fouad neben Krim auf der Rückbank gesessen. Krim hatte ihm einen freundlichen Knuff gegen das Knie gegeben und sich nach der Bedeutung des Liedtexts von Aït Menguellets *Nous, les enfants d'Algérie* erkundigt.

Jetzt saß Krim in Untersuchungshaft, und Fouad fuhr mit seiner Mutter und seiner Tante quer durch Frankreich, um bei einem Richter vorzusprechen, der für terroristische Straftaten zuständig war.

Da war sie, dachte Fouad, die Bedeutung des Textes zu *Nous, les enfants d'Algérie*.

Neben ihm schlummerte Rabia irgendwann ein. Ihr Gesicht mit den hohen Wangenknochen war in der aufgehenden Sonne über den Feldern des Cantal noch schöner, doch ihre zusammengezogenen Augenbrauen ließen keinerlei Zweifel an der Art ihrer Träume zu. Krim im Würgegriff der Justiz … Ihr Haar im Eisen der Schande … Onkel Ferhat, der von einem Irren gewürgt wurde, dessen Kopf in der Zange steckte, dessen Schädel rasiert wurde, damit unaussprechliche Obszönitäten darauf gemalt werden konnten …

Auf der Rückbank waren auch Dounia die Augen zugefallen. Allerdings schlief sie nicht. Durch die Schlitze betrachtete sie ihre Hände, die sie auf die Knie gelegt hatte. Sie zwang sich, ihren Husten zu unterdrücken, der sie von innen schier zerriss.

Als Rabia wieder aufwachte, fragte sie, ob es jemanden störte, wenn sie das Radio einschaltete. Fouad konnte nicht anders, als darin ein gutes Zeichen zu sehen, selbst wenn der einzige Sender, der in diesem abgelegenen Winkel nicht rauschte, France Info war, wo über die zweite Nacht der Ausschreitungen berichtet wurde, die noch gewalttätiger als die erste verlaufen war. Eine Turnhalle war in Brand gesteckt, Feuerwehrmänner waren angegriffen, die Fassade eines Rathauses in der Vorstadt war verwüstet und mit Schmierereien versehen worden – mit dem inzwischen berühmten »Mörder Sarko«.

Ein Kriminologe, offenbar ein Frühaufsteher und intimer Kenner der Place Beauvau, sprach von dreitausend Überprüfungen von Personalien allein in der vergangenen Nacht. Diese Überprüfungen hätten zu zweitausend Inhaftierungen geführt. Er beendete seine telefonische Stellungnahme, indem er seiner Hoffnung Ausdruck verlieh, das Verfassungsgericht werde die Maßnahmen ergreifen, die sein »Schweigen« nahelegte. Am Vortag hatten die Weisen aus der Rue Montpensier nämlich offiziell bekannt gegeben, dass Idder Chaouchs Wahl tatsächlich gültig sei, und angedeutet, dass der Premierminister an sie herangetreten war, damit sie über eine eventuelle *Annahmeverhinderung* des gewählten Präsidenten entschieden. Über ihre diesbezüglichen Absichten hatten sie indessen nichts verlautbaren lassen. Deshalb schien der Kriminologe ihnen einen Teil der Verantwortung für das Andauern der Aufstände in den Vorstädten zu übertragen, in denen es seit 2005 keine Unruhen mehr gegeben habe.

Weil der nächste Beitrag höchstwahrscheinlich von Krim handeln würde, bat Rabia Fouad darum, das Radio wieder abzustellen. Er ließ sich nicht bitten – selbst wenn das Schweigen, das daraufhin folgte, vom Pfeifen fliegender Tränengasgranaten, vom Durchladen der Waffen von Bereitschaftspolizisten, vom Donner der Explosionen und vom Brennen tausender Autos grundiert wurde. Und all das seinetwegen – wegen des kleinen Cousins, des kleinen Neffen, des geliebten Sohns.

3.

Als sie wieder aufwachte, fuhr sich Fleur mit der Hand übers Gesicht, auf dem die Tränen getrocknet waren. Sie glaubte fest daran, dass sie spontan im Schlaf geflossen waren. Sie streckte ihren tauben Körper und bemerkte dann erst, dass sie sich allein im Auto befand.

»Nazir?«

Sie stieß die Tür auf und trat barfuß in den eiskalten Morgen. Dort wo sie gestern mitten in der Nacht ins Gebüsch abgebogen war und das Auto abgestellt hatte, entdeckte sie Nazir, der gedankenversunken die Berge betrachtete. Die rechte Hand hatte er zwischen die mittleren Knöpfe seiner geschlossenen Jacke gesteckt. Mit der Linken tippte er auf sein Blackberry ein.

»Was machst du?«

Nazir musste gehört haben, wie sie aus dem Auto gestiegen war. Er zuckte nicht einmal zusammen. Er machte sich allerdings auch nicht die Mühe, sich umzudrehen, sondern antwortete ihr mit einem rätselhaften Satz, den er aufsagte, als hätte er sich schon die ganze Nacht darauf vorbereitet: »Ich ziehe meine Truppen zusammen.«

War das eine Metapher? Doch Fleur dämmerte, dass er es wörtlich meinte, als sie auf dem großen Display des Blackberry eine Facebook-Seite sah, an deren oberem Rand unzählige Benachrichtigungen gemeldet wurden.

»Hast du nichts Besseres zu tun, als dich auf Facebook rumzutreiben? Wir werden von der Polizei in ganz Europa gesucht, und du beschäftigst dich weiter mit deinen Fake-Profilen? Wie kriegst du hier mitten im Nirgendwo überhaupt ein Netz?«

»Das ist der Sinn von einem Handy – und außerdem ist das Netz nicht besonders. Okay, lass mich das nur noch kurz fertig machen, ja?«

Über Jahre hatte er gefälschte Facebook-Profile angelegt – inzwischen waren es sieben, und die Zahl war beeindruckender, als es zunächst den Anschein hatte. Unter diesen falschen Identitäten hatte er nämlich mittlerweile eine unglaubliche Anzahl von Freunden – auch wenn man, um den Umfang und die Gründe dafür zu erfassen, das Wort »Freund« zusätzlich in die weibliche Form setzen musste. Denn wenn man Frauen adden wollte, war nichts einfacher, als vorzugeben, selbst eine zu sein – und noch besser funktionierte die Tarnung, wenn man dabei jung und hübsch war. So einfach war das.

In der langen und diskreten Geschichte des Voyeurismus hielt Nazir Facebook für ein ebenso revolutionäres Ereignis wie die Geburt Jesu oder die Entdeckung der Elektrizität auf anderen Gebieten. Tag für Tag eroberte der beflissene Facebook-Voyeur neue Kontinente voller unschuldiger Mädchen. Die Familienalben eines guten Zehntels der Menschheit lagen heute nicht mehr unerreichbar ganz zuhinterst in staubigen Schränken. Man konnte sie anklicken, sie heranzoomen und nach Lust und Laune kopieren.

Manche Frauen sperrten ihre Profile, aber nur wenige lehnten eine nett formulierte Freundschaftsanfrage ab, wenn sie sahen, dass mit der Anfrage der Unbekannten die zwar nur mittelbare, aber oft ausreichende Sicherheit eines oder mehrerer gemeinsamer Freunde einherging. Und Nazir, der nichts so sehr mochte wie Gruppen junger Mädchen, besaß davon in seiner teuflischen Sammlung virtuell Hunderte aus allen Ecken der Welt. Und es entging ihm kein Detail: Er kannte ihren Herzschmerz, ihre Begeisterung, jede Vorliebe und jeden Anlass zur Wut. Von ihnen erfuhr er direkt, wenn sich eine Turnerin aus Utah verlobt hatte, und er sah sofort, wenn ihm eine Majorette aus dem Pas-de-Calais, die sich anlässlich eines internationalen Wettkampfs mit einem halben Dutzend polnischer Pendants vernetzt hatte, ohne es zu wissen über die Kapillarkräfte der *gemeinsamen Freunde* Türen zu einem unbekannten Land öffnete, was dazu führen konnte, dass er die halbe Nacht mit einer unschuldigen, kräftigen Blondine aus Lemberg oder Kattowitz chattete – auf Augenhöhe und in diesem schrecklichen normierten Englisch, das heutzutage jeder sprach, absolut jeder.

Dieser virtuelle Harem aus rund fünftausendfünfhundert Jungfrauen hatte für Nazir jedoch nicht nur eine erotische Funktion. Auf wenigstens zwei seiner Fake-Profile war er – oder vielmehr waren »sie« – nur mit Einwohnern von Grogny im Alter zwischen dreizehn und neunzehn befreundet: ausschließlich männliche Jugendliche aus der Siedlung Rameau-Givré, die zu vereinzeln drohten und denen es nie in den Sinn gekommen wäre, die Freundschaftsanfrage eines verführerischen Mäuschens abzulehnen. »Sie« posteten regelmäßig Fotoserien von diesem oder jenem Teil ihres Körpers, die auf gewiefte Art suchterzeugend waren, aufgenommen mit ausgestrecktem Arm an Orten, die man keine Sekunde lang für Kulissen halten würde. Nazir kannte insofern aus der Innensicht, was Ermittler gern immer erst nachträglich erfuhren, die dann ihre Unfähigkeit durch lange technische Berichte tarnten, die das Innenministerium wiederum so manipulierte, wie es die Erfordernisse des Augenblicks verlangten. Dabei wartete er nur auf den entscheidenden Moment, um statt der Brustwarzen, die ihm Tausende Likes und beinahe ebenso viele Kommentare einbrachten, gehaltvollere Nachrichten zu posten, für deren Entwürfe in Kurznachrichtensprache er alle Zeit der Welt gehabt hatte.

Bei dem Gedanken an die schönsten Exemplare seiner Sammlung hatte Nazir die Augen geschlossen. Als Fleur jetzt klagte, dass sie vor Hunger sterben würde, schlug er sie wieder auf. Er steckte sein Blackberry in die Tasche und zeigte nach Osten auf eine dreieckige Lücke zwischen zwei sich überlappenden Gipfeln. Der Himmel, der überall sonst immer noch nachtblau war, stand dort schon kurz davor, sich purpurn einzufärben.

»Da drüben ist das Tal, in dem Schlaffendorf liegt. Wir müssen einmal um den See – wenn wir uns beeilen, brauchen wir dafür nach meiner Schätzung nur noch eine knappe Stunde.«

Und damit hatte sich Nazir nicht getäuscht. Nach einer Stunde Fahrt entlang eines Sees, in dem sich der tief hängende Himmel noch kaum spiegelte, durchquerte ihr Allradwagen den ersten stillen Weiler. Graubünden war einer der am spärlichsten besiedelten Landstriche der Schweiz. In der Gemeinde Schlaffendorf lag die Einwohnerzahl pro Quadratkilometer bei 0,7. In keinem der Häuser brannte Licht. Autos – wenn es denn welche gab – standen irgendwo versteckt auf Parkplätzen. Der Schnee am Straßenrand hatte sich geweigert zu schmelzen. Auf manchen Dächern warteten Wetterfähnchen in Form von Hähnen oder Hasen reglos darauf, dass der Wind sie der Langeweile und dem Rost entriss. Aus heiterem Himmel schlug ein grauer Hund an und schoss auf die Straße, als wollte er sie daran erinnern, dass sie hier nicht durch eine Landschaft fuhren, die ihren Träumen entsprungen war.

Die Hauptstraße war in schlechtem Zustand. Als Fleur beschleunigte, um dem Hund zu entkommen, litt sie mit den Rädern, Felgen und Stoßdämpfern ihres Allradwagens, als handelte es sich dabei um Teile ihres eigenen Körpers. Am liebsten hätte sie sich auf der Stelle das Gesicht gewaschen, als sie sich vorstellte, wie staubig die Karosserie inzwischen sein musste.

Statt in das Tal abzubiegen, bat Nazir Fleur darum, eine Abzweigung zu nehmen, die auf den ersten Blick wie eine Sackgasse aussah. Er versicherte ihr allerdings, dass dies der richtige Weg sei. Nach einigen Kilometern durch einen dichten Wald verwandelte sich die Straße in einen Feldweg, der kaum noch befahrbar war. Von dort überquerten sie eine Wiese, die auf keiner Karte verzeichnet war, die zusehends steil anstieg und hinter der gerade die Sonne aufging.

Bei der anschließenden Fahrt bergauf entdeckte Nazir auf dem gegenüberliegenden Grat, den sie ansteuerten, ein galoppierendes Pferd, einen Rappen. Auf seinem Rücken saß ein junges Mädchen. Ihr langes, üppiges blondes Haar sah für den verblüfften Nazir so aus, als würde es wie eine wehende Fahne mit der ausgefransten ersten Wolke verschmelzen, die das Morgengrauen zum Glühen brachte. Die Reiterin brachte ihr Pferd dazu, sich aufzubäumen, und verschwand dann hinter dem Hügelkamm, während um sie herum endlich der Tag anbrach und der Himmel so hell zu leuchten begann, dass Nazir die Augen erst zusammenkneifen und sie bald sogar ganz schließen musste.

Nazir, der schon glaubte, einer Halluzination zum Opfer gefallen zu sein, wandte sich fragend zu Fleur um. Doch die starrte bloß ins Nichts und formte mit den Lippen das beruhigende Stottern des Motors nach.

»Halt an – hast du nichts bemerkt?«

Fleur stieg jäh auf die Bremse und ließ Nazir aussteigen.

Neben ihnen erstreckte sich eine Wiese voller blauer und weißer Blumen, die im unschuldigen Licht des Morgengrauens wie ein eingeschlafener fliegender Teppich wirkte. Nazir rannte los, schien jemanden zu suchen, lief bis zu einer Lichtung, kam dann aber fast umgehend wieder zurück und taumelte vor Anstrengung.

»Ich dachte …«

»Was?«

Er schien regelrecht unter Schock zu stehen. Fleur wollte ihm die Hand ans Kinn legen, doch Nazir wich vor ihr zurück und sah sie entsetzt an, als säße ein Medusenhaupt auf ihren Schultern.

Dann schloss er für ein paar Sekunden die Augen, um wieder so etwas wie einen Sinn für die Realität zu entwickeln.

»Also«, sagte er, als er sich schließlich wieder ins Auto setzte, »auf nach Schlaffendorf.«

4.

Esther Chaouch bestand darauf, mit ihrer Tochter zu frühstücken, doch weil Jasmine sich geweigert hatte, »nach Hause« zu kommen, verabredeten sich Mutter und Tochter nur einen Steinwurf vom Val-de-Grâce entfernt in einem Hotelrestaurant im 5. Arrondissement. Dort wies man ihnen eine Art Separee zu, indem man ein paar Paravents um ihren Tisch herum aufstellte.

Jasmine schloss die Augen, während sie versuchte, das anschwellende Gemurmel und die verstohlenen Blicke auszublenden, die sich auf sie gerichtet hatten, sobald sie das Hotel mit einer Vor- und Nachhut aus Sicherheitsleuten betreten hatte. Unter dem Paravent mit dem unerträglich historisierenden Lilienmuster konnte sie Coûteaux' flache Schuhe sehen. Er würde den ganzen Morgen im Stehen verbringen und die anderen Gäste im Blick behalten.

»Jasmine«, setzte ihre Mutter an und faltete die weiße Serviette auseinander, »wir müssen uns über zwei, drei Dinge unterhalten. Aber zuerst einmal: Wie geht es dir?«

Überrascht, fast schon schockiert über den Ton, den ihre Mutter anschlug, seufzte Jasmine wie ein Teenager. »Ich weiß nicht, Mama. Ich kann einfach nicht sagen, ob es mir gut oder schlecht geht. *Story of my life*.«

»Ach was. Hör zu. Ich dachte mir, du würdest vielleicht wissen wollen, wo die Ermittlungen stehen …«

»Tja, da täuschst du dich«, fiel Jasmine ihr ins Wort.

»Jasmine …«

»Nein, ich kann einfach nicht mehr, die Ermittlungen sind mir total egal! Ich will nur, dass Papa wieder aufwacht, dass er aufwacht und die Politik an den Nagel hängt und dass wir nie wieder etwas zu tun haben mit all diesen …«

Sie verstummte.

»Jasmine, es ist hart, aber das hier ist nicht der Moment, um Schwäche zu zeigen, im Gegenteil, wir müssen dem Land zeigen, dass wir stark sind. Dass wir die Hoffnung nicht verlieren.«

Das Land ... Das Land war Jasmine scheißegal.

Was sie verletzte, was sie in diesem Moment vor den Kopf stieß, war nichts anderes als die Falschheit im Tonfall ihrer Mutter und dass sie sie für diese Falschheit nicht mal verachten konnte. Jasmine wusste nur zu gut, dass sie hinter der Fassade der Kommandantin, hinter den entschiedenen Gesten, der aufrechten Haltung völlig außer sich war.

Sowie ihre Mutter auf ihr Telefon blickte, nutzte Jasmine den Moment und musterte deren gerunzelte Stirn, die kohlrabenschwarzen Haare, die sie immer noch färbte. Sie kümmerte sich um sich selbst. Das war das Beste, was man von einer disziplinierten Frau erwarten konnte, deren Mann im Koma lag: dass sie sich weiter um ihr Aussehen sorgte.

»Mama, was passiert eigentlich, wenn er nicht wieder aufwacht, bevor das Verfassungsgericht entscheidet, ob die Wahl annulliert wird?«

»Na ja, das ist einfach«, erwiderte Esther Chaouch und räusperte sich, um wieder ihren lehrerhaften Ton anzunehmen. »Die Verfassung sieht vor, dass am 17. Mai, also am kommenden Donnerstag, der Präsident des Senats Cornut übergangsweise die Macht übernimmt. Sämtliche Wahlvorgänge müssen dann innerhalb von zwanzig bis fünfunddreißig Tagen wiederholt werden, was uns dahin bringt ...«

»Dann wird Sarko also wiedergewählt? Darauf läuft alles hinaus?«

»Aber nein, das ist nicht sicher. Warum sagst du so was?«

»Na ja, bei den Linken gibt es – von Papa abgesehen – doch keinen, der ihn schlagen könnte. Und bei dem Aufruhr werden die Leute doch für Sicherheit abstimmen, für Stabilität ...«

Esther Chaouch zögerte einen Augenblick.

»Hör zu ... Jean-Sébastien wäre Premierminister geworden. In dem Fall, von dem wir hier sprechen, denke ich mal, dass er ... viel Unterstützung bekommen würde. Und er hätte eine unbestreitbare Legitimation, Idders Projekt fortzuführen, das Projekt, das sie …«

»Vogel? Ernsthaft, *Vogel?* Kannst du ihn dir als Präsident vorstellen?«

»Mein Schatz, so einfach ist das nicht. Und außerdem muss es ja gar nicht so weit kommen. Sieh mal, das ist doch absurd – es muss doch nicht so weit kommen, das ist doch … offensichtlich …«

Es wurde still am Tisch. Jasmine kaute an ihrem Daumennagel, und die Mutter musterte das ängstliche Gesicht ihrer einzigen Tochter.

»Und Brisseau?«, fragte Jasmine plötzlich. »Sie hat zwar die Vorwahlen verloren, aber alle mögen sie, ich hab sie vorhin gehört. Man könnte fast den Eindruck haben, dass sie es sich zunutze machen will, dass Papa im Koma liegt, oder?«

»So ist Politik, mein Liebling.«

»Mama«, sagte Jasmine etwas leiser, »ich muss dir was gestehen. Es kommt dir bestimmt dumm vor, aber … ich fühle mich schlecht damit, dass ich mit niemandem darüber sprechen kann, und … es raubt mir den Schlaf. Ich hab das Gefühl, einen Verrat begangen …«

»Was ist los, Jasmine?«

»Ich habe nicht für ihn gestimmt. Ich habe nicht für Papa gestimmt.«

Esther zeigte keinerlei Reaktion. Sie legte lediglich ihr Besteck auf den Tellerrand und starrte ins Nichts.

Jasmine legte den Kopf in den Nacken.

»Ich hab auch nicht für Sarkozy gestimmt, hm? Ich hab nur … Ich hab ungültig gewählt. Ich glaub, im tiefsten Inneren wollte ich nicht, dass er die Wahl gewinnt. Ich hab gespürt, dass … das alles unser Leben auf den Kopf stellen würde, für immer. Auch wenn ich mir sicher bin, dass er ein guter Präsident gewesen wäre …«

»Jasmine!«, ermahnte ihre Mutter sie. »Dein Vater liegt im Koma, er ist nicht tot! Ich verbitte mir, dass du so von ihm sprichst. Was deine ungültige Stimme betrifft – versprich mir, dass du damit nicht hausieren gehst. In Ordnung?«

Jasmine war der Appetit vergangen. Sie gab vor, müde zu sein, und antwortete lustlos auf all die weiteren Fragen ihrer Mutter, über die Konzerte, die sie abgesagt hatte.

Kurz bevor sie ihre Tochter ziehen ließ, ergriff Esther ihre Hand und stellte ihr eine letzte Frage, von der Jasmine ahnte, sobald sie im Raum stand, dass es die einzige war, die ihre Mutter von Anfang an hatte stellen wollen.

»Gut, ich sag es jetzt einfach, und du, versprich mir, dass du dich nicht aufregst. Aber ... Fouad ... Wie soll ich es sagen ...«

Jasmine stieg die Zornesröte ins Gesicht. Sie entriss der Mutter die Hand.

»Auf Wiedersehen, Mama.«

»Jasmine, ich muss dich vorwarnen – du kannst ja machen, was du willst, aber ... Fouad wird heute noch vom Untersuchungsrichter der Antiterroreinheit verhört, der in dem Fall ermittelt ...«

Die Information führte zwar nicht dazu, dass die junge Frau sich wieder umdrehte, aber sie schien zu zögern.

Coûteaux versperrte ihr den Weg und bat sie, noch einen Augenblick zu warten, bis der Wagen vor dem Hoteleingang vorgefahren war.

»Wirklich, Aurélien«, beklagte sich Jasmine, »wirklich? Die zehn Meter können wir nicht zu Fuß gehen?«

Coûteaux sah sie seltsam an, fast schon auf persönliche Art, was Jasmine so sehr verwirrte, dass sie die Augen niederschlug und sich ohne weitere Klagen seinem Wunsch fügte und sich ein Eckchen im klimatisierten Vorraum des Hotels suchte. Im selben Moment erhielt sie eine Nachricht von ihrem Ex, von Christophe Vogel, der ihr versicherte, dass er an sie denke, dass er für sie da sein wolle, dass er sich nicht traue, sie anzurufen, aber auf ein »Zeichen« von ihr warte.

5.

Der elegante Sechzigjährige, der sie am anderen Ende des Wartesaals begrüßte, sah aus wie der Mann, den Fouad im Fernsehen gesehen hatte und bewunderte. Neben seinem maßgeschneiderten Anzug und der schlanken, energischen Gestalt hatte Szafran eine hohe, offene Stirn, auf der kaum ein Fältchen zu erkennen war und die zur Schau zu tragen schien, dass er noch immer über einen jugendlich wachen Verstand verfügte.

Eine Kleinigkeit störte Fouad: Der Anwalt kaute wie besessen auf einem Kaugummi herum. Ansonsten jedoch hatte er denselben geheimnisvollen Ausdruck, der durch die weißen Strähnen, die seinen braunen Bürstenschnitt allmählich durchsetzten, eher unterstrichen denn abgemildert wurde.

»Es tut mir leid, Monsieur Nerrouche, ich bin bei Gericht aufgehalten worden … Meine Damen, mein Herr, bitte folgen Sie mir doch in mein Büro.«

Aus Maître Szafrans trockener Entschuldigung glaubte Fouad, einen vorwurfsvollen Unterton herauszuhören, aber vielleicht war das nur Einbildung. Er buchte diese Unannehmlichkeit auf das Konto der unglaublichen Bassstimme des Anwalts, die die blauen Wände des Büros beinahe zum Zittern brachte.

Eine Praktikantin trug einen zusätzlichen Stuhl herein und mied dabei Fouads Blick.

»In Ordnung. Ich habe heute früh mit Richter Wagner telefoniert. Sie werden getrennt voneinander als Zeugen mit Rechtsbeistand vernommen. Es sollte nicht allzu lang dauern.«

»Zeugen mit Rechtsbeistand?«, fragte Rabia. »Heißt das, dass Sie anwesend sind?«

»Ja, ich werde dabei sein, aber das ist nicht die wesentliche Bedeutung des Ausdrucks ›Zeuge mit Rechtsbeistand‹. Es bedeutet, dass Sie zwar nicht als Beschuldigte in den Akten auftauchen, dass Sie aber auch nicht nur als einfache Zeugen vernommen werden.«

Szafran hörte nicht auf, Kaugummi zu kauen und seine Kiefer seitwärts zu bewegen.

Fouad ließ sich nicht oft von älteren Männern einschüchtern, doch der durchdringende Blick des Anwalts, die Härte seines Auftretens und vor allem sein Ruf – all das erinnerte ihn daran, dass er selbst erst sechsundzwanzig Jahre alt war.

Der unangenehme Eindruck schlug jedoch in bedingungslose Bewunderung um, als Szafran sich auf seinem Polsterstuhl drehte und verkündete, dass er bereits einen ersten – bescheidenen – Erfolg erzielt habe: Dank seiner guten Beziehungen zu einem der Ermittler aus Levallois-Perret dürfe Rabia noch vor dessen Entlassung aus der Untersuchungshaft und der Überstellung an die Staatsanwaltschaft mit ihrem Sohn telefonieren.

Rabia sprang beinahe von ihrem Stuhl auf. »Wie lang dauert das noch?«

»Na ja, der Staatsanwalt hat die U-Haft um achtundvierzig Stunden verlängert. Ich würde also sagen, wahrscheinlich am Donnerstagabend.«

»Nicht vor Donnerstagabend? Aber …« Rabia schloss die Augen und versuchte, nicht loszuweinen. »Er ist doch mein Sohn! Sie haben nicht das Recht …«

»Madame«, korrigierte sie der Anwalt sanft, »auf Ihrem Sohn lasten schwerste Anschuldigungen. Es nützt nichts, die Augen davor zu verschließen. Selbst wenn es uns gelingt, ihn als kleines Rädchen in einer größeren Verschwörung hinzustellen, ist er immer noch derjenige, der geschossen hat, der auf einen Kandidaten für das höchste Staatsamt geschossen hat.«

»Seine einzige Chance besteht also darin, dass er die Schuld auf … meinen Bruder abwälzt?«, fragte Fouad.

»Ich fürchte, ja.«

»Maître, ich wollte Sie auch fragen … Wie stellen wir es an, dass er nicht mehr von diesem Maître Aribi verteidigt wird? Ich hab ihn gestern gehört, er hat sich in Krims Namen geäußert, aber auch im Namen der gesamten Familie. Und auch wenn ich nichts von Verteidigungsstrategien und all den Feinheiten verstehe … bin ich doch überzeugt, dass es eine ziemlich schlechte Idee ist, sich auf diese Weise im Fernsehen zu äußern …«

»Ja, darauf wollte ich auch noch zu sprechen kommen. Es ist nicht nur eine sehr schlechte Idee, es ist sogar sanktionsbewehrt. Wenn er sich in Ihrem Namen geäußert hat, obwohl Sie ihn dazu nicht ermächtigt haben, eignet er sich damit widerrechtlich einen Mandanten an. Ich habe gestern noch mit ihm telefoniert und ihn darum gebeten, mir in kollegialem Einverständnis Krims Verteidigung zu überlassen. Aber, na ja … Ich will Sie nicht anlügen. Der Ton ist ein wenig unwirsch geworden. Ich habe ihm damit gedroht, den Fall vor die Pariser Anwaltskammer zu bringen.«

»Wer soll ihn überhaupt bezahlen?«, rief Fouad. »Bestimmt nicht Krim, sondern am Ende wir! Da haben wir doch sicher das Recht …«

»Selbstverständlich. Hören Sie, ich sage Ihnen jetzt, dass es nicht bis zur Anwaltskammer gehen wird. Maître Aribi hat Krim noch nicht einmal besucht. Die Untersuchungshaft erlaubt es, im Fall eines terroristischen Anschlags den Besuch eines Anwalts um bis zu zweiundsiebzig Stunden hinauszuzögern. Das ist zwar ein Skandal, aber so ist es eben. Was wir aber tun können: Sie fordern Krim bei Ihrem Telefonat auf, den Anwalt zu wechseln und stattdessen mich zu beauftragen. So weit, so gut. Aber für den Augenblick müssen wir erst die Befragung von heute Nachmittag vorbereiten.«

»Sie haben mir gestern gesagt, dass Sie den Ermittlungsrichter kennen, der sich um … uns kümmert?«

»Wagner? Ja, ja«, erwiderte Szafran ein wenig ausweichend. »Soweit ich es verstanden habe, hatte der Inlandsgeheimdienst schon ein Auge auf Ihren Bruder und diese Bewegung geworfen, diesen … SRAF. Und durch Wagners Nähe zum neuen Oberstaatsanwalt von Paris, Lamiel, hatte man ihm die Ermittlungen im Fall Chaouch übertragen, noch ehe die U-Haft Ihres Cousins überhaupt abgelaufen war. Das wird diverse Leute ganz sicher außerordentlich verärgert haben. Wie auch immer. Außerdem … Er ist ein seltsamer Typ – unberechenbar. Aber ich halte ihn für weniger verrückt als Rotrou. Wissen Sie, bei der Terrorabwehr sind sie alle irre. Zu viel Macht beziehungsweise der Macht zu nahe … Aber Wagner ist kein harter Hund, wenn ich das mal so sagen darf. Er ist kultiviert, mit einer begnadeten Pianistin verheiratet. Nun ja, er bleibt trotzdem ein Richter, aber die Tatsache, dass er beauftragt wurde und nicht irgendein anderes hohes Tier, das sich mit islamistischem Terror befasst hat, beweist doch immerhin: Sie wissen, dass es nichts mit al-Qaida im Islamischen Maghreb oder irgendeiner anderen islamistischen Vereinigung zu tun hat. Übrigens hat Oberstaatsanwalt Lamiel bei seiner Pressekonferenz nicht die geringste Andeutung zu einem religiösen Hintergrund gemacht.«

Szafran lockerte den Windsorknoten seiner Krawatte, schnappte sich einen Notizblock und hängte dann sein Jackett über die Rückenlehne seines Stuhls.

»Gut, kommen wir zu wirklich ernsten Dingen. Ich muss Sie darum bitten, alles zu wiederholen, was Sie in Ihren Befragungen ausgesagt haben. Und vor allem müssen Sie mir mehr über Nazir erzählen. Und zwar ausführlich. Möchten Sie einen Kaffee? Vielleicht ein Glas Mineralwasser?«

6.

Eine Stunde nachdem er von Poussin erfahren hatte, dass die Polizei von Saint-Étienne unter der Adresse des »dicken Momo« niemanden angetroffen hatte, erhielt Wagner einen zweiten Anruf des jungen Kollegen. Er hatte gerade den Justizpalast verlassen, um Mittagessen zu gehen, und seine Leibwächter bedeuteten ihm, ins Auto einzusteigen. Sie würden ihn zum Restaurant am linken Seine-Ufer fahren, wo er mit Oberstaatsanwalt Lamiel verabredet war.

Wagner konnte seinen Ärger nicht verhehlen und presste sich das Handy auf die Brust, um sich einen von ihnen vorzuknöpfen.

»Jetzt mal ehrlich. Wir sind hier mitten auf dem Boulevard du Palais, zwischen dem Justizministerium und dem Polizeipräsidium, mit der höchsten Dichte an mobilen Einsatzkräften und bewaffneten Beamten der gesamten Hauptstadt. Glauben Sie wirklich, dass ich Kopf und Kragen riskiere, wenn Sie mir zwei Minuten an der frischen Luft gestatten?«

Seit seine Frau ihm zu verstehen gegeben hatte, dass sie ihn am Abend zu ihrem Konzert erwartete, war seine Laune unausstehlich. Seine Leibwächter nahmen ihm den Wutausbruch nicht übel.

»Poussin«, wandte er sich wieder seinem Anrufer zu. »Ich hoffe, Sie haben gute Nachrichten.«

Er seufzte und nahm auf der Rückbank seines mobilen Gefängnisses Platz.

»N-N-Nicht unbedingt«, entgegnete Poussin, »aber zumindest ist es interessant. Ich habe bei diesem dicken Momo die H-H-Hausdurchsuchung überwacht, und wir haben uns auf seinem Computer die letzten E-Mails angesehen, genauer gesagt den Spamfilter, in dem die Benachr-r-richtigungen von F-F-Facebook landen. Und tatsächlich, im Ordner mit den F-F-Facebook-Nachrichten erzählt der Junge, dass er sich bei seinem Cousin in I-I-Ivry-sur-Seine verstecken muss.«

»Gut, na, sehr gut. Finden Sie die Adresse des Cousins heraus und weisen Sie die Kollegen in Ivry an, dass sie ihn verhaften sollen.«

»Nein, nein, Herr Richter, darum geht es nicht …«

Wagner verdrehte die Augen.

Mit seinem sechsten Stotterersinn war das Poussin nicht entgangen. Er atmete einmal tief durch.

»Als wir die F-F-Facebook-Nachrichten d-d-durchgegangen sind, haben wir einen g-g-ganzen Th-Th-Thread e-e-entdeckt, der von einem P-P-Plan zur Durchführung gezielter Op-p-perationen im Rahmen der Unruhen zu handeln scheint.«

Wagner stand seit Beginn des Gesprächs der Mund offen, und er hatte die Augenbrauen zusammengezogen. Er wartete nur darauf, dass der Name »Facebook« ein weiteres Mal fiel. Dann würde ihm der Geduldsfaden reißen. Er sollte Licht ins Dunkel eines Komplotts zur Ermordung des Präsidenten bringen, und Poussin schwadronierte über Facebook!

»Hören Sie, besprechen Sie das mit Mansourd.«

Dann legte er auf. Sowie der Wagen anhielt, stieg er aus, und im Handumdrehen war Thierry Aqua Velva bei ihm und eine Sekunde voraus, um zu überprüfen, ob die Umgebung sicher war.

»Ich hoffe doch, das ist ein Scherz, Thierry!«

»Herr Richter?«

Der Gleichmut und die Höflichkeit der Männer schienen wirklich unerschütterlich zu sein. Wagner ließ ihn ins Restaurant vorangehen und im Erdgeschoss sowie im ersten Stock nachsehen, ob sich hinter den dicken Wandbehängen, im Kronleuchter oder – wieso auch nicht? – unter den doppelten Teppichen mit den kupfernen Zierleisten ein Mörder mit einem Dolch zwischen den Zähnen versteckte.

Lamiel war ebenfalls gerade eingetroffen. Er stand an der Bar und las die lachsfarbenen *Figaro*-Seiten. Seine Finger spielten mit dem Zeitungsstock, in den die angesehene Zeitung eingespannt worden war.

»Meine Güte, alter Freund, Sie sehen ja schrecklich aus!«

»Schlafprobleme«, entgegnete Wagner und wich dem glubschäugigen Blick des Kollegen von der Staatsanwaltschaft aus.

Lamiel bestand darauf, dass sie sich in den ersten Stock zurückzögen, wo sie seiner Meinung nach ungestörter wären. Wagner willigte ein, denn im Gegensatz zu seinen Befürchtungen – die nicht unwesentlich zu seiner Gereiztheit beigetragen hatten – hatte der Oberstaatsanwalt keine höher gestellte Person mitgebracht, um auf ihn kleinen Richter Druck auszuüben.

Im ersten Stock gab es ungefähr zehn runde Tische. Ihr Tisch war nur für zwei eingedeckt worden. Es würde wirklich niemand dazustoßen. Trotzdem schien Lamiel mit seinen geschmeidigen Gesten und dem Hustenbonbon, das er hörbar von einem Backenzahn zum nächsten rutschen ließ, etwas zu verbergen.

»Haben Sie gesehen – die Stellungnahme des Verfassungsgerichts? Ich weiß aus sicherer Quelle, dass sie den Chefarzt des Val-de-Grâce anhören wollen.«

»Das wusste ich nicht«, entgegnete Wagner mit den hochgezogenen Brauen eines Mannes, den der Tratsch – und stamme er aus den gedämpften Gängen eines Ministeriums – nicht die Bohne interessierte.

»Unter diesen Umständen ist es keine normale Entscheidung mehr, die man Ihnen abverlangt, sondern die reine Zauberei. Und wenn man die Zusammensetzung des Gerichts betrachtet, ist sie doch … auch *bezaubernd,* oder nicht? Debré und Giscard wären zu allem bereit, um Sarkozy etwas entgegenzustellen. Aber alle anderen – die immerhin zu acht sind – wurden direkt oder indirekt von Sarkozy berufen! Ich würde einiges darum geben, Mäuschen in dem Saal spielen zu dürfen, in dem diese geschätzten Weisen zu ihrem Entschluss kommen …«

Endlich hob Wagner den Blick und sah Lamiel in die Augen. Am liebsten hätte er ihn darauf hingewiesen, dass seine Verwandlung zum Mäuschen bereits ziemlich weit fortgeschritten war. Doch dann sprach er lieber die Abhörprotokolle an, die er von der DCRI angefordert hatte.

»Als ich mir die Protokolle von Nazir Nerrouches Handy noch mal angesehen habe, ist mir und meiner Mitarbeiterin aufgefallen, dass er an einer gewissen Stelle ein drittes Handy erwähnt. Das kann doch nicht unbemerkt geblieben sein, und jetzt frage ich mich schon, warum die DCRI die Protokolle dieses dritten Handys nicht einfach mit in die Akte gepackt hat.«

»Vielleicht haben sie es ganz einfach nicht abgehört?«

»Doch, haben sie. Mansourd hat mit Boulimier von der DCRI gesprochen, der die Untersuchungen geleitet hat. Er hat bestätigt, dass tatsächlich drei Handys abgehört wurden.«

Lamiel fiel dazu nichts weiter ein.

»Heute Abend werden wir es ja erfahren. Ich habe darum gebeten, dass sie mir unverzüglich zugesandt werden.«

Lamiel nickte. Er traute sich nicht, Wagner in die Augen zu sehen.

»Schön, Henri. Wir kennen uns zu gut, reden wir also nicht um den heißen Brei herum. Seitdem Sie in diesem Fall ermitteln, habe ich mir viele Feinde gemacht, erst im Polizeipräsidium, wo man mir nie verzeihen wird, dass ich Mansourd und die Terrorabwehr ins Boot geholt habe – was nur deshalb der Fall war, weil ich weiß, dass Sie gern mit ihm zusammenarbeiten. Gut. Feinde gehören dazu, das ist nicht weiter schlimm. Ich sage Ihnen sogar: Ihre Entscheidungen sind Ihre Entscheidungen, und wenn Sie es für richtig halten, die Nerrouches beschatten zu lassen, statt sie unter Arrest zu stellen, dann respektiere ich das. Das Problem ist nur, dass es Leute gibt, die reden, die denken, dass Sie nicht energisch genug vorgehen, unsere Freunde von der Presse zum Beispiel, aber auch andere Freunde …«

»Jean-Yves. Sie haben doch gerade vorausgeschickt, dass Sie zur Sache kommen wollen. Ich bitte Sie also darum, tun Sie das.«

»Hören Sie … Ich habe mir die Protokolle der Befragung von Nazirs Mutter angesehen, von Dounia Nerrouche. Dort steht schwarz auf weiß, sie habe ihrem Sohn Geld auf ein Zürcher Konto überwiesen. Wenn das nicht genügt, um sie wegen Beihilfe zu einer terroristischen Straftat in Gewahrsam zu nehmen, dann können wir doch auch gleich den Hauptanklagepunkt fallen lassen …«

Wagner reagierte nicht. Er spielte mit dem silbernen Messer, führte die Klinge zu seinem leeren Glas, hielt in der Bewegung jedoch inne, bevor die beiden Gegenstände sich berührten. Dann nahm seine Gereiztheit überhand und erzeugte ein helles Klingeln, das in einer Kantine gar nicht aufgefallen wäre, im ehrbaren Halbdunkel dieses mit roten Wandteppichen verkleideten Restaurants jedoch einem lauten Rülpser während eines Rotariertreffens gleichkam.

»Henri, wenn Sie kein einziges Familienmitglied in Gewahrsam nehmen, glauben die Leute, dass wir nicht vorankommen. Und damit hätten sie recht! Für den Augenblick wissen wir nichts über das Netzwerk der Nerrouches! Abdelkrim, dieser große, dumme Kraftprotz, und Benbaraka, der behauptet, ihm bloß einen Gefallen erwiesen zu haben, ohne zu wissen, worum es ging … Mit ein bisschen Glück wird der Erkennungsdienst bald den Namen dieses bärtigen Rotschopfs ausspucken, der Abdelkrim angeblich geholfen hat. Aber das ist auch schon alles! Keine der Schläferzellen, die von der DCRI beobachtet werden, hat auch nur das Geringste mit dem Attentat zu tun. Das Netzwerk der Nerrouches ist weder islamistisch noch separatistisch noch anarchistisch-autonom, nichts von alledem! Ich sage es Ihnen ganz offen: Im Moment wissen wir, worum es sich handelt, auch wenn es wenig ist: um eine *Familie*. Und Sie können doch nicht ernsthaft annehmen, dass diese Familie nichts mit Nazir Nerrouches kleinen Geschichten am Hut hat! Er hat bei seiner Mutter gewohnt, er hat seinen Cousins und seinen Onkeln Arbeit verschafft und ihnen Geld gegeben, er war ihr Held. Sie wussten davon, Henri. Sie wussten es.«

»Nun, ich wiederum weiß gar nichts«, erwiderte Wagner, *»noch* nicht. Und solange ich nichts weiß, beschuldige ich niemanden. Ich stelle doch nicht eine ganze Familie unter Arrest und verlange, dass sie mir beweisen, dass ich im Unrecht bin? Erinnern Sie sich an die Beweislast? Das habe ich schon auf der Schulbank gelernt. Es ist ein bisschen her, aber, gut, alles in allem ging es darum, dass es nicht Aufgabe des Angeklagten ist, seine Unschuld zu beweisen, sondern die des Klägers, ihm die Schuld nachzuwei…«

Er verstummte. Zwei Gestalten näherten sich ihrem Tisch, zwei Gestalten in Tausend-Euro-Anzügen, und Wagner brauchte nicht lang, um den Älteren der beiden zu identifizieren. Es handelte sich um niemand Geringeren als den Ersten Vorsitzenden des Revisionsgerichts: den höchsten Beamten ganz Frankreichs.

Lamiel war bereits aufgesprungen und hätte beinahe salutiert. Wagner nagelten die Verblüffung und der Zorn auf seinem Sitzpolster fest.

»Herr Richter«, raunte Lamiel und räusperte sich, um den zweiten Mann vorzustellen, »Sie kennen Marc Fleutiaux aus dem Justizministerium?«

Fleutiaux schob sich die kleine Brille auf seiner langen, herablassend wirkenden Nase nach oben.

»Herr Richter«, sagte er mit einer Stimme, die hörbar daran gewöhnt war, für Ruhe zu sorgen. »Der Minister sowie das gesamte Kabinett verfolgen Ihre Untersuchungen aufmerksam. Eine tadellose Leistung, nicht wahr, Herr Vorsitzender? Für den Augenblick eine ganz tadellose Leistung.«

Der Erste Vorsitzende nickte. Mit seinem hellen Teint und den weißen Haaren, die von einem wie mit dem Lineal gezogenen Scheitel zerteilt wurden, strahlte er eine bürgerliche Würde aus, an der anscheinend nichts und niemand zu kratzen vermochte.

Da Wagner nicht reagierte, nicht einmal mit einer Kopfbewegung, warf Fleutiaux Lamiel einen finsteren Blick zu. Dann fügte er mit gerecktem Kinn hinzu: »Natürlich gibt es dieses Video von den Befragungen. Schrecklich, dieses Video. Schrecklich. Und das Schrecklichste daran ist, dass es uns dazu verpflichtet, die Operation rentabel zu machen, wenn ich das so ausdrücken darf, nicht wahr, Herr Vorsitzender?«

Der Erste Vorsitzende nickte erneut. Dann runzelte Fleutiaux die Stirn und kehrte an seinen Tisch vor dem Panoramafenster am anderen Ende des Saals zurück.

Lamiel traute sich nicht mehr, das Wort zu ergreifen. Als ein livrierter Kellner ihre Teller brachte, feuerte Wagner die Serviette auf den Tisch.

»Was kommt als Nächstes? Ein Befangenheitsantrag, um mir den Fall wieder zu entziehen? Oder, nein, vielleicht wollen Sie sich an Maître Aribi wenden, damit er den Antrag stellt? Wo wir doch schon bei hinterhältigen Tricks sind, können wir es doch auch richtig durchziehen!«

»Seien Sie nicht so naiv, Henri. Es geht hier nicht um einen Dummejungenstreich. Es sind nicht einfach ein paar Knallfrösche in den Hof einer Polizeiwache geworfen worden. Wir reden hier von einem Mordkomplott gegen den Präsidenten. Das ist ein Angriff auf die Fundamente unseres Staates … und da ist es doch normal, dass es ein bisschen Druck gibt …«

»Ja, aber was nicht normal ist, ist die Geschwindigkeit, die Beflissenheit und vor allem die Unterwürfigkeit, die Sie an den Tag legen, um diesen Druck weiterzugeben. Ach, wissen Sie was? Dieses Nümmerchen hat mir den Appetit verdorben.«

Damit sprang er auf und stürmte davon.

7.

Das Büro der Personalchefin der Verkehrsbetriebe des Großraums Saint-Étienne befand sich im Erdgeschoss eines kühnen Gebäudekomplexes aus Glas, Rasen und Stahl. Bouzid hatte nicht mal mehr die

Zeit gehabt, sich eine Krawatte umzubinden. Auch ein sauberes Hemd hatte er in der Eile, in der er einbestellt worden war, nicht finden können. Er hatte also seine Busfahreruniform abgebürstet (ein dunkelgrünes Ensemble – das Hemd dazu durfte der Fahrer frei wählen, und für Bouzid, der modischen Dilemmata gegenüber vollkommen unempfindlich war, bedeutete dies Löwenzahngelb) und verbrachte nun schon eine halbe Stunde ohne Zeitschriften im Empfangsbereich, von dem aus man den für die Unternehmensleitung reservierten Parkplatz sehen konnte, indem er sich in einem fort über die Achseln seiner Jacke wischte. Er hoffte, auf diese Weise die hartnäckigen halbmondförmigen Flecken zu entfernen, die zwei Wochen Schweiß im Dienst auf der Linie 9 hinterlassen hatten, die traurige Berühmtheit erlangt hatte.

Die Personalchefin war eine Brünette mit blonden Strähnchen, nicht hässlich genug, um ihre Zeit damit zu verbringen, sich an anderen Menschen dafür zu rächen, aber auch nicht hübsch genug, um Selbstsicherheit auszustrahlen. Sie versuchte gerade angestrengt, eine Tupperware-Dose zu öffnen, als Bouzid schließlich zu ihr hereingebeten wurde.

»Ich hoffe, es stört sie nicht?«, fragte sie und nahm eine Plastikgabel zur Hand.

Bouzid versuchte, betont neutral dreinzublicken, und antwortete höflich mit einer vagen Kopfbewegung. Die Personalchefin war fünfzehn Jahre jünger als er, hatte dunkle Härchen auf den Unterarmen und den abfällig klingenden Ton studierter Menschen am Leib.

Allerdings fühlte sie sich sichtlich unwohl. Es war nicht ausgeschlossen, dass sie eigens Bouzids Termin abgewartet hatte, um ihren Salat zu verspeisen und dadurch in diesem schicksalhaften Moment nicht die Fassung zu verlieren. Bouzid wusste nämlich genau, dass eine schlechte Nachricht auf ihn wartete. Doch als er sah, wie sie sich an ihren Akten zu schaffen machte, ohne ihn dabei anzusehen, dämmerte ihm, dass die Nachricht nicht einfach nur schlecht sein musste, sondern die schlechtestmögliche. Die Gerüchte, die über einen Sozialplan kursierten, hatten nie für die Fahrer gegolten, und um eine Anstellung bei den Verkehrsbetrieben wurde man von etlichen nicht ganz so gut gestellten Bewohnern von Saint-Étienne beneidet.

Nichtsdestoweniger begann die Personalchefin mit einem Vortrag über die Schwierigkeiten, die das Unternehmen seit Ausbruch der Krise zu bewältigen hatte.

Bouzid betrachtete das riesige Poster, das eine ihrer Bürowände einnahm. Es zeigte den sprichwörtlich paradiesischen Sonnenuntergang: eine enorme Sonnenscheibe, die im Ozean versank, so gleißend und leuchtend, dass selbst die Konturen der Kokospalmen am Strand verblassten.

»… Sie werden also verstehen, dass wir Ihnen im Moment keine andere Stelle anbieten können. Mein Rat wäre demnach …«

»Warum ich?«, unterbrach Bouzid sie überraschend ruhig.

»Monsieur Nerrouche, das habe ich Ihnen doch gerade erklärt. Wir haben eine Liste von Kriterien erstellt …«

»Monsieur Nerrouche, schon klar«, wiederholte er und hätte sie um ein Haar angelächelt.

Die Personalchefin schob ihre Tupperware-Dose beiseite und tat beleidigt.

»Was wollen Sie damit andeuten?«

»Ja, natürlich, *zarma,* natürlich wissen Sie nicht, was ich andeuten will …«

Bouzid stand auf.

»Sehen Sie«, fuhr die Personalchefin fort, um jetzt nicht das Gesicht zu verlieren, »es war auch nicht bedeutungslos, dass wir Ihnen bereits zwei disziplinarische Rügen erteilt haben.«

Bouzid winkte ab.

»Und schließlich ist uns erst gestern ein dritter Vorfall zu Ohren gekommen.«

Dass sie versuchte, sich selbst davon zu überzeugen, dass es einen Grund dafür gab, ihn statt irgendeines anderen hinauszuwerfen, brachte Bouzids berühmte Ader zum Pochen. Er drehte sich noch einmal um und stemmte sich mit zitternden Händen auf ihren Schreibtisch.

»Jetzt hör mir mal gut zu, du blöde Kuh. Ihr habt beschlossen, mich zu feuern, weil ich Bouzid Nerrouche heiße und weil ihr in den letzten beiden Tagen ferngesehen habt. Wenn du jetzt weiter so einen Unsinn erzählst …«

Eigentlich hätte er sagen wollen: *dann hau ich dir eine rein*. Doch im selben Moment vibrierte das Handy in seiner Gesäßtasche und holte ihn wieder in die Realität zurück. Die Großmutter versuchte, ihn zu erreichen.

Er teilte der Personalchefin mit, dass er seinen Arbeitstag noch beenden werde. Sie wollte zwar entgegnen, das sei nicht nötig, doch Bouzid machte ihr mit einer Geste klar, dass sie lieber nicht insistieren sollte.

Bouzid war zu wütend, um sofort ans Telefon zu gehen, und begab sich wie an jedem Tag in den Umkleideraum für die Busfahrer. Er zog ein frisches Hemd an, band sich die Krawatte mit dem Unternehmensemblem um und gönnte sich erst noch eine Zigarette, während er geduldig auf den Beginn seiner Schicht wartete. Der Fahrer, den er ablösen sollte, kam ein bisschen zu spät und wirkte überrascht, Bouzid unter dem Vordach anzutreffen. Bouzid schüttelte ihm die Hand, setzte sich auf den weichen Sitz und klappte die bewegliche Bank hinunter, in der die Fahrkarten und die Wechselgeldröllchen verstaut waren. Das harmonische Klicken, das anzeigte, dass er das Steuer übernommen hatte, hörte er heute vielleicht zum letzten Mal. Er hatte in diesem Bus gute und schlechte Tage erlebt. Manchmal zwang ihn der stockende Verkehr dazu, minutenlang in einem unerwarteten Stau zu stehen. Manchmal war es auch ein bescheuerter Autofahrer, der ihn erst schnitt und dann ausstieg und versuchte, ihn zu provozieren, indem er gegen das Seitenfenster klopfte. Eines Tages war er ebenfalls ausgestiegen, um zu demonstrieren, dass er sich nicht auf der Nase herumtanzen ließ.

Die schlimmste Zeit waren jedoch die Abendstunden in Zeiten des Aufruhrs gewesen. Als die Vorstädte im ganzen Land brannten, war das Viertel Montreynaud, in dem er seinen Dienst verrichtete, an vorderster Front betroffen gewesen. Mit der Zeit hatte er sich eingeredet, dass er gelernt hätte, sich Respekt zu verschaffen. Dass die Halbstarken wüssten, dass sie hinten in der 9 nicht rauchen durften, wenn Bouzid am Steuer saß.

Der Bordfunk rauschte und wies ihn an, sofort ins Depot zurückzukehren. Bouzid schaltete das Radio ein und suchte RMC. Unermüdlich gab Brigitte Lahaie dort den frühnachmittäglichen Hörern Ratschläge in Liebesangelegenheiten. Eine Frau, die schon lange Gast seiner Linie war, begrüßte ihn und setzte sich auf ihren Stammplatz unmittelbar hinter ihm. Im selben Moment, da er zwei Männer in grünen Polohemden auf seinen Bus zulaufen sah, ließ er den Motor an.

Bis zur ersten Haltestelle kam er, ohne besonders beunruhigt zu sein, auch wenn sein Telefon ununterbrochen vibrierte. Die Großmutter wollte offenbar dringend mit ihm sprechen. Kurz bevor die Mailbox ansprang, legte sie immer auf und rief dann sofort wieder an.

»Warum geht er denn nicht ran, dieser blöde *arioul?*«, schimpfte sie und ließ sich auf eine Bank an einem kleinen Platz sinken, an dem die Euroline-Busse ankamen und von wo aus sie auch wieder losfuhren. Ein junges blondes Mädchen sah sie so mitleidig an, wie man kurzatmige alte Damen eben ansieht. Ihre zierliche Gestalt verschwand hinter einem ausladenden Rucksack, auf dem oben eine eingerollte Isomatte festgeschnallt war. Die Großmutter warf ihr den finsteren Blick einer Frau zu, die sich niemals als irgendjemandes Opfer empfunden hatte: weder des Kriegs noch der Männer noch der Franzosen und ganz sicher nicht des Alters.

Sie kannte Bouzids Dienstplan, weil sie ihn zu Beginn jeder Woche danach ausquetschte, um zu wissen, wann sie ihn bei Bedarf anrufen konnte. Und bei der Großmutter gab es eine Menge Bedarfsfälle. Sie führte ein geschäftiges Leben, das sorgfältig unterteilt war – eins jener Leben, die die Verfügbarkeit eines Privatchauffeurs unabdingbar machten. Die Scheichs der Stadt respektierten sie, und sie verdiente ordentlich, indem sie den Leuten zu Hause die Karten legte. Bouzid stand für die Fahrten bereit, zu denen ihn seine Mutter Tag und Nacht verpflichtete, als verdankte er ihr etwas noch Kostbareres als nur das eigene Leben.

Der Euroline-Bus, auf den sie wartete, kam aus Madrid. Er war laut Fahrplan, der im Wartehäuschen aushing, über Saragossa, Barcelona, Saint-Jean-de-Luz, Périgueux und Clermont-Ferrand gefahren. Und endlich tauchte er an dem Ende des Platzes auf, wo sich die Wartehäuschen und die provisorischen Haltezonen befanden.

Erneut wählte die Großmutter Bouzids Nummer. Sie wusste genau, dass er an diesem Dienstag Nachtschicht fuhr. Bouzid hatte einen leichten Schlaf, und sie hatten die unausgesprochene Abmachung, dass er sein Handy den Tag über angeschaltet ließ, selbst falls er einen Mittagsschlaf hielt. Wenn er nicht sofort aufwachte, dachte die Großmutter, wie sollte sie dann denjenigen, den sie hier auflesen wollte, von neugierigen Blicken unbemerkt an einen sicheren Ort bringen?

Onkel Moussa entdeckte seine alte Mutter von seinem Platz in der Mitte des Busses aus. Er zog eine Zigarette aus der Innentasche seines Jacketts und schnappte sich sein Handgepäck. Mehr hatte er nicht bei sich, und so hatte er nicht wie die anderen Passagiere den Laderaum benutzen müssen.

In seinem Bus schaltete Bouzid das Handy aus. Nach der vierten Haltestelle der Linie musste er für ein paar Hundert Meter bis zur Ausfahrt Montreynaud über die Autobahn fahren. Im Rückspiegel war nur noch ein einziger dösender Alter zu sehen, ein Marokkaner, der ihm in der vergangenen Woche erzählt hatte, dass er sich den grauen Star hatte operieren lassen.

Im selben Augenblick, da er sich rechts einordnen wollte, um die Ausfahrt zu erwischen, folgte Bouzid stattdessen einer verrückten Eingebung: Er blieb auf der Autobahn. Er wusste nicht, ob er genügend Benzin im Tank hätte, um nach Lyon zu kommen, er wusste nicht, ob er alsbald von der Autobahnpolizei abgefangen würde, bevor er überhaupt das kleine Städtchen Saint-Chamond erreicht hätte. Aber er wusste, dass ihm das Verpassen der Ausfahrt, die Missachtung des Linienplans, der so penibel ausgearbeitet und streng überwacht wurde, dass ihm diese wilde Fahrt inmitten der anderen Benutzer der A45 – die sich unter Garantie die Frage stellten, warum ihnen Bus Nummer 9 in die große, weite Welt folgte –, dass all dies ihm ein Gefühl der Freiheit verschaffte, das er nicht mehr verspürt hatte, seit ihm die ersten Haare ausgegangen waren.

8.

Ein Leihwagen sollte zwischen der Place de la Bastille und der Gare de Lyon auf Djinn warten, um genau zu sein an der Kreuzung der Avenuen Daumesnil und Ledru-Rollin. Momos Cousin war viel zu früh dran und wartete in einem Waschsalon, durch dessen schmutzige Scheibe man die Kreuzung überblicken konnte. Ein Viadukt aus rosa Ziegelsteinen führte in neun Metern Höhe an der Avenue Daumesnil entlang: die Coulée verte, ein berühmter Spazierweg, der Bastille mit Vincennes verband und mit Kirschbäumen, Linden, Ahornbäumen und üppigen Blumenrabatten bepflanzt war. Zwischen zwei Blicken auf sein Handy sah Djinn immer wieder zu den Buchsbaum- und Bambushecken, hinter denen Joggerinnen vorbeiliefen. Manchmal versuchte er, über die wenigen frei einsehbaren Meter hinweg einen blonden Haarschopf zu verfolgen oder ein Paar Brüste, das so nett gewesen war zu hüpfen. Von hier unten sah er praktisch nichts, allenfalls platt gedrückte Busen in deprimierenden Sport-BHs.

Nach einer Weile hielt ein Auto neben dem Fahrradweg. Djinn stürmte aus dem Waschsalon und wollte gerade den Beifahrersitz ansteuern, als der Fahrer ihm ein Zeichen gab, er solle zur Fahrerseite kommen.

»Warum das denn?«, fragte Djinn.

Statt zu antworten, marschierte nun der Fahrer seinerseits um den Wagen herum. Seit dem Attentat trug er eine Sonnenbrille und dachte inzwischen darüber nach, sich seine roten Haare zu färben. Allerdings hatte er sich bisher nicht in einen Supermarkt getraut und schon gar nicht zu einem Friseur. Er hatte sich sein Bärtchen abrasiert. Leider bescherte ihm das neuerdings bartlose Kinn – außer dass es seine Wiedererkennbarkeit keineswegs verminderte – ein noch größeres Gefühl der Entblößung, der Verletzlichkeit, wie bei einem Stachelschwein, das man seines Schutzes beraubt hatte.

»Wo fahren wir denn hin?«, wollte Djinn wissen, doch auch darauf gab der Rothaarige keine Antwort. »Romain, wo fahren wir hin?«

Romain schüttelte den Kopf und starrte in den Rückspiegel. Dann erst nahm er die Sonnenbrille ab. Dahinter kamen gerötete, leicht hervortretende Augen zum Vorschein. Irgendwie sah er aus, als wäre er besessen.

»Zum Treffpunkt«, antwortete er kurz und gab Djinn dann ein Zeichen, er möge losfahren, »oben an der Promenade. Da sollen wir die Taschen verstecken. Du holst sie hier ab und bringst sie dann nach oben.«

»Wo, hier? Ich dachte, sie wären in der Karre?«

Der Rothaarige bat ihn, am Anfang einer Straße in der Nähe der Gare de Lyon zu halten. »Rue d'Austerlitz«, erklärte er, »im 17. Ich warte da mit den Taschen auf dich.«

»Aber warum gibst du sie mir denn nicht gleich?«, fragte Djinn, der überhaupt nichts mehr kapierte.

»Wenn du unterwegs angehalten wirst, sind wir am Arsch«, entgegnete Romain.

»Und eine letzte Sache noch – mein Cousin, der dicke Momo …«

»Was ist mit dem?«

»Ich hätte gern, dass er nicht … Du weißt schon. Dass er in Ruhe gelassen wird. Du hast ja gesehen, ich hab alles gemacht, okay? Aber ich wollt noch darum bitten, dass er nicht reingezogen wird in … Du weißt schon.«

»*Du* weißt schon, Kumpel. Entweder machst du, was wir vereinbart haben. Oder du kehrst in dein piefiges kleines Leben zurück. Du kannst dich jetzt entscheiden, ich hab dazu sonst nichts zu sagen.«

Romain schluckte krampfhaft und warf einen Blick in den Seitenspiegel. Nervös, schmächtig, bleich. Ohne sein Bärtchen sah er genau wie das aus, was er war – ein spät entwickelter Jugendlicher, der sich in seiner Haut nicht wohlfühlte.

Djinn raste nach Ivry zurück. Als er daheim ankam, fläzte der dicke Momo vor dem Fernseher.

»*Wesh,* Momo, komm mal zwei Minuten mit.« Er zog ihn hinter sich her in die Küche. »Los, du musst was machen, *zarma,* für mich, als Gefallen, verstehst du?«

Der dicke Momo senkte den Blick auf den welligen Linoleumboden der Küche; er hatte hier gestern Abend eine Kakerlake entdeckt und deshalb die ganze Nacht kein Auge zugetan.

»Wirklich, es ist gar nichts, du musst heute Abend nur auf so ’ne Töle aufpassen. Auf den Köter von ’nem Kollegen. Wir müssen was erledigen, verstehst du? Also, alles cool?«

»Alles cool«, erwiderte der dicke Momo.

In Wirklichkeit war das sogar mehr als cool. Er war vor Freude außer sich. Er hätte nicht nur ein bisschen Gesellschaft, während Djinn unterwegs wäre – diese Gesellschaft bestünde außerdem auch noch aus einem Hund.

Als dieser Hund eine Stunde später im Türrahmen auftauchte, verging dem dicken Momo erst einmal das Lachen. Es war kein Deutscher Schäferhund mit sanften Augen wie Sultan, sondern ein muskelbepackter Pitbull mit raspelkurzem Fell, der nur durch den beeindruckendsten Maulkorb, den der dicke Momo jemals zu Gesicht bekommen hatte, daran gehindert wurde, sämtliche kleinen Mädchen im Viertel aufzufressen. Um die Brust des bulligen Hundes spannte das Geschirr und bremste seinen Vorwärtsdrang mehr schlecht als recht. Sein Herrchen riet dem dicken Momo deshalb davon ab, dem Hund auch nur eines der beiden Hemmnisse abzunehmen.

Der dicke Momo fragte nach dem Namen des Hundes, doch das Herrchen antworte nicht. »Sarko«, antwortete Djinn anstelle des Kollegen, als er die Verwunderung in Momos Blick sah. Sarko, weil er ein Aufschneider war. Weil er klein, aber trotz allem bissig war. Und vor allem weil er mit einer gefährlichen Intelligenz ausgestattet war.

Der dicke Momo sah dem Tier in die kleinen hellbraunen Augen. Sie waren so leer, dass man sie genauso gut durch Knöpfe hätte ersetzen können wie bei einem Stofftier.

»Pass auf – wenn ich du wäre, würd ich ihm nicht in die Augen sehen.« Das Herrchen stammte aus Mali und hatte den gleichen Körperbau wie sein Hund. »Das ist ein Kampfhund«, erklärte er mit einem grausamen Grinsen. »Mit irgendwas nicht ganz Bestimmbarem gekreuzt. Ich hab ihn mal gegen zwei Bulldoggen kämpfen lassen. Ich schwöre beim Leben meiner Mutter, die hat er mit Haut und Haaren aufgefressen. Wenn ich dafür geschnappt werde, geht's direkt in den Knast.«

Der dicke Momo hielt dem Monster die Hand unter die Schnauze, während im Nachbarzimmer Djinn seinen Computer hochfuhr und sich auf Facebook einloggte. Im Spiegel, der über dem zerschlissenen

Sofa hing, konnte der dicke Momo sehen, wie sich sein Cousin und der Hundehalter das Profil eines leicht bekleideten Mädchens anschauten. Aus Spaß und um sich zu beweisen, dass er auch spiegelverkehrt lesen konnte, merkte er sich ihren Namen. Das Mädchen war echt hübsch, trotzdem machten die beiden Kumpels weder einen besonders aufgegeilten noch einen belustigten Eindruck, ganz im Gegenteil, ihre Gesichter sahen ernst aus, und was sie miteinander besprachen, während die Blicke in seine Richtung immer zahlreicher wurden, besprachen sie im Flüsterton, als säßen sie in der Mediothek.

Als sie endlich gegangen waren, bekam der dicke Momo Mitleid und nahm dem Monster den Maulkorb ab. Erst schleckte Sarko ihn ab, feuerte dann eine kurze Gebellsalve ab, beruhigte sich dann und machte sich über den Wassernapf her, den ihm sein Herrchen für den Abend hingestellt hatte.

Durchs Fenster beobachtete der dicke Momo, wie sich ungefähr zehn Autos im Hof des rot geklinkerten Wohnblocks versammelten, Djinn Anweisungen gab und ein paar Ohrfeigen verteilte, um seine Autorität zu demonstrieren. Anschließend stiegen die Männer immer zu zweit in ihre Autos. Manche davon hatten getönte Scheiben, und bei keinem war das Fenster heruntergekurbelt wie sonst immer, um auch die Nachbarschaft mit einer Rap-Playlist zu unterhalten. Das Auto, an dessen Steuer Djinn saß, war das erste, das losfuhr. Die anderen folgten ihm wie Schatten.

KAPITEL 19

Die umherirrenden Schatten

1.

Da Aurélie ihren Vater nicht erreichen konnte, ließ sie sich von ihren Klassenkameraden überreden, wie an jedem Mittag dieses aufregenden Schuljahresendes am Seine-Ufer zu chillen, sich ein bisschen zu sonnen und so zu tun, als lernten sie. Auch Nico war dabei – der am vergangenen Sonntag nach der großen Feier, die sie in der Wohnung ihrer Eltern organisiert hatte, als einer der wenigen geblieben war.

Nico träumte davon, auf die Sciences Po zu gehen, hatte angefangen, Jacketts und Hemden mit blauen Streifen zu tragen und ein bisschen wie Sarkozy zu klingen. Wenn er redete, benutzte er den Vornamen der Leute und sprach von ihnen als seiner »politischen Familie«. Trotzdem hing in seinem Zimmer ein Chirac-Poster an der Wand, was über Facebook die Runde gemacht hatte. Zu allem Überfluss war auch noch eine Satiregruppe angelegt worden (»Wenn auch bei dir wie bei Nicolas Bachelier ein Chirac-Poster an der Wand hängt«). Dies hatte letztlich zum Coming-out des jungen Mannes als Fan des Politikers aus der Corrèze geführt, was zugleich eine gute Gelegenheit gewesen war, sich von Tristan abzugrenzen, dem eifrigsten Sarkozy-Anhänger am gesamten Lycée. Manche behaupteten, dass es ihm genau darum gegangen sei, als er die Indiskretion auf Facebook einfach hingenommen hatte: Distanz zu dem charismatischen Bully Tristan herzustellen.

Auch Aurélie war Anhängerin dieser Theorie gewesen. Inzwischen machte sie sich eher darüber lustig.

Als sie sah, dass Nico auf sie zukam, um ein paar Worte zu wechseln, lief sie bis zum Ufersaum und blickte in den Himmel.

»Schickt dich Tristan? Was willst du?«

»Okay, ich seh schon, du hast keinen guten Tag. Ich wollte dir nur sagen, dass weder ich noch Thibaud irgendwas über du weißt schon was verraten haben. Und ja, wenn du dann zufrieden bist – Tristan hat mir gesagt, ich soll das sagen, wenn ich dich sehe.«

Aurélies Blick wurde weicher. Vor Erleichterung streckte sie sogar die Zunge raus. Nico nutzte die Gelegenheit, zuckte nervös mit den Schultern und zog die Augenbrauen zusammen.

»Nur eine Sache noch, und die frag *ich* dich: Was hast du da vorhin in Philosophie für einen Brief geschrieben?«

»Kümmer dich um deinen eigenen Kram«, blaffte Aurélie ihn an. »Seit wann schulde ich dir irgendwelche Erklärungen? Pff, armes Würstchen.«

Nico steckte die Attacke souverän weg. Das hatte er wohl in den Memoiren seines Idols und ehemaligen Präsidenten gelesen oder es sich zumindest eingebildet – dass Politik genau das war: wegstecken zu lernen.

Aurélie schob die Hand in die Tasche ihrer Strickjacke. Der Brief war nicht mehr da. Sie hatte ihn zuvor in ihre Tasche gesteckt, in die große Schultertasche, in der sie ihre Schul- und auch die Schwimmsachen verstaute, wenn sie mittags Training hatte. Wieder zurück bei ihrer kleinen Gruppe, in der gerade ein Joint gebaut wurde, sah sie sofort nach, ob der gefaltete Brief sich immer noch in ihrer Mappe befand.

Das war zwar der Fall, doch ein schräger Blick, den Nico ihr vom anderen Ende des Kreises zuzuwerfen schien, und sie beschloss, ihn besser bei sich zu behalten.

Die Tasche ihrer Jeans war zu klein. Also entschied sie sich schließlich für die an ihrer Strickjacke, aus der der Brief nur ein Stückchen herausragte.

Irgendwer reichte ihr den Joint, und sie zog gleich mehrmals daran, bis der Verkehrslärm ebenso verschwand wie ihre schlechte Laune. Zur Sicherheit lachte sie über die Witze, die der Clown in ihrer Gruppe riss, und war die Erste, die aufstand, um den gehirnamputierten Touristen, die ihnen von den Decks der Ausflugsschiffe aus zuwinkten, mit abfälligen Gesten zu antworten. Als sie ihre Strickjacke abstreifte, um sich im Tanktop zu sonnen, tat eine ihrer Feindinnen schockiert und forderte sie dazu auf, ihren Bizeps anzuspannen. Denn grundsätzlich fielen einem an Aurélie zwei Dinge auf: ihre zweifarbigen Augen und die kräftigen Muskeln an ihren Schultern und Armen. Weil sie mittlerweile schon ein bisschen high war, leistete Aurélie, die auf ihre Muskeln sehr stolz war, dem Wunsch mit einem herausfordernden Blick Folge.

Dann hörte sie für eine Weile Nico zu, der tausend leidenschaftliche Theorien über die aktuelle politische Lage zum Besten gab.

»… und man muss schon ziemlich blöd sein, um nicht zu kapieren, was gerade vor sich geht! Sarko wird auf jeden Fall Präsident bleiben, egal was passiert. Am Donnerstag wird er erst abwinken, aber nur offiziell – nicht hinter den Kulissen. Tatsächlich hat er doch den Senatspräsidenten, Cornut, von Anfang an manipuliert. Cornut ist ein Holzkopf, er wird bis aufs Jota genau ausführen, was Sarko ihm einflüstert, und alles tun, um die verfassungsgerichtliche Entscheidung zu beschleunigen, für den Fall, dass Chaouch wieder aufwacht …«

»Woher willst du das denn alles wissen?«, warf eine lachende Stimme ein.

Nico, der zu erhitzt war, um den ironischen Tonfall der Frage herauszuhören, antwortete, während er sich wie ein alter Politikerhaudegen des Jacketts entledigte: »Aber das ist doch klar! Schau, das Problem sind die Aufstände. Wenn die nicht wären, würde das Verfassungsgericht bis nach der Amtsübergabe warten, also bis zum offiziellen Ende von Sarkozys Amtszeit. Dann ginge es darum, Chaouch eine Chance zu lassen. Unter diesen Umständen ist das aber viel zu gefährlich. Meiner Meinung nach werden sie bis Ende der Woche verkünden, dass er sein Amt nicht wird antreten können. Und für dieses Land gibt es nichts Unerträglicheres, als kopflos zu sein. Seit wir den Königen die Köpfe abgeschnitten und stattdessen Präsidenten haben, haben wir noch immer einen Kopf gehabt, einen starken Kopf an der Spitze des Staates. Ein starker Kopf ist aber nun mal das genaue Gegenteil eines komatösen Kopfes.«

Aurélie lachte laut auf. Nicos bartloses Kinn, das er wutentbrannt nach vorn reckte, sein dünnes Stimmchen, das die Jahrhunderte und die Gedankengebäude einfach so hinwegfegte: Dies alles war so lächerlich – der arme Nico! – und dabei doch irgendwie auch rührend.

»Also, ich lass euch dann mal mit Chirac junior allein. Ich muss nämlich los.«

Ein wenig Protest brandete auf, nachdem heute Nachmittag ja kein Unterricht mehr war. Doch Aurélie erklärte, sie müsse um sieben Uhr auf ein Konzert ihrer Mutter gehen und vorher noch duschen, um die Dummheiten, die Nico von sich gegeben habe, wieder von sich abzuwaschen.

2.

»Sie heißen Fouad Nerrouche, geboren in Saint-Étienne im Departement Loire am 21. April 1986. Sie sind demnach sechsundzwanzig Jahre alt.«

Fouad nickte. Der Richter hob den Blick nicht von seinen Akten. Sein Füllfederhalter schwebte über dem Blatt. Bis hinauf zu seinen kräftigen weißen Haaren schien er noch auf etwas anderes zu warten, eine zusätzliche Information oder vielleicht einfach nur eine mündliche Bestätigung.

»Ja, Herr Richter«, versuchte es Fouad also.

Und das genügte. Der Richter begann wieder zu schreiben und hakte nach: »Und warum heißen Sie Nerrouche, wenn Nerrouche doch der Name Ihrer Mutter ist?«

»Mein Vater hieß ebenfalls Nerrouche. Er war der Cousin meiner Mutter, das heißt, ein entfernter Cousin, ein Mitglied des Stamms der Nerrouches, Stamm in Anführungszeichen. In der Kabylei ist das nicht ungewöhnlich … glaube ich zumindest.«

»Wollen Sie damit sagen, dass Sie persönlich nicht allzu viel über die Kabylei wissen? Sie sind in Frankreich geboren und nie dort gewesen?«

»Nein.«

»Und ihr Bruder Nazir?«

Fouad warf seinem Anwalt, der sich die Robe übergestreift hatte, einen verunsicherten Blick zu, doch der bedeutete ihm, er möge frei von der Leber weg antworten.

»Ich glaube nicht, Herr Richter. Ich muss Ihnen aber auch gleich sagen, dass ich seit über drei Jahren mit meinem älteren Bruder keinen Kontakt mehr habe … seit dem Tod unseres Vaters.«

»Ja, das trifft sich gut, nicht wahr? Und warum ist das so?«

»Eine Verschiedenheit … Ich weiß nicht, wie ich es erklären soll …«

Fouad erinnerte sich noch genau an das Ende seiner Unterredung mit Szafran. Sie hatten keine zehntausend möglichen Strategien. Er musste sich entschieden von Nazir distanzieren und sich dabei immer vor Augen halten, dass der nicht gezögert hatte, sie alle mit in den Abgrund zu reißen.

Fouad blickte zu der Mitarbeiterin hinüber, die hinter einem Schreibtisch saß, der im rechten Winkel zu dem des Richters platziert war.

»Ich glaube, ich verabscheue ihn ebenso sehr, wie er mich verabscheut. Es ist eine psychologische Verschiedenheit, wenn sie so wollen. Wir sind in allem das genaue Gegenteil voneinander, Herr Richter.«

»In allem? Wann hat Ihr … Bruch denn stattgefunden?«

»Vor drei Jahren«, wiederholte Fouad widerstrebend. »Beim Begräbnis meines Vaters. Wir sind in Streit geraten bezüglich … der Art, wie er zu begraben sei …«

Der Richter sah ihn an, ohne mit der Wimper zu zucken, um ihm zu signalisieren, dass er fortfahren möge.

»Er bestand auf einer streng religiösen Zeremonie, dabei war das meinem Vater ganz egal gewesen, er hatte sich sogar ausdrücklich genau das Gegenteil gewünscht … Wir haben uns gestritten, und … das war's.«

»Sie würden also sagen, dass Nazir dem Islam eine große Bedeutung beimisst?«

»Das weiß ich nicht. Ich glaube eher, dass er nichts und niemandem irgendeine Bedeutung beimisst. Ich glaube, er ist einfach schlecht – *nihilistisch*. Das ist das richtige Wort.«

Wagner legte seinen Füller hin, und unter seinen weißen Haaren kam ein Paar buschiger schwarzer Augenbrauen zum Vorschein. In seinem ausdrucksstarken, ernsten Gesicht las Fouad Kraft und unterdrückten Zorn. Dennoch wechselte er ganz lässig das Thema.

»Ich habe Sie in dieser Serie gesehen, *L'Homme du match*. Meine Tochter ist ein großer Fan von Ihnen. Sie behauptet, Sie ähneln dem jungen Alain Bashung.«

Fouad und der Anwalt schwiegen.

»Monsieur Nerrouche, Sie müssen eins begreifen: Während Sie die Massen auf der kleinen Leinwand bezaubert haben, hat eine ganze

Abteilung des Geheimdiensts die Umtriebe Ihres älteren Bruders beobachtet. Was Sie mir hier sagen werden, weiß ich also bereits. Dies nur als kleine Präzisierung, damit Sie sich nicht einbilden, dass Sie die Geschichte neu schreiben oder mit irgendeiner Schmierenkomödie auf die folgende Frage antworten könnten: Was wussten Sie *genau* über die Vorhaben Ihres Bruders?«

Fouad antwortete wie aus der Pistole geschossen. Die Frage hatte er mit Szafran vorbereitet. »Ich wusste nur zwei Dinge: Er hat einen Teil der Familie finanziell unterstützt, und zwar einfach so, ohne Gegenleistung, unter anderem auch meine Mutter, der er zu meinem großen Missfallen von Zeit zu Zeit Geld überwies. Und die zweite Sache ist, dass er sich aktiv darum bemühte, dass ein Minarett für die große Moschee in Saint-Étienne gebaut würde. Ich wusste, dass er dafür gekämpft hat, aber ich wusste nie und weiß bis heute nicht, wie genau er das tat. Ich weiß auch, dass er mit meinem Cousin Abdelkrim in Verbindung stand, doch das habe ich zu spät erfahren, Herr Richter.« Seine Kehle war wie zugeschnürt. Er war kurz davor, um ein Glas Wasser zu bitten, fuhr dann aber fort: »Am Tag der Hochzeit meines kleinen Bruders Slimane, am letzten Samstag, wurde ich misstrauisch, als er Krim einen Umschlag zugesteckt hat. Ich habe Krim unter vier Augen zur Rede gestellt und ihn gefragt, was in dem Umschlag gewesen sei, aber der wollte mir darauf keine Antwort geben.«

»Nun, die Antwort kann ich Ihnen geben, Monsieur Nerrouche«, murmelte Wagner, während er seine letzte Notiz beendete. »In dem Umschlag befand sich ein Fahrschein für den TGV, mit dem er sich nach Paris begeben und dort Idder Chaouch ermorden sollte. Welche Familienmitglieder waren noch über die Existenz des Umschlags im Bilde?«

Fouad blickte panisch zu seinem Anwalt, der sofort das Wort ergriff. »Herr Richter, darüber weiß mein Mandant nichts.«

»Dann soll er es mir selbst sagen!«

»Ich weiß es nicht, Herr Richter.«

Wagner konnte ihm ansehen, dass er log. Die schlechte Laune, die sich seit Beginn des Tages in ihm angestaut hatte, konzentrierte sich jetzt in den Fingern seiner rechten Hand. Er kniff sich mit Daumen und Zeigefinger in die Nasenwurzel, als wollte er sich den Schlaf austreiben.

»Monsieur Nerrouche, Sie werden hier als Zeuge mit Rechtsbeistand angehört, und das bedeutet, dass ich jederzeit ein Verfahren gegen Sie einleiten kann. Verstehen Sie, was das bedeutet – ein Verfahren einzuleiten?«

Fouad zog die Augenbrauen hoch. Ja, das verstand er.

»Gut, wir kommen später darauf zurück. Ich würde Sie nun gern zu Ihrer Verbindung zu Jasmine Chaouch befragen. Wie lange kennen Sie sich schon? Wie haben Sie sie kennengelernt?«

Doch Fouad hatte keine Gelegenheit, darauf zu antworten, weil im nächsten Augenblick ohrenbetäubendes Sirenengeheul den Parkettboden des Amtszimmers zum Beben brachte.

Wagner wandte sich zu Alice um, die jedoch nur mit den Schultern zuckte und sich die Hand auf den Bauch legte. In Begleitung zweier Bereitschaftspolizisten öffnete der militärische Kommandant des Justizpalasts die Tür.

»Herr Richter, dies ist ein Bombenalarm. Wir müssen den Palast evakuieren.«

»Ein Bombenalarm? Hier? Das ist doch unmöglich!«

»Ich versichere es Ihnen.«

Die Stimme des Kommandanten war nicht die einer Person, die gerade eine Übung durchführte.

Wagner ließ Fouad und Szafran zuerst hinausgehen und begleitete dann seinerseits Alice ins Treppenhaus. Dann schloss er sein Amtszimmer hinter sich ab.

Auf der Schwelle zur Galerie Saint-Éloi traf er auf Rotrou. Angesichts des Sirenengeheuls verzichteten die beiden Richter darauf, miteinander zu sprechen. Doch im Blick des Menschenfressers lag ein ganzer Schwall an Vorwürfen, als wäre der Alarm eine direkte Folge von Wagners »humanen« Methoden.

Während er die große Halle durchquerte, fühlte Fouad eine seltsame, neue Angst in sich kribbeln: die Angst davor, Opfer eines Bombenanschlags zu werden. Das Dach würde einstürzen, die Druckwelle riesige Steine aus der Wand reißen und auf ihre winzigen, bereits verkohlten Körper niederregnen lassen … Doch es war die Explosion selbst, die er am meisten fürchtete, die Vorahnung, einen unvorstellbaren Ton zu hören, der lauter war als Donner und gewaltiger als der Tod selbst.

»Das ist doch nur ein Fehlalarm, mein Liebling«, sagte Dounia, als sie sah, dass ihr Sohn Schwierigkeiten hatte zu atmen.

Als sie sich in Sicherheit befanden – jenseits der Sicherheitszone –, schien der Richter umgeben von seinen Leibwächtern Dounias Verdacht zu bestätigen.

»Wahrscheinlich ist es wirklich nur ein Fehlalarm. Die Überprüfung wird allerdings einige Stunden in Anspruch nehmen. Wir müssen einen neuen Termin ausmachen. In den kommenden Tagen – morgen zum Beispiel.«

»Herr Richter«, protestierte Szafran, »meine Mandanten wohnen fünfhundert Kilometer von Paris entfernt. Sie werden von der Presse verfolgt und belästigt, jeder neue Ortswechsel ist für sie furchtbar aufwendig, sowohl finanziell als auch emotional.«

Alice, die den Terminkalender oben hatte liegen lassen, presste sich die Hand auf den Bauch, und ihr Gesicht wirkte besorgt und leidend.

»Übermorgen«, lenkte der Richter ein. »Verschieben wir also auf übermorgen. Um dieselbe Zeit.«

Dann machte er ein paar Schritte auf Alice zu, um zu fragen, ob alles in Ordnung sei. Sie richtete sich wieder gerade auf und setzte ihr übliches Lächeln auf, das immer mehr demjenigen einer Schauspielerin in einer Red-Bull-Werbung ähnelte.

»Gut, gut … ein bisschen müde vielleicht. Aber vertrauen Sie mir, ich würde es Ihnen sagen, wenn es zu anstrengend für mich würde.« Und wie zum Beweis dafür, dass sie die Absicht hatte, bis zum letzten Tag ihrer Schwangerschaft zu arbeiten, fügte sie hinzu: »Es stimmt, er sieht wirklich aus wie Alain Bashung.«

»Mag sein. Aber es ist eher unwahrscheinlich, dass er die gleiche Karriere machen wird«, bemerkte der Richter und schaltete sein Telefon ein, um die letzten Nachrichten abzuhören. »Na, sieh einer an. Gerade hat meine Tochter angerufen.«

Er rief Aurélie zurück, die nach dem dritten Klingeln abhob.

»Hallo, du Schreckliche. Was wolltest du von mir?«

Am anderen Ende der Leitung zögerte Aurélie. Sie wollte ihm alles gestehen: den Nachmittag mit Krim, den Brief, den sie geschrieben hatte, damit er ihn Krim zukommen ließe. Sie hatte keine Wahl, wenn sie wollte, dass Krim diesen Brief erhielt. Sie würde ihm die Wahrheit über den vergangenen Sonntag erzählen müssen. Doch selbst wenn er besser gelaunt zu sein schien als am Vortag (»du Schreckliche«), hatte sie immer noch zu viel Angst vor seiner Reaktion.

»Es … Ich weiß nicht, wie ich es dir sagen soll …«

»Wie du mir was sagen sollst?«, fragte der Richter argwöhnisch. »Ich höre?«

»Papa, ich kann darüber nicht am Telefon sprechen. Wann kommst du nach Hause?«

»Aurélie, was ist los? Erklärst du mir jetzt bitte, was hier vor sich geht, Teufel noch mal? Aurélie? *Aurélie?*«

Aber sie hatte aufgelegt.

3.

Die Spezialeinheiten benötigten drei Stunden, um zu bestätigen, dass es sich um einen Fehlalarm gehandelt hatte. Dann gingen gegen sechzehn Uhr zwei weitere Bombendrohungen gegen die Metrostation Havre-Caumartin und die Französische Nationalbibliothek François Mitterrand ein. Die umfangreichen Evakuierungsmaßnahmen wurden ebenso umfangreich gefilmt, doch auch dort wurde kein Sprengstoff gefunden. Oberstaatsanwalt Lamiel, der schon mit frei erfundenen Anrufen von »Zeugen« umzugehen hatte, die vorgaben, Nazir in allen möglichen Teilen der Welt gesehen zu haben, eröffnete formell die vorläufige Ermittlung und überantwortete sie der Antiterroreinheit der Mordkommission. Er weigerte sich, einen Journalisten der AFP zu empfangen, und rief stattdessen Wagner an, um in Erfahrung zu bringen, wie die Befragungen der nächsten Familienangehörigen verlaufen waren. Wagner erklärte ihm, dass er sie habe verschieben müssen, und wehrte sich vehement gegen die Hypothese des Oberstaatsanwalts, gemäß der es sich um eine List der engen Familie handeln könnte, die eine ordnungsgemäße Befragung zu verhindern suchte.

Damit die Pariser Bevölkerung nicht einer kollektiven Psychose anheimfiel, gab Premierminister François Fillon eine Pressekonferenz, in der er seine Landsleute dazu anhielt, genau so weiterzuleben, wie sie es vor dem Attentat getan hatten. Es sei seither keine ernsthafte Bedrohung aufgetaucht, die Anrufe des Dienstagnachmittags wurden auf das Konto irgendwelcher Scherzbolde gebucht, bei denen die Polizei alles daransetzen werde, sie vor Gericht zu stellen und an ihnen ein Exempel zu statuieren.

Nachdem Szafran sich noch einmal als sehr beruhigend erwiesen hatte (»Wir haben Glück, an einen guten Richter geraten zu sein!«) und dann fortgegangen war, begab sich die »enge Familie« in eine Brasserie.

Fouad hatte einen abgeschiedenen Platz ausgewählt. Sein Misstrauen gegenüber Journalisten grenzte inzwischen an offene Ablehnung.

Dem für ihren Tisch zuständigen Kellner fehlten ein paar Zähne, und auch sonst machte er einen eher merkwürdigen Eindruck auf sie: Er redete wie ein ehemaliger Drogenabhängiger, den die Psychopharmaka abgestumpft hatten. Als er dessen peinlich präzise Handgriffe und die ganz besondere Form der Höflichkeit bemerkte, die immer kurz davor zu stehen schien, in einen Tobsuchtsanfall umzuschlagen, war Fouad mit einem Mal der seltsamen Überzeugung, dass es sich bei ihm um einen Vorbestraften handelte. Als er ihnen den Kaffee brachte, schob er die Papiere, die vor Fouad lagen, ein Stück zur Mitte des Tischs, sodass die dampfende Tasse direkt vor der Brust des Gastes stand. Die unterwürfige Geste wurde allerdings von einem merklich vorwurfsvoll geäußerten »Bitte schön« begleitet.

Fouad bot Dounia und Rabia an, die Nacht in seiner Pariser Einzimmerwohnung im 12. Arrondissement zu verbringen. Er selbst könne bei einem Freund übernachten, jedenfalls habe er in Paris noch einiges zu erledigen, bevor er wieder nach Saint-Étienne zurückkönne.

Doch Rabia hätte es nicht ertragen, in derselben Stadt wie ihr Sohn und trotzdem nicht bei ihm zu sein. Außerdem wollte sie Luna nicht länger allein lassen.

»Ich fahre«, entschied Dounia. »Wenn wir jetzt aufbrechen, sind wir gegen elf Uhr, Mitternacht daheim.«

Fouad behagte der Gedanke nicht, dass seine Mutter nach dem Tag, den sie über sich hatten ergehen lassen müssen, weitere sechs Stunden im Auto verbringen wollte. Doch Dounia bestand darauf. Ihr großer Sohn wiederum konnte vor sich selbst nicht verhehlen, dass er ein immenses Gefühl der Erleichterung verspürte, als er die zwei Frauen zum Auto begleitet und die Tür hinter ihnen zugeworfen hatte. Zum ersten Mal seit Samstag war er wieder allein. Endlich würde er keine Stärke mehr zeigen und für den Moment auch keine andere Entscheidung mehr treffen müssen als diejenige, welcher für ihn der bequemste Weg nach Hause war.

Dabei vergaß er seinen Entschluss, unerkannt zu bleiben. Er überquerte die Place du Châtelet und lief die Rue de Rivoli entlang, die in die Rue Saint-Antoine überging. Entlang dieser Lebensader von Paris, die er auswendig kannte, wunderte er sich über die vielen Polizeifahrzeuge, die auf dem Seitenstreifen parkten und von Soldaten flankiert wurden, die mittlerweile auf den Gehwegen patrouillierten. Doch wenn er die Metro genommen hätte, wäre er umso überraschter gewesen: Nachdem das Attentat auf Chaouch die Erinnerungen an das Blutbad von 1995 wieder heraufbeschworen hatte, hatten sich die Behörden dazu veranlasst gesehen, ein Sonderkommando in jedem einzelnen U-Bahn-Zug zu platzieren. Und statt sich im rückwärtigen Teil der Waggons aufzuhalten, schritten die Soldaten durch die Gänge, überprüften sämtliche Sitze und forderten Passagiere mit dunkler Hautfarbe auf, den Inhalt ihrer Taschen vorzuzeigen.

Ein aufgekratzter alter Mann sprach Fouad an, fragte ihn nach der Uhrzeit und quasselte ihn dann nicht enden wollende fünf Minuten lang zu. »... und wenn hier so viele Soldaten sind, dann sind wir doch längst bei der höchsten Alarmstufe angelangt. Oh ja! Was glauben Sie denn? Solange wir keinen Präsidenten haben, sind wir verwundbar. Und das wird sich fortsetzen, sag ich Ihnen, Chaouch wird nicht wieder aufwachen ...«

Dann hielt der gesprächige Passant unvermittelt inne und fragte sich plötzlich, ob Fouad Maghrebiner sei.

»Na ja, hab ja selbst für ihn gestimmt, hm? Und ich fänd es auch besser, wenn er wieder aufwachen würde. Aber gut, man darf ja auch nicht blauäugig sein. Ein Aneurysma im Gehirn, mal ehrlich. Mein Schwager hat das auch gehabt, er war aus der Nähe von Menton. Kennen Sie Menton? Schönes Fleckchen, oder? Aber ich sag Ihnen, mein Schwager, der lag erst zwei Monate im Koma, und danach ist er von jetzt auf gleich abgekratzt. Na, damit will ich nur sagen – wann macht sich Sarkozy vom Acker? In zehn Tagen? Nächsten Freitag, glaub ich, na, und dann, was passiert dann? Der Senatspräsident tritt an seine Stelle, aber wer ist denn Senatspräsident? Dieser Waschlappen Cornut? Jetzt mal ehrlich, Cornut! In den drei letzten Jahren ausgezeichnet mit dem Großen Preis für Humor in der Politik! Drei Jahre in Folge! Und glauben Sie etwa, dass die abwarten, bis wieder jemand an der Spitze des Staates steht, der klar im Kopf ist? AQMI und Konsorten, meine ich?«

Als Fouad den aufdringlichen Kerl wieder losgeworden war, zog er seine Jacke aus und setzte seinen Weg unter diversen weiblichen Blicken fort, die in wenigstens drei Fällen von einem Lächeln begleitet waren. Hinter Saint-Paul blieb er abrupt stehen, weil ihn ein heftiges Déjà-vu überkam. Er suchte die vertraute Kerbe in der hübsch geschwungenen Perspektive, die sich von hier bis zur Julisäule hinaufzog – eine Mansarde, einen Erker, einen schmiedeeisernen Balkon, irgendetwas, was die Einförmigkeit des Ensembles aus schmalen Wohnhäusern durchbrochen hätte, die sich hinter der Kirche von Saint-Paul aneinanderkauerten.

Doch das Bild blieb undurchdringlich.

An der Kreuzung zur Rue Turenne baute sich eine kleine braunhaarige Frau mit blauen Augen vor ihm auf. Sie hatte einen Bob und trug ein schwarzes Tanktop mit einem tiefen Ausschnitt, der trotzdem nicht aufdringlich wirkte.

»Du wirst mir jetzt aber nicht weismachen wollen, dass du mich nicht wiedererkennst?«

Fouad rieb sich die Augen und erinnerte sich wieder vage daran, dass er vor zwei Jahren mit ihr geschlafen hatte. Er erinnerte sich, dass es ein stürmischer Abend gewesen war und dass sie rote Flecken zwischen den Brüsten gehabt hatte. Doch an den Namen erinnerte er sich nicht.

»Scheiße, das ist Jahre her, Fouad«, erklärte die junge Frau und zündete sich eine Zigarette an. »Du hast mich nie angerufen, du Rüpel!«

Fouad schlug sich vor die Stirn.

»Unglaublich ...«

Er würde sich auch weiterhin nicht an ihren Vornamen erinnern. Aber wenigstens schien sie nicht über seine Verbindung zum nationalen Psychodrama im Bilde zu sein.

»Ich hab gesehen, dass es gut für dich läuft. *L'Homme du match*. Ehrlich, das ist super. Drehst du gerade noch, oder ist die Staffel fertig?«

Jetzt fiel Fouad wieder ein, dass auch sie beim Film gearbeitet hatte, in der Produktion, der Finanzierung, im Marketing, irgendwas in der Art.

»Ja«, sagte er leicht verlegen, »es geht in zwei, drei Wochen weiter.«

»Und bist du dieses Jahr in Cannes?«

Fouad legte die Hände in den Nacken und bewegte den Kopf hin und her, als würde er als Nächstes ein paar Sit-ups im Stehen machen. »In Cannes? Ich weiß noch nicht, ich hab im Moment nicht viel Lust, mir die Sonne auf den Pelz brennen zu lassen, bei allem, was gerade los ist ...«

»Das hat doch nichts mit Sonne auf den Pelz brennen zu tun«, empörte sich die junge Frau. »So was gehört zum Job. Du bist ja lustig! Außerdem erwartet dich da jeder.«

Sie weiß es, dachte Fouad. Doch als er ihr wieder direkt in die Augen sah, war er sich nicht mehr sicher.

Tatsächlich wusste die junge Frau nicht Bescheid. Sie wusste aber, dass sie übertrieb: Nicht jeder erwartete Fouad in Cannes. Sein Erfolg beim breiten Publikum als *L'Homme du match* und die zweite Rolle, die er sich in einer großen französischen Sommerkomödie gesichert hatte, drohten das Missfallen eines Teils der Kritiker zu erregen. Doch er stand in Kontakt – oder vielmehr stand Yaël in Kontakt – mit einem anerkannten Regisseur, der zwei Jahre zuvor den Oscar für den besten ausländischen Film erhalten hatte und einen exzellenten Ruf in der französischen Filmbranche genoss.

Als das Gespräch ins Stocken geriet, vertraute Fouad seiner ehemaligen Eroberung ein berufliches Geheimnis an, wie um sich dafür zu entschuldigen, dass ihr Name ihm einfach nicht mehr einfallen wollte.

»Du darfst natürlich nicht darüber sprechen, aber vielleicht spiel ich in einer Art Verfilmung des Lebens von Emir Abd-el-Kader mit. Die Dreharbeiten sollen im Herbst 2012 beginnen. Ein ziemlich ambitioniertes Projekt, ein Dreiteiler von fünfeinhalb Stunden. Genau … Es geht um Abd-el-Kaders Leben, um seine Jugend, seine Gefangenschaft …«

»Wow, das ist ja mal genial!«, rief die junge Frau und riss begeistert die Augen auf.

»Na ja, ich frag mich ein bisschen, ob …«

»Ob was?«

Fouad seufzte. Er war ganz offensichtlich nicht besonders gut in Form; die Beichte schien ihm plötzlich das kleinere Übel, der einzig denkbare Weg zu sein.

»Also, na ja, ich frag mich nur, ob ich das Recht hab, Abd-el-Kader zu spielen. Ehrlich, wer bin ich denn? Ich mach Massenunterhaltung mit einer billigen Sitcom, ich spiel den netten Araber in der kommenden Sommerkomödie … Manchmal frag ich mich …«

»Frag es dich nicht«, erwiderte das Mädchen ernst. »Frag dich nicht … Aber sag mal, warum stehen wir eigentlich wie die Trottel mitten auf der Straße? Sollen wir nicht etwas trinken gehen?«

Fouad warf einen Blick auf die mit winzigen Sommersprossen übersäte Haut über der jugendlich festen, weißen Brust. Erst die Zweitonsirene einer Kolonne aus Zivilfahrzeugen der Polizei riss ihn wieder aus der Starre. Er musste an Krim denken, an Ferhat, an Jasmine und an seine hustende Mutter. Und lehnte unter dem Vorwand ab, dass er zum Aperitif verabredet und ohnehin schon viel zu spät dran sei.

4.

Yaël hatte einen weiten Rock und hochhackige Schuhe an, als Fouad bei ihr eintraf. Er erkundige sich, ob sie noch ausgehen wolle, und sie antwortete, indem sie seine Hand nahm, und erklärte, sie wolle *mit ihm* ausgehen. Das Klappern ihrer Absätze auf der Treppe weckte Fouad wieder auf und rief ihm ins Gedächtnis, warum er Paris so sehr mochte, vor allem zu dieser Jahreszeit. Auf der sonnigen Straße erschien ihm Yaëls rot gelocktes Haar üppig wie niemals zuvor.

Sie gingen bei Monoprix vorbei, kauften ein Sixpack 1664 und eine Flasche Muskateller, die sie ohne Korkenzieher öffnen konnten. Dann setzten sie sich auf eine der beliebten Rasenflächen im Park von Buttes-Chaumont. Fouad erzählte von seinem Nachmittag, von dem Bombenalarm, und Yaël in ihrer hyperaktiven Art, den Menschen zuzuhören, verschlang mit offenem Mund die Worte ihres Gegenübers und versah sie mit Ausrufen wie: »Ach nein!«, oder: »Das ist hart!«

»Na ja, das war's …«, schloss Fouad.

Er streckte sich auf dem Rücken aus und blickte zu den Wolken hoch, die am azurblauen Himmel zerfaserten.

Yaël öffnete die zweite Flasche Bier und kippte sich ein bisschen Schaum auf die bunte Korsage. Während sie, ohne große Umstände zu machen, den Schaum abwischte, dämmerte ihr, dass sie noch nicht bereit war, in medias res zu gehen.

»Wegen Jasmine … Ich wollt fragen … Ich hab viel nachgedacht. Glaubst du nicht, dass es gefährlich ist zu … Ich weiß nicht …«

»Was meinst du?«, hakte Fouad nach.

»Ach, weißt du, es ist im Moment vielleicht ein bisschen riskant – Chaouchs Umfeld. Sie treten ja vielleicht als Nebenkläger auf. Na ja, ich meine nur, dass du vielleicht anfangen solltest, sie als … als Gegner zu sehen, als Gegner vor Gericht. Na ja, ich nehme an, dass Szafran dir das schon besser erklärt hat, als ich es kann.«

»Szafran hat nichts in der Art gesagt. Und ich fände es besser, wenn du es genauso halten würdest.«

Fouad wusste sofort, dass er zu grob gewesen war. Er tätschelte seiner Agentin die Schulter und wechselte das Thema.

»Okay, und sonst so? Wann geht's los mit den Dreharbeiten? Ich weiß gar nicht, wie ich das organisieren soll. Ich kann im Moment nicht weg aus Saint-Étienne. Meine Tante, meine Mutter …«

Yaël reagierte nicht. Fouad stemmte sich auf einen Ellbogen hoch, um auf sein Telefon zu schauen, das gerade vibrierte. Es war Slim. Er beschloss, nicht ranzugehen.

»Yaël, alles okay?«

Yaël hatte Fouad noch nie in diesem Ton sprechen hören. Sie griff nach ihrer zweiten Flasche 1664 und atmete einmal tief durch.

»Gut, Fouad, ich hab versucht, es dir am Telefon zu sagen, aber … Das sind keine Sachen, die man gut am Telefon besprechen kann. Ach … Ich glaube, ich hab schlechte Nachrichten, Fouad …«

5.

Zeitgleich an einem anderen Ort spürte Jasmine, dass das Badewasser, in dem sie seit einer halben Stunde vor sich hin grübelte, dabei war abzukühlen, aber sie war zu müde, um warmes Wasser nachlaufen zu lassen, und lag stattdessen weiter in lauer Reglosigkeit da, als wäre sie von ihrer eigenen Faulheit fasziniert.

Zwei Schläge gegen die Badezimmertür ließen sie zusammenzucken.

»Mademoiselle Chaouch? Ist alles in Ordnung?«

Es war Coûteaux' Stimme. Um ihn zu provozieren, gab Jasmine zunächst keine Antwort. Doch als Coûteaux ein zweites Mal klopfte und seine Frage wiederholte, hatte sie keine Wahl mehr und sprang weithin hörbar aus der seifigen Flut.

Coûteaux' Schatten erschien in dem kleinen Spalt am unteren Ende der Tür. Jasmine war erst verärgert, dann schlug der Ärger in Hass um. Sie drehte sämtliche Wasserhähne auf und ließ das Wasser rauschen. Als Coûteaux versuchte, das Schloss aufzubrechen, schrie Jasmine: »Lassen Sie mich in Ruhe! Lassen Sie mich einfach in Ruhe, verdammte Scheiße!«

Um sich wieder zu beruhigen, schloss sie die Augen und atmete langsam ein und aus. Schlagartig hatte sie das Ende von Rameaus *Indes galantes* im Sinn. Sie hatte die Probe am Vortag versäumt, genau wie ihren Gesangsunterricht. Es war das Rondeau der Wilden, das sie mit leiser Stimme unter der Wasseroberfläche sang, als wollte sie die Segel eines unsichtbaren Schiffes aufblähen:

Friedliche Wälder,
Nie trübt hier vergebliches Verlangen unsere Herzen.
Wenn sie auch empfänglich sind,
Fortuna, so doch nicht um den Preis deiner Gunst.

Sie träumte von diesen friedlichen Wäldern, sie hätte eines dieser Herzen haben wollen, das nie vergebliches Verlangen trübte. Die Vorstellung, dass Fouad von einem Richter vernommen würde, ließ ihr keine ruhige Minute mehr.

Die acht Monate, die sie miteinander verbracht hatten, ihre Wochenenden in London und in Venedig, die Abende gemeinsam unter der Bettdecke beim DVD-Schauen, diejenigen bei Freunden, wo sie sich immer wieder verstohlen angeblickt, bevor sie sich verabschiedet hatten – das alles konnte doch nur Trug gewesen sein, und Fouad selbst, Fouad, *der Schauspieler,* hatte ihr etwas vorgespielt, um an ihren Vater heranzukommen. Die Lieder, die sie beide so sehr gemocht hatten und mit denen Jasmine so viele Erinnerungen verband, diese Melodien, in denen ein ganzer Abschnitt ihres Lebens – der Abschnitt

Fouad – unmittelbar seine tiefen Spuren hinterlassen hatte wie als Zeugnis für eine lebendige Nachwelt, die ganze Musik ihrer Liebe war mit ihm eine harmonische Verbindung eingegangen, beide hatten einander Würde verliehen, doch all das war auf einmal wegen dieses winzigen, hartnäckigen Zweifels in einen Missklang umgeschlagen, der mittlerweile so übermächtig geworden war, dass man es nicht mehr einfach beiseitewischen konnte.

Und dann die Akzente der Schlaginstrumente, die Einsätze der Celli, die Melodien in Dur, die plötzlich nur noch auf sie verwiesen und nach einigen Monaten die ganze Freude ihrer Liebe in sich eingeschlossen hatten – sie waren nur noch schöner Schein, dazu angetan, sie zum Narren zu halten und ihre Seele mit nichts weiter als der bitteren Gewissheit der eigenen Lächerlichkeit zu fluten.

»Nein, nein«, murmelte sie. »Ich kann nicht glauben, dass er gelogen hat, dass er mich für dumm verkauft hat …«

Außer sich vor Wut wandte sich Jasmine um und entriegelte das Türschloss. Nackt trat sie aus dem Badezimmer. Entschlossenen Schrittes ging sie an Coûteaux vorbei, der sie mit offenem Mund anstarrte, und auf den Couchtisch zu, auf dem sie ihr Telefon vermutete. Doch da war es nicht, und auch nicht auf dem Sofa.

»Wo ist mein Handy?«, fragte sie den Leibwächter, der sich dazu zwingen musste wegzusehen. »Wo ist es? Ich hab ja wohl nicht das Recht, Fouad anzurufen, hm? Wir werden ja sehen, ob ich nicht das Recht habe, Fouad anzurufen! Ich will mit ihm sprechen, ich muss mit ihm sprechen! Ihr behauptet doch irgendwelchen Unsinn! Er liebt mich!«

Dann fing sie an, im Evaskostüm nach ihrem Telefon zu suchen. Im Handumdrehen glich die Wohnung einem Schlachtfeld.

6.

Einem Schlachtfeld glich auch Fouads Kopf, sobald er die schlechte Nachricht gehört hatte.

»Aber ehrlich, dazu haben sie doch nicht das Recht! Dagegen können wir doch was tun, oder?«

»Das müsste man mit Szafran besprechen.«

»Ein geklautes Foto auf der *Closer*-Titelseite! Das ist doch wirklich nicht zu fassen! Jasmine und ich, einfach so? Können wir die Veröffentlichung nicht einfach untersagen? Und wie sehen wir darauf überhaupt aus?«

»Aber das hab ich dir doch gesagt, Fouad, ich hab das Foto nicht gesehen. Ein alter Freund von mir arbeitet dort, und der hat mir gesagt, dass sie mit der Nachricht aufmachen …«

»Aber mit was für einer Nachricht denn?«, empörte sich Fouad.

»Fouad, es ist bekannt! Es ist zum Kotzen, aber … Alle im Business wissen, dass du Krims Cousin bist. Und solange du nicht freigesprochen …«

Fouad ging sofort dazwischen, als wollte er dem Wort Raum geben nachzuhallen. »Freigesprochen? Freigesprochen, am Arsch! Ich bin nicht angeklagt, weder ich noch meine Mutter noch … Krim ist derjenige, der …«

Aber es ging um Krim, also ging es auch um ihn. Die Feinheiten der Justiz hatten offenbar keinen Einfluss auf die Tendenz der Medien, Verantwortlichkeiten miteinander zu verbinden.

»Und was ist mit *Emir express*?« Das war die Sommerkomödie, in der er einen jungen Araber spielte, der eine Ölquelle in seinem Dorf im Loir-et-Cher entdeckte. »Was machen sie damit?«, fragte er mit einem freudlosen Lachen. »Canceln sie den Filmstart?«

Yaël war nicht klar gewesen, dass sie schon betrunken war, ehe Fouad derart in Rage geriet. Sie biss sich auf die Lippe, kam sich lächerlich vor und entkorkte kurz entschlossen den Muskateller. Den ersten Schluck nahm sie direkt aus der Flasche.

»Nein, der Film kommt raus, und ich mach dir da nichts vor, Fouad, ich werde kämpfen, ich tu alles, was ich kann … Es ist zwar schrecklich, so zu denken, aber wie ich diese Leute kenne, werden die Verleiher ja vielleicht sogar das Gegenteil sagen: Was dir da passiert … dass das ein Segen fürs Marketing sein könnte … Ich meine, es ist zum Kotzen, aber … Hör zu, denken wir nicht mehr darüber nach. Versuch einfach … in der Zwischenzeit den Kopf einzuziehen …«

»In welcher Zwischenzeit? Bis ich mich öffentlich von meinem kleinen Cousin losgesagt habe? Bis ich Namen und Geburtsurkunde geändert habe?«

Yaël wollte ihm antworten, doch Fouad war bereits aufgestanden und wandte sich zum Gehen.

»Wo willst du hin, Fouad?«

»Pissen«, entgegnete er trocken.

Yaël betrachtete die Flasche, von der sie mittlerweile zwei Drittel getrunken hatte. Dann sah sie zu ihren hochhackigen Schuhen, die sie wie einen Altar für leere Bierflaschen hingestellt hatte.

Er braucht mich, dachte sie.

Irgendwo klingelte ein Handy. Ihres war es nicht, aber Fouad hatte seins neben seiner Leinenjacke im Gras liegen lassen. Yaël griff danach. Es war JASMINE.

Sie drehte sich um, um sicherzugehen, dass Fouad sie nicht sah, und drückte den Anruf nach dem zweiten Klingeln weg. Sekunden später ertönte ein Piepen. Sie hatte ihm eine Nachricht hinterlassen. Yaël rief die Mailbox auf und hörte sich die Nachricht an.

»Mein Liebster, ich hab anscheinend nicht das Recht, dich anzurufen, aber ich kann einfach nicht mehr, du fehlst mir so sehr! Sie erzählen mir Sachen über dich, und ich weiß genau, dass es dummes Zeug ist, aber ich muss es einfach von dir hören. Also, bitte, nimm ab, ich will nur zwei Minu-

ten mit dir sprechen … Ich weiß nicht, was du glaubst, ob du glaubst, dass ich böse auf dich bin, oder … Ruf mich zurück, bitte.«

Wenn sie jetzt die 2 drückte, würde sie die Nachricht speichern, bei der 3 wäre sie gelöscht. Yaël drehte sich ein letztes Mal um und sah, dass Fouad oben am Hang stand. Er lehnte mit dem Rücken gegen einen Baumstamm und wirkte gedankenverloren. Keins der geleckten Jüngelchen, die um ihn rumschwirrten, konnte ihm das Wasser reichen.

Sie biss sich auf die Unterlippe und drückte die 3.

7.

Im Montpensier-Flügel des Palais Royal empfingen die zehn Mitglieder des Verfassungsgerichts Professor Saint-Samat, den Chefarzt des Krankenhauses Val-de-Grâce, um sich über den Gesundheitszustand des gewählten Präsidenten zu informieren.

Das Gespräch dauerte zwei Stunden, ehe die ehrwürdigen Damen und Herren den Arzt sowie den Neurochirurgen wieder gehen ließen, die gemeinsam die komplizierte Operation am Gehirn des Präsidenten vorgenommen hatten. Und während man in die Talkrunden im Fernsehen eilig die renommiertesten Professoren für Verfassungsrecht einlud, während man sich in den Polizeiwachen des gesamten Landes auf eine dritte Nacht der Gewalt vorbereitete, trat der ehemalige Präsident Valéry Giscard d'Estaing an das von beigefarbenen Gardinen flankierte Fensterkreuz, durch das man auf den Ehrenhof hinausblicken konnte.

Präsident Chirac hatte seinen Posten bei Gericht im Sommer 2011 aufgeben müssen. Seither erhoben sich regelmäßig Stimmen, die die Regelung abschaffen wollten, dass ehemalige Staatspräsidenten automatisch einen Sitz unter den Weisen erhielten. Valéry Giscard d'Estaing hatte nicht die Absicht, seinen Platz zu räumen, doch die Art und

Weise, wie er sich an diesem Abend leisen Schrittes von den anderen entfernte, wurde von seinen Kollegen nicht ohne Erstaunen zur Kenntnis genommen, vor allem als sie bemerkten, dass seine Lippen sich wie von selbst bewegten, als würde er mit jemandem sprechen. Sie fragten sich, an wen der Mann sich wenden wollte, der im abendlichen Gegenlicht nur als Umriss erkennbar war und wie die geisterhafte Verkörperung der republikanischen Monarchie wirkte – einer republikanischen Monarchie, die den gewählten Präsidenten zu Fall bringen konnte, wobei er über dessen Schicksal würde mitentscheiden müssen.

Ein renommierter Jurist verlieh seiner Ratlosigkeit einem Mitstreiter gegenüber im Flüsterton Ausdruck; der entgegnete darauf scherzhaft, indem er eine Melodie von Couperin summte, die er mit einer geschmeidigen Handbewegung begleitete, die besser zum vollen Ton eines Cellos als zu einem Cembalo gepasst hätte, auf dem er sich mit unsingbaren Fingertrillern begleitete.

»Erkennen Sie das?«, fragte er ganz außer Atem, und als Antwort auf den entsetzten Gesichtsausdruck des jüngeren Kollegen fuhr er direkt fort: »Es ist das schönste Stück für Cembalo, das Couperin komponiert hat: das berühmte 25. Ordre. Als einzige Tempoangabe hat er es mit dem hübschen Wort« – er atmete einmal dramatisch durch – »›schleppend‹ versehen. Es heißt *Les ombres errantes* – ›Die umherirrenden Schatten‹ …«

In diesem Barockpalast, der seit Jahr und Tag an die Ernsthaftigkeit von wichtigen Überlegungen zur Verfassungsmäßigkeit und an andere hochtrabende juristische Feinheiten gewöhnt war, entschlossen sich indes die Weisen, bei ihrer sehnlich erwarteten Entscheidung alles andere als ein schleppendes Tempo vorzulegen. Man hätte meinen können, dass die Sirenen der Rettungswagen und die Bombendrohungen sie zur Eile trieben. Doch jenseits des Ehrenhofs wand sich das Land vor Schmerzen, und auch die Schatten irrten nicht mehr umher – so hatte es zumindest die Innenministerin in scharfem Ton auf RTL ausgedrückt. In einer entschieden heiklen Lage, hatte Vermorel gegenüber dem Regierungschef präzisiert, gebe es sogar gute Gründe anzunehmen, dass sich die Schatten zusammenschlössen, dass sie sich organisierten und sich schließlich zu einem Zweck bewaffnen würden, den man nur mit einem Begriff treffend charakterisieren könne. Und bei diesem Begriff hatte sie bissig jede Silbe betont: »De-sta-bi-li-sie-rung.«

So konnte wirklich niemand argwöhnen, dass der Präsident des Verfassungsgerichts, Jean-Louis Debré, sich mit Sarkozy abgesprochen haben könnte – ebenso wenig wie Valéry Giscard d'Estaing.

Die Sozialisten hatten hinter den Kulissen ihrerseits die Manöver und kleinen Statements an die Medien vervielfacht, um die Verkündigung der Amtsverhinderung so lange wie nur möglich hinauszuzögern, weil sie gleichbedeutend wäre mit der Entscheidung, eine Wahl für ungültig zu erklären, die sie doch gerade erst mit komfortablem Vorsprung gewonnen hatten.

Genau genommen handelte es sich dabei um die Mehrheit der Sozialisten, nicht um alle. Wie es die feinen Spürnasen der Politikredaktionen in den großen Tageszeitungen aufgedeckt hatten, schienen beispielsweise Françoise Brisseaus Anhänger hier und da den Eindruck erwecken zu wollen, dass die Erklärung der Amtsverhinderung schlussendlich unausweichlich sei, weil davon auszugehen sei, dass Chaouch, selbst wenn er wieder aufwachte, gewiss nicht in der Lage wäre, seinen Dienstpflichten nachzukommen. Die Neurochirurgen, mit denen die Nachrichtenredaktionen von Fernsehen und Radio zwischen zwei Operationen immer wieder telefonierten, um deren fachliche Einschätzung der Lage einzuholen, erwiesen sich als maßvoller: Die Kugel habe das Gehirn nicht mal verletzt, erinnerten sie die Öffentlichkeit, die Operation sei allerdings nötig gewesen, um ein Aneurysma zu flicken. Alles hänge jetzt im Fall des Erwachens von der physischen und psychischen Robustheit des Patienten ab. Das Gleiche hatten auch Professor Saint-Samat und sämtliche Spezialisten berichtet, die Chaouch operiert hatten.

Doch nach zwei Nächten des Aufruhrs und einer nervösen Spannung, die durch die für die Jahreszeit zu heißen Temperaturen befeuert wurde, konnten sich die Weisen nicht mit einem »Kommt darauf an« zufriedengeben. Sie hatten also keine Wahl, als *die Verhinderung des gewählten Präsidenten Idder Chaouch* zu erklären, *das ihm übertragene Amt auszuüben,* obwohl er für dieses Amt 52,9 Prozent der abgegebenen Stimmen erhalten hatte.

Jean-Louis Debré persönlich hatte das Memorandum verfasst, das der Presse geschickt wurde, nachdem es von den anderen zehn Mitgliedern gelesen und abgenickt worden war. Die Abendnachrichten neigten sich gerade ihrem Ende zu, und die rote Sonne war längst aus der Blickachse durch La Défense verschwunden, als das Pult aufgebaut wurde, von dem aus die Entscheidung der Schutzpatrone der französischen Verfassung dem Wahlvolk feierlich verkündet würde.

8.

»Wie schaffst du es, so stark zu bleiben?«

Das war das Erste, was Rabia sagte, seit sie auf die Autobahn aufgefahren waren. Dounia hatte sich erst verfranst, sie hatte den Weg zum Boulevard périphérique nicht finden können und war stattdessen am falschen Seine-Ufer entlanggefahren. An der Porte de Charenton hatte der Twingo seine Runden in den Staus gedreht. In dem Gehupe und den Lichtern der Stadt hätte man glauben können, in einem Autoskooter auf einem Jahrmarkt zu sitzen, gefangen in einer ewigen Kreisfahrt ohne erkennbare Regeln.

»Vielleicht bin ich ja stark«, scherzte Dounia, während sie die Stirn für einen Augenblick aufs Lenkrad sinken ließ. »Allerdings glaube ich, dass ich ein paar Probleme mit der Orientierung habe.«

Doch Rabia war nicht in Stimmung für Scherze.

»Da siehst du es – du machst noch Witze, du erträgst das alles! Doune, das ist einfach zu hart, ich schaff das nicht … *Wallah,* Rachida hat recht, ich habe Krim nicht anständig erzogen. Obwohl … Zusammen mit Zidan hab ich alles versucht. Wir haben ihnen so viel Liebe gegeben! Was ist nur passiert?«

Dounia stand die Güte ins Gesicht geschrieben, als sie sich zu ihrer kleinen Schwester umdrehte. »Du kannst doch nicht sagen, dass du nicht stark wärst! Als Zidan gestorben ist, *ater ramah rebi,* hast du mit dem Leben weitergemacht, meine Liebe. Du hast alles für Krim und für Luna getan. Aber im Leben gelingt uns eben nicht immer alles.«

»Was denn für ein Leben? *Was für ein Leben?*«

»Ich, ich hatte keine Ahnung«, fuhr Dounia fort, ohne auf den Einwurf ihrer Schwester einzugehen. »Keine Ahnung, wie ich nach Aïssas Tod weiterleben sollte. Ohne dich hätte ich mich erschossen! Du warst immer weiter fröhlich, hast weiter geliebt. Sieh mich an, sieh mich doch an, Rabia, sieh dir meine Haare an. Und dann sieh dich selbst an.«

Es war die Wahrheit – oder zumindest war sie es einmal gewesen. In Rabias Augen hatten Lebendigkeit und eine unbezwingbare Jugend geleuchtet. Doch das war inzwischen Geschichte. Sie knirschte mit den Zähnen. Dounias tröstende Worte drangen nicht mal mehr in ihr Bewusstsein vor.

»Wo, hat er gesagt, halten sie Krim fest?«, fragte sie unvermittelt und starrte dabei auf einen unsichtbaren Feind hinter der Windschutzscheibe. »In welchem Gefängnis?«

»Was?«

»In Fleury«, gab sie sich selbst die Antwort. »Fleury-Mérogis. Dounia, fahr mich nach Fleury!«

»Was redest du denn da, Rabia?«

»Wenn du mich nicht hinfährst, nehm ich mir ein Taxi, *wallah,* beim Leben der Großmutter, ich nehm mir ein Taxi!«

»Rab', selbst wenn ich nach Fleury wollte, ich weiß doch gar nicht, wo das ist! Aber ich will auch gar nicht hinfahren! Das ist doch eine Schnapsidee!«

Dounia betrachtete ihre Schwester von der Seite. Ihr bebendes Kinn, ihre widersprüchlichen Gedanken schienen genau dort zu scheitern, am Rand ihrer Unterlippe, sich dort zu winden, bevor sie zugrundegingen, weil sie nicht ausgesprochen wurden.

Im nächsten Moment warf Rabia die Tür auf und sprang hinaus in den stockenden Verkehr. Auf der rechten Spur näherte sich ein Coupé, der Fahrer hupte wütend und hielt im letzten Moment an. Panisch zog Dounia die Handbremse an und lief ihrer Schwester nach.

»Rabia, bleib stehen!«

Ein Blick über die Schulter sagte ihr, dass der Verkehr wieder zu fließen begann und dass ihr Twingo einer ganzen Reihe aufgebrachter Autofahrer den Weg versperrte.

»Rabia, was machst du denn?«

»Ich lauf nach Fleury«, erklärte Rabia mit den Augen voller kalter Tränen, die ihr über die Wangenknochen schossen und von dort ins Nichts fielen.

»Rabia, bleib stehen!«, wiederholte ihre Schwester und erwischte sie am Ärmel.

Das Gehupe wurde immer lauter. Der Fahrer des Wagens, der unmittelbar hinter ihrem Twingo feststeckte, ein großer rotgesichtiger Kerl in einem Blaumann, rief ihnen etwas zu.

»Was willst du denn in Fleury? Wozu soll das gut sein, Rab'? *Wozu soll das gut sein?*«

»Ich werd dort auf ihn warten«, schrie Rabia zurück. »Er ist mein Sohn! Dounia, er ist mein Sohn, verstehst du das? Mein Fleisch und Blut! Ich hab ihn in meinem Bauch gehabt, Dounia! Ich hab ihn in meinem Bauch getragen, ich hab ihn sein ganzes Leben lang beschützt, und jetzt …« Sie stützte sich schwer auf die Leitplanke. Sie hatte Seitenstechen. »Und jetzt hasst ihn jeder! Meinen kleinen Krim, mein eigen Fleisch und Blut, Dounia, mein eigen Fleisch und Blut!«

Es dröhnte ohrenbetäubend von der Straße, Lkws donnerten vorbei und schleuderten Böen verpesteter Luft in ihre Richtung. Unter die Abgasschwaden mischten sich markerschütternde Klänge von unzähligen Hupen. Selbst als die Lkws längst weg waren, verstummten sie nicht.

»Alle hassen ihn«, wiederholte Rabia, »alle hassen ihn!«

»Wir nicht«, entgegnete Dounia. »Also, mach schon, wir fahren heim. Denk doch an Luna, das arme Ding … Du darfst nicht aufgeben, denk an sie, denk an mich … Jetzt mach schon …«

Rabias Entschlossenheit war drauf und dran, in sich zusammenzufallen, als sich der rotgesichtige Fahrer näherte und sie anblaffte. Er war einen Kopf größer und wog wahrscheinlich so viel wie die zwei Frauen zusammen. Trotzdem hielt Rabia seinem Blick stand und fing an, mit ihm zu diskutieren. Es dauerte nicht lang, bis das Wort »Kameltreiber« fiel und Dounia begann, am Straßenrand Blut zu husten.

Im nächsten Moment tauchten wie aus dem Nichts drei Männer in Jeans und eng anliegendenen Jacken auf.

»Gibt es ein Problem, Monsieur?«, fragte einer von ihnen den Fahrer.

»Wer sind Sie denn?«

»Autobahnpolizei«, log ein anderer und drehte ihn herum, um ihn abzutasten. Dabei sah er zu Dounia. »Geht es Ihnen gut, Madame?«

»Ja, ja, geht schon«, erwiderte sie und verdrehte die Augen. »Rabia, komm, wir fahren jetzt heim.

Endlich gab Rabia nach. Diese vermeintlichen Autobahnpolizisten waren doch ein bisschen zu gelegen gekommen, als dass nicht mehr dahinterstecken sollte.

Nachdem Dounia und Rabia sich auf den Weg in Richtung der Autobahn nach Lyon gemacht hatten, informierten die drei Männer, die in Wahrheit Beamte der Terrorabwehr waren, Kommandant Mansourd darüber, dass sie ihre Tarnung hatten aufgeben müssen. Mansourd zeigte sich verständnisvoll. Er war allerdings in Gedanken woanders, nämlich bei der Geschichte der Reiterin, die sich Krims Handy unter den Nagel gerissen hatte, indem sie einen Polizeiausweis vorgezeigt hatte.

Auf dem Flur der Unterabteilung für Terrorabwehr stieß er auf Capitaine Tellier, der die Befragung von Mouloud Benbaraka überwachte.

»Ich muss zwei Minuten mit ihm sprechen«, teilte der Kommandant dem Capitaine mit. »Mach die Kamera aus. Wie ist er so?«

»Nicht einfach«, erwiderte Tellier. »Er steckt schon so lang bis zum Hals in der Scheiße, dass er sogar darüber lachen kann.«

Mansourd hätte es lieber mit einem Mann in Bedrängnis zu tun gehabt als mit einem blitzenden, blinkenden, selbstsicheren Gangsterboss. Doch genau den traf er an, als er die Zelle direkt neben der von Krim betrat. In seinen teuren Schuhen streichelte Benbaraka sich mit der blumigen Geste eines Mannes übers Handgelenk, der daran gewöhnt war, von Zeit zu Zeit statt der Handschellen das Armband einer Rolex zu tätscheln.

Doch diesmal sei der Ärger nicht vorübergehend, erklärte Mansourd ihm kurz und bündig. Benbaraka leckte sich über die Lippen und verdrehte die Augen. Als Mansourd fortfuhr, er werde aller Wahrscheinlichkeit nach wegen seiner Verbindung zu einem Straftäter angeklagt, der mit einer terroristischen Vereinigung in Verbindung stehe, pfiff der Pate von Saint-Étienne und sagte, während er anscheinend an etwas ganz anderes dachte: »Klag mich an, so oft du willst, Kumpel. Was soll ich dazu sagen?«

»Zum Beispiel wie du Nazir Nerrouche dabei geholfen hast, ein Attentat gegen den Präsidenten zu planen.«

»Aber so einen Unsinn glaubt doch keiner. Ich bin Geschäftsmann, und manchmal trifft man im Geschäftsleben eben auf den einen oder anderen Durchgeknallten, so ist das Leben … Das sind die Unwägbarkeiten des Berufs. Ach ja … Ich hatte übrigens keine Ahnung, dass er Chaouch umbringen wollte.«

»Und trotzdem hat er dich dazu gebracht, seine Tante gefangen zu halten, verdammte Scheiße, seine *Tante!* Er hat dich aufgefordert, diese Tante einzusperren und sie unter Drogen zu setzen, und genau das hast du gemacht, wie ein kleiner Handlanger. Nazir befiehlt, und alle kuschen …«

Benbarakas Tonfall änderte sich. »Ach, verdammt, bist du gut, Superbulle. Du bringst mich echt noch auf die Palme mit deinem Gerede davon, wer hier das Sagen hat. Nazir, hm? Oje, oje, was für ein Unglück, ehrlich … Was soll ich nur gegen einen so gerissenen Psychologen wie dich ausrichten? Gar nichts, ich geb auf«, legte er sarkastisch nach.

Unversehens sprang der Kommandant auf und ging Benbaraka an die Gurgel. Die Handschelle riss an seinem Gelenk. Seine Arroganz begann zu schwinden.

»Wo versteckt er sich? Nazir – wohin ist er unterwegs? Antworte, oder ich bring dich um!«

Benbaraka konnte kaum noch atmen. Mansourd hatte den Griff um seinen Hals noch mal verstärkt. Als er ihn auf seinen Stuhl zurückfallen ließ, hustete der Gangsterboss und sah mit blutunterlaufenen Augen zum Kommandanten auf, der die Frage noch mal wiederholte. Doch statt zu antworten, streckte Benbaraka beide Mittelfinger aus, von denen man die protzigen Ringe abgezogen hatte.

KAPITEL 20

Der Onkel vom Land

1.

Ihr Vater war Moslem, ihre Mutter Jüdin, keiner von beiden praktizierte seine Religion (auf welche Weise auch immer), und doch war es der Duft des wurmstichigen Holzes einer kleinen Kirche am rechten Seine-Ufer, bei dem Jasmine Chaouch am Ende dieses erstickenden Tages Zuflucht fand, an einem Ort, an dem sie tausendfach ihre Meinung zu allem Möglichen und seinem Gegenteil geändert hatte.

Fouad hatte nicht zurückgerufen, andere wiederum fuhren damit fort, sie mit Anrufen zu piesacken. Habib wollte, dass sie ihre Mutter zu einem Interview mit *Paris Match* begleitete. (»Ich weiß, ich hatte es versprochen, aber das ist ein Notfall. Alles, was dein Vater verkörpert hat und immer noch verkörpert, steht auf dem Spiel.«) Ihre Mutter bat sie darum, noch einmal mit Habib zu sprechen, nachdem die Tochter beim ersten Anruf einfach mitten im Satz aufgelegt hatte. Christophe Vogel, dem wahrscheinlich sein Vater ins Gewissen geredet hatte, wollte mit ihr zu Mittag essen, einen Kaffee mit ihr trinken, irgendwas. Die Leute vom Festival in Aix löcherten sie mit Fragen: ob sie im Juli immer noch vorhabe, in den *Indes galantes* zu spielen. Journalisten hatten ihre Nummer aufgetrieben. Irgendwas lag in der Luft, und die beiden einzigen

Menschen, mit denen sie darüber hätte sprechen wollen, hüllten sich in Schweigen – der eine telefonischer, der andere hirnphysiologischer Art.

Jasmine setzte sich in die letzte Bank, auf den Platz für Ungläubige, wie sie mutmaßte, der ihr gut anstand. Drei Offiziere des Sicherheitsdiensts warteten draußen, drei weitere – unter ihnen Coûteaux – schritten die Gänge ab und hoben von Zeit zu Zeit den Blick zu den Fenstern, nicht etwa, um ihre Form und Farben zu bewundern, sondern um nicht vom Hereinplatzen eines potenziellen Selbstmordattentäters überrascht zu werden.

Ihr Schützling saß zusammengesunken auf der Bank. In der ersten Reihe knieten zwei alte Damen reglos auf den knarzenden Bänkchen. Sie hatten den gleichen weißen Haarknoten, die gleiche mauszarte Statur und – wie Jasmine auffiel, als sie das Mittelschiff herunterkamen, nachdem sie sich bekreuzigt hatten – das gleiche selig sanfte Lächeln, die gleiche fromme Ruhe. Jasmine nickte ihnen zu und wandte sich wieder ihrer eigenen Hölle zu.

Erst nachdem die alten Damen gegangen waren, sah sie sich den Altar und das riesige Kreuz genauer an, an dem Jesu Knie übertrieben weit vom Balken abstanden. Der Gedanke, einen leidenden, todgeweihten Gott anzubeten, hatte sie stets abgestoßen, doch heute dachte sie zum ersten Mal anders. Sie dachte allerdings nicht mit dem Kopf, vielleicht dachte sie in Wahrheit überhaupt nicht, sondern spürte nur auf unwiderlegbare Weise irgendetwas. Es war mehr als eine Anziehung. Eher ein Verlangen.

Durch den betörenden Duft der alten Steine und des Kerzenwachses ging sie langsam nach vorn. Auf halbem Weg hob sie den Blick zum Gesicht des Erlösers, dessen steinerne Gestalt sich zu bewegen schien.

Von überallher stürmten Gedanken an eine allumfassende Liebe auf sie ein. Jasmine konzentrierte sie auf Fouad – Fouad, der überprüfte, ob ihre Zunge auch schön platt und ihre Lippen richtig gerundet waren, wenn sie ein A sang, Fouad, der nach unten lief, um Croissants zu kaufen, nachdem sie die Nacht miteinander verbracht hatten, Fouad, der keine Augen für die Mädchen hatte, die ihn umschwärmten, Fouad, für den Eitelkeit ein Fremdwort und der womöglich der am wenigsten egoistische Mensch auf dieser Welt war.

Jasmine spürte, wie ihr vom Unterbauch her warm wurde. Das Bild ihres Vaters leuchtete in ihr wie in einer Monstranz, und daraufhin hatte sie mehrere Eingebungen: der Quaderstein, der von der Sonne vergoldet wurde, die Kirchen, die von Eichen und Platanen umstanden waren, die Denkmäler, die die Majestät der Republik vermittelten, wie ein Duft für einen bestimmten Menschen auf der Welt die unbeschreibliche Größe seiner eigenen Vergangenheit umschließt ... Plötzlich fiel ihr auch wieder ein, welch privilegiertes kleines Mädchen sie gewesen war. Sie hatte mit ihrem Vater ganze Nachmittage verbracht, an denen sie die ganze Zeit nur Bus gefahren waren. Er hatte ihr Paris anhand seiner persönlichen Sehenswürdigkeiten erklärt, die großen Männer, die Musketiere und die französischen Könige anhand all der Straßen nahegebracht, die nach ihnen benannt worden waren.

Diese Erinnerungen formten sich zu einem Gebet, das eine halbe Stunde in Anspruch nahm. Doch diese halbe Stunde schien ein ganzes Leben zu beinhalten.

Irgendwann hob sie den Kopf und schlug die Augen wieder auf. Ein Dutzend Personen hatte sich auf die Bänke verteilt. Coûteaux gab ihr ein Zeichen. Es war Zeit aufzubrechen. Gehorsam folgte sie ihm.

Als sie aus dem einladenden Halbdunkel der Kirche in die schwere Luft, die Hitze und das Hupkonzert hinaustrat, wandte sie sich ihrem Leibwächter zu. »Aurélien, würden Sie sich für mich erschießen lassen?«

Coûteaux zog überrascht die Augenbrauen hoch. »Äh ... Ich verstehe nicht ganz, Mademoiselle Chaouch ...«

»Wenn man auf mich schießen würde, würden Sie sich vor mich stellen?«

»Na ja, das ist mein Job, also ja. Mademoiselle Chaouch, Ihre Mutter ruft an, ich glaube, Sie sollten rangehen. Vielleicht ist es wichtig.«

»Ich ruf sie aus dem Auto zurück, Aurélien. Danke.«

Coûteaux sah zu, wie sie in den Bauch des gepanzerten Wagens glitt. Er setze sich neben sie und nannte dem Fahrer die Adresse und den Weg, den er für ihre Fahrt zum Kanal bestimmt hatte. Doch Jasmine reckte das Kinn.

»Können wir nicht zu meiner Mutter nach Solférino fahren?«

»Natürlich, Mademoiselle«, erwiderte der Chauffeur, nachdem er sich mit einem Blick in den Rückspiegel bei Coûteaux rückversichert hatte.

»Danke«, entgegnete Jasmine und betonte das Wort auf eine Weise, als spräche sie es gerade zum ersten Mal aus und glaubte wirklich daran.

Sie fuhren los. Coûteaux betrachtete seinen Schützling aus dem Augenwinkel. Auf ihre Schläfen waren Schweißperlen getreten, und ihr zerzaustes Haar verbarg zur Hälfte ihre Augen. Ein Lächeln von furchterregender Sanftheit huschte über ihr Gesicht.

2.

Der Sitz des Parti Socialiste ähnelte wieder dem »Bienenstock«, wie es Chaouch genannt hatte, nachdem er beschlossen hatte, dort das Hauptquartier für seinen Wahlkampf einzurichten, um die Vernunftehe mit der Partei zu untermauern, die ihn zum Kandidaten erwählt hatte: überall Poster von Rosen, von Chaouch, Plakate, die Berühmtheit erlangt hatten, wie das, auf dem der Kandidat vor einem Hintergrund mit Kirchtürmen und Windrädern posierte und auf dem ein Slogan prangte, der Habib in der Badewanne eingefallen war – *Die Zukunft ist jetzt* … Überall hingen Leute an Telefonen, tauschten Kopien aus, warfen einander Zahlen und Umfrageergebnisse zu, als hinge ihr Leben davon ab.

Jasmine wurde in Vogels Büro geführt, in dem der Wahlkampfmanager von seinem engsten Team umgeben war. Die Kampagne war von einem kämpferischen Duo angeführt worden – von Vogel für die Politik und Habib für die Kommunikation. Zur Stunde hatten sich die vier Sprecher und die jeweiligen Leiter der vier »Themenschwerpunkte«, die von Vogel inhaltlich konzipiert worden waren, vor dem Fernseher versammelt. Esther plauderte halblaut mit einem der Redenschreiber ihres Mannes. Erst nach einer Weile fiel ihr Blick auf ihre Tochter, die sich im Hintergrund gehalten hatte. Sie beendete das Gespräch und lief auf Jasmine zu, um ihr die Hände auf die Schultern zu legen, wie sie es immer getan hatte, als die Tochter noch ein Kind gewesen war und einen viel zu großen Schulranzen getragen hatte.

»So, jetzt ist es also vorbei. Das Verfassungsgericht hat die Amtsverhinderung festgestellt.«

»Okay …«

»Hast du mir zugehört? Jasmine, ist alles in Ordnung?«

»Mir geht es gut, Mama. Du musst enttäuscht sein, das weiß ich. Aber ich glaube, dass es wichtigere Dinge gibt.«

Esther hatte Schwierigkeiten, die Stimme ihrer Tochter hinter dem starren Lächeln wiederzuerkennen. Dann brüllte Habib mit dem Telefon am Ohr urplötzlich los und forderte sie alle auf, den Raum zu verlassen.

Jasmine wollte sich schon umdrehen, als ihre Mutter zu ihr sagte: »Aber nein, wir nicht, mein Schatz.«

Habib schob seinen Stumpf in die Hosentasche, verscheuchte mit einem Wink der heilen Hand eine der Assistentinnen und trat auf die Tochter des künftigen Expräsidenten zu. »Tut mir leid, Jasmine. Wir sind ein bisschen runter mit den Nerven. Die gute Nachricht ist, dass ich dich so bald nicht mehr wegen Fotos für *Paris Match* belästigen werde.«

Seine Bitterkeit war spürbar, und Esther schüttelte den Kopf, um ihn dafür zu tadeln. Doch Habib war untröstlich.

»Scheiße«, fluchte er in seiner wenig verblümten Art, »diese Hundesöhne, ehrlich … Während des Wahlkampfs haben sie die ganze Zeit nach irgendwelchen Aufregern gesucht und nichts gefunden. Wir lagen die ganze Zeit in Führung, mitten in der Krise haben wir uns tadellos geschlagen, verdammte Scheiße, wir haben uns Scheiße noch mal tadellos geschlagen! Und trotzdem gewinnen die Vollidioten … Sie haben verloren und gewinnen trotzdem! Okay.« Er riss sich wieder zusammen. »Die Hauptsache ist natürlich Idders Zustand. Hoffen wir mal …«

Jasmine setzte seiner Verlegenheit ein Ende. »Ja, ja, lass es uns hoffen.«

»Weißt du, was dein Vater geschafft hat, das ist unschätzbar, ohnegleichen in der jüngeren Geschichte dieses Landes. Ich … Natürlich ist es noch nicht vorbei. Aber selbst wenn …«

»Ich versteh schon, Serge. Alles gut.«

Habib war es furchtbar peinlich, dass er nichts weiter zu sagen hatte. Jasmine neigte den Kopf und tat so, als müsste sie ihm eine Frage stellen.

»Und falls er nächste Woche aufwacht? Was ist dann?«

»Das ist ja genau das Problem! Man kann gegen eine verfassungsgerichtliche Entscheidung nicht Berufung einlegen. Die Neuwahl wird in einem Monat stattfinden – der Prozess ist beschleunigt worden und wurde bereits in die Wege geleitet, verstehst du? Wir können nichts mehr dagegen tun.«

»Höchstens mit einem Staatsstreich«, scherzte Esther, bevor sie wieder ernst wurde: »Natürlich nicht. Aber wir haben Anwälte, die darüber nachdenken, mehrere Mitglieder des Gerichts wegen Befangenheit abzulehnen und sich damit an den Europäischen Gerichtshof für Menschenrechte zu wenden und so weiter. Immerhin wurde die Mehrzahl von Sarkozy und seiner Clique ernannt oder war damals zumindest erwünscht. Es war eine Mindestanzahl von sieben Stimmen nötig, um zu der Entscheidung zu kommen. Wenn also diejenigen, die offensichtlich parteiisch sind, wegen Befangenheit abgelehnt würden, blieben … Na ja. Das ist … Letztendlich ist dieses System politischer Dankbarkeit doch absurd, *absurd,* und das wird den Leuten doch bald auffallen. Was wir bräuchten, wäre ein Verfassungsgericht wie in Deutschland. Wir können doch nicht verlangen, dass …«

Ein Schluchzen setzte ihren Ausführungen ein Ende, als wäre durch deren technischen Charakter das ganze Ausmaß ihrer Selbsttäuschung offengelegt worden.

Jean-Sébastien Vogel, der immer noch das Telefon am Ohr hatte, drehte sich jetzt zu Jasmine um. »Ja, ja, sie ist hier. Soll ich ihr sagen, dass sie auf dich warten soll?«

Jasmine wollte mit dem Kopf schütteln, doch da hatte Vogel bereits aufgelegt.

In den zehn folgenden Minuten gaben all die Überflieger der Partei sich die Klinke in die Hand. Und irgendwann entdeckten sie alle Esther und Jasmine, die sich im hinteren Teil des Raums auf einem Samtsofa niedergelassen hatten. Jeder einzelne von ihnen fühlte sich verpflichtet, seinen Kurs zu ändern und auf sie zuzugehen, um ihnen irgendetwas zu sagen, was Mal ums Mal entsetzlich an Beileidsbekundungen erinnerte. Und alle spulten natürlich die gleiche Rede ab. »Es ist noch nicht vorbei, wir werden kämpfen.« Nur dass ihre enttäuschten Stimmen genau das Gegenteil zum Ausdruck brachten.

»Ich muss dir noch was sagen«, wandte sich Esther unvermittelt an ihre Tochter, ohne sie dabei anzusehen und trotz des sie umgebenden Geräuschpegels im Flüsterton. »Die Ermittlungen gegen Valérie Simonetti dauern immer noch an. Sie wird am Ende sicherlich entlastet, aber man wirft ihr schwerwiegende Versäumnisse hinsichtlich der Sicherheitsarchitektur vor. Würdest du den Ermittlern ein paar Fragen beantworten? Sie kommen von der obersten Aufsichtsbehörde der Geheimdienste, der Disziplinarstelle der Polizei, sie haben nichts zu tun mit … Würdest du das machen?«

»Ja, natürlich, Mama.«

»Nachdem du sie ja magst und ihr vertraust …«

»Alles gut, Mama.«

»Weißt du, was wir hier am Sonntag gemacht haben?«, fragte Esther dann. »Wir haben getanzt. Idder hat die Tür zugemacht und alle dazu verdonnert, draußen zu warten. Für eine Viertelstunde waren wir allein. Er hat mir etwas von Jean Sablon vorgesungen, und wir haben dazu getanzt.«

Jasmine nahm die Hand ihrer Mutter. »Mama, er wird durchkommen. Ich weiß es, ich spüre es. Ich hoffe nur, dass auch du weiter daran glaubst, hm?«

»Aber ja doch, natürlich, mein Liebling. Wie …«

»Nein, aber jetzt mal ernsthaft, Mama. Ich hoffe, dass du wirklich daran glaubst. Nicht wie wenn du sagst: Ich glaube, dass es morgen schneit. Ich hoffe, dass du *daran glaubst*.«

Esther zog leicht verwirrt die Brauen zusammen. Dann gab sie ihrer Tochter einen Kuss auf die Stirn und setzte sich entschlossen auf.

»Natürlich glaube ich daran, mein Liebling. Ich glaub es wirklich. Aber was soll man machen, außer bei der Weisheit der Alten Zuflucht zu suchen? Es gibt Dinge, die wir beeinflussen können, und Dinge, die wir nicht beeinflussen können …«

Jasmine hätte ihr gern erzählt, was ihr in der Kirche widerfahren war. Doch nun teilte sich die Menge der blauen und schwarzen Anzüge infolge einer Ankunft oder eines Aufbruchs und gewährte Jasmine plötzlich freien Blick auf den Fernseher, in dem sich Jean-Louis Debrés Lippen hinter einem Pult und neben einem eingeblendeten Porträt Chaouchs bewegten. Es war das Gesicht ihres Vaters, von dem Jasmine in diesem Moment begriff, dass er nie Präsident werden würde. Was sie gefürchtet, sich gewünscht, dann wieder gefürchtet und sich wieder gewünscht, bis sie es nach dem Attentat wirklich gar nicht mehr gewollt hatte. Doch jetzt, da die Wirklichkeit den Knoten ihrer

Unentschlossenheit durchschnitten hatte, fiel ihr auf, dass sie nicht nur nicht länger wusste, was sie wollte, sondern dass es ihr egal war, dass es ihr vollkommen egal war.

Indem das Band zerschnitten worden war, das den gewählten Präsidenten mit seinem Volk verband, hatten sie einer Tochter ihren Vater zurückzugeben. Und in Jasmines Augen hatte in diesem Moment nichts anderes mehr Bedeutung.

3.

Montesquious Vel Satis hielt vor dem Tor zum Privathaus der Ministerin, einem prunkvollen Anwesen im 8. Arrondissement in der Nähe der Champs-Élysées und in Reichweite des beleuchteten Eiffelturms. Die beiden Polizisten, die den Eingang bewachten, salutierten und ließen den Wagen in den kleinen Park passieren. Dort standen eine Schaukel sowie Tische und Stühle mit einer Beschichtung aus Weißkupfer. In der Mitte der Rasenfläche spendete eine majestätische Kastanie den umstehenden jungen Platanen Schatten. Der Vel Satis fuhr den gekiesten Weg entlang, der sich die ersten paar Meter dahinschlängelte, bis er das Haus erreichte, ein imposantes dreistöckiges Gebäude, das von hübschem, laubreichem Efeu bewachsen war. Es verlieh der Fassade die ruhige Stattlichkeit eines bärtigen Mannes.

Einen bärtigen Mann traf man im Inneren allerdings ganz sicher nicht an. Der Ehemann der Ministerin, ein ehemaliger hoher Berater am Rechnungshof, hatte sich am Morgen glatt rasiert und sich dann wieder seinen esoterischen Bildhauerarbeiten zugewandt. Derzeit hielt er sich in einem Nebengebäude auf, das zu einem Atelier umfunktioniert worden war, und verbrachte seine Tage damit, seltsame Porzellankreuze herzustellen. Montesquiou vermutete, dass sie getrennt schliefen. Tatsächlich wohnten sie sogar in verschiedenen Gebäuden und trafen sich nur noch anlässlich der gemeinsamen Mittagessen mit der Familie, auf die Vermorel an jedem ersten Sonntag im Monat nach dem Gottesdienst bestand.

Anfang des Jahres hatte Montesquiou an einem dieser Essen teilgenommen – ein Zeichen des uneingeschränkten Vertrauens, das ihm seine Chefin entgegenbrachte. Er hatte die sechs Schwiegersöhne der Ministerin kennengelernt, samt und sonders Jungs aus gutem Haus, die wie an einer Perlenschnur aufgereiht dagestanden hatten, um der Zarin ihre Ehrerbietung zu erweisen: Bänker, Wirtschaftsanwälte, Auktionatoren. Einer lehrte Politologie an der Sorbonne. Obwohl er ein respektabler Konservativer war, hatte er es gewagt, das Tischgespräch mit der Frage nach gewissen Reformen im öffentlichen Sektor zu beginnen. Seine Frau Marie-Caroline hatte ihn mit Blicken massakriert, während Vermorel schlicht die Köchin gebeten hatte, ihre berühmte Erdbeer-Charlotte aufzutragen. Dabei war es geblieben, doch Marie-Caroline war darum gebeten worden, ihren »intellektuellen« Ehemann ein bisschen besser an die Kandare zu nehmen.

Die jüngste Tochter der Familie war eine Nachzüglerin. Sie war erst neun Jahre alt und litt an Trisomie 21. Anne-Elisabeth war die Lieblingstochter der Ministerin, die sich regelmäßig entzückt über deren innere Schönheit zeigte. »Diese Kinder«, sagte sie und fixierte dabei jedes Mal ihren Gesprächspartner, »sind der Beweis dafür, dass Gnade möglich ist.« Man durfte in diesen Momenten nicht mit der Wimper zucken oder auch nur das geringste Anzeichen von Zweifel demonstrieren – und das war auch der wahre Grund, warum Montesquiou es hasste, in die private Residenz der Ministerin eingeladen zu werden. Er konnte seinen Gesichtsausdruck jedem, nur nicht ihr gegenüber im Zaum halten. Vermorel wusste, was sein wölfisches Grinsen verbarg. Sie hatte keine Schwierigkeiten zu erraten, was er dachte, wenn ihm ein plumpes, vorpubertäres Mädchen als Inbegriff dessen präsentiert wurde, was es *nicht* war.

Die kleine Anne-Elisabeth holte ihn an seinem Wagen ab. Auf ihrem Roller mit neongelber Lenkstange versuchte sie, das Gleichgewicht zu halten. Montesquiou mochte dem Mädchen nicht in die Augen sehen.

Ihre Mutter trug noch immer ihr Kostüm; sie musterte ihren »linken Arm«, und lud ihn ein, sich auf die Terrasse zu setzen, auf der gerade die letzten Sonnenstrahlen des Tages versiegten.

»Ich habe ganz vergessen, Sie zu fragen – Ihre Schwester … Florence, nicht wahr? Haben Sie Neuigkeiten von ihr?«

»Madame?«

Sie hatte Montesquiou voll auf dem falschen Fuß erwischt.

Als sie aus einem ihrer hochhackigen Schuhe schlüpfte und den Fuß auf einen der Stühle legte, verbot sich Montesquiou, die Zehen der Ministerin anzustarren, die durch die blasse Strumpfhose hindurch auf einem unsichtbaren Klavier zu spielen schienen.

»Der letzte Stand war doch, dass sie davongelaufen ist? Und dass Ihre Mutter einen Privatdetektiv engagiert hat …«

»Ja, Madame.« Montesquiou richtete sich gerade auf. »Allerdings ist Florence volljährig. Sie ist inzwischen einundzwanzig.« Und da die fast schon herzliche Entspanntheit der Unterhaltung es zu erlauben schien, fügte er hinzu: »Mein Vater hatte ihr den Unterhalt gestrichen, sie war also vorgewarnt. Er hat sie enterbt, Madame.«

Aus ihren kleinen, misstrauischen Augen, die wie zwei Mandeln inmitten der hochmütigen Lider saßen, starrte sie ihn an. Dann zog sie den Schuh wieder an.

»Sie sind eine außergewöhnliche Seele, P.-J. Und wie alle außergewöhnlichen Seelen, die in diese barbarische Zeit hineingeboren wurden, glauben Sie an nichts. Aber merken Sie sich eins: Wenn alles in der Katastrophe des Lebens versunken ist, bleibt nur noch eine einzige bedeutsame Loyalität, eine Insel von Sinn und Wert – die Familie.«

Das rote Handy der Ministerin vibrierte auf dem Tisch. Nach zwei Sekunden setzte auch das Klingeln ein, ein Klingeln, das an einen alten Wecker erinnerte. Das verschlüsselte Telefon war für Gespräche mit dem Präsidenten reserviert.

»Begleiten Sie doch bitte meine kleine Anne-Elisabeth hinüber zu der Kastanie. Sie hat dort irgendwo ihre Puppe liegen lassen, glaube ich.«

Montesquiou stand auf und ließ die Ministerin allein mit Sarkozy sprechen. Das kleine Mädchen nahm die Hand des jungen Mannes und trottete hinter einer großen weißen Taube her über die Wiese, folgte deren Zickzackkurs und brabbelte ihr dabei unverständliche Worte zu. Als die Taube aufflog und im dichten Blattwerk der Kastanie verschwand und Montesquiou die Enttäuschung des kleinen Mädchens sah, hatte er plötzlich den Eindruck, dass auch sie gern ein Paar weißer Flügel entfaltet hätte, um der Last ihres Körpers zu entkommen und wie ein Schmetterling mit dem gelblich-grauen Himmel zu verschmelzen.

Doch der Luftraum war seit Sonntag gesperrt, und gerade winkte Vermorel ihn mit ausladenden Bewegungen wieder zur Terrasse.

Montesquiou hob die Puppe auf und drückte sie dem Mädchen in die Hand, das aufschluchzte, als es sah, wie grob er deren Plastikgelenk verbog.

Sobald er wieder von seiner Aufgabe als Babysitter entbunden war, hätte Montesquiou am liebsten seine blaue Krawatte abgelegt, weil ihm so warm war. Er konnte sich fast bildhaft vorstellen, wie die sauren Moleküle seines Schweißes den Stoff seines Jacketts unter den Achseln angriffen. Vermorel und er stellten sich an der Türschwelle auf, um den letzten Gast des Abends, der gerade vorgefahren war, willkommen zu heißen.

Es handelte sich um den Präfekten Boulimier, den Chef des Inlandsgeheimdiensts, der – als Ausnahme von der Regel – persönlich die Überwachung von Nazir Nerrouche geleitet hatte. Von der Hitze ganz benommen hätte Montesquiou nicht sagen können, ob

Boulimiers Lächeln eines der Befriedigung war oder ob es sich nur um eine Grimasse handelte. Sein Auftreten stand jedenfalls in eklatantem Widerspruch zu der Miene eines geschlagenen Kindes, die er zwei Tage zuvor in der Versammlung der Polizeichefs anlässlich der denkwürdigen Standpauke durch die Ministerin aufgesetzt hatte.

Nachdem er ihr gehuldigt hatte, präsentierte er der Ministerin einen Aktenordner mit gepolstertem Deckel. Sein Lächeln, das tatsächlich der Zufriedenheit geschuldet war, galt als Nächstes Montesquiou. Ihm erklärte er in seltsam falschem Tonfall, als wollte er einen feindlichen Lauscher überlisten: »Ich habe Ihnen ja gleich gesagt, dass sie nicht ganz sauber sind, diese Nerrouches …«

Bevor sie die Akte an Montesquiou weitergab, pflichtete die Ministerin ihm bei: »Oh, das wird unseren lieben kleinen Richter Wagner aber sehr ärgern …«

4.

Zu diesem Zeitpunkt war der liebe kleine Richter Wagner schon wieder in das Büro in der Galerie Saint-Éloi zurückgekehrt und wollte gerade Alice nach Hause schicken, die gähnend über den Dutzenden Seiten von Nazirs Abhörprotokollen saß. Die Versuchung, die stumpfsinnige Arbeit auf den nächsten Tag zu verschieben, war enorm, doch Wagners Intuition sagte ihm, dass ihnen noch etwas ins Auge springen würde, sofern sie sich ihr noch eine Weile weiter widmeten. Die Klimaanlage hatte früher am Nachmittag den Geist aufgegeben. Alice hatte alle Register gezogen, um einen Ventilator zu ergattern, doch die Hausmeister hatten es eilig gehabt, nach Hause zu kommen, sodass ihr Büro zusehends einem Backofen glich. Sie fing schon an, doppelt zu sehen.

Sie stand auf, um sich ein wenig die Beine zu vertreten, was der Richter – tief versunken in seine Lektüre – nicht einmal zur Kenntnis nahm.

Er rieb sich mit der freien Hand über den weißen Schopf. Die andere umklammerte einen bunten Kugelschreiber, mit dem er sich Notizen machte. Er presste die Lippen aufeinander und runzelte die Stirn.

Mit einem Mal sah er auf und sagte mit leiser, fast zerbrechlicher Stimme: »Alice, könnten Sie im Sekretariat nachsehen, ob nicht ein Bote die Protokolle des dritten Handys abgegeben hat?«

Es war das vierte Mal innerhalb einer Stunde, dass er sie darum bat, im Sekretariat nachzusehen, ob nicht ein Bote vorbeigekommen war.

Der Büroanschluss klingelte. Während seine Mitarbeiterin sich auf den Weg machte, die nutzlose Mission auszuführen, griff Wagner nach dem Hörer.

»Mansourd hier. Herr Richter, es gibt Neuigkeiten … Ich bin gerade auf dem Weg in den Justizpalast. Womöglich haben wir innerhalb der nächsten Stunde Nazirs Aufenthaltsort.«

»Ja, und warum kommen Sie denn dann her?«

Wagner war aufgesprungen.

»Erkläre ich Ihnen gleich. Ich bin in fünf Minuten bei Ihnen.«

Alice kehrte unverrichteter Dinge zurück. Der Richter berichtete ihr von Mansourds Anruf und bot ihr an, Feierabend zu machen, natürlich der Höflichkeit halber. Alice wusste genau, dass er sie noch brauchen würde. Doch noch ehe sie antworten konnte, klingelte sein Privathandy. Paola wollte wissen, ob er »wie versprochen« zu ihrem Konzert kommen werde.

Wagner wäre um ein Haar der Geduldsfaden gerissen. Er durfte ihr nicht verraten, warum er nicht kommen würde. Wüsste sie es, würde sie es ihm gewiss nicht nachtragen, aber gleichzeitig war für sie alles nur »Arbeit«: Ob es sich nun darum handelte, im Morgengrauen die Protokolle der über Nacht vernommenen Personen zu lesen, eine Hausdurchsuchung bei einem Verdächtigen vorzunehmen oder ein internationales Rechtshilfeersuchen auszustellen, um einen möglicherweise ans andere Ende der Welt geflohenen Terroristen festnehmen zu können, all das gehörte für Paola ohne Abstufung zur »Arbeit«, und an diesem Abend konnte er ihr erklären, soviel er wollte, dass er letztlich in der gleichen Lage war wie sie, kurz bevor sie auf die Bühne trat. Sie antwortete mit einem müden Seufzer und legte auf, ohne sich wie sonst mit einem Küsschen zu verabschieden.

Wagner hatte allerdings keine Zeit, sich über das Schicksal seiner Ehe zu bekümmern. Mansourd stand schon in der Tür.

»Also, Herr Richter«, sagte er aufgeregt, »Sie können Ihrem Kollegen Poussin danken – er hat uns auf die Spur der Facebook-Profile gebracht. Wir sind von demjenigen von Mohammed Belaïdi ausgegangen – vom ›dicken Momo‹. Eine Sondereinheit der Polizei hat sämtliche Nachrichten auseinandergenommen, die er seit ein paar Tagen abgesetzt hat. Das hat sie zu geheimen Foren geführt, in denen rivalisierende Vorstadtbanden sich in Paris verabreden, um Streitereien auszutragen. Was uns aber richtig überrascht hat, war ein vermeintliches Mädchen, das ein Facebook-Profil mit unzähligen Kontakten hatte – darunter seit einigen Stunden eben auch der berühmte dicke Momo. Dieses unscheinbare Mädchen gibt nun plötzlich Anweisungen, will anscheinend Frieden zwischen den Banden stiften. Die Analysten haben aufgemerkt, als sie sich die Sprache ihrer Nachrichten angesehen haben. Die Rechtschreibung war einfach zu korrekt! Daraufhin haben sie ein bisschen nachgeforscht und herausgefunden, dass eine der Nachrichten von einem mobilen Gerät aus, von einem Smartphone, in der Schweiz abgeschickt wurde – aus einem Kaff namens Schlaffendorf.«

»Das ist er.«

»Wahrscheinlich. Zwei Kollegen von der Spionageabwehr sind vor Ort in Bern. Wir stehen mit ihnen in Kontakt. Angesichts der Schwierigkeiten, die wir in Sachen schnelle Zusammenarbeit mit den Schweizern haben, wäre es vielleicht besser, eine inoffizielle Mission zu starten, Herr Richter.«

Wagner rieb sich mit der Hand über die Stirn. »Eine Überwachungsmission vielleicht … Dafür müssten Sie aber den Aufenthaltsort ein bisschen genauer ausfindig machen.«

»Das ist eine Sache von Minuten, Herr Richter. Mein Vorschlag wäre, dass wir ein gemischtes Team losschicken, sobald wir einen genauen Aufenthaltsort haben: Spionageabwehr, schnelle Eingreiftruppe, ich selbst mitsamt meinem Team.«

»Nein, nein«, sträubte sich Wagner. »Denken Sie bitte ein einziges Mal an das einzuhaltende Protokoll! Du liebe Güte, Mansourd …«

»Herr Richter, wir können ihn jetzt direkt festsetzen oder ihn im Unterholz verschwinden lassen. Angesichts der Vorsichtsmaßnahmen, die er bis jetzt ergriffen hat, beweist doch der Umstand, dass er versäumt hat, sein Blackberry zu verschlüsseln, dass wir ihn in die Enge getrieben haben! Aber das wird nicht von Dauer sein. Wenn wir das Signal wieder verlieren, könnte es Wochen, Monate oder sogar Jahre dauern, bis wir seine Spur wiederfinden. Es ist Ihre Entscheidung, Herr Richter.«

»Also gut, eine Überwachungsmission, ja. Aber kein Zugriff. Eine Bande Cowboys loszuschicken, um ihn gefangen zu nehmen, steht nicht zur Debatte. Wie würde das denn aussehen – ein heimlicher Überflug über die Schweiz? Können Sie mir das sagen? Warum nicht gleich eine Atombombe, wo wir schon dabei sind?«

Mansourd nahm sich mühsam zusammen.

»Und wegen der Ermittlungen zu diesen Banden, die auf Facebook ihre Ränke schmieden«, fuhr Wagner fort, »ich nehme an, die Polizeipräfektur tut, was zu tun ist …«

»Die Abteilung für öffentliche Ordnung und Verkehr steht bereit. Paris ist komplett abgeriegelt.«

»Na gut, also. Gute Arbeit, Kommandant. Ich spendier dem lieben Poussin ein neues Jackett mit Ellbogenschonern, um seinen Scharfsinn zu belohnen …«

Im selben Moment tickerte ein Fax herein, das Alice' Aufmerksamkeit erregte. Sie gab dem Richter ein Zeichen, er möge zu ihr kommen, doch Wagner begleitete zunächst Mansourd hinaus. Als er die Bürotür hinter ihm geschlossen hatte, legte er die Hände in den Nacken. Er betete dafür, dass es klappte. Sogar das gelehrte Durcheinander seines Arbeitszimmers erschien ihm plötzlich weniger deprimierend. Hier hing nur ein Poster an der Wand, eine Straße aus seinem Geburtsort Longwy mit der aus sämtlichen Schloten rauchenden Fabrik und den Mauern aus geschwärzten Ziegelsteinen. Als er die Fabrik betrachtete – die seit Langem stillgelegt war –, erschien es ihm mit einem Mal, als funktionierte sein Ermittlungsverfahren ohne Fehl und Tadel, ohne dass er auch nur eine einzige ungerechte Entscheidung hätte fällen müssen. Ohne dass er die geringste Dienstanweisung hingenommen hätte. Bis hierher hatte der Druck der Staatsanwaltschaft noch nichts am geschmeidigen Lauf der Turbinen verändert. Der Weg war zwar noch lang, aber nicht mehr endlos.

»Herr Richter?«

Alice hatte jetzt schon dreimal nach ihm gerufen. Sie wirkte besorgt.

Dann hielt sie ihm das Fax hin.

Die DCRI hatte das Gesuch abgelehnt, ihm die Abhörprotokolle des dritten Handys zur Verfügung zu stellen. Sie waren als streng vertraulich eingestuft worden.

Wagner blieb vor Verblüffung der Mund offen stehen.

»Militärische Geheimhaltungspflicht«, murmelte Alice, um das Schweigen zu brechen.

»Aber … Ich verstehe nicht … Warum …«

Der Richter hielt kurz inne, ließ sich dann auf seinen Stuhl fallen und las das Fax noch mehrmals durch. In seinem Kopf überschlugen sich die Vermutungen. Militärische Geheimhaltungspflicht – da konnte es sich um alles oder nichts handeln. Sicher war diesbezüglich nur, dass weder Wagner noch irgendein anderer Richter je mehr darüber erfahren würde, wenigstens nicht in den kommenden Jahren. Und urplötzlich war es ihm, als gingen die Lichter aus, als stockte das Räderwerk, als stellten sich alle, von denen Wagner geglaubt hatte, dass er mit ihnen am selben Fließband arbeitete, als nichts weiter als eine Mannschaft aus Hologrammen heraus, und als wäre der Richter selbst, der so brutal auf die unverrückbaren Grenzen seiner Ermittlungsmacht gestoßen worden war, plötzlich wieder allein, unrettbar allein im undurchsichtigen Halbdunkel eines erkalteten Stahlwerks.

»Also gut.« Wagner riss sich wieder zusammen. »Alice, holen Sie mir sofort die DCRI ans Telefon. Wenn sie Krieg wollen, können sie ihn haben.«

5.

Rabia hatte die ganze zweite Hälfte der Fahrt von Paris nach Saint-Étienne verschlafen, selbst als Dounia zwischendurch an einer Autobahnraststätte gehalten hatte. Bis die beiden Schwestern die vertraute A45 erreichten, die ihren Geburtsort umschloss, war die Nacht hereingebrochen. Rabia wirkte erstaunlicherweise weniger betrübt als zu Beginn des Abends, als hätte ihr Nervenzusammenbruch mitten im Stau zu ihrer Entspannung beigetragen. Ihre Gesichtszüge waren noch immer hart, aber ein bisschen weniger verschlossen. Sie schaltete das Radio ein – *Radio Nostalgie* – und sang sogar Demis Roussos' *Quand je t'aime* mit: »*Quand je t'aime, j'ai l'impression d'être un roi, un chevalier d'autrefois, le seul homme sur la teeeerre …*«

»›… ein Ritter aus vergangenen Zeiten, der einzige Mensch auf der Welt …‹ *Wallah,* du hättest Sängerin werden sollen«, stellte Dounia leise fest, als wollte sie nicht riskieren, Rabias Zorn zu wecken.

Als sie endlich auf den Parkplatz vor ihrem Haus einbogen, entdeckte Dounia ihre Nichte, die schon auf der Schwelle auf sie wartete.

Luna fragte sofort, warum Fouad nicht mehr bei ihnen sei.

»Ach, den magst du gern, deinen kleinen Fouad, hm ... Tut mir leid, Liebes. Er musste noch ein bisschen länger bleiben.«

Luna war sichtlich enttäuscht.

Ein wenig überrascht erklärte Dounia: »Er kommt morgen, spätestens übermorgen wieder her. Mach dir keine Sorgen. Ist mit Slim alles gut gegangen?«

Rabia gab ihrer Tochter drei herzhafte Küsse auf jede Wange. Beim letzten verharrte sie ein wenig länger. Sie ließ erst wieder von ihrer Tochter ab, als ihr Handy klingelte.

Sie ging ein paar Schritte zur Seite, um den Anruf entgegenzunehmen, während Slim und Kenza aus dem ersten Stock herunterkamen. Die Kinder hatten ein richtiges Essen vorbereitet, und Dounia stiegen beinahe die Tränen in die Augen, als sie den gedeckten Tisch im warmen Licht ihres Zuhauses erblickte.

»Guck dir das an, Rab'!«

Doch Rabias Augen glitzerten, und Dounia konnte sich in der gegenwärtigen Situation nicht vorstellen, dass der Schwester am Telefon eine gute Nachricht übermittelt worden war.

»Rate, wer heute in Saint-Étienne angekommen ist.«

»Nein ... Wirklich? Er ist gekommen? Mouss'? Wie ist er denn an ein Visum gekommen?«

Luna fiel ihrer Mutter um den Hals. »Onkel Moussa? Er ist aus Algerien gekommen?«

»Weißt du, Liebling«, erwiderte Rabia, »wenn ich dich mit Fouad sehe, na ja ... Deine Tante und ich ... So ging es uns mit Moussa. Wir Kleinen haben ihn geliebt, ich schwöre dir, wir haben ihn vergöttert, das kannst du dir nicht vorstellen.«

»Na klar, er war damals blond und gut aussehend, oder? Ich meine, als ich ihn vor zwei, drei Jahren getroffen habe, war er immer noch gut aussehend, aber ...«

»Aber ein bisschen zu alt, meinst du wohl? Ha, ha!« Dounia brach in Gelächter aus und kniff das junge Mädchen in die Wange. »Ihr Jungen seid doch unerbittlich, da kann man wirklich nichts machen. Wenn man mal die vierzig hinter sich hat, ist man reif für den Schrottplatz, ehrlich …«

Das Gespräch über Onkel Moussa ging am Esstisch weiter, während Slim die Speisen auftrug.

»Onkel Moussa, das kannst du dir nicht vorstellen, Liebes, er war unser Gott, beim Leben der Großmutter, er war für uns wie ein Gott. Er war blond, hatte grüne Augen, er war groß und stark, ich schwöre dir, wenn er einen Raum betreten hat, sind alle verstummt! Stimmt's, oder hab ich recht, Dounia?«

»Nein, nein, sie hat recht«, bestätigte Dounia und zog die Augenbrauen hoch, um Luna zu überzeugen, die an der Arbeitsfläche lehnte und als Vorspeise glucksend einen Apfel verschlang.

»Und er war immer gut angezogen«, fuhr Rabia fort, die sich vor rückblickendem Stolz kaum beherrschen konnte. »Alle Mädchen in Saint-Étienne waren in ihn verliebt, und alle fanden, dass er aussah wie ein amerikanischer Filmschauspieler. Hm, Doune? Wie ein amerikanischer Filmschauspieler. Aber um ehrlich zu sein, muss man auch sagen, dass er mit den Großen ziemlich grob umgegangen ist. Nein, aber so ehrlich muss man doch sein, mit Bekhi oder Ouarda – das war nicht einfach. Übrigens, wenn man ihnen glaubt, dann hat er sie geschlagen, sobald er sie im Verdacht hatte, auch nur eine Zigarette geraucht zu haben oder mit einem Jungen ausgegangen zu sein. Nein, er hatte schon eine antiquierte Einstellung. Aber so waren die Jungs früher.«

»Nicht alle«, widersprach Dounia. »Bouzid … Schon komisch, das jetzt so zu sagen, aber Bouzid war damals überhaupt nicht so. Außerdem ist Bouz' nur mit Französinnen ausgegangen. Ich weiß gar nicht, wann er auch so altmodisch geworden ist.«

Ein melancholisches Lächeln huschte über Rabias Gesicht. Sie wollte nicht über Bouzid sprechen, sondern über denjenigen, der sie alle in ihrer Jugend so sehr in den Schatten gestellt und so sehr hatte leiden lassen. Der große Bruder, der Held der Familie.

»Die Großen können sagen, was sie wollen. Mich hat Moussa immer vergöttert. Ich war sein kleiner Liebling. Sag es ihnen, Dounia!«

»Ah, Rabia durfte man kein Härchen krümmen! ›Wer meiner kleinen Rabinouche zu nahe kommt, bekommt es mit mir zu tun‹, hat er immer gesagt. Das stimmt wirklich.«

»Wirklich schade, dass er so jung nach Algerien gezogen ist.«

»Aber warum ist er denn überhaupt nach Algerien gegangen?«, wollte Luna wissen.

»Tja, das haben wir nie so richtig rausgefunden. Er hat sich wohl in eine aus der Provinz verliebt, und das war's.«

Rabia hätte noch etwas hinzuzufügen gehabt – etwas, was sie vor ihrer Tochter allerdings nicht sagen konnte, was sie aber sehr erheiterte, während es sie gleichzeitig mit einem leicht ungesunden Stolz erfüllte: Onkel Moussa, umtriebiger Beau aus dem finsteren Zeitalter, in der der Beischlaf noch nicht mit Kunststoff bewehrt gewesen war, hatte nämlich eine unbestimmte Zahl kleiner Moussas in der ganzen Region hinterlassen: von Saint-Étienne bis nach Lyon, das ganze Gier-Tal entlang. Kabylinnen, Araberinnen, Französinnen, Italienerinnen – die hatte er immer am liebsten gehabt. Rabia erinnerte sich noch gut daran, wie er in den Siebzigerjahren auf dem Balkon bei der Großmutter gestanden und Craven A geraucht hatte, den kräftigen Oberkörper in ein schmales Hemd mit spitzem Kragen gezwängt – sie meinte, sich sogar noch zu erinnern, dass es rosa gewesen war, es mochte aber auch gelb gewesen sein. Jedenfalls war es über einem unbestreitbar blond gelockten Pelz aufgeknöpft gewesen, und die überdrehte Jugendliche, die sie damals gewesen war, hatte nichts lieber getan, als ihre Wange in diesen Pelz zu schmiegen.

6.

»Nein? Echt? Scheiße …«

Dounias enttäuschte Stimme holte Rabia in die Gegenwart zurück. Sie hing wieder am Telefon.

»Was ist denn los, Doune?«

»Ich hab gerade Bouzid angerufen. Er sagt, Moussa ist jetzt bei der Großmutter und schläft. Wir sehen ihn wohl nicht vor morgen …«

Damit die ganze gute Laune angesichts des bevorstehenden Wiedersehens mit Moussa nicht auf einen Schlag in sich zusammenfiel, schlug Dounia Rabia und den Kindern vor, ins Kino zu gehen. Doch Rabia hatte darauf gar keine Lust, Luna wollte lieber Eis essen, und Slim und Kenza waren müde.

Rabia, Luna und Dounia vergaßen also für einen Moment die Hölle, die sie gerade durchlebten, und gingen ein Wassereis auf der Terrasse einer Brasserie essen, sprachen dabei aber weiter über Moussa und versuchten, Luna das Phänomen Moussa zu *erklären*. Luna hatte fast den Eindruck, Fouad vor sich zu sehen, als sie all diese Geschichten hörte – nur dass dieser Fouad blond war, launischer und offenbar auch ganz schön bösartig. Luna hatte keine genauen Erinnerungen mehr an Moussa, für sie war er ein Onkel wie die anderen auch. Sie hatte ihn nur drei Mal in ihrem Leben getroffen, und zwar immer zu traurigen Anlässen, die ihn aus Algerien hatten anreisen lassen: beim Tod des Großvaters beispielsweise, dessen Leichnam er in dessen Heimatdorf rücküberführt hatte. Oder zum Begräbnis ihres Vaters. An dem Tag hatte Luna anderes zu tun gehabt, als diese Person zu beobachten, die ihr Dounia und ihre Mutter gerade beschrieben.

Rabia, die immer noch mit Klauen und Zähnen ihren geliebten Bruder verteidigte, musste dabei zusehends einräumen, dass die Bevorzugung der Großmutter ihm gegenüber zu »Traumatisierungen« in der restlichen Familie geführt hatte: bei Bouzid, den Moussa in schöner Regelmäßigkeit herabgewürdigt hatte, doch vor allem beim Großvater.

»Du bist jetzt groß, meine Liebe, jetzt kannst du das alles erfahren. Und sosehr ich Moussa liebe und immer schon geliebt habe, sosehr muss man doch zugeben, dass er ungerecht war und dass er den Großvater immer in den Schatten gestellt hat, Friede sei seiner Seele. Manchmal hatte ich den Eindruck, dass er den Großvater als Autorität ersetzt hat, weißt du? Er war es, der die Schwestern ausgeschimpft hat, wenn sie irgendwelche Dummheiten gemacht hatten, und vor allem hat die Großmutter alles für ihn getan, man muss schon bei der Wahrheit bleiben, sie war wirklich gemein zu deinem Großvater. So waren die Paare damals, Liebling, sie haben geheiratet, haben einander aber nicht geliebt, und es war auch überhaupt nicht die Frage, ob man seinen Ehemann liebte. Mit Kindern war es etwas anderes. Die liebte man. Und bei Moussa, das stimmt, Moussa hat von der Großmutter immer eine Sonderbehandlung bekommen. Er bekam als Erster Essen vorgesetzt, und schau mal, was für ein komisches Ding unser Gedächtnis ist, jetzt, da ich darüber nachdenke, fallen mir lauter Details ein. Ich hab sogar den Eindruck, dass Moussa immer am Kopfende des Tisches gesessen hätte und Großvater seitlich. Der Arme! *Wallah,* aber er hat sich nie beschwert, er hat gearbeitet, er hatte seinen Kautabak … genau wie Ferhat, *miskine,* freundlich, unauffällig. Und im Vergleich dazu Moussa …«

Rabia hielt inne und schüttelte den Kopf. Was sollten die Gedanken an den undankbaren Sohn und den verschüchterten Vater. Moussa war hübsch gewesen, so blond, so selbstsicher! Er war der Stolz der ganzen Familie gewesen. In jede Diskothek war er hineingekommen, während seine braun gelockten Kollegen ihren Ärger hatten runterschlucken und sich mit den rassistischen Türstehern hatten rumschlagen müssen. Er war derjenige, der sie die Armut hatte vergessen lassen, die erdrückende Last der Verbote und der Ungerechtigkeit, die Feindseligkeit der Franzosen.

»Ach ja …«

Da es nicht mehr über Moussa zu sagen gab, schlug Rabia vor, Fouad anzurufen. Er ging gerade ein bisschen spazieren, um »Dampf abzulassen«. Dounia verabschiedete sich von ihm und sah zu ihrer Schwester, die ganz in Gedanken versunken zu sein schien.

»Trotzdem schade, dass er schläft. Mouss' meine ich. Also, bestellen wir noch eins?«, fragte Rabia mit einem schelmischen Ausdruck, als enthielte das pastellfarbene Eis ausreichend Alkohol, um sie aus dem Albtraum der Wirklichkeit zu reißen.

7.

In Wahrheit schlief Onkel Moussa überhaupt nicht. Er stand neben der runzligen, widerständigen Gestalt der Großmutter und beugte sich über das Krankenhausbett seines Onkels Ferhat. Seine großen Hände umklammerten das Bettgeländer. Er hatte einen schönen blonden Schnurrbart, allerdings inzwischen die Stirn voller Falten, die umso sichtbarer waren, als die Stirn durch eine zwar späte, aber inzwischen unübersehbare Glatzenbildung vergrößert wurde. Selbst seine grünen Augen schienen sich wegen der Furchen, die seine Lider verzerrten, verdüstert zu haben.

Seit zehn Minuten quetschte er den alten Onkel Ferhat aus. Der trug mittlerweile eine lächerliche, löchrige Mütze und wusste nicht, was er ihm auf die Fragen nach seinem Angreifer noch antworten sollte. Er streckte die Brust heraus und zog die Schultern hoch, um so einen Koloss zu imitieren. Dann fiel ihm wieder ein, dass der Übeltäter einen rasierten Schädel gehabt hatte und Haut, die so weiß wie eine Aspirintablette gewesen war.

Bis zu dieser Beschreibung – bis zu den Gesten und dem zum Scheitern verurteilten Versuch, den Brustkorb aufzublasen – hatte die

Großmutter keinen wirklichen Hass gegenüber dem unbekannten Angreifer des armen Ferhat verspürt, was sie sich jetzt insgeheim eingestand.

Eine Krankenschwester drückte die schwere Zimmertür auf. Sie war gekommen, um nach dem Zustand des Patienten zu sehen.

»So, so, Monsieur Nerrouche«, trompetete sie, als würde sie mit einem Kind sprechen, »geht es uns heute denn gut? Haben wir ein bisschen Besuch, hm?«

Während sie mit routinierter Geste die Kanüle der Infusion überprüfte, die im fahlen Arm des alten Mannes steckte, drehte Moussa sich zum Fenster um und verschränkte die Hände hinterm Rücken.

Die Großmutter wollte wissen, wann man ihm die Obszönitäten vom Schädel entfernen würde.

»Das ist für Freitagmorgen vorgesehen, Madame.«

Moussa lachte nervös auf, und fast hätte die Krankenschwester etwas gesagt. Doch dieser große Kerl, der ihr den Rücken zuwandte, machte keinen angenehmen Eindruck. Sie ging wieder hinaus, und Moussa fuhr mit seiner Befragung auf Kabylisch fort: »Hattest du ihn schon einmal gesehen? Khalé, denk nach! Hast du ihn schon einmal irgendwo gesehen?«

»Nein, nein, mein Sohn, nein.«

Als er begriff, dass er nicht mehr über den Vorfall erfahren würde, wollte Moussa auf der Stelle wieder aufbrechen. Doch dann ließ er seinen Blick über den ausgezehrten Oberkörper des alten Mannes gleiten. Der Kragen des blauen Hemdes, das man ihm gegeben hatte, war zu weit für den mageren, faltigen Hals, doch es waren vor allem die greisenhaften Schlüsselbeine, die Moussa beeindruckten. Die schlaffe Haut war dort von einem Weiß wie bei einer Leiche, die Knochen so zerbrechlich und empfindlich, dass man hätte meinen können, sie hätten nicht mehr die Kraft hervorzuspringen, sich durch das pergamentartige Fleisch zu drücken, in das sein Oberkörper gehüllt war.

Moussa küsste ihn auf die Stirn und murmelte ein paar arabische Zauberformeln in sich hinein. Um seinen Vater hätte er sich genauso gekümmert, wenn der nur lang genug gelebt hätte, dachte er bei sich, während Ferhat allmählich einnickte. Dabei sah er für Moussa aus wie ein Vogel. Alte Leute kamen in zwei Sorten: als diejenigen, die irgendwann Nagetieren ähnelten (wie etwa die Großmutter), und die anderen, die aussahen wie Vögel. Moussa redete sich gern ein, dass Letztere die Aussicht auf den Tod mit mehr Leichtigkeit ertrugen als Erstere.

Ohne jeden Zweifel war er niemals so wenig mit sich selbst im Reinen gewesen wie in dem Moment, da er Onkel Ferhats Krankenzimmer verließ. Inzwischen herrschte Zwielicht, und man konnte nur mehr den schwachen Atem des schlafenden Onkels hören.

Er schwor sich auf Kabylisch, dass er den Angreifer finden und entzweischlagen würde. Der Großmutter aber gab er zu verstehen, dass er an diesem öffentlichen Ort keine Minute mehr bleiben könne.

»Eh, eh, bailek amméhn«, fügte sich seine Mutter und schob ihn zum Ausgang.

8.

Auf der Rückbank seines Dienstwagens lockerte Montesquiou endlich seine Krawatte. Dann blickte er auf den schwarzen Aktenordner, den die Ministerin ihm anvertraut hatte. Die kleine Reise nach Levallois-Perret wäre zwar nicht seine letzte Aufgabe an diesem Tag, aber sicher seine wichtigste. Er würde sich drastischen Kontrollen unterziehen müssen, um den gesicherten Sitz der DCRI zu betreten.

Vor Ort wurde er in die Räumlichkeiten der Unterabteilung für Terrorabwehr gebracht, wo Mansourd ihn auf dem Podium im Konferenzraum erwartete. Um ihn herum saßen die Chefs der drei Ermittlungsteams, die mit der Jagd auf Nazir Nerrouche befasst waren. Auch

Capitaine Tellier war anwesend. Er sah Mansourd wie ein Mann an, der bereit war, für seinen Vorgesetzten in den Tod zu gehen.

Montesquiou betrat leise das Zimmer und signalisierte dem Kommandanten, er möge mit seinem Briefing fortfahren.

Nazir war über sein Telefon aufgespürt worden – in einem kleinen Dorf im schweizerischen Graubünden. Die leistungsstarken Satelliten der Geheimdienste hatten keinen Zweifel gelassen. Die Mission würde, obwohl sie geheim war – oder vielmehr: gerade weil sie geheim war –, im Krisenzentrum der Place Beauvau live von der Innenministerin, die die Mission genehmigt und sich damit über den richterlichen Vorbehalt hinweggesetzt hatte, sowie vom Verteidigungsminister überwacht werden, dem ein Teil der an der Mission beteiligten Leute unterstand. Auf dem Helm des Anführers der Spezialeinheit würde eine Kamera montiert, die alles dokumentierte. Die Schwierigkeit der Mission bestand darin, den Verdächtigen festzunehmen, ohne die örtlichen Behörden auf den Plan zu rufen. Es würde also keine erweiterten Überwachungsmaßnahmen geben, nur rund fünfzehn Mann in einem Militärhubschrauber, der auf den Radargeräten unsichtbar wäre. Ihr Befehl lautete auf nicht mehr und nicht weniger, als den Staatsfeind Nummer eins zu entführen und ihn nach Frankreich zu bringen.

Am Ende der Besprechung bat Montesquiou um eine Unterredung unter vier Augen mit dem Kommandanten. Alle anderen Männer verließen den Raum.

Vermorels Stabschef reichte Mansourd den wattierten Aktenordner und achtete dabei genau auf dessen Reaktion. Mansourd hingegen gab sich keine Mühe zu verbergen, dass er den arroganten jungen Eliteabsolventen verabscheute.

»Das hier haben wir vom algerischen Geheimdienst erhalten.«

»Das« war eine Geheimdienstakte, die Moussa Nerrouches Mitgliedschaft in der GIA dokumentierte, einer bewaffneten islamischen

Gruppe, die unter anderem für eine Serie von Attentaten auf französischem Boden Mitte der Neunzigerjahre verantwortlich gewesen war.

»Und das ist noch nicht alles«, fügte Montesquiou hinzu. »Aïssa Nerrouche, Nazirs Vater, sowie Zidan Bounaïm, Abdelkrims Vater, beide inzwischen verstorben, sind zur heißesten Zeit regelmäßig nach Algerien gereist.« Mit der »heißesten Zeit« meinte Montesquiou den schmutzigen Krieg, der Algerien in eben diesen Neunzigerjahren in Blut getränkt hatte. »Die Akten über diese beiden liegen ganz zuunterst. Sie sind weniger detailliert als die von Moussa, aber immerhin … Das sollte doch Ihren Freund, den Richter Wagner, interessieren.«

Blitzschnell überflog Mansourd die Dokumente.

»Ich nehme an, dass all das Zeit hat«, fuhr der junge Mann währenddessen fort. »Übrigens, wenn Sie erlauben: Sie haben in den letzten beiden Tagen keinen Bericht über die Fortschritte Ihrer Ermittlungen abgeliefert … Was denken Sie, Kommandant? Ich meine, was ist Ihre ganz persönliche Einschätzung?«

»Meine ganz persönliche Einschätzung?«

»Die Leute, für die Sie arbeiten, wüssten gern mehr über Ihre Meinung zu …«

»Ich arbeite nicht für ›Leute‹, Monsieur. Die Polizei steht im Dienst des französischen Volkes. Das hat man Ihnen in Ihrer Eliteschule doch sicher beigebracht, oder? Die Unterabteilung für Terrorabwehr ist ein Zweig der Polizeibehörden, kein politisches Instrument.«

»Sie nähern sich der roten Linie, Kommandant.«

»Dann lassen Sie mich einen Schritt zur Seite machen«, erwiderte Mansourd und klappte den Aktendeckel zu. »Meine ganz persönliche Einschätzung? Tja, die ist simpel: Ich weiß noch nicht, ob Nazir Nerrouche den Mord an Chaouch in Auftrag gegeben hat oder ob er selbst – wie soll ich es ausdrücken – von größeren Fischen *benutzt* wurde. Und das werden wir auch erst nach Wochen, vielleicht auch erst in ein paar Monaten herausfinden.«

»Je früher, desto besser.« Montesquiou war für den Augenblick ein wenig aus dem Konzept geraten. »Viel Glück für die Mission heute Abend. *Kommandant*.«

Der sarkastische Ton, den er dabei angeschlagen hatte, gefiel dem Angesprochenen gar nicht. Doch Montesquiou stampfte nur noch einmal mit dem Gehstock auf und verließ den Raum, ohne sich umzudrehen.

Sobald er wieder allein war, rief Mansourd Capitaine Tellier zu sich.

»Was hältst du davon?«, fragte er ihn.

»Was ich davon halte? Dass das dem algerischen Geheimdienst ähnlichsieht. Aber es wundert mich nicht wirklich. Ich würde jetzt nicht so weit gehen zu behaupten, dass Terrorismus erblich sei – aber kein Rauch ohne Feuer.«

Ein wenig ratlos spielte Mansourd mit dem Medaillon an seiner Kette.

»Ich hab den Eindruck, dass Sie das beschäftigt, Chef«, sagte Tellier.

»Ja … Ich hab sie selbst befragt, Krims Mutter und auch Nazirs Mutter. Ich weiß nicht – irgendetwas passt da nicht. Entweder waren sie wirklich vollkommen ahnungslos, was die Umtriebe ihrer Ehemänner anging, oder …«

»Oder was?«

Mansourds Medaillon hatte sich durch das ständige Drehen gelöst und klapperte zu Boden. Tellier bückte sich danach. Darin steckte das Schwarz-Weiß-Bild einer Frau – einer hübschen Fünfzigjährigen mit leidendem Gesichtsausdruck.

»Wer ist das?«

»Meine Mutter«, antwortete Mansourd. »Es ist schon lustig. Sie sieht Nazirs Mutter zum Verwechseln ähnlich. Wenn du sie einmal gesehen hättest … Aber nein. Das hätte auf dich keinen Effekt. Wie dumm von mir.«

Der Capitaine wusste nicht, was er darauf hätte erwidern oder hinzufügen sollen.

»Sagen Sie, Chef, Sie stehen der Mutter dieses Irren doch nicht positiver gegenüber, nur weil sie Ihrer eigenen …«

»Vielen Dank, Capitaine«, fiel Mansourd ihm ins Wort.

Tellier biss sich auf die Lippe. Seine Hasenscharte schien sich zu spreizen wie die Kiemen eines Fischs.

»Kommandant, eine letzte Sache noch – es geht um Vermorels Stabschef.«

Mansourd war schlagartig hellhörig.

»Also, er ist am ersten Tag in Levallois aufgetaucht, das ist natürlich normal. Aber er ist tags darauf wiedergekommen und hat darum gebeten, allein mit Abdelkrim zu sprechen … und weil wir auf der Stelle traten und der Junge uns wohl alles gesagt hatte, was er wusste … das heißt …«

»Ihr habt ihn zu ihm gelassen?«, unterbrach ihn Mansourd.

»Was hätte ich denn sonst tun sollen?«

Durch seine kräftigen Nasenlöcher atmete Mansourd tief ein. »Das fängt alles an, mir auf die Nerven zu gehen«, knurrte er, bevor er wieder ausatmete. »Und der Rothaarige?«

»Das läuft gut«, erklärte Tellier eilig. »Ich kümmere mich darum. Die Fingerabdrücke gehören zu einem gewissen Romain Gaillac, einem Konvertiten, der dem Geheimdienst seit geraumer Zeit bekannt ist, weil er regelmäßig eine salafistische Moschee besucht …«

»Gut. Kümmer dich weiter um ihn. Und ab jetzt kommt es nicht mehr infrage, dass dieser Geier Montesquiou noch mal seine Nase in unsere Ermittlungen steckt, verstanden?«

Tellier machte eine hilflose Geste, die letztendlich Zustimmung signalisierte. Dann verließ er den abgedunkelten Raum.

Mansourd schlug noch mal die Akte des algerischen Geheimdiensts auf. Auf jede einzelne Seite war mit roter Farbe ein Vermerk zur »militärischen Geheimhaltungspflicht« gestempelt worden. Eines der geheimen Fotos zeigte Onkel Moussa, der an der Biegung eines felsigen

Wadis gegen einen Jeep lehnte. Selbst sein spärlicher blonder Bart hatte etwas von einer Wüste. Er trug einen tarngrünen Kampfanzug und reckte herausfordernd das Kinn in Richtung Kamera. Unter seiner linken Achsel war der hölzerne Griff einer Pistole erkennbar, die in einem Holster steckte.

KAPITEL 21

Vor dem Sturm

1.

Kenza hatte Lunas, Dounias und Rabias Abwesenheit nutzen wollen, um mit ihrem jungen Ehemann einen intimen Moment zu teilen. Doch nach einer halben Stunde angestrengter »Intimität« setzte Slim sich auf die Bettkante, wo die in Unordnung geratenen, warmen Laken wie rauchende Trümmer Zeugnis von dem Kampf ablegten, den er einmal mehr verloren hatte.

Immer noch außer Atem warf er verstohlen einen besorgten Blick auf Kenzas Profil. Ihre hübsch gewölbte Stirn glänzte. Es genügte ein kleines Zucken der Braue, die Albernheit eines Augenblicks, eine listige Bewegung ihres Mundes, dessen geheimnisvolle Kraft sie so gut einzusetzen wusste, damit er wieder glaubte, sie zu begehren, und mit ihrer atemlosen und lasziven Zustimmung ein weiteres Mal zur Tat zu schreiten versuchte.

Doch sowie er ihre Knie auseinanderdrückte und sich mit den wohlgeformten Schenkelinnenseiten konfrontiert sah, die geheimnisvoll bebten und eine Hitze ausstrahlten, die nach Schuld roch, mündeten seine guten Vorsätze einmal mehr im Nichts: einem Nichts an Leidenschaft, einem Nichts an Schwung, das in ihm den Wunsch erzeugte zu sterben. Doch er starb nicht. Er arbeitete sich zu dem Gesicht empor, das er ohne Vorbehalte lieben konnte, und bedeckte es mit zärtlichen, keuschen und ungeschickten Küssen.

An diesem Abend war jedoch das Maß für Kenza voll. Sie streckte sich über Slims nackten Oberkörper und schaltete die Nachttischlampe an.

»Slim, wir müssen reden.«

Slim erstarrte in seinem Eckchen des Betts. Er konnte Kenzas nächsten Satz bereits vorausahnen und schaltete die Nachttischlampe wieder aus. Dann hörte er diese wenigen Worte, die auf ihn wie Steinschläge wirkten, die das Ende der Welt einläuteten.

»Slim, ich hab dich vorhin gesehen, hinter der Cité du Design.«

Die Dunkelheit war eine schlechte Idee gewesen. Slim spürte, wie die Finsternis von ihm Besitz ergriff, und begann zu zittern. Speichel sammelte sich an seinem Gaumen, doch sein Verdauungsapparat war blockiert. Wenn er nur noch einen einzigen Speicheltropfen mehr produzierte, würde er ausspucken und sich danach wahrscheinlich erbrechen müssen.

»Ich hab dich mit diesem Typen gesehen, mit dieser Tunte.«

»Was … Was … hast du gesehen?«

»Ich hab gesehen, dass er versucht hat, dich anzufassen. Ich hab gesehen, dass du ihn zurückgestoßen hast, aber …«

Sie fing an zu weinen. Slim versuchte, sie mit seinen langen, weißen Händen zu umfassen, doch sie sprang jäh aus dem Bett.

»Nein, du irrst dich, Kenza, das ist einer, dem … ich Geld schulde!«

In der alles beherrschenden Stille, die darauf folgte, hörte Slim das Geräusch einer Vibration, die er schon zuvor gehört zu haben glaubte, als er versucht hatte, sich auf Kenzas Brüste zu konzentrieren. Er schlug die Decke zurück und entdeckte im hintersten Winkel des Betts Lunas Handy.

»Scheiße …«

Er hatte geflucht, weil er gehofft hatte, damit Kenzas Aufmerksamkeit auf etwas anderes zu lenken, weil er gehofft hatte, dass sie ihn fragen würde, was los sei.

Aber Kenza setzte sich nur vor den abgeschalteten Computer und legte sich die Hände über Kopf und Ohren. Slim nahm das Telefon und schaltete es aus. Dann stand er auf, ging zu Kenza und bearbeitete ihre untere Nackenpartie.

»Aber ich liebe dich doch, Kenza«, murmelte er. »Vertrau mir, wir schaffen das.«

Als einzige Antwort kauerte sich Kenza auf dem Stuhl zusammen. Es sah aus, als wollte sie in dieser unmöglichen Position einschlummern, die aber immer noch besser war als jedes Wort.

2.

Fouad kam an einem Konzertsaal vorbei. »Paola Ferris spielt Mozart«. Es war gerade Pause, der Gehweg war voller Menschen, und er verlor sich in der Menge. Dann bekam er eine Nachricht von Yaël, die wissen wollte, ob es ihm gut ging. Der Ausdruck fing an, ihm auf die Nerven zu gehen. Er beschloss, so zu tun, als wäre er zu beschäftigt, um am folgenden Tag mit ihr zu Mittag zu essen. Als er seine Antwort abgeschickt hatte, überkam ihn plötzlich ein heftiges Unwohlsein: diese bürgerlich weiße Menschenmasse, das aufgesetzte Gelächter, das von überallher zu hören war, und die Leute, die einander aus den Augenwinkeln abschätzten, während sie sich zu kleinen musikologischen Stegreifrunden zusammenfanden … Wie es einen oft ausgerechnet darauf zutreibt, was einem Angst macht, ließ sein Abscheu ihn inmitten dieser Menschen erstarren, obwohl er sich immer wieder ins Gedächtnis rief, dass er sie wie die Pest meiden sollte.

Am allerwütendsten machte ihn jedoch, dass er plötzlich in der verspiegelten Scheibe einer Luxuskarosse, die neben ihm anhielt, um irgendeine alte Schabracke einsteigen zu lassen, sein eigenes Spiegelbild erblickte, das nicht im Geringsten aus der Haute volée mit ihren gesteiften Kragen herausstach. Jackett und Hose, helles Hemd, dunkle Halbschuhe – seine Uniform des täglichen Lebens in Paris, weder zu aufgedonnert noch zu nachlässig. Sie erlaubte es ihm, sich sowohl in einer heruntergekommenen Bar in Belleville oder eben am Ausgang eines klassischen Konzerts wohlzufühlen – unter Leuten, die er zum Kotzen fand. Leute, die er zum Kotzen fand, denen er aber nichtsdestoweniger gefallen wollte, wie es das höfliche, diskrete Lächeln bezeugte, das er den Damen und Herren zuwarf, die zufällig in seine Richtung blickten. Sie wollten sich versichern, dass es sich bei ihm auch wirklich um einen integrierten Kanaken handelte, um ein Exemplar dieser neuen Rasse von Arabern, die Journalisten und Rechtsanwälte sein mochten und es einem zwar übel nahmen, wenn man sie über einem harmlosen Glas Champagner danach fragte, woher sie stammten, die aber wenigstens keine Autos abfackelten, keine Schafe schächteten und sich auch nicht wünschten, dass ihr guter alter französischer Staat durch einen islamischen ersetzt würde. Und ob sie nun gottesfürchtige Franzosen oder überzeugte Kirchenfeinde waren, sie waren sicher nicht bereit – und würden das auch so bald nicht sein –, unterschiedliche Badezeiten in Schwimmhallen oder Speisekarten in ihren Fast-Food-Ketten zu akzeptieren, auf denen ausschließlich Halal-Essen angeboten wurde.

Als er mit Schrecken bemerkte, dass all diese ins Nichts führenden Gedanken von Nazir statt von ihm selbst stammten, kniff Fouad sich in die Nasenwurzel, schüttelte heftig den Kopf und marschierte weiter.

Auf dem Weg zu seiner Wohnung an der Place d'Aligre hatte er gleich drei Mal das Gefühl, dass ihn jemand verfolgte. Statt an der Bastille stieg er an der Haltestelle Bréguet-Sabin aus. Hier gab es keine

Umsteigemöglichkeiten, sodass er vom Ende des spärlich besetzten Zugs aus würde sehen können, ob die beiden Männer in den dunklen Jacken, die er zuvor entdeckt hatte, ebenfalls im letzten Moment ausstiegen. Tatsächlich sprang eine Person gerade noch so aus dem Zug, allerdings ein junges Mädchen. Für einen Moment war er erleichtert. Als er Minuten später das belebte Eck des 11. Arrondissements durchquerte, bemerkte er jedoch ein Auto, das so langsam fuhr, dass sogar die Leihfahrräder schneller waren.

Um auf die Avenue Ledru-Rollin zu kommen und dabei das Auto abzuschütteln, sah Fouad sich genötigt, in die Rue de Lappe einzubiegen, eine deprimierende Fußgängerzone, in der sich eine Bar an die andere reihte und Frauen in hochhackigen Schuhen übers Pflaster stolperten. Als er an der Place d'Aligre ankam, beschloss er, sein Lieblingscafé aufzusuchen. Doch zuerst lief er in seine Wohnung, um sich umzuziehen.

Als er wieder unten stand, hatte er sein Hemd, seine Halbschuhe und das Jackett, das jeder gute Araber trug, gegen einen bewusst abgerissenen Aufzug eingetauscht: eine alte Jogginghose, seine alten Reeboks, ein bedrucktes T-Shirt und vor allem einen kakigrünen Kapuzenpulli. Mit der Kapuze auf dem Kopf setzte er sich auf die Terrasse und bestellte eine Halbe. Der Kellner schien sein verändertes Outfit nicht mal zu bemerken. Doch nach der kurz angebundenen Art zu urteilen, wie er ihn bediente, hatte er ihn nicht wiedererkannt.

An der Place d'Aligre konnte man anhand von drei Bars rund um den Platz die soziale Schichtung in Paris ablesen: die Bar der reichen Bobos, die Bar der armen Bobos, in der Fouad seinen Stammplatz hatte (eigentlich zu Unrecht), und schließlich die Bar der mehr oder weniger dunkelhäutigen Proleten, die auf dem berühmten Markt arbeiteten. Der Markt öffnete um fünf Uhr morgens, an der Bar tranken die Kunden einen Espresso aus einem Pappbecher und gingen anschließend einkaufen. Insgeheim tadelte Fouad sich dafür, dass er dieser Kundschaft, die in der offiziellen Bar des Marktes von Aligre auch auf Pferde wettete, die Begegnungen vorzog, die man am Tresen seiner geliebten Künstlerkneipe haben konnte: Dort schilderten zarte Geschöpfe mit einem Korken im Mund Szenen, in denen sie kleine Rollen ergattert hatten, dazwischen hippe Väter in offenen Schuhen, Leiter sozialer Projekte im Viertel – Menschen eben, die alle direkt oder indirekt im Kultursektor arbeiteten und die ausnahmslos für Chaouch gestimmt hatten, tranken hier an milden Abenden ihre hellen Biere für drei Euro.

Fast schon erschrocken betrachtete Fouad dieses harmonische Bild, in dem er selbst einen herausgehobenen Platz einnahm, diesen Hafen des sozialen Friedens, den die angeregten Bürgergespräche und der Ärger über die noch intakten Machtzentren stärkte, statt ihn zu zerstören. Und es waren nicht mal die Verlogenheit oder das bequeme Leben derer, die hier beim Aperitif saßen, die bei Fouad diese heftige Ablehnung hervorriefen. Es war der Frieden selbst, der ihn abstieß, dieser Frieden, den er beinahe wie einen konkreten Gegenstand spüren konnte – das zwischen Unbekannten ausgetauschte Lächeln, der laue Wind, der die Jackenkragen hochdrückte, die Aussicht, nach dem zweiten Mojito in eine lichtdurchflutete Wohnung heimzukehren, die durch zwei quartalsweise geänderte Codes an den Türen gesichert war.

Er war allen Ernstes dabei, sich in Nazir zu verwandeln.

Ein junges Mädchen tauchte vor seinem Tisch auf und riss ihn aus den Gedanken – es war das Mädchen mit den hellen Haaren, das im letzten Moment genau wie er in Bréguet-Sabin ausgestiegen war.

»Tut mir leid, wenn ich Sie störe«, sagte sie mit flötender, jugendlicher Stimme. »Ich hab Sie erkannt und ...«

Fouad konnte seine schlechte Laune nicht verhehlen. Hätte sie ihn angesprochen, wenn sie ihn nicht wiedererkannt hätte? Hätte sie mit einem Araber im Kapuzenpulli gesprochen, der kein Star einer erfolgreichen Serie war? Wie würde sie reagieren, wenn sie erführe, dass seine Karriere wahrscheinlich im Eimer war?

»Nein, das ist es nicht, ich … Ich hab Sie wiedererkannt, in der Pause beim Konzert meiner Mutter. Ich bin Ihnen nachgelaufen, tut mir leid … Sie sind Krims Cousin, richtig?«

Fouad kniff die Augen zusammen. Ein neues Leuchten hatte sich gerade darin entzündet.

»Ich heiße Aurélie. Ich hab Krim im letzten Sommer im Süden kennengelernt. Wir haben einen Teil der Ferien zusammen verbracht und …«

Fouad stand auf und ging ein paar Schritte mit ihr den Gehweg entlang.

»Letzten Sonntag ist Krim bei mir gewesen, bevor er … Kurz und gut, ich habe mich gefragt, ob Sie ihm vielleicht einen Brief zukommen lassen könnten.«

»Aber … Na klar, kann ich, aber …«

Aurélie kramte gute zwanzig Sekunden in ihrer Handtasche herum. Dann nahm sie sich die schwarze Strickjacke vor, in die sie den Brief am Nachmittag gesteckt hatte. Doch auch hier war er nicht.

»Scheiße!«

Ihr war sofort klar, dass Tristan eingefädelt hatte, dass der Brief ihr am Seine-Ufer gestohlen würde. Sie hatte recht damit gehabt, Nico zu misstrauen. Nein, sie hatte unrecht gehabt! Sie hätte ihm noch dreimal mehr misstrauen müssen!

»Hör zu, ist doch nicht schlimm«, sagte Fouad beschwichtigend. »Wir können uns doch für morgen verabreden. Mit den Anwaltsgeschichten ist es sowieso ein bisschen kompliziert, um …«

»Nein! Nein! Sie verstehen das nicht! Es geht … um meinen Vater … Wenn dieser Brief …«

Fouad wollte sie beruhigen. Sie stammelte noch ein paar unverständliche Erklärungen, bat ihn dann mit angstverzerrtem Gesicht um Verzeihung und sprintete unter den verblüfften Blicken der Leute auf der Terrasse davon.

3.

»Wir sollten schon seit Stunden in Italien sein.«

Der Allradwagen war am Waldrand auf dem Gipfel quasi unsichtbar. Vor ihnen am Fuß des Hügels erstreckten sich die beiden Weiler, die zusammen die Gemeinde Schlaffendorf bildeten.

Fleur hatte sich die Nägel beider Zeigefinger abgekaut. Ihr jammernder Tonfall trieb Nazir langsam zur Verzweiflung, und dass er sich in einem fort mit der Zunge über die Lippen fuhr, zeugte von seiner Nervosität.

»Hast du mich belogen? In Italien wartet niemand auf uns, oder? Und jetzt sitzen wir hier tagelang in dieser Scheißkarre, bis sie uns schnappen!«

Nazir hatte schon am Morgen auf ihre berechtigten Fragen geantwortet. Ihr Mangel an Geduld war keine Überraschung für ihn, aber weniger verärgert war er deshalb noch lange nicht.

»Fleur, es gibt da etwas, was du allem Anschein nach nicht verstehst und was ich jetzt noch mal ganz ruhig für dich wiederhole: Wenn die komplette Polizei Europas nach einem sucht, dann kann man nicht einfach über eine Grenze wie die zwischen der Schweiz und Italien spazieren. So was muss man erst gut vorbereiten, und genau das tue ich gerade.«

»Oh nein«, empörte sich Fleur, »du tust rein gar nichts, außer auf das Display deines Telefons zu starren, das oben auf dem Handschuhfach liegt, und zu hoffen, dass irgendwer dich anruft! Es ist Nacht, und mir ist kalt. Ist das von jetzt an unser Leben? Wir verrammeln uns in einem Auto und kommen nur nachts raus wie die Vampire? Steigen wir überhaupt noch mal aus? Scheiße, du verarschst mich doch, du hast gar nichts vorbereitet, ich wäre besser … Und warum ist Waldstein nicht da? Er hätte uns doch helfen sollen, oder nicht? Ich kapier überhaupt nichts mehr! Red mit mir! Was mache ich hier eigentlich, verdammte Scheiße?«

Mit einem einzigen Blick brachte Nazir sie zum Schweigen. Seine großen schwarzen Augen änderten im Lauf der Stunden immer wieder die Form: Der Zorn hatte sie scheinbar vergrößert, die erzwungene Geduld schien sie sphinxhaft gemacht zu haben – was sich allerdings nicht änderte, war die erschreckende Unsichtbarkeit des weißen Augapfels um seine Regenbogenhäute.

»Als ich dich gefunden habe«, erklärte er der jungen Frau, »warst du gerade wie eine kleine, verzogene Göre von zu Hause ausgerissen und hast Kurse in Kampfsport und andalusischer Poesie in einem selbst verwalteten besetzten Haus gegeben. Zu dem Zeitpunkt hätte ein Wink deines Papas genügt, damit du wieder in den Schoß der Familie zurückgekehrt wärst. Florence …«

»Nenn mich nicht so«, blaffte Fleur und riss die von Erschöpfung geröteten Augen auf. »Ich habe meinen Vornamen geändert, ich habe meinen Familiennamen geändert. Wie viele Leute kennst du, die diesen … Mut haben?«

Nazir sah in Fleurs blasses Gesicht, und plötzlich erweckte ihre mädchenhafte Zerbrechlichkeit in ihm heftige, widersprüchliche Gefühle. Sie waren widersprüchlich, wurzelten aber in demselben Übel: in Mitleid.

»Nein, das stimmt, du bist sehr mutig gewesen. Darum verstehe ich auch nicht, warum du ausgerechnet jetzt durchdrehst. Ich brauche dich, Fleur. Wir brauchen dich – wir beide. Wenn wir erst in Italien sind, kann ich nicht mehr auf die Straße. Du wirst mir die Augen ersetzen müssen, die Hände, du wirst … mein Körper sein.«

Dieser Anflug von Begeisterung in der Stimme ihres Liebhabers riss Fleur wie einen Magneten an ihn. Sie packte ihn am Nacken und wollte ihn küssen, doch Nazir wich zurück. Sie hatte ihre grünen Kontaktlinsen verloren und roch immer noch nicht gut.

»Trotzdem«, sagte Fleur und setzte sich wieder auf den Fahrersitz, »sind wir wie Bonnie und Clyde, oder etwa nicht?«

»Wenn du meinst …«

»Na, hör mal, ich dachte, ich bin deine erste Revolutionärin?«

Nazir zog die Brauen spöttisch hoch, und gekränkt wechselte Fleur das Thema.

»Es ist schon seltsam … Denkst du nie an deine Familie? Du hast sie geopfert, das weißt du genau. Willst du mir wirklich weismachen, dass dich das nachts nicht wach hält?«

Nazir antwortete nicht.

»Alles, was du tun kannst, ist, ›Scheiße‹ zu sagen. Deine kleinen Manipulationen im Netz, deine Versuche, überall zu zündeln …«

»Das Feuer ist in den Köpfen, ich muss es gar nicht legen. Das Feuer ist die ganze Zeit schon da, seit zwei Generationen.«

»Das war nicht meine Frage.«

»Menschen brennen im Stillen. Fernsehkameras können ihre Gehirne nicht abfilmen. Ich begnüge mich damit, das Feuer aus den Köpfen rauszuholen, damit man es sehen kann. Und in Frankreich sieht man nur das wirklich, was in Paris passiert. Ich bin der Regisseur der Wahrheit, und wenn du findest, dass das gleichbedeutend damit wäre, ein bisschen Unruhe zu stiften, dann ist das deine Sache …«

»Aber warum ziehst du deine Familie da mit rein?«

»Du weißt nichts über meine Familie, also halt den Mund.«

»Ach nein, Nazir«, lenkte sie ein. »Wir wollen uns nicht streiten. Nicht jetzt.«

Nazir atmete einmal tief durch und sagte, während er auf den Zigarettenanzünder starrte: »Ich werde dir jetzt was gestehen, weil du wirklich komplett auf dem Holzweg bist. Versuch, dir mich vorzustellen, wie ich die Menschen überzeugen muss, wie ich mich für die Gesellschaft zum Affen machen muss, wie ich in alle Richtungen intrigiere und zehn verschiedene Personen an einem einzigen Tag verkörpern muss, bis ich von meinen wirklichen Gefühlen nichts mehr weiß. Die falschen Handys, die wahren Geheimnisse – und all das über Monate, während sich das ganze Land für diesen Hochstapler begeistert hat, für diesen Clown Chaouch … Also. An manchen Abenden, jeden zweiten oder dritten Abend dieses gesamten Jahres, hab ich meine Mutter angerufen. Ich hab ihr erzählt, was ich den ganzen Tag über gemacht habe, hab dabei alles nach und nach erfunden: ›Geht es dir gut? Erzähl mir, was genau du tust …‹ Ich hab ehrenwerte Projekte erfunden, schmeichelhafte Begegnungen. Ich wollte einfach nur ihre Stimme hören. Aber bei jeder Lüge, die sie geschluckt hat, hab ich gespürt, wie ich mich immer mehr von ihr entfernt habe. Und trotzdem hab ich weitergemacht. Ihre Stimme, ich wollte nur ihre Stimme hören, das war alles. Und dann wollte ich noch, dass sie sich Sorgen um mich macht, denn solange sie sich um mich Sorgen machte, musste ich mir um sie keine Sorgen machen.«

Er hielt inne, und seine Stimme schien sanfter zu werden, sein Panzer schien Risse zu bekommen.

»Sie ist die einzige Person auf dieser Welt, die ich liebe. Ich habe nie irgendwen außer meiner Mutter geliebt.«

Fleur sah ihn entsetzt und dennoch voller Gefühl an: voller Liebe für ihn und voller Respekt.

»Ich wollte, dass sie stolz auf mich ist. Also hab ich ihr erzählt, dass ich eine PR-Agentur gegründet hätte, zusätzlich zu dem privaten Sicherheitsdienst in Saint-Étienne, ich hab behauptet, dass ich am Wahlkampf teilnehmen würde. Der Sog dieser erfundenen Leben war einfach unwiderstehlich. Ich hab tagsüber die Gesellschaft angelogen und nachts meine Mutter. Und das war noch viel schlimmer – das war, als hätte ich mich selbst belogen. Wir wurden abgehört, sie wusste natürlich nichts davon. Jede ihrer Antworten, jede ihrer Bemerkungen, die doch nur bewiesen, dass sie an meinen Bullshit glaubte, dass sie keinerlei Zweifel an der Wahrhaftigkeit meiner Geschichten hatte, war wie eine Faser, die sich aus der heiligen Verbindung zwischen ihr und mir gelöst hat. Und jedes Mal, wenn ich aufgelegt hab, hab ich die

SIM-Karte gewechselt, hab mich ans Fenster gestellt und die Nachrichten abgerufen, die E-Mails, die verpassten Anrufe. Und dann hab ich geweint.«

»Du hast geweint …«

»Ich hab geweint. Und ich wusste, dass der Tag, an dem ich nicht mehr weinen würde, der Tag wäre, an dem ich bereit wäre.«

Gänzlich unvermittelt dröhnte plötzlich ein Blasinstrument herauf, das sich mit Ankündigungen aus einem Lautsprecher abwechselte.

»Die Bucinae!«, rief er. »Sie sind da!«

»Wer ist da? Aber haben wir auf jemanden gewartet?«

»Fleur, steig aus und sag mir, was du siehst.«

Fleur tat wie geheißen. Sie stieg aus und lief aus dem Wäldchen hinaus ins Freie. In der Ferne sah sie auf der einzigen Straße, die den schlafenden Weiler durchquerte, eine Karawane aus etwa einem Dutzend Fahrzeugen.

Es war ein Wanderzirkus. Der Lautsprecher spuckte Hinweise in einer Sprache aus, die Fleur nicht kannte. Es war weder Deutsch noch Französisch noch Italienisch, nicht mal Rätoromanisch.

»Was ist das für ein Zirkus?«, fragte sie, als sie wieder im Wagen saß und den Geruch der Ledersitze einatmete.

»Das ist unser Reisepass nach Italien«, erwiderte Nazir, während er auf seinem Blackberry herumtippte.

4.

Das Handy des dicken Momo klingelte jetzt schon zum dritten Mal. Er war nicht rangegangen, weil er sich gerade Nudeln gemacht und weil er im selben Moment, als das Wasser zu sieden begann, eine Kakerlake auf dem Schrank gesehen hatte, der er den Garaus machen wollte, um ein Exempel zu statuieren.

Doch als dann auch noch der Festnetzanschluss anfing zu klingeln, machte er sich langsam Sorgen, brach die Jagd ab und entfernte sich von seinem Topf.

Am anderen Ende der Leitung brüllte Djinn ihn an: »Unten wartet ein Auto auf dich, ein weißes Taxi. Du schnappst dir den Boxsack, den ich aufs Bett gelegt habe, nimmst den Hund mit und gehst nach unten. Dann steigst du mit dem Hund ins Taxi und lässt dich einfach fahren, okay?«

»Aber ich hab noch nichts gegessen …«

»Hau sofort ab! Die Bullen sind schon unterwegs und treten die Tür ein!«

»Die Bullen? Aber … warum denn die Bullen?«

Ohne Djinns gebrüllte Antwort abzuwarten, rannte der dicke Momo in dessen Zimmer, hob den Sack hoch – und wusste sofort, dass er voller Waffen steckte. Schweißgebadet schleppte er ihn auf den Flur. Dann fiel ihm wieder ein, dass der Topf noch auf dem Herd stand. Er stellte das Gas ab und legte Sarko den Maulkorb wieder an. Bei der Hektik, die sein vorübergehendes Herrchen verbreitete, wurde der Hund sofort unruhig.

Noch ehe er auch nur die Wohnung verlassen hatte, überkam ihn eine böse Vorahnung. Er durchwühlte seine Tasche nach Krims 9-Millimeter. Statt sie ebenfalls im Boxsack zu verstauen, steckte er sie sich wie schon in Saint-Étienne einfach in die Trainingsjacke. Dann polterte er schnaufend und zu warm angezogen die Treppe hinunter.

Tatsächlich wartete im Hof ein weißes Taxi auf ihn. Es war zwar bereits spät, aber die Hitze war immer noch drückend. Der Himmel war zugezogen, es ging kein Lüftchen mehr, und die Vögel flogen tief. Der dicke Momo hatte sich noch nie ein Taxi genommen. Er zog die Beifahrertür auf.

»Entschuldigung, stört Sie der Hund?«

»Steig hinten ein, du dummer *arioul!* Der Köter darf nicht auf die Sitzbank!«

Der dicke Momo gehorchte. Seine Wangen bebten, seine Hände schienen eine Tonne zu wiegen. Als der Wagen anfuhr, schob er sie in seine Jackentaschen und drehte sich zu dem Hund um. Die kleinen Augen leuchteten und schienen im Halbdunkel des Autos zu flackern.

Eine Viertelstunde später zertrümmerten Männer der BRI, der Such- und Zugriffbrigade der Polizei, die Tür zu Djinns Wohnung mit einem Rammbock. Der Brigademajor nahm seinen Kopfhörer ab und wählte dann die letzte Nummer, die auf seinem Handy angezeigt wurde.

»Negativ, Chef. Aber der Topf ist noch warm. Wenn Sie mich fragen, sind sie gerade erst weg.«

5.

Kommandantin Valérie Simonetti hatte Richter Wagner um ein Treffen unter vier Augen gebeten. Wagner schlug eine Brasserie am Boulevard du Palais vor, doch die ehemalige Chefin von Chaouchs Sicherheitsdienst bevorzugte einen anonymen Pub am anderen Seine-Ufer. Wagner wollte seinen beiden Leibwächtern Bescheid geben, dass sie gleich einen kleinen Spaziergang unternehmen würden, doch noch an der Tür zur Galerie Saint-Éloi bestanden sie darauf, die hundert Meter mit dem Auto zurückzulegen.

Die Ampeln an der Place Saint-Michel schienen sich gegen den Richter verschworen zu haben. »Zu Fuß hätten wir den Hin- und den Rückweg schon längst hinter uns«, beklagte er sich bei Thierry, doch Aqua Velva zuckte nicht mal mit der Wimper.

Von dem Pub aus, den Simonetti ausgesucht hatte, konnte man Notre-Dame aus einer Perspektive sehen, die der Richter nicht kannte. Ebenso wenig war er an die Kastenwagen der Bereitschaftspolizei gewöhnt, die fast auf der gesamten Länge der Seine den Zugang zu den Antiquaren versperrten.

An der Eingangstür zum Pub blieb Wagner stehen. Hinter ihm schien die Kathedrale in der aufgeladenen Abendstimmung zu schweben. Die Île de la Cité erzitterte wie ein Kreuzfahrtschiff, das kurz davor war, zu sinken und die Conciergerie, das Polizeipräsidium und den Justizpalast mit in die Tiefen zu reißen. Es würde sicher auch die Galerie Saint-Éloi, Wagners Büroräume, seine Akten, die militärische Geheimhaltungspflicht und all seine Sorgen mitnehmen.

»Herr Richter, ich bin untröstlich, dass wir uns auf diese Weise treffen müssen.«

Der Richter war überrascht, wie sehr Valérie Simonettis athletische Figur vor Nervosität vibrierte. Eine mächtige Vene pulsierte auf ihrem nackten Unterarm. Sie hatte sich ein Mineralwasser mit Zitronenaroma bestellt und kam sofort zur Sache.

»Gut … Solche Methoden sehen mir ja sonst nicht ähnlich … aber ich bin nach dem Attentat beurlaubt worden und muss mich einem verschärften Check durch die Dienstaufsicht der Polizei unterziehen. Sie schieben mir den schwarzen Peter zu, und« – ihr Körper versteifte sich, die Kiefer mahlten beim Gedanken an ihr Dienstverhältnis und das Opfer, das sie dafür brachte – »ich werde mich meiner Verantwortung nicht entziehen. Ich akzeptiere sie. Aber ich habe Zweifel, Herr Richter. Zweifel an Major Coûteaux, an Aurélien Coûteaux. Er wurde uns während des Wahlkampfs aus heiterem Himmel vom SSMI, Entschuldigung, vom Sicherheitsdienst des Innenministeriums aufs Auge gedrückt und direkt dem Sicherheitsdienst des Präsidenten und dem Schutz des Abgeordneten Chaouch zugeteilt. So was kommt vor, nicht oft, aber es kommt vor, und ich will nicht, dass Sie jetzt denken, dass ich von irgendwelchen persönlichen Abneigungen geleitet werde. Major Coûteaux war mir unterstellt, als Monsieur Chaouch mich mit der Führung seiner Leibgarde beauftragt hat. Es ist schwer zu erklären, aber ich hatte bei ihm von Anfang an ein schlechtes Gefühl …«

»Sie hatten ein schlechtes Gefühl?«

»Herr Richter, am Sonntag hat Major Coûteaux mich ausdrücklich darum gebeten, einen Posten im inneren Schutzkreis einnehmen zu dürfen. Weil ich aber den Eindruck hatte, dass er unter Strom stand, habe ich diese Versetzung abgelehnt. Sämtliche Mitglieder des inneren Schutzkreises sind inzwischen beurlaubt, ich bin also nicht die Einzige. Doch Coûteaux ist nach einer einfachen Befragung wieder in den Dienst beordert worden und leitet jetzt die Leibwache von Chaouchs Tochter.«

»Worauf wollen Sie hinaus, Madame?«

»Ich habe nur einen Verdacht – aber wenn er nicht dringend wäre, wäre ich niemals das Risiko eingegangen, mit Ihnen das Gespräch zu suchen. Ich glaube, Sie werden Ermittlungen im Sicherheitsdienst des Präsidenten einleiten müssen. Diese Ad-hoc-Versetzung, das Verhalten des Majors, die Tatsache, dass er unbeschädigt aus dieser Angelegenheit hervorgegangen ist – all das wirkt auf mich sehr dubios, Herr Richter.«

Wagner nahm sich vor, ihre Ausführungen später zu überprüfen. Als er sich von der Kommandantin verabschiedete und in die Hitze seines gepanzerten Fahrzeugs zurückkehrte, zog er sein Notizheft aus der Innentasche und schrieb sich die Einzelheiten auf. Dann rief er Alice an und bat sie darum, einen Entwurf für die Vorladung des ehemaligen Chefs des GSPR aufzusetzen, des Sicherheitsdienstes des Präsidenten. »Und zwar ohne dass gewisse Leute Wind davon bekommen, Alice.« Insbesondere nicht die Staatsanwaltschaft und Lamiel. Es sei besser, diese Spur fürs Erste vertraulich zu behandeln.

Als er in der Tiefgarage des Justizpalastes angekommen war, sprang Wagner aus seinem Wagen und nahm auf der Treppe mehrere Stufen auf einmal. Die Komplexität der Ermittlungen, die ihn noch eine Stunde zuvor zur Verzweiflung gebracht hatte, elektrisierte ihn jetzt. Selbst seine Leibwächter hatten Schwierigkeiten, bei seinem Sturm in die dritte Etage Schritt zu halten, was Wagner ihnen prompt in scherzhaftem Ton vorhielt.

Doch vor der Tür zur Galerie Saint-Éloi erstarb sein Lachen. Vor ihm stand Oberstaatsanwalt Lamiel – mit dem Gesichtsausdruck eines Mannes, der einem mitteilen wollte, dass die eigene Tochter bei einem Autounfall ums Leben gekommen sei.

»Jean-Yves, was ist los?«

»Henri …«

»Haben Sie schon gesehen, dass wir ihn heute Abend in die Zange nehmen?«

»Henri …«

Oberstaatsanwalt Lamiel ließ sich auf die Sitzbank gegenüber der Sicherheitsschleuse fallen. Durch ein gekipptes Fenster konnte man den angrenzenden Flügel des Palasts sehen. Lamiel holte tief Luft.

»Ich komme gerade von Jeantot …«

»Vom Gerichtspräsidenten? Aber wieso?«

»Er hat am Nachmittag einen anonymen Brief erhalten.«

»Fahren Sie fort.«

»Einen anonymen Brief, der in seinem Sekretariat abgegeben wurde und an den ein weiterer Brief angeheftet war.«

Lamiel schien die Ernsthaftigkeit von Wagners Reaktion abschätzen zu wollen. Er schob die Zunge hervor und leckte sich damit über die Lippen.

»Dieser anonyme Brief beschuldigt Sie, Henri, und fordert, Ihnen die Ermittlungen im Fall des Attentats auf Chaouch zu entziehen. Oder vielmehr dass Sie sich freiwillig zurückziehen sollen … Ach, verdammt, machen Sie nicht so ein Gesicht – Sie werden mir doch wohl nicht weismachen wollen, dass Sie keine Ahnung haben, worum es geht?«

»In Gottes Namen, Jean-Yves, was ist denn los?«

»Es geht um Ihre Tochter. Sie hat dem Jungen einen Brief geschrieben – diesem Abdelkrim. Und dieser Brief – das ist der angeheftete. In dem anonymen Brief steht, dass sie und drei Freunde, darunter auch

Putéolis Sohn, den Nachmittag mit ihm zusammen verbracht hätten, bei Ihnen zu Hause, Henri. Er war bei Ihnen zu Hause, unmittelbar bevor er das Attentat in Grogny verübt hat. Und wegen Ihrer familiären Verbindungen zur Freundin des Angeklagten sei es – laut diesem Brief – undenkbar, dass Sie die Ermittlungen auf eine objektive Art und Weise durchführen könnten und so weiter und so fort.«

Er atmete noch einmal durch und nahm dann seine Brille ab.

»Verdammt, was ist das für ein Quatsch, Henri? Können Sie mir das sagen? Ihnen ist doch sicher klar, dass ich in diesem Fall nichts für Sie tun kann? Mein Ratschlag wäre nun, dass Sie den Fall freiwillig abgeben und dann … Rotrou wird übernehmen, dagegen kann ich nichts ausrichten. Danach wird er in Rente gehen. Er wird den Fall zu seinem Schwanengesang machen. Ich kann Ihnen gleich sagen, dass das nicht schön mitanzusehen sein wird …«

Wagner löste seinen Krawattenknoten. »Putéoli …«, murmelte er und dann, während er langsam den Kopf schüttelte: *»In Palästen Verrat …«*

Mit der Krawatte in der Hand lief der Richter die Treppe hinunter, die Aurélie am Vorabend hinabgerannt war, nachdem sie ihm anscheinend beinahe etwas gestanden hätte. Er reagierte nicht einmal mehr auf die Rufe seiner Leibwächter.

Wohin er wollte, fanden sie im selben Moment heraus wie er. Er lief einfach die große Treppe hinab, durchquerte den Hof und irrte dann ziellos den Boulevard du Palais entlang bis zum Quai und wieder zurück – mit torkelndem Schritt, dem Gang eines Menschen auf der Brücke eines sinkenden Schiffs.

6.

Das Haus, in dem Fouad wohnte, war halbkreisförmig um die Place d'Aligre herumgebaut worden. Durch das überfüllte Schaufenster des asiatischen Supermarkts hindurch, der sich zusammen mit einem Franprix das Erdgeschoss teilte, schaute Fouad einem Mann in die Augen, einem kurzhaarigen Europäer, der eine Dose Sojasoße in der Hand hielt, ohne sie anzusehen. Als er dann langsam mit gesenktem Kopf die Treppe zu seiner Wohnung hinaufstieg, glaubte Fouad, allmählich verrückt zu werden. Konnte es wirklich sein, dass man ihm bis hierher gefolgt war? War das der Grund dafür gewesen, warum sein Polizeigewahrsam nur so kurz gedauert hatte – weil sie ohnehin vorgehabt hatten, ihm zu folgen, und darauf hofften … Und *was* hofften? Beweisen zu können, dass es eine Verbindung zwischen ihm und den irrsinnigen Handlungen seines Bruders gab?

Eine junge Frau, die er noch nie in seinem Haus gesehen hatte, wartete auf seinem Stockwerk und machte sich mit einem Schlüsselbund an der Tür zu schaffen, die seiner eigenen gegenüberlag. Sie hatte einen Motorradhelm bei sich und trug eine Lederjacke.

Als sie Fouad bemerkte, drehte sie sich um, zupfte sich ihre Jacke zurecht und räusperte sich. »Entschuldigen Sie …« Dann machte sie einen Schritt auf ihn zu.

Fouad ahnte, dass hier gleich etwas passieren würde. Sie war genauso groß wie er und strahlte eine seltsame, fast schon bedrohlich wirkende Energie aus. Sie war auf eigenartige Weise hübsch mit ihrem großen Gesicht und dem kräftigen Kiefer, und ihre Absätze klapperten über den Fußboden. Dann ging das Licht aus.

Als Fouad das Flurlicht wieder eingeschaltet hatte, stand sie direkt vor ihm.

»Keine Angst, ich heiße Marieke und bin Journalistin. Ich bin hier, um Sie zu warnen. Können wir vielleicht in Ihre Wohnung gehen?«

Fouad schluckte schwer. Obwohl sie flüsterte, erschien ihm ihre Stimme zu laut, und als er den Mund aufmachte, um ihr zu antworten, drang daraus nur ein schwaches, unsicheres Stimmchen hervor: »Ich rede nicht mit Journalisten. Lassen Sie mich in Ruhe.«

»Nein, nein, Sie verstehen nicht«, entgegnete Marieke, »ich will Sie nicht interviewen, ich will Sie *warnen* und Ihnen ein paar Dinge erzählen. Sie müssen sich in Acht nehmen. Da draußen passieren Sachen, die größer sind als Sie, die größer sind als wir alle zusammen. Ich hab lange recherchiert – über die Ermittlungen zur Gegenspionage gegen Ihren Bruder –, und hören Sie, es tut mir leid, dass wir uns auf diese Weise kennenlernen …«

»Auf Wiedersehen, Madame.«

Fouad wollte seine Tür aufschließen, doch Marieke legte ihre große Hand über das Schloss, ohne dabei die Augen von ihm abzuwenden. Die Frau schien wirklich vor nichts Angst zu haben. »Ihre Familie, Fouad – sie werden versuchen, Ihnen die Verantwortung zuzuschieben. Sie dürfen niemandem vertrauen, hören Sie? Sie haben wahrscheinlich bemerkt, dass Sie verfolgt werden?«

»Ist mir scheißegal«, erwiderte Fouad, der das Gesicht nicht verlieren wollte. »Ich habe mir nichts vorzuwerfen.«

Nun unterhielten sie sich doch – und das Gegenteil wäre auch erstaunlich gewesen. Marieke war wirklich überzeugend, ihre Stimme angenehm rauchig, und ihr statuenhaftes Äußeres hatte etwas eindeutig Überwältigendes, was einen dazu zwang, sie anzusehen. Ihr zuzuhören.

»Sie *glauben* vielleicht, dass Sie sich nichts vorzuwerfen haben. Aber ich sage Ihnen jetzt: Sie werden etwas finden, um Sie zu Fall zu bringen. Und ich spreche nicht nur von Ihnen allein, ich spreche von … Können wir uns nicht duzen?«

»Nein!« Fouad schreckte regelrecht hoch.

Ein Lächeln huschte über Mariekes Gesicht, und in ihrem nicht ganz perfekten Zahnbogen wurden große, hübsche Zähne sichtbar.

»Ich melde mich wieder bei dir«, schloss sie auf schier unglaublich schelmische Weise, wobei sie die Rs aussprach wie eine Belgierin. »Sobald du kapiert hast, was hier vor sich geht, bist du bestimmt ein bisschen kooperativer … hoffe ich zumindest …«

»Sie arbeiten natürlich für niemanden«, wagte Fouad sich vor.

»Richtig«, erwiderte Marieke, die tatsächlich gerade die Fortsetzung ihres Artikels der Konkurrenz angeboten hatte, für den Augenblick jedoch ohne Erfolg. »Ich arbeite für die Wahrheit, Fouad, die *Wahrheit.*«

Und mit diesem Wort verschwand sie im Treppenhaus und ließ Fouad mit dem unbegreiflichen Eindruck zurück, zugleich entführt, verführt, abgewiesen und ausgenommen worden zu sein. Unwillkürlich überprüfte er den Inhalt seiner Taschen, während er die Tür zu seiner Wohnung aufstieß. In seinem Kapuzenpulli fand er eine Visitenkarte – Marieke Vandervroom, Reporterin, ihre Mailadresse und ihre Telefonnummer. Sie hatte die Kugelschreiberspitze fest in den Karton eingedrückt, als sie auf die Rückseite geschrieben hatte:

¡Call me!

Als er den Blick von der Aufforderung hob, erschien ihm seine Wohnung unwirklich. Nur schwach von der nackten Birne beleuchtet, die im Vorraum von der Decke hing, roch sein großes Wohnzimmer nach kaltem Rauch und Verlassenheit. Er dachte kurz darüber nach, ein wenig aufzuräumen, entschied sich dann aber, zuerst noch etwas zu trinken. In seinem Schrank fand er nur eine Flasche Maiswhiskey. Die Flasche aus Steingut war einem antiken Schlauch nachempfunden. Sie war noch zu drei Vierteln gefüllt.

Fouad schaltete das Licht ein und sah, dass sich die Unordnung der Wohnung allzu wahrheitsgetreu in der doppelflügeligen Balkontür spiegelte. Er schaltete das Licht wieder aus und schenkte sich ein erstes Glas Platte Valley ein. Die Flüssigkeit war hellgelb, und wenn er das Glas bewegte, erschienen grüne Reflexe. Fouad kippte es auf ex hinunter und schenkte sich sofort ein zweites Glas ein.

Erst nach dem vierten zogen die Gesichter seiner Verwandten nicht mehr vor seinem inneren Auge vorbei. Er schenkte sich noch großzügiger ein fünftes Glas ein, roch eine Weile daran, erschnupperte den Duft von Vanille und die Maissüße und beneidete die unerschütterliche Gelassenheit der Brenner aus Missouri, die unter Garantie noch nie etwas mit der Terrorabwehr zu tun gehabt hatten.

7.

Der Kommissar des Generalstabs, Thomas Maheut, verließ in seinem kurzärmeligen weißen Hemd, das mit den Insignien seines Ranges und des Polizeipräsidiums beflockt war, das Hauptquartier inmitten mehrerer Männer, denen er soeben noch Anweisungen erteilt hatte. Aufgrund seiner natürlichen Autorität musste er nie die Stimme erheben. Im Moment telefonierte er in lockerem Ton mit Valérie Simonetti und berichtete ihr von den Zusammenstößen an der Place de la République, um den Friedhof Père-Lachaise und sogar in der Rue de la Fontaine-au-Roi.

»So was hast du echt noch nicht gesehen«, sagte er gerade, »die haben sich richtig *organisiert!* Eine paramilitärische Organisation! Der ganze Osten hat mobil gemacht, es gibt Anrufe mit Falschmeldungen bei der Notrufzentrale im Norden, als Ablenkungsmanöver, und eben hab ich Verstärkung zum Rathaus im 11. Arrondissement geschickt. Die haben Autos abgefackelt, vom Boulevard Voltaire bis zum Boulevard de Charonne, es ist vollkommen irre, die haben Stühle auf der Vidocq-Terrasse angezündet …«

»Mein Gott, im Vidocq …«

Maheut runzelte die Stirn. »Am gefährlichsten ist es aber an der Bastille. Wir haben aufgeschnappt, dass diese Wilden auf der Oper ein Transparent entrollen wollen, ein riesiges Transparent, auf dem ›Mörder Sarko‹ steht. Glaubst du das? Verdammte Scheiße – ›Mörder Sarko‹!«

»Habt ihr sie festgenommen?«

»Nein, noch nicht. Ich hab so was noch nie gesehen, das schwör ich dir. Ein solches Polizeiaufgebot hier in der Hauptstadt. GIPN, GIGN, BRI … Dieuleveult hat wie immer schwere Geschütze aufgefahren, aber ich frage mich langsam, ob man nicht auch noch die Jungs von der schnellen Eingreiftruppe miteinbeziehen sollte … Okay, ich muss weiter. Aber – warte mal! Bist du etwa unterwegs? Was machst du gerade?«

Im selben Moment begannen die Glocken von Notre-Dame zu läuten, und Maheut meinte, sie auch übers Telefon zu hören. Er reckte die Nase gen Himmel. Der Wind hatte begonnen, die Wolkendecke aufzureißen, die seit Anbruch dieses verfluchten Tages über der Stadt gelegen hatte.

»Sag mal, wo bist du überhaupt?«

»Ganz bei dir in der Nähe«, antwortete Valérie und klang nachdenklich. »Ich hatte noch was zu erledigen … bezüglich meines Gewissens …«

»Okay, darüber sprechen wir später.«

Der Kommissar legte auf. Eine Stimme in seinem Kopfhörer meldete, dass der Polizeipräsident ihn unverzüglich sehen wolle. Maheut stieg die Treppe hoch ins Reich des Präsidenten, das mit Polstertüren und dicken Teppichen ausgestattet war. An der Sicherheitsschleuse mit der Milchverglasung nannte er das Kennwort. Dahinter führte ihn ein Bediensteter durch ein Labyrinth gedämpfter Korridore bis zur großen, zweiflügeligen Tür des Präsidentenbüros. Eine Ampel mit zwei Lichtern schaltete auf Grün, Kommissar Maheut trat ein und grüßte mit einem Kopfnicken die übrigen Abteilungsleiter des Polizeipräsidiums.

In diesem Raum, der an den Vatikan erinnerte, sprach man für gewöhnlich leise. Der riesige Bildschirm, der normalerweise Nachrichten oder die aktuelle Sitzung des Pariser Stadtparlaments übertrug, war an diesem Abend viergeteilt: Drei Bildschirme waren zu einer Videokonferenz zusammengeschaltet – einer davon zeigte den »Saal« –, und auf dem letzten lief ein Wetterbericht. Tatsächlich redete Dieulevult von nichts anderem, ging ab und zu zum Fenster, um die Bewegungen am Himmel rund um die Türme von Notre-Dame zu betrachten.

Er winkte Maheut zu sich heran. »Was glauben Sie, Kommissar? Regnet es? Regnet es nicht?«

Für den frühen Abend war ein Sturm vorhergesagt worden. Zwei Stunden später hing der Himmel schwer und tief, der Wind hatte aufgefrischt, doch es war bislang kein einziger Tropfen gefallen. Der Sturm wurde jetzt regelrecht herbeigesehnt, um die hitzigen Aufstände der Verbrecherbanden abzukühlen, die drauf und dran waren, die Hauptstadt zu Kleinholz zu verarbeiten.

Maheut erstattete über die letzten Maßnahmen Bericht. Der Befehl des Präsidenten war ernst gewesen; in dieser Nacht dürfe kein einziger Polizist und kein einziger Gendarm der gesamten Île-de-France schlafen, und offenbar hatte man dem Befehl Folge geleistet. Maheut musste an die Männer denken, die seit Sonntag auf der Brücke standen. Dann erfuhr er aus dem Mund des Büroleiters des Präsidenten, dass sie beschlossen hatten, den Einsatz eines Zeppelins zu beantragen, der die Hubschrauber bei der Beobachtung von Bewegungen gewisser Menschenmassen auf den großen Adern der Stadt unterstützen sollte. Der Zeppelin war fünfundsiebzig Meter lang und hatte somit die Ausmaße eines A380. Ausgestattet mit Satellitenkameras konnte er Paris in weniger als einer halben Stunde überfliegen und würde dann die Bilder zu Maheuts Kontrollposten im Untergeschoss übertragen.

Der Büroleiter beendete gerade sein Briefing, als ein mächtiger Blitz den Himmel über der Île de la Cité zerteilte, dem einige Sekunden später der Donner folgte, auf den alle schon seit Stunden sehnsüchtig gewartet hatten. Man hätte meinen können, dass Gott persönlich mit wütendem Blick die Stufen des Himmels herabstieg.

Eine leise Stimme erklärte, dass es gleich so weit sei. Dieuleveult, der an der einschüchternden Fensterfront seiner Festung stand, nickte bloß und verschränkte die Arme hinter dem Rücken. Bevor er mit bedeutungsschwerem Blick, der alles über die riesige Verantwortung sagte, die auf ihm lastete, Kommissar Maheut wieder auf seinen Posten schickte, machte er noch eine Bemerkung – drei Wörter, die direkt aus seinen Eingeweiden heraufzusteigen schienen: »Zerquetschen wir sie.«

8.

Während der Zeppelin auf die französische Hauptstadt zuflog, diskutierte Nazir in einer Mischung aus Italienisch, Französisch und Deutsch mit dem Direktor des Wanderzirkus, den er den ganzen Tag über erwartet hatte. Der Mann hatte eine Glatze, ein kräftiges Kinn und ein Profil, das an Mussolini erinnerte. Er schien überhaupt nichts dabei zu finden, Fleur anzustarren, während Nazir auf ihn einredete.

Nach rund zehn Minuten machte er auf dem Absatz kehrt. Nazir gab Fleur ein Zeichen, dass sie bei ihm bleiben solle, dann folgten sie ihm. Das letzte Fahrzeug des Zugs war ein riesiger Lkw, dem ein so widerwärtiger Geruch entströmte, dass Fleur unvermittelt haltmachte.

»Was stinkt denn hier so?«

»Warte auf mich«, wies Nazir sie an.

Fleur sah zu, wie er sich auf den Beifahrersitz des Lkw hochzog. Dort blieb er einige Minuten sitzen. Als er wieder ausstieg, führte er Fleur ohne ein weiteres Wort zu ihrem Allradwagen. Sie solle darauf achten, dass niemand sie beobachtete. Dann stopfte er einige Geldbündel in eine Plastiktüte und setzte sich neben Fleur.

»Fahren wir?«, fragte Fleur beunruhigt, die jetzt gar nichts mehr verstand. »Ist alles okay? Können wir abhauen?«

Nazir wandte sich zu ihr um und legte ihr die Hände um das ängstliche Gesicht. Die Geste war von einer so warmherzigen Männlichkeit, dass ihr der Atem stockte.

»Fleur, du musst jetzt mutig sein«, sagte er mit sanfter Stimme. »Wir überqueren die Grenze, und das wird schwierig werden. Du musst jetzt noch mutiger sein, als du es je gewesen bist …«

Er atmete einmal tief durch; seine Gesichtsmuskeln zuckten, als wäre irgendein Reptil, das seit Jahren unter seiner Haut gelegen hatte, plötzlich zum Leben erwacht.

»Du vertraust mir doch, oder?«

Fleur kniff die Augen zu, um nicht loszuschluchzen. In ihrem Kinn bewegte sich das hübsche Grübchen nach unten. Ja, sie vertraute ihm.

Zur selben Zeit bog Djinn in die Rue d'Austerlitz ein, eine schmale Straße mit schmalen Bürgersteigen, fünfzehn Hotels nebeneinander aufgereiht, von denen gut die Hälfte keinen Stern hatte und unter denen wenigstens zwei Stundenhotels waren. Sie würden bemerkt werden, wenn sie mitten auf der Straße parkten; wegen der Mülltonnen, die sich auf den Bürgersteigen drängten, hätte da nicht einmal mehr ein Roller an ihnen vorbeigepasst. Djinn fuhr einmal um den Block und entdeckte in einer Parallelstraße einen freien Parkplatz, der nicht für Behinderte reserviert war. Dort stellte er den Motor ab und löschte die Scheinwerfer.

Im vierten Stock der 17, Rue d'Austerlitz betrat er wenig später ein Zimmer von zwölf Quadratmetern, in dem Romain kopfschüttelnd auf- und abging und sich eine junge, verschleierte Frau beflissen über einen Laptop beugte. In dem Zimmerchen stand ein Bett für eine Person, ansonsten gab es noch eine Kochnische. Das Klo war offenbar auf dem Gang. Oben an den Wänden waren rundherum Hängeschränke angebracht, die dem Zimmer die Anmutung einer Kabine auf einem Kreuzfahrtschiff verliehen. Vielleicht war es auch Djinn selbst, um den sich alles drehte. Woher sollte er auch wissen, ob die Welt oder er selbst schwankte?

»Es ist riesig, was da passiert, absolut riesig. So was hat man noch nicht gesehen, die drehen durch, ich schwör's dir, die drehen vor Wut durch …«

Romain war total aufgekratzt. Ungeschickt bewegte er die Hände. Nie zuvor hatte er so bleich und aufgeregt gewirkt.

»Sind die Taschen in den Schränken?«, fragte Djinn, doch Romain hörte nicht mal hin. Seltsame Schreie – eine Frauenstimme – drangen von draußen herein, wahrscheinlich aus dem Hotel gegenüber.

»Wir haben's geschafft«, fuhr er mit Nachdruck fort. »Im Herzen des Sturms! Überall erheben sich die Leute! Kapierst du überhaupt, was gerade vor sich geht?«

Die Schreie der Frau wurden inzwischen von Stöhnen und genießerischen Hmms akzentuiert. Jetzt hörte auch Romain hin und errötete, als ihm dämmerte, worum es dabei ging.

Die verschleierte junge Frau sagte kein Wort, starrte bloß weiter wie gebannt auf ihren Bildschirm und veränderte erneut den Neigungswinkel, obwohl es nicht nötig gewesen wäre.

»Wer ist das Mädchen?«, fragte Djinn halblaut.

»Sie gehört zu uns«, murmelte Romain und packte Djinn am Ellbogen.

»Und was macht sie da?«

»Sie arbeitet in einer Bibliothek, aber sie gehört zu uns«, wiederholte Romain. »Man würde es nicht meinen, aber sie ist ebenfalls Sikarierin.«

»Sikarierin?« Djinn war genervt – wegen der Wirkung, die die sinnlichen Schreie aus dem Stundenhotel auf Romains Teint hatten, aber auch wegen der schamlosen Art, in der er Nazir in dessen verzückteren Momenten nachahmte, in Momenten, die alle Skrupel hinweggefegt hatten; nur dass Romain mit seinem schizophrenen Geschwätz gerade niemanden überzeugt hätte, nicht mal seinen eigenen Doppelgänger.

»Dolchträger«, antwortete er herablassend, während das Stöhnen sich beschleunigte und Djinn in den Taschen, die unter dem Bett versteckt waren, die Waffen kontrollierte, die er an seine Mitstreiter ausgeben wollte. »Die Sikarier waren die ›Dolchträger‹: jüdische Dissidenten, die die Römer aus Judäa vertreiben wollten.«

»Und?«

»Und?«, äffte er ihn mit einem trockenen, kurzen Auflachen nach und schnaubte. »Nazir hat sie neu gegründet! Das heißt ›und‹! Du, ich, wir alle! Nur haben wir keine Dolche mehr, sondern 9-Millimeter-Waffen. Wir sind überall, sie sind überall, im Schatten, mutlose Herzen, denen er den Lebensatem wiedergegeben hat, kaputte Existenzen, die er wiederbewaffnet hat! Wir haben es geschafft! Das Zentrum von Paris, das sind jetzt wir. Guck dich doch um, es ist endlich vorbei, es geht jetzt los!«

»Ja, ja«, murmelte Djinn und betrachtete den gravierten Griff einer Waffe, die Romain aus einer Tasche gezogen hatte.

Doch das war Romain nicht genug. Die Lustschreie wurden lauter, steigerten sich in einem furchtbaren Crescendo aus Röcheln und Erschütterungen bis zu einem letzten Brüllen, der letzten Explosion eines Orgasmus, der ihn zugleich beschämte und lähmte, weil er nicht wusste, wie er ihn ausblenden sollte.

»Also«, sagte er schließlich in die feuchte, ungesunde Stille hinein, die auf den durchdringenden Schrei gefolgt war, »keine Zeit mehr zu verlieren. Er hat mir gesagt, dass er euch vertraut. Er hat mir gesagt, ich soll *dir* sagen, dass er euch vertraut, Djinn. Enttäusch ihn nicht, okay?«

KAPITEL 22

Im Zentrum

1.

Paris bestand nur noch aus Sirenen, Autos und brennenden Mülltonnen, aus Einheiten der Bereitschaftspolizei und willkürlichen, bisweilen durch die Missachtung einer Ausgangssperre gerechtfertigten Festnahmen, die das Polizeipräsidium entweder nicht deutlich genug oder zu spät bekannt gegeben hatte. Während die Kasernen im Großraum Paris sich zeitgleich mit den Straßen leerten, versammelten sich überall vermummte Gestalten und steckten in Gruppen von acht bis zehn Leuten alles, was an ihrem Weg lag, in Brand. Nie waren es mehr, aber mitunter weniger – diese Erfahrung machte zumindest Tristan Putéoli, der mit dem Roller von Nico in Oberkampf nach Hause fuhr, wo sie bis zur Erschöpfung auf der Wii gespielt hatten.

Er fuhr den Boulevard Beaumarchais in Richtung Bastille, als er von einem Dutzend Einsatzwagen der Bereitschaftspolizei unter Sirenengeheul überholt wurde. Als er auf den Radweg wechseln wollte, stieß er mit einem Vélib' zusammen und verlor die Kontrolle über sein Fahrzeug. Der Sturz würde bei ihm nicht mehr als ein paar Kratzer hinterlassen, doch sein Roller hatte die Fahrt an einem Parkscheinautomaten beendet und war in einem ziemlich schlimmen Zustand.

Der Radfahrer ließ sein Vélib' stehen und rannte davon, so schnell er konnte. Tristan brüllte ihm nach – bis er am Ende des Boulevards am Fuß der Julisäule einen riesigen Rauchvorhang aus Tränengas entdeckte. Er fragte sich kurz, was er jetzt mit seinem Roller machen sollte, als er aus einer Seitenstraße fünf Schlägertypen in Kapuzen auftauchen sah, die sich schwarze Schals um die Mundpartie gewickelt hatten. Die Bereitschaftspolizei war zu weit weg, an der Place de la Bastille, und Tristan sah niemanden, der ihm hätte helfen können, falls er angegriffen würde.

Er nahm den Helm ab und beschloss, den Boulevard zu überqueren, um über die Rue des Francs-Bourgeois zur Place des Vosges zu laufen. Er hatte die Hände in die Taschen geschoben und sah aus wie ein normaler Gymnasiast, der nach einem feuchtfröhlichen Abend nach Hause geht. Doch er hatte auch erkennbar blonde Haare. Und in der gut ausgeleuchteten Nacht in diesem schönen Viertel schien es ihm plötzlich, als könnte man nichts anderes mehr sehen. Die fünf Typen hatten von Weitem die Verfolgung aufgenommen.

Er beschleunigte seine Schritte, traute sich aber nicht loszurennen, aus Angst, dadurch erst recht einen Angriff zu provozieren. Unauffällig wählte er die Nummer der Polizei, erreichte aber niemanden. Sämtliche Leitungen waren besetzt. Der Albtraum begann gerade erst.

Im nächsten Augenblick rief Aurélie an. Er hatte nichts mehr von ihr gehört seit der fiesen Nummer, die er abgezogen hatte, und ausgerechnet diesen Moment hatte sie sich ausgesucht, um ihn anzurufen und ihn zur Schnecke zu machen? Tristan, der bereits außer Atem war, weil er so zügig ging, nahm den Anruf trotzdem nach dem ersten Klingeln entgegen. So hatte er zumindest etwas, woran er sich festhalten könnte, wenn das Pack gleich über ihn herfiele. Er würde nicht mit ihnen sprechen können, sie nicht mit Blicken »herausfordern«, wenn er vorgäbe, mitten in einem wichtigen Gespräch zu sein.

Doch Aurélie schwieg am anderen Ende der Leitung.

»Aurélie, das ist jetzt nicht der richtige Zeitpunkt, um mich anzuschnauzen, verdammt, mir folgen ein paar Typen – so Gesindel ... und ich kann die Polizei nicht erreichen. Aurélie, hörst du mich?«

»Bist du dir im Klaren darüber, was du angerichtet hast, du Vollidiot?«

»Aurélie, ich schwör dir, ich kann jetzt n...«

»Mein Vater hat den Fall abgeben müssen. Weißt du, was das bedeutet? Seine Karriere ist im Eimer. Alles ist am Arsch. *Am Arsch.* Kapierst du das?«

Die fünf Typen waren inzwischen losgerannt und versteckten sich unter den Arkaden des gegenüberliegenden Gehwegs. Sie schlugen gegen die Rollgitter vor den Geschäften und traten gegen sämtliche Rückspiegel, an denen sie auf ihrem Weg vorbeikamen.

Tristan setzte alles auf eine Karte. »Wovon redest du? Den Fall abgeben? Was hab ich denn gemacht?«

»Was du gemacht hast? *Was du gemacht hast?*«, brüllte Aurélie. »Du hast mir den Brief geklaut, den ich Krim schicken wollte, und dann hast du einen anonymen Brief geschrieben und ihnen erzählt, dass wir den Nachmittag mit ihm verbracht haben, bevor er das Attentat verübt hat. *Das* hast du gemacht, du Riesenarsch!«

»Aber das war ich nicht, Aurèle! Das war mein Vater! Ich schwör dir, es war mein Vater!«

»Es gibt Grenzen dafür, sich wie ein Arsch zu benehmen. Es geht hier nicht um irgendwelche Sexgeschichten. Was du gemacht hast, hat nichts mehr damit zu tun, auf irgendeiner Party ein Video von einem Mädchen rumzuzeigen, das dir einen bläst ...«

Einer der Schläger brüllte etwas in seine Richtung. Tristan traute sich nicht, auch nur einen Mucks von sich zu geben. Er blieb vor dem verschlossenen Tor zum Park an der Place des Vosges stehen.

»Warte«, sagte er, während er so tat, als würde er sich auf ihre Worte konzentrieren. »Wart mal ...«

»He, Blondchen«, schrie der Schläger. »He, Jüngelchen! Gib mir dein Telefon, mach schon, zeig mal, ist das ein iPhone? Leihst du's mir?«

Einer seiner Kumpels wurde von den anderen gerade angepflaumt. Er hatte es zwar endlich geschafft, seine benzingefüllte Flasche zu zünden, doch jetzt wusste er nicht, wohin er sie werfen sollte. Sirenen heulten in der Ferne über den Boulevard Beaumarchais.

Tristan hob den Kopf und betrachtete der Reihe nach die benachbarten Fenster, die so unglaublich hoch waren und in denen trotzdem kein Licht brannte. Sie waren verzweiflungsdunkel, kamen ihm vor wie eine Reihe von Zyklopenaugen, die in die eleganten Fassaden aus rosa Ziegeln rund um den Platz eingelassen worden waren.

Einer der Schlägertypen, den er nicht hatte kommen sehen, versetzte ihm einen Tritt. Er fiel hin und sah noch, wie sein iPhone in einen Gully rutschte. Er wollte schon aufstehen und sich mit seinem Helm verteidigen, aber die Typen hatten sich bereits davongemacht – nicht etwa wegen der Polizei und der Feuerwehr, die nur eine Minute später eintreffen würden, sondern weil einer von ihnen einen Molotowcocktail ins Fenster eines der Gebäude geworfen hatte. Natürlich würden die Flammen nicht auf den gesamten Steingürtel übergreifen. Trotzdem war es genau das, was Tristan sich ausmalte, während er seinem Puls nachspürte und versuchte, seine Angst im Zaum zu halten: die Place des Vosges, die in Flammen stand.

Er angelte sein Handy durch das Gullygitter und hob den Kopf, während sich ein paar Polizisten näherten, um ihn zu befragen. Zusammen mit einem gigantischen Umriss, der wie ein Raumschiff aussah, kreisten zwei Hubschrauber am Himmel über dem Marais. Diese Monster fegten mit übermächtigen Scheinwerfern über die Zinkdächer, die schindelgedeckten Kuppeln und die kleinen Gassen des Viertels, und ihre Lautsprecher machten entsetzlichen Lärm, als sie der Bevölkerung von Paris, die vor den Fernsehern saß, unverständliche Anweisungen gaben.

2.

Dounia, Rabia und Luna hatten ihr Eis aufgegessen und waren trotz Fouads und Maître Szafrans Warnungen im Stadtzentrum spazieren gegangen. Am Fuß der Treppe, die zu ihrer Straße hinaufführte, hatten sie ein heftiges, nervös-irres Lachen gehört und waren stehen geblieben. Im Schankraum einer Brasserie sang ein ganzer Tisch voller Bankangestellter gerade Karaoke, und einer von ihnen schien den Abend soeben ausläuten zu wollen. Es war ein kleiner, untersetzter Mann mit einem großen Kopf, dessen Kollegen ihn dazu gedrängt hatten, *Il me dit que je suis belle* von Patricia Kaas zu singen. Das hatte er nun auf ganz unerwartete Weise getan – mit einer süßen, lyrischen und vor allem unfassbar hohen Stimme, von der man sich gar nicht vorstellen konnte, dass sie aus diesem Körper kam.

»Wir machen uns zwar lustig, aber er hat doch super gesungen, hm?«

Dounia konnte gar nichts sagen. Sie hatte die Hände auf die Knie gestützt, und die Adern an ihrem Hals drohten zu platzen, wenn sie nicht alsbald aufhörte zu lachen. Dann hob Rabia zu singen an und imitierte die Stimme und die Tremolos des Bankangestellten.

»Il me dit que je suis be-e-elle …«

»Hör auf! Hör sofort auf! Ich mach mir sonst in die Hose … Hör auf, ich schwör dir, ich mach mir in die Hose …«

Luna betrachtete die älteren Frauen mit einem Lächeln, das gleichzeitig ein bisschen ratlos wirkte.

Rabia sah auf und hob den Regenschirm, um damit die Dutzenden Stufen abzuzählen, die sie noch würden hinter sich bringen müssen, sobald ihre gute Laune wieder verschwunden wäre. Dann erstarb ihr Lachen und verwandelte sich jäh in eine schreckliche Grimasse.

Dounia, die überrascht war, ihre Schwester nicht mehr lachen zu hören, packte sie am Ärmel.

»Rab'«, fragte sie immer noch hörbar erheitert. »Was ist los?«

Als sie dem Blick ihrer Schwester folgte, schlug sie unwillkürlich die Hand vor den Mund. Am höchsten Punkt der Anhöhe schoben vielleicht zehn vermummte Jugendliche einen brennenden Container zum Rand der Treppe.

»Aber was machen die denn da? Luna, mein Liebling, komm, komm her!«

»Sie schmeißen ihn hier runter!«

Und tatsächlich purzelte im nächsten Augenblick der aus dem Gleichgewicht geratene Container bis zum ersten Treppenabsatz hinunter und blieb dort in einem Busch hängen, aus dem eine altmodisch verzierte Straßenlaterne ragte, die unter dem Gewicht, das gegen sie gekracht war, in Schräglage geriet. Was dann passierte, war jedoch viel schlimmer: Der Busch fing Feuer, und die Flammen griffen auf den Bastsichtschutz um die Terrasse des angrenzenden, in den Hang gebauten Wohnhauses über.

Dounia wählte sofort die Nummer der Feuerwehr, als auch schon Sirenen vom Ende der Straße heraufjaulten.

Zwei Polizeiautos rasten in vollem Tempo an Dounia, Rabia und Luna vorbei, die reglos dastanden. Zwei weitere Wagen, beides Zivilfahrzeuge, spuckten etwa zehn Männer in Zivil aus, die die drei Passantinnen anwiesen, auf der Stelle nach Hause zu gehen, ehe sie mehrere Stufen auf einmal die Treppe hinauf nahmen.

Ein weiteres Fahrzeug der örtlichen Polizei kam zur Verstärkung die Einbahnstraße in der verkehrten Richtung herauf. Der Fahrer ließ die Scheibe runter und schrie Rabia zu: »Sie dürfen hier nicht bleiben, Madame, es ist zu gefährlich!«

»Aber, Monsieur, wir wohnen da oben – wir wohnen gleich hinter der Kuppe in der Straße am Friedhof!«

Der Polizist beriet sich kurz mit seiner Kollegin und sagte dann: »Steigen Sie ein, wir fahren Sie.«

»Aber was ist denn los?«, fragte Rabia, sobald sie die Tür hinter sich zugezogen hatte. »Gibt es jetzt schon Aufstände im Zentrum?«

»Sehen Sie doch«, entgegnete die Polizistin tonlos.

Als der Wagen sie in ihrer Straße absetzte, entdeckten sie einen Polizeihubschrauber, der den verregneten Himmel über dem Hügel von Montreynaud durchpflügte.

»Guckt mal«, stammelte Rabia, »der fliegt ins Zentrum! *Wallah,* man könnte meinen, es herrscht Krieg ...«

Schreie ertönten am Ende der Straße. Dounia beorderte ihre Schwester und die kleine Luna umgehend nach drinnen, und dann folgten sie dem Ratschlag des Polizisten, der für sie Taxi gespielt hatte: Sie verriegelten sämtliche Schlösser an der Eingangstür doppelt und schlossen auch die Läden an den Fenstern im Erdgeschoss.

3.

Der dicke Momo hatte Djinn am Fuß einer Treppe getroffen, auf der die Clochards schliefen. Djinn hatte den Boxsack und das Geschirr des Pitbulls entgegengenommen, war die Treppe hochgestiegen und hatte nebenbei Fußtritte an die weinseligen Schläfer verteilt.

Die Treppe begann direkt an der Straße und führte zu einer Art länglichem Garten, der sich einige Meter über der Fahrbahn befand. Um sich der elektronischen Überwachung durch die Polizei zu entziehen, kommunizierte Djinn mit seinen kleinen Kommandogruppen mithilfe von prähistorischen Pagern, alten Motorola-Tattoos, die er auf eBay ersteigert hatte. Sobald die beiden sich hinter der dichten Bambushecke sicher fühlten, überprüfte Djinn den Inhalt der Tasche und versuchte, seinen Atem zu kontrollieren, während er mehrere Pistolen lud.

Der dicke Momo fragte ihn, was sie als Nächstes tun würden. Djinn wollte ihm schon zuflüstern, dass er die Klappe halten solle, ließ es dann aber bleiben, weil seine raue Stimme nie ein Flüstern meistern würde.

»Du passt auf den Hund auf und bewegst dich nicht vom Fleck. Wenn ich das Zeichen gebe, kommen Typen aus allen Richtungen. Du bleibst hier und verteidigst mit dem Hund die Knarren – das ist alles. Und wenn du jetzt noch einen Ton sagst, polier ich dir die Fresse.«

Mittlerweile wollte der dicke Momo nur noch weg, der Polizei Bescheid geben, er wollte wieder zu seinem Schäferhund und zu den *Call-of-Duty*-Spielen, die in Krims Keller lagen. Stattdessen nahm er die 9-Millimeter in die Hand, mit der sie geübt hatten. Er war überzeugt davon, dass er mit ihrer Hilfe in Sicherheit wäre, falls irgendetwas schiefliefe.

4.

Krim hätte jede einzelne der Noten aufzählen können. Erst die Mundharmonika mit Klavierbegleitung, dann die Stimme, die irgendwas von einem klappernden Fliegengitter erzählte.

Während im Radio *Thunder Road* von Bruce Springsteen lief, stemmte Fouad sich schwankend hoch. Auch wenn er es seit Jahren nicht mehr gehört hatte, war *Thunder Road* immer noch sein Lieblingslied. *»The screen door slams, Mary's dress waves …«*

Doch statt in der Mary aus dem Song seine Jasmine zu sehen (wieso hätte er das übrigens auch tun sollen, Jasmine war in Nobelvierteln aufgewachsen), musste Fouad plötzlich an Nazir denken. Er hatte schon zu viel getrunken, um noch sagen zu können, ob er nur an Nazir dachte, weil der ihm das Lied vor Jahren erstmals vorgespielt hatte, oder aus einem anderen, düstereren Grund. Als Jugendliche hatten sie tagtäglich kommentarlos CDs miteinander ausgetauscht, höchstens mit einem knappen »Hör dir das mal an«, doch jetzt, zehn, fünfzehn

Jahre später, brach Fouad wie ein dahergelaufener Backfisch, der glaubte, dass sich das traurige Lied, das gerade lief, einzig und allein an ihn richtete, in Tränen aus, als er hörte, wie der Boss sang, dass er, Fouad, und sein Bruder ebenfalls die stürmische Straße eingeschlagen hatten, um dem Loch zu entkommen, in dem sie zur Welt gekommen waren …

Der Song dauerte nur ein paar Minuten, doch in diesen wenigen Minuten holte ihn seine gesamte Jugend ein: keine klar umrissenen Erinnerungen, sondern Teile einer Landschaft. Und diese Landschaft war in winterlichen Farben gehalten.

Saint-Étienne, New Jersey. Eine lange Straße, gesäumt von Fabrikschloten, totem Laub im Schulhof, Brücken, die über stillgelegte Gleise und Brachflächen führten. Und an jeder dieser Brachen stand Nazir neben ihm und blickte sie gemeinsam mit ihm an und erklärte ihm, was Bruce Springsteen da am Ende sang.

»It's a town full of losers, and I'm pulling out of here to win.«

Das Saxofon verkörperte die Wut des Songs, das Klavierspiel war virtuos, doch noch vor dem dramatischen Decrescendo am Ende wurde das Lied unterbrochen.

Als die süßliche Stimme des idiotischen Moderators das nächste Lied ankündigte, stürzte Fouad sich auf das Radio und riss unbeholfen die Kabel heraus, sodass es schließlich auf dem Teppich landete.

Er hätte am liebsten in Saint-Étienne angerufen, um sich zu vergewissern, dass dort alles in Ordnung war, nur um sicherzugehen, dass seine Loserstadt noch existierte. Doch er war noch nicht betrunken genug, um zu glauben, dass er es nicht wäre. Nachdem er eine Flasche Wasser auf ex getrunken hatte, schaltete er den kleinen Fernseher ein. Die Nachrichtensender berichteten nur mehr über Paris und strahlten fleißig Bilder aus, die ihnen der Zeppelin lieferte, der so wunderbar über der Stadt schwebte. Fouad schaltete den Fernseher wieder aus und trat auf den Balkon. Von seiner Etage aus hatte er einen unverbaubaren Blick auf die Zickzackmuster, die für den Bruchteil einer Sekunde über den Himmel schossen, bevor sie ihn wieder dem dunklen Brodeln der Wolken und der Elektrizität überließen. Die Donnerschläge folgten in immer kürzeren Abständen, doch sosehr Fouad auch alle zwei Minuten in den Lichtkegeln der Straßenlaternen nachsah, er konnte immer noch keinen einzigen Tropfen auf den Platz fallen sehen.

Plötzlich hörte er, wie sein Handy vibrierte, das er auf den Couchtisch gelegt hatte. Noch bevor er den Namen im Display las, wusste er, dass sie es war. Sie schrieb:

> Ich habe gerade deinen Brief bekommen. Ich war in meinem ganzen Leben noch nie so gerührt. Ich möchte dich heute Abend noch treffen.

Der Whiskey half Fouad, sich nicht länger Millionen von Fragen zu stellen und stattdessen Spontaneität an den Tag zu legen – eben das, was alle Welt an ihm so sehr liebte. Er scrollte in seinen Kontakten bis zum Buchstaben J und drückte mit zugeschnürter Kehle und wild entschlossenem Herzen auf die grüne Taste.

»Jasmine?«

Der jungen Frau traten die Tränen in die Augen.

5.

Unter den ungefähr zehn Einsatzfahrzeugen, die vor die Opéra Bastille beordert worden waren, waren ein Wasserwerfer sowie ein richtiger Panzerwagen der Such- und Zugriffbrigade, der die mobile Kommandozentrale beherbergte. Vor diesem Triceratops mit seiner glänzend schwarzen Metallhaut behielt ein Obergefreiter der Bereitschaftspolizei die Umgebung im Blick und schlug sich immer wieder mit der Faust auf die Brust, die mit dem charakteristischen roten Wappen seiner Polizeieinheit geschmückt war. Er konnte den Befehl aus dem Präsidium kaum noch erwarten, der ihn in die Schlacht schicken würde. Das Funkgerät der Kommandozentrale spuckte in einem fort Informationen über gewaltsame Zusammenstöße an der Place de la République und den Champs-Élysées aus, während er ein Objekt schützen musste, das angeblich vom Geheimdienst als Ziel benannt worden war, vor dem jedoch außer einer versprengten Bande aus Nichtsnutzen seit zwei Stunden niemand aufgetaucht war.

Der Obergefreite nahm sein Walkie-Talkie und bat darum, mit Kommissar Maheut zu sprechen. Der Kommissar befahl ihm zu bleiben, wo er war.

»Aber hier passiert überhaupt n...«

»Obergefreiter«, schnitt ihm der Kommissar das Wort ab, »Sie bewegen sich nicht vom Fleck, bis ich es sage. Ende.«

Als er die Tatenlosigkeit nicht länger aushielt, schnappte sich der Obergefreite zwei Männer und umrundete die Oper, um den Eingang zur Tiefgarage zu überprüfen. Über sich glaubte er, eine Bewegung wahrzunehmen, und sah nach oben. Ein Hubschrauber flog über sie hinweg in Richtung Seine. Ungefähr hundert Meter hinter dem letzten Einsatzwagen begann die Coulée verte. Nachts war sie geschlossen, doch der Obergefreite hatte eine Vorahnung und meinte zu sehen, dass die Bäume sich bewegten.

»Das ist nur der Wind, Chef.«

Die zarte Stimme Frédos – des Untergefreiten, der erst kürzlich seiner Einheit der Bereitschaftspolizei zugeteilt worden war – schien dem Chef auf die Nerven zu gehen. Frédo hatte Schwierigkeiten, unter seiner Rüstung zu atmen. Sein kleines Gesicht verschwand in dem Helm und verlieh ihm das Aussehen eines dieser gehypten schlechten Schauspieler, der in einer Reality-Serie mit dem Titel »Leb mein Leben als Bereitschaftspolizist« hätte mitspielen können und dem erst jetzt aufging, wie wenig er von seinem ganzen Wesen her für die Gewalt geeignet war, die der Beruf mit sich brachte.

»Chef?«

Widerwillig folgte Frédo seinem Vorgesetzten. Die beiden Männer erklommen die Stufen, die zum Eingang des Gartens führten, während der dritte im Bunde die Kreuzung zwischen der Rue de Lyon und der Avenue Daumesnil im Blick behielt. Alle drei waren sie in voller Montur: Kampfstiefel, kugelsichere Weste, feuerfeste Hose und Oberteil, um sich gegen Verbrennungen durch Molotowcocktails zu schützen, Schutzhelm mit einer dünnen Schicht Schaumstoff im Nacken, um Erschütterungen zu dämpfen und Genickschläge zu verhindern. Sie waren mit Schlagstöcken und Tasern ausgerüstet und zückten ihre Gummigeschosswaffen, als sie entdeckten, dass die hohe Metalltür der Coulée verte aufgebrochen worden war.

Jenseits der aufgeschnittenen Vorhängeschlösser öffnete sich ein langer Korridor für ihre Gummigeschosse, ein unendlicher Korridor, der von einer ausladenden, üppigen Vegetation überwuchert war. Das Licht der Laternen von der benachbarten Straße reduzierte ihn auf dünne gelbe Strahlen, die außer den Lücken zwischen den Pflanzen selbst nichts erhellten.

6.

Während er mit hundertachtzig Sachen über die Autobahn in Richtung Osten raste, bemerkte Mansourd, dass seine Hände zu zittern begonnen hatten. Er musste sich ablenken. Wie ferngesteuert überprüfte er die letzten Anrufe, die auf seinem abhörsicheren Telefon eingegangen waren, und stellte fest, dass er beim Abspeichern von Richter Rotrous Namen einen Fehler gemacht hatte. Er hatte am Ende ein D angefügt, was sich nur durch den Spitznamen erklären ließ, den er ihm aus tiefster Überzeugung verpasst hatte. »Rotrouduc«, dem »Arschloch Rotrou«, war doch tatsächlich – wenn auch nur gemeinsam mit Richter Poussin – der Fall Chaouch übertragen worden. Mansourd mochte den »Menschenfresser« nicht besonders, aber er musste anerkennen, dass dieser flexibler war und sich mit den Erfordernissen einer geheimen Mission leichter tun würde als Wagner.

Im Untergeschoss des Innenministeriums hörte Montesquiou derweil nicht damit auf, den Knauf seines Gehstocks zu malträtieren. In dem futuristischen Saal des ministerienübergreifenden Krisenstabs, in dem Vermorel zwei Tage zuvor den Präfekten eine Erniedrigung napoleonischen Ausmaßes verpasst hatte, weil sie die Schüsse auf einen Präsidentschaftskandidaten nicht hatten verhindern können, blätterte sie nun Berichte durch.

Auf dem riesigen Bildschirm liefen stumm mehrere Nachrichtensendungen. Außer ihnen beiden saß in der Dunkelheit noch eine Handvoll Mitarbeiter. Hin und wieder reichten sie der Ministerin eine Notiz oder ein Papier, auf dem die Zahl der ausgebrannten Autos vermerkt war. Als die Menge von 1100 allein im Zentrum von Paris erreicht war, wurde die Ministerin unruhig. Montesquiou ahnte, dass er etwas sagen sollte. Er betrachtete die Ecke des Bildschirms, auf dem der Videostream der Kamera auf dem Helm des Einsatzleiters eingeblendet wurde.

»Das Wichtigste ist doch, dass es noch keine Toten gegeben hat. Zwei Nächte mit derart gewaltsamen Ausschreitungen ohne ein einziges Opfer – das ist doch gut für den Präsidenten.«

Eine neue Notiz hieß die Ministerin, genau diesen Präsidenten in Echtzeit über den Fortgang der Operation zu unterrichten.

»Gibt es Neuigkeiten von dem Jungen?«, fragte sie leise und ohne bei ihrer Lektüre innezuhalten.

Beinahe instinktiv überprüfte Montesquiou, ob der Brief noch in der Innentasche seines Jacketts steckte. Es war das Original des Briefs, den Aurélie an Krim geschrieben hatte – zwei naive, parfümierte Seiten, die Putéoli ihm überlassen hatte und für die er ihm nun einen Gefallen schuldete.

»Ich glaube, dass ich ihn zum Reden bringen kann«, entgegnete der junge Stabschef.

7.

»Ich hatte Zweifel, Fouad! Sie haben mir erzählt, dass du mit deinem Bruder unter einer Decke stecken und dass du von einem Richter vernommen würdest. Ich hab an dir gezweifelt!«

»Das ist doch ganz normal, mein Liebling. Alle hätten Zweifel gehabt, alle.«

Fouad hatte Schwierigkeiten, sich das Telefon ans Ohr zu halten und dabei in ganzen Sätzen zu sprechen. Er tänzelte von einem Fuß auf den anderen, ohne sich dessen bewusst zu sein.

»Du nicht – du hättest nie an mir gezweifelt. Aber ich hatte eine Offenbarung, Fouad, ich weiß nicht, wo ich anfangen soll. Ich war in der Kirche, und da hab ich begriffen … Ich hab alles begriffen … Die Liebe – das ist alles, was zählt, Fouad. Die Liebe! Oh, mein Liebster, du hast mir so gefehlt, du hast mir … so gefehlt …«

»Jasmine, wie wollen wir es machen? Wo bist du? Kann ich vorbeikommen?«

»Das ist unmöglich«, entgegnete Jasmine und zog die Nase hoch. »Mein Gott, die Straßen sind gesperrt, überall ist Polizei, und Taxis fahren auch keine mehr.« Sie schloss die Augen, um einen neuerlichen Tränenschwall zu unterdrücken. Dann erklärte sie: »Ich hol dich ab. Halt dich bereit.«

Doch erst musste sie zehn Minuten lang Coûteaux' Bedenken zerstreuen. Es käme nicht infrage, heute Abend die Wohnung zu verlassen, und selbst wenn er sich darauf einließe, würde die Einheit der Bereitschaftspolizei, die den Zugang zu ihrer Straße versperrte, niemals erlauben, dass sich ein ganzer Konvoi auf den Weg machte.

Jasmine rief erst Vogel an, dann Habib und schließlich ihre Mutter. Die willigte am Ende ein. Warum, hätte Jasmine nicht sagen können, und das bereitete ihr Sorgen. Die Leichtigkeit, mit der ihre Mutter nachgegeben hatte, ihr seltsamer, enttäuschter Tonfall … Hatte sie *aufgegeben?*

Zwei Wagen wurden zur Verstärkung angefordert, es dauerte eine halbe Stunde, um den Konvoi vorzubereiten, der dann aber schließlich doch in Höchstgeschwindigkeit am Canal Saint-Martin entlang in Richtung der Place d'Aligre fuhr.

8.

Aurélie saß auf ihrem Bett und hielt sich die Ohren zu, um den heftigen Streit ihrer Eltern nicht mitanhören zu müssen, die sich am anderen Ende der Wohnung im Klavierzimmer aufhielten. Als das Kreischen beendet war, versuchte sie, sich daran zu erinnern, was sie in ihrem Brief geschrieben hatte, um ihn noch einmal zu schreiben. Doch je länger sie versuchte, sich den genauen Wortlaut ins Gedächtnis zu rufen, desto weniger gelang es ihr, irgendetwas zu Papier zu bringen.

Sie zerknüllte mehrere Blätter, bevor sie sich dazu durchrang, einen ganz neuen Brief zu schreiben: einen Brief, der in Bandol im letzten Sommer begann, in dem vom Meer die Rede war, vom Rosenlorbeer, von den Pinien und vom Geäst des wilden Weins, der die Terrasse überwuchert hatte, auf der sie jeden Nachmittag gesessen hatten, und dessen Blätter an den Rändern bereits braun geworden waren. Und plötzlich hatte Aurélie eine Eingebung. Sie erinnerte sich wieder daran, dass sie Krim oft still erlebt hatte, als hätte er versucht, die Zeit abzuschaffen, indem er, ohne sich dessen bewusst zu sein, unhörbare Melodien vor sich hin gesummt hatte, und noch eigenartiger, er hatte mit seinem Strohhalm die Fleckchen aufgespießt, die die Sonne auf die Tischdecke geworfen hatte, die durch das zerschlissene Blattwerk der Weinranken gefallen war. Zur selben Zeit hatte sie in ihren türkisfarbenen Pareo eingehüllt mit den halb nackten Jungs vom Strand, die ihr wie ein Mückenschwarm gefolgt waren, über alles und – vor allem – nichts geplaudert.

Sie zerknüllte auch dieses Blatt Papier, nahm ein nächstes und zerknüllte es ebenfalls, bevor sie überhaupt irgendwas darauf geschrieben hatte.

Am anderen Ende der Wohnung war der Streit wieder aufgeflammt. Verärgert streckte Aurélie die Zunge raus. Ihre Mutter hatte sich ans Klavier gesetzt und spielte ein Fortissimo, um so die Erklärungen und die Klagen ihres Ehemanns zu übertönen.

»Scheiße«, hauchte Aurélie und trat hinaus auf den kleinen Balkon an ihrem Zimmer. »Scheiße, Scheiße, Scheiße …«

Dann versuchte sie, Nico zu erreichen. Er hatte auf keine ihrer Nachrichten geantwortet, seit sie festgestellt hatte, dass ihr der Brief gestohlen worden war. Dieses Mal verkündete eine blecherne Stimme, dass die Nummer, die sie zu erreichen versuchte, nicht vergeben sei.

9.

Fouad hatte sich umgezogen. Er hatte seinen für jeden Anlass tauglichen Anzug und sein schönstes weißes Hemd gewählt. An der Ecke des Platzes, wo der Markt stattfand, sah er zwei schwarze Fahrzeuge ankommen. Männer mit Kopfhörern stiegen aus und überprüften die Zugänge zum Platz sowie die unmittelbare Umgebung der geschlossenen Marktstände. Danach umzingelten sie Fouads Wohnhaus und klopften an seine Tür. Fouad war an diese Inszenierung gewöhnt. Er ließ sie eintreten und die Wohnung sichern. Fünfzehn Minuten nach der Vorhut kam endlich auch Jasmines Wagen unten am Haus an. Die VIP, wie sie von den Sicherheitsleuten genannt wurde, wurde in die oberste Etage eskortiert. Drei Polizeiautos riegelten den Platz ab, Jasmines Schutzfahrzeuge ließen die Motoren laufen, falls es nötig werden sollte, sie dringend von hier wegzuschleusen. Ein solches Maßnahmenbündel war für Angehörige einer gefährdeten Person nicht üblich, doch nach dem Attentat auf Chaouch waren beim Sicherheitsdienst des Präsidenten Köpfe gerollt, und seither erschien keine Vorsichtsmaßnahme mehr übertrieben.

Major Coûteaux klopfte an Fouads Tür, die noch angelehnt war. Jasmine sah weinend zu Fouad hoch, während ihr Leibwächter die Wohnung inspizierte. Fouad starrte sie an, als hätte er sie seit Jahren nicht mehr gesehen. Er bemerkte nicht einmal den bösen Blick, mit dem der Major ihn bedachte. Coûteaux hatte in seinem Atem den Alkohol riechen können, trotz der drei unendlich langen Minuten, die Fouad sich die Zähne geschrubbt hatte.

Coûteaux ließ die Tür einen Spaltbreit offen stehen und wartete draußen, und endlich fiel Jasmine Fouad um den Hals und drängte ihn förmlich dazu, sie ein paar Zentimeter über den Boden zu heben.

»Ich will, dass du mit mir kommst, ich will, dass wir zusammen zu meinem Vater ins Krankenhaus gehen.«

Irgendetwas hatte sich in den vergangenen drei Tagen im Gesicht seiner Geliebten verändert. Fouad erwähnte es mit keiner Silbe, doch er hatte den Eindruck, dass sie ein bisschen verrückt geworden sein könnte.

»Jasmine, sie werden mich niemals zu ihm durchlassen, das weißt du genau …«

Er traute sich nicht einmal mehr, ihr direkt in die Augen zu sehen. Er musste wieder an Nazir denken, an die *Thunder Road,* die er nie hätte einschlagen können, wenn sein Bruder ihn nicht auf diese Idee gebracht hätte.

Ein unerklärlicher Zorn hob die junge Frau auf die Zehenspitzen und veranlasste ihre Brust, sich in einem immer wilderen Rhythmus zu heben und zu senken.

»Das werden wir ja sehen«, fauchte sie und packte ihren Freund am Handgelenk.

10.

Im Polizeipräsidium wurde Kommissar Maheut in aller Dringlichkeit an die Bildschirme gerufen, die die Place de la Bastille überwachten. Soeben wurden gleichzeitig über sämtliche Zugangsstraßen Angriffe gestartet, die wie Ablenkungsmanöver wirkten. Zwei Molotowcocktails hatten den Sockel der Julisäule versengt.

»Schicken Sie Verstärkung!«, brüllte er dem Capitaine zu, der hinter dem Kontrollpult saß.

»Kommissar, die letzten noch verfügbaren Einheiten schützen im Moment die Île de la Cité. Die können sich dort schon verteidigen, meinen Sie nicht?«

Während die Einsatzfahrzeuge auf dem Vorplatz der Oper so aufgereiht wurden, dass sie dem Steinehagel und den brennenden Fackeln der Aufständischen Paroli bieten würden, versuchte der Kommissar, Kontakt zu seinem Obergefreiten aufzunehmen. Der hatte den Kopfhörer abgenommen.

»Ich will die Kamerabilder von der Avenue Daumesnil sehen!«

Die Kameras reichten nicht bis zur Coulée verte – außer einer einzigen, die den Teil der offenen Promenade einfing, der zur Brücke über die Avenue Ledru-Rollin führte. Diese Kamera bewegte der Capitaine nun und zoomte auf den Obergefreiten, der von einem Untergefreiten begleitet wurde. Ganz allein und mit den Gummigeschosswaffen im Anschlag bewegten sie sich über die Brücke.

Bei dem Anblick versiegte ihm der Speichel. Der junge Kommissar machte den Mund auf und hoffte, dass zusammen mit der Luft ein wenig Feuchtigkeit in ihn hineinströmen würde.

11.

Jasmine und Fouad fuhren in Richtung Val-de-Grâce. Als der Wagen vor dem Haupteingang hielt, wollten ein paar Leibwächter im Anzug mit Coûteaux sprechen. Durch die Heckscheibe sah Jasmine, wie sie ihre Ablehnung durch Kopfschütteln und Blicke ausdrückten und mit knappen Gesten unterstrichen, was mehr bedeutete als Nein, nämlich: unter gar keinen Umständen.

Kurz entschlossen stieg Jasmine aus. Coûteaux unterbrach sofort die Unterredung mit seinen Kollegen und wies sie an, sich wieder ins Auto zu setzen.

»Entweder lassen Sie ihn rein, oder ich sorge gleich für einen Skandal!«

»Mademoiselle Ch…«

»Schnauze! *Schnauze!*«

Sie fing an, wie am Spieß zu brüllen.

Coûteaux gab sich einen Ruck. »In Ordnung. Wir lassen ihn rein, alles in Ordnung …«

»Sofort!«

»Ja, aber wir müssen ihn trotzdem durchsuchen, Mademoiselle.«

»Dann durchsuchen Sie mich auch!«

Wie erstarrt hatte Fouad den Schlagabtausch verfolgt, aber nur jedes zweite Wort verstanden. Jetzt wurde er aufgefordert auszusteigen und auf eine Einfahrt zugeführt, hinter der zwei Männer ihn erst abtasteten und dann aufforderten, sogar die Schuhe auszuziehen. Sowie er es versuchte, ohne sich zu bücken, geriet er aus dem Gleichgewicht. Er taumelte und fiel der Länge nach hin. Keiner der Gorillas machte Anstalten, ihn aufzufangen.

Augenblicke später wurde er durch den Hof in das Gebäude geführt, in dem die Intensivstation untergebracht war. Weitere Gorillas in Anzügen bewachten die Eingänge, es gab sogar eine kleine Einheit bewaffneter Soldaten, die aussahen, als würden sie gleich in die Schlacht ziehen. Im Erdgeschoss entdeckte er Esther Chaouch am unteren Ende der Treppe bei dem Versuch, ihre Tochter zu beruhigen. Fouad war ihr in der Vergangenheit ein paarmal begegnet, und die Wirkung, die sie auf ihn ausübte, war auch diesmal nicht anders: Außer der Tatsache, dass sie eine Berühmtheit war (an Berühmtheiten war er inzwischen allerdings gewöhnt), war sie zudem die Frau des Mannes, den er auf der ganzen Welt am meisten bewunderte, insofern haftete ihr ein Teil von dessen Ausstrahlung an, und deshalb hatte Fouad einen trockenen Mund, als er versuchte, sie auf angemessene Weise zu begrüßen.

Esther Chaouch schenkte ihm ein gezwungenes Lächeln. Es war nicht wirklich eisig, aber ganz sicher auch ohne jede Wärme.

Der Schlagabtausch zwischen Mutter und Tochter, der sich in der Folge entspann, entging den Leibwächtern natürlich nicht; außerdem behielten sie Fouad im Auge. Der wollte sich schon einmischen, um zu erklären, dass er gewiss keinen Ärger machen wolle, doch Jasmine hätte sich dadurch noch lächerlicher und einsamer gefühlt, sodass ihm in diesem Augenblick sein eigenes Unwohlsein im Vergleich zu der Leidenschaft, die von seiner Freundin Besitz ergriffen hatte, regelrecht lachhaft erschien.

Vor dem Krankenhaus sprach die Mannschaft, die für Fouads ununterbrochene Beschattung zuständig war, mit dem neuen Verantwortlichen für den Personenschutz der Familie Chaouch. Esther Chaouch stimmte schlussendlich zu, dass Fouad mit nach oben kam, solange er nicht auch noch das Krankenzimmer betrat. Jasmine stampfte buchstäblich mit dem Fuß auf.

»Er ist mein Vater!«, schrie sie.

»Beruhige dich, Jasmine, nimm dich ein bisschen zusammen, meine Güte! Das hier ist ein Krankenhaus, man muss sich für dich ja ... schämen ...«

Fouad war noch nie in einer ähnlich peinlichen Situation gewesen. Er wurde betrachtet wie ein Problem, mit dem man umgehen musste und das im Zusammenspiel der Erfordernisse der Sicherheit und der Launen einer verzogenen Prinzessin entstanden war. Jasmine akzeptierte den Kompromiss, den Coûteaux als Esthers Unterhändler vorschlug: Fouad würde sich im Wartezimmer gedulden, während Jasmine einen Augenblick bei ihrem Vater verbrächte. Und endlich gewannen Coûteaux' Sanftheit und sein offensichtliches Wohlwollen gegenüber Fouad die Oberhand über Jasmines Zorn.

Esther Chaouch begleitete sie zum Wartesaal, einem rechteckigen Zimmer, das bequem ausgestattet und streng bewacht war und in dem Jasmine Fouad provozierend innig einen langen Kuss gab. Dann ließ sie ihn allein zurück – auf einem Hocker ohne Rückenlehne an einem Tisch, wo er sich der ganzen Verachtung und Gleichgültigkeit einer Frau ausgesetzt sah, die noch vor wenigen Stunden First Lady gewesen war.

12.

Frédo konnte die Anweisungen, die ihm der Kommissar über Kopfhörer zubrüllte, so oft wiederholen, wie er wollte. Der Obergefreite lief trotzdem weiter. Er war überzeugt davon, im Gebüsch eine Bewegung wahrgenommen zu haben. Unvermittelt wandte er sich um und befahl seinem Untergefreiten, den Kopfhörer herauszuziehen. Es hatte fast den Anschein, als wollte er ihm eine Lektion in Mut erteilen und ihm die Freude an einer solchen Aktion mit der Brechstange einbläuen.

Doch Frédo hätte die Kopfhörer gar nicht herausziehen können, ohne erst den Helm abzusetzen. Als er ihn sich vom Kopf zog, war er froh, endlich frische Luft schnappen zu können.

Im selben Moment tauchte aus den Büschen ein Schatten auf und raste über die Brücke auf sie zu. Ein Pitbull – und zwar von solcher Kraft, dass er den Obergefreiten rammte und ihn gegen die Brüstung schleuderte. Aus seiner Waffe löste sich ein Schuss, der aber ins Leere ging. Er selbst war derart aus dem Gleichgewicht geraten, dass er über die Brüstung kippte und sich in letzter Sekunde und nur mit einer Hand an einem Abflussrohr festhalten konnte – es war die einzige Möglichkeit, um einen Sturz in neun Meter Tiefe abzuwenden. Er hörte jemanden brüllen, konnte aber nichts mehr sehen. Er sah und wusste nicht, dass der Pitbull dem Untergefreiten an die Kehle gesprungen war und dass der nicht mehr die Kraft hatte, sein Messer zu ziehen.

In der Kommandozentrale, wo er sofort Verstärkung angefordert hatte, lockerte Kommissar Maheut die Krawatte. Er bekam keine Luft mehr und hatte das Gefühl, die Kiefer dieses Monsters schlössen sich um seinen eigenen Hals … Und plötzlich sah er, wie am Rand der Brücke eine zitternde Gestalt auftauchte.

Es war der dicke Momo, der eine 9-Millimeter schwenkte.

Kommissar Maheut konnte es nicht wissen, aber er schwenkte sie in Richtung des wild gewordenen Hundes und wollte den Untergefreiten retten.

»Hör auf! Sarko! Aus! *Aus!*«

Doch Momo hätte so viel schreien können, wie er wollte. Der Hund ließ nicht von dem Polizisten ab. Was sich nun auf dem Bildschirm abspielte, war unerträglich: Der dicke Momo feuerte zwei Schüsse auf den mächtigen Brustkorb des Hundes ab.

Im selben Moment meinte der Obergefreite, dem es endlich gelungen war, sich wieder auf die Brücke hinaufzuziehen, dass Momos Schüsse dem jungen Kollegen gegolten hätten. Außer sich vor Wut – vor Wut, die sich über die letzten drei Tage, über die letzten dreißig Jahre angestaut hatte –, packte er den dicken Momo am Kragen. Ohne Maheuts Schreie aus der Kommandozentrale je gehört zu haben, warf er den Jungen über das Brückengeländer. Binnen eines Wimpernschlags war aus dem dicken Momo eine verrenkte Gestalt geworden, eine zertrümmerte Gliederpuppe, die auf der Fahrbahn lag.

Markerschütternder Donner rollte über ihn hinweg, als der Obergefreite sich wieder seinem jungen Kollegen zuwandte, Erste Hilfe leistete und sich abmühte, einen improvisierten Druckverband anzulegen, um die Blutung zu stoppen.

Und dann fiel endlich Regen.

In weniger als einer Minute hatte er den Höhepunkt seiner Gewalt erreicht: Salven aus Hagelkörnern gingen auf den reglosen Körper des dicken Momo sowie auf den des letzten Hundes nieder, den er je geliebt hatte, auch wenn es sich dabei um einen abgerichteten Kampfhund gehandelt hatte.

Bevor er in die Bewusstlosigkeit abdriftete, waren dies die letzten Gedanken von Mohammed Belaïdi, achtzehneinhalb Jahre alt, geboren in Saint-Étienne, Departement Loire. Der Pitbull war nicht schuld daran gewesen, dass man ihn zur Kampfmaschine abgerichtet hatte. Er hatte es sogar in den hellbraunen Augen des Pitbull-Rottweiler-Mischlings sehen können. Hunde waren gute Wesen, die in einer unbegreiflich gewalttätigen Menschenwelt verloren waren.

13.

Um exakt 3.47 Uhr, in der schwärzesten Stunde dieser Gewitternacht, während Jasmine Chaouch sich über die still daliegende Hand ihres berühmten Vaters beugte, erlag ein Unbekannter namens Frédéric Mulot, Untergefreiter der fünften Division der Bereitschaftspolizei Nr. 3, der zur Verstärkung an die Place de la Bastille beordert worden war, seinen Verletzungen in der Notaufnahme des Krankenhauses Saint-Antoine, in das er zusammen mit seinem unter Schock stehenden Vorgesetzten eingeliefert worden war.

Im selben Moment hörte Jasmine im Elektroenzephalogramm, das links neben dem Bett stand, einen neuen Ton. Ohne die Hand ihres Vaters loszulassen, schlug sie die Augen auf und blickte ängstlich zu der halb geöffneten Zimmertür, hinter der ein leerer Flur lag. Keine Minute später betraten zwei Krankenschwestern den Raum und baten sie beiseitezutreten. Jasmine stand sofort auf. Weil ihre Beine durch das lange Sitzen eingeschlafen waren, half man ihr dabei, sich auf einem Stuhl niederzulassen, von dem aus sie bald zusah, wie sich das gesamte Pflegepersonal der Abteilung die Klinke in die Hand gab. Der Chefarzt wurde aufgeweckt, und die Absätze von Professor Saint-Samat machten auf dem Zimmerboden einen Heidenlärm; er hatte das erstbeste Paar Schuhe anziehen müssen, das ihm in die Hände gefallen war. Die Angehörigen bat er darum, sich im Wartesaal zu gedulden.

Jasmine hielt eine der Schwestern an, die zum Zimmer ihres Vaters eilte. »Was ist passiert?«

Als sie keine Antwort bekam, warf sie sich Fouad in die Arme.

»Jasmine, mein Liebling, ist alles in Ordnung?«

Esther, die seit ihrer Aufnahme in die Normale Sup vor dreißig Jahren nicht mehr geraucht hatte, bat Major Coûteaux um eine Zigarette, der sie seinerseits bei einem seiner Männer schnorrte.

Vom offenen Fenster aus konnte man die Kapelle sehen. Als Esther ihre Zigarette ausgedrückt hatte und sich umdrehte, sah sie, wie ihre Tochter mit gesenktem Kopf und auf Knien die Hände über ihrem Stuhl faltete, wie Fouad hilflos die fromme Geste betrachtete und sie kein bisschen verstand.

Esther wagte es nicht, sie anzusprechen, war jedoch schlagartig zutiefst beunruhigt, als das Gebet ihrer Tochter in eine erste Bekreuzigung mündete.

Im Wartesaal breitete sich Stille aus. Niemand wollte Jasmine stören. Die Leibwächter waren erstarrt und neigten ihrerseits die Köpfe, um ihren Respekt zum Ausdruck zu bringen.

Was Jasmine wahrnahm, war allerdings nicht das feierliche Schweigen, das im Wartesaal herrschte. Es war das erste Vogelgezwitscher, die Begleitmusik des Morgengrauens, der Reichtum von Gottes Werk, dann seine unendliche Güte, die in der Stille Gestalt annahm, die sich auch in ihr selbst ausgebreitet hatte. Aus der eben noch feindlichen Außenwelt drang der metallische Klang von Professor Saint-Samats Absätzen zu ihr durch, Schritte, die im Gang aufeinanderfolgten und die sie zwar als Erste bemerkt hatte, die sie jedoch absichtlich nicht zählte, als sagte ihr die Intuition, dass Zählen Sünde wäre. Als er endlich in der Tür zum Wartesaal erschien, stürzten alle auf ihn zu, nur Jasmine nicht. Reglos kniend hob sie den Kopf nur, um die Küsse und die Freudentränen ihrer Mutter zu erwidern, die auf sie niederregneten.

14.

In ganz Paris läuteten die Telefone, auch das von Chaouchs Kommunikationschef Serge Habib. Allerdings hörte er es nicht. Gegen Mitternacht hatte er entschieden, sich etwas Schlaf zu gönnen. Zum ersten Mal seit dem Wahlkampf hatte er die Fensterläden geschlossen, Ohropax aus einem Schrank genommen und den Wecker auf Viertel nach sechs gestellt. Zum ununterbrochenen Läuten seines Handys gesellte sich bald darauf das seines Festnetztelefons. Doch erst eine Viertelstunde später wachte Habib schließlich auf, als jemand wie verrückt an seine Wohnungstür hämmerte.

Er warf einen Blick auf sein Handy und die Dutzenden verpassten Anrufe, wankte in Richtung Flur und stieß gegen den runden Tisch, der im Eingangsbereich stand.

»Wer ist denn da, verdammt?«

»Der Concierge!«

Im Schlafanzug zog Habib die Tür einen Spaltbreit auf. Es handelte sich tatsächlich um den Concierge, der ebenfalls einen Schlafanzug trug und sichtlich gereizt war.

»Hören Sie – dieser ganze Mist … Das gehört alles nicht zu meinen Aufgaben! Beim nächsten Mal, und wenn der Wahlkampfleiter, der Premierminister oder die Königin von England dran ist, ganz egal, dann stöpsle ich mein Telefon aus!«

Und langsam dämmerte es ihm. In Windeseile zog Habib sich an und rief Vogel zurück, der ihn bereits im Val-de-Grâce erwartete. Zehn Minuten später stürzte der Kommunikationschef, der zum Waschen keine Zeit mehr gehabt hatte, durch den Haupteingang des Krankenhauses und rannte die Stufen hoch. Im Wartesaal befanden sich dreimal so viele Leute wie in den vergangenen Tagen. Sämtliche engsten Berater empfingen ihn mit demselben schiefen Lächeln. Ihre Gesichter wirkten erschöpft, ihre Mienen angsterfüllt, die Haut spannte durch das unvermittelte Erwachen, und die Morgentoilette war allenfalls sehr hastig ausgeführt worden.

Habib bahnte sich mithilfe seines Stumpfs einen Weg und wurde von einem Leibwächter zum Krankenzimmer begleitet. An der Tür erwarteten ihn Esther, Vogel, Jasmine und – zu seiner Überraschung – Fouad Nerrouche.

Er begrüßte die drei Ersteren und fing augenblicklich an, von einer Pressekonferenz zu sprechen.

Vogel trug ein Pyjamaoberteil unter dem Jackett. Er zog Habib beiseite und flüsterte ihm zu: »Es ist etwas passiert, aber das muss unter uns bleiben.«

»Der Freund von Jasmine – was hat das zu …«

»Ganz egal. Er hat nichts gehört. Also, Idder hat etwas gesagt, als er aufgewacht ist. Er hat gesprochen.«

»Scheiße, das ist doch fantastisch! Er spricht wieder! Was hat er denn gesagt?«

»Na ja, genau darum geht es«, erwiderte Vogel. »Wir wissen es nicht … Er hat Chinesisch gesprochen. Er hat immer noch nicht die Augen aufgeschlagen, aber er hat geredet. Auf Chinesisch, verdammte Scheiße!«

Habib wollte gerade etwas erwidern, als eine Krankenschwester eilig das Zimmer verließ. Sie schloss die Tür hinter sich nur unzureichend. Durch den Wald aus Ärzten, die sich rund um das Bett zu schaffen machten, sahen die beiden engsten Berater Chaouchs, wie sich die Hand ihres Chefs bewegte und einen Finger nach dem anderen abspreizte.

»Auf Chinesisch? Aber warum denn auf Chinesisch?« Habib konnte es nicht fassen. »Das ändert natürlich alles«, fügte er in Vogels Ohr flüsternd hinzu, während er seine Umgebung im Auge behielt.

»Was, das Chinesische?«

»Nein, die Amtsverhinderung … Das Verfassungsgericht hat gestern Abend entschieden … Ich meine – Scheiße, das ist doch erst wenige Stunden her! Du willst mir doch nicht erzählen, dass …«

»Dass was? Dass sie nicht von heute auf morgen ihre Meinung ändern können? Verdammt, ihre beschissene Entscheidung ist in Stein gemeißelt … Hör zu. Wir reden später weiter. Für den Augenblick müssen wir uns auf die Kommunikationsstrategie konzentrieren. Trommle deine

Leute zusammen. Ins Hauptquartier zu fahren ist unnötig, die stellen uns hier einen Raum zur Verfügung, und wir arbeiten bis Sonnenaufgang durch, okay?«

15.

Jasmine hörte gar nicht mehr damit auf, ihre Mutter abzuküssen. Fouad spürte, dass er hier im Flur, im engsten Kreis der Vertrauten, nichts mehr zu suchen hatte.

Langsam ging er in Richtung des geöffneten Wartesaalfensters. Aurélien Coûteaux lehnte am gepanzerten Wagen, telefonierte, regte sich auf, wirkte verärgert, angespannt, *menschlich*.

Jasmine lief Fouad nach, umarmte ihn und sagte, während in ihrem erschöpften Gesicht das Leiden, die Verliebtheit und die Hysterie miteinander wetteiferten: »Es ist deinetwegen passiert, Fouad! *Unseretwegen*, weil wir uns wiedergefunden haben, verstehst du? Weil wir uns lieben!«

Als einzige Antwort strich Fouad ihr über das schwarze Haar. Jasmine wedelte mit den Armen in Richtung ihres Leibwächters, gab ihm ein Zeichen, er solle heraufkommen. Coûteaux hob die Hand, um ihr zu signalisieren: gleich, einen Moment noch.

»Ich kann jetzt nicht mehr sprechen, ich muss weg«, sagte er in den Hörer.

»Verdammte Scheiße!«, brüllte die Stimme am anderen Ende der Leitung. »Leg jetzt nicht auf! Hörst du mich? Du legst jetzt besser nicht auf!«

»Nach meinem letzten Kenntnisstand nehme ich meine Befehle nicht von dir entgegen. Also, sprich nicht in diesem Ton mit mir und hör auf, mich auf dieser Nummer anzurufen. Und dann fick dich ins Knie.«

Er legte auf und ging hinauf in das hell erleuchtete erste Stockwerk.

16.

»Coûteaux!«, schrie Nazir. »Coûteaux!«

Er rammte ein paarmal die Faust gegen die Telefonzelle und lehnte die Stirn dann gegen die Scheibe, an der Morgentau hinabrann.

Fleur hatte wegen der durchwachten Nacht ganz rote Augen. Eine gefühlte Ewigkeit waren sie um den See gefahren. Dann hatten sie angehalten, damit Nazir zum x-ten Mal telefonieren konnte. Fleur nutzte die Gelegenheit, um ein bisschen frische Luft zu atmen. Im Inneren des Wagens hatten sie sich zwischen schwarzen Schweinen versteckt, und ein Schweinestall, der sich bewegte, stank deshalb noch lange nicht weniger schlimm.

Nazir marschierte auf sie zu und bedeutete ihrem neuen Fahrer, noch einen Augenblick zu warten.

Von der Telefonzelle aus sah man auf eine Berghütte, neben der eine reglose Wetterfahne hing. Das Seeufer war auf zweihundert Metern Länge renaturiert worden – allerdings nicht vollständig: Es existierten immer noch die alten Leitplanken aus zugeschnittenem Rundholz. Am gegenüberliegenden Ufer, etwa eine halbe Stunde entfernt, war das Zirkuszelt für die morgige Vorstellung aufgebaut worden.

Fleur sah den Nebelschwaden nach, die über die dunkle Seeoberfläche trieben und sich in kaum wahrnehmbaren Blau- und Rottönen färbten, während der Himmel, den man endlich von den Bergen unterscheiden konnte, im Westen violett und im Osten von einem kräftigen Rotorange war, dort wo die Sonne kurz davorstand, wieder aufzugehen.

Nazir schaute bloß in den Himmel, unter dem die Umrisse allmählich klarer wurden und die Berglandschaft aus ihrem Schlaf erwachte. Der Nebel waberte nun nur noch über dem See und zog sich vom Ufer zurück, an dem Nazir plötzlich zwei Scheinwerfer auftauchen sah – nicht das einzelne Licht, das der Nebel wenige Sekunden zuvor noch ineinander hätte verschwimmen lassen, sondern zwei deutlich zu unterscheidende Scheinwerfer, die mit Höchstgeschwindigkeit am See entlangrasten.

Er dachte zuerst, dass *sie* es wären, doch dann fuhren sie an dem Zirkuswagen vorbei, der sie – ihn und Fleur – über die Grenze bringen sollte, sofern sie den Gestank überlebten, diesen Gestank, der Fleur zum Weinen brachte.

Sie wandte sich zu Nazir um. »Wir bleiben doch zusammen, oder? Wir trennen uns nie mehr? Nicht nach all dem …«

Im nächsten Moment sah Nazir einen Schatten über den Himmel ziehen, einen Raben aus Metall, der niedrig flog und an dessen Existenz er nicht glauben wollte. Dann nahm das Ding die Form eines Armeehubschraubers an, der zur anderen Seeseite flog.

17.

Die Bilder waren trotz bildstabilisierender Kamera, die dem Anführer des Kommandos auf den Helm montiert worden war, ziemlich verwackelt. Die Innenministerin schob ihren Kiefer in sämtliche Richtungen, schnaubte seltsam und rutschte auf ihrem Stuhl hin und her. Der Lauf des Sturmgewehrs, das der Anführer des Kommandos hielt, zeigte auf den Horizont wie bei einem Videospiel, bei dem sie die virtuelle Entscheidungsmacht in Händen hielt.

Die Mitglieder des Kommandos umzingelten einen Planwagen nach dem anderen, stellten gewissenhaft den Zirkus auf den Kopf und verlangten brüllend von den Leuten, die sie aus dem Schlaf gerissen hatten, ihnen zu verraten, wo sich der Mann befand, dessen Foto sie ihnen unter die Nase hielten.

Keiner von ihnen sprach Französisch. Aber sie mussten doch in der Lage sein, ein Gesicht wiederzuerkennen! Entsprechend äußerte sich zumindest Mansourd, der überzeugt davon war, dass sie ihnen absichtlich die Hilfe verweigerten.

Der Mitarbeiter der Spionageabwehr war im Hubschrauber geblieben und teilte Mansourd mit, dass sie weiterhin das Signal des Blackberry empfingen.

In Paris stellte die Ministerin die Beine nebeneinander ab, die sie die ganze Zeit übereinandergeschlagen hatte, und verlagerte das Gewicht auf die andere Pobacke. Montesquiou stand kurz vor einem Schlaganfall.

Mansourd folgte dem Anführer des Kommandos sowie drei weiteren Männern zu dem am weitesten abseits stehenden Planwagen. Ohne jede Vorwarnung schlugen sie die Tür ein. Im Inneren fegten die Kamera des Anführers sowie der Lauf seines Gewehrs über eine Küchenzeile, ein Sofa und eine weitere Tür, die zu einer Schlafkoje führte. Vermorel und Montesquiou erwarteten schon, gleich Nazir mit erhobenen Händen und nacktem Oberkörper vor sich zu sehen, allenfalls in einem intimen, sportlichen Moment mit einer jungen Akrobatin.

Doch stattdessen fiel ihr Blick auf einen Schimpansen in weiß-rotem Kostüm und mit einem breiten Grinsen, der auf der oberen Matratze eines Stockbetts fröhlich herumturnte.

Der Anführer des Kommandos senkte sein Gewehr und durchsuchte den Affen. In der Tasche des maßgeschneiderten Jäckchens fand er Nazirs Blackberry.

Außer sich vor Wut befahl Vermorel, die Operation abzubrechen und sofort nach Frankreich zurückzukehren, bevor man sie bemerkte. Mansourd wandte ein, dass Nazir sich im Umkreis von nur wenigen Kilometern aufhalten könnte, dass es vielleicht klug wäre …

»Schnauze!«, brüllte die Ministerin. »Sie kommen sofort zurück!«

Im Angesicht des Affen, der sie alle zum Narren gehalten hatte, krampfte sich in Montesquiou alles zusammen. Vermorel wartete, bis sie wieder den rauschenden Bildschirm sah, bevor sie vor Wut aus der

Haut fuhr und sich nach einem Prügelknaben umsah, an dem sie sie auslassen konnte.

Ein dringender Anruf lieferte Montesquiou einen Vorwand, um dem Zorn der Ministerin zu entkommen. Er lief hinaus ins Vorzimmer, und als er sah, wer ihn anrief, versicherte er sich, dass ihn niemand belauschte.

»Was ist das für ein Lärm? Sind das Pferde? Wo sind Sie?«

»Bei mir«, erwiderte eine weibliche Stimme am anderen Ende der Leitung.

»Die Terrorabwehr sucht wegen des Handys nach Ihnen«, sagte der junge Mann ernst. »Diese Idioten nennen Sie ›die Reiterin‹ … Sind Sie noch dran?«

»Ich habe Waldstein ausfindig gemacht.«

Montesquiou verstummte. Dann erklärte er: »Dafür ist es jetzt zu spät. Nazir ist dem Kommando entkommen. Wir haben keine Zeit mehr, uns um Waldstein zu kümmern. Das sehen Sie doch genauso, oder?«

»Er ist dabei, sich abzusetzen. Südamerika. Sie wollen mir also sagen, dass ich ihn laufen lassen soll?«

»Ja, genau das«, seufzte Montesquiou. Sein Ärger über die Angewohnheiten und die Sprache, die diese professionellen Geheimniskrämer benutzten, wuchs sekündlich an, und es würde ihm auf lange Sicht immer größeres Unwohlsein bereiten, ihnen Anweisungen geben zu müssen.

18.

Rabia hatte mal in einer Sendung einen Neurologen erklären hören, dass der Schlaf in anderthalbstündige Zyklen unterteilt sei. Seit jenem Tag merkte sie sich die Uhrzeit, zu der sie sich schlafen legte, und überprüfte am Morgen, ob sie wirklich ein Vielfaches der anderthalb Stunden geschlafen hatte. Es stimmte immer: Sie schlief entweder siebeneinhalb oder sechs, niemals acht oder sechseinhalb Stunden. Die anderen hatten sich oft über ihre Naivität lustig gemacht, doch Rabia glaubte weiterhin daran. Bis zu diesem Mittwochmorgen, an dem sie spontan genau vier Stunden, nachdem sie die Augen geschlossen hatte, wieder aufwachte. Sie schaute auf ihren Wecker und versuchte, sich daran zu erinnern, wie lange sie vier Stunden zuvor zum Einschlafen gebraucht hatte. Der Zeitrahmen erschien ihr unmöglich. Sie hätte schwören können, dass ihr die Augen zugefallen waren, sobald sie sich die Decke übers Kinn gezogen hatte.

Überrascht und ein bisschen durcheinander stand sie auf, lauschte Dounias ungesunder Atmung, schüttelte mit einem Seufzer den Kopf und verließ auf Zehenspitzen das Schlafzimmer. Sie war nicht mehr müde. Sie hatte keinen Schimmer, was mit ihr los war.

Sie lief ins Erdgeschoss und trank in der Küche ein großes Glas Wasser. Streifen aus Tageslicht fielen durch die Spalten zwischen den Fensterläden herein.

Wie ein Schauder überkamen sie Bilder von Mouloud Benbaraka – diesen Albtraum im Wachzustand hatte sie seit Sonntag schon mehrere Male geträumt. Sie war allein in ihrem Wohnzimmer an der Rue de l'Éternité und hatte gerade den Fernseher eingeschaltet, als sie mit einem Mal eine andere Gegenwart spürte, eine feindliche Gegenwart. Sie spähte zwischen den geöffneten Vorhängen hindurch, doch es war die Tür, die irgendwer gewaltsam aufbrechen wollte – und sie erwachte genau in dem Moment, in dem es dem Eindringling gelang –, gerade so, als erlangte die Angst an dieser Stelle ihre größtmögliche Intensität und schleuderte sie aus dem Universum, das sie für sich maßgeschneidert hatte.

In der Welt der Träume war dies vielleicht ihre größtmögliche Angst, dachte Rabia. Sonst eher nicht. Sie riss den Kopf herum, war sich ganz sicher, dass sie gehört hatte, wie sich jemand an der Eingangstür zu schaffen gemacht hatte. Dann schaltete sie das Radio ein und hörte da erst die Neuigkeit: Chaouch war aufgewacht.

Erst wollte sie es gar nicht glauben. Doch dann hieß es, der Chefarzt des Val-de-Grâce habe für halb acht eine Pressekonferenz anberaumt, die natürlich live übertragen werde.

Rabia riss die Augen so weit auf, wie sie es seit zehn Tagen nicht mehr getan hatte. Sie wollte losschreien, das ganze Haus wecken, die Lichter anschalten, die Fensterläden aufstoßen und den Tag in die Küche lassen. Ihre Angst war schlagartig wie weggefegt. Sie würde nie wieder Angst haben.

Eine Serie absurd lauter Schläge gegen den Laden vor der Eingangstür setzte allem ein Ende.

Sie löschte das Küchenlicht und spürte, wie ihre Beine zu zittern begannen. Der Schrecken fuhr ihr anscheinend immer zuerst in die Beine, bevor er dann ihren Herzschlag beschleunigte. Sie schlich langsam ins Wohnzimmer, hoffte, dort das Telefon erreichen und die Polizei verständigen zu können, doch dann hörte sie die harte Stimme des Mannes, der sich gerade anschickte, die Tür zu zertrümmern.

»Polizei! Machen Sie auf!«

Sie schaltete das Licht im Wohnzimmer ein, dann das im Flur und drehte langsam den Schlüssel im Schloss herum.

»Polizei! Machen Sie auf! Machen Sie auf!«

»Wer … ist da?«

»Polizei! Sofort! Oder wir schlagen die Tür ein!«

Warum schrien sie so laut? Und warum kamen sie so früh? Sie öffnete, hatte aber keine Zeit mehr, sich auch noch um den Laden zu kümmern: Er wurde ihr buchstäblich aus den Händen gerissen, und ungefähr zehn Männer in Zivil verschafften sich Zutritt zu ihrer Wohnung. Sie waren bewaffnet, trugen Armbinden und kugelsichere Westen und stürmten in den Flur.

»Rabia Bounaïm-Nerrouche? Das hier ist ein Rechtshilfeersuchen. Richter Rotrou hat verfügt, dass Sie in Gewahrsam genommen werden.«

»Aber ich hab doch schon …«

»Los, keine Diskussion.«

Sie wurde gegen die Wand gedrückt, und dann wurden ihr ohne viel Federlesen Handschellen angelegt.

»Aber ich hab doch nichts gemacht!«, jammerte sie. »Wann lassen Sie uns endlich in Ruhe? *Wir haben nichts gemacht!*«

»Ja, ja, genau, niemand hat irgendwas gemacht. Na klar. Ist Ihre Schwester oben?«

Sie hatte diesen Capitaine der Terrorabwehr in der Nacht, in der das Attentat verübt und sie befragt worden war, nicht zu Gesicht bekommen. Er war klein und untersetzt, hatte einen Quadratschädel, Katzenaugen und dicke Brauen, die aufwärts gebogen waren. Es war das Gesicht der personifizierten Bosheit.

Rabia fand zwischen den Tränen, die ihr die Brust zusammenschnürten, gerade noch die Kraft zu sagen: »Ich habe einen Anwalt, Maître Szafran …«

Doch der Capitaine reagierte nicht darauf. Er rückte seine Armbinde zurecht, drückte Rabias Handschellen fest zu und führte sie dann persönlich nach draußen.

»Sie tun mir weh! Darf ich mich wenigstens anziehen?«

Sie trug immer noch ihren rosafarbenen Morgenmantel und Pantoffeln. Als sie bemerkte, dass der Capitaine nicht reagierte, fing sie an zu brüllen: »Aber ich hab doch nichts verbrochen! Ich habe nichts verbrochen!«

»Also, das reicht jetzt«, erwiderte der Capitaine. »Wir haben neue Erkenntnisse, die Sie und Ihre Schwester belasten. Warum sollte Richter Rotrou Sie Ihrer Meinung nach sonst in Gewahrsam nehmen lassen, wenn Sie nichts getan hätten?«

19.

Im Pyjama durchquerte Richter Wagner zu Hause den Flur, um auf die Toilette zu gehen, als er sah, dass in Aurélies Zimmer noch Licht brannte. Er klopfte zweimal leise an. Aurélie schien sich zu rühren, und er trat ein.

Das junge Mädchen hatte zerzauste Haare und schmerzhaft verzogene Brauen. Dutzende bekritzelter, zerknüllter Blätter lagen auf ihrer rosafarbenen Bettdecke. Hektisch raffte sie sie zusammen und presste die Fäuste vors Gesicht.

»Warum schläfst du denn nicht – um diese Zeit?«

»Papa …«

Richter Wagner neigte den Kopf zur Seite und betrachtete sie nachdenklich. Es waren dieses kleine, inkonsequente Gesicht, dieser Mund einer Heranwachsenden, diese entzückend verschiedenfarbigen Augen, die die Totenglocke über seiner Karriere geläutet hatten.

Er schenkte seiner Tochter ein gequältes Lächeln. Kinder waren etwas Schreckliches, dachte er bei sich, weil man ihnen niemals böse sein konnte. Weil sie genau genommen nichts selbst entschieden, wenn sie Unrecht taten.

»Na, schlaf jetzt ein bisschen«, sagte er und löschte das Licht.

Nachdem er von der Toilette zurück war, zog er sich an und suchte Thierry auf, der im Wohnzimmer schlummerte.

»Uns bleibt nicht mehr viel gemeinsame Zeit«, murmelte er, nachdem er ihn geweckt hatte, »und ich würde gern einen kleinen Ausflug machen, wenn Sie nichts dagegen hätten.«

Zehn Minuten später rollte der Wagen über den Boulevard périphérique. Der Richter berührte seinen Fahrer und Leibwächter an der Schulter, während sie sich Levallois-Perret näherten.

»Monsieur?«

»Warten Sie, Thierry, fahren Sie ein bisschen langsamer, aber halten Sie nicht an.«

Kraniche flogen über die Wachtürme des DCRI-Sitzes, und Richter Wagner kam nicht umhin zu bemerken, dass sie sich vor einem grellen, wie ausgewaschenen Himmel abzeichneten. Es hatte aufgehört zu regnen, und blaue Fleckchen eroberten sich hier und da einen Platz zwischen den dunklen Wolken, die allerdings noch immer die Oberhand hatten. Unwillkürlich musste der Richter an all die Heiligenfiguren im Vatikan denken und an die Wolken, die sie zum Leben erweckt hatten. Mit den Kranichen und den Wachtürmen dieses stark bewachten Anwesens war es genau das Gleiche: Sie bildeten gemeinsam eine androidische Anordnung, halb Mensch, halb Maschine, die durch den sich bewegenden Himmel auf ganz ähnliche Weise in Bewegung gesetzt wurde.

Irgendwer versuchte, ihn auf seinem privaten Handy zu erreichen. Es war Poussin. Wagner ging ran und lauschte der unsicheren Stimme des Mannes, als dessen Mentor er sich eine Zeit lang betrachtet hatte. Poussin teilte ihm mit, dass Rotrou die unzertrennlichen Nerrouche-Schwestern erneut hatte wegbringen lassen, ohne sich um die rechtlichen Fristen für Verhaftungen zu kümmern, was der antiterroristische Status ihrer Akte eventuell legitimieren mochte.

Wagner schüttelte verärgert und hilflos den Kopf. Während sein junger Kollege zögerte, das Gespräch zu beenden, räusperte er sich und fügte in einem Ton, der zum ersten Mal nicht durch und durch professionell war, hinzu: »Guillaume, Sie werden kämpfen müssen. Rotrou wird versuchen, Sie zusammen mit den anderen zu verschlingen. Sie wissen, was ich meine?«

»J-J-Ja, Monsieur.«

»Saint-Étienne war eine dumme Idee«, schob Wagner nach. »Sie müssen in Paris ermitteln. Das Komplott schließt … Hören Sie, es geht weit über den Rahmen der Familie Nerrouche hinaus. Die Lösung steckt in den Abhörprotokollen dieses dritten Handys. Wenn sie als vertraulich erklärt worden sind, enthalten sie entscheidende Informationen …«

»Es b-b-beweist auch, dass sie in P-P-Panik verfallen«, stellte Poussin fest.

»Natürlich. Aber in ihrer Position haben sie die Mittel, um ganz entspannt in Panik verfallen zu können … Ich werde Ihnen die Notizen aus einer Befragung zukommen lassen, die in den Prozess als Zeugenaussage einfließen könnte – als Aussage einer Person, die nicht genannt werden will. Es handelt sich um die Kommandantin des Sicherheitsdiensts des Präsidenten, Valérie Simonetti. Sie müssen …«

Wagner hielt inne und erinnerte sich wieder daran, dass er sich zurückgezogen hatte. Dass es nicht mehr sein Fall war.

»Viel Glück, Guillaume.«

»D-D-Danke, Herr Richter«, stotterte der junge Poussin. »Sie k-k-können mir v-v-vertrauen …«

Wagner zog kurz die Augenbrauen hoch und legte auf. Dann sah er zu seinem Leibwächter. »Tut mir leid, Thierry, aber fahren wir wieder zurück.«

Während Aqua Velva ihn zum Justizpalast fuhr, wählte Wagner Valérie Simonettis Nummer. Er erklärte Chaouchs ehemaliger Sicherheitschefin, dass sie sich künftig an seinen Kollegen, Richter Poussin, wenden müsse.

In seinem Büro auf der Galerie Saint-Éloi schien Katerstimmung zu herrschen. Neben der Kaffeekanne lagen Akten, sein Schreibtisch war von schnell hingeworfenen Notizen voller Kaffeeflecken übersät. Er setzte sich an den Terminplan seiner Mitarbeiterin und betrachtete den großen Raum, ohne dass er außer der Schreibtischlampe irgendein anderes Licht eingeschaltet hätte, aus einem Blickwinkel, an den er nicht gewohnt war – aus dem Blickwinkel von Alice.

Plötzlich wurde an die Tür geklopft, und schrecklich verzerrt und von einem ungesunden, freudigen Lächeln beseelt erschien Rotrous riesiges Gesicht.

»Für einen Arbeitslosen sind Sie ziemlich früh dran ...« Da Wagner darauf nichts erwiderte und seine Anwesenheit einfach zu ignorieren schien, fügte der Menschenfresser hinzu: »Weil Sie mir ohnehin Ihre Notizen geben müssen, können wir uns auch sofort darum kümmern ...«

»Sie sind auf dem Holzweg, Rotrou«, sagte Wagner, ohne ihn anzublicken. Seine Hände lagen ruhig auf den Armlehnen von Alice' Schreibtischstuhl. »Diese arme Familie hat mit dem Komplott nichts zu tun. Sie müssen ihre Ermittlungen hier durchführen ...«

Rotrou schnaufte, auch wenn er gar nicht außer Atem zu sein schien – einfach wegen eines Überschusses an Atmungsenergie. Er war hemdsärmelig, die Hosenträger hatte er abgenommen. Seine haarlosen Unterarme wirkten übergroß, ohne jede Muskulatur, einfach nur dick wie Oberschenkel. Mit einer geschmeidigen Geste seiner Bärenpranke wies er auf den Schreibtisch und meinte damit wohl das ganze Amtszimmer, die gesamte Gerichtsbarkeit. »Das hier ist kein Ort für Humanisten, Wagner. Sie wollen beliebt sein, Sie wollen, dass man in Artikeln vom guten Richter Wagner schreibt, dem freundlichen Richter Wagner, dem integren Henri Wagner, dem unabhängigen Henri, vom sanftmütigen kleinen Henri ...«

Wagner machte eine abfällige Geste in seine Richtung.

Der Menschenfresser zog vernehmlich die Nase hoch und holte damit eine ganze Schleimflottille aus den Tiefen seiner Kehle. Doch statt auszuspucken, was ihm manch einer sicher zugetraut hätte, verkündete er: *»Wer ein Engel sein will, wird am Ende zur Bestie.«*

Dann ging er wieder, schloss leise die Tür, deren Schwelle er nicht zu übertreten gewagt hatte.

20.

Capitaine Tellier hatte gerade fertig gefrühstückt. Er hatte die Nacht mit dem Versuch verbracht, Krims Sonntag wie ein Puzzle zusammenzusetzen. Dafür hatte er die Vernehmungsprotokolle der gesamten Familie gelesen, außerdem die von Mouloud Benbaraka, und war immer wieder zu einem Punkt zurückgekehrt: der Aussage des Geschäftsführers der Reederei am Pont-Neuf. Er hatte »die Reiterin« als eine »große Blonde mit glänzendem Haar« beschrieben, die »ziemlich ungemütlich wirkte«, die Polizeiabzeichen bei sich gehabt hatte, die »absolut glaubwürdig« gewirkt hatten, und in deren Blick »etwas Hartes und ein bisschen Irres« gelegen hatte.

Keiner der Dienste, die eventuell ein Interesse an Krims Handy hätten haben können, hatte gemeldet, eine Offizierin in ihren Reihen zu haben, auf die eine solche Beschreibung gepasst hätte. Wahrscheinlich handelte es sich also um Nazirs Komplizin. Das fügte dem ganzen Komplott also noch eine Räuberin hinzu, eine weitere, eine zu viel, dachte Tellier und spürte, wie die Müdigkeit nicht nur auf seinen Lidern lastete, sondern auch auf seiner Rückenmuskulatur.

Plötzlich hörte er das Geräusch eines ihm vertrauten Gangs: eines Gangs auf drei Beinen.

Montesquiou erschien auf der Schwelle zu seinem Büro, und Tellier stemmte sich mühsam hoch.

»Guten Tag, Capitaine, ich würde gern mit Abdelkrim Nerrouche sprechen.«

Tellier schluckte den letzten Bissen seines Croissants hinunter und erklärte verlegen: »Tut mir leid, Monsieur, aber das wird nicht möglich sein. Der Junge schläft, und Sie sind nicht … Ich würde mir damit Probleme einhandeln.«

»Ja, Sie handeln sich ganz sicher Probleme ein – wenn Sie mich nicht zu ihm lassen.«

Tellier seufzte. »Das müssen Sie mit Kommandant Mansourd klären. Dafür kann ich nicht die Verantwortung übernehmen.«

»Sie arbeiten für mich, Capitaine«. Montesquiou war jetzt lauter geworden. »Sie tragen keinerlei Verantwortung. Ich entscheide, und Sie führen aus, ist das klar?«

Tellier schob die Zunge zwischen seinen Lippen hervor und bewegte sie auf seine Lippenspalte zu. Dann führte er den Stabschef der Ministerin zu Krims Zelle.

21.

Krim schlief wie ein Säugling, bis ein Schlag mit dem Stock gegen seine Matratze ihn hochschrecken ließ.

»Na los, los, aufgewacht, wir haben einiges zu besprechen.«

Montesquiou lehnte sich gegen die Zellentür und zog das zweite Blatt von Aurélies Brief hervor.

»Ich hab zwei gute Nachrichten für dich, Abdelkrim.«

Krim wischte sich wie ein kleiner Junge über die Augen.

»Erstens: Chaouch hat im Koma gelegen und ist gerade wieder aufgewacht.«

Doch die zweite gute Nachricht machte Krim sogar die enorme Dimension dessen vergessen, was er soeben erfahren hatte.

»Deine Freundin hat mich damit beauftragt, dir einen Brief zukommen zu lassen.«

Krim war auf einen Schlag hellwach. Er trat näher, um das Blatt entgegenzunehmen, doch Montesquiou zog es im letzten Moment weg.

»Erinnerst du dich noch an unsere kleine Unterhaltung vom letzten Mal? Wenn du den Brief haben willst, brauche ich von dir etwas als Gegenleistung.«

»Aber …«

»Es wäre doch wirklich schade, wenn ich diesen Brief wieder mitnehmen müsste … Das wäre so schade. Also, streng dich ein bisschen an.«

Krim hatte sich tatsächlich etwas überlegt, bevor er vier Stunden zuvor eingeschlafen war. Er hatte nichts zu verlieren und alles zu gewinnen, also sagte er: »Also, die Nachricht, die Nazir mir aus Versehen geschickt hat … Er hat den Eindruck gemacht, als würde es ihn stören, dass ich sie bekommen habe. Er hat gesagt, ich soll sie sofort wieder löschen … Es wirkte superwichtig und …«

Montesquiou fuhr sich mit der Hand durchs blonde Haar. Das wusste er bereits alles. Krims Langsamkeit machte ihn verrückt, sein Gehstock bebte, zitterte wie ein nacktes Bein in der Kälte.

»Er hat von einer Stadt gesprochen, in die er gehen müsste … Keine Ahnung, ob das was damit zu tun hat …«

»Was für eine Stadt? Wir reden von ›G‹, hm?«

Falls Krim jetzt die Gesichtszüge entgleiten würden, falls er vergessen hätte, dass es darum ging, den Namen hinter dieser verfluchten Initiale zu finden, dann – das spürte Montesquiou – würde er todsicher die Geduld verlieren.

»Na ja, ich weiß nicht mehr genau, es war so was Ähnliches wie Genf, aber in Italien.«

»Genua? Natürlich …«

»Was?«

»Hast du das unseren Freunden verraten?«, fragte Montesquiou und nickte in Richtung Zellentür.

»Na, nein, wir hatten doch gesagt, dass …«

Montesquiou stampfte einmal mit seinem Gehstock auf und ließ das Blatt Papier zu Boden fallen.

»Das ist gut. Wenn du ihnen auch weiterhin nichts sagst, mach ich dir vielleicht noch ein paar kleine Geschenke …« Dann erinnerte er sich wieder an sein ursprüngliches Versprechen. »Ich meine, während du auf das große Geschenk wartest – das gibt es nämlich noch nicht sofort, das verstehst du sicher …«

Er ging, ohne noch etwas hinzuzufügen, und behielt die erste Seite des Briefes in seiner Tasche.

Und so las Krim in seiner stickigen Zelle ohne Fenster, in der er bereits drei Nächte verbracht hatte, während draußen der Tag anbrach und Chaouchs Augen sich mühsam öffneten und die betriebsamen Gestalten auf der Intensivstation im Val-de-Grâce ansahen, einen Brief von Aurélie, der nur aus neun Wörtern bestand:

Ich denke an dich, die ganze Zeit.
Aurélie, xxx

Neun Wörter, die er las und im Lauf der folgenden Stunden noch hundertmal wiederlas, bis er die Rundung jedes A, den Bauch jedes D, den Bogen jedes E, den Querstrich des einzigen T und dergleichen auswendig kannte – bis hin zu dem fröhlichen Gekritzel, das die drei X seiner schönen Aurélie für ihn darstellten.

Das Komma, das den ersten Satz unterteilte, trieb ihm die Tränen in die Augen, doch es gab noch etwas anderes, wenigstens in der ersten Stunde, etwas, was noch stärker war als der Inhalt des Briefes: ihr Lavendelparfum. Und dieses Lavendelparfum, das Krim nicht hätte beschreiben können, niemals würde beschreiben können, war der Beweis dafür, dass sich die Erde auch in seiner Abwesenheit weiterdrehte. Es war die ganze Liebe dieser verdrehten Welt in einer Handvoll Atome. Es war genau das: ein Tröpfchen Hoffnung, unsicher, flüchtig und lachhaft. Und dennoch ließ es einen ganzen Ozean aufleuchten, unwiderstehlich, mit der gleichen verblüffenden Geschwindigkeit, die das Licht braucht, um den Himmel nach der Herrschaft der Nacht wiederzuerobern, die gerade erst wenige Augenblicke zuvor noch über Hunderte und Aberhunderte von Jahren anzudauern schien.

Die Figuren des Romans

Saint-Étienne

Familie Nerrouche

Khalida, die Großmutter, Matriarchin des Nerrouche-Klans; behandelt alle Menschen schlecht, sobald sie die Pubertät hinter sich haben; fragt andere grundsätzlich nicht nach ihrer Meinung.

Zoulikha, unverheiratete Tochter Khalidas, deren Lebensinhalt darin besteht, zu kochen und den Haushalt zu führen; ihr Lebensmotto: »Lieber fett als faltig«.

Ferhat, ihr Cousin, um dessen Haushalt sich Zoulikha seit dem Tod seiner Frau kümmert; begeisterter Musiker, inzwischen etwas kauzig.

Bekhi, Tochter Khalidas, verheiratet mit Ayoub, Mutter von Toufik, Kamelia, Inès und Dalia.

Ouarda, Tochter Khalidas, Mutter von Raouf.

Idir, ihr Mann, Vater von Raouf.

Moussa, Lieblingssohn Khalidas, lebt in Algerien, blond und attraktiv; die jüngeren Schwestern Dounia und Rabia haben ihn in ihrer Jugend ebenso sehr geliebt, wie heute alle auf Fouad stehen; musste Frankreich aus totgeschwiegenen Gründen verlassen.

Dounia, Tochter Khalidas, verwitwet, Mutter von Nazir, Fouad und Slim, arbeitet als Krankenschwester, lebt dank Nazirs Zuwendungen auf verhältnismäßig großem Fuß, hat gesundheitliche Probleme.

Bouzid, unverheirateter Sohn Khalidas, hat immer wieder Verhältnisse mit Französinnen, Busfahrer bei den Verkehrsbetrieben von Saint-Étienne.

Rabia, Tochter Khalidas, verwitwet, Mutter von Krim und Luna, arbeitet in einer Kindertagesstätte; ist seit dem Tod ihres Mannes Single, hat aber auf Slims Hochzeit ein Date mit einem geheimnisvollen Mann namens »Omar«, den sie über eine Datingseite kennengelernt hat; Rabia und Dounia sind die besten Freundinnen, auch weil sie das Schicksal teilen, früh ihre Ehemänner verloren zu haben.

Rachida, jüngste Tochter Khalidas, verheiratet mit Mathieu, Mutter von Myriam und Rayanne; reizbar und schwierig, immer beleidigt, ihr Verhältnis zu ihren älteren Schwestern ist kompliziert.

Krim, eigentlich *Abdelkrim,* Sohn Rabias, absolutes Gehör, musikalisches Wunderkind, der aber von der französischen Gesellschaft ausgebremst wird; bewundert seinen Cousin Fouad, den Schauspieler, und hat eine geheime Verbindung zu dessen verhasstem Bruder Nazir.

Luna, seine Schwester, begabte Turnerin, steht kurz davor, in die französische Jugendnationalmannschaft aufgenommen zu werden; war als Kind Krims Ein und Alles, ist inzwischen aber mustergültig integriert und hat ebenso viel Glück im Leben, wie er Pech hat.

Nazir, ältester Sohn Dounias; die Familie schwankt zwischen Dankbarkeit und Bewunderung für seine guten Taten für die Verwandtschaft und die maghrebinische Gemeinschaft von Saint-Étienne und zwischen totaler Ablehnung seines fanatischen Wesens.

Fouad, zweiter Sohn Dounias, lebt in Paris, Schauspieler in einer sehr erfolgreichen Daily Soap; Freund von Jasmine Chaouch, der Tochter des Präsidentschaftskandidaten; wird von seiner gesamten Verwandtschaft geliebt, liegt jedoch seit Jahren im Clinch mit seinem Bruder Nazir und ist in fast allem sein Gegenteil.

Slim, jüngster Sohn Dounias, schwul (allerdings nicht offen), heiratet Kenza, mit der er allerdings noch nie Sex hatte; naiv und ein wenig weltfremd.

Raouf, Cousin von Krim und den anderen, Geschäftsmann, hat in London einige Restaurants; prahlt gern und redet die ganze Zeit über Politik; glühender Anhänger des Kandidaten Chaouch.

Kamelia, Cousine von Krim und den anderen, lebt in Paris, arbeitet als Flugbegleiterin, stets gut gelaunt und bei allen beliebt.

Kenza, Slims Braut.

Zoran, Slims Geliebter, lässt sich aber auch von anderen Männern aushalten; rumänischer Gastarbeiter; provoziert durch sein Äußeres, ist durch seine mehrfache Stigmatisierung Projektionsfläche für den Hass seiner Umwelt.

Mohammed Belaïdi, der »dicke Momo«, Krims bester Freund; sie zocken gemeinsam und lernen gemeinsam mit Waffen, die Nazir ihnen verschafft, zu schießen; groß, breit und sanftmütig; wird nach der Präsidentschaftswahl zum Spielball der Ereignisse.

Mouloud Benbaraka, »Pate« der Halbwelt von Saint-Étienne, hat eine offene Rechnung mit Krim, Geschäftspartner von Nazir.

Farès Aït Béchir, Handlanger von Nazir und Mouloud Benbaraka, genau wie sein Bruder Farid; gutmütiger als Farid, wirkt oft ein wenig unterbelichtet, hat aber tatsächlich ein außerordentliches Gespür für Zahlen.

Farid Aït Béchir, Zwillingsbruder von Farès, begreift sich selbst als den schlaueren der beiden Brüder, obwohl da durchaus Zweifel bestehen.

Paris

Familie Wagner

Henri Wagner, Untersuchungsrichter in der Abteilung für Terrorismusbekämpfung, wird zunächst mit den Ermittlungen in Bezug auf das Attentat betraut.

Paola Ferris, Pianistin, seine Frau, schwierige Ehe, fühlt sich von ihrem Mann vernachlässigt.

Aurélie, seine Tochter, Urlaubsliebe von Krim, hat aber auch ein Techtelmechtel mit

Tristan Putéoli, Aurélies Freund (wäre er zumindest gern), Anhänger Sarkozys, Sohn von

Xavier Putéoli, Betreiber der sehr erfolgreichen rechtskonservativen Webseite Avernus.fr, ehemaliger Kommilitone Henri Wagners; haben allerdings inzwischen kein allzu gutes Verhältnis mehr zueinander.

Marieke Vandervroom, Holländerin, investigative freie Journalistin, die unter anderem für Putéoli arbeitet und einen Enthüllungsartikel über die Zustände im französischen Geheimdienst plant.

Guillaume Poussin, Untersuchungsrichter, treuer Kollege von Wagner, wirkt schüchtern und unsicher, hat aber eine steile Karriere in der Justiz hingelegt, 38 Jahre alt und damit mit Abstand der jüngste Richter in der Galerie Saint-Éloi.

Rotrou, Untersuchungsrichter und Gegenspieler von Wagner; der »Menschenfresser von Saint-Éloi«; fettleibig, trägt stets Hosenträger; ist für seine harte Vorgehensweise berüchtigt.

Alice, Wagners schwangere Assistentin.

Familie Chaouch

Idder Chaouch, Präsidentschaftskandidat des Parti Socialiste gegen Sarkozy, erster arabischstämmiger Präsidentschaftskandidat der französischen Geschichte, weltgewandt und charmant.

Esther, seine Frau.

Jasmine, seine Tochter, Opernsängerin, Freundin von Fouad Nerrouche; hat mit ihrem Ruhm zu kämpfen, da er nicht ausschließlich auf ihren Fähigkeiten zu gründen scheint, sondern darauf, dass sie die Tochter ihres Vaters ist; liebt ihn allerdings abgöttisch.

Valérie Simonetti, Chefin der Leibgarde Chaouchs, ein Muster an Disziplin und Integrität.

Aurélien Coûteaux, Leibwächter Chaouchs, später mit dem Personenschutz für Jasmine betraut.

Jean-Sébastien Vogel, Chaouchs Wahlkampfmanager.

Serge Habib, Chaouchs Kommunikationsberater, hat bei einem Autounfall eine Hand verloren; versucht das Handicap durch besonderen Arbeitseifer zu kompensieren.

Politik und Öffentlichkeit

Michel de Dieuleveult, Polizeipräsident; »der Kardinal«; Gesicht ohne Mimik; trägt ständig eine Brille mit verspiegelten Gläsern, sodass man auch seine Augen nicht erkennen kann.

Charles Boulimier, Präsident des Inlandsgeheimdienstes DCRI, Vertrauter Sarkozys.

Jean-Yves Lamiel, Oberstaatsanwalt von Paris, redet gern viel und ein bisschen manieriert; gefällt sich in der Rolle als Stachel im Fleisch der amtierenden konservativen Regierung.

Marie-France Vermorel, Innenministerin, die einzige Politikerin, vor der Sarkozy so etwas wie Respekt hat.

Pierre-Jean Corbin de Montesquiou, Stabschef der Ministerin, Absolvent einer Eliteschule, eitel und überzeugt von sich selbst, ist nie ohne seinen Gehstock unterwegs.

Mansourd, Kommandant der SDAT (Antiterroreinheit bei der Kriminalpolizei); ist von einem inneren Drang getrieben, Gerechtigkeit herzustellen; dafür beugt er manchmal auch das ein oder andere Gesetz.

Thomas Maheut, Polizist, Vertrauter und gelegentlicher Liebhaber Valérie Simonettis; pflegt eine sehr schimpfwortlastige Sprache.

Marc Fleutiaux, Mitarbeiter im Justizministerium.

Françoise Brisseau, unterlegene Konkurrentin Chaouchs in den Vorwahlen zur Präsidentschaftskandidatur des Parti Socialiste.

Sonstige

Yaël Zitoun, Fouads Agentin.

Waldstein, Nazirs Kontaktmann in Zürich mit einem Gesicht, das man nicht beschreiben kann, sobald man es nicht mehr vor sich sieht.

Florence / Fleur, Nazirs Freundin, Schwester Montesquious.

Romain Gaillac, der Rothaarige, Komplize Nazirs.

Djinn, Momos Cousin.

Maître Khaled Aribi, TV-Anwalt, der vor allem arabischstämmige Klienten vertritt, wird von Krim als sein Rechtsbeistand benannt.

Maître Szafran, Anwalt der Familie Nerrouche mit großbürgerlichem Habitus.

Amina, seine Praktikantin.

NOCH MEHR **HEYNE ENCORE**

»Ein Ausnahmeroman!«
Karl Ove Knausgård

ISBN 978-3-453-27073-2

Das mutigste Orchester
der Welt

ISBN 978-3-453-27102-9

Geduld ist die Tugend
des Jägers

ISBN 978-3-453-27111-1

Der große New-York-Roman
des Hollywood-Stars

ISBN 978-3-453-20114-9

HEYNE ENCORE

heyne-encore.de